KB039657

베르나데트의 노래

베르나데트의 노래

초판 1쇄 인쇄 2024년 9월 6일
초판 1쇄 발행 2024년 9월 19일

지은이 프란츠 베르펠
옮긴이 이효상 · 이선화
펴낸이 정해종

펴낸곳 ㈜파람북
출판등록 2018년 4월 30일 제2018–000126호
주소 경기도 파주시 회동길 480 아트팩토리엔제이에프 B동 222호
전자우편 info@parambook.co.kr
인스타그램 @param.book
페이스북 www.facebook.com/parambook/
네이버 포스트 m.post.naver.com/parambook
대표전화 031–935–4049

ISBN 979-11-7274-009-2 03850
책값은 뒤표지에 있습니다.

교회인가_2024년 7월 5일, 천주교 대구대교구

베르나데트의 노래

프란츠 베르펠 지음 | 이효상 · 이선화 옮김

파람북

프랑스 남서쪽 피레네 산맥의 한 작은 산골 마을 루르드, 이 마을의 한 소녀 앞에 한 여인이 신비로운 존재를 드러냅니다. 1858년 2월 11일의 일입니다. 소녀의 이름은 베르나데트 수비루. 가난에 찌든 물방앗간 집 딸로 14세의 병약한 소녀였으며, 그렇다고 영특하거나 수려하지도 않았습니다. 여인의 발현은 7월 16일까지 18차례에 걸쳐 이어졌으며, 그 여인을 우리는 '루르드의 복되신 동정 마리아(Our Lady of Lourdes)'라고 부릅니다. 저희 대구대교구의 제1주보 성인으로, 1911년 초대 교구장 플로리안 드망즈(한국명 안세화) 주교님에 의해 선포된 바 있습니다.

루르드의 성모님은 왜 저명한 성직자나 명망가가 아닌 초라하기 이를 데 없는 소녀 앞에, 그것도 지저분하고 냄새마저 풍기는 마사비엘 동굴에 나타나 말씀을 전하신 걸까요? 그건 아마도 진실이 갖는 위대함에 대한 반증이 아닐까 합니다. 논리로 무장한 신앙과 화려한 언변, 깊고 방대한 지식이나 수려한 풍모는 그분에게는 아무것도 아닙니다. 비록 궁핍하고 보잘것없는 배경을 가지고 있더라도 지극한 마음과 진실한 믿음으로 충만한 사람이 하느님의 선택을 받을 수 있는 것입니다.

베르나데트는 그런 소녀였습니다. 여인과의 만남이 세간에 알려지자 베르나데트는 사람들에게 조롱의 대상이 되어야 했고, 관료들의 끝없는 심문에 시달려야 했으며, 심지어 마을 성직자들로부터도 핍박을 받아야만 했습니다. 그러나 고난을 온몸으로 받아들이면서도 오직 진실 하나에 집중했습니다. 그 과정에서 그녀에 대한 신뢰가 사람들 사이에 싹터 가기 시작했습니다. 베르나데트는 35세의 나이에 장기 질환으로 느베르의 성 힐데가르트 수녀원에서 눈을 감았습니다. 이 책이 전하는바, 당시 베르나데트의 이야기를 전해 듣던 몽펠리에의 티보 주교가 "이것은 시다. 시!"라고 감탄했던 것처럼, 짧지만 아름다운 생이었습니다.

저자 프란츠 베르펠은 체코 태생의 유대계 오스트리아 작가입니다. 저명한 문필가의 반열에 올라 있었으나 나치의 탄압을 피할 수 없어 미국으로의 망명을 선택합니다. 부인 알마(구스타프 말러의 미망인)와 함께였습니다. 위태로운 망명의 피난처로 삼았던 루르드에서 처음 베르나데트의 이야기를 들었을 때, 베르펠의 마음도 티보 주교와 같았을 것입니다. 그는 망명에 성공해 무사히 미국에 발 딛는다면, 반드시 베르나데트의 이야기를 노래하겠노라고 맹세합니다. 유명한 '루르드에서의 맹세'입니다. 마침내 망명은 성공했고 그 맹세를 이행한 것이 바로 이 소설 『베르나데트의 노래』입니다. 주목할 것은 그때까지도 베르펠은 가톨릭 신자가 아닌, 유대 혈통을 이어받은 사람이었다는 것입니다. 확실히 베르나데트의 이야기는 종교와 인종, 문화를 뛰어넘어 뭇사람들을 감화하는 힘이 있습니다.

이 책은 1950년대 벨기에 루뱅대학교 유학 중, 폐결핵으로 요양소에 머물던 한솔 이효상 선생에 의해 초역되었으며, 2007년 이효상 선생의 자제인 대구대교구 8대 교구장 이문희 대주교님 주도하에 보완 작업이 이루어졌습니다. 독일어본을 꼼꼼히 대조했고, 교정과 윤문 작업이 따랐습니다. 베르나데트를 한국에서는 오래전부터 '벨라뎃다'로 표기해왔으므로 『벨라뎃다의 노래』라는 제목으로 간행되어 주로 교구의 영성 교육 자료로 활용되었던 책입니다. 이 책은 유대계 오스트리아 작가에 의해 미국에서 집필되어 1941년 독일어로 초판이 간행되었으나, 프랑스를 배경으로 하는 독특한 소설입니다. 이 책의 진가를 알아본 출판사에 의해 불어판 대조 및 재번역 등 한 번 더 보완 작업이 이루어지고 현대적 어법에 맞춤한 대중판을 접하게 되니 감회가 새롭습니다. 시대가 아무리 조롱과 분노와 냉담으로 생명이라는 최후의 가치로부터 등을 돌린다고 하더라도, 하느님의 신비와 인간의 성성(聖性)을 찬미하는 글을 쓰겠노라던 프란츠 베르펠의 소망은 마침내 이 소설로 이루어졌습니다. 이제 '베르나데트의 노래'가 널리 울려 퍼져 이 땅에 깊은 영성의 빛을 드리우길 기도합니다.

– 조환길 타대오 대주교(천주교 대구대교구 교구장)

풋풋한 신입생 시절, 날마다 거닐던 신학교 도서관의 서가에서 우연히 『베르나데트의 노래』의 고풍스런 옛 번역본을 발견하고 베르펠의 서문을 선 채로 읽으며 전율했던 순간이 있었습니다. 긴 세월이 지나 30대 중반의 사제가 되어 처음으로 루르드를 찾아 일주일을 보내며 매일의 양식을 대하듯, 물에 젖어 가듯 이 책의 독일어 원서를 한 장 한 장 읽어 가던 날들을 기억합니다. 오랜 기간 우리말로 만나기 어려웠던 이 아름답고 놀라운 책이 마침내 다시금 공들여 손본 번역본으로 독자들을 찾습니다.

베르나데트 성녀의 삶은 그 가난함과 풍요함, 인고와 기쁨, 단순함과 지혜로 우리의 마음을 깨우고 위로하고 치유합니다. 베르펠은 한 시골 소녀가 은총을 입고 그 은총의 무게를 지고 가는 여정을 작가의 양심과 재능을 다한 진실함으로 그려냅니다. 믿는 이와 회의하는 이들 모두에게 이 책은 평생 잊지 못할 사건이 될 것입니다. 작가가 말 그대로 생명을 건 약속을 지키고자 생애의 마지막에 완성한 이 작품 안에서 의혹과 신앙이, 말들과 침묵이 부딪히고, 그 장벽이 허물어집니다. 마침내 베르나데트 성녀를 통해 인간성이 파괴되는 위기의 시대에 전해진 진리가 움터 나옵니다. 은총은 모든 이에게 열려 있으며, 그 무게의 역설은 사랑의 다른 이름이었음을.

–최대환(신부, 천주교 의정부교구)

프란츠 베르펠은 프라하 태생의 유대계 오스트리아 작가로, 유사한 배경을 지닌 프란츠 카프카와 교우했다. 서른아홉에 구스타프 말러의 미망인과 결혼했으나, 나치에 의해 그의 작품은 불태워졌고 프로이센 예술 연맹에서 축출되었다. 독일과 오스트리아 간의 합병으로 그는 험난한 망명길에 올라야만 했고, 위험천만한 상황에서 피난처가 되어 주었던 곳이 프랑스 산골 마을 루르드였다. 그곳에서 그는 베르나데트의 이야기를 접하게 되었으며, 그곳을 떠나며 미국으로의 망명이 성공하면 반드시 '베르나데트의 노래'를 부르겠노라고 맹세한다. 이 소설의 탄생 과정 또한 소설만큼이나 극적이라 할 만하다.

이 소설은 20세기의 가장 위대한 종교소설의 하나로 평가되지만, 내게는 종교소설로 읽히지만은 않는다. 작가는 시종 냉혹하리만큼 등장인물과 객관적 거리를 유지하고 있으며, 그 어떤 대상도 종교적으로 신비화하지 않기 때문이다. 다만 한 소녀의 생을 따라가며 당대의 위선과 모순, 개인의 진실과 종교의 본질에 대해 질문할 뿐이다. 그럼에도 독자에게 영혼의 정화를 경험하게 하는 것은, 인간의 내면에 깃든 신성함을 베르나데트의 삶이 증거하기 때문일 것이며, 프란츠 베르펠의 빛나는 문학적 성취일 것이다. 먹장구름을 뚫고 쏟아지는 한 줄기 빛과 같은 소설이다. 세계적인 베스트셀러에는 다 합당한 이유가 있다.

—김미옥(서평가, 문예평론가)

이것은 순박하고 단순한 '순종'에 대한 이야기다. 의문 없는 순종. 의문 없는 만남, 의문 없는 바라봄, 의문 없는 들음. 그리고 들은 것에 대한 의문 없는 따름과 행함.

순박하고 단순한 순종은 한 소녀가 땔나무를 주우러 다니다, 마을에서 멀리 떨어진 마사비엘 동굴에서 '묵주를 손에 든 아름다운 여인'을 만난 은총의 사건과 함께 시작된다. 열네 살인 소녀의 이름은 베르나데트 수비루. 가난한 방앗간 집 딸이다. 여인은 어째서 똑똑하지도 않고, 특별하지도 않은 그녀에게 발현했을까? 그것도 18번이나 발현했을까? 성경을 읽어 보면 예수님은 과부나 병든 아이, 나병 환자와 같이 가장 가난하고 가장 슬픈 사람들에게 나타나셨고, 그들을 찾아 돌아다니셨으며, 그들의 믿음을 보고 치유와 회복의 은혜를 베푸셨다. 의문 없는 순종은 믿음에서 온다. 신비 또한 믿음에서 온다. "믿음을 어떠한 형태의 단순한 능력보다 훨씬 더 훌륭하게 심적 계시에 초자연적으로 동의케한다."(『부활의 라우렌시오 수사 하느님 현전의 수련』에서)

베르나데트가 여인을 만난 뒤로 쓰레기로 가득하던 마사비엘 동굴은 치유의 샘물이 흐르는, 병자들과 순례자들이 끊이지 않고 찾아오는 기적의 동굴로 탈바꿈한다. 그러나 베르나데트는 정작 오직 여인만을 생각한다. 세상에 대해서는 생각하지 않는다. 그녀는 자신이 받은 은총의 기적으로 동굴에서 솟아나게 된 샘물의 의미, 목적에는 전혀 관심을 두지 않는다. 그저 순종할 뿐이다. 그럼 그녀는 행복했을까? 그녀는 세상 사람들로부터 심문과 정신병자라는 손가락질, 사람들의 욕설과 괴롭힘, 모욕에 시달린다. 그녀가 경험한 기적은 정치인들과 부패한 사제에 의해 세속적으로 이용되고 지식이 있다고 하는 자들에 의해 자의적으로 해석된다. 어떤 보상도 바라지 않던 그녀는 그 와중에 골결핵이라는 병을 얻는다. 그녀는 병에 자신을 내맡기며 말한다. "내게 이런 병을 내리신 것은, 나를 달리 써먹을 데가 없어서…." 그녀의 대답은 "겸손함 때문이 아니라 더 희귀한 미덕, 하늘의 은총도 세상의 박수도 방해할 수 없는 가장 단단하고 차분한 자기 인식으로 인한 것이었다. 오랜 병 중에도 베르나데트는 어떤 순간에도 초인적인 사람 흉내 내지도 않았고 고통을 잘 참는 사람 행세를 하지도 않았다."

죽음의 순간에 베르나데트는 "두려워요…… 두려워요……"라고 말한다. 무엇이 그렇게 두려운지를 묻자 그녀는 대답한다. "은총을 그렇게 많이 받았는데……, 내게 그럴 자격이 있을까요……?" 베르나데트의 삶은 눈을 감는 순간 시작됐다. 그리고 또한 성스러움을 아는 시인인 프란츠 베르펠의 우아하고 아름다운 문장, 넘치는 문학적 영감과 생기, 철학을 뛰어넘는 통찰, 섭리를 아는 겸손과 함께 다시 시작되고 있다.

–김숨(소설가)

베르나데트 수비루(Bernadette Soubirous, 1844~1879)

서문

루르드에서의 맹세

1940년 6월이 끝날 무렵, 프랑스의 패전으로 아내와 나는 그동안 머물렀던 남부 지방을 떠나야만 했다. 스페인 국경을 넘어 포르투갈로 가기를 바랐지만, 영사가 비자 발급을 거부했다.

국경도시 앙다이(Hendaye)는 이미 독일군이 점령했기 때문에 다시 프랑스 내륙으로 더 깊이 들어가야만 했다. 피레네 지방은 그야말로 대혼란이었다. 프랑스, 벨기에, 네덜란드, 폴란드, 체코, 오스트리아, 독일……. 각지에서 몰린 수천 명의 피난민과 패전 후 해산한 부대의 병사들이 거리를 가득 메워 도시 곳곳에 넘쳐났다. 음식도 귀했고, 머물 곳을 찾는 것도 거의 불가능했다. 밤을 보낼 만한 의자라도 구한 사람은 부러움을 샀다. 살림살이와 침대와 매트리스 등을 잔뜩 실은 채 꼼짝하지 못하는 자동차들이 끝없이 늘어섰다. 포(Pau)에서 왔다는 가족이 루르드에 가면 머물 곳을 찾을 수 있을 거라고 말했다. 루르드는 30킬로미터밖에 떨어져 있지 않아 가보기로 했다. 다행히도 숙소를 얻을 수 있었다.

이렇게 신의 섭리가 나를 루르드로 인도했지만, 이때까지 루르드에 관해서는 피상적인 지식밖에 없었다. 우리는 이 도시에서 몇 주 동안 불안에 떨며 지냈지만, 동시에 매우 의미 있는 시간을 보냈다. 이 시기에 소녀 베르나데트 수비루(Bernadette Soubirous)와 치유의 기적에 관한 이야기를 알게 되었기 때문이다.

우리가 처한 상황의 스트레스와 절망이 극도로 심했던 어느 날 나는 맹세했다. 이 위기에서 벗어나 미국의 해안에 도착할 수만 있다면, 제일 먼저 '베르나데트의 노래'를 쓰겠노라.

이 책은 그 맹세를 이행한 것이다. 이 시대의 서사곡은 소설의 형식을 취할 수밖에 없다. 경계심 많은 독자는 다른 역사 서사시와 마찬가지로 기술된 내용에 관해 질문할 수도 있을 것이다. '어디까지가 사실이고, 어디까지가 창작인가?' 내 대답은 이렇다. 이 책에 나오는 기념비적 사건들은 모두 실제 일어난 일이다. 그 시작이 불과 80여 년 전의 일로 역사 속에 분명히 드러나 있으며, 객관적인 관찰자나 반대자를 포함한 수많은 증인에 의해 증명되었다. 나의 서술은 이 진실성을 조금도 왜곡하지 않을 것이며, 시인으로서 창작의 자유를 다만 이 작품이 복잡하게 얽힌 사건의 설명이 지루하게 길어져 생기를 잃지 않도록 시간의 길이를 압축하는 데만 사용할 것이나.

나는 가톨릭 신자가 아닌 유대인임에도 이 책을 쓰게 되었다. 사실 루르드에서의 맹세 오래전에 이미 무의식적으로 다짐한 바가 있었다. 궁극적인 생명의 가치에 무관심하며 조롱하는 당시의 풍조에 염증을 느낀 나머지 언젠가는 반드시 인간의 성스러움에 대해 쓰겠노라고 나의 첫 시 곳곳에 써 놓은 것이다.

프란츠 베르펠

1941년 5월, 로스앤젤레스

차례

추천의 글 5
서문 루르드에서의 맹세 13

1부
1858년 2월 11일

제1장 토방 22
제2장 마사비엘 동굴 27
제3장 베르나데트는 삼위일체를 모른다 40
제4장 카페 진보 47
제5장 땔감 찾기 61
제6장 가브 강 69
제7장 동굴의 여인 80
제8장 이상한 세상 89
제9장 루이즈 수비루 97
제10장 베르나데트는 꿈을 꾸지 않는다 111

2부
은총을 베풀어 줄 수 있나요?

제11장 돌이 떨어진다 124
제12장 첫 말씀 142
제13장 과학의 사자(使者) 163

제14장 비밀회의가 중단되다 188
제15장 선전포고 200
제16장 여인과 경찰 222
제17장 에스트라드, 동굴에 다녀오다 234
제18장 페라말 신부가 장미의 기적을 청하다 245
제19장 기적 대신 분노 257
제20장 안개가 걷히다 271

3부
샘

제21장 폭풍이 지나간 다음 날 282
제22장 묵주 교환, 여인은 나를 사랑하신다 291
제23장 금화와 따귀 305
제24장 부올츠의 아기 322
제25장 베르나데트가 불장난을 한다 332
제26장 기적의 여파 348
제27장 '불이 너와 장난을 치는구나, 베르나데트' 363
제28장 라카데의 반란 377
제29장 한 주교가 결과를 예측하다 390
제30장 이별 중의 이별 400

4부

은총의 그늘

제31장 마리-테레즈 보주 수녀가 마을을 떠나다 416
제32장 정신과 의사가 싸움에 끼어들다 427
제33장 신의 손가락 : 주교가 여인에게 기회를 주다 440
제34장 한 건의 분석과 두 건의 모독죄 451
제35장 여인 대 황제 : 여인의 승리 469
제36장 현자들과 베르나데트 484
제37장 마지막 유혹 500
제38장 흰 장미 519
제39장 수련 지도 수녀 533
제40장 아직 나의 시간이 오지 않았다 545

5부

고통의 미덕

제41장 마법의 손 564
제42장 몰려오는 방문객 575
제43장 징조 585
제44장 샘이 있는 것은 나를 위해서가 아닙니다 598
제45장 악마가 베르나데트를 괴롭히다 607
제46장 육신의 지옥 618
제47장 루르드의 빛 631
제48장 나는 사랑하지 않았다 639
제49장 나를 사랑한다 650
제50장 50번째 성모송 665

소설 속 인물 676

1부

1858년 2월 11일

제1장

토방

프랑수아 수비루는 어둠 속에서 일어났다. 아침 6시 정각이다. 처형 베르나르드 카스테로가 결혼 선물로 준 은시계는 벌써 오래전에 없어졌다. 다른 몇 가지 값없는 물건들과 함께 전당포에 맡겼다가 지난가을에 다른 사람에게 넘어간 것이다. 그러나 수비루는 6시라는 것을 잘 안다. 성 베드로 성당의 첫 미사 종소리가 울리기 전이지만 가난한 사람들은 시계나 종소리가 없어도 시간을 알 수 있다. 늦을까 봐 항상 조바심을 치며 살기 때문이다.

프랑수아는 나막신을 찾아 소리 나지 않게 손에 든다. 맨발로 얼음같이 차가운 돌바닥에 서서 잠든 가족들의 숨소리를 듣는다. 이상한 음악처럼 묵직하게 가슴을 짓누르는 소리다.

이 작은 방에 여섯 명이 잠들어 있다. 프랑수아와 루이즈는 한때 희망으로 가득 찼던 결혼 당시에 장만한 침대를 지금도 쓰고 있다. 거의 어른이 된 두 딸, 베르나데트와 마리는 딱딱한 침대에서 잠들었고, 어린 장-마리와 쥐스탱은 낮에는 말아서 구석으로 치워 두는 매트리스에서 잠들었다.

프랑수아 수비루는 아직도 꼼짝하지 않고 서서 벽난로를 쳐다본다. 제대로 된 벽난로가 아니고, 이 주택의 소유자인 석공(石工) 앙드레 사주가 대강 만든 엉터리 벽난로다. 재(灰) 아래에는 아직도 무언가가 타고 있다. 나무가 잘 마르지 않아서 제대로 타오르지 않고 때때로 가느다란 불빛이 눈에 띈다. 하지만 그에게는 불을 활짝 피울 기력이 없다. 창 쪽으로 눈을 돌린다. 조금씩 밤이 흐려지기 시작한다. 그의 무기력함이 분노로 바뀐다. 입술에서 욕설이 새어 나온다. 수비루는 이상한 사람이다. 이 비참한 방보다 하나는 크고 하나는 작은 두 개의 창문이 더 싫다. 미치 멸시하듯 곁눈질로 이 방의 앞뜰을 보는 것 같은 느낌이다. 그곳은 이웃의 온갖 불결한 냄새가 모여드는 곳이다. 프랑수아 수비루는 넝마주이가 아니고 방아꾼이다. 커다란 제재소를 가진 드 라피트처럼 물방앗간의 주인인 것이다.

성채 아래 있는 볼리 물방아는 멀리서도 볼 수 있다. 아르시작-에-장글르(Arcizac-ez-Angles)에 있는 에스코베 물방아도 훌륭하다. 오래된 방도 물방아는 훌륭하다고 말할 수는 없지만 그래도 분명히 물방아다.

라파카 개울이 몇 년 전부터 바짝 말라 버리고, 밀의 가격이 오르고, 실업자가 많아진 것은 수비루의 탓일까? 하느님이나 황제, 주지사 혹은 악마의 뜻이지 수비루의 탓은 아닐 것이다. 기껏해야 주점에서 술 한 잔 마시거나, 카드놀이를 하는 게 전부인 사람이다. 책임이 누구에게 있든 지금에 와선 중요하지 않다. 중요한 것은 결과적으로 그들이 이런 누추하기 짝이 없는 토방에 살게 되었다는 사실이다. 그의 가족이 사는 쁘티-포세 가(街)의 이 방은 원래 주거용이 아닌 감옥이었다. 벽은 늘 습기로 축축하고, 갈라진 틈 사이에선 곰팡이가 피어난다. 판자는 변형되어 내려앉았고 빵은 금세 상한다. 여름은 숨 막히게 덥고 겨울은 얼어붙을 듯 춥다. 그래서 루르드의 시장 라카데는 몇 해 전에 위생상 더 나은 곳을 찾아 죄수들을 바우스-토레스(Baous-Torès) 성채로 보냈다. 그러나 수비루 가족에게는 이 방도 훌륭하다. 지난밤 거의 밤새 베르나데트가 기침을 했지만. 이런 생각을 하며 수비루는 자신이 너무 불행하다고 느끼며 다시 침대에 누워 잠을 청하기로 했다.

하지만 그의 비겁한 생각은 여기서 끝났다. 아내 루이즈 수비루가 일어난 것이다. 아내는 서른여섯 살이지만 쉰 살은 돼 보인다. 그녀는 일어나자마자 먼저 벽난로를 살핀다. 재를 들추고 입김을 불어 불꽃을 살리고 지푸라기와 마른 나뭇가지 몇 개를 올린 후 구리 냄비를 올려놓는다. 수비루는 아내의 행동을 어두운 눈으로 본다. 둘 다 아무 말이 없다. 걱정과 실망으로 가득한 하루가 또 시작되었다. 어제도 그리고 내일도 똑같은 날들이 반복된다. 성당의 종소리가 울린다. 아무도 시간의 굴레에서 벗어날 수 없다.

프랑수아 수비루는 지금 한 가지 생각밖에 없다. 브랜디 딱 한 잔이면 텅 빈 이 속을 뜨끈하게 데워줄 텐데. 그러나 루이즈는 술병을 보관하는 벽장에 자물쇠를 채워 놓았다. 수비루는 자신의 열망을 차마 입 밖에 꺼내지 못한다. 브랜디가 그들의 말다툼의 주원인이기 때문이다. 그는 잠시 주저하다가 나막신을 신는다.

"루이즈, 나가볼게." 그는 중얼거린다.

"당신, 무슨 정해진 일이라도 있어요?" 아내가 묻는다.

"생각해 둔 게 있어." 그가 얼버무린다. 아침마다 같은 대화가 반복되지만, 자존심 때문에 비참한 현실을 털어놓지 않는다.

아내는 그를 향해 희망에 차 손짓한다.

"라피트 씨 댁으로 가는 거예요? 제재소 일이에요?"

"라피트라고?" 그는 비꼬는 말투로 대꾸한다. "누가 라피트를 생각해? 난 메종그로스 씨와 카즈나브 우체국장을 보러 갈 참인데……"라고 한다.

"메종그로스, 카즈나브……."

아내는 실망한 목소리로 되풀이하고는 다시 일을 시작한다. 그는 베레모를 썼다. 동작이 느리고 딱딱하다. 갑자기 아내가 그를 돌아보며 작은 목소리로 말한다.

"곰곰이 생각해 봤는데요. 베르나데트가 여기에 계속 있으면 안 될 것 같아요."

"그게 무슨 말이야?"

수비루는 방금 문의 걸쇠를 들어 올렸다. 이 문을 열 때마다 최악의 경험을 떠올리게 된다. 작년에 죄도 없이 4주 동안이나 유치장에 갇혀 있었다. 아내가 다시 말한다.

"큰언니 베르나르드에게 보내거나, 그렇지 않으면 바르트레스(Bartrès)로 보내면 라게스 부인이 그 애를 다시 받아줄 거예요. 공기 좋은 곳에서 염소젖을 마시고, 부드러운 빵에 꿀을 발라 먹고…….

베르나데트도 들판 일을 하는 걸 좋아하니 그 아이한테 나쁘지 않을 거예요……."

프랑수아 수비루는 화가 났다. 아내의 말이 맞다는 걸 안다. 하지만 그럴싸한 거창한 말과 행동을 좋아하는 그로서는 거침없이 현실을 지적하는 말을 견딜 수 없다. 조상 중에 스페인 사람이 있을지도 모른다.

"나는 거지로구나. 아이들이 굶어 죽어 가니 다른 사람에게 보내야 하고!"

"수비루, 잘 생각해 봐요." 아내는 수비루가 큰 소리를 내지 못하도록 말을 막았다. 수비루가 고개를 숙이고 절망한 채, 위엄은 있지만 연약해 보이는 모습으로 서 있다. 아내는 벽장에서 브랜디 병을 꺼내어 남편에게 한 잔 따라준다.

"당신 생각이 옳아." 그는 어색하게 말하며 단숨에 들이켠다. 속으로는 둘째 잔을 갈망했지만, 그는 애써 참고 밖으로 나간다.

두 딸의 침대에 큰딸 베르나데트가 커다란 눈을 뜬 채 미동도 없이 누워 있다.

제2장

마사비엘 동굴

루르드 산의 암벽(岩壁)을 에워싼 프티-포세 가(街)는 마르카달 광장 입구까지 꼬불꼬불 올라가는 좁은 길이다. 날이 밝았지만 몇 발자국 앞밖에 보이지 않는다. 하늘이 무겁게 내려앉았다. 진눈깨비가 수비루의 얼굴을 때린다. 온 세상이 텅 빈 듯 적막하다. 느무르(Nemours) 병영의 나팔 소리만이 아침을 알리는 신호곡으로 적막을 깨트린다. 가브 골짜기에 눈이 쌓이지는 않았어도 얼음 같은 바람이 뼛속까지 스며든다. 이것은 구름 뒤에 숨어 있는, 프랑스와 스페인에 걸친 피레네 산맥의, 피크 뒤 미디(Pic du Midi)에서 비뉴말(Vignemal)에 이르는 수정 같은 얼음봉우리에서 불어오는 바람이다.

수비루의 손은 붉게 얼었다. 면도를 안 한 그의 얼굴은 축축하게 젖었고 눈이 아리다. 그런데도 그는 메종그로스의 빵 가게에 선뜻 들어서지 못한다. 들어가봤자 아무 소용이 없으리란 것을 이미 안다. 작년 사순절 때는 메종그로스가 그를 잡일꾼으로 썼다. 비슷한 시기에 여러 조합이 축하연을 열었기 때문이다. 재단사와 재봉사들이 그들의 성녀 루치아를 기리는 연회를 우체국에서 열었고 메종그로스는 빵을 비롯해 과자, 도넛, 크림 파이를 납품했다. 이날 수비루는 100수*의 큰돈을 벌었고, 덤으로 아이들을 위해 여러 가지 과자가 들어 있는 과자 봉투도 받았다.

수비루는 마음을 단단히 먹고 가게 안으로 들어선다. 어머니를 떠올리게 하는 따스한 빵 냄새가 그를 에워싸고 황홀하게 한다. 눈물이 핑 도는 느낌이다. 가게 한가운데 뚱뚱보 빵집 주인이 불룩한 배에 흰 앞치마를 걸친 채 서서 두 명의 조수를 나무라고 있다. 그들은 땀을 흘리며 신선한 빵이 놓인 철판을 꺼내고 있다.

"메종그로스 씨, 오늘 아침 제가 할 만한 일거리가 없을까요?" 수비루가 묻는다. 그러면서 그는 열린 밀가루 포대에 손을 넣고 경험 많은 방앗간 주인의 감각으로 밀가루를 만져 본다. 빵집 주인은 그를 쳐다보지도 않고 퉁명스럽게 대꾸한다.

"오늘이 무슨 날인가, 수비루?"

"목요일입니다. 사순절 전 목요일**이지요."

"그러면, 재의 수요일***까지는 며칠이나 남았지?" 메종그로스는 교활한 선생처럼 계속해서 질문한다.

"아직 엿새 남았지요." 수비루는 주저하면서 대답한다.

"그렇지, 엿새 남았단 말이지!" 빵집 주인이 내기에 이기기라도 한

---

* 프랑스의 옛 화폐 단위로 20수가 1프랑.

** Jeudi Gras, 사순절 전의 마지막 목요일. 사순절은 금식 기간이므로 사순절 전 1주일간은 마음껏 먹는 기간.

*** 사순절의 첫날.

듯 신이 나서 말한다.

"엿새만 지나면 이 지긋지긋한 사육제도 끝나겠군. 조합원들이 이제 내게는 주문하지 않고 루이에게만 하거든. 좋은 시절은 완전히 끝났다네. 과자점에만 가고 빵집에는 안 온단 말이야. 사육제 때 형편이 이러니 사순절이 시작되면 어떻겠는가? 자네도 짐작했을지 모르겠지만 오늘 이 쓸모없는 이 두 사람 중 한 명을 해고하려고 생각 중이야."

수비루는 빵집 주인에게 빵을 한 개 달라고 부탁해 볼까 생각하지만, 말이 나오지 않는다. 용기가 없는 것이다. 나는 거지 노릇도 제대로 못 하겠구나. 그는 생각한다. 불만이 있는 고객처럼 모자를 눌러 쓰고 가게를 나온다.

우체국*까지 가려면 광장을 가로질러야 한다. 카즈나브가 이미 광장에 사람들과 수레에 둘러싸여 위엄있게 서 있다. 그는 예전에 포(Pau)에 주둔했던 사단의 상사로 복무해서인지 아침 일찍 일어난다. 그가 병영에 복무한 것은 오래전 일로, 당시는 왕이 통치하던 시대**였다. 그는 사람들이 자신을 멋대로 진급시켜 '대장님'이라고 부르면 매우 좋아한다. 온종일 반들거리는 승마 장화를 신고 말채찍을 들고 다

---

* 이때의 우체국은 조선의 역참과 비슷한 역할로 편지를 배달하는 사람들이 말을 갈아타고 숙박도 하며 합승 마차 등의 교통수단을 제공하기도 함.

** 1814년~1830년, 루이 18세의 왕정. 1830년 7월 혁명으로 입헌군주제 실시. 루이 필립 1세가 왕이었으나 헌법에 기반한 통치. 책의 시점인 1858년은 1848년 2월 혁명으로 공화정 대통령이 된 루이 나폴레옹(초대 나폴레옹의 조카)이 1852년 국민투표를 통해 황제(나폴레옹 3세)로 등극.

니는데, 가끔 군인들을 흉내 내어 채찍으로 장화 목을 치곤 한다. 얼굴에는 황제의 콧수염과 비슷한 모양으로 끝이 말려 올라간 콧수염이 있는데, 정성스레 검은색으로 염색했다. 카즈나브는 열렬한 나폴레옹 황제의 지지자로, '프랑스'와 '영광', '진보'라는 단어가 그의 애국심을 함축한다. 툴루즈(Toulouse)에서 타르브(Tarbes)와 포(Pau)를 거쳐 비아리츠(Biarritz)까지 철도를 부설한 이후로, 황제와 황후 외제니(Eugénie)가 휴양차 비아리츠를 자주 방문하면서 루르드의 우체국은 어느 때보다도 번성해졌다. 피레네의 온천을 찾아오는 모든 관광객은 카즈나브를 거쳐야만 한다. 그곳으로 가는 수단을 제공해 줄 수 있는 유일한 사람이기 때문이다. 싼 것, 비싼 것, 편한 것, 인기 있는 것 무엇이든 가능하며, 아즐레스(Argelès), 코트레(Cauterets), 가바르니(Gavarnie), 뤼숑(Luchon)…… 어디든 원하는 곳으로 데려다준다. 다만 지금은 성수기가 아니다. 어떻게 여행을 더 풍요롭게 만들어 관광객을 더 많이 유치할 것인가. 이것이 카즈나브와 야심 찬 루르드의 시장 아돌프 라카데의 끝없는 대화 주제다.

수비루는 청년 시절에 단 2주간 군대에 복무했다. 부대에서 더는 그를 원하지 않아 전역했다. 그는 최선을 다해 군인처럼 보이려 애쓰며 카즈나브에게 걸어갔다.

"안녕하십니까, 국장님! 제가 할 만한 일거리 좀 없을까요?"

카즈나브는 못마땅하다는 듯 볼을 부풀렸다가 바람을 뿜어낸다.

"또 자넨가, 수비루? 아직도 곤궁한 지경인가? 이 사람아, 살길을 찾아야 하지 않겠나?"

"하느님께서 저를 싫어하시나 봅니다. 몇 년째 이렇게 운이 따르질 않다니……."

"행운은 하느님에게서 오는 거지. 언제 찾아올지 알 수 없지만. 그러나 불행은 우리 자신이 초래하는 거라네."

카즈나브는 자신의 말을 강조하려고 채찍으로 공기를 가른다. 수비루는 고개를 푹 숙였다.

"하지만 아이들은 불행에 대해 할 수 있는 게 없지 않습니까……."

카즈나브는 마부 두트르루에게 소리치며 뭔가 명령을 내린다. 수비루는 다시 한번 묻는다.

"뭔가 할 일이 없을까요, 대장님?"

카즈나브는 자신의 직급을 멋대로 올려 불러 기분이 좋아졌다.

"나는 항상 옛 전우를 기쁜 마음으로 도와주는데……, 오늘은 정말로 아무 일이 없다네."

수비루의 걸음이 무거워지는 것이 눈에 똑똑히 보인다. 그는 천천히 발길을 돌렸다. 이때 카즈나브가 다시 부른다.

"잠깐만. 자네 20수 벌이라도 할 텐가? 깨끗한 일은 아니지만. 병원 원장님의 부탁인데, 갖가지 쓰레기를 실어다가 동네 밖에서 태워 버리는 일이네. 붕대랑 수술한 헝겊이랑, 전염병 환자의 옷가지랑 침구, 그런 것들인데, 할 생각이 있다면 수레에 저 갈색 말을 채우게……. 20수라네!"

"30수는 안 될까요? 대장님!"

카즈나브는 대답하지 않는다.

수비루는 시키는 대로 했다. 늙은 갈색 말을 수레에 채우고 느베르의 성 힐데가르트 수녀원에서 운영하는 병원으로 간다. 병원의 문지기가 벌써 쓰레기를 세 상자나 꾸려 놓았다. 쓰레기는 무겁지 않았지만 병든 육신의 비참한 냄새를 풍긴다. 문지기가 수비루를 도와 쓰레기 상자를 수레에 싣는다.

"조심해요, 수비루." 병원에서 오래 일해 경험이 풍부한 문지기가 경고한다.

"그 속에 죽음이 숨어 있다오. 아주 멀리 마사비엘까지 가서 몽땅 태워 버리고, 재는 가브 강물에 버려요!"

진눈깨비가 그쳤다. 수레는 울퉁불퉁한 길 위에서 마구 흔들린다. 느베르 수녀들의 병원은 루르드의 북문 근처, 포(Pau)로 가는 길과 타르브(Tarbes)로 가는 길이 교차하는 곳에 있다. 수비루는 말고삐를 꽉 쥐고 바스 거리를 따라 내려간 후 서쪽의 바우스 문을 향한다. 로마 시대에 건설된 오래된 퐁 비유(Pont Vieux) 다리를 건넌 뒤에는 갈색 말이 가브 강을 따라 마음대로 걷도록 내버려두었다. 가브 강이 급하게 휘어지는 곳에서는 급류가 군데군데 튀어나온 화강암에 부딪히며 에워싼다. 수비루는 생각에 잠겨 물소리를 듣지 않는다. 우체국장은 30수를 달라는 요구에 대해 안 된다고 말하지는 않았어. 먼저 빵을 네 덩어리 사야지. 그럼 8수가 되겠군. 하지만 메종그로스에게는 가지 말아야지. 절대로. 그리고 염소젖 치즈 반 파운드. 영양가가 높으니까. 빵하고 합쳐서 14수, 거기에 포도주 2리터, 그러면 24수. 마지막으로 아이들의 포도주에 넣을 달콤한 설탕 몇 덩어리……. 아니지. 30수를 루이즈에게 주고 그녀가 사게 하는 것이 좋겠어. 그러면 내가 열심히 생각할 필요도 없지. 맹세컨대 나를 위해서는 한 푼도 쓰지 않겠어.

하지만 이 예기치 않은 하늘의 선물인 30수에 대한 기대에도 불구하고, 수비루는 점점 몸에 기운이 빠지는 것을 느낀다. 배가 고픈 데다 수레에 실은 짐의 악취 때문에 구역질이 나는 것이다. 수레는 드 라피트의 땅을 지나간다. 드 라피트는 루르드의 거부이지만 전에는 수비루와 마찬가지로 물방아를 하나 가지고 있을 뿐이었다. 이 부자의 넓은 땅은 샬레 섬에 있다. 이 섬은 가브 강과 사비 개울이 만든 것으로, 사비 개울은 마사비엘 암벽 앞에서 가브 강과 다시 합쳐진다. 샬레 섬의 드 라피트의 땅은 많은 탑과 창이 있는 앙리 4세 양식의 저택과 정원, 넓은 목장과 큰 제재소로 이루어져 있다. 루르드 사람들은 이 제재소를 존경심을 담아 '공장'이라고 부른다. 이곳에서는 큰 댐이 작은 개울의 물을 모아 어마어마한 힘을 내게 한다. 개울 옆에는 또 하나의 작은 물방아가 있다. 앙투안 니콜로와 그의 어머니의 것이다. 수비루는 마부석에서 이 물방아를 바라본다. 수비루는 성과 공장과 장비들을 다 가진 드 라피트보다 니콜로가 훨씬 더 부럽다. 과도하게 큰 것은 아예 부러운 느낌조차 들지 않는다. 하지만 니콜로와 자신은 비교해 볼 수 있다. 내가 니콜로보다 못한 점이 무엇이란 말인가? 사실 내가 더 낫지 않은가. 분명히 나이도 많고 경험도 풍부하다. 도대체 하느님은 왜 착한 자를 굶게 하시고 나쁜 자는 사비 물방아에서 거드름을 피우며 맷돌이 빙빙 돌아가는 것을 구경하게 하신단 말인가. 도무지 이해할 수 없다. 수비루는 뼈가 불거진 말 엉덩이에 채찍을 갈긴다. 말은 풀쩍 뛰어올랐다가 달리기 시작한다. 길이 적갈색 황야 속으로 묻혀 희미해진다. 라피트의 아름다운 백양나무가 멀리 뒤로 물러간다. 샬레 섬이 차츰 황량해진다. 이곳에는 야생의 회양목과 몇 그루의 개암나무뿐이다. 오른쪽으로는 가브 강을 따라, 왼쪽으로는 사비 개울을 따라 각각 한 줄씩 오리나무류의 덤불이 자라고 있다.

두 개울의 왼편으로 에스펠뤼그 산의 바위 봉우리가 솟아 있다. 이것은 구멍투성이 산의 낮고 보잘것없는 등마루다. 사람들은 듣기 좋게 '동굴산'이라고 부른다. 자연은 이 바윗덩이 속에다가 몇 개의 동굴을 파 놓았기 때문이다. 그 가운데 제일 큰 것이 지금 수비루의 눈앞에 있는 마사비엘 동굴이다. 넓이는 대략 20보에 깊이는 12보가량 되는 구멍이 석회암벽에 뚫려 있고, 흡사 빵 굽는 화덕 같다. 아무것도 없는 습한 동굴 바닥에는 가브 강의 퇴적토가 가득 찼는데, 가브 강의 수위가 조금만 높아져도 강물이 넘치는, 볼 만한 구석이라곤 하나도 없는 곳이다. 바닥의 돌자갈 사이에 고사리랑 관동초가 드문드문 자라고, 가느다란 가시덩굴이 바위에 붙어서 동굴 허리까지 자랐다. 이것은 야생 장미로 타원 모양의 문과 같은 형태인 동굴 입구를 둘러싸고 있다. 이 문으로 동굴 속의 방 같은 것으로 들어갈 수 있는데, 이 문 혹은 고딕식 창문으로 보이는 통로가 미지의 시대에 원시인이 손으로 파고 뚫은 것이 아닐까 하는 느낌을 주기도 한다. 마사비엘 동굴은 루르드 주민이나 인근 바츠게르 골짜기의 농부들이 그다지 좋아하는 장소는 아니다. 늙은 여인들은 여기서 일어난 온갖 무서운 이야기나 유령 이야기를 잘 안다. 낚시꾼이나 목동 혹은 가까운 사이예 숲에서 땔감을 줍던 여인들이 폭풍이나 소낙비에 쫓겨서 이 마사비엘 동굴에 몸을 피할 때는 으레 성호를 긋고 들어간다.

프랑수아 수비루는 늙은 여인이 아니며, 무서운 이야기에 별로 겁내지 않는다. 그는 가브 강과 사비 개울 사이에 있는 삼각주 위에 수레를 세우고 마부석에서 내려와 어디서 어떻게 하면 이 일을 가장 빨리 완수할지 궁리한다. 아마 마차를 개울 얕은 데로 몰아서 병원 쓰레기를 동굴 안에서 태우는 것이 바람 부는 밖에서보다 불붙이기가 쉬우리라 생각한다. 그러나 수비루는 주저한다. 행여 낡고 헐거운 수레가 개울의 울퉁불퉁한 돌 때문에 탈이 나지 않을까 걱정이다.

프랑수아는 빨리 판단하고 결정하는 남자가 아니다. 그가 머리를 긁고 있을 때, 돼지의 꿀꿀거리는 소리와 불분명한 소리가 섞여 들려온다. 돼지치기 레리스다. 그는 둑으로 달려오고, 검정 돼지들은 마사비엘과 시유림 사이에 있는 작은 진흙밭 속을 뒹군다. 레리스 또한 하느님의 시험에 든 사람이다. 수비루는 그를 매우 하찮게 여긴다. 첫 번째 이유는 그가 우둔하기 때문이고, 둘째는 음성이 늑대 소리 같아서 말을 하면 짖는 것 같고 우는 것 같기 때문이다. 셋째는 이 일대의 돼지란 돼지는 다 돌보는 목동이니 수비루에게는 세상에서 제일 천한 직업으로 보인다. 레리스는 굵은 목 위에 엄청나게 큰 머리와 붉은 머리카락을 가진 키가 작고 튼튼한 청년이다. 그의 몸은 머리에서 발끼지 가죽으로 둘러싸여 있고, 마치 끈으로 묶은 짐꾸러미 같다. (이 모습을 보고 클라랑스 교장은 피레네 지역의 원시인이 레리스와 닮았을 것이라고 말했다.) 레리스는 흥분해서 수비루에게 손짓한다. 말로는 소통하기가 힘든 사람들이 그렇듯이 항상 흥분 상태다. 수비루는 손짓으로 레리스를 불렀다. 레리스는 마른 땅을 걸어오듯 첨벙첨벙 개울을 건너온다. 그 못지않게 흥분한 그의 털북숭이 개가 그 뒤를 따라온다.

"어이, 레리스!" 수비루가 큰 소리로 목동을 불렀다. "나 좀 도와줄 수 있겠나?"

레리스는 마음씨가 좋은 사람이다. 그의 가장 큰 야심은 자신의 쓸모와 능력을 인정받는 것이다. 그는 수비루가 시키는 대로 힘센 팔로 수레에서 상자를 들어 삼각주 맨 끝에 갖다 놓고, 그 내용물을 땅 위에 엎지른다. 피 묻은 솜과 고름 묻은 붕대 조각, 더러운 아마포 조각이 고약한 냄새를 풍기며 피라미드를 이룬다. 깨끗한 일만 해왔던 수비루는 구역질을 가까스로 참으며 역겨운 냄새를 쫓으려 담뱃대에 불을 붙인다. 그는 쓰레기 속에서 뭔가 굉장히 불쾌한 것, 이를테면 사람의 손가락 같은 것을 본 듯하다. 그는 레리스가 쓰레기 더미에 불을 붙일 수 있도록 성냥갑을 던진다.

추위가 한층 더 매서워졌지만 바람은 잠잠해졌다. 쓰레기는 금세 불이 붙어 타오른다. 목동과 개는 불길을 보고 한층 더 흥분해서 정체 모를 이상한 춤을 춘다. 불길의 주변을 돌며 흥겹게 춤을 춘다. 짙은 연기는 똑바로 하늘로 올라간다.

수비루는 바위 위에 앉아 조용히 그 광경을 본다. 곧 레리스가 와서 옆에 앉는다. 가방에서 빵과 베이컨 한 덩어리를 꺼내더니 똑같이 반으로 나누어 내민다. 수비루는 탐욕스럽게 덥석 받는다. 오늘의 첫 식사다. 하지만 곧 평소의 모습을 되찾고 애써 천천히 서두르지 않고 먹는다. 그는 돼지치기나 동네의 멍청이들 앞에서 자신처럼 정직한 방아꾼은 그렇게 행동해야 한다고 생각한다. 그는 자신처럼 먹이를 삼켜 버린 불을 보며 중얼거린다.

"삽 한 자루가 있으면 좋을 텐데……."

'삽'이란 말을 듣자마자 레리스가 벌떡 일어나 다시 미른 땅 위를 걷는 듯 서슴없이 개울을 첨벙첨벙 건너서 동굴에 가더니 삽 두 자루를 갖고 온다. 일꾼들이 가브 강의 범람을 막으려고 둑을 쌓고는 그곳에 버려두고 갔을 것이다. 그러는 동안 불꽃은 육신에 새겨진 고통의 증거들을 남김없이 태워버렸다. 두 사람은 잿더미를 강으로 퍼 넣었다. 가브 강의 요란한 급류는 이 선물을 아두르 강으로, 그리고 언젠가는 바다로 흘려보낼 것이다.

배도 부르고 마음도 한결 누그러진 수비루가 카즈나브를 다시 만났을 때는 아침 11시도 채 되지 않았다.

"명령을 완수했습니다! 대장님."

오랜 흥정과 몇 번이나 대장님을 되풀이한 끝에 그는 마침내 25수를 손에 쥐었다. 프티-포세 거리의 모퉁이에 이르렀을 때까지도 25수를 온전히 루이즈에게 주겠다는 결심은 변함없었다. 그런데 바부 노인의 주점에 이르렀을 때 아침에 겪은 고통을 떠올리며, 결국 유혹에 지고 만다. 원래 벌 수 있었던 돈은 20수였으며, 5수는 흥정을 통해 추가로 얻은 수입 아닌가. 한 가정의 성실한 아버지로서, 이렇게 추운 날 가족을 위해 힘들게 일했는데 이까짓 5수를 맘대로 쓰지 못한단 말인가? 바부 노인은 브랜디 한 잔에 2수밖에 받지 않는다. 한 잔만 딱 마시고 나와야지.

토방에 들어서니 기분 좋은 냄새가 풍긴다. 오, 하느님, 감사합니다. 오늘은 드디어 지긋지긋한 밀로크*가 아닌 다른 걸 먹는구나. 아내가 양파 수프를 끓인다. 여자들은 정말 대단해! 그는 생각한다. 어떻게든 꾸려 나간단 말이지. 정말로 앞치마 주머니에 항상 넣고 다니는 묵주가 도와주는 것인지도 모른다. 수비루는 방에서 바쁜 척하다가 아내에게 은화를 준다. 마치 다음 날 금화 한 무더기를 가져올 예정이고, 그것의 일부를 먼저 주는 듯 무심한 태도다.

"당신 정말 대단해요, 수비루!" 그녀의 목소리에 연민이 섞여 있다. 수비루 역시 오늘은 시작이 나쁘지 않았다고 생각한다. 아내는 양파 수프 한 사발을 그의 앞에 놓았다. 그는 평소처럼 천천히 엄숙하게 수프를 먹는다.

"아이들은 어디에 있지?" 수비루가 식사를 마치고 묻는다.

"딸애들은 곧 학교에서 돌아올 테고, 쥐스탱과 장-마리는 밖에서 놀고 있어요."

"어린아이들이 거리에서 놀아서는 안 돼!" 수비루는 가장이라는 자

---

* Milloque 혹은 Milloc. 옥수숫가루와 밀가루로 만든 빵.

신의 위치를 생각하며 말한다. 하지만 루이즈는 이 문제에 대해 전혀 의논할 생각이 없는 것 같다. 수비루는 일어나 하품을 하며 기지개를 켠다.

"아침에 온몸이 완전히 꽁꽁 얼었어. 조금 자두는 게 좋겠군. 오늘 밥벌이는 했으니."

아내는 그를 위해 침대를 펼쳤다. 그는 나막신을 벗고 들어가 누워서 이불을 코까지 덮어쓴다. 아무리 거지처럼 가난하더라도, 그리고 운명에게 부당한 대접을 받아도 사는 건 나쁘지 않구나. 특히 가족에 대한 의무를 완수한 후에는 너욱 만족스러운 것이다. 수비루는 포만감과 스스로에 대한 만족감으로 금세 깊은 잠에 빠진다.

제3장

베르나데트는 삼위일체를 모른다

교탁 뒤에는 마리-테레즈 보주 수녀가 앉아 있다. 느베르 수녀원의 수녀다. 느베르 수녀원은 병원과 루르드 여학교를 경영한다. 수녀는 아직 젊다. 만일 입이 조금만 더 크고 담청색 눈이 그렇게 푹 꺼지지만 않았다면 매우 예쁜 얼굴이었을 것이다. 눈처럼 흰 머릿수건 위의 큰 차양 밑에서 얼굴은 병자처럼 안색이 누렇다. 가늘고 긴 손가락은 그녀가 귀한 집에서 태어났다는 것을 보여 준다. 그러나 자세히 들여다보면 손이 붉고 군데군데 동상에 걸렸음을 알게 된다. 이런 엄격함과 금욕의 흔적으로 보주 수녀는 중세기 그림 속의 성인처럼 보인다. 루르드의 교리 선생 포미앙 신부는 매우 재치 넘치는 사람인데, 보주 수녀에 대해 "마리-테레즈 수녀는 그리스도의 신부가 아니라 그리스도의 여전사다"라고 말한다. 신부의 교리 수업 조교가 보주 수녀이므로 그녀에 대해 매우 잘 안다. 포미앙 신부는 목회자로서 의무를 지키기 위해 이 지방의 각 마을과 장터에 다니느라 루르드를 하루 종일 비울 때가 자주 있다. 그래서 자신을 하느님의 세일즈맨이라고 즐겨 부른다. (페라말 주임 신부는 이런 종류의 농담을 매우 싫어한다.)

마리-테레즈 보주 수녀는 포미앙 신부의 지도하에 내년 이른 봄에 있을 아이들의 첫영성체를 준비하고 있다.

한 소녀가 수녀 앞에 서 있다. 나이에 비해서 작은 편이다. 마른 체구가 남부 지방 사람 특유의 조숙함을 보여 주지만 둥근 얼굴은 매우 어리게 보인다. 소녀는 농민들이 입는 긴 작업복을 입고 나막신을 신었다. 이 지역에서는 소수의 부유층을 제외하고는 모두 그렇게 입는다. 소녀의 눈빛은 마치 성직자의 것처럼 솔직하며 무심한데, 그 속의 알 수 없는 무엇인가가 수녀의 신경을 거스른다.

"정말 삼위일체에 대해서 아무것도 모르겠니, 얘야?"

소녀는 눈을 선생으로부터 떼지 않은 채, 맑고 분명한 목소리로 대답한다.

"예, 수녀님, 아무것도 모르겠어요……."

"한 번도 들어 본 적이 없어?"

소녀는 대답하기 전에 잠시 생각했다.

"들어 본 적이 있는 것 같아요……."

수녀는 책을 덮었다. 얼굴에 괴로움이 선명히 드러난다.

"정말 혼란스럽구나. 네가 당돌한 건지, 무심한 건지, 아니면 그냥 멍청한 건지……."

"저는 멍청한 거예요, 수녀님. 바르트레스에 있을 때 사람들이 그랬어요. 제가 너무 멍청해서 뭘 배우기가 어렵다고요."

"내가 걱정하던 대로다." 수녀가 한숨을 쉰다. "베르나데트 수비루, 넌 당돌하구나."

보주 수녀는 학생들 앞을 서성거린다. 그녀는 수도자의 의무를 생각하며 치밀어 오르는 분노를 식히려 애쓴다. 그녀가 침묵을 지키는 동안 80~90명가량의 여학생은 차츰 더 움직임과 목소리가 커지기 시작한다.

"조용!" 여 선생이 언성을 높인다. "내가 지금 어느 야만인들의 나라에 와 있는 것 같구나! 너희들은 이교도보다 더 무례해!"

한 소녀가 손을 든다.

"너도 수비루 아니니?" 수녀는 물었다. 수녀는 2, 3주일 전에 이 학급을 맡았기 때문에 아직 모두의 얼굴을 기억하지는 못한다.

"예. 수녀님. 전 마리 수비루예요. 베르나데트는 저의 언니인데 늘 아프다는 것을 말씀드리려고……."

"네게 묻지 않았다, 마리 수비루." 여 선생은 꾸짖는다. 자매간에 돕고자 하는 것을 일종의 반항과 선동으로 여긴 것이다. 그리스도교적 온화함만으로는 이 90명의 프롤레타리아 소녀들로 하여금 규율을 지키게 하기는 어렵다. 수녀는 권위를 세워야겠다고 생각한다.

"아프다고? 무슨 병을 앓는 거니?"

"음……. 천…… 식이라고 하는 병입니다."

"천식 말이구나."

"예, 수녀님. 천식이요! 도주 선생님이 그렇게 말씀하셨어요. 언니는 가끔 숨을 못 쉬어요……." 마리는 베르나데트가 천식 발작으로 숨을 못 쉬는 모습을 흉내 낸다. 아이들이 요란하게 웃는다. 선생은 손을 들어 아이들의 웃음을 멈춘다.

"천식이라고 해서 공부할 수 없거나, 경건한 태도를 갖지 못하는 건 아니다. 누가 내 질문에 답할 수 있겠니?"

첫 번째 줄에서 한 소녀가 일어선다. 검은 곱슬머리에 반짝이는 눈빛, 욕심 많아 보이는 입을 가졌다.

"그래, 잔 아바디." 선생이 만족하며 고개를 끄덕인다. 이 이름은 그녀가 제일 자주 부르는 이름이다. 잔 아바디는 자신의 총명함을 사람들에게 과시할 기회를 절대 놓치지 않는다.

"삼위일체가 곧 천주이십니다."

피로가 가득한 수녀의 얼굴에 웃음이 퍼진다.

"응, 그렇게 간단하지는 않다. 그래도 너는 어렴풋이나마 알고는 있구나."

이 순간에 교실에 들어온 포미앙 신부에게 경의를 표하기 위해 학생들이 모두 일어섰다. 이 젊은 성직자는 페라말 주임 신부를 보좌하는 세 신부 중의 한 사람인데, 포미앙*이라는 이름에 걸맞게 사과처럼 붉은 두 뺨과 익살스럽게 웃는 두 눈을 가졌다.

"수녀님, 지금 재판 중인가요?" 그는 여전히 죄인처럼 수녀의 책상 앞에 서 있는 소녀를 보며 말했다.

"저는 베르나데트 수비루를 기소하겠습니다, 신부님. 무지한데다 무례하기까지 해요."

베르나데트는 부당하다는 듯 머리를 흔든다. 포미앙 신부는 털이

---

* 포미앙은 Pomme, 즉 사과라는 뜻을 가지고 있다.

북슬북슬한 손으로 베르나데트의 얼굴을 들어 올린다.

"지금 몇 살이지, 베르나데트?"

"열네 살이 되었습니다." 소녀가 맑은 고음의 목소리로 대답한다.

"학급에서 나이는 제일 많은데 제일 무지합니다." 보주 수녀는 신부에게 이렇게 속삭인다. 신부는 수녀의 말에는 대꾸하지 않고 베르나데트 쪽으로 돌아선다.

"생년월일이 언제인지 말해 줄 수 있겠니?"

"예, 신부님. 1844년 1월 7일입니다."

"베르나데트, 네가 그렇게 바보는 아니구나. 혹시 네 생일의 전날이 무슨 축일인지 알겠니? 얼마 전에 지났는데."

베르나데트는 확고함과 초연함 혹은 무관심이 이상하게 혼합된, 조금 전에 마리-테레즈 보주 수녀를 성나게 한 바로 그 눈으로 신부를 본다.

"아니요. 기억 못 하겠습니다"라고 대답하며 고개를 숙인다.

"괜찮다." 포미앙 신부는 웃는다. "그러면, 너에게 말해 주지. 모두 잘 들어라. 1월 6일은 주님 공현 대축일이란다. 동방에서 세 명의 왕이 베들레헴 말구유에 계시는 아기 예수에게 황금과 몰약과 유향을 가지고 온 날이지. 세 왕을 만들어 세워 둔 말구유를 성당에서 본 적이 있니?"

베르나데트 수비루의 얼굴에 생기가 돈다.

"아, 예, 말구유를 봤어요! 그리고 예쁜 동상들도 옆에 있었는데 꼭 살아 있는 것 같았어요. 성가족과 소와 나귀, 그리고 금관을 쓴 세 명의 왕이 황금 지팡이를 짚었고요. 예! 봤어요!"

소녀의 커다란 눈이 방금 기억해 낸 금붙이들처럼 반짝거린다.

"오, 그래! 너는 이제 동방의 세 왕에 대해서 알게 되었구나. 그런데 이제 주의해야만 한다, 베르나데트. 넌 이제 다 컸으니까."

포미앙 신부는 수녀에게 한쪽 눈을 찡긋한다. 이런 방식으로 수녀에게 교수법을 알려 준 것이다. 그런 다음에 그는 다른 아이들을 향해 돌아선다.

"1월 7일도 매우 중요한 날이다. 훗날 프랑스를 깊은 치욕에서 구해 줄 어떤 사람이 태어났지. 지금으로부터 꼭 446년 전에 말이다. 잘 생각해 보렴. 그리고 대답해 보거라."

신부가 말을 마치자마자 누군가 의기양양하게 외친다.

"나폴레옹 보나파르트 황제이십니다."

마리-테레즈 보주 수녀는 마치 슬픔을 표현하고 싶은 것처럼 두 손을 마주 잡고 있다. 몇몇 아이들은 수다를 떨 기회가 왔다고 생각하는 듯 짹짹댄다. 신부는 여전히 사람 좋은 미소를 띠고 있다.

"아니, 나폴레옹 보나파르트 황제는 훨씬 뒤에 태어났지."

그는 흑판으로 가서 큰 정자로 또박또박 쓴다.

"잔 다르크, 오를레앙의 처녀, 1412년 1월 7일에 동레미에서 태어나다."

아이들이 다 함께 합창하듯 신부의 글을 읽는 동안 수업을 마치는 종이 울린다. 11시다. 베르나데트 수비루는 여전히 아이들의 앞에 서 있다. 보주 수녀는 매우 지쳐 보이는 얼굴로 소녀에게만 들리도록 작은 소리로 말한다.

"너 때문에 교리 수업의 진도가 나가지 않는구나, 베르나데트. 네게 그만한 가치가 있는지 잘 생각해 보아라."

제4장

카페 진보

루르드의 관청들이 밀집된 마르카달 광장. 두 개의 큰 레스토랑 사이, 루르드로 들어오는 관문인 우편마차 역에서도 멀지 않은 곳에 카페 프랑세가 있다. 주인인 뒤랑은 작년에 막대한 비용을 들여서 카페를 재단장했다. 붉은 벨벳 커버의 소파, 대리석 테이블, 커다란 유리창, 로마 성채의 총구멍을 연상시키는 거대한 타일 벽난로. 이 벽난로 덕에 카페 프랑세는 루르드에서 제일 따뜻한 장소가 되었다. 뒤랑은 난방에만 신경 쓴 것이 아니라 현대식 조명도 들여왔다. 초록색 전등갓이 덮인 커다란 석유램프로 천장의 리라 모양 금속 막대에 매달려 우윳빛의 환한 조명을 대리석 테이블에 비춘다. 항상 새로운 발명품으로 넘쳐나는 파리에도 이런 조명은 드물다. 뒤랑은 대부분 루르드 사람과 달리 돈을 아끼지 않는다. 오늘처럼 날씨가 흐린 날엔 식전주*를 마시는 시간에도 램프를 켠다. 그게 끝이 아니다. 실내를 밝히는 것에서 더 나아가 루르드 시민의 정신을 환하게 밝히기를 원

* 식사 전 식욕을 돋우기 위해 마시는 술.

해서 옷걸이 옆에 파리의 가장 훌륭한 신문들을 깔끔하게 틀에 넣어 걸어 놓았다. 카페 프랑세는 신문 대금에 대해 결코 주저하지 않는다. 《세기(世紀)》, 《제국시대》, 《투쟁》, 《두 세계 소식(Revue des Deux Mondes)》, 《소공화국(La Petite République)》 등. 그중에서도 《소공화국》은 사회운동가 루이 블랑이 운영하는 것으로 가장 급진적이며, 황제와 정부에 반대하는 신문이다.

거기에 루르드의 지역 주간지 《르 라브당》도 함께 걸려 있다는 것은 굳이 언급할 필요도 없다. 카페 주인과 관심사가 같은 국장이 매주 4부씩 카페에 보내 주면 뒤랑이 즉시 대리석 테이블에 보기 편하게 펼쳐 놓는다. 이처럼 고객의 지적 욕구 충족을 위해 공을 들이는 모습 때문에 카페 프랑세는 '카페 진보'라고도 불린다.

카페가 붐비는 시간은 하루 두 차례, 오전 11시경 식전주를 마시는 시간과 오후 4시경 지방법원이 끝나는 시간이다. 지방법원에서 일하는 사람들이 카페 프랑세의 주요 고객이다. 프랑스는 행정부처의 중앙 집중화를 막기 위한 나름의 원칙이 있다. 주청(州廳)이 타르브에 있으니, 원칙적으로 부주청(副州廳)과 헌병대 본부는 주에서 둘째로 큰 루르드에 있어야 한다. 그런데 규모도 작고 사람들의 왕래도 거의 없는 아즐레스로 간 것이다. 그 이유는 아무도 모른다. 그래서 루르드 시민들의 불만을 가라앉히기 위해 타르브에 있어야 할 법원이 이곳으로 오게 된 것이다. 그런 이유로 푸가 판사, 제국 검사 뒤투르, 그리고 법원의 여러 직원과 변호사, 서기 등이 뒤랑의 고객이 되었다.

아직 그들 중 아무도 도착하지 않았다. 아셍트 드 라피트만이 구석의 원탁에 혼자 앉았다. 루르드의 부자 드 라피트가 아니라 그의 가난한 조카다. 그는 성의 탑 하나를 차지하고 자유롭게 쓰고 있다. 라피트 가족은 자주 여행을 하며 그때마다 야생트 드 라피트도 은신처를 찾아온다. 불평등하고 불안정한 빌어먹을 파리. 물가는 터무니없이 높고 진짜와 가짜를 구분하지도 못하는 곳. 신문기자나 매춘부, 사기꾼들만 들끓는 곳이다.

누구든 야생트 드 라피트를 보면 문학가라는 것을 바로 알아차릴 것이다. 알프레드 드 뮈세[*]처럼 폭이 넓은 넥타이를 무심한 듯 두르고, 빅토르 위고처럼 머리를 뒤로 빗어 넘겼다. 오래전에 위고가 라피트의 시에 대해 좋은 평을 쓴 적이 있어서, 그는 빅토르 위고와 친하게 지냈다고 자랑스럽게 말한다. 유명한 에르나니 전투[**] 당시 야생트 역시 현장에 있었다. 게다가 붉은 조끼[***]를 입고 일찌감치 극장에 도착한 열렬한 낭만파 지지자였다. 그는 망명[****] 중인 위고 외에도 라

---

* Alfred de Musset, 1810~1857. 프랑스의 낭만파 시인, 소설가, 극작가.

** 에르나니 전투는 1830년 봄, 국립극장 코메디 프랑세즈에서 초연된 빅토르 위고의 낭만주의 연극 '에르나니' 공연의 관객석에서 낭만주의자들과 고전주의자들이 벌였던 대결. 왕정복고 말기의 정치적 갈등과 문학 학파 간의 미학적 대립이 중첩된 대결이다.

*** 에르나니 전투 당시 빅토르 위고는 고전파의 방해에 대비해서 수많은 낭만파 지지자를 '박수부대'로 극장에 미리 도착하도록 배치했다. 가장 대표적 지지자였던 테오필 고티에가 그의 유명한 차림인 붉은 조끼를 입고 이들을 지휘했다.

**** 나폴레옹 3세의 쿠데타에 반발하다가 추방당해 벨기에를 거쳐 영국의 여러 섬을 전전, 1870년 나폴레옹 3세의 몰락으로 민중의 환호 속에 파리로 귀환.

마르틴*이나 젊은 테오필 고티에,** 그리고 그 밖에 많은 사람을 잘 안다. 하지만 그들 잘난 체하는 무리에 염증을 느낀다. 적어도 이곳 루르드의 사람들은 자연과 접하며 살아가고, 긴 호흡의 작품을 시도할 수도 있으며, 사교모임이나 문학인들과 카페에서 험담을 늘어놓거나 조롱받는 일도 없을 것이다. 야생트 드 라피트는 낭만파와 고전주의를 다시 결합시키려는 대담무쌍한 생각을 가지고 있다. '엄격한 형식에 한계 없는 상상', 이것이 그의 공식이다. 그는 클라랑스 교장의 제안으로 「타르브의 탄생」이라는 비극을 쓰는 중이다. 교장은 열렬한 지방분권주의자이며 《르 라브당》의 '루르드의 고미술품'이라는 기사를 애독한다. 「타르브의 탄생」의 내용을 보면, 타르비스라는 에티오피아 여왕이 성경에 나오는 영웅을 사랑하게 되었으나 거절당하고 괴로움을 잊으려 피레네 지방에 오게 되었다. 이곳에 와서 여왕은 동양의 음울한 신들을 떠나 서양의 너그러운 신들을 만나 마음의 고통에서 벗어났고, 여제관이 되어 타르브를 세웠다는 내용이다.

줄거리에서 볼 수 있듯 훌륭한 소재이며 상징적 암시로 가득하다. 시인은 엄격한 알렉상드랭*** 형식을 사용했는데, 이는 빅토르 위고의 형식에 얽매이지 않는 자유주의에 도전하는 것이다. 그는 라신****의

---

* 1790~1869. 프랑스 낭만파 시인, 소설가, 정치가. 1830년 7월 혁명과 1848년 2월 혁명을 이끌었고, 프랑스 제2공화국 설립자 중 한 명이다.

** 1811~1872. 프랑스의 시인, 소설가, 문학 비평가.

*** 프랑스 시의 주요 운율. 한 행이 12음절로 이루어지며, '알렉상드르 이야기'라는 문학작품에서 처음 사용되어 알렉상드랭이라는 명칭이 붙게 되었다.

**** 1639~1699. 프랑스 고전주의 비극작가이자 시인. 몰리에르, 피에르 코르네유와 함께 프랑스의

신봉자로서 시대와 장소를 모두 엄격하게 일치시킨다. 2년 전에 쓰기 시작했는데도 아직도 40연까지밖에 못 쓴 것은 매우 유감이긴 하지만. 오늘 자 《르 라브당》에 그의 글이 실렸는데, 자신의 글쓰기 원칙에 대한 내용도 있다.

《르 라브당》이 라피트 앞 테이블 위에 놓여 있다. 이 자유주의 지역 신문이 오늘 아침에는 차질 없이 제시간에 도착했다. 결코 자주 있는 일이 아니다. 대개는 예정 날짜보다 2~3일 늦게 온다. 그래서 포미앙 신부는 "이걸 명심해야 하지. 진보란 항상 필요한 때보다 늦게 온다는 것"이라는 농담을 곧잘 했다.

빅토르 위고의 친구이자 동시에 적이기도 한 라피트는 사람들이 자기의 기사를 읽었을지 매우 궁금하다. 특히 학식이 높은 클라랑스 교장이 빨리 알아차렸으면 싶다. 라신에 대한 세 문장이 있는데 한 구절 한 구절 잘 음미해야 할 것이다. 하지만 방금 카페 안으로 들어온 클라랑스 교장은 무슨 생각에 사로잡혔는지 테이블 위에 《르 라브당》이 올려져 있는 것, 아니 심지어 라피트가 앉아 있다는 사실도 모르는 듯하다. 접시 크기의 넓적한 돌을 하나 수건에 싸서 들고 왔는데, 라피트의 눈앞으로 불쑥 내밀어서 라피트는 돋보기를 꺼내 껴야만 했다.

"이걸 좀 보시지요. 제가 뭘 발견했는지 아마 짐작도 못 할 거요. 에스펠뤼그 산의 어떤 동굴 속에서, 그 수많은 돌 가운데 이 돌이 제

대표적인 극작가로 여겨짐.

눈에 확 띄지 않았겠습니까. 잘 보세요, 돋보기로! 루르드 시의 문장* 이 있지 않습니까. 안 보이세요? 모양은 오늘날 것과는 약간 다르지요. 이것이 16세기 초에 만들어진 것이 아니라면 손가락을 불에 지져도 좋아요. 성탑 위에 독수리 한 마리가 물고기를 물고 있는 모습이 보이나요? 성탑 모양이 지금 문장의 것과는 다른데 무어** 양식을 떠올리게 하는군요. 중세 시대에는 이 도시가 '미랑벨'로 불렸던 걸 선생도 아시는지요? 제가 지금 선생을 가르치려고 하는 건 아닙니다만. 미랑벨은 '미리암–벨'에서 파생된 거죠. 미리암은 마리아를 무어인의 언어로 표기한 것입니다. 독수리가 물고 있는 송어는 바로 그리스도교의 상징인 이크티스***로 마리아를 위해 정복한 성에 던져지는 거예요. 보세요, 이 지방 도처에 마리아의……."

라피트는 잔뜩 화가 나서 교장의 말을 막았다. 무조건 반대하고 싶은 마음뿐이다.

"저는 전혀 그렇게 생각하지 않습니다, 교장님. 저는 문장 속 상징은 그리스도교 이전 시대로 거슬러 올라간다고 봅니다만."

"하지만 선생도 이것만은 부정하지 못하실 테죠." 늙은 클라랑스는

---

* 국가나 단체 또는 집단을 나타내기 위하여 사용하는 상징적인 표지. 그림이나 문자로 되어 있다.

** 중세 이베리아 반도(스페인, 포르투갈, 안도라, 영국령 지브롤터를 포함하는 반도)에 거주하던 무슬림을 지칭. 현대의 모로코와 알제리, 튀니지, 몰타, 모리타니 사람들이 무어인들의 후예라고 볼 수 있다.

*** 흔히 '익투스'라는 발음으로 잘 알려져 있으며 물고기를 뜻하는 그리스어. 초기 그리스도교 신자들이 비밀스럽게 사용했다고 전해지는 그리스도교의 상징으로 두 개의 곡선을 겹쳐 만든 물고기 모양이다.

슬그머니 화제를 돌린다.

"가브(Gave)라는 이름 자체도 아베(Ave)를 포함하고 있다는 것을."

시인은 단호하게 부인한다. 많은 사람이 그렇듯, 순간의 즉흥적 감정에 사로잡혀 자신이 원하는 것을 빨리 얻을 수 있는 방향으로 대화를 몰아가려 한다.

"문헌학자이신 선생께서 저보다 잘 아시겠지만, 어떤 언어에서는 '감마'라는 글자가 '이오타'가 됩니다. 그렇다면 마찬가지로 가브가 성경에 있는 야훼(Jahve)라는 이름을 딴 것이고, 나의 불행한 여왕 타르비스가 전파한 것이라고 하지 못할 이유가 없잖습니까? 제 시를 읽어 보시면, 아니면 오늘 방금 나온 제 기사라도 읽어 보신다면……."

그는 말을 멈췄다. 그들의 지적인 대화는 중단되었다. 11시 종이 울렸기 때문이다. 식전주를 마실 시간이다. 루르드의 유명 인사들이 한 명씩 모습을 나타냈다. 방금의 대화는 이 카페의 단골인 진보주의 변호사, 의사, 공무원 앞에서는 할 수 없다.

제일 먼저 의사 도주가 도착했다. 루르드의 공의라 항상 바쁘지만, 이 시간에 다른 중요 인사들과 함께 포르토*나 말브와지** 한잔하는 것을 거르지 않는다. 루르드에는 꽤 많은 의사가 있다. 페뤼스, 베르제, 라크랑프 그리고 발랑시가 있다. 그래도 도주는 의학 분야에 관한 한 자신이 많은 책임을 진다고 생각한다. 그리고 '시골에서 재능을

---

* 포르투갈산 포도주.

** 그리스산 포도주.

썩히지 않기 위해' 아직도 열정적인 탐구욕을 가지고 있다. 파리 살페트리에르 병원의 위대한 샤르코*나 부아쟁**이 루르드의 듣도 보도 못한 의사에게서 질문이 잔뜩 담긴 장문의 편지를 받을 때마다 어떻게 생각할지 알 수 없다. 답변하는데 매번 족히 한 시간 이상이 걸릴 텐데 말이다.

"3분 만에 마시고 가야 합니다." 도주가 들어올 때마다 하는 인사다. 그는 긴 안락의자의 끄트머리에 모자도 외투도 벗지 않고 앉는다. 그가 평소에 주장하는 위생 원칙에 위배되고, 뒤랑의 벽난로에 대해서도 예의에 어긋나는 것이다. 그는 《르 라브당》을 들고 안경을 이마로 밀어 올린 후 읽기 시작한다. 야셍트 드 라피트는 의사의 얼굴을 열심히 관찰하지만, 자신의 기사를 읽은 기색은 보이지 않는다. 이때 루르드의 세무서장 장-밥티스트 에스트라드가 그들의 테이블에 앉는다. 그는 검은 뾰족 수염과 우울한 눈을 가졌는데 문학가의 관점에서 몇 가지 장점을 가진 사람이다. 그는 말을 거의 하지 않으며 다른 이의 말을 주의 깊게 듣는다. 사상적인 면에서도 어느 정도 융통성이 있는 사람이다. 의사는 대강 훑어본 주간지를 무심하게 세무서장 손에 쥐여 준다. 이번엔 에스트라드가 건성으로 페이지를 넘기며 읽는다. 마침내 라피트의 글이 실린 페이지에 도달했을 때 그는

---

* 1825~1893. 프랑스의 신경과학자, 병리해부학 교수. 현대 신경학의 아버지로 불린다. 히스테리에 대한 연구로 알려져 있으며 그의 이름을 딴 의학용어도 많이 만들어졌다. 지그문트 프로이트, 조르주 투레트 등에게 영향을 끼쳤다.

** 펠릭스 부아쟁(Félix Voisin). 1794~1872. 프랑스의 정신과 의사.

《르 라브당》을 내려놓지 않으면 안 되었다. 모두 일어섰기 때문이다. 시장이 친히 카페에 왕림하는 영광은 날마다 있는 일은 아니다.

라카데 시장이 모두를 향해 인사하며 쾌활하게 들어섰다. 그의 당당한 모습을 보면 사람들이 오랫동안 그를 '잘생긴 라카데'라고 부른 이유를 이해할 수 있다. 불룩 튀어나온 배와 눈 밑 주름과 같은 세월의 흔적으로 더는 이전 같은 미남으로 볼 수는 없지만 체구가 큰 정치인들에게서 찾아볼 수 있는 노련함과 여유, 그리고 품위를 갖췄다. 비고르의 가난한 농부 가족 출신이지만 자신의 역할을 매우 잘해냈다. 1848년에 리기데기 처음으로 시장에 당선되었을 때 사람들은 그가 자코뱅파*인 점에 우려를 표했지만, 오늘날 그는 모두가 인정하는 제정 지지자다. 누구든 세월에 따라 정치적 입장을 바꿀 수 있지 않은가. 라카데는 항상 검은 옷을 입는다. 예기치 않은 일이 닥쳐도 언제든 바로 수행할 준비가 된 것이다. 그의 행동거지는 당당하고 거침이 없으며 목소리는 부드럽다. 그는 누군가에게 말을 걸 때 항상 정중한 태도를 취했으며, 오늘 아침 그와 함께 카페에 들어선 두 명의 고위 공무원들에게도 매우 깍듯하다. 한 명은 제국 검사 비탈-뒤투르로 아직 젊고 야심 차며, 루르드의 생활을 매우 따분해하는 대머리

---

* 자코뱅 클럽(Club des jacobins)이라는 별명으로 유명한 정치클럽. 정식 이름은 '자유와 평등의 벗, 자코뱅회(Société des Jacobins, amis de la liberté et de l'égalité).' 프랑스 혁명 시기에 생긴 정파 중 하나로, 본거지인 자코뱅 수도원의 이름에서 유래. 다양한 사상을 가진 사람이 모였으나 입헌군주파인 푀양파, 절충공화파인 지롱드파가 탈퇴함으로써 급진공화파인 산악파만이 남게 되었다. 그래서 자코뱅파라고 하면 급진공화파를 의미한다.

남자다. 다른 한 명은 경찰서장 자코메인데 두툼한 손과 경찰 특유의 강렬한 눈빛을 가진 40대 남자다.

시장은 유쾌하게 모든 사람과 악수하며 인사를 나눈다. 뒤랑이 급히 나와 주문을 받고, 손수 음료를 내온다.

"아, 여러분, 죄송합니다. 파리의 신문이 오늘은 제시간에 오지 않았습니다! 우편 상황이 엉망이군요."

"파리 신문 말입니까?" 누군가가 비웃듯 말한다. "2월에는 정치나 날씨나 똑같이 암울하군요."

뒤랑은 서둘러 덧붙인다.

"하지만 어제 날짜의 '피레네 소식과 타르브의 공공 이익'이 있고……. 오늘 아침에 《르 라브당》이 왔습니다. 정시에 왔지요."

그는 라카데에게 몸을 기울이고 덧붙인다.

"그리고 시장님, 이번 호에 작은 기사가 실렸는데, 내용이 정말로 훌륭한……."

라피트가 귀를 기울인다. 뒤랑이 계속 말한다.

"신부님들은 그 기사를 그다지 좋아하지는 않을 것 같습니다. 말브와지 한 잔 더 드릴까요, 시장님?"

라카데는 예언자 같은 눈빛으로 깊이 울리는 목소리로,

"뒤랑 씨, 당신에게 좋은 소식을 가지고 왔습니다. 루르드 시민들에게 굉장히 중요한 변화가 일어날 것입니다. 제가 계속해서 요구한 결과 고위층에서 루르드에 철도를 연결하는 것을 검토한다고 하는군요. 여러분 모두 루르드에 애착이 있지 않습니까. 그렇지 않나요, 검사님?"

비탈-뒤투르가 냉정하면서도 예의를 갖춘 말투로 대꾸한다.

"사법관은 떠돌이와 같지요. 오늘은 여기, 내일은 저기. 따라서 우리가 한 장소에 느끼는 애착은 업무적인 것일 뿐입니다."

"그것참 안 되었군요. 그래도 우리는 철도를 가지게 될 것입니다." 라카데가 자랑스럽게 말한다.

뒤랑의 얼굴이 반짝 빛난다. 신문에서 읽은 주옥같은 글들이 생각났기 때문이다. 신문 구독에 많은 돈을 들이므로, 그는 밤늦게까지 신문을 읽어야 한다는 의무감을 가지고 있었다. 때로는 눈이 따갑고 피곤하지만, 자신의 의견을 고상하게 표현하는 방법을 배울 수 있다. 그가 말한다.

"교통수단과 학교 교육이 인류 발전의 두 가지 원천이죠."

"브라보! 뒤랑 씨." 라카데가 고개를 끄덕인다. "특히 교통수단이 그렇지요! 보십시오, 여러분! 카페 주인이 내일 제가 발표할 담화문에 완벽하게 들어맞을 문장을 알려 주는군요. 내일 사용해야겠습니다." 시장의 칭찬에 용기를 얻어, 뒤랑은 주춤주춤 오른손을 들었다.

"사람들 사이의 거리가 짧아지고, 표현 수단이 증가하면서 미신과 광신, 불관용, 전쟁, 독재 등이 사라질 것입니다. 그래서 아마 다음 세대 혹은 다음 세기가 인류의 황금기가 될 것입니다."

"어디서 그런 걸 배웠습니까, 뒤랑 씨?" 라카데는 놀라며 묻는다.

"저의 변변치 못한 소견입니다. 시장님."

"저는 교통수단이나 학교 교육을 뒤랑 씨만큼 높게 평가하지 않습니다." 갑자기 라피트가 큰 소리로 말한다. 그는 불쾌한 기분을 더 이상 억누르기가 힘들다.

"오호," 뒤투르가 웃는다. "파리의 시인께서는 혹시 반개혁주의는 아니시지요?"

"저는 반개혁주의도 아니고 혁명가도 아닙니다. 그저 자유인일 뿐이지요. 저는 단순히 교통의 발달이나 교육이 인류를 발전시킨다고 보지 않습니다."

"진정하세요. 진정하세요. 라피트 씨." 클라랑스 교장이 주의를 준다.

"그렇다면 당신이 말하는 인류의 발전이란 무엇입니까?" 장-밥티스트 에스트라드가 무관심하게 묻는다.

아셍트 드 라피트는 알 수 없는 분노가 차올라 신랄하게 말한다.

"인류는 비범한 천재를 배출한다는 목적을 가지고 있어요. 제 생각은 그렇습니다. 대중은 호메로스*나 라파엘로,** 볼테르,*** 로시니,**** 샤토브리앙*****이나 빅토르 위고 같은 사람을 출현시키기 위해 태어나서 고통받으며 살다가 죽는다는 겁니다."

"슬픈 일이군요." 에스트라드가 말한다. "우리들 하찮은 인간들은 찬란한 결과를 위한 하나의 고통스러운 길잡이에 불과하다니……."

---

* 그리스의 극작가. 『일리아스』와 『오디세이아』의 저자.

** 라파엘로 산치오. 이탈리아의 화가, 건축가. 르네상스 3대 거장 중 한 명.

*** 프랑스의 작가, 철학자, 계몽 사상가.

**** 이탈리아의 작곡가. 대표작은 〈세비야의 이발사〉.

***** 프랑스의 소설가이자 정치가. 낭만주의자의 선구자 중 한 명.

"한 시인의 생각일 뿐이지요." 라카데가 설명한다. "우리가 루르드에 시인을 모시는 만큼 시인께서도 루르드를 위해 도움을 주셔야 합니다. 드 라피트 선생, 선생은 파리의 신문에 루르드의 아름다움에 대해 좀 써주시지요. 피베스트,* 피크 드 게르, 피레네 산의 환상적인 경치와 루르드의 시설, 신앙심 깊고 온화한 루르드 시민들이 누리는 평화로운 삶 같은 것 말입니다. 이 현대적인 카페 프랑세에 대해서도 써주시고, 파리와 온 세상의 관광객들에게 코트레**와 가바르니***에는 가면서 왜 루르드에는 안 오는지도 물어봐 주세요. 이곳에도 그들을 맞기 위해 훌륭한 호텔과 맛있는 음식들이 잔뜩 있다고 말이지요. 오래전부터 궁금했습니다만, 왜 사람들이 코트레와 가바르니의 구덩이에 불과한 곳을 이곳 아름다운 루르드보다 더 좋아하는 걸까요? 거기에 샘이 있어서 그런가요? 아니면 온천 때문에? 그렇다면, 몇 킬로 떨어진 곳에 샘이 있는데 여기에 없을 이유가 없지 않습니까? 간단한 문제에요. 그저 샘을 찾아내기만 하면 될 것입니다. 찾아내서 솟아오르게 해야죠. 제 생각으로는 완벽한 계획인데, 어떻게 생각하십니까? 이 문제에 관해서 주지사인 마씨 남작에게 보고서를 수차례 올렸죠. 도로와 통신 수단을 개선하면 루르드에도 돈과 문명을 더 끌어올 수 있을 것입니다."

---

* Pic de Pibeste. 피레네 산의 봉우리.

** 루르드에서 남동쪽으로 32킬로 떨어진 관광지. 피레네 국립공원의 가장자리에 있으며 현재는 스키장으로 유명하다.

*** 원형극장처럼 생긴 골짜기와 가바르니 폭포로 유명한 지역.

시장은 식전주 시간에 즉석에서 명연설을 했다고 만족했으며, 자신이 루르드 시장으로서 매우 뛰어나다고 생각했다. 그는 남은 말브와지를 천천히 음미하며 마시고 카페를 떠났다. 집에서 아내가 점심 식사를 준비하고 기다리고 있을 것이다.

야생트 드 라피트는 외투를 입고 혼자 바스 거리를 걸어 내려간다. 그는 시장만큼 기분이 좋지 않았다. 등도 시리고, 마음도 춥다. 그는 갑자기 걸음을 멈추고 줄지어 늘어선 초라한 집들을 바라본다. 내가 이곳에 뭘 찾으러 온 것일까? 내가 있을 곳은 이탈리앵 거리*나 생토노레**가 아닌가. 왜 이런 지저분한 구덩이에 머물고 있나. 다시 길을 걸으며 그는 자신의 질문에 스스로 답한다. 내가 이 구덩이에 머무는 이유는 내가 더러운 개이기 때문이다. 부모가 가난하지만, 이곳에서는 부유한 친척 덕분에 사람들이 뼈다귀를 던져 준다. 따뜻한 방에 머물고, 음식도 제공되니 하루에 5수 이상을 쓸 필요가 없다. 카페 프랑세의 부르주아들과 자주 어울리지만, 그들에게 나는 수수께끼 같은 사람이다. 신과도 가깝지 않고, 사람과도 마찬가지다. 나는 이 세상에서 언제나 가난한 친척이라는 존재일 뿐이다.

---

* Boulevard des Italiens. 파리의 2구와 9구의 경계선에 있는 거리. 예술인들이 즐겨 찾는 카페와 화랑이 많다.

** Faubourg Saint-Honoré. 파리에서 가장 부유한 지역. 예술인들의 카페와 화랑이 많다.

제5장
땔감 찾기

베르나데트와 마리가 학교에서 돌아오기 전에 토방의 두 아이는 점심을 해웠다. 장-마리는 방금 거둔 성공으로 의기양양하다. 페라말 신부가 주례하는 오전의 마지막 미사가 끝난 후에는 항상 성당이 텅텅 빈다. 일곱 살의 장-마리는 귀퉁이의 예배당으로 슬그머니 들어갔다. 이곳에는 루르드의 여인네들이 특별히 섬기는 성모상이 있는데, 발치에는 항상 성모에게 바친 양초가 줄지어 타고 있다. 장-마리는 촛농을 모아 동그랗게 빚어 들고 어머니에게 달려온다.

"엄마, 이걸로 초를 만들어."

"맙소사." 수비루의 아내가 파투아 사투리로 소리를 질렀다. "주여, 내 자식이 성모님의 물건을 훔치다니!"

그녀는 아이에게서 밀랍 덩어리를 빼앗았다. 오후에 가잘라스에게 갖고 가서 초를 만들어 성모님께 가져가야겠다. 루이즈 수비루는 장-마리가 저지른 죄 때문에 너무나 놀라 여섯 살 먹은 쥐스탱에 대해서는 미처 주의를 기울이지 못했다. 쥐스탱이 자그마한 손에 움켜쥔 선물을 엄마에게 내민다.

"엄마, 누가 이걸 나한테 줬어."

"세상에. 너희들이 거지 짓을 하고 다니는구나."

"우리는 거지 짓 안 했어, 엄마." 큰아이가 항변한다. "어떤 누나가 줬어."

"누가 줬단 말이냐?"

"이것저것 넣은 바구니를 들고 다니는 누나 말이야. 우리는 아무 말도 안 했어. 그냥 보고만 있었어."

"자코메 서장의 딸을 말하는 거냐?"

"그 누나가 이렇게 말했어. 이 양털로 된 실 네게 줄게. 네가 우리 마을에서 제일 불쌍한 아이니까."

"둘 다 조심해라." 어머니는 화를 냈다. "자코메 서장이 잡아가서 감옥에 넣으면 어떡하려고."

"그런데 내가 마을에서 제일 불쌍한 애야?"

"너희들은 어린 바보 멍청이들이지." 수비루 부인은 아이들을 설거지통 쪽으로 끌어당겨 더러운 손을 씻기고는 설교를 늘어놓는다.

"부올츠네 아기가 너희들보다 훨씬 더 불쌍하지. 그 애는 날 때부터 절름발이라 걷지도 못하는데 너희들은 그래도 온종일 거리를 쏘다니며 놀잖니. 사람들이야 아무 말이나 내키는 대로 하겠지. 너희들은 전혀 불쌍한 아이도 아니고, 어엿한 방앗간 주인이었던 집의 자식인데, 떠돌이 천한 것들 행세를 해서는 안 돼. 그리고 너희 엄마는 대대로 아주 존경받는 카스테로 집안 출신이다. 이모 베르나르드를 보면 알 수 있잖니. 그리고 우리 아버지, 즉 너희 외할아버지의 삼촌은

트리에의 신부였고, 또 다른 삼촌은 툴루즈에서 군인이었다. 너희들이 집안의 명예에 먹칠을 하는구나! 너의 아버지도 새로 물방아를 찾고 있단다. 그러니 앞으로는 다 괜찮아질 거다. 아버지가 주무시고 계셔서 너희들이 성모님 물건을 훔친 걸 모르시니 얼마나 다행이니!"

말을 마친 후 루이즈 수비루는 남편을 한참 쳐다본다. 남편은 성실한 얼굴로 큰 대(大)자로 누워서 코를 골며 잔다. 물론 대부분 성실한 사람들은 대낮에 깊은 잠에 빠지지는 않는다. 여러 사람이 방 하나를 함께 쓰면, 아무리 주변이 시끄러워도 깊이 잠들 수 있게 되기 마련이다. 그럼에도 루이즈 수비루는 목소리를 한껏 낮춰 말한다.

"너희들의 착한 아버지는 너희들을 먹여 살릴 돈을 매일 벌어 오시느라 고생이 심하시구나. 너희들은 절대로 불쌍한 아이가 아니고말고. 열심히 일하는 부모가 있으니까. 내일은 밀레 부인 댁의 세탁일이 있구나. 너희들 주라고 과자도 주실 게다."

"속에 코린트 건포도*가 든 과자?" 쥐스탱이 기억하고 묻는다. 루이즈는 대답할 겨를이 없다. 베르나데트와 마리가 돌아왔기 때문이다. 친구도 한 명 데리고 왔는데 교리문답 수업의 우등생인 잔 아바디다. 검은 눈이 반짝이고 야무지게 다문 입이 매우 어른스럽다. 루이즈가 식탁으로 오라고 손짓하자 예의 바르게 대답한다.

"감사합니다만 배가 고프지 않아서요. 여기서 기다릴게요."

---

* 블랙 코린트(블랙 커런트라고도 불린다) 품종의 건포도는 그리스 등지에서 생산되는 건포도로 잔테 섬에서 많이 생산되어 잔테 커런트라고도 불린다. 일반적인 건포도보다 더 작고 단단하다.

루이즈 수비루는 양파 수프를 그릇에 담으며 한숨을 쉰다.

"한 사람 더 먹어도 괜찮다. 모두 먹을 만큼 있으니……."

마리가 잔을 데려온 이유를 설명한다.

"잔이 우리 공부시켜 주려고 왔어요. 보주 수녀님이 베르나데트 언니를 미워하거든요. 오늘은 계속 책상 앞에 세워 놓고……."

베르나데트는 화가 난 눈으로 어머니를 쳐다본다.

"하지만 삼위일체가 뭔지 정말 모르겠는걸."

"언니는 아는 게 하나도 없잖아." 잔이 인정사정없이 말한다. 스스로 자신의 허물을 인정하면 다른 사람들이 더 쉽게 덤벼드는 법이다. "성모송 외우는 걸로 충분한 게 아니야!"

"나도 성모송을 외워야 하나?" 쥐스탱이 묻는다.

마리는 언니를 위해 변명하려 한다.

"언니는 오랫동안 바르트레스에 있었단 말야. 시골에서는 여기만큼 잘 가르쳐 주지 않으니까……."

어머니는 베르나데트 앞에 설탕 세 조각을 넣은 포도주잔을 놓는다. 가족들이 용인해 주는 병자의 특혜다.

"베르나데트, 너 얼마 동안 다시 바르트레스 라궤스 부인에게 가 있고 싶지 않니? 아버지와는 벌써 이야기를 했단다."

베르나데트의 눈이 반짝했다. 언제든지 새로운 그림이 머릿속에 떠오를 때면 이렇게 반짝한다.

"예, 바르트레스에 갈래요."

마리가 고개를 저으며 화낸다.

"나는 언니를 이해할 수 없어. 시골은 정말 싫어. 내내 양들이 풀 뜯어 먹는 모습이나 보고 있어야 하고……."

"나는 양들이 풀 뜯어 먹는 거 보기 좋은데." 베르나데트가 말한다.

"베르나데트는 그걸 좋아하니까." 어머니가 말한다.

"이 게으름뱅이!" 마리가 언니를 한껏 무시하며 말한다. "언니가 원하는 건 하나밖에 없잖아. 아무것도 안 하고 멍하니 까마귀나 들여다보는 거지. 사람들이 언니 때문에 얼마나 힘들어하는지 알아?"

"언니를 좀 내버려둬라, 마리." 루이즈가 말한다. "너만큼 튼튼하지 않으니."

그러자 베르나데트는 분해서 반박한다.

"그건 아니에요, 엄마! 나는 마리만큼 기운이 있어요. 라궤스 부인에게 물어보세요! 필요할 땐 들판 일도 할 수 있다고요!"

잔 아바디가 숟가락을 놓으면서 단호한 어투로 말한다.

"절대 안 돼요, 아주머니. 베르나데트는 우리 학급에서 제일 나이가 많잖아요. 첫영성체를 앞둔 중요한 때라 바르트레스에 가면 안 돼요. 첫영성체를 하지 않으면 이교도인이고 죄인이라 천국에도 갈 수 없고 아마 지옥에도 갈 수 없을걸요."

"하느님, 자비를 베푸소서!" 어머니는 놀라서 소리를 지르며 하늘을 향해 두 팔을 뻗는다.

이때 프랑수아 수비루가 잠에서 깨어나 침대에 일어나 앉는다. 기지개를 켜고는 주변을 둘러보며,

"사람이 많구나." 그는 팔을 문지르며 불 쪽을 가리킨다.

"방 인에 있는데도 이렇게 추워서야……."

잠이 덜 깨어 뻣뻣한 몸으로 벽난로로 가더니 나뭇가지 몇 개를 던져 넣는다. 하지만 불꽃이 더 일어나지 않는다. 수비루는 화가 난다.

"이게 뭐지? 이제 잔가지도 없고 나무 쪼가리도 없구나! 다들 불이 꺼지도록 쳐다만 보고 있군! 숲으로 나무하러 가는 것도 내가 가야 하는 건가? 뭐든지 나더러 다 하라고?"

"우리가 나무하러 갈게요!" 아이들은 동시에 외친다. 특히 장-마리와 쥐스탱은 숲으로 간다는 생각에 신이 난다.

"너희 둘은 집에 남아 있어." 루이즈가 엄격하게 말한다. "오늘 충분히 말썽을 부렸으니. 마리와 잔만 다녀오너라."

"나는요?" 베르나데트가 묻는다. 얼굴이 붉어졌다. 조용한 얼굴에 처음으로 슬픈 흔적이 보인다. 어머니가 알아듣게 타이른다.

"잘 생각해 봐라. 나이도 제일 많고, 마리와 잔은 몸도 튼튼하고 단련도 되었지만 너는 분명히 감기에 걸리고야 말 거야. 그러면 천식이 더 심해질 테고. 얼마나 심하게 고생했었는지 생각해 봐라."

"그렇지만 엄마, 잔과 마리보다 내가 단련은 더 많이 받았어요. 바르트레스에서는 비가 오나 눈이 오나, 그리고 폭풍이 온 날에도 내내 밖에 있었어요. 그리고 몸도 더 건강했고……."

베르나데트는 아버지에게 원조를 청하고자 쳐다본다.

"셋이 하면 둘보다 많이 모을 수 있잖아요……."

"네 어머니가 결정할 거야." 수비루는 이렇게 말한다. 아이들 교육 문제에서 특별히 중대한 결정을 제외하고는 끼어들지 않는 것이 그의 원칙이다. 누군가 문을 두드린다. 옆집의 부올츠 부인으로 아직 젊은데 굉장히 말랐다. 그녀가 땀에 흠뻑 젖어 헐떡거리며 들어선다.

"오오, 수비루 부인, 저를 좀 도와주세요." 설거지를 하려던 루이즈가 손을 멈춘다.

"세상에! 크루아진! 무슨 일이에요?"

"가엾은 우리 아기! 또 삼 주일 전과 같은 경련이 왔어요. 눈이 돌아가고 주먹을 꼭 쥐고……. 어떻게 해야 할지 모르겠어요. 같이 좀 가 주세요. 제발 우리 아기 좀 살려 주세요……."

"괜찮을 거예요, 이전에도 겪어 봤잖아요. 지금 갈게요. 정신이 하나도 없네. 아이들은 어떡하지?"

집에 꼼짝 말고 있으라는 말을 들은 어린 아들들은 불만에 차서 따라가려고 고함을 지른다. 루이즈는 조용히 하라고 손뼉을 친다. 동시에 크루아진의 불행이 가엾어 눈물을 흘린다.

"지금 갈게요, 크루아진. 자, 마리와 잔 너희 먼저 나무하러 가거라."

"나도 같이 가도 돼요, 엄마?" 베르나데트가 천진난만한 얼굴로 묻는다. 루이즈 수비루는 손으로 이마를 짚는다.

"맙소사. 이렇게도 말귀를 못 알아들으니……. 미쳐 버릴 것 같구나. 베르나데트, 쉬는 게 낫다는 데도!"

그녀는 투덜거리며 옷장에서 옷가지를 꺼낸다.

"자, 털양말을 신어라! 숄도 두르고, 두건도 잊지 말아라."

피레네 지방의 여자들은 외출할 때 모자가 달린 긴 두건을 두른다.

긴 직사각 모양의 천인데 거의 무릎까지 내려오는 것도 있다. 특히 바르트레스나 오멕스, 바츠게르 골짜기나 비고르의 농가 소녀들이 많이 쓴다. 두건은 선홍색이거나 흰색이다. 베르나데트의 것은 흰색이다. 여윈 소녀의 얼굴이 두건의 푸르스름한 그림자에 덮인다.

제6장

가브 강

아이들은 가는 길에 여러 사람을 만난다. 퐁-비유(오래된 다리) 옆, 낚시터와 가까운 곳에 빨래터가 있다. 날씨가 좋을 때는 가브 강 가장자리에 빨래하는 여인들이 길게 줄지어 앉아 있다. 가브 강의 강물은 특히 세탁력이 좋아 옷을 더 하얗게 해준다는 소문이 났다. 이런 날이면 세차게 흐르는 강물 소리와 빨래하는 여인들의 수다, 그리고 방망이를 두드리는 소리로 온통 시끄럽다. 오늘은 날씨가 춥고 흐려서 피귀노 한 사람밖에 오지 않았다. '비둘기'를 뜻하는 이 별명이 어디서 온 것인지는 아무도 모른다. 이 노파의 행동거지가 비둘기와 비슷해서인지, 아니면 고대인들이 바다에 풍랑이 일면 '온화한 흑해'라고 불렀던 것처럼 희망하는 바를 담아 불렀던 것인지 알 수 없다. 피귀노는 비둘기보다는 까마귀를 닮았다. 얼굴은 주름투성이에, 끝도 없는 호기심을 가졌다. 실제 이름은 마리아 사마랑이고 수비루 가족과는 먼 친척 관계지만, 수비루는 그녀를 무시한다. 그의 눈에는 피귀노가 사회의 최하층으로 보이기 때문이다.

"얘들아, 수비루의 딸들 아니냐?" 피귀노가 부른다. "어디에 가는 길이니?”

“아빠 엄마가 보내서 왔어요, 피귀노 아주머니.” 마리가 외친다. 가브 강의 물살 때문에 크게 소리 질러야 한다. 피귀노는 빨갛게 언 손으로 허리를 짚는다.

“세상에! 너희 부모는 피도 눈물도 없구나. 개도 밖에 안 내보낼 이런 추위에!”

잠깐 망설인 후에 베르나데트가 소리친다.

“아주머니는 이 얼음 같은 물에 빨래하러 오셨는데 우리도 나무를 하러 가지 못할 이유가 없잖아요?”

보주 수녀는 베르나데트의 이런 방식의 답변을 당돌하다고 여기는 것이다. 남에게 여간해서 밀리지 않는다고 생각하는 피귀노가 다가온다.

“땔감이 다 떨어진 모양이로구나. 그렇겠지. 네 아버지는 가족을 제대로 보살피지 못하니……. 네 어머니는? 네 어머니에 대해서는 험담할 게 없지. 너희들도 어쩔 수 없지, 어머니 말을 들어야지. 이제 너희 부모에게 가서 말해라. 피귀노가 좋은 정보를 알려 주었다고.”

그러고는 낮은 목소리로 속삭인다.

“드 라피트 씨의 관리인이 샬레 섬의 공원 후문 쪽에 포플러를 잔뜩 베어 놓았단다. 거기에 가면, 아마 일곱 가구가 쓰고도 남을 나무를 모을 수 있을 거다.”

“친절히 가르쳐 주셔서 대단히 고맙습니다.” 잔 아바디가 답했다.

세 아이는 프랑수아 수비루가 오늘 아침에 전염병의 잔해를 실은 수레를 끌고 간 길과는 다른 길로 가고 있다. 강 왼편의 사비 물방아를 지나 샬레 섬까지 이르는 길을 따라간다.

베르나데트는 오랫동안 생각한다. 나무를 훔치기 위해서는 공원 담장을 넘어야 한다고 생각하자 몹시 불안해진다. 이런 얘기를 마리와 잔에게 털어놓으면 겁쟁이라고 놀릴 것이다. 베르나데트는 어떻게든 아이들의 마음을 돌려보려고 한다.

"포플러는 상록수라 땔감으로는 별로 좋지 않은데. 비 온 뒤라 온통 젖어서 연기만 잔뜩 날 텐데……."

"그래도 나무는 나무지." 잔 아바디가 말한다. "가게에서 물건을 고르듯 이것저것 고를 수는 없어."

"하지만, 가지를 잘라 낼 칼도 없고……." 베르나데트는 다시 한번 시도해 본다.

"내가 아버지의 주머니칼을 가지고 왔어." 마리가 의기양양하게 앞치마 주머니에서 뭉툭한 것을 끄집어낸다.

아이들의 대화는 마사비엘로 되돌아오는 레리스와 그의 돼지들 때문에 중단되었다. 선량한 돼지몰이 레리스는 베르나데트를 보고 함박웃음을 지으며 모자를 벗는다. 베르나데트도 마주 웃는다.

"오오, 레리스가 언니를 좋아하나 봐." 마리가 놀린다. 마리는 우등생인 잔의 마음에 들기 위해 때때로 베르나데트를 웃음거리로 삼는다.

"두 사람은 같은 일을 하잖아?"

"나는 돼지를 몰지 않았어." 베르나데트가 말한다. "염소와 양만 몰아봤어. 너희들은 모를 걸. 갓 태어난 새끼 양을 안으면 얼마나 귀여운지……."

마리는 언니를 부끄럽게 여긴다. 자신은 도시 사람이라, 시골 사람을 깔보는 것이다.

이 시기에는 사비 방앗간의 수문이 닫혀 있다. 물을 채워야 하기 때문이다. 개울의 수위가 너무 낮아서 물방아가 돌아가지 않는다. 젊은 방앗간 주인 앙투안 니콜로는 이때를 이용해 물레방아의 물받이판을 고치기도 한다. 니콜로의 어머니는 문 앞에 서 있다. 추위는 더 날카로워졌지만, 햇볕이 나기 시작했기 때문이다. 구름이 완전히 걷히진 않았지만 샬레 섬이 온통 환해졌다.

"수비루의 딸들이구나." 니콜로 어머니는 말한다. "세 번째 아이는 모르겠는데."

"아바디인 것 같은데요. 눈빛이 겁이 없어 보이네요." 앙투안이 들고 있던 연장을 땅에 내려놓고 몸을 곧추세우며 자랑스럽게 여기는 콧수염을 쓰다듬는다. 매우 성실해 보이는 잘생긴 청년이다. "잘 지냈니? 부모님께 사비 방앗간에서 안부 전하더라고 말씀드려라."

프랑수아 수비루는 이제 방앗간 주인이 아니라 날품팔이에 불과하지만 니콜로의 어머니는 그래도 교만하지 않고, 친절하게 인사한다.

"나한테는 아무도 인사 한마디 없구나?" 앙투안이 장난스럽게 말한다.

베르나데트가 그에게로 가서 손을 내민다.

"용서하세요, 니콜로 아저씨……."

"어디에 가는 길이니?"

"그냥 산보하는 중이에요." 마리가 조심스럽게 대답한다. "돌아가는 길에 나뭇가지를 좀 주워갈 수 있으면 집에 가져가려고요."

"다리를 건너가도 될까요?" 잔 아바디가 예의 바르게 묻는다.

"물론이지. 너희들에게는 통행료를 안 받을게."

강을 가로지르는 다리는 널빤지 세 개를 대충 이어 붙인 것이다. 마리와 잔은 재빨리 건너갔지만, 베르나데트는 다리 중간에 서서 아래를 내려다본다. 널빤지 사이로 가브 강의 세찬 물결이 보인다. 그녀는 물을 보는 것을 좋아했다. 니콜로 모자의 말소리는 그녀에게 들리지 않는다.

"사람이 조심하지 않으면 저렇게 빨리도 몰락하는구나." 니콜로 어머니의 말이다. "수비루가 이제는 아이들을 시켜 나무를 훔치게 하다니……."

"그걸 어떻게 알아요?" 앙투안이 부드럽게 말한다. "우리처럼 사이예 숲에 나뭇가지를 주우러 가는 걸 수도 있잖아요."

하지만 니콜로 어머니는 고집을 부린다.

"그렇지. 하지만 수비루가 남의 나무를 훔치다 체포된 적이 있거든."

앙투안은 망치를 들고 이끼 낀 물받이판에 새 널빤지를 대고 못질을 하기 시작한다. 망치 소리가 소녀들이 가는 내내 들린다. 아이들은 곧 커다란 문에 도착했다. 문에서 라피트의 저택에 이르는 길 양옆으로 플라타너스가 늘어섰다. 외투를 입은 한 남자가 성큼성큼 걷고 있다. 깊은 생각에 빠져 아이들이 인사를 했는데도 대답이 없다.

뭔가 중얼거리면서 수첩에 끄적거린다.

"파리에서 온 라피트 씨의 사촌이야." 잔 아바디가 존경스럽다는 듯 말한다. "지금 공원의 나무를 세고 있나 보다. 라피트 씨에게 보고하려고."

"오, 하느님! 그럼 피귀노 아줌마의 말대로 하면 안 되겠네……." 마리가 겁먹은 목소리로 말한다.

"절대 안 되지." 베르나데트는 마음이 놓인다.

"둘 다 겁쟁이구나." 아바디가 비웃는다. 세 아이는 남자의 눈을 피하기 위해 도망을 친다. 야생트 드 라피트가 아이들이 네 번째로 만난 사람이다.

그들은 이제 축축하고 길도 없는 들판을 걷는다. 베르나데트는 덤불 가지를 꺾는다. 잔과 마리가 깔깔거리며 웃는다.

"우린 안 할 거야. 가시덤불 만지다 손만 다칠걸."

"저쪽으로 좀 더 내려가면 어떨까?" 베르나데트가 말한다. 그녀는 이 부근의 지리를 잘 모른다.

똑똑한 잔 아바디가 서쪽을 가리킨다.

"그쪽으로 쭉 가면 얼마 안 가서 베타람*이야. 그리고 거기까지는 아무것도 없어……."

하지만 잔의 말이 틀렸다. 산에서 내려오는 개울과 가브 강이 합류해 길이 막혔다. 바닥이 타다 남은 재의 흔적으로 온통 시커멓다. 아

* 베타람 동굴. 비고르 지방의 관광 명소.

침에 아버지가 25수를 받고 수술 후 버려진 인간의 찌꺼기들을 태워 버린 곳이다. 왼쪽으로는 나무가 울창한 에스펠뤼그의 산과 구름 사이로 비추는 햇살로 인해 밝아졌다 어두워졌다 하는 마사비엘 동굴이 있다.

"저것 봐." 잔이 소리 지른다. "뼈가 엄청나게 많다!"

그녀가 손가락으로 동물의 뼈 무더기를 가리킨다. 급류에 떠내려와 동굴 아래쪽 제방에 쌓인 채 물살 아래 하얗게 빛난다.

"저 뼈다귀를 고물장수 그라몽에게 가져가면 적어도 2수, 아니 3수까지도 받을 수 있을걸." 마리가 말한다. "그러면 메종그로스 빵집에서 흰 빵 한 덩어리나 설탕 한 덩이를 살 수 있을 거야."

"공평하게 나누자." 잔의 말이다. "내가 제일 먼저 발견했잖아. 사실 내가 다 가지는 게 맞을 테지만……."

그녀는 나막신을 벗어 개울 건너편으로 던진다. 개울은 넓이가 기껏해야 7미터 정도밖에 안 된다. 잔은 정강이에 닿을락 말락 얕은 물을 첨벙첨벙 건넌다. 아침에 레리스가 건널 때는 옆구리까지 차올랐었다.

"앗 차가워! 다리가 끊어지는 것 같아. 물이 얼음이야!" 잔이 소리친다.

마리는 뼈다귀를 다 빼앗길까 걱정이다. 나막신을 벗어든 손으로 치마를 잡고 소리를 치며 얼음 같은 물을 건넌다. 베르나데트는 이제까지 느껴본 적이 없는 묘한 혐오감을 느낀다. 마리와 침대를 같이 쓰는데도, 동생의 맨다리를 보자 구역질이 날 지경이라 아주 역겨운 광경과 마주쳤을 때처럼 몸을 돌린다. 잔과 마리는 개울 건너편에 도착해 바닥에 주저앉아서 이빨을 딱딱 마주치며 다리를 문지른다. 매서운 추위에 눈물이 흐른다.

"나는 어떡하지?" 베르나데트가 소리친다.

"우리처럼 건너와야지!" 잔이 마주 소리친다.

"안 돼. 언니는 거기에 그냥 있어야 해!" 마리가 걱정하며 말한다. "안 그러면 지독한 감기에 걸려서 천식이 심해질 거고 밤새 잠도 못 자게 돼."

"그래, 틀림없이 감기에 걸리고 엄마는 야단치고 때릴 거야."

"기다려! 내가 다시 건너가서 언니를 업고 건너올게!"

"아니야, 그만둬. 너는 너무 작고 약해서 우리 둘 다 물에 빠질걸. 너희들이 커다란 돌을 갖다 놓으면 내가 밟고 건널 수 있긴 할 텐데……."

"커다란 돌이라고? 일꾼을 잔뜩 불러야겠네." 잔이 조롱하며 웃는다.

"네가 날 업고 건너가면 되겠다. 너는 키도 크고 힘도 세잖니."

잔 아바디는 화가 난다.

"이 얼음물에 또 들어가라고? 설탕 3킬로를 준다 해도 그건 못하겠다. 그렇게 무섭고, 어머니가 겁이 나면 거기에 그대로 있어! 겁쟁이. 악마가 와서 잡아가 버려라!"

베르나데트는 악마가 자신을 잡아가는 것을 상상한다. 그녀는 말을 내뱉으면 사실이 된다고 생각한다.

"너는 악마가 진짜 나를 잡아가면 좋겠어? 그러면 이제 너는 내 친구가 아니야! 난 네가 누군지 몰라!"

화가 나서 그녀는 몸을 홱 돌린다. 건너편의 두 소녀는 언덕을 올라간다. 마리의 목소리가 들린다.

"저 위에 마른 가지가 잔뜩 있네. 언니, 거기서 기다려! 언니는 안 와도 돼."

베르나데트는 차츰 마음이 진정된다. 덤불 사이로 종종거리며 나무를 줍는 아이들을 눈으로 좇는다. 아이들의 모습이 시야에서 사라지자 마음이 놓이는 것을 느낀다. 그녀는 혼자 있는 것을 좋아한다. 다른 사람들과 같이 있을 때는 느끼지 못하는 평화로움이며, 신성하고 부드러운 존재로 돌아가는 느낌이다. 바람도 잔잔해졌다. 그녀는 주위를 둘러본다. 구름 사이로 햇살이 비치면 마사비엘 동굴이 장밋빛으로 가득 차고, 그늘이 모두 사라진다. 유일하게 어두운 부분은 끝이 뾰족한 암벽 구멍뿐이다. 구멍 주변을 들장미 덩굴이 감싸고 있다. 베르나데트는 귀를 기울인다. 마리와 잔의 멀어져 가는 말소리와 가브 강의 요란한 물소리밖에는 아무것도 들리지 않는다. 이 물소리가 그녀의 귀에는 밤에 악몽에서 깨어날 때 고함을 지르는 소리처럼 들린다.

"언니는 안 와도 돼." 그녀는 분한 마음 없이 이 말을 생각한다. 동시에 의무감을 느낀다. 내가 맏이인데……. 이렇게 약해빠진 모습을 보이면 안 되는데……. 나는 천식이 있긴 하지만 겁쟁이는 아니다. 차가운 물에서 몇 발짝 걷는다고 바로 감기에 걸리지는 않겠지. 어머니가 억지로 신게 한 털양말이 거추장스럽구나.

베르나데트는 몇 시간 전에 아버지와 돼지몰이 레리스가 자신의 아버지와 빵과 베이컨을 나누어 먹었던 바위에 앉아 나막신을 벗고 오른발의 흰 털양말을 벗기 시작하는데 주변의 뭔가가 바뀐 듯한 느낌이 들어 둘러본다. 아무 일도 없고, 구름만이 천천히 흘러갈 뿐이다. 잠시 시간이 흐른 후에야 베르나데트는 눈에 보이는 것이 아니라 귀에 들리는 것이 변했다는 것을 깨닫는다. 가브 강의 물살 소리가 변했다.

가브 강은 이제 강이 아니라 도로 같다. 특히 가장 붐비는 부활절 무렵, 장이 서는 날의 타르브 대로 같다. 수백 대의 샤라방,* 짐수레, 합승마차,** 랑도,*** 빅토리아식 사륜마차,**** 틸버리*****가 울퉁불퉁한 거리 위를 덜컹거리며 달리는 소리다. 여기에 루르드의 정예 기병부대가 행진하는 소리와 수많은 사람의 나막신 소리, 바퀴 소리, 말과 채찍 소리, 노새의 우는 소리가 뒤섞인다. 어지러운 환영과 떠들썩한 소리가 베르나데트에게 점점 더 가까이 다가오며 짓누른다. 이 시끄러운 소리에 섞여 여자가 날카롭게 지르는 소리가 들린다. '도망가! 어서! 악마가 쫓아온다!'

주위를 둘러싼 소음 속에서 잔의 저주가 다시 그녀를 사로잡는다.

---

* char à banc 혹은 charabanc. 개방형 사륜마차. 10~35개의 승객석은 앞을 향함. 덮개나 측면 커튼을 갖춘 것도 있으며 주로 사냥이나 관람을 위해 사용한다.

** Omnibus. 많은 사람을 태울 수 있는 마차.

*** Landau. 독일에서 발명된 사륜마차. 마주 보는 2인용 좌석과 높이 솟은 마부석이 있으며, 개폐식 후드가 있는 것이 일반 마차와 구분된다.

**** Victoria 혹은 Victorian coach. 개방형 4인석 마차.

***** Tilbury. 런던의 틸버리 사에서 만든 이륜마차.

베르나데트는 이를 악문다. 이런 환영을 전에도 본 적이 있었는데 언제 어디에서 봤는지 기억이 나지 않는다. 곧 환영과 소리가 사라졌다. 가브 강의 소리는 다시 이전처럼 평온한 소리로 되돌아갔다.

베르나데트는 이 일을 잊어버리기 위해 머리를 흔든다. 털양말을 아직도 손에 든 채로 다시 조심스럽게 사방을 둘러본다. 그의 눈은 동굴에 고정되었다. 바람이 전혀 불지 않아 들장미 가지가 꼼짝하지 않는다.

제7장

동굴의 여인

베르나데트는 가까이 있는 포플러 나무를 본다. 바람이 부는지 보기 위해서다. 평소에는 늘 바람에 흔들리는 포플러 잎사귀가 꼼짝도 하지 않는다. 소녀는 다시 동굴 쪽을 본다. 동굴은 열 발자국 정도밖에 떨어져 있지 않다. 들장미 가지도 바위에 붙어서 미동이 없다. 분명히 잘못 보았을 것이다.

하지만 눈을 깜박거리고, 감았다가 다시 뜨고, 또 감았다가 다시 떴는데도 마찬가지다. 하늘은 이전과 똑같이 회색빛이다. 그런데 뾰족한 암벽 구멍 속에 부드러운 광채가 보인다. 마치 황금이 햇볕에 연하게 반사되는 것 같은 빛이다. 이 부드러운 빛 속에서 누군가가 깊숙한 곳에 숨었다가 세상에 나타나는 것처럼 나타난다. 유령도 아니고, 희뿌옇게 빛을 발하며 공중에 떠 있는 형상도 아니며, 꿈속의 모습도 아닌, 뼈와 살이 있는 아름답고 우아한 젊은 여인이다. 키는 크지 않아서, 암벽의 좁은 구멍 속에서 매우 편안해 보인다. 평범한 여인이 절대 아니다. 허리 부분이 딱 맞게 조이는 눈처럼 흰옷을 입었는데 얼마 전 성당에서 본 라피트 막내딸의 결혼식 의상과 흡사하다. 특히 발목까지 닿는 얇고 섬세한 베일이 매우 아름답다. 상류 사회에서 유행하는 것처럼 머리를 말거나 틀어 올려서 자개 머리빗을 꽂지 않고 자연스럽게 풀어 내린 곱슬곱슬한 갈색 머리카락이 베일 아래로 몇 가닥 보인다. 넓고 푸른 허리띠를 가슴 아래 맵시 있게 매었는데 무릎까지 내려오는데 이렇게 아름다운 푸른색은 본 적이 없다. 여인이 입은 옷은 비단처럼 광채가 있는가 하면 벨벳처럼 부드러워 보이기도 하고, 몸의 움직임이 주름 속으로 보이는 듯 얇아 보이기도 한다. 이런 옷감은 루르드 부자들의 옷을 도맡아 만드는 재봉사 페레도 본 적이 없을 것이다.

그러나 마지막으로 베르나데트가 본 것이 그중에서도 가장 놀랍다. 여인은 맨발이었는데 희디흰 상아 같기도 하고 석고 같기도 하다. 이 흰 빛에는 붉은빛이나 장밋빛이 조금도 섞여 있지 않았다. 흙을 딛지 않은 듯 깨끗한 발이다. 여인의 발은 생기 넘치는 육체와 이상한 대조를 이룬다. 제일 놀라운 것은 발을 감싼 황금 장미꽃이다. 장미꽃이 어떻게 발에 붙어 있는지, 무엇으로 만들어진 장미꽃인지, 금세공업자가 만든 것인지 아니면 입체 그림인지 알 길이 없다.

베르나데트는 처음에는 깜짝 놀랐고, 다음에는 두려움을 느꼈다. 하지만 이전의 펄쩍 뛰며 달아나게 되는 두려움이 아니다. 이마와 가슴을 부드럽게 감싸 안으며 이 시간이 오래 지속되기를 바라는, 베르나데트가 말로 설명하기 힘든 위로 혹은 위안으로 바뀌는 감정이다. 베르나데트는 이 순간까지 자신에게 위로가 필요하다는 사실도 몰랐다. 자신이 얼마나 고달픈 삶을 사는지, 굶주림에 시달리고 컴컴한 토방

구석에서 다섯 식구와 함께 살며, 밤새 숨을 쉬려고 얼마나 애를 썼는지 모른다. 이제껏 그렇게 살아왔고, 앞으로도 그러할 것이다. 하지만 그녀는 차차 위안에 둘러싸인다. 이 느낌에 굳이 이름을 붙인다면 뜨거운 자비심의 홍수라고 할 수 있을까? 이 자비심은 베르나데트의 내면에서 스스로 생겨난 걸까? 그렇다. 베르나데트는 크나큰 감명을 받았고, 충만한 감정이 온 마음을 가득 채웠다.

자비심과 사랑으로 충만한 위안의 물결이 베르나데트의 가슴에 요동치는 그 순간, 소녀의 눈은 한결같이 젊은 여인의 얼굴을 향하고 있다. 여인은 여인대로 자신의 얼굴이 소녀에게 잘 보이도록 해주는 것처럼 보인다. 암벽 구멍 속에 가만히 서 있는데도 소녀가 눈을 기울이면 기울일수록 여인은 더욱 가까이 보였다. 여인은 눈도 깜빡이지 않는다. 때때로 드물게 눈을 감았다 뜰 뿐이다. 얼굴빛은 한 점 흠도 없이 생기가 있으며, 볼은 발그스레하다. 입술을 근엄하게 다물지는 않고 약간 벌리고 있는데 어린아이의 것처럼 반짝거리는 이가 살짝 보인다. 그러나 베르나데트는 이런 하나하나의 세세한 모습을 관찰하는 것이 아니라 전체적인 모습을 본다.

베르나데트는 지금 여기에서 신성한 일이 일어났다는 생각은 전혀 하지 못한다. 성당의 어스름한 빛 속에 꿇어앉은 것이 아니라 차디찬 돌 위에 앉아 있기 때문이다. 사비 개울 어귀, 헐벗은 차림으로 2월의 차가운 바람 속에서 기운 없는 손에 양말을 들고 있는 베르나데트로서는 꿈에서도 보지 못한 이 여인이 매우 아름답다는 것 외에는 아는 것이 없으며, 온전히 그 아름다움에 사로잡혀 있다.

경외감에 사로잡혀 꼼짝 못 하던 베르나데트는 갑자기 자신이 무례하다고 느낀다. 자신은 앉았고 여인은 서 있다. 그뿐인가, 오른발은 맨발이고 왼발에는 양말을 신었다. 갑자기 이것이 잘못되었다고 깨닫고 벌떡 일어서자 여인은 만족하여 웃는다. 이 웃음이 그녀의 아름다움을 더 잘 드러나게 한다. 소녀는 루르드 여학생들이 하는 서투른 경례를 온 마음을 다해 한다. 수녀 선생이나 포미앙 신부, 혹은 페라말 신부를 길에서 만나면 하는 그런 경례다. 여인이 이에 화답한다. 권위자들처럼 사람을 위압하는 것이 아니고, 친구들끼리 하는 것처럼 편안하게 눈짓한다. 그녀의 미소는 한층 더 명랑해졌다. 사랑을 주는 사람과 받는 사람 사이의 정다운 동정의 물결이 일어나 파동을 친다. 가슴이 격동하는 결탁의 인식. 베르나데트는 예수와 마리아를 떠올린다. 둘 다 서 있는 상태에서 베르나데트는 경의의 표시로 암벽 구멍을 향해 자갈 위에 무릎을 꿇었다.

소녀의 생각을 안다는 듯, 여인은 황금 장미꽃이 빛나는 상앗빛 발로 동굴 안에서 한 걸음 바위 끝으로 다가왔다. 그 이상은 더 나오려 하지 않는다. 그녀는 팔을 약간 벌린다. 무엇을 끌어안으려는 것 같기도 하고 들어 올리려 하는 것 같기도 하다. 여인의 손도 발과 같이 작고 하얗다. 손안에는 붉은빛이나 장미 같은 것은 보이지 않는다.

한참 동안 아무 일이 일어나지 않는다. 젊은 여인은 아마 베르나데트가 하는 대로 온전히 내버려두고자 한 모양이다. 베르나데트는 오랫동안 서 있다가 무릎을 꿇고 여인을 쳐다보고 또 쳐다본다. 이러는 가운데 고요한 당혹감이 커져 간다. 베르나데트는 자신이 여인에게 충분한 상대가 되지 못한다는 것을 안타까워하는 마음과 어떻게 하면 앞으로 이 여인과 다시 만날 수 있는지, 그것을 위해 모든 힘을 쏟아야 한다고 마음먹는다.

베르나데트는 생각한다. 여인은 누구이며 어디서 왔는가? 땅에서 나왔을까? 땅속에서도 좋은 것이 나오는 걸까? 좋은 것, 천상의 것은 위에서 온다. 성당에 있는 그림에서 본 것처럼 구름과 태양 광선을 타고 온다. 그런데 이 젊은 여인은 대관절 누구며, 어디에서 맨발로 온 걸까? 자연의 길로 왔는지, 자연의 길이 아닌 길로 왔는지 알 수 없다. 무엇 때문에 이 마사비엘을 찾아온 것일까? 더러운 바위굴, 홍수가 나고 뼈다귀가 쌓여 있는 곳, 자갈과 돼지와 뱀이 있는 곳, 세상 사람이 모두 싫어하는 이 외진 구석에.

하지만 베르나데트의 생각은 오래가지 않는다. 그녀는 여인의 아름다움에 마음을 빼앗겼다. 다만 순전히 육체적인 것뿐이라면 진정한 아름다움이라 할 수 없을 것이다. 얼굴에 아름다움이 있다는 것은 육체적 형식에 결부되었으면서도 정신적 자연의 빛이 통하기 때문이다. 여인의 아름다움은 다른 아름다움에 비해 육체적인 점이 적다. 정신적 빛이 바로 아름다움 그 자체다. 이 빛의 힘에서 용기를 얻어 베르나데트는 여인에 대해 더 알아보고자 하는 마음으로 성호를 그으려 했다.

성호는 마음속 천만 가지 걱정을 없애 주는 이미 잘 검증된 방법으로, 베르나데트가 어릴 적부터 행해 온 것이다. 밤에 무서운 꿈을 꾸었을 때뿐만 아니라 대낮에도 물건 위에 다른 형상을 겹쳐 보는 일이 가끔 있었기 때문이다. 토방 벽에는 크고 축축한 곰팡이 얼룩이 가득하다. 가만히 앉아 얼룩을 가만히 응시하면 이 얼룩이 기묘한 형상으로 변하는 것을 볼 수 있다. 이 형상들은 대개 악마나 짐승의 세계를 보여 준다. 특히 바르트레스에 있는 농부 라궤스의 염소 중 가장 큰 오르피드가 자주 등장한다. 한번은 이 몹쓸 짐승이 베르나데트를 목장 끝까지 쫓아간 적도 있다. (무엇 때문에 부드럽고 사랑스러운 것을 좋아하는 아이가 이런 무서운 환상에 시달리는 것일까?)

여인의 혈색 없는 발만 쳐다보던 베르나데트가 성호를 긋기 위해 손을 올리려고 하지만 꼼짝할 수 없다. 손이 올라가지 않는다. 마치 병든 것처럼, 혹은 짐짝처럼 축 처져 있을 뿐, 손가락 하나 움직일 수 없다. 이렇게 사지를 움직일 수 없는 경험은 무서운 꿈을 꾸었을 때 겪어 보았다. 도움을 청하려고 소리를 지르려 했지만, 도무지 소리가 나지 않았었다. 하지만 지금 팔을 들어 올리지 못하는 무기력함에는 다른 이유가 있는 것 같다. 여인이 베르나데트의 의도를 알고 그녀를 움직이지 못하게 하려는 것 같다. 자신이 시험 삼아 성호를 그으려 한 것이 용서할 수 없는 실수를 범한 것인지도 모른다. 왜냐면 성호에 관한 한 틀림없이 누구보다도 이 여인에게 절대적 권한이 있기 때문이다.

암벽 구멍에 있던 여인이 천천히 누구를 일으키는 것처럼 오른손을 올려서 얼굴 위에 커다란 십자성호를 그었다. 베르나데트는 누구에게서도 이런 성호를 본 일이 없다. 그 성호가 아직도 공중에 떠서 남아 있는 듯하다. 이때 여인의 얼굴은 매우 엄숙했다. 이 진실성이 숨도 못 쉬게 하는 사랑으로 새로운 진흙을 씻어 버리는 물결이 된다. 베르나데트는 다른 사람들과 마찬가지로 성호를 그을 때 이마와 가슴에 대강 손가락을 푹푹 짚어 왔다. 그러나 지금은 어떤 따뜻한 힘이 자기의 손을 잡고 있는 것을 느낀다. 글씨 쓸 줄 모르는 아기의 손을 잡고 가르치는 것처럼 이 따뜻한 힘이, 크고 말할 수 없이 귀한 성호를 소녀의 얼음 같은 손으로 이마에 그어 준다. 이제 여인은 눈짓을 보내며 다시 웃는다. 무슨 중대하고 귀중한 일을 성취한 것처럼.

성호 뒤에 잠깐 정적이 있었다. 이 상태는 경외감을 가지고 보는 사람에게 사랑이 충만해져서 생기는 정적이다. 베르나데트는 무엇이든 말을 하고 싶다. 아무 뜻 없는 소리라도 좋다. 더듬어 가면서 존경심을 가지고 정답게 하고 싶다. 그러나 여인이 먼저 말을 걸어 주기 전에 무슨 말을 해도 괜찮은 걸까? 주머니에 손을 넣어서 묵주를 끄집어낸다. 이보다 더 좋은 것은 떠올릴 수 없다.

루르드의 여자들은 항상 묵주를 지니고 다닌다. 그들의 신앙의 충실한 도구가 묵주다. 가난하고 일을 많이 하는 부인네들은 잠시도 쉴 틈이 없다. 빈손으로 기도하는 것은 그들에게는 올바른 기도로 여겨지지 않는다. 묵주로 기도하는 것은 '은총이 가득하신 마리아 님'을 50번 외우며 구슬을 돌려 완성하는 그들의 바느질이자 뜨개질이며, 자수다. 묵주 기도를 많이 올리는 사람은 언젠가 자기 죄의 일부를 덮어 줄 보호막을 만드는 것이다. 천사가 성모에게 하례하는 말씀을 암송하는 그 순간 그들의 영혼은 성인들의 목장을 거니는 것이다. 간혹 영혼이 길을 잃고 기도문을 벗어나 얼토당토않은 달걀값을 생각하며 한숨 쉬기도 하고, 반복되는 '은총이 가득하신' 소리를 들으며 잠깐 졸기도 하지만 이것은 죄가 아니다. 성령의 보호 아래 방황했기 때문이다.

루이즈 수비루도 루르드의 다른 부인네들과 마찬가지다. 그러나 베르나데트는 나이가 어려 어엿한 여인네가 되려면 아직 멀었다. 테레즈 보주 수녀는 그녀를 아무것도 모르는 백치라고 생각하며, 실제로 신앙의 신비에 대해서는 굉장히 모호한 지식만 가지고 있다. 베르나데트는 묵주를 자랑스럽게 주머니 속에 넣어 다니지만, 그것은 나이 찬 여자라는 표시일 뿐이다.

이제 그녀는 보잘것없는 검은 구슬로 된 묵주를 여인 앞에서 꺼내 들었다. 여인은 이것을 이미 기다렸던 것 같다. 웃으며 고개를 끄덕이며 소녀의 행동을 진심으로 기뻐하는 듯하다. 여인의 높이 올린 오른손에도 묵주가 보인다. 반짝이는 진주로 된 긴 묵주로 거의 바닥까지 드리워졌으며, 끝에는 황금 십자가가 달렸다. 세상의 어느 여왕도 이보다 아름다운 묵주를 가진 이는 없을 것이다.

베르나데트는 자신의 목소리를 듣고 깜짝 놀란다. 여인은 전혀 눈치를 못 챈 것 같다. '은총이 가득하신 마리아 님…….' 그녀는 여인도 자기와 같이 기도를 하는지 살펴보았다. 그러나 여인의 입술은 움직이지 않는다. 천사들의 인사 말씀은 여인이 해야 할 부분이 아닌 것이다. 그저 부드럽게 소녀의 기도를 주의 깊게 들을 뿐이다.

성모송이 끝날 때마다 구슬을 한 개씩 넘긴다. 그러나 반드시 베르나데트가 먼저 검은 묵주 구슬을 넘길 때까지 기다린다. 다만 '은총이 가득하신……'이 한 단 끝나고 '영광이 성부와 성자와 성령께' 하는 송가를 외울 차례가 될 때, 여인은 조용히 입술을 움직이며 기도를 함께한다.

지금까지 베르나데트는 묵주 기도를 이렇게 천천히 올려 본 적이 없다. 묵주 기도는 여인을 붙잡는 효과적인 방법임이 틀림없다. 베르나데트에게 이보다 더 중대한 일은 없다. 그녀가 우려하는 것은 오로지 이 아름다운 여인이 불편하기 짝이 없는 바위 동굴에 오래 서 있는 것이 싫증이 나진 않을까. 이 추운 날씨에 꼼짝도 하지 않는 것이 고통스럽지 않을까 하는 것뿐이다. 여인은 곧 떠날 테고 나는 혼자 남을 것이다.

성모송 30번을 외운 후에는 이런 생각과 마음의 그늘이 씻은 듯 사라져 버렸다. 전혀 피로함을 못 느낀 채 베르나데트는 완전히 여인에게 집중하며, 다른 감각은 무뎌졌다. 자신이 돌 위에 꿇어앉아 있다는 사실도 잊었고, 주위를 둘러싼 한기도 느끼지 못한다. 다만 따뜻하고 행복한 졸음이 그녀를 감싼다.

행복하다. 너무나 행복하다…….

제8장
이상한 세상

마리와 잔이 다시 개울가에 온 것은 그로부터 20분도 더 지난 후였다. 그들은 마사비엘과 시유림 사이의 낮은 골짜기에서 마른 나뭇가지를 너무 많이 꺾어서 간신히 추슬러 돌아왔다. 숨을 헐떡이고 땀을 흘리며 너무나 피곤해서 베르나데트를 쳐다볼 겨를도 없었다. 가장 먼저 그녀를 발견하고 놀란 것은 마리다. 저 위 개울가에서 언니가 자갈 위에 이상한 자세로 꿇어앉아 있다. 오른손 엄지와 장지 사이에 묵주를 걸치고, 흰 털양말을 벗어 옆에 내려놓은 채, 죽은 사람처럼 얼굴이 창백하다. 평소에 그 생생하던 입술에 혈색이 하나도 없다. 눈은 동굴 쪽으로 향했으나 흰자위만 보여 마치 장님의 눈과 같다. 숨도 쉬지 않는 듯한 창백한 얼굴에 행복한 미소를 띠고 있다. 언젠가 보았던 죽은 이웃 여자의 얼굴과 비슷했다.

"언니! 언니!" 여동생은 소리를 질렀다.

아무 대답이 없다. 꿇어앉은 소녀에게는 아무것도 들리지 않는다. 이번에는 잔 아바디가 부른다.

"베르나데트 언니! 장난치지 말고 빨리 일어나!"

아무 대답이 없다. 꿇어앉은 소녀는 여전히 아무 대답이 없다. 마리는 겁이 덜컥 났다. 입이 바짝 마르고 목소리가 떨린다.

“죽었을지도 몰라. 천식 때문에 죽었나 봐. 오, 하느님!”

“바보 같은 소리 하지 마!” 세상 경험이 좀 더 많은 잔이 일축했다. “죽었다면 누워 있겠지. 무릎 꿇고 죽은 사람 본 적 있어?”

여동생은 울기 시작한다.

“하지만 죽었을지도 몰라. 오, 마리아님…….”

“깨우자. 우리를 놀라게 하려는 거야.”

소녀는 돌을 몇 개 주워서 베르나데트에게 던지기 시작한다. 마침내 돌 한 개가 그녀의 왼쪽 가슴에 맞았다. 베르나데트는 깨어나 주변을 돌아본다. 두 볼에 차례로 핏기가 돌아오고, 길게 숨을 들이마신 후 묻는다.

“무슨 일이야?”

돌에 맞은 것과 그녀가 깨어난 그 사이는 몇 초에 불과하지만, 그 찰나의 순간 베르나데트는 기나긴 여행을 다녀왔다. 잔이 돌을 던져 베르나데트의 가슴을 맞혔을 때 그 여인은 이미 떠나고 없었다. 그토록 생생했는데, 피와 살을 지닌 육신과 고귀한 차림새를 갖춘 그 여인이 어떻게 사라진 건지 그녀는 전혀 알 수 없다. 가장 그럴듯한 설명은, 베르나데트가 슬퍼하지 않도록 잠시 무아지경에 빠지게 한 후 물러갔다고 보는 것이다. 황홀경에 빠져 베르나데트는 그녀가 사라지는 것을 눈치채지 못한 것이다.

하지만 의식을 되찾은 후 베르나데트는 잠시 겪은 최고의 행복감에 대한 대가를 치러야 했다. 그녀는 혐오와 뒤섞인 놀라움을 느꼈다. 내가 겪은 일을 어떻게 설명할 것인가? 이것은 낯설고 생경한 세상에 둘러싸여서 느끼는 불쾌한 놀라움이다. 돌멩이? 무슨 돌멩이를 말하는 거지? 이 발은, 이것이 내 발인가? 낯설게 느껴지는, 아무 감각이 없는 이 발이? 베르나데트는 현실로 되돌아오기 위해 안간힘을 쓰다가 마침내 물었다. 무슨 일이야?

"무슨 일이냐고? 그건 우리가 할 말이야." 잔이 불평한다. "미친 것 아냐? 돼지 먹이는 마사비엘에서 기도를 올리다니. 성당에서는 그렇게 열심히 하지도 않으면서……."

베르나데트는 완전히 정신을 차리고 다시 원래의 모습대로 적극적으로 맞선다.

"그래서? 그게 너랑 무슨 상관인데?"

"얼마나 놀란 줄 알아?" 마리가 불평한다. "천식으로 죽은 줄 알았잖아!"

베르나데트는 갑자기 여동생에 대해 미안한 마음이 든다.

"내가 그쪽으로 갈게." 그녀는 소리를 지르며 왼쪽 양말을 마저 벗는다. 자리에서 일어서자 왠지 키가 더 커진 것 같고, 몸에 기운이 넘치며 더 아름다워진 것 같은 느낌이 든다. 방금까지 가졌던 낯선 주변 세상에 대한 혐오감은 회복기의 환자가 느끼는 강렬한 생명력으로 바뀐다. 베르나데트는 양말을 목에 두른 후 나막신을 벗어들고 힘찬 발걸음으로 성큼성큼 얼음장 같은 개울물을 건너다 개울 한가운데, 물이 무릎까지 올라오는 곳에서 우뚝 멈춰 선다.

"너희 둘 다 거짓말을 했구나. 개울물이 그릇에 담아 놓은 물처럼 미지근한걸……."

이번엔 마리가 화를 낸다.

"잔의 말이 맞아. 제정신이 아닌 게 틀림없어. 언니가 미지근하다는 이 개울물에 내 다리는 떨어져 나가는 것 같아. 빨리 와서 우리 좀 도와줘."

베르나데트는 자기의 젖은 발은 상관도 하지 않고 그들에게 가서 뼈다귀를 똑같이 세 몫으로 나누고, 나무도 세 덩어리로 나누어 버드나무 잔가지로 묶었다. 이 일은 결코 쉬운 것이 아니다. 이번만큼은 베르나데트가 가장 열심이다. 나뭇단을 묶다가 그녀가 갑자기 파투아 사투리로 묻는다.

"너희들 아무것도 못 봤어?"

마리가 언니를 옆에서 쳐다본다. 언니가 완전히 다른 사람처럼 보인다. 30분 전보다 활기가 넘치고 어른스러워 보이며, 얼굴에 자신감이 가득하다.

"언니는 뭘 봤는데?"

"동굴에 누가 있었어?" 잔도 묻는다.

"아니, 아무것도 아니야." 베르나데트가 이야기를 끊어 버린다.

그녀는 앉더니 재빨리 양말을 신는다. 그러고는 나무의 제일 큰 몫을, 이곳 여자들이 하는 방식대로 머리에 인다. 다른 두 소녀도 서투르게 흉내 내어 머리에 짐을 올린다.

"돌아가는 길은 산을 넘어서 가자. 그게 제일 빠른 길이야." 베르나데트가 결정하자 잔도 찬성한다.

"개울물을 또 건너는 건 정말이지 못하겠어."

"산을 오르는 것도 아주 힘든데……." 마리가 반대했지만, 베르나데트는 개의치 않는다. 동굴과 암벽 구멍 쪽에 눈길도 주지 않은 채, 동굴이 있는 에스펠뤼그 산을 거쳐 퐁비유(구교)로 넘어가는 길을 따라 성큼성큼 걷는다. 베르나데트가 앞장서고 잔이 그 뒤를 따른다. 마리는 한참 뒤처져서 따라간다. 셋 다 아무 말이 없다. 짐도 무겁고 길이 몹시 험할 뿐 아니라, 거의 낭떠러지를 지나갔기 때문이다. 특히 꼭대기에 오르는 길은 비 때문에 군네군네 움푹 패고, 소녀들이 신은 나막신은 울퉁불퉁한 바위를 오르기에는 적합하지 않다.

"더는 못 가겠어." 마리가 마지막 비탈길 앞에서 헐떡인다. 이미 꼭대기에 다다른 베르나데트는 나뭇짐을 내려놓고 비탈길을 다시 내려와 아무 말 없이 마리의 나뭇짐을 들더니 다시 가볍게 오른다.

"어떻게 된 거야?" 마리가 외친다. "그래도 제일 힘이 센 사람은 나야!"

"베르나데트 언니가 갑자기 느무르 군대의 대장처럼 변했어." 잔이 말한다. "아까는 얕은 물에도 겁을 내더니."

나무가 우거진 언덕길에서도 베르나데트는 성큼성큼 앞장서서 걷는다.

"왜 그렇게 서두르는 거야, 바보 언니!" 마리가 소리친다. "나중에 또 숨도 못 쉬게 되면 어떡하려고……."

베르나데트는 대답이 없다. 천식에 대해서도 완전히 잊어버렸다.

지금은 한 가지 생각밖에 없다. 그 고귀한 여인과 대화를 나누는 것. 그녀는 마치 사랑에 빠졌으나 자신의 사랑에 대해 말할 수 없어 괴로워하는 연인처럼 고통받고 있다. 그러나 마음 깊은 곳에서는 만일 자신이 유혹에 굴복해 비밀을 말하는 날에는 돌이킬 수 없는 일이 생기리라는 것을 알고 있다. "말할 거야……. 아니, 아무 말도 안 할 거야……." 그녀는 계속 중얼거린다.

"뭘 그렇게 혼자서 중얼거리는 거야?" 잔이 묻는다.

베르나데트는 멈춰 서서 호흡을 가다듬는다.

"할 말이 있어. 그런데 아무한테도 말하지 않겠다고 맹세해. 절대로 엄마가 알면 안 돼. 엄마가 알면 나를 엄청 때릴 거야. 마리, 집에 가서 말하지 않겠다고 맹세할 거야?"

"맹세해! 내가 약속 잘 지키는 거 알잖아."

"잔은 오늘 악마가 날 잡아갔으면 좋겠다고 했잖아. 정말 그러길 바랐어?"

"장난이었어! 그렇게 생각하지 않아도 누구나 그렇게 말한다고!"

"아니, 먼저 아무 말 않겠다고 맹세해. 우리 집은 물론이고, 너희 집에서도 안 돼. 학교에서도 절대 안 되고."

"약속할게. 하지만 맹세는 못 해. 여기저기서 쉽게 맹세하는 건 죄악이야. 첫영성체를 몇 달 남겨 두고 내가 죄를 저지르기를 바라는 건 아니지? 이제 어서 말해 봐! 동굴에서 무슨 일이 있었어?"

베르나데트는 깊은숨을 들이마셨다. 고귀한 여인을 만났다는 즐거운 비밀을 처음으로 밝히게 되어 흥분으로 목소리가 떨린다.

"귀한 여인을 만났어. 흰옷에 푸른 허리띠를 두르고, 하얀 두 발에는 황금 장미가 있었어……."

그녀는 자기 자신의 말소리를 감탄하며 듣는다. 간단하기 그지없는 자신의 말속에 말로 표현하기 어려운 깊디깊은 내용이 들어 있다. 심장이 쿵쿵거린다. 하지만 마리는 화를 내며 나뭇단을 내동댕이친다.

"언니가 뭘 하려는 건지 알겠다. 우리를 겁주려는 거지? 숲속이고, 곧 어두워질 테니까? 하지만 내가 흰옷 입은 여자 얘기 따위에 겁먹을 것 같아?"

마리는 나뭇단에서 잔가지를 한 개 끄집어내더니 언니의 손을 때린다. 하지만 베르나데트는 아픔을 느끼지 못하는 것 같다.

"언니를 왜 때리는 거야?" 잔이 묻는다. "정말로 봤을 수도 있잖아."

"내가 십자성호를 그으려고 해도 안 되었어. 그런데 그분과 함께하니까 할 수 있었어."

베르나데트는 갑자기 말을 멈추고 다시 길을 걷기 시작한다. 잔과 마리의 호기심 어린 질문에도 아무런 답이 없다. 언덕의 반대편 비탈, 라피트의 제재소가 보이는 곳까지 이르자 갑자기 풀밭에 털썩 주저앉는다.

"힘들다. 좀 쉬었다 가자."

베르나데트는 축축한 땅에 얼굴을 갖다 댄다. 감기, 기침, 천식……. 그까짓 게 뭐가 중요해. 그녀에게는 아무 상관이 없었다. 오히려 병에 걸리고 싶었다. 마리와 잔은 옆에 앉아서 놀란 눈으로 베르나데트의 열띤 얼굴을 본다. 그녀가 갑자기 외친다.

"날 좀 일으켜 줘! 마사비엘에 다시 가고 싶어……."

"그분이 너를 기다린다고 생각해?" 잔이 놀리듯 말한다.

"물론이지." 베르나데트가 확신에 차서 말한다.

제9장
루이즈 수비루

2월 11일은 마담 수비루가 굉장히 바빴던 날이다. 이웃 크로아진 부올츠의 집에서 한 시간 이상을 보내야만 했다. 항상 같은 이유다. 어째서 하느님이 이 가엾은 어린 것을 돌보지 않는지 도무지 알 수 없다. 부올츠는 다른 모든 불행한 어머니와 마찬가지로 자신의 하나밖에 없는 아이를 하느님의 품에 맡기려 하지 않고, 온 힘을 다해 죽음에 저항했다. 부올츠의 아기는 두 살이며, 다리 굵기가 성인 남자의 엄지만 한데 심지어 구부러지기까지 했다. 3주 혹은 4주에 한 번씩 오늘처럼 심한 경련이 온다. 몸을 활처럼 휘고, 눈을 까뒤집으며 의식을 잃는다.

루이즈 수비루는 카스테로 집안의 다른 딸들과 마찬가지로 (특히 베르나르드가 가장 뛰어나다) 사람들을 치료하는 재주를 가졌다고 알려져 있다. 부올츠뿐만 아니라, 프티-포세 거리의 많은 부인네가 루이즈에게 도움을 청한다. 크로아진은 심약하고 세상 경험이 적은 젊은 여인으로, 루이즈의 도움 없이는 아마 살아갈 수 없을 것이다. 그녀는 위기가 닥치면 곧바로 넋이 나가 버린다. 루이즈 수비루는 자신이 가진 모든 강력한 수단을 다 동원한다. 그토록 가난하면서도 약으로 쓰는 기름만큼은 절대 아끼지 않고 아기의 전신에 바르고 문지른다. 그러고는 따뜻한 담요로 아기를 감싼 후 특별한 차를 아기의 입에 안간힘을 쓰며 흘려 넣는다. 마지막으로 30분간 아기를 안고 온 방 안을 춤을 추며 도는데, 아기의 뻣뻣한 몸에 혈액 순환이 잘되게 하기 위해서다. 마침내 어린 쥐스트가 토하며 깨어나 루이즈의 옷을 더럽힌다. 다시 살아난 것이다.

루이즈 수비루는 온몸이 땀에 흠뻑 젖은 채 지친 몸을 이끌고 토방으로 돌아왔다. 토방은 비어 있었다. 장-마리와 쥐스탱, 심지어 남편 프랑수아 수비루마저 나가 버렸다. 작년 성탄절에 분명히 술을 끊겠다고 약속했건만, 또 바부 영감에게 간 것은 아닌지 걱정이다. 루이즈는 힘이 빠져서 의자에 털썩 주저앉아 입버릇 같은 말을 중얼거린다.

"가엾은 내 신세야!"

그러나 그녀는 이내 목도리를 다시 두른다. 밀레 부인이 때때로 세탁을 미룬다는 것이 생각났기 때문이다. 세탁은 밀레 부인의 지휘 아래 시행되는 경건한 행사다. 밀레 부인이 몇 달 전에 죽은 수양딸 엘리즈 라타피의 가족을 방문하기 위해 아즐레스로 가는 주말에는 세탁이 미뤄진다. 루이즈로서는 30수뿐 아니라 따뜻한 점심과 밀레 부인이나 주방의 일꾼들이 아이들에게 주라고 싸주는 간식들을 잃게 되는 것이다. 루이즈는 왠지 오늘 운수가 안 좋으리라는 불길한 느낌이 든다. 오늘은 다 엉망일 거야. 아마 금요일의 세탁도 미뤄진다고 할걸.

토방을 나오면서 그녀는 문을 쾅 닫는다. 이 집의 소유주인 석공 사주가 위층으로 올라가는 계단참에 앉아 파이프 담배를 피운다. 사주의 아내가 실내를 오염시키는 것을 허락하지 않기 때문이다.

남의 동정으로 근근이 한 칸의 토방에 사는 수비루와는 달리 그의 집에는 방이 세 개가 있고, 각각 물려받은 가구와 살림살이로 채워져 있다. 그중 응접실은 그들 삶의 터전이라고 할 수 있을 것이다.

"앙드레 오라버니." 루이즈가 바삐 서두르며 소리친다. "잠깐 밀레 부인 댁에 가요. 금방 돌아올 거예요."

앙드레 사주는 알아들었다는 표시로 손가락을 건성으로 까딱했다. 석공은 침묵 속에 일한다. 화강암이나 대리석으로 주로 묘비를 만든다. 묘비나 묘석은 특히나 침묵을 상징한다. 그러나 유달리 수비루 가족에 대해서만은 더더욱 침묵하는 것 같다. 불운한 것일 뿐인데 마치 전염병에 걸린 사람처럼 조심스럽게 대한다. 하느님을 믿는 자로서 자비의 의무를 다하지만, 멀찍이 떨어져서 절대 닿지 않으려는 것이다. 친척 관계인데도 그렇다. 물론 루르드에 사는 사람들은 거의 모두 친척 관계다.

밀레 부인의 집은 바르테레스 거리의 모퉁이에 있다. 루르드에서 가장 훌륭한 집 중 하나다. 타르브의 베르트랑-세베르 로랑스 주교가 교구 시찰을 위해 루르드에 왔을 때, 페라말 주임 신부의 처소나 사제관 혹은 느베르 수녀원이 아닌 이 돈 많은 과부의 집에서 머물렀다. 그 후로는 언제든 머물 수 있도록 그를 위한 처소가 준비되어 있다. 밀레 부인은 독실한 신자일 뿐 아니라 적극적으로 기회를 삽을 줄 알기에 이 특전을 교회 당국으로부터 얻어 낼 수 있었다. 취미가 세련되고 사교적인 주교는 사실 밀레 부인의 방이 과도한 커튼이나 카펫, 의자 위의 깔개 등으로 답답하다고 느낀다. 침대는 너무나 화려한 것이 사망한 시신을 올려 두는 영구대 같다. 마치 항상 죽음을 대비하는 것 같다. 침대 옆 작은 테이블 위에 있는 굵은 양초마저도 성당의 것과 같은 느낌이다. 주교의 눈에는 밀레 부인이 죽음 뒤의 세상에 대해 지나친 호기심을 가진 것처럼 보인다. 수양딸인 엘리즈 라타피가 죽은 후에는 일종의 심령술까지 행하는 듯하다. 하지만 밀레 부인의 후원으로 유지되는 종교 단체가 일곱 개나 되고, 그중 특히 '성모 마리아의 아이들'은 매년 성황리에 바자회가 열릴 뿐 아니라 자선 사업도 성과를 거두었으므로 그녀의 이런 행각을 눈감아 주는 것이다.

루이즈 수비루는 조심스럽게 저택의 문을 두드린다. 근엄한 시종 필립이 직접 나와 문을 연다. 필립이 냉담한 표정으로 나프탈렌과 죽음의 냄새가 어우러진 어두운 접견실 문 앞에 서 있는 것을 보자 루이즈는 자신도 모르게 몸을 떤다.

"수비루 부인." 필립이 고위 성직자 같은 거만한 어조로 말한다. "마침 잘 오셨습니다. 제가 굳이 가지 않아도 되게 되었군요. 세탁은 다음 주로 미루어졌습니다. 내일 아즐레스로 가시게 되었거든요. 엘리즈 양이 돌아가신 후로 아즐레스에서 엘리즈 양을 위해 열리는 미사에 정기적으로 참석하고 계십니다. 돌아오시면 다시 연락을 드리지요."

죽음에 대한 말이 나왔으므로 루이즈는 조문하러 온 사람인 양 슬픈 표정을 지었지만, 가슴이 철렁 내려앉는다. 주말을 보낼 방편이 사라져 버린 것이다. 집에 돌아오는 길에 라카즈의 식료품점에 들러 베이컨과 비누 한 장, 쌀 한 홉을 외상으로 얻어 보려 한다. 12수가 주머니 속에 있지만, 곧바로 사라질까 두려워 꺼내 보일 엄두가 나지 않는다. 라카즈는 단호하게 거절한다. 이미 외상이 너무 많이 쌓여 있기 때문이다. 토방 문에 들어서자 사주가 노한 목소리로 그녀를 맞는다.

"이봐, 누이! 자식이 이웃 사람을 성가시지 않게 하는 게 엄마된 자의 도리잖아! 아들들이 어떻게 하는지 좀 보지 그래! 부끄러운 줄도 모르고 도둑 떼처럼 마당을 기어다니다가 거름통에 빠졌다고! 그러다가 다리가 부러지기라도 하면 어떡하려고!"

"난 고양이 잡으려고 그랬어, 엄마." 막내 쥐스탱의 말이다.

"난 쥐스탱을 거름통에서 꺼내려고 한 거야." 장-마리가 울며 말한다. 루이즈는 아무 말 없이 똥 범벅의 두 아이를 방으로 밀어 넣었다. 머릿속에 걱정이 가득해 아이들을 때릴 겨를도 없다. 지금 걸친 누더기 외에 다른 옷이 없는데 어떡해야 하나. 아이들의 옷을 벗긴다. 다행히도 주전자에 더운물이 남아 있어서 빨래통에 붓고 옷을 비비고 헹군다. 벌거숭이 아이들에게는 신나는 모험이다.

마침 귀가하던 프랑수아 수비루가 멀리서부터 이 광경을 보고 떨리는 목소리로 말한다.

"당신이 이토록 고생하는 길 견딜 수 없어. 나는 보잘것없는 수비루지만 당신은 카스테로 집안의 딸이잖아. 니콜로 사람들이 도대체 뭐길래 우리를 이렇게 대하는 거지? 여보, 그래도 나를 믿어 줘요. 언젠가는 이 고생을 면하게 해줄 테니."

루이즈는 손을 멈추지 않은 채 탐문하는 듯한 눈길로 남편을 본다. 수비루가 다가온다.

"메종그로스와 카즈나브하고 카비조스에게 다녀왔어."

"그리고 바부에게도 갔겠죠."

"몸이 안 좋아." 그가 한숨을 쉬며 말한다. "몹시 안 좋아……."

루이즈는 젖은 옷을 굴뚝과 창문 사이에 걸친 빨랫줄에 널었다. 빨래에서는 여전히 구린 냄새가 난다. 남편이 아프다고 하는 소리가 신경이 쓰인다. 정말로 안색이 안 좋아 보인다. 30세의 잘생긴 방앗간 주인이었던 수비루의 얼굴은 더 이상 남아 있지 않다. 그들은 벌써 며칠째 음식다운 음식을 먹지 못했다. 그가 아내의 고달픈 삶에 죄책감을 느끼는 것과 마찬가지로 그녀도 남편의 삶을 안타까워하는 것이다. 그가 바부 영감의 술집에서 배고픔을 잊으려고 몇 잔 마셨던들 어떻게 그를 원망할 수 있겠는가. 가엾은 사람. 이제는 견디기 힘든 것이다. 루이즈는 한 가정의 어머니요, 자신의 가족을 누구에게서든, 심지어 자기 자신을 거스르면서라도 지켜 내는 사람이다. 프랑수아가 절대로 아프면 안 될 텐데. 건강만이라도 잘 지켜 주면 좋을 텐데.

"침대에 좀 누워요."

“응. 그러는 게 낫겠어.” 그는 기뻤다. 그녀의 말이 모든 괴로움을 일시에 잠재우는 것 같았다. 아내의 사면으로 회한과 죄책감에서 해방된 프랑수아가 침대에 눕자 루이즈는 보리수 꽃을 한 무더기 가져오더니 작은 솥에 넣어서 끓인다. 잠시 후 보리수 꽃 우린 물을 잔에 담아와 남편의 입술에 갖다 댄다. 그녀는 이 쓰디쓴 보리수 물이 이런 종류의 병에는 효험이 있다는 것을 경험으로 안다. 프랑수아는 죄책감 때문에 치료받기 싫다는 듯 버티었으나 루이즈는 억지로 차를 마시게 한다. 수비루는 매우 고통스러운 표정이다. 루이즈는 마음 약해신 남사에세는 용기를 줘야 한다는 사실을 알고 있다.

“밀레 부인 댁에 이번 금요일 빨래가 없어요.” 루이즈가 말한다. “하지만 내일 뭔가 찾을 수 있을 거예요. 리브 판사댁에 일거리가 있을 듯도 한데…….”

“내일이라…….” 프랑수아가 자조하듯 말했다. “카즈나브도 나한테 줄 일거리가 없을 것 같아. 쓰레기 처리하는 일조차 말이지.”

루이즈는 남편의 이불을 다독거리며 그가 잠들기를 기다린다. 그는 언제든 금세 잠드는 비상한 재주가 있다. 루이즈는 생각에 빠져든다. 작년 이맘때도 상황이 같았지. 남편이 미결 구류로 유치장에 있다가 돌아왔다. 누군가 야비하게도 밀고했기 때문이다. 남편은 라피트 제재소의 참나무 들보를 훔치지 않았다. 도대체 그런 목재로 뭘 한단 말인가? 하지만 자코메 서장과 리브 판사와 비탈-뒤투르 검사에게 그의 무고함을 증명했음에도 남편은 양말처럼 흐물흐물해져서 종일 끝도 없이 잠만 잤다. 남자들은 어째서 어려운 일이 닥치면 용기도 없고 인내심도 없는 걸까? 모든 일이 잘 풀리고 바지 주머니에 20수짜리 은전이 딸랑거리면 그들은 거들먹거리며 잘난 척 서슴없이 친구들에게 술을 산다. 먹을 것이 떨어지면 체면도 함께 구겨져서 혼자서 술을 마시고는 코를 골며 곯아떨어진다. 그러면 아내가 나서서 곤경에서 벗어나기 위해 뼈 빠지게 일해야만 하는 것이다.

"조용히 해, 이놈의 자식들! 아빠 주무시는데 시끄럽게 하지 말아라."

그녀는 남편이 따뜻하게 잘 수 있도록 마지막 나무토막을 불에 넣는다. 그리고 양동이 두 개를 들고 물을 길으러 간다. 제일 가까운 우물이 길 위로 다섯 집을 지나 바부 영감의 마당에 있다. 남자들은 술을 마시러 (찬장 안에 술이 없어서가 아니다) 그곳에 가고, 여자들은 물을 뜨러 간다. 루이즈는 이곳에서 《르 라브당》에서 얻을 수 없는 몇 가지 소식을 들었다. 라카데 부인이 딸과 함께 벌써 몇 주째 포에 머물고 있다. 젊은 여자가 이렇게 오랫동안 자취를 감추는 데는 분명히 이유가 있다. 재봉사인 앙투아네트 페레는 밀레 부인에게서 100프랑짜리 지폐를 자꾸 빼돌린다. 이런 사기꾼 같으니라고. 밀레 부인은 검은색 비단옷을 세 벌이나 지어 입었다. 하지만 무엇보다도 가장 흥미진진한 소식은, 파리에서 온 이상한 라피트의 조카, 프리메이슨*이거나 아니면 악마가 들었음이 분명한 그 사람이 열네 살이 채 되지 않은 카

---

* 16세기 말에 시작된 우애단체 혹은 사교 클럽. 여러 음모론에 연루되었으나 대부분은 근거가 없다. 중세부터 박해를 받은 가장 큰 원인은 프리메이슨의 기본 원칙이 이신론(deism. 신이 우주를 창조했지만, 그 이후로는 전혀 관여하지 않고, 우주는 자연의 법칙에 따라 움직인다고 보는 사상)인 관계로 다른 종교, 특히 가톨릭의 적대를 받았기 때문이다.

트린 멍고를 쫓아 바스 거리를 끝에서 끝까지 걸었다는 것이다. 그러고는 소녀에게 접근해 어루만지며 "카트린, 내게 너는 이 더러운 곳과는 어울리지 않는 님프다"라고 말했다는 것이다. 돼지같이 추잡한 놈 같으니라고. 남자들은 모두 비열한 개자식이고 이기적이다. 페라말 주임 신부조차도 어제 하녀 한 명을 길에서 발로 차며 내동댕이치지 않았는가. 그래 놓고는 우리에게는 착하게 행동하라고 설교를 한단 말이지.

루이즈는 이러한 소식들을 잔뜩 듣고 양동이 두 개를 가득 채워 집으로 돌아왔다. 양동이는 문밖에 두었다. 나중에 딸들을 시켜서 들여놓을 것이다. 3시를 알리는 종이 울린다. 베르나데트와 마리는 이렇게 늦게까지 어디를 싸돌아다니는 거지? 루이즈는 화가 나는 동시에 걱정이 된다. 그녀는 카트린 망고와 파리에서 온 라피트의 조카를 생각한다. 불행은 어디에서나 호시탐탐 우리를 노리며 기회를 엿본다. 게다가 딸들은 예쁘고 순진하기 짝이 없다. 그러다가 곧 다른 걱정 때문에 딸들을 잊는다. 오늘 저녁 식사는 어떻게 준비해야 하나?

소녀들은 뼈다귀를 지고 오느라 늦었다. 그라몽의 가게는 마을의 반대쪽 끝에 있다. 머리에 진 나뭇짐 때문에 더 빨리 걸을 수도 없었다. 그라몽은 소녀들에게 각각 2수를 주었다. 잔은 알사탕을 샀고, 베르나데트와 마리는 빵을 샀다. 루이즈는 빵과 푸짐한 나뭇짐을 보자 마음이 훨씬 누그러졌다.

"이렇게 늦게까지 어디서 뭘 하다 온 거니?" 루이즈가 호령한다. "너희들도 이제 다 컸으니 일을 도와야지. 가난한 사람들은 그렇게 한가하게 산보나 다닐 수는 없는 거야! 밖에 있는 물통을 가지고 들어오너라."

베르나데트와 마리는 물통을 들여놓고, 루이즈가 아침에 사 온 무와 감자의 껍질을 벗긴다. 프랑수아가 코를 곤다. "아빠가 편찮으셔." 루이즈의 말이다. 아무도 말이 없다. 때때로 베르나데트가 질문하는 듯한 눈으로 마리를 본다. 마리는 갑자기 눈을 내리뜨고 입술을 꼭 다문다. 말하고 싶은 것을 꾹 눌러 참는 것이다. 루이즈는 해가 완전히 지기 전 해야 할 일이 남아 있다.

"창문 쪽으로 가자. 머리를 빗어야지. 마리부터!"

루이즈는 매일 저녁 아이들의 머리를 빗고 땋아 준다. 비록 토방에 살지만 수비루 가족은 매무새가 단정하다. 카르테로의 자식은 달라야 해. 루이즈는 잠들기 전 항상 쥐스탱과 장-마리의 머리를 뻣뻣한 솔로 빗겨 준다. 프티-포세 거리에는 이가 매우 흔했기 때문에 매일 자기 전에 세심하게 머리를 손질해 주어야 한다. 청결이란 죽는 날까지 지켜야 할 인간의 덕목이다. 마리의 머리카락은 억세고 뻣뻣해서 빗질하기 어렵지만, 베르나데트는 아빠의 머리카락을 물려받아 새까맣고 매끄럽다. 루이즈는 마리의 머리를 빗는 동안 베르나데트로 하여금 밖에서 놀던 두 남동생을 데려오게 한다. 루이즈는 작은 의자를 창가에 붙여 앉았고, 마리는 엄마에게 등을 내밀고 쪼그려 앉았다. 숱이 많은 머리를 힘차게 빗는 소리가 타닥타닥하고 들린다.

"음…… 저기……." 마리가 머뭇거리듯 입을 연다.

"좀 가만있거라!" 루이즈가 나무란다. 잠시 뒤 마리가 다시 시작한다. "음…… 음……."

"왜? 목이 아프니?"

"아니, 목 안 아파요."

그러나 세 번째 또 앓는 소리를 내자 루이즈는 의심을 품기 시작한다.

"말하고 싶은 게 있니? 왜 그렇게 중얼거려?"

"말하고 싶은 게 있어요, 엄마. 베르나데트 언니가……."

"베르나데트가 뭐?"

"언니가 마사비엘 동굴에서 젊은 여인을 봤는데 흰옷을 입고 푸른 허리띠를 둘렀대요. 그리고 맨발인데 발에 황금 장미가 있었대요."

"얘야, 무슨 말을 하는 거니?"

"언니가 처음에는 성호를 그을 수 없었다가 나중에 그분이 허락하셔서 성호를 그을 수 있었대요."

마리는 말하지 않겠다는 맹세를 깼다기보다는 오히려 어려운 임무를 완수하기라도 한 것처럼 길게 숨을 내쉬었다. 베르나데트가 들어오자 루이즈가 쏘아붙인다.

"동굴에서 뭘 봤다는 거냐?"

"말하지 말랬더니 네가 기어이 말을 했구나. 왜 그랬어?" 베르나데트가 괴로운 눈빛으로 여동생을 본다. 하지만 목소리에서는 원망보다는 안도감이 느껴진다. 그녀는 어머니 앞으로 두어 걸음 나아가 불을 쬐듯 손가락을 벌린다. 소녀의 가슴은 마침내 비밀을 말할 수 있다는 기쁨으로 가득 찬다.

"엄마, …… 정말로 아름다운 여인을 보았어요. 저기 마사비엘에서…….”

그녀의 경탄에 가득한 말이 간신히 평정을 유지했던 지친 여인의 화를 돋운다. 온종일 걱정과 실망만 가득했는데 마침내 이런 실성한 소리까지 들어야 한다니! 특히 루이즈를 더 화나게 한 것은 베르나데트의 열띤 얼굴이다. 이 얼굴빛은 사랑하는 사람을 위해서는 완강하고 끈질기게 어떠한 희생도 치를 준비가 되어 있는, 사랑에 빠진 사람의 얼굴이다. 루이즈의 목소리가 너무나 크고 날카로워서, 위층의 사주가 귀를 쫑긋 세우고 들을 지경이다.

“네가 보긴 뭘 봤다고 그러니! 아름다운 여인을 본 게 아니라, 하얀 돌을 봤겠지! 아름다운 여인을 보았다고? 너희들 때문에 죽을 고생을 하는데, 나를 좀 도와줄 생각은 하지 않는 거니? 성모 마리아님, 어째서 이렇게 아무짝에도 쓸모없는 자식만 내려 주셨나요? 성당의 초를 훔치지 않나, 거름통에 빠지지 않나, 교리문답은 하나도 모르지, 이제는 헛것을 보고 다니기까지 하네요……. 이젠 더는 참을 수 없구나!”

그녀는 베개 먼지를 터는 나무 막대기를 집어 들었다. 먼저 베르나데트의 등짝을 한 대 때리고 마리를 때리려 했으나 마리가 요리조리 숨는다. 루이즈는 더 화가 나 마리를 끝까지 쫓아가 때린다.

“언니 때문이야. 언니 때문에 나까지 맞았어.” 마리가 베르나데트에게 소리를 지른다.

루이즈는 나무 막대기를 구석에 던졌다. 그녀는 잠시 이성을 잃고 남편이 아파서 자고 있다는 사실을 잊은 채 소란을 벌였다. 그러나 남편은 이미 소란이 일기 전에 일어났다.

"다 들었어." 남편의 말이다.

프랑수아 수비루는 키가 크고 늘씬하다. 그에게 닥친 불운과 유약함 때문에 많은 것을 잃었지만 여전히 품위가 있다. 아이들에게 가장으로서 권위가 있었지만, 처벌을 비롯해 양육에 관한 일체를 아내에게 일임했다. 그는 구름 뒤에 있는 일종의 대 심판관의 역할로 아내는 처벌을 내리기 전 그의 판결을 구하는 척하는 것이다. 그러나 오늘은 딸에게 걸어가더니 다짜고짜 앞섶을 거머쥔다. 짧은 낮잠을 자다 깨어 짜증이 난 것인지, 아니면 잠시나마 현실을 바로 보게 된 것인지 알 수 없다.

"다 들었다고!" 그는 소리를 질렀다. "네가 벌써 바보짓을 시작하는구나? 열네 살이잖아. 열네 살이면 다른 애들은 제 밥값을 할 뿐 아니라 부모까지 돕는다. 우리 집 형편을 좀 봐라. 우리가 너희들을 죽을 때까지 보살펴 줄 수 있다고 생각하니? 그런 망상을 할 시간에 네 밥벌이할 궁리를 해야지! 네가 왜 그러는지 알겠다. 관심을 끌고 싶은 거지? 맨발에 황금 장미가 있는 여인을 봤다는 둥 그런 말도 안 되는 허황한 얘기를 지어내서? 그래서, 무슨 얘기가 하고 싶은 건데? 너희 엄마랑 나는 항상 정직하고 겸손하게 살아왔다는 것을 하느님도 아실 거다. 너희들을 먹여 살리기 위해 세상에서 가장 천한 일이라도 기꺼이 한다는 것도. 하지만 우리를 비웃고, 동굴에서 아름다운 여인을 봤다는 얘기나 지어내는 사람들은 우리같이 정직한 사람들과는 다른 사람들이지. 그런 사람들은 줄 타며 춤추는 광대나 장터의 떠돌이 집시들과 같이 다녀야지. 안 그러니? 네가 그걸 원한다면 붙잡지 않을게. 지금 당장 나가서 서커스단에 들어가거라!"

수비루는 차분하게 깊은 목소리로 말한다. 베르나데트가 아버지에게서 이제까지 들어 본 적이 없는, 아주 기나긴 훈계였다. 그녀는 아버지의 말을 하나도 이해하지 못한 채 물끄러미 쳐다본다. 아빠가 나한테 하시려는 말씀이 뭐지? 그녀의 눈은 차분하고 흔들림이 없다. 베르나데트는 작은 두 손을 가슴 위에 꼭 쥐고 외친다.

"하지만, 저는 정말로 봤다고요. 그분을……."

제10장

베르나데트는 꿈을 꾸지 않는다

이런 소란이 지나간 후 수비루 집안의 운이 좋은 쪽으로 바뀐 것처럼 보이는 몇 가지 일이 있었다. 사주의 아내는 마음씨가 좋은 사람이다. 그녀는 루이즈의 날카로운 목소리를 듣고 몹시 걱정이 되었다. 수비루 내외는 어린 사내아이 둘만 아니면 평소엔 매우 조용한 사람들이다. 루이즈 카스테로처럼 자신의 집안에 대해 긍지가 높은 사람이 저 정도로 흥분했다는 건 필시 무슨 중대한 사유가 있음이 분명하다. 사주 부인은 음식으로 가득한 찬장을 열어 커다란 버터 덩어리에서 한 조각, 그리고 베이컨도 한 조각 잘라 냈다. 착한 일을 한다는 데서 오는 만족감보다 탐욕을 극복할 때 오는 만족감이 더 큰 법. 그녀는 자신의 인색함을 애써 억누르며 최고 품질의 소시지도 수비루의 식구 수대로 여섯 조각 잘라 쟁반에 담았다. 이 선물을 손에 들고 꽉 닫힌 토방 문을 두드린다.

루이즈 수비루는 아궁이 앞에 섰다가 깜짝 놀라 끓이던 수프에 나무 주걱을 빠뜨린다.

"오오, 성모 마리아께서 언니를 보내 주셨네요. 오늘 너무 자주 마리아님을 불렀더니…….”

나무가 너무나 기운 없이 타는 데다, 스스로 선행에 고무되어 마담 사주는 계단으로 오르며 남편에게 잘 마른 장작을 한 더미를 수비루의 집에 가져다주라고 소리친다. 사주는 절대 아내의 말을 거역하지 않는 사람이라 나뭇단을 준비하는데, 이때 또 다른 선물이 도착한다. 크로아진 부올츠의 집에 고향인 비게르에서 친척 아주머니가 방문했다. 해마다 이맘때쯤 사순절 선물을 갖다주는데 이번에는 달걀을 두 꾸러미 가져왔다. 손님이 떠나자마자 부올츠는 달걀 바구니를 들고 숨 가쁘게 달려 수비루 집으로 왔다. 늘 그렇듯 바쁘고, 숨이 차다.

“수비루 아주머니, 제발 이 달걀을 받아 주세요. 오늘 아침에도 우리 아기를 살려 주셨잖아요.”

루이즈 수비루는 사양하지 않았다. 자신이 아니었다면 크로아진의 불쌍한 아기가 살지 못했을 것이다. 손을 닦고 계란 바구니를 받으면서 그녀는 속으로 계획을 짠다. 계란 10개와 버터와 베이컨으로 아주 훌륭한 오믈렛을 만들 수 있겠구나……. 이런 생각을 하자 눈물이 난다. 음식다운 음식을 먹어 보는 게 얼마 만인가. 아이들이 아름다운 여인을 만났다고 하는 게 이야기를 지어낸 게 아닐지도 모른다. 벌써 8일째 굶주리다 보니 헛것을 보았던 게 아닐까. 우연이 두 번 겹치면 세 번째가 따라온다더니 또 좋은 일이 생긴다. 루이 부리에트가 찾아온 것이다.

루이 부리에트는 지금은 프랑수아 수비루와 마찬가지로 날품팔이를 한다. 사주와 같은 석공이었지만 운이 따라주질 않았다. 그는 자신의 불운을 오른쪽 눈을 반쯤 멀게 한 돌 조각 탓으로 돌린다. 그는 몸이 성치 않지만 정직하다. "나는 아무짝에도 쓸모없는 장님이라오" 라는 말을 하루에 스무 번도 더 한다. 때때로 우체국장 카즈나브가 서신 전달을 시키는데 오늘 저녁도 카즈나브가 그를 보낸 것이다. 서신 내용은 이렇다. 타르브의 합승마차를 모는 마부 카스카르드가 말굽에 채여 중상을 입고 말지기 두트르루가 대신 마차를 몰게 되었다. 그리고 두트르루의 후임으로 수비루가 떠올랐다는 것이다. 하루 일당 2프랑에 점심 제공의 조건이다. 수비루가 이 일을 할 의사가 있다면 다음 날 아침 5시까지 마구간으로 출근해야 한다. 루이즈는 손을 기도하듯 모았다. 하지만 프랑수아 수비루는 위엄있는 태도로 깊이 생각하는 듯한 표정을 짓고 느긋한 말투로,

"카즈나브 국장과 이전에 얘기했었어요. 자리가 나면 내게 주겠다고 했죠. 우린 군대에서 동료였으니까. 이전의 방앗간 주인으로 나는 다른 일에 더 적합하긴 하지만, 급한 상황이고 아이들도 있고 하니 제가 그 일을 하겠다고 전해 주세요. 내일 아침에 마구간으로 가겠다고……."

말을 마치고 땀을 닦는다. 품위 있게 행동하고 싶지만, 이것만은 피할 수 없다. 그는 상기된 얼굴로 주위 사람들을 둘러본다. 남프랑스인의 본성이 깨어나며 아내가 기함할 행동을 한다.

"우리에게 이런 선물을 가져다준 친척과 친구들이 오늘 저녁 우리의 소박한 저녁 식사에 참여해 준다면 큰 영광이겠습니다. 오늘 저녁은 아마도 오믈렛으로……."

모두 반대하며 사양했다. 루이즈 역시 남편에게 따지고 싶었다. 저 허풍쟁이가 달걀을 하루 저녁에 다 써 버리게 하는구나. 온 가족이 사흘을 더 버틸 수 있을 텐데. 하지만 루이즈는 자신의 본능을 거스르며, 남편에게 양보한다. 이런 허세 가득한 행동을 하지 않았더라면 볼리, 에스코베, 방도 방앗간들을 지금까지 잘 유지하며, 이 지경에 이르지 않았을 것이다. 남편은 훌륭한 윗사람으로 행세하기 위해 가장 인색한 고객이라도 식사에 초대하거나 포도주를 대접했다. 1수짜리 동전 하나를 쓸 때도 손안에서 30번 굴려보며 생각하고 또 생각하는 농부나 빵 장수에게는 돈을 헤프게 쓰는 방앗간 주인이 미덥지 않았다. 누구도 경솔한 사람과 거래하고 싶어 하지는 않는다. 엎친 데 덮친 격으로, 현명한 아내 루이즈는 남편의 이런 약점에 모질지 못했다. 아주 작은 행운이 와도 프랑수아는 마치 비에 젖은 개가 빗물을 털 듯 그동안의 불운을 말끔히 잊어버리고 지금처럼 허세를 부렸는데, 이럴 때면 루이즈는 옛날 방앗간 조수 시절의 패기 넘치는 청년 프랑수아를 떠올리며 웃음을 짓게 되는 것이다. 오늘처럼 힘겨운 일을 연이어 겪은 날도 예외가 아니었다. 그래서 루이즈도 손님들에게 저녁 식사 초대를 되풀이한다. 예의를 지키기 위해서이기도 하지만, 기분이 매우 좋아졌기 때문이다.

"저희에게 저녁 식사 거절이라는 불명예를 주진 않으시겠죠? 사육제 축하도 겸해서 그냥 맛만 보시고 가셔요."

손님들은 '맛만 보시라'는 말에 설득되었다. 하지만 맛보는 것으로는 배고픔이 해결되지 않는다. 앙드레 사주는 아내에게 자신들의 사육제 만찬 음식을 가져오라고 말했다. 석공 사주의 장성한 자식들은 오래전에 집을 떠났기 때문에 여러 사람과 함께 하루 저녁을 보낼 수 있는 것이 즐거웠다. 누추한 토방이라도 전혀 상관없다. 그는 커다란 포도주병을 들고 왔다. 작은 토방이 오믈렛 냄새로 가득 찬다. 팬 위에서 오믈렛을 뒤적거리며 루이즈는 성모 마리아에게 기도를 올린다. 벌써 몇 주 동안이나 온 가족을 괴롭힌 배고픔이 이제 곧 사라질 것이다. 좋은 소식을 가져온 부리에트는 가겠다고 말했지만, 프랑수아가 팔을 잡아 앉혔다. 모두 비좁은 식탁에 둘러앉고, 아이들은 굴뚝과 창문 사이에 있는 긴 의자에 자리를 잡았다. 베르나데트는 쥐스탱 옆에, 미리는 장-마리 옆에 앉았다. 엄마는 아이들에게 먼저 오믈렛과 수프, 그리고 소시지를 얹은 빵을 준다. 사주 아주머니는 각각의 컵에 질 좋은 붉은 포도주를 따라 주었다. 훌륭한 사육제 만찬이다.

다들 별말이 없다. 비고르와 피레네 산골짜기 일대는 가난한 지역이다. 이곳 사람들은 소중한 음식을 오물오물 음미하며 조용히 식사한다. 혀를 잠시라도 다른 곳에 사용하면 음식의 풍미와 영양이 조금이라도 달아날까 염려하며, 대화는 음식에 대한 찬사에 국한된다.

식사 후 손님들은 한 시간가량을 더 머물며 이야기를 나눈다. 남자들은 굵은 잎담배를 피웠는데 그 연기가 굴뚝의 젖은 나무 연기와 뒤섞여 공기가 뿌옇게 변한다. 베르나데트는 숨을 쉬기 위해 두 번이나 문밖으로 나가야 했다. 그들의 대화는 정부에 대한 불평이 대부분이었는데, 즉 그 지역의 대표 정치가인 라카데 시장과 자코메 경찰서장에 대한 것이다. 자코메 서장은 최근 시유지에서 시청의 허가 없이 땔감을 주워 가는 것을 금지하겠다고 발표했다. 적발될 경우 형법 제 10조에 의해 절도죄로 처벌을 받는다. 그들은 가난한 농민들의 목줄을 해마다 조금씩 더 조이고 있다. 아, 좋았던 시절은 이제 끝나 버렸구나. 그땐 자유롭고 물가도 쌌는데.

루이즈 수비루는 남편이 내일 새벽 4시 반에 일어나야 하는 것을 생각한다. 손님들을 이만 돌려보내야 할 것이다. 피레네 지방에는 부인네들이 하루를 경건하게 마치는 의미로 묵주 기도를 올리는 관습이 있다. 한 명이 기도를 암송하면 다른 사람들이 따라 중얼거리는 것이다. 루이즈는 자신도 모르게 베르나데트에게 묵주 기도를 암송하라고 말한다. 베르나데트는 다른 사람들과 떨어져서 문 옆에 섰다. 그녀는 엄마의 말을 따라 묵주를 꺼낸다. 오늘 아침, 고귀한 여인에게 내밀었던 바로 그 묵주다. 그녀는 아무 억양 없이 '성모송'을 시작한다. 부인네들의 중얼거리는 소리가 뒤를 잇는다. 아궁이에서 타닥타닥 소리를 내며 장작이 탄다. 식탁 위에는 사주 아주머니가 가져온 양초가 타고 있다. 암송이 끝나자 루이즈가 덧붙인다. "동정녀 마리아 님, 우리를 위해 기도해 주소서, 성모님 곁에 피난처를 구하나이다."

'동정녀 마리아 님'이라는 말에 베르나데트는 몹시 동요하기 시작하여, 넘어지지 않으려고 문에 기대었다. 동시에 얼굴에 핏기가 가시며 아침에 잔과 마리가 개울가에서 보았을 때와 마찬가지로 창백하게 질렸다.

"베르나데트가 몸이 안 좋은 것 같아요!" 크로아진 부올츠가 소리쳤다. 모두의 시선이 베르나데트에게로 집중된다.

"아가야, 어디가 아프니?" 사주 아줌마가 묻는다. "포도주 한 잔을 더 마셔 보거라……."

베르나데트는 머리를 흔들며 더듬더듬 말한다.

"아니에요, 아니에요……. 아무렇지 않아요. 아무 데도 안 아파요."

놀란 가슴을 진정한 루이즈는 오후에 베르나데트를 때렸던 것이 문득 떠올랐다.

"애야, 네가 오늘 아침에 마사비엘에서 흰옷을 입은 아름다운 여인을 보았다더니 그래서 이렇게 되었구나."

"조용히 해!" 프랑수아 수비루가 화를 내며 루이즈의 말을 막는다. "말도 안 되는 헛소리를……. 베르나데트는 심장이 안 좋아요. 도주 선생님께 검사를 받았죠. 그 애가 나무 연기를 견디지 못하는데 밤낮으로 연기가 새어 나오네요. 굴뚝을 한 번 청소해야 할 것 같아요."

한 시간 후 사주 부부는 널따란 침대에 누웠다.

"아까 수비루 내외가 베르나데트에게 젊은 여인이니 뭐니 하던데 그게 뭐지?" 남편이 묻는다.

"베르나데트가 마사비엘에서 흰옷을 입은 아름다운 젊은 여인을 보았다고 하네요." 아내가 답한다.

"누굴까? 이 지역에 그렇게 아름다운 여인이 있었던가? 라피트의 딸들은 여행 중이고……, 세낙의 딸이나 라크랑프의 딸인가? 아니지, 아마도 누군가 사육제 축제 때문에 분장한 걸 본 게지."

아내는 아무 말 하지 않고 잠든 척한다. 사주는 자기 나름의 추측을 말하며 이야기를 마무리한다.

"그런데 베르나데트는 오래 살지 못할 거야. 관 속에 누워서 토방을 나가는 것이 벌써 보인다니까."

아내는 날이 밝는 대로 베르나데트가 마사비엘에서 본 여인이 누군지 이웃들에게 물어 봐야겠다고 생각한다. 크로아진 부올츠도 아기 옆에 몸을 눕히며 같은 생각을 한다.

다사다난했던 수비루 가족의 2월 11일이 마침내 끝났다. 프랑수아 수비루가 주도한 사육제 만찬은 아직도 토방의 매캐한 공기 속에 남아 있다. 아궁이 속에는 잘 마른 나무가 타며 벽에 그림자를 만든다. 하지만 아직 잠들지 않은 베르나데트는 평소와 달리 그림자에서 악마의 얼굴이나 무서운 형상을 보지 않는다. 여인과 만난 뒤로 모든 상상력이 고갈되어 버린 것 같다. 그녀는 좁은 침대 위에서 여동생에게 닿지 않도록 몸을 오그렸다. 베르나데트는 여인을 만나기 전에도, 만난 후에도 육체적 감각에 대해 혐오를 느꼈다. 어린 동물처럼 깊이 잠든 여동생의 몸에 어쩌다 손이나 발이 닿으면 혐오감으로 몸이 떨릴 지경이었다. 더 이상한 건, 자기 자신의 몸을 만져도 똑같이 싫다는 것이다. 자신의 몸이 자신의 것이 아닌 것처럼 느껴진다.

도대체 무슨 일이 일어난 걸까? 그녀는 알지 못한다. 하지만 몇 가지 특별한 일이 있었던 것은 안다. 그녀는 피할 수 없는 의무의 무게를 느낀다. 원해서 생겨난 게 아니기 때문에 어떻게 없앨 수 있는지도 모른다. 이 압박감을 면하기 위해 베르나데트는 모든 생각을 아침에 만난 여인에게 집중시킨다. 눈을 꼭 감고 그 아름다움을 하나하나씩 기억해 내려고 한다. 아름다운 흰옷, 푸른 허리띠, 목의 광채, 베일 아래 흘러나온 머리카락, 둘만의 비밀을 나누는 듯한 미소, 그리고 맨발의 황금빛 장미…….

그러나 베르나데트가 여인의 모습에 가까이 다가갔다 싶은 순간에는 마치 보이지 않는 벽이 나타나 그녀를 가로막는 듯했다. 실제로 눈앞에서 보았던 것을 머릿속에서 다시 되새겨 보는 것이 그녀에게 허락되지 않은 것이다. 하지만 꿈꾸는 건 가능할지도 몰라. 그래서 베르나데트는 잠들기 위해 노력한다. 잠들어 다른 것을 생각하기 위해 바르트레스를 떠올린다. 자신이 이름을 붙여 준 가축들, 사랑했지만 오래전에 죽은 개, 바르트레스의 버드나무와 시냇물, 그리고 비가 오고 눈이 오고 햇빛이 날 때의 오랭클의 언덕……, 작은 머리에 떠오르는 모든 기억을 떠올린다. 간간이 잠들 때도 있지만 몇 분밖에 지속되지 않는다. 짧은 잠에서 깨어나면 아무 일도 일어나지 않았음을 알게 된다. 여인은 안개처럼 사라져 버린 것이다. 마치 베르나데트에게 꿈속에 나오는 소재와는 차원이 다른 존재임을 알려 주는 것 같다. 마리는 자다가 젖은 베개에 손이 닿아 잠에서 깼다. 밤 11시경이었다. 언니 쪽을 돌아보고 그 이유를 알았다.

"엄마……, 엄마……." 마리는 아주 작고 부드러운 목소리로 엄마를 부른다. 하지만 루이즈 수비루는 좋은 어머니들이 대부분 그렇듯 잠귀가 매우 밝기 때문에 즉시 벌떡 일어난다.

"응? 누구니? 무슨 일이야?"

"언니가 울어요, 엄마……."

"뭐라고? 베르나데트가 울어?"

졸음에 겨워 마리의 목소리가 느릿하다.

"언니가 심하게 울어요. 베개가 흠뻑 다 젖었어요……."

루이즈 수비루는 살며시 이불에서 나와 베르나데트의 얼굴을 만져 본다.

"얘야, 숨쉬기가 힘드니? 가엾은 것."

베르나데트는 두 주먹으로 눈을 누르며 머리를 흔든다. 루이즈는 그녀를 달래려 한다.

"그럼, 이리 와서 엄마랑 얘기나 나누자."

그녀는 꺼져 가는 불 속에 굵은 나무 두 개와 잔가지 몇 개를 던져 넣는다. 그리고 의자 한 개를 불 가에 놓는다. 베르나데트가 루이즈 앞에 앉아서 얼굴을 손으로 가린다. 루이즈는 아무 말 없이 한참 동안 딸의 머리를 쓰다듬는다. 그러고는 딸에게 머리를 수그려 묻는다.

"겁이 나니, 아가야?"

베르나데트는 고개를 끄덕인다.

"마사비엘에서 본 여인이 무서워?"

베르나데트가 세차게 고개를 흔든다.

"이제 알겠지? 다 꿈이었다는 걸?"

베르나데트는 눈물에 흠뻑 젖은 얼굴을 들어 겁에 질린 얼굴로 엄마를 보며 더 세차게 고개를 흔든다. 루이즈는 슬픈 얼굴로 딸을 내려다본다.

"가엾은 것. 내게도 너 같은 시절이 있었단다. 네 나이에는 가끔 헛

것을 보기도 하지. 다 지나가고 괜찮아질 테니 잊어버려라. 그런 허황한 얘기에 귀 기울이기에는 세상이 너무 복잡하구나. 너는 이제 다 컸어, 거의 어른이 되었지. 1, 2년 안에 아마도 남자를 만나 아이들이 생기겠지. 얼마나 시간이 빨리 흐르는지 모르겠구나."

베르나데트는 머리를 깊이 파묻고 더는 아무것도 말하지 않는다. 루이즈 수비루는 딸을 위로하는 한편으로는 날이 밝으면 고해소에서 포미앙 신부나 페네스 신부, 혹은 상페 신부에게 마사비엘의 여인에 대해 이야기하고 의견을 청해 보기로 결심한다.

2부

은총을 베풀어 줄 수 있나요?

제11장

돌이 떨어진다

느베르 수녀원 학교에는 7, 8명의 소녀가 모인 그룹이 있다. 그들은 영리하고 활동력 있는 잔 아바디를 거의 복종하다시피 따른다. 이 모임에는 시장 비서의 딸인 붉은 머리의 아네트 쿠레즈, 야생트 드 라피트가 '이 더러운 소굴의 님프'라고 불렀던 카트린 멍고, 그리고 흰 얼굴에 주근깨가 많으며, 목소리가 고와서 학교나 성당의 행사마다 불려 나가 노래를 부르는 마들렌 이요가 있다. 오늘은 잔 아바디가 제일 먼저 도착해서 아이들을 불러 모으고는 말했다.

"얘들아, 너희들 어제 무슨 일이 있었는지 알게 되면 엄청 놀랄걸? 하지만 난 말하지 않을 거야."

"말을 안 할 거면 얘기는 왜 꺼내니?" 카트린이 옳은 말을 한다. "누가 너를 따라오기라도 했어?"

"내 얘기가 아니라 베르나데트 수비루 얘기야."

"바보 베르나데트한테 무슨 재밌는 일이 일어날 리 없잖아." 카트린이 실망해서 말했다.

잔 아바디는 친구들의 호기심을 잔뜩 불러일으킨다.

"내가 아까 말했잖아. 아무 얘기도 안 할 거라고. 맹세하진 않았지만. 난 바보가 아니거든."

"맹세를 안 했다면……." 아네트 쿠레즈가 눈을 반짝이며 말한다.

"그래, 맹세를 안 했다면……." 모두가 한목소리로 말한다.

"그렇다면, 네가 맹세를 안 했다면……." 마들렌 이요가 결론을 내린다. "어겨도 죄가 안 되겠구나……."

잔은 목소리를 한껏 낮춘다.

"다른 사람들이 듣지 않게 좀 더 가까이 와. 베르나데트가 어제 마사비엘 동굴에서 아름다운 젊은 여인을 보았는데, 흰옷을 입고 푸른 허리띠를 두르고 발에는 황금 장미꽃이 있었대. 나는 마리 수비루랑 나무하러 갔는데, 돌아와 보니 베르나데트가 개울가에 꿇어앉아서 우리가 부르는 소리도 못 듣고, 아주 이상했어."

"너희들은 그 여인을 못 본 거야?" 누군가 묻는다.

"마리와 나는 나무를 모으고 있어서 그 여인이 거기 있는 줄도 몰랐어."

"발에 황금 장미꽃이 있다고? 그런 건 한 번도 못 봤는데. 도대체 누굴까?"

"전혀 짐작이 안 가. 밤새 생각해 봤는데 전혀 모르겠어."

"베르나데트가 지어낸 얘기 아닐까?" 카트린 멍고가 말하자 아네트 쿠레즈가 비웃듯 말한다.

"베르나데트는 멍청해서 그런 이야기를 꾸며내지 못해."

"분명히 베르나데트는 거짓말은 안 해." 잔이 곰곰이 생각하며 말한다.

"잘 알아봐야겠어."

소녀들은 모두 동의했다. 다 함께 마사비엘로 가서 흰옷을 입은 아름다운 여인의 자취를 찾아보자.

"우리가 가면 여인이 거기에 있을까?" 양초 장수의 딸 투아네트 가잘라스가 묻는다.

"베르나데트가 봤다면 우리도 볼 수 있지." 카트린 멍고의 판단이다. "우리도 베르나데트만큼 눈이 좋으니까……."

잔 아바디가 잠시 동안 곰곰이 생각한 후 말한다.

"베르나데트랑 같이 가자. 베르나데트가 없으면 그 여인이 안 나타날 것 같아."

얼마 후 베르나데트와 마리가 도착하자 잔의 무리가 즉시 베르나데트를 에워쌌다.

"베르나데트, 말해 봐. 어디서 그 여인을 본 거야? 서 있었어? 너를 불렀어? 움직였어?"

베르나데트는 잔 아바디를 노려본다.

"잔, 얘기 안 하기로 했잖아?"

하지만 이번에도 베르나데트의 목소리에는 원망보다 짐을 내려놓은 안도감이 실려 있다. 여인은 베르나데트만의 특별한 존재이지만 이제 많은 사람이 알게 되었다. 마리, 잔, 베르나데트의 부모, 사주 아저씨와 아주머니, 부올츠 부인, 부리에트 아저씨, 그리고 평범한 여인인 것처럼 여기고 떠들어대는 잔 무리의 소녀들. 처음부터 그랬지만 베르나데트는 지금 상반된 두 가지의 감정을 가지고 있다. 자신만이 여인에 대해 알고 독점하고 싶은 감정과 온 세상에 알리고 함께 여인을 보고, 기쁨을 나누고 싶은 감정이다. 그런데 두 번째의 감정이 더 강한 듯하다.

"그래, 내가 얘기했어. 얘기 안 하겠다고 맹세한 적은 없잖아. 그리고 아주 중요한 이야기니까." 잔이 변명을 늘어놓는다. "같이 마사비엘에 가서 그 여인을 보고 싶어."

"우리도 가면 볼 수 있을까?" 마들렌 이요가 묻는다.

"어쩌면 볼 수 있을 거야." 베르나데트의 대답이다. "확실히는 모르지만……."

"하지만 엄마가 마사비엘에 가면 안 된다고 했는데." 마리가 걱정스레 말했다. "엄마가 화가 나서 우리를 때렸고 아빠도 심하게 화를 내면서 언니가 또 여인을 본다면 광대나 집시한테 쫓아 버린다고 하셨어."

잔은 베르나데트의 눈을 들여다본다.

"그래도 우리랑 같이 마사비엘에 갈 거지, 응?"

베르나데트는 말없이 고개를 숙인다.

"그 여인이 언니한테 말을 걸었어?" 카트린 멍고가 묻는다.

"아니, 아무 말 안 했어……. 하지만 그렇게 아름다운 분은 생전 처음 봤어."

"그렇게 아름다운 사람이라면," 마들렌 이요가 말한다. "그러면 착한 사람은 아닐 거야."

"나도 어젯밤에 같은 생각을 했어." 신중한 아바디의 설명이다. "나쁜 귀신일지도 몰라. 일요일에 대미사가 끝나면 성수 한 병을 가지고 가자. 여인이 동굴에 있으면 베르나데트가 성수를 뿌리면서 말하는 거야. '당신이 하느님의 사람이면 가까이 오시고, 악마의 사람이라면 썩 물러가세요.' 사람들이 보통 그렇게 하잖아. 내 생각이 어때? 그러면 진실을 알 수 있겠지."

"후아, 등골이 오싹해." 아네트 쿠레즈의 말이다. "그냥 보통 사람일지도 몰라."

"분명히 그럴 거야." 베르나데트가 열띤 어조로 말한다.

"오리 새끼들이 한곳에 모여서 시끌벅적하구나." 수녀가 교실로 들어오며 말한다. "자, 우리의 현명한 베르나데트가 무슨 지혜로운 말을 하는지 한 번 들어 볼까?"

주일날, 작은 마을에 종소리가 울려 퍼졌다. 대미사가 끝났다. 베르나데트와 마리 수비루를 비롯해 보주 수녀의 교리반 학생 전체가 미사에 참여했다. 프랑수아 수비루는 정오까지 카즈나브의 마구간에서 일한다. 장-마리와 쥐스탱은 신나게 골목에서 놀고 있다. 루이즈 수비루는 혼자 토방에 남았다. 처음으로 할 일이 없다. 그래서 뜨개질을 한다. 그녀는 입고 갈 옷이 마땅치 않아 대미사에 가지 않고 7시 미사에 다녀왔다. 그녀로서는 아주 큰 희생이다. 왜냐면 대미사는 이 작은 마을의 사람들이 주중의 단조로운 일과 후 누릴 수 있는 유일한 오락이기 때문이다. 마을 사람들은 오르간의 소리를 들으며 훌륭한 영혼의 집에 들어온 것처럼 휴식하며 대화를 나눈다. 페라말 신부는 매우 설득력 강한 연설가로 그의 강론은 영혼을 관통한다. 루이즈가 이 모든 것을 마다하고 7시 미사에 가는 이유는 부유한 자매들, 즉 타르브의 미망인이며 집안의 권위자인 베르나르드 카스테로와 늙은 뤼시유 카스테로를 만나고 싶지 않기 때문이다.

루이즈는 너무나 자존심이 강해서 언니들 옆에서 실패한 카스테로이자 가난한 부모의 모습을 보여 주는 것이 죽기보다 싫다. 그녀는 베르나르드 카스테로에게 깍듯하게 예의를 차리지만, 원망 또한 그에 못지않게 크다.

지금 루이즈는 매우 기분이 좋다. 아들 때문에 화나는 일도 없고, 딸들 때문에 성가신 것도 없다. 남편이 바부의 주점이나 다른 술집에 갔을까 걱정할 필요도 없다. 남편은 카즈나브의 마구간에서 가족을 위해 '정직하고 떳떳한' 일을 하고 있을 것이다. 카즈나브는 10프랑을 선불로 주었다. 외상도 이미 갚았다. 몇 주 동안이나 굶주렸지만, 다시 풍족하게 먹을 수 있게 되었다. 갖가지 채소와 양파를 넣은 수프 냄새가 이미 온 집안을 가득 채웠다.

베르나데트와 마사비엘의 여인 이야기로 걱정이었지만, 상페 신부에게 조언을 구한 뒤로 마음이 편안해졌다. 상페 신부는 식견이 높고 나이가 많은 신부로 베르나데트를 모른다. 그가 웃으며 루이즈에게 말했다. "자매여, 아직 어린아이지 않습니까. 걱정할 필요가 없어요." 이제 루이즈의 걱정거리는 모두 해결되었다. 그런데 30분 후 잔의 무리가 토방으로 몰려와서 베르나데트와 함께 마사비엘로 가게 해달라고 허락을 구한다.

“너희들 제정신이니?” 루이즈는 다시 화가 나 소리쳤다. “베르나데트는 집에 있어야 해.”

“하지만, 아주머니.” 잔 아바디가 공손하면서도 논리적으로 말한다. “저희는 정말 무슨 일인지 알고 싶을 뿐이에요.”

이 말에 루이즈는 곰곰이 생각해 본다. 상페 신부는 아이들의 일이므로 어른이 너무 관심을 기울이면 안 된다고 했다. 동굴에 가서 아무것도 발견하지 못하면 아이들은 베르나데트를 놀리고 비웃을 것이다. 그러면 부끄러움을 느끼고 더는 헛소리를 안 하게 될 것이다. 하지만 너무 빨리 말을 바꾸는 게 싫어 루이즈는 고집을 더 부렸다. 마침내 그녀는 남편의 권위를 이용하기로 했다. “주일날 더 좋은 일을 찾을 수 없다면, 그리고 아버지 허락이 떨어진다면 마사비엘에 가도 좋다. 베르나데트, 가서 여쭤 보고 오너라. 나는 아버지의 결정을 따라야 하니.”

아이들은 경쟁이라도 하듯 숨 가쁘게 달려서 우체국으로 갔다. 일요일을 맞아 산책하던 사람들이 놀란 눈으로 아이들을 본다. 우체국 앞뜰에는 한 무리의 남자들이 고개를 늘어뜨린 말을 에워싸고 서 있다. 우체국장 카즈나브가 승마 장화와 챙모자를 쓰고 무리에 섞인 채 서 있다. 마부로 승격한 말지기 두트르루와 편자꾼, 그리고 프랑수아 수비루가 말고삐를 잡고 있다. 편자꾼이 말 등을 여기저기 만져 본다. 목끈 때문에 상처가 생겼다. 가죽 주머니에서 약통을 꺼내려는 순간에 아이들이 들이닥친다. 수비루의 두 딸까지 모두 9명이다. 잔 아바디가 조리 있게 허락을 구하며 카즈나브와 두트르루, 편자꾼까지 모두에게 마사비엘의 동굴과 여인 이야기를 알린다. 수비루는 잔 아바디의 입을 다물게 하고 싶다. 소리 없는 분노가 스멀스멀 올라온다. 베르나데트 때문에 자신마저 우스꽝스러운 사람이 된 느낌이다. 간신히 월급이 보장되는 자리를 잡아, 실업이라는 구렁텅이 바닥에서 사회의 일원으로 올라가는 사다리의 한 칸을 겨우 올라갔는데, 다른 이도 아닌 내 자식이 아비의 명예를 더럽히러 왔구나. 프랑수아는 다른 아이들에는 전혀 신경 쓰지도 않고 베르나데트와 마리에게 화를 냈나.

"여기엔 뭘 하러 왔어? 어서 집으로 가거라! 그 이야기는 더 듣고 싶지 않다!"

"여보게, 이 사람아!" 카즈나브가 웃으며 말한다. "왜 이 아이들의 일요일을 망치려고 하나? 애들이 무슨 잘못을 했다고! 고작 어린아이들이 아닌가! 여인을 찾아보고 싶다면 찾아보도록 내버려두게. 그게 즐겁다면 말이지."

잔과 소녀들은 계속 조른다. 베르나데트만이 아무 말이 없다.

"그래, 그 여인이 손에 뭘 들고 있다고?" 카즈나브는 묻는다. "묵주? 흠……."

"예, 묵주요. 아주 굵은 진주로 만든 긴 묵주요."

"그래, 수비루, 들어 보게." 카즈나브가 재미있다는 듯이 말한다. "루르드의 신심 깊은 다른 여인들처럼 묵주를 들고 있는 여인이라면, 딸들이 매일 방문해도 괜찮지 않겠나."

고용주의 말이 그러하니 듣지 않을 수 없다.

"30분 안에 돌아와야 한다!" 아버지의 명령이다.

"하지만 그건 불가능해요, 수비루 아저씨." 아바디가 말한다. "길이 아주 멀다고요."

수비루는 결국 투덜거리며 소녀들에게 양보한다.

"점심때까지 안 돌아오면 먼저 먹을 테니 알아서들 해라."

소녀들은 참새떼처럼 재잘거리며 우르르 사라졌다. 편자꾼이 말의 상처에 검은 고약을 바르고 수비루가 아픈 말을 마구간에 몰아넣었다. 말에게 짚을 새로 깔아 주는데 눈에 눈물이 차오른다. 방금의 열패감 때문에 눈물이 나는 것인가, 아니면 앞으로 다가올 새로운 불행에 대한 예감 때문에 눈물이 나는 것인가.

퐁비유 위에서 소녀들 사이에 격렬한 말다툼이 벌어진다. 잔 아바디는 샬레 섬으로 먼저 가서 니콜로의 가교를 통해 사비 개울을 건너가려고 한다.

"이틀 전부터 계속 눈도 오고 비도 왔어." 베르나데트의 말이다. "수문이 열려서 가교는 물에 잠겼을 거야. 산을 넘어가야 해."

"하하." 잔이 조롱한다. "달걀이 닭보다 영리한 척하네. 어디 맘껏 덤벼 보시지."

하지만 베르나데트는 생각을 굽히지 않는다. 무리는 둘로 나뉘었다. 대부분 소녀가 잔을 따르고, 베르나데트를 따르는 아이는 마리와 마들렌 이요, 그리고 투아네트 가잘라스뿐이다. 아이들은 각기 원하는 리더를 따라 다른 길로 가기로 했다.

"누가 먼저 도착하는지 보자고." 승부욕이 강하고 야심만만한 잔이 소리쳤다. 베르나데트가 성큼성큼 걷는다. 걸음이 너무 빨라서 아이들이 간신히 따라간다. 마치 회오리바람이 그녀를 실어 마사비엘로 데려가는 듯하다. 이전에는 조금만 빨리 걸어도 헐떡거렸는데 오늘은 천식을 앓은 적이 없는 사람 같다. 마리가 같이 가자고 소리치지만, 베르나데트는 아무것도 들리지 않는 듯하다. 베르나데트는 바위 동굴에서 여인이 기다린다는 것을 알고 있다. 춥고 습해서 견디기 힘들지는 않을까? 산으로 가는 길에 안개가 자욱하다.

여인이 다른 소녀들 앞에 모습을 드러낼지 아닐지는 베르나데트에게 그다지 중요하지 않다. 마치 사랑하는 이를 보려고 달려가는 연인처럼 에스펠뤼그 산의 좁은 길을 바람처럼 달린다. 눈을 가늘게 뜬 채 바위 위로 날렵하게 뛰어오르며 속도를 늦추지 않는다. 마침내 목적지에 다다랐다. 동굴 입구에서 우뚝 멈춰 서며 숨을 가다듬으려 손을 가슴에 얹는다. 그리고 동굴 쪽으로 눈을 든다.

아직도 언덕길에서 바위와 씨름하던 소녀들은 베르나데트가 외치는 소리를 들었다.

"저기! 저기! 그분이 계신다!"

소녀들이 도착했을 때 베르나데트는 무아지경의 상태에 빠져 있었다. 머리를 뒤로 젖히고, 크게 뜬 눈을 암벽 구멍에 고정한 채 중얼거린다.

"저기…… 저기……, 저기에 계신다."

아이들은 베르나데트에게 가까이 가서 작은 목소리로 속삭인다.

"어디에 계셔? 언니한테는 보여?"

"저 위에. 저기에……. 너희들 안 보이니? 너희들에게 손을 흔드시잖아."

베르나데트는 학교에서 하듯 수줍게 인사를 드린다.

"난 검은 구멍밖에 안 보이는데……." 투아네트 가잘라스의 말이다. "그 안쪽으로는 커다란 바위가 있어서 그쪽으로는 아무도 나올 수 없을 것 같은데……."

"난 아예 아무것도 안 보여." 마리가 눈을 깜박이며 말한다.

"그분이 너희들을 보고 계셔! 너희들을 보고 계셔!" 베르나데트가 속삭인다. "고개를 끄덕이시고 인사하셨어. 너희들도 얼른 인사드려!"

"좀 더 가까이 가야 할까?" 마리가 묻는다.

베르나데트가 놀라서 두 팔을 벌린다.

"안 돼! 절대 한 발짝도 더 가면 안 돼!"

개울 건너편에서 여인을 본 지난번과는 달리 이번엔 여인을 만질 수 있을 만큼 가깝다. 주변의 바위에 올라서서 팔을 뻗으면 황금 장미로 둘러싸인 여인의 발에 닿을 것 같다. 하지만 여인이 행여 사라지기라도 할까 두려워 꼼짝하지 않는다. 베르나데트는 이 귀한 여인이 분명히 여러 벌의 옷이 있을 텐데도 옷을 바꿔입지 않은 것에 매우 감사한 마음이다. 우아하게 주름 잡힌 흰옷을 입었고 투명한 베일이 어깨를 덮었다.

제단 앞에 선 약혼녀의 모습으로, 여인은 베일을 들어 올리지 않는다. 이상한 점은, 여자아이들이 숱하게 몰려와서 소란을 떨고 바보 같은 소리를 하는데도 전혀 짜증 내는 기색이 없다. 오히려 이것을 당연하게 여기는 듯, 여인은 마리와 마들렌과 투아네트에게 환영하는 눈길을 주었다. 베르나데트는 등 뒤에서 속삭이는 마들렌 이요의 목소리를 듣는다.

"이제 성수병을 들고 성수를 뿌려."

베르나데트는 마들렌이 성당에서 가득 채운 성수병을 손에 쥐었다. 신념 때문이라기보다는 친구들이 원하는 대로 하기 위해 성수를 뿌리며 말한다.

"만일 당신이 하느님의 사람이라면 한 걸음 다가오시고……."

베르나데트는 말을 멈춘다. '악마'라는 말과 '물러가라'라는 말이 포함된 나머지 부분을 말할 수 없다. 하지만 말한다 해도 여인은 그것을 나쁘게 생각하지는 않을 것 같다. 여인은 만족한 듯 웃으며, 소녀의 말에 따른다. 처음으로 암벽 구멍에서 벗어나 한 발짝 나선 것이다. 보통의 인간처럼 뼈와 살로 이루어졌다면 균형을 잃고 비틀거렸을 것이다. 여인은 포옹하려는 듯 두 팔을 벌렸다. 베르나데트는 무한한 행복감을 느낀다.

그 순간 잔 아바디와 친구들이 암벽 동굴 뒤쪽의 길에 나타난다. 작은 나무를 잡고 몸을 한껏 기울이고 서서 베르나데트 일행이 이미 도착했는지 살펴보고 있다. 이번에는 잔이 승부 운이 없었다. 베르나데트가 예측한 대로 가교가 물에 잠겨 개울을 건널 수 없었다. 그래서 길을 다시 돌아와 베르나데트 일행의 뒤를 따라야 했다. 잔 아바디는 열등하고 매사에 서툴다고 여겼던 베르나데트가 옳았다는 것이 분하다. 자신이 통제하고 지배한다는 암묵적 조건을 걸고 친구로 받아 주었는데, 지난 목요일부터 상황이 이상하게 돌아가서 베르나데트가 자신의 지배를 벗어난 것이다. 이런저런 수를 내 보았지만 통하지 않는다. 성모송을 암송하는 마들렌 이요의 부드러운 목소리가 들린다. 틀림없이 베르나데트가 시켰을 것이다. 분노와 절망감에 사로잡혀 자신도 모르게 사람의 머리통만 한 돌멩이 하나를 집어 동굴 쪽으로 던진다. 돌멩이는 꿇어앉아 기도하는 베르나데트의 바로 옆에 떨어진다. 다른 소녀들은 비명을 질렀지만 정작 그녀는 아무것도 보지 못한 듯 꼼짝하지 않는다.

마리가 베르나데트에게 달려와 흔든다. "돌에 맞았어? 다친 거야?"

아무 대답이 없자 모두 우르르 달려가서 베르나데트의 얼굴을 들여다본다. 소녀의 얼굴은 무아지경에 빠져 한층 아름다워 보인다. 동공이 활짝 열린 눈을 크게 뜬 채 깜박이지 않으며 암벽 동굴만을 뚫어지게 보고 있다. 얼굴 전체가 팽팽하게 당겨 관자놀이나 뺨 아래 뼈의 윤곽이 보인다. 더는 어린 소녀나 젊은 여성의 얼굴이 아니고, 죽기 전 온 세상의 불행에 대해 해탈하고 행복의 경지를 느끼는 여인의 얼굴로, 고통보다는 초월과 너그러움의 느낌이다. 시신처럼 창백하지만, 이전에 없던 아름다움으로 정신이 아득해진다.

"네가 우리 언니를 죽였어!" 마리가 날려오는 산 무리에게 소리 시른다. 소녀들은 숨이 차 헐떡거리며 베르나데트의 주위에 모여들었지만, 선뜻 다가서지는 않는다.

"아니야!" 얼굴이 새파랗게 질린 잔이 우긴다. "그 여인 때문이야. 물 좀 가지고 와봐. 금방 정신을 차릴 거야."

개울물을 뿌렸는데도 베르나데트는 깨어나지 않는다. 이제 다른 아이들이 정신을 잃을 지경이다. 마리가 "엄마! 엄마!" 외치며 집으로 달려가고, 잔 아바디와 카트린 멍고는 구원을 청하러 사비 방앗간으로 간다. 다른 아이들은 베르나데트에게 말을 걸려고 애쓰지만 여전히 겁을 먹고 가까이 다가가지 않는다. 이스펭-에즈-잉글레스에서 온 여인네들 두 명이 지나다가 아이들의 이야기를 들었다. 동굴의 여인이 누구지? 그들은 놀란 눈을 크게 떴다.

마침내 니콜로 아주머니와 그의 아들 앙투안 니콜로가 도착했다. 베르나데트가 정신을 잃었다는 말을 듣고 잘게 다진 양파를 가져와서 소녀의 코 밑에 갖다 댄다. 베르나데트가 살짝 고개를 튼다. 그러면서도 시선은 여전히 동굴에 고정돼 있다. 앙투안은 소녀에게 몸을 기울여 활기차게 말한다.

"자, 베르나데트, 일어나! 집에 가야지."

커다란 손을 소녀의 눈앞에 대 보지만 수정 같은 눈은 아무 흔들림 없이 뚫어지게 앞을 보고 있다. 앙투안 니콜로는 베르나데트를 번쩍 안아 들고 방앗간으로 간다. 가는 동안에도 얼굴의 미소는 그대로다. 흥분한 아이들과 두 명의 여인, 그리고 니콜로 아주머니가 뒤에서 따르는 이상한 행렬이 되었다. 나들이옷을 입고 주말을 즐기던 사람들이 한둘씩 호기심으로 방앗간까지 수군거리며 따라온다. 어떤 이들은 웃음을 터뜨린다. 곧 사람들의 판결이 내려졌다. 수비루의 어린 딸이 미쳤대! 앙투안은 창가의 커다란 안락의자에 베르나데트를 내려놓는다. 그들의 방은 사람들로 가득 찼다. 니콜로 아주머니는 우유를 가져와 실신한 (그렇게 여겨지는) 베르나데트에게 먹이려 한다.

그러나 사실 베르나데트는 실신과는 거리가 멀다. 단지 모든 힘을 집중해 여인의 모습을 보려고 하는 것뿐이다. 사람들의 말소리는 아무런 관심 없는 소음에 불과했다. 그러다가 갑자기 베르나데트가 정신을 차린다. 마치 세상의 모든 고통을 한 몸에 지닌 숭고한 여인의 얼굴이 보이지 않는 불꽃에 타 버린 것처럼 사라졌다. 베르나데트는 보통 어린아이의 얼굴로 돌아왔다. 순진한 얼굴과 무관심한 눈이다.

"고맙습니다. 니콜로 아주머니." 베르나데트는 니콜로 부인이 권하는 우유를 사양하며 말한다. "목이 안 말라요."

곧 아이들의 질문이 넘친다.

"무슨 일이야? 무슨 일이 생긴 거야? 뭐가 보였어?"

"아무것도 아니야." 베르나데트는 심드렁하게 대답한다. "그분이 나타나셨어. 그게 다야."

이 '아무것도 아니야'와 '그게 다야'라는 대답이 여인과 베르나데트 사이의 친밀함을 확인시켜 주는 말이다. 그들의 관계는 이제 습관적인 것으로 발전했다. 처음의 흥분과 감격은 이제 관계를 지속하려는 희망으로 바뀌었다. 고귀한 여인은 한낱 환상이 아닌, 확실하고 안정적인 존재가 된 것이다.

베르나데트는 주위 사람들을 둘러보고, 그들이 말하게 내버려두었다. 그리고 자신은 거의 입을 벌리지 않는다. 앙투안은 베르나데트를 계속 지켜보며, 소녀를 보호하려 한다.

"얘가 얼마나 피곤한지 안 보이니? 좀 쉬도록 내버려두어라!"

하지만 베르나데트는 조금도 피곤하지 않다. 그녀가 침묵하는 까닭은 계속해서 자신을 괴롭히는 죄책감 때문이다. 자신은 그 여인만을 사랑하게 되었는데, 그것은 부모를 배신하는 것이 아닌가. 엄마에게는 뭐라고 말해야 할 것인가.

루이즈 수비루와 마리가 서둘러 사비 방앗간으로 가고 있다. 제재소 근처에서 피귀노와 마주쳐서 모든 것을 들었다. 베르나데트가 사비의 방앗간에 있는데 정신을 차렸고 멀쩡하다고 한다. 어휴, 사람을 놀라게 하다니! 웬 동굴의 여인을 그렇게 보고 싶어 하더니 잘생긴 앙투안에게 안겨 갔다고? 발버둥치지도 않고?

"걱정하지 말아요, 루이즈." 피귀노가 말한다. "자식 일은 마음대로 되지 않는 법이지!"

루이즈는 얼굴을 찡그린다. 마리는 베르나데트가 죽었을지도 모른다고 말했다. 지금은 베르나데트가 수치스러운 행동을 한 것을 알게 되었다. 아니, 이것 때문에 몇 주 만에 먹는 수프를 내버려두고 달려왔다니! 타지 말아야 할 텐데! 남편이 일하고 돌아와서 집이 텅 빈 것을 보고 겨우 빵 한 조각으로 점심을 때우겠구나!

"기다려요! 내가 나중에 알려 줄 테니!"

그녀는 투덜거리며 걸음을 서둘렀다.

사비 방앗간 앞에 많은 사람이 궁금해하며 서 있다. 루이즈는 얼굴이 붉어진다. 방에 들어가 보니 베르나데트가 신하들에 둘러싸인 공주처럼 안락의자에 앉아 있다. 그녀는 더 이상 참지 못하고 날카롭게 소리 지른다.

"온 동네 사람들을 다 놀래키는구나! 이 바보가!"

"아무한테도 따라오라고 안 했어요."

학교 선생님이나 어머니는 이런 식의 대답에 매우 화를 내는 것이다.

"우리 가족을 온 동네 웃음거리로 만들고 싶은 거니?"

어머니는 격분해서 뺨을 때리려고 손을 든다. 하지만 니콜로 아주머니가 루이즈의 팔을 잡는다.

"맙소사, 왜 아이를 때려요? 천사 같은 아이를! 아이를 좀 봐요!"

"천사는 무슨 천사!" 루이즈가 고함을 지른다.

"아까 못 보셔서 그래요. 아까는 정말로 이미……." 앙투안이 말한다. "이미 죽은 사람 같았다고요."

좀 전의 무아지경의 상태에 있던 베르나데트의 아름다움을 올바르게 표현할 말을 찾지 못해 갖다 붙인 말이 무겁게 침묵 속에 떠돈다. 이 표현은 상반된 감정 사이에서 우왕좌왕하던 루이즈 수비루에게는 너무 충격적인 것이다. 내가 여기에 아이를 때리러 온 것인가, 아니면 아이가 목숨을 잃을까 두려워서 온 것인가? 루이즈는 의자에 털썩 주저앉아 울음을 터뜨린다.

"하느님, 부디 제 딸아이를 데려가지 마세요……."

베르나데트는 일어서서 엄마의 팔에 손을 얹고 조용히 말한다.

"가요, 엄마. 지금 가면 아빠보다 먼저 도착할 거예요."

그러나 루이즈는 남편 수비루나 집에 대해 완전히 잊은 것 같다.

"나는 네가 사람들 앞에서 다시는 마사비엘에 가지 않겠다고 약속할 때까지 여기서 한 발짝도 움직이지 않을 거다." 그녀는 고집을 부리며 버틴다.

"얼른 엄마에게 약속해라." 니콜로 아주머니가 말한다. "이런 소동이 네 건강에 안 좋단다. 병이 날 거야, 가엾게도."

베르나데트는 차가운 두 손을 맞잡는다.

"엄마, 약속할게요. 다시는 마사비엘에 안 갈게요."

그러고는 영리하게도 빠져나갈 조건을 덧붙인다.

"엄마가 허락하지 않으면……."

마침내 사람들이 떠나고 사비 방앗간에는 니콜로 모자만이 남았다. 앙투안이 일요일의 특전인 잎담배에 불을 붙인다.

"어머니는 어떻게 생각하세요?" 그가 묻는다.

"걱정스럽더구나. 불길한 징조야. 부모들은 신심도 깊고 순한 사람들인데……."

아들은 일어서서 방을 가로질러 아궁이 속에 장작을 새로 집어넣으며 말한다.

"난 그렇게 아름다운 얼굴은 처음 봤어요. 아마 앞으로도 볼 수 없을 거예요."

그날 있었던 일을 다시 되새기며 그는 몸을 떨었다.

"내가 감히 그 빛나는 사람을 만졌다니!"

제12장

첫 말씀

베르나데트와 마사비엘 동굴의 여인에 대한 일은 이제 영영 묻혔다. 수비루의 토방에서는 아무도 이 이야기를 꺼내지 않는다. 온 마을 사람들이 수군댔지만, 수비루 가족 앞에선 모르는 척한다. 먹고사는 문제는 대부분 해결되었으나 프랑수아 수비루는 울적하다. 사람들 앞을 지날 때는 인사도 하지 않는다. 저녁 식탁에서도 얼굴을 찌푸린 채 침묵한다. 잠잘 때의 코 고는 소리마저 그의 기분을 드러내는 듯하다. 그가 이런 태도를 보이는 이유는 베르나데트가 다시는 같은 행동을 반복하지 못하게 하기 위해서다.

반면 루이즈 수비루는 원래 신경질적이고 투박한 성격이지만 딸을 세심하게 돌봐 준다. 단 것을 사주고 위로해 주며 베르나데트가 가족을 위해 희생하고 있다는 것을 이해한다. 심지어 일주일 내내 학교에 가는 것도 강요하지 않았다. 이만큼 잘 대해 주면 동굴의 여인을 잊지 않을까? 루이즈의 바람이다.

하지만 정작 베르나데트는 아버지의 애정이나 어머니의 보살핌, 그리고 어린 동생들의 수줍은 호기심에도 무관심해 보인다. 여전히 온화하고 상냥하며 이전보다 더 열심히 집안일을 돕는다. 근래에는 이웃 사람들을 회피하며, 거의 입을 열지 않는다. 어느 날 마리가 동굴의 여인 이야기를 꺼내자 벌떡 일어나 방을 나가 버렸다.

하지만 그녀는 마음속으로 고통받고 있었다. 동굴의 여인을 만나는 기쁨을 빼앗겼기 때문이 아니라, 2월의 추위 속에서 여인이 자신을 헛되이 기다릴지도 모른다는 것이 두려웠다. 그녀는 다른 이들의 방해로 연인을 만나러 가지 못하는 괴로움을 겪고 있다. 바라는 것은 단지 여인이 자신이 가지 못하는 이유를 헤아려 자신을 잊고 돌아가는 것이었다.

그러나 동굴의 여인이 인내심을 잃지 않도록 도와주는 두 사람이 있었다. 루르드의 신심 깊은 두 여인, 앙투아네트 페레와 밀레 부인이다. 밀레 부인은 아즐레스에서 돌아온 일요일 밤, 시종장 필립과 요리사로부터 그날 있었던 사건에 대해 들었다. 세탁부의 딸인 베르나데트 수비루가 환영을 보고 한 시간가량 무아지경에 빠졌는데, 성화에 나오는 성인들의 모습과 흡사했다고 한다.

이 소식을 듣고 밀레 부인은 잠이 오지 않았다. 그녀는 동굴에서 일어난 일과 친딸처럼 애지중지 키웠으나 겨우 스물여덟 살에 요절한 조카 엘리즈 라타피의 죽음 사이에 관련이 있다고 믿었다. 조카가 죽은 이후로, 40년 전에 남편이 대가족을 꿈꾸며 지은 이 넓은 저택은 황량하기 짝이 없다. 밀레 부인은 엘리즈를 그리워하여 마치 오늘이라도 불쑥 돌아올 것처럼 그녀의 방을 생전의 모습 그대로 정리해 놓았다. 그녀가 쓰던 물건, 인형, 장난감, 책, 바느질 상자, 자수틀,

사탕으로 채워진 간식통, 편지 꾸러미, 옷, 구두…… 모든 것이 가지런히 제자리에 놓여 있다. 오늘 밤, 밀레 부인은 잠옷 위에 모피코트를 걸치고 엘리즈의 차가운 방에서 한 시간을 앉아 있었다. 그녀는 엘리즈와 대화를 나누려 시도했고, 또렷하게 기억해 내는 데 성공했다. 조카는 '성모의 아이들'의 회장으로서 흰 공단 옷에 푸른 허리띠를 매고 축제에 참석했다. 재봉사 앙투아네트 페레가 파리에서 유행하는 옷본을 사용해서, 같은 모임의 회원이라는 이유로 실비 40프랑만 받고 만들어 준 옷이다. 동이 틀 무렵 밀레 부인은 베르나데트 수비루가 봤다는 동굴의 여인이 자신의 사랑하는 조카 엘리즈 라타피라고 확신하게 되었다.

이상한 것은, 앙투아네트 페레도 월요일에 같은 생각을 했다는 것이다. 그녀는 저녁 미사 시간이 끝나고 급히 밀레 부인댁으로 달려갔다. 그녀는 아직 젊지만 못생겼고 옷차림도 후줄근하다. 얼굴은 길쭉하고 안색이 창백하며, 집달리의 딸로서 세상의 어둡고 불행한 일들에 대해 잘 안다. 그녀는 밀레 부인이 어떤 생각을 했을지 짐작하고 그에 대한 답변도 이미 준비했다. 동굴의 여인이 왜 맨발이었을까? '성모의 아이'로서 보속[*]하는 중인 것이 분명하다. 보속하는 자는 맨발로 다닌다. 연옥에는 구두도 나막신도 없다. 부자인 밀레 부인의 조카로서 시험을 단축하려면 부모나 친구들의 특별한 기도가 필요하다. 그래서 지옥의 입구와 비슷하게 생긴 마사비엘의 동굴에서 어린

* 죄로 인한 나쁜 결과를 보상하는 일.

수비루에게 나타난 것이다. 자신의 어진 큰어머니 밀레 부인이나 친구들에게 특별한 메시지가 있을지도 모른다. 밀레 부인과 앙투아네트 페레는 엘리즈의 방에 틀어박혀 이후에 취해야 할 행동에 대해 의논했다. 10년 전부터 밀레 부인댁을 관리해 온 필립은 두 여인의 비밀회의에 크게 놀랐다.

수요일 오후 4시, 다행히 루이즈 수비루와 베르나데트 단둘이 집에 있는 시각에 귀한 손님들이 토방을 방문했다. 먼저 필립이 들어와 식탁 위에 커다란 바구니를 놓았다. 통닭구이 두 마리와 고급 포도주 두 병이다. 루이즈에게 공손하게 인사하고 밀레 부인의 방문을 예고한다. 잠시 후 뚱뚱한 미망인이 엄숙하게 들어오고 뒤이어 구부정한 그림자처럼 재단사 앙투아네트 페레도 들어온다. 밀레 부인은 토방의 내부를 보고 참담한 빈곤에 매우 충격을 받는다.

"수비루 댁, 늘 자네를 한 번 방문해야겠다고 생각했는데 이제야 왔네. 작은 선물이니 사양치 말고 받아 주게. 그리고 앞으로는 금요일의 빨래와 별도로 매주 수요일과 토요일에 와서 우리 집 일을 좀 도와줄 수 있겠나? 집이 너무 커서 사람이 더 필요해."

루이즈 수비루는 이 급작스러운 호의를 어떻게 받아들여야 할지 모른다. 밀레 부인은 인색한 사람은 아니지만, 매우 엄격하고 호락호락하지 않은 사람이다. 온갖 덮개와 커튼으로 먼지며 햇빛을 그토록 잘 막고 있는 밀레 부인의 집에 도대체 무슨 일이 더 있다는 것인지. 1주일에 두 번 종일 일한다면 4프랑인데. 한 달이면 16프랑! 큰돈이다. 게다가 아무 조건 없이 당장 시작하라니! 원하는 게 뭐지? 루이즈는 겉보기와 달리 의심이 많은 사람이다. 그녀는 앞치마로 의자의 먼지를 훔친 후 손님들에게 앉기를 청했다. 베르나데트는 작은 창문 앞에 서 있다. 얼굴은 그늘 속에 있으나, 겨울 햇살이 구름을 뚫고 창으로 들어와 토방 안을 가득 채우고 소녀의 검은 머리카락이 황금색으로 보인다.

"자네는 정말 예쁜 딸을 두었어." 밀레 부인이 한숨을 쉰다. "특별한 아이라……, 정말 행복하겠어."

"마님께 인사드려야지, 베르나데트." 루이즈가 눈짓하며 말한다.

베르나데트가 말없이 차례로 인사한 후 다시 창문 옆의 자리로 돌아간다. 밀레 부인은 레이스 손수건을 꺼내 눈으로 가져간다.

"나도 아이가 있었지, 자네도 알겠지만 직접 낳은 아이는 아니었지만, 내게는 친딸 이상이었어. 그 아이는 마치 보속하는 성인처럼 죽었어. 페라말 신부님이 직접 타르브의 주교님께 엘리즈의 죽음이 다른 사람들에게 모범이 된다고 편지를 써 주시기까지 했다네."

"그래서 우리가 여기에 오게 되었어요, 수비루 부인." 앙투아네트 페레가 벅차게 흐느껴 우는 밀레 부인을 달래며 말했다.

"그래요, 페레 양, 당신이 좀 말해 줘요. 나는 지금 말을 못 하겠어요……."

앙투아네트는 평소처럼 달변으로 베르나데트의 여인에 대한 생각을 말한다. 동굴의 여인이 입은 옷이 자신이 엘리즈 라타피를 위해 만든 옷과 같으니 그 여인이 바로 엘리즈 라타피 자신이며, 큰어머니에게 자신의 메시지와 바람을 전하기 위해 저세상과 이 세상 사이의 전달자로 베르나데트 수비루를 선택했다. 이것이 베르나데트가 본 환영의 실체이며, 수비루 부인이 부디 딸을 다시 동굴에 보내 엘리즈의 말을 주의 깊게 듣고 충실하게 전달해서 불쌍한 영혼이 쉴 수 있게 해주어야 한다는 것이다.

루이즈 수비루는 풀썩 주저앉아 고개를 푹 숙였다.

"하지만, 하지만 그건……, 믿을 수 없어요."

"그렇다네, 믿기 힘든 일이지." 밀레 부인이 울며 말한다.

사실 손님들이 오기 전에 이미 루이즈와 베르나데트 사이에 이상한 일이 있었다. 구체적으로 말한 것은 없으니 루이즈는 베르나데트의 조용하고 우울한 얼굴을 보기가 괴로워서 다음 일요일에 아무도 모르게 동굴에 다녀오라고 말하려고 했다. 베르나데트는 어머니 앞에 무릎을 꿇고 '제발 가게 해주세요, 제발요!' 하고 소리쳐 애원하려던 참이었다.

지금은 루이즈에게 또 다른 공포가 밀려든다.

"그런데 빨리 행동해야 해요." 재봉사가 말한다.

루이즈는 16프랑을 생각한다. 하지만 딸이 또다시 위험해질 수도 있다는 데도 생각이 미친다. 그녀는 조금이라도 시간을 벌고 싶다.

"오는 주일 이전에는 안 돼요……."

"그러면 승낙한 것이라고 믿겠네." 밀레 부인이 재빨리 말한다.

"아니요, 남편이 허락하지 않을 텐데……."

"이건 남자들과는 상관없는 일이지. 남자들은 뭐든 아는 척하지만 이런 일에 대해선 아는 게 없지."

"남편에게 미주알고주알 다 말할 필요가 없지요." 페레가 웃으며 말한다.

"아무래도 안 되겠어요. 엄마의 처지를 이해해 주세요. 다시 베르나데트가 아플 테고, 사람들에게는 또 웃음거리가 될 거예요……. 저는 허락할 수 없습니다."

밀레 부인이 다시 강조하여 말한다.

"나도 엄마였다네. 엄마 이상의 엄마였지. 아직도 그 아이가 내 마음에서 떠나질 않아. 그 아이가 여기까지 오느라 얼마나 힘들었을지 생각하면……. 제발, 수비루 댁, 내가 이렇게 부탁하겠네. 간신히 왔는데 그 문마저 닫힌다면 그 책임은 다 자네가 져야 할 것이야."

"아이고, 세상에…… 어떻게 해야 할지……." 루이즈 수비루는 깊은 한숨을 내쉰다.

"얘야, 베르나데트, 네 생각은 어떻니?" 재봉사가 갑자기 베르나데트 쪽으로 몸을 돌려 묻는다.

베르나데트는 여전히 창가에 서 있고, 햇살이 그녀의 머리카락 위에서 반짝인다. 신호를 기다리는 달리기 선수처럼 잔뜩 긴장한 얼굴이다. 도대체 뚱뚱보 밀레 부인과 못생긴 앙투아네트 페레가 무슨 얘기를 하는 걸까. 베르나데트의 머릿속은 단 하나, 동굴의 여인을 다시 만나야겠다는 생각뿐이다. 그분이 이 사람들을 우리 집으로 보낸 것일까? 우리가 다시 만날 수 있도록? 가볍고 확신에 찬 목소리로 베르나데트가 대답한다.

"엄마가 결정하실 거예요."

이번 목요일의 상봉은 이전의 두 번과는 다르다. 베르나데트는 이전처럼 자유롭게 여인을 만나는 것이 아니다. 밀레 부인이 그녀에게 불쾌한 과제를 주었기 때문이다. 전처럼 완전히 정신을 잃어선 안 된다. 모든 연애사가 그렇듯, 세상은 둘 사이에 끼어들고 간섭하려 든다. 아침 6시인데 동굴의 여인은 이미 그곳에 있었다. (루이즈 수비루는 아무도 보는 사람이 없는 시간에 가야 한다고 조건을 걸었다.) 얼마나 고마운 일인가. 주려는 이가 받으려는 이를 항상 기다려 준다. 속세의 사랑은 그 반대가 아니었던가.

베르나데트는 희고 평평한 돌 위에 꿇어앉는다. 이번에는 여인이 아름다움에 탄복해서가 아니고, 고해하기 위해서다. 그의 입은 닫혀 있으나 심장이 요동을 친다.

"용서하세요. 오랫동안 오지 못했습니다. 사비 방앗간에서 어머니께 다시는 동굴에 오지 않겠다고 약속했기 때문입니다. 이 나쁜 날씨에 저를 기다리실 것을 생각하면 너무 괴로웠습니다……."

여인은 위로하는 것 같은 손짓을 한다. 이런 말을 하고 싶은 것 같다. 걱정하지 말아라. 나는 사람들을 기다리는 데 익숙하단다.

"전 오늘 혼자가 아닙니다." 베르나데트가 계속해서 말한다. "밀레 부인과 재봉사 페레 양이 함께 왔어요. 엄마가 밀레 부인 때문에 여기 오는 것을 허락해 주셨어요. 밀레 부인이 엄마를 고용해서 1주일에 4프랑씩 주신대요. 아빠도 우체국에서 일하시게 되었어요. 이전보다 훨씬 살기가 좋아졌어요. 이런 일을 다 말씀드리고 싶었어요. 뚱뚱하고 연세도 많으신 밀레 부인은 절 따라 여기까지 그리 빨리 오지는 못하셔요. 그런데 벌써 도착하시는 소리가 들리네요. 그분은 머릿속에 뭔가 다른 생각을 하세요. 하지만 저는 부인이 연옥에서 되돌아온 엘리즈 라타피가 아니라는 걸 잘 알아요."

여인은 미소를 짓는다. 이렇게 말하는 것 같다. 걱정 말아라. 그 두 여인네의 관심은 곧 끝날 것이다. 중요한 것은 너의 어머니가 이곳에 오는 것을 허락해 준 것이지.

앙투아네트 페레의 목소리가 울려 퍼진다.

"조심하세요, 밀레 부인! 제 손을 잡으세요. 이쪽으로 한 걸음 더요. 이쪽으로. 됐어요. 도착했어요."

밀레 부인의 헐떡이는 소리가 들린다.

"그분이 동굴에 계셔요." 베르나데트가 나직하게 말했다. "두 분께 인사하셨어요."

"아, 나의 가엾은 작은 엘리즈!" 밀레 부인이 중얼거린다. "하지만 네가 보이지 않는구나. 왜 나는 널 볼 수 없는 거니? 그곳에서 어떻게 지내고 있니?"

그녀는 뚱뚱한 손가락으로 가져온 양초에 서투르게 불을 붙인다. 이것이 마사비엘의 최초의 촛불이다. 힘겹게 무릎을 꿇고 떨리는 목소리로 말한다.

"엘리즈, 한마디만 해주렴. 한마디만."

앙투아네트 페레는 의심이 든다. 사람들이 말하기를, 베르나데트의 얼굴이 알아보기 힘들 정도로 숭고하게 빛났다고 하는데 언제나처럼 똑같은 모습이며, 아무런 변화가 없다. 재봉사가 뾰족한 손가락으로 베르나데트의 등을 쿡쿡 찌르며 속삭인다.

"사실대로 말해라, 알아들었니? 사실대로 말해. 거짓말하면 벌받을 거다."

베르나데트는 돌아보지도 않고 대답한다.

"전 거짓말한 적 없어요……."

"쉿, 조용히 해. 성모송을 하거라." 페레가 말한다.

베르나데트는 시키는 대로 묵주를 꺼내어 기도문을 외우기 시작한다. 기도문을 몇 번 반복한 후 앙투아네트는 가방에서 종이와 펜, 그리고 작은 잉크를 꺼낸다.

"이제 여인에게 가서 원하는 게 뭔지 필요한 게 뭔지, 몇 번의 미사를 원하는지 다 써 달라고 해라. 큰어머니가 뭐든지 다 해줄 준비가 되어 있으니."

베르나데트는 순순히 종이와 펜과 잉크를 받아서 여인이 서 있는 암벽에 다가가 바위에 올라서서 두 팔을 벌린다. 이 행동이 너무나 자연스럽고 인상적이어서 뒤에 있던 두 여인은 두려움을 느끼기 시작한다. 자신들도 기적을 보게 될 것인가? 아직 아무도 보지 못한 기적을? 밀레 부인은 기절할 것 같다. 심장이 멈추고 오한이 온다. 그녀는 동굴에서 나와 되도록 멀리 떨어진 개울가에 무릎을 꿇는다. 페레도 뒤따른다.

잠깐의 시간이 흐른 후 베르나데트가 환한 얼굴로 동굴에서 나와 페레에게 종이와 잉크를 내민다.

"하지만 종이에 아무것도 안 쓰여 있구나." 재봉사가 알고 싶었던 것을 다 알게 된 경찰관 같은 어조로 말한다.

"여인이 뭐라고 하더냐?" 밀레 부인이 안도와 동시에 슬픔이 깃든 목소리로 묻는다.

"여인은 머리를 흔들고 웃으셨어요." 베르나데트의 대답이다.

"여인이 웃었다고?"

"예, 부드럽게 웃으셨어요……."

"그것참 이상하구나." 페레가 신랄한 어조로 쏘아붙인다. "네 여인은 웃을 줄도 아는구나. 연옥에서 온 불쌍한 영혼이 웃을 수 있을 것 같지는 않은데……. 가서 여인의 이름을 물어봐라."

베르나데트는 다시 동굴 안으로 들어가며 생각한다. 오늘은 이렇게 바보 같은 질문으로 여인을 귀찮게 하는데도 여인은 조금도 개의치 않는 것 같다. 여인은 무한한 인내심으로 이 추운 2월의 날씨에도 변함없이 찬란한 광채 속에 서서 베르나데트를 기다렸다. 발 위의 황금 장미만이 흐릿해 보였다. 베르나데트는 용기를 내어 다시 바위 앞으로 갔다.

"용서하세요. 두 분이 당신의 이름을 알고 싶어 합니다……."

여인의 표정이 신하가 실수했을 때 왕의 표정처럼 어두워진다. 베르나데트는 꿇어앉아 묵주 기도를 하기 시작한다. 여인의 표정이 곧바로 밝아진다. 처음으로 베르나데트의 귀에 여인의 목소리가 들린다. 젊은 처녀의 얼굴인데 어머니처럼 깊은 목소리다.

"보름 동안 매일 이곳으로 오는 선행을 해줄 수 있나요?"

여인은 이 말을 루르드 사람들의 사투리인 베아른과 비고르 지방의 말로 했다. 정확하게는 '선행'이 아닌 '은총'이라고 했다. 은총을 베풀어 줄 수 있나요? 이렇게 말하고 한참을 침묵한 후에 더욱 낮은 목소리로 한마디 덧붙였다.

"당신을 이생에서 복되게 해준다고 약속할 수는 없지만, 저세상에서는……."

베르나데트가 이 말씀을 듣고 동굴 밖으로 나가자 촛불을 들고 꿇어앉은 밀레 부인 주위로 사람들이 모여 있다. 니콜로 모자와 마리, 잔 아바디와 마들렌 이요, 마사비엘의 발현 소문이 큰 반향을 일으킨 비츠게르 골짜기의 농부가 몇 명 왔다. 그 후에도 사람들이 계속해서 몰려와 무리에 합류했다. 오늘은 목요일이라 많은 사람이 루르드의 장에서 팔고자 하는 짐을 지고 있다.

"이름을 들었니?" 페레가 대뜸 묻는다.

"아니요."

"물어보기는 했어?"

"예. 말씀하신 대로요……."

"거짓말 말아라, 베르나데트. 내가 너를 봤는데 입을 안 움직이던데."

베르나데트는 놀라서 재봉사를 쳐다본다.

"난 여인과 말할 때," 그녀의 대답이다. "난 여기서 말하는데……."

'여기서'라고 말할 때, 그는 손가락으로 자기의 가슴을 잠시 가리킨다.

"아하," 페레가 심문하듯 말한다. "그 여인도 그렇게 말하고?"

"아니요. 그분은 오늘은 정말로 말씀하셨어요."

"목소리를 갖고 계셔?"

"그럼요. 얼굴을 갖고 있는 것처럼 목소리도 갖고 계시죠."

"그런데 네가 하는 말은, 저 위의 여인이, 천사일지도 모르는 그분이 너 같은 아이에게 '당신'이라고 하고 '은총을 베풀어 줄 수 있나요?' 라고 했다고?"

베르나데트의 얼굴이 환해진다.

"예, 정말 이상하죠? 제게 당신이라고 하셨어요."

페레가 베르나데트에게 한 심문이 생각지 못한 결과를 초래했다. 처음에 재봉사는 소녀의 정당성에 대해서 전혀 의심을 품지 않았다. 내세에 대한 믿음과 호기심, 그리고 일찍이 듣지도 보지도 못한 일에 대한 모험심이 그녀가 밀레 부인을 부추겨 여기까지 오게 했다. 이 마사비엘 동굴에 온 후에 베르나데트의 자유분방한 태도가 그녀의 의심을 불러일으켰다. 반면 페레의 빈정거리는 물음에 대한 소녀의 단순하고 자연스러운 대답이 오히려 주변을 에워싼 사람들에게 신뢰를 불러일으켰다. 작은 소녀가 자연의 일을 설명할 때처럼 막힘없이 분명하고 정확하게 여인에 대해 설명한 것이다. 베르나데트의 이야기를 들은 사람은 자신도 모르게 허황하게 들리는 말조차 믿게 되는 것이다.

"너는 축복 받았구나." 무리 중 한 농부 아낙네가 말했다. "네가 누구를 만났는지 하느님은 아시지."

밀레 부인은 더는 엘리즈를 다시 만나고 싶은 생각이 없다. 베르나데트의 말을 듣고 나서 사랑하는 조카딸이 다시 돌아왔다는 희망은 완전히 사라졌다. 하지만 그녀는 실망하지 않고, 베르나데트를 꼭 안았다.

"너는 어린 선지자로구나. 고맙다, 아가. 나는 늙고 병든 할미지만, 앞으로 보름 동안 매일 너와 함께 올 테다. 페레 양도 같이 올 거죠?"

"하루도 빠지지 않을 겁니다." 재봉사는 갑자기 태도를 바꾼다. "베르나데트에게서 앞으로 더 많은 진리를 많이 들을 건데……."

"난 이전에 비해 더 경건해지고 마음이 안정된 것을 느껴요." 밀레 부인은 한숨을 쉬었다. "다음번엔 필립도 데려와야겠어요. 필립에게도 도움이 될 것 같군요."

이런 대화들이 오가자 잔 아바디도 베르나데트의 특별함을 인정하지 않을 수 없었다. 베르나데트의 성적이 학급에서 꼴찌이긴 하지만…….

"저도 매일 올 거예요." 그녀는 말한다. "그 여인에 대한 얘기는 제가 제일 먼저 들었어요."

"어째서 네가 첫 번째로 들었다고 하는 거야?" 마리가 반대한다. "내가 먼저지. 나는 친동생인데……."

앙투안 니콜로는 어머니에게 말한다.

"앞으로 보름 동안 베르나데트 양을 우리 집에 있게 하면 어떨까요? 윗방은 조금 춥긴 하지만 마사비엘에 가까운데……."

"베르나데트와 같이 있으면 정말 좋겠구나." 니콜로 어머니가 조심스레 답한다. "하지만 내가 함부로 끼어들 수 없는 일이지. 그 애 부모가 결정해야지."

“베르나데트를 우리 집에 있게 해주세요.” 밀레 부인도 단호하게 말한다.

베르나데트는 무슨 영문인지 전혀 이해를 못 한다. 갑자기 모든 사람이 과장되고 어색한 목소리로 말한다. 대체 내게 뭘 원하는 거지? 밀레 부인이 자신에게 특별한 관심을 보이자 갑자기 사람들의 태도가 확연히 변했다.

“저는 이제 집으로 돌아가야 돼요.” 그녀는 말했다.

퐁비유는 장터로 가는 농민들로 가득하다. 그들 중 몇 명은 베르나데트와 여전히 두 손으로 촛불을 받쳐 든 밀레 부인이 이끄는 신기한 무리에 합류해서 베르나데트의 토방으로 향한다. 루르드의 장 때문에 왔던 사람들 가운데 일부도 이 이상한 무리에 참가한다. 무리의 선두에는 베르나데트와 밀레 부인이 섰다. 부인은 여전히 타는 성초를 손에 들고 토방으로 간다. 새로운 소문이 입에서 입으로 퍼진다.

“수비루의 딸이 다시 동굴에 갔더란다……. 오늘이 벌써 세 번째라고 하네……. 애가 영악하기도 하지……. 아니야. 걔는 미친 애야……. 그 집에는 더 이상 먹을 것도 없다는데……. 열이 나서 환상을 본 거지……. 그런데 부자인 밀레 마님이 끼어들어서……. 그 마님은 돈이 너무 많아서 그걸로 뭘 해야 할지를 모르니까…….”

시내에 가까워질수록 말의 수위가 더 높아진다. 프티-포세 거리에 접어들 무렵에는 행렬이 백 명가량으로 늘어났다. 막 바부 주점에서 나오던 경관 칼레는 행렬을 보고 자신이 개입해서 해산시키고 질서를 되찾아야 하는 건지 삼시 고민했다. 나폴레옹 황제는 자신이 쿠데타로 정권을 잡았기 때문에 대중 집회를 좋아하지 않는다. 칼레는 시장 라카데와 경찰서장에게 달려가 보고한다.

루이즈 수비루는 머리가 산발이 되어 토방에서 나왔다.

"맙소사, 이번엔 또 무슨 일인가요?"

마리가 엄마에게 달려가 진정시켰다.

"언니가 오늘은 안 아팠어요, 엄마. 그 여인이 언니에게 '당신은 지금부터 보름 동안 매일 이곳으로 오는 은총을 베풀어 줄 수 있나요?' 라고 했대요."

"내가 아무래도 일찍 죽겠나." 루이즈는 한숨을 내쉬었다. "아이 하나를 잃는구나."

사람들이 너무 많아 토방의 출입이 어렵다. 밀레 부인과 페레, 니콜로 모자와 수비루의 두 딸이 토방으로 들어섰다.

"수비루 부인", 밀레 부인이 윗사람으로서가 아니라 동등한 위치의 사람으로서 말한다. "하느님께서 베르나데트를 보내 주셔서 감사할 따름입니다. 나는 베르나데트와 같이 매일 마사비엘에 참배하러 갈 거예요. 발이 불편해 보속이 되겠지요. 보름 동안은 내게 이 아이를 맡겨 주세요. 숙식도 제공하겠습니다. 부인이 불편하지 않으셨으면 좋겠습니다만……."

'전혀 불편하지 않지요. 가엾은 아이가 푹신한 침대에 자고 매일 닭고기를 먹을 수 있을 텐데요.' 루이즈는 생각한다. 하지만 이렇게 말한다.

"생각을 좀 해볼게요, 마님. 너무 갑작스러운 일이라……. 제가 영문을 모르겠어요."

밀레 부인은 한술 더 뜬다.

"엘리즈가 썼던 좋은 방을 쓰게 할 거예요. 부인도 알다시피 우리 집에서는 가장 성스러운 곳이죠. 마사비엘의 여인이 내 조카딸 엘리즈가 아닌 것 같지만, 이제까지 이 방에 베르나데트 외에 다른 사람이 잔 적도 없고 앞으로도 그럴 겁니다."

밀레 부인이 이렇게까지 나오니 재봉사 페레도 냉담하게 있을 수는 없었다.

"베르나데트는 낡은 옷 한 벌밖에 없구나. 내가 예쁜 흰옷 한 벌 주마. 그러면 동굴의 여인이 널 보고 기뻐하실 게다."

"바보한테 아주 선물이 가득하네." 이 모든 상황을 지켜본 잔 아바디가 중얼거렸다.

"마님, 페레 아가씨," 마침내 루이즈가 입을 열었다. "용서하세요. 남편과 언니 베르나르드 카스테로와 의논해 봐야 할 것 같아요. 저 혼자 이런 중대한 결정을 내릴 수는 없으니까요. 그런데 왜 이렇게 많은 사람이 모인 건가요? 아이고 하느님, 무슨 일인지……."

"그렇지요, 수비루 부인." 밀레 부인이 딱딱하게 말한다. "가족들과 의논해 보세요. 그러는 동안 일단 베르나데트를 데려갈게요. 페레 양이 베르나데트가 입을 수 있도록 엘리즈의 성모회 옷을 수선해야 하니까요."

베르나데트는 늘 그렇듯 무심하게 서 있다. 그녀의 머릿속에는 한 가시 생각밖에 없나. 동굴의 여인이 말했다. '나는 당신을 이생에서 행복하게 해줄 수는 없어요…….' 하지만 이생에서도 행복하게 해주었다. 그것도 바로 오늘부터.

오후 4시경, 집안의 권위자이자 베르나데트의 대모인 베르나르드 카스테로가 토방에 도착했다. 수비루 내외는 공손히 맞이한다. 그녀는 막냇동생인 뤼시유도 데리고 왔다. 뤼시유는 노처녀로 베르나르드의 동생이라기보다는 하녀로 보인다. 이번 일 같은 경우, 베르나르드 이모는 찬성과 반대의 의견을 오랫동안 숙고한 후 자신의 의견을 내놓는데, 한 번 내놓은 의견에 대해서는 더 이상 번대할 수 없다. 그녀는 세 자매 중 가장 현명한 사람이다. 남편의 재산을 잘 지키는 데 그치지 않고 영리하게 사고팔고를 반복하면서 부풀렸다. 그녀는 혼자 살며 고집이 세다. 최근에도 청혼을 받았으나 거절했다. 남자들이 매우 경박하고 유약하다는 걸 잘 알기 때문이다.

베르나르드가 토방에 들어서며 경계하는 눈길로 둘러본다. 세 자매 중 가장 예뻤던 루이즈는 이것과 다른 삶을 살아야 했다. 사랑만으로 결혼하면 어떻게 되는지 보시지! 결혼은 중대한 일이란 말이다. 젊은 방아꾼 수비루는 잘생긴 청년이었다. 남자들을 말썽꾸러기에 비유한다면, 잘생긴 남자는 강도다.

베르나르드는 그들의 침대를 흘끗 보고, 방금 급하게 침대 정리를 했다는 것을 알아차린다. 해가 중천이 되도록 자고 있던 남편을 급하게 깨웠구나.

"베르나데트는 어디 갔니?" 대모가 묻는다.

"그 애는 요즘 밀레 부인댁에 있어요." 루이즈가 걱정스레 대답한다. "보름 동안 그곳에서 지내라고 초대받았어요."

"잘못된 결정이다!" 카스테로가 말한다.

"왜 잘못된 거예요?"

"너는 정말 한 치 앞을 보지 못하는구나!"

프랑수아 수비루가 초조하게 꼼지락거리기 시작한다. 처형 앞에서는 항상 루이즈의 남편으로서의 권위를 세우기 위해 처형의 편을 든다.

"그것 봐! 내가 안 된다고 분명히 말했잖아! 항상 자기 마음대로 행동한다니까! 아무도 내 의견을 물어보지 않고. 우리 아이를 보낸 건 정말 잘못한 거지! 다른 사람들이 뭐라고 말하겠어?"

"다른 사람들이 뭐라고 말할지 내가 말해 줄게, 잘생긴 제부." 베르나르드가 웃으며 말한다. "수비루 내외가 벌써 베르나데트의 동굴의 여인으로 큰 이익을 봤다고 말하겠지."

"맞아요! 사람들이 그렇게 말할 거예요. 벌써 내 귀에 들리는 것 같네요." 수비루가 투덜거린다.

"그뿐인가. 베르나데트가 밀레 부인의 유산을 받으려고 거짓말로 꾸며댄 거라고 할 테고."

"그렇죠. 그렇게 말할 거예요." 수비루는 아내에게 노한 눈길을 던진다.

"이런 창피가 있나! 우리를 아주 더러운 인간으로 만들 거예요!"

하지만 베르나르드는 화를 내는 수비루에게도 마찬가지로 퍼붓는다.

"가족을 이런 토방에 살게 하는 건 창피하지 않고?"

“저는 정직하게 살았어요. 그건 인정해 주셔야 돼요.” 수비루가 변명을 한다. “항상 제가 받은 것보다 더 많이 주었죠. 그건 부인하지 못하실걸요. 하지만 이제 됐어요. 더는 듣고 싶지 않습니다. 베르나데트를 바르트레스로 보낼 거예요.”

“도대체 생각이라곤 없구나.” 베르나르드는 고개를 끄덕인다. “뭐, 그거야 전부터 알았지만. 일단 앉게. 너희들도 다들 앉아서 얘기를 들어. 너희들이 나를 불렀잖아. 내가 말하는 동안 중간에 끼어들지 말고.”

모두 권위사의 말에 순종하여 사리에 앉았다. 나부진 체격의 베르나르드만이 외투와 두건을 쓴 채로 서 있다.

“베르나데트는 영리하진 않지만 착한 아이다. 절대로 이득을 보려고 거짓말할 아이는 아니지. 나는 종종 그 아이를 지켜보며 생각했다. 이 아이한테 부족한 게 뭘까? 그 아이가 여인 이야기를 만들어 내서 우리를 속이는 게 아니라고 맹세할 수 있어. 무엇보다도 갠 너무 멍청해서 그런 이야기를 만들어 낼 수도 없지. 그 애에게는 그 여인이 보이는 게지. 다른 사람들에게는 안 보이는 거고. 돌아가신 할머니가 우리가 어렸을 때 종종 어떤 소녀에 대해 얘기해 주셨다. 그 소녀에게는 집안의 복도에서 예수님이 나타나셨는데 만져 볼 수도 있을 만큼 아주 가까웠다는구나. 그리고 한 번 더 나타나셨고. 그러니, 동굴의 여인은 아마도 천상의 분이실 게야. 물론 지옥에서 온 분일 수도 있지. 어디에서 왔는지 짐작만 할 뿐 확실히 알 수는 없겠지. 정말 이상한 이야기지? 다섯 시간이나 곰곰이 생각해 봤지만 앞으로 일이 어떻게 돌아갈지 전혀 모르겠구나. 너희들에게는 아무 영향이 미치지 않았으면 좋겠다. 베르나데트는 보름 동안 동굴에 가야지. 여인이 부르셨고, 천상의 여인일 수 있으니. 아무도 베르나데트가 여인의 명을 받드는 것을 방해하지 말아라. 여기까지가 내 생각이다. 또 하나! 엄마 된 이는 자식과 함께해야 한다. 엄마로서 무관심한 척하면 안 되지. 너는 지금까지 매우 어리석었다. 앞으로는 매일 베르나데트와 함께 마사비엘에 가도록 해라. 농담이 아니야. 그게 네 딸에게 어떤 의미가 있는지 잘 생각해 보렴. 네가 그 아이를 믿어 주면 다른 사람이 더는 비웃지 못할 것이다. 너뿐만 아니라 우리 역시 베르나데트 옆에 설 테니. 그리고 너뿐만 아니라 모든 가정의 부인네들은 다 베르나데트의 편을 들 것이다. 나와 뤼시유도 매일 첫 미사를 본 후에 함께 마사비엘로 갈 것이다. 이것은 나의 굳은 결심이다. 이제 각자들 할 일 하러들 가고……."

집안의 권위자가 발언을 끝마쳤다. 수비루 내외는 어쩔 줄 몰라 하며 말이 없다. 루이즈는 언니의 말을 통해 어머니로서 의무라는 것을 생각해 보고 자책한다. 프랑수아 수비루는 처형의 말에 완전히 공감하지는 못하지만, 감히 판결에 반박할 용기가 없다. 될 수 있는 대로 이 일에 개입하지 않겠다고 결심할 뿐이다.

제13장

과학의 사자(使者)

"어찌 됐든 우리는 바야흐로 19세기 후반을 살고 있습니다." 카페 주인 뒤랑이 한숨을 쉬며 클라랑스 교상에게 에스프레소, 세무서장 에스트라드에게 코코아, 시인 야셍트 드 라피트에게는 식전주 한 잔, 코감기가 심한 뒤투르 검사에게는 뱅쇼*를 내왔다. 오후 4시가 지나 카페 프랑세가 붐비기 시작했다.

"여러분들은 타르브의 《랭테레 퓌블릭(대중의 이익)》을 보셨습니까?" 뒤랑의 말이다. "'성모 마리아가 루르드의 한 소녀에게 발현했다.' 19세기 후반의 신문에 이런 기사도 올라오네요."

"지금의 시대와 발전 정도를 너무 과대평가하지 마세요, 뒤랑 씨." 클라랑스가 웃는다. "우리의 지구는 이미 천만 년 이상 되었죠. 19세기라는 세월은 사실 아무것도 아닙니다. 나는 역사 시간에 항상 말합니다. 자만하지 말아라. 인간은 막 걸음마를 시작했을 뿐이다."

하지만 카페 진보의 주인 뒤랑 씨는 멋들어진 문장을 들었다고 해

* 와인에 과일을 비롯해 여러 재료를 넣어 푹 끓인 음료.

서 자신의 의견을 굽히는 사람이 아니다. 그의 미릿속에는 많은 돈을 들여 구독하는 여러 신문의 제목이 떠돌고 있다.

"우리는 이제까지 충분히 고통받지 않았나요?" 그는 연극배우처럼 오른손을 들고 말한다. "종교 교리의 속박을 끊지 않았나요? 그런데 다시 또 유령 이야기라니요?"

야셍트 드 라피트가 자기의 술잔을 들여다보며 말한다.

"개인적으로는 정말 아름다운 이야기라고 생각합니다. 클라랑스 교장님 말씀이 맞아요. 우리는 지구 전체의 역사를 보면 고대의 여명기에 산다고 할 수 있죠. 도대체, 왜 안 된단 말인가요? 악마나 달의 여신, 혹은 성모 마리아나 님프가 동굴에서 작은 목동 소녀나 방앗간의 딸에게 나타나지 말라는 법이 있나요? 적어도 굉장히 영웅적이네요. 저는 붉은 머리의 은행가 사모님이 시종장과 바람이 나서 남편을 속인다던가, 발자크나 스탕달의 소설처럼 지방 귀족의 딸을 임신시켜서 세상의 질서를 바꾸고 싶어 하는 현대 소설보다는 이 이야기가 훨씬 좋던데요."

에스트라드가 놀라서 드 라피트를 본다.

"제가 선생의 말을 제대로 이해했는지 모르겠습니다만. 라피트 선생은 신자이신가요?"

"신자냐고요? 아니요. 제가 아는 바로는 저는 유일하게 진정한 무교자입니다. 저는 기도문이나 수학공식, 화학공식 같은 건 그 어떤 것도 외우지 않지요. 제게 종교란 인기 있는 시와 같은 거죠. 그렇게 이상한 눈으로 쳐다보지 마세요, 클라랑스 교장님. 이미 존재하는 표현입니다. 예술은 보통 사람들이 만든 종교지요. 그래서 19세기의 종교란 예술이라는 겁니다."

세무서장은 격분해서 코코아 잔을 밀어냈다.

"지금 말씀하신 것은 파리에서는 몰라도 이 지역 사람들은 받아들이기 힘들군요. 신심 깊은 가톨릭 신자인 저로서는 마사비엘의 발현 이야기는 매우 충격적이고 고통스러운 것입니다."

"예. 당신이 진심이라는 것을 믿습니다. 오늘날 사람들이 종교라는 것은 기계적으로 되풀이하는 것이요, 속이 텅 빈 습관 같은 것이죠. 종교 단체는 성당과 비슷해요. 만약에 사람이 아주 옛날 종교의 발생 시기처럼 자신의 신을 볼 수 있고 보이지 않는 존재를 볼 수 있다면, 오늘날 관례적으로 종교를 믿는 사람들은 매우 고통스러워하겠죠. 복사본으로는 원본 같은 감동을 불러일으킬 수 없으니까요."

"자, 여러분," 뒤랑이 애원하는 눈빛으로 한 사람 한 사람 차례로 본다. "왜 그러십니까? 이건 그저 기사일 뿐이에요. 얼마 전부터 포 지방의 서커스단이 이 지역에 와 있다는 걸 아시잖아요. 분명히 누군가가 광고를 좀 하고 싶었던 게죠. 괜히 가엾은 어린아이 하나를 놀래켜서……."

"그럴 수도 있겠네요." 시인이 말한다. "다른 사람들의 가설을 듣는 것은 참 재미있다니까요. 세무서장님의 의견은 어떠신지요?"

"가설을 세우는 건 검사의 일 아닌가요?" 세무서장 에스트라드가 비탈-뒤투르 검사를 돌아보며 대꾸한다.

"아니죠." 뒤투르의 말이다. "검찰은 절대 가설을 세우는 곳이 아닙니다. 사전 가설을 세우는 것은 경찰의 몫이죠." 그러면서 그는 때맞춰 테이블로 다가온 자코메 서장의 손을 잡고 흔든다.

"새로운 소식이 있나요, 서장님?"

"희한한 일이 많습니다. 여러 가지 보고를 받았어요. 칼레 경위가 토방 앞에 마을 사람들이 잔뜩 모여 있다고 해서 시위대인 줄 알았죠. 딸아이가 말하길 내일 아침에 마을 사람 절반이 수비루의 딸을 따라 마사비엘로 간다고 하더군요. 당글라 반장은 오멕스, 비게스, 르지냥 마을 사람들이 전부 술렁거린다고 합니다……."

"아니, 19세기 말에 이 무슨……." 뒤랑이 다시 한번 탄식한다. "루르드가 프랑스 전체의 웃음거리가 될 거예요. 《세기》나 《투쟁》, 《소공화국》에서 뭐라고 할까요?"

"아무 말도 안 할 걸요." 라피트가 딱 잘라 말한다. "과대평가하지 마세요. 《르 라브당》이나 몇 줄 쓰겠지요. 그런데 오늘 또 《르 라브당》이 안 왔네요?"

"시위하는 건 허용할 수 없어요." 경찰서장의 생각이다. "검사장께서는 어떻게 생각하십니까?"

비탈-뒤투르가 한참 동안 기침을 한 후 말한다.

"사법관의 입장에서 말하자면, 저는 항상 한 가지 질문만을 합니다. 'Cui bono'*, 즉 이득을 얻는 사람이 누구인가? 특히 이 경우는 정치적으로 이득을 보는 사람이 누구인가? 왜냐면 우리 시대에는 정치

* 쿠이보노. "득을 보는 자는 누구인가?"라는 뜻의 라틴어

적 의도가 없는 일은 일어나지 않으니까요. 성모 마리아가 하루하루 근근이 먹고사는 날품팔이의 딸에게 나타났다면 그것도 정치적 의도를 가지고 나타난 것이죠. 성당에, 즉 성직자와 왕당파에 새로이 힘을 실어 주기 위해서일 수도 있습니다. 현시점에서는 성직자들이 전략적으로 자유당을 지지하긴 하지만요. 즉 마사비엘의 발현은 성직자들이 원하는 대로 부르봉 왕가의 재건에 도움이 되는 거죠. 그러므로 저는 제국 정부의 검사로서 요즘 들어 도처에서 조금씩 보인 반역의 기미를 여기서도 감지할 수 있다고 할까요. 누구에게 이득이 되느냐의 원칙에 따라서 논리적으로 신부들이 미신적이고 불만 가득한 군중을 조종한다고 짐작할 수도 있습니다. 즉 이 사건 배후에 어떤 신부가 숨어 있다, 그는 미신적이요 불평이 많은 군중에게 다시 맹신의 불을 붙이고, 황제 정부를 약화시키기 위해 이런 이야기를 만들어 냈을지 누가 압니까? 물론 이것은 내 주관적 견해이자 가설일 뿐입니다만……. 뒤랑 씨, 뱅쇼 한 잔 더 주시지요. 아무리 봐도 이 지방은 살기 안 좋은 곳이란 말이지."

"검사님은 참새에 대포를 쏘시는군요." 교장이 웃는다.

"구구절절이 논리적인 말씀이십니다." 서장이 검사의 편을 든다. 에스트라드는 매우 불쾌하다.

"어린아이의 상상이 곧 종교가 되는 건 아니죠. 종교는 교회와 다릅니다. 교회는 성직자와 다르고요. 성직자는 전체로 봤을 때 절대로 왕당파가 아닙니다. 그리고 제가 아는 공화파 성직자가 한두 명이 아니에요."

야셍트 드 라피트가 손을 비빈다.

"여러분, 다시 원래의 문제로 돌아갑시다. 우리는 두 가지 범죄의 가능성을 들었죠. 뒤랑 씨는 마을에 온 서커스단의 아가씨가 성모로 분장해서 매일 나타난다고 하셨고, 검사님은 페라말 주임 신부 같은 성직자가 의상을 입고 발현을 꾸며낸 것이라고 하고……."

"여러분들의 농담은 그다지 영적이지는 않네요." 뒤투르가 날카롭게 말했다. 얼굴을 찡그리며 설명한다. "나는 신부가 발현을 꾸며낸 것이 아니라 그 배후에 있다고 했어요."

"여러분들의 의견이 엇갈리는군요." 공의(公醫) 도주가 막 들어와 마지막 부분만 듣고 말한다. 잠깐 들를 생각이라 비에 흠뻑 젖은 외투를 벗지도 않고 자리에 앉는다.

"5분밖에 없어서요. 비극이죠. 여기도 다른 곳과 같은 주제로 얘기를 나누시는군요."

"우리는 과학자를 기다리고 있었습니다. 기적에 대한 설명이 필요해서요." 드 라피트의 말이다.

"드 라피트 씨는 과학자이고 무신론자시죠? 지난번에 마르카달과 퐁비유 사잇길에서 말씀하셨잖습니까. 이번 일은 어느 쪽에도 치우치지 않은 비판적 과학으로 설명해야 할까요? 비판적 과학은 가장 믿기 힘든 현상도 일단 받아들인 후 과학적으로 재검토하지 않습니까. 저로서는 아직까지 정말로 착란 증세를 가진 사람을 직접 만나 보지는 못했습니다. 이에 대해 살페트리에르 병원의 '부아쟁(Voisin)'에 글을 쓰고 싶기도 합니다."

"그러면 직접 사람들 속에 섞여 동굴로 갈 생각이신가요?" 에스트라드가 놀라 묻는다.

"그러지 마세요!" 새로 음료를 내오던 뒤랑이 만류한다. "시 소속 공의로서 체면이 깎이지 않겠습니까?"

"어쨌거나 저는 의사로서 역할만 있는 게 아니니까요." 우울한 그림자가 도주의 창백한 얼굴을 스친다. "작은 논문 몇 개를 쓰기도 했고, 지난가을에는 몽펠리에 대학에서 신경학 교수 제안을 받았죠. 몽펠리에 아시죠? 의학계에서는 나름 권위가 있는 곳입니다. 하지만 거절했어요. 루르드에 너무 익숙해져서 나태해진 것 같습니다. 하지만 이번 일 같은 병리학적인 사건에 무관심할 만큼은 아닌가 봅니다."

"그렇다면 선생의 의견으로는 정신병이라는 말씀인가요?" 뒤투르가 묻는다.

"제게 진단을 내릴 권리는 없어요." 의사가 조심스레 말한다. "그러나 어느 정신병원에든 환영을 보는 망상증 환자가 있거든요. 제가 이 천식을 앓는 아이를 기억하기 때문에 망상증이라고 꼭 집어 이름을 붙이기는 조심스럽군요."

"그러면 강경증(Catalepsie)이나 메스머병* 혹은 히스테리인가요?" 뒤투르가 계속 추궁한다.

"그것들은 확실치 않은 것들에 대해 붙이는 거창한 이름들이죠. 친

---

* 오스트리아 출신 의사인 프란츠 안톤 메스머는 모든 생명체의 체내에는 달의 인력으로 밀물과 썰물이 일듯 자력의 영향을 받는 유체가 있으며, 그 유체의 흐름에 이상이 생기면 병이 생긴다고 주장했다.

애하는 검사님. 우선 아이가 다시 한번 같은 증세를 보일 때 관찰을 해봐야 할 것 같습니다. 들은 바로는 마사비엘에 보름 동안 매일 갈 거라고 하던데요."

제국 검사는 수첩에 뭔가 끄적거린다.

"선생이 조사를 마치고 난 후 보고서를 부탁드려도 될까요? 그렇게 해주신다면 큰 도움이 될 것 같습니다."

"그렇게 하지요." 도주가 자리에서 일어서며 말한다. "저는 이 시간에 매일 이곳에 오고, 여러분께 제 의견을 숨긴 적이 없으니까요."

아셍트 드 라피트는 뒤랑의 현대식 석유램프를 보며 오랫동안 침묵한다.

"제 생각에는……." 갑자기 그가 말한다. "여러분은 중요한 걸 놓치는 것 같아요. 문제의 본질은 그 아이에게 있는 것이 아니라 그 아이를 따르는 무리에게 있다는 생각이 듭니다만……."

오후 4시가 되자마자 재봉사 페레가 엘리즈 라타피의 성모회원 의상을 베르나데트에게 맞게 고쳐 가져왔다. 베르나데트 수비루는 생전 처음으로 전신 거울 앞에 섰다. 재봉사는 가봉을 위해 옆에 꿇어앉았다.

"네가 이렇게 예쁜 줄은 몰랐네." 그녀는 비판적인 성격을 억누르며 말한다.

밀레 부인은 가난한 소녀의 변신에 탄성을 지른다.

"세상에! 너무 예쁘구나! 초상화를 그려야 하는 것 아니니?"

베르나데트는 얼굴을 붉힌다. 거울에 온몸을 비춰 본 건 처음이기 때문이다. 집에는 군데군데 흠집이 난 작은 거울밖에 없다. 동굴 여인의 모습이 자신의 모습보다 낯익을 정도다. 심장이 쿵쿵 뛴다. 감탄과 기쁨이 뒤섞인 느낌으로 내일 여인 앞에 당당히 나설 수 있으리라고 생각한다. 여인의 옷을 본뜬 아름다운 흰옷과 푸른 허리띠를 알아봐 주실까? 그럴 것이다. 여인은 모든 걸 다 보시니까! 마음에 들어 하실까? 베르나데트는 지금 당장 마사비엘로 달려가 자신의 모습을 보여 드리고 싶다. 소녀는 거울 앞에서 몸을 몇 번이나 빙글빙글 돌려본다. 어린아이다운 기쁨을 누리며 새이 다 바랜 자신의 낡은 작업복은 다시는 입지 않겠다고 다짐한다. 베르나데트는 계속 돌아서 머리가 어지럽다. 내일 새 옷을 입은 자신을 보면 엄마와 마리, 잔, 니콜로 모자는 뭐라고 할까?

밀레 부인은 가지런히 정리된 수많은 모자 상자 중 하나에서 흰장미 코르사주를 꺼내와 금빛 핀으로 소녀의 앞섶에 고정한다. 베르나데트는 기쁨의 탄성을 지르고, 더더욱 거울 앞을 떠나지 못한다. 해가 저물어서야 비로소 가봉의 즐거움을 끝낼 수 있었다.

그다음에 베르나데트는 역시 생전 처음으로 진짜 식탁에 앉아 흰 냅킨을 앞섶에 올리고 제대로 된 저녁 식사를 한다. 필립이 흰 장갑을 끼고 먼저 부드러운 수프, 버터를 발라 구운 송어, 디저트로 무스와 부르고뉴 샴페인을 내왔다. 모두 베르나데트가 처음 보는 음식들이다. 밀레 부인은 삶에 더 이상 다른 즐거움이 없는 사람들이 대부분 그렇듯 좋은 음식에 집착하는 사람이다.

앙투아네트 페레는 좋은 입담 덕에 저녁 식사에 초대받는 데 성공해 가까이에서, 틀림없이 가정교육을 제대로 받지 못했을 가난한 소녀가 식탁 예절을 몰라 실수하기만을 기다리며 지켜본다. 그런데 베르나데트는 밀레 부인을 보며 그대로 따라 해 흠잡을 데 없는 식사 예절을 보여 주어 필립을 놀라게 한다. 재봉사는 이제 소녀가 뭔가 더 큰 것을 노리고 자신의 능숙함을 숨기고 순진한 척하는 게 아닌지 의심이 든다. 자신은 드 라피트, 밀레, 세낙 같은 상류층 집안의 예절을 배우는 데 2년이나 걸렸는데, 이 아이는 고작 1분 만에 깨우친단 말인가.

"너는 식사 예절을 어디에서 배운 거니?"

재봉사가 날카롭게 묻는다.

"친애하는 페레 양, 주님은 선택받은 자를 채워 주시는 법이지요." 밀레 부인이 대답한다. 재봉사는 발톱을 숨기고 베르나데트에게 대한 불신을 드러내지 않기로 다짐한다. 밀레 부인의 호감을 잃지 않기 위해서는 부인의 엉뚱한 행동도 받아들여야 한다는 것을 잘 알기 때문이다. 다행히도 밀레 부인은 변덕스러워서인지 뭐든 금세 잊어버렸다.

저녁 식사 후 밀레 부인은 직접 베르나데트를 조카의 방으로 데려가 무수히 많은 촛불을 켜고, 박물관처럼 잘 정리된 엘리즈의 물건을 보여 주며 간식거리가 잔뜩 든 상자를 테이블 위에 올려놓았다. 그러고는 눈물을 흘리며 베르나데트를 안고 잘 자라는 인사를 하고는 물러갔다.

베르나데트는 이제 혼자가 되었다. 방 안에 혼자 있는 것도 생전 처음이다. 혼자 있다는 것은 지금까지 겪은 일 중 가장 행복한 경험이다. 어깨에 지고 있던 무거운 짐을 벗은 느낌이다. 그녀는 엘리즈 라타피의 거울로 달려가 아름다운 성모 회원 옷을 입은 자신의 모습을 오랫동안 실컷 보았다. 그러고는 항상 가지고 다니는 흰 보따리를 펼쳤다. 그녀는 이 보따리의 내용물을 밤마다 꺼내 보는 습관이 있다. 뜨다만 양말 하나, 알파벳 책 한 권, 교리 책 한 권, 마들렌 이요가 준 비단 몇 조각, 사탕 한 조각, 말라비틀어진 빵 한 조각, 구슬 세 개, 그리고 짐을 실은 나귀 그림. 이것들은 볼리 방앗간 때부터 모은 그녀의 보물이다. 아무것도 빠진 게 없는지 확인하고 다시 보따리에 넣는다.

할 일을 마친 그녀는 방을 둘러본다. 엘리즈의 방은 여섯 명이 함께 사는 수비루의 토방보다 더 크다. 벽에 얼룩 대신 밝은 색의 꽃무늬 벽지가 있어 다른 상상을 할 수 없다. 천장에는 작은 천사들이 그려져 있다. 천장과 벽에 있는 그림을 다 보려면 아침 10시까지는 침대에서 일어나지 못할 것 같다. 너무 피곤한 방이다.

밀레 부인이 켜둔 초를 침대 옆 작은 테이블 위의 굵은 초 하나만 남겨 두고 하나씩 다 끈 후 엘리즈 라타피가 가졌던 인형을 보관한 유리장을 발견했다. 딱 한 번 아빠가 아직 방앗간 일을 하던 시절, 생-페-드-비고르의 장에서 사 온 폴리치넬라 인형*을 제외하고는

---

* 꼭두각시 인형.

그녀도, 마리도 인형이라고는 가져 본 적이 없다. 폴리치넬라는 보기 흉한 얼굴에 옷에는 선명한 얼룩이 있었다. 악몽에 항상 등장하는 숫염소와 짝이 되어 악마 세상에 소속되었다. 반면에 엘리즈 라타피의 인형은 요정 세계의 것이다. 베르나데트는 눈을 크게 뜨고 찬찬히 들여다본다. 특히 초록 모자를 쓰고 붉은 윗도리를 입은 자그마한 티롤 인형이 마음에 들었지만, 욕심을 억누르고 인형을 만지지 않으려고 애쓴다. 참나무 한 조각 때문에 경찰서에 끌려간 아빠를 생각하며 꾹 참는다.

베르나데트는 조심스럽게 옷과 베일, 코르사주와 흰 비단 양말과 구두를 벗었다. 다시 자기 자신이 된 느낌이다. 거대하고 얼음같이 차가운 침대에 혼자 누워 있자니 자신이 겁에 질린 작은 야생 동물 같다. 갑자기 여동생 마리의 따뜻한 몸이 그립다. 그 아이의 몸에 닿는 것이 그토록 싫었는데 말이다. 하지만 너무 피곤해서인지 침대에 이상한 천장이 달린 게 신경 쓰였지만 금세 잠이 들었다.

아침 6시에 밀레 부인이 앙투아네트 페레와 필립과 함께 베르나데트를 깨우려 방에 들어왔다. 소녀는 이미 외출 준비를 마치고 앉아 있었다. 놀랍게도 소녀는 전날 즐겁게 입어 본 아름다운 의상 대신 원래의 낡은 옷과 외투, 나막신을 신었다.

"왜 그러니? 왜 그 옷을 안 입었어?" 페레가 물었다.

"입었다가 다시 벗었어요."

"왜?"

"모르겠어요."

"모르겠다니, 무슨 대답이 그러니?"

"다시 벗어야 했어요……."

"혹시 누가 벗으라고 했니? 동굴의 여인이 그렇게 말씀하셨어?"

"아니요, 아무도 벗으라고 안 했어요. 그분은 여기 안 계시고, 마사비엘에 계시고요."

"아, 그래, 무슨 말인지 알겠다."

"베르나데트가 왜 그랬는지 알 것 같아요. 저 옷은 동굴의 여인 앞에 나서기엔 너무 화려해 보였던 거지? 그런 거지?"

베르나데트는 마땅히 설명할 말이 떠오르지 않았다.

"잘 모르겠어요, 부인. 그냥 느낌이…… 그랬어요."

"제가 말씀드렸잖아요. 애가 고집이 세다고." 재봉사가 어젯밤의 결심을 잊고 소리를 지른다.

바르테레스 거리의 밀레 저택 앞에는 이미 수백 명의 사람이 기다리고 있다. 사주 아저씨도 있고, 부리에트, 앙투안 니콜로와 그 외의 많은 사람이 있다.

밀레 부인은 군중 가운데 혹시 신부님이 안 계신 지 찬찬히 살펴보았지만, 성직자는 아무도 없다. 어쨌거나 베르나데트의 이야기는 교회와 연관이 있기 때문이다. 루이즈 수비루가 수줍게 베르나데트에게 다가온다. 마치 더는 자신의 딸이 아닌 것처럼 조심스럽다. 하지만 밀레 부인의 기세에도 주눅 들지 않는 언니 베르나르드 카스테로가 뒤에 서서 재촉한다. 루이즈와 뤼시유, 그리고 많은 다른 여인들이 촛불을 들었다. 누군가 베르나데트에게도 초를 쥐여 주었다.

"출발하자. 시간을 아껴야지." 맏언니 카스테로가 말한다. 그녀는 여동생과 함께 베르나데트에게 가까이 있으려 애쓴다. 프티-포세 거리의 이웃들이 뒤따른다.

베르나데트는 아무 말이 없다. 누구에게 인사를 건네지도 않고 혼자인 듯 서둘러 걷는다. 뒤에 따라오는 사람들은 보이지 않는 듯하다. 독립적인 소녀의 행동이 앙투아네트 페레와 학교 친구들과 함께 뒷줄로 밀려난 잔 아바디에게는 매우 언짢다. 잔이 카트린 멍고에게 속삭인다. "항상 제일 앞에 있으려고 한다니까."

정말로 베르나데트는 제일 먼저 도착하고 싶다. 다른 사람이 자신보다 먼저 도착하면 왠지 여인이 좋아하지 않을 것 같다. 타고난 예리한 감수성으로 여인과의 만남이 자신이 어긋난 행동을 하면 바로 물거품처럼 사라져 버릴 것이라는 걸 알고 있다. 여인을 만족시키기 위해 노심초사하는 동시에 사랑을 잃게 되지 않을까 염려하는 것이다.

베르나데트는 모두를 앞질러 동굴로 올라가는 좁은 산길을 오른다. 뚱뚱한 밀레 부인은 숨이 차서 멈춘다.

"작은 제비가 날 듯이, 가랑잎이 바람에 날리듯이 힘차게 걷는구나."

사람들이 든 촛불의 향이 온 골짜기에 퍼지며, 마침내 모두 동굴 앞에 도착했을 때 베르나데트는 이미 무릎을 꿇고 무아지경에 빠져들었다. 오늘 동굴의 여인은 여느 때보다 더 반갑게, 아니 반가움보다는 온전한 기쁨으로 소녀를 맞아 주었다. 여인의 얼굴과 옷, 그리고 창백했던 손과 발마저 찬란하게 빛난다. 그동안 은혜와 호의를 베푸는 자였던 여인은 오늘 처음으로 스스로 은혜와 호의를 느끼는 듯하다. 여인은 동굴의 바위를 넘어 소녀에게 다가가 몸을 숙인다. 가늘고 섬세한 손가락이 소녀에게 닿을 것 같다.

이전에 베르나데트가 무아지경에 빠졌을 때는 무한한 기쁨 속에 일말의 두려움이 있었지만, 이번에는 두려움은 완전히 사라지고 순수한 기쁨만이 남았다.

"오, 세상에! 애가 죽어요! 도와주세요! 애가 죽어요!" 지난 일요일에 베르나데트의 학교 친구들이 소리 질렀을 때와 똑같이 베르나르드 카스테로가 소리를 지른다. 반면 루이즈 수비루는 넋이 나간 눈으로 자신의 뱃속에서 나온 자식을 보는데, 마치 인생의 모든 괴로움을 이겨내고 행복하게 죽어 가는 사람의 마지막 모습처럼 보인다. 루이즈 수비루는 고개를 흔들며 핏기 없는 입술을 떨었다.

"아니에요. 내 딸 베르나데트가 아니에요. 내 딸이 아니에요."

사비강과 가브 개울을 따라 빽빽이 꿇어앉은 사람들에게도 동요가 일었다. 사람들이 여럿 모여 있으면 한 명이 있을 때보다 더 예리하고 감수성이 예민해지는 법이다. 그래서 그들은 하나의 영혼이 되어 암벽의 동굴 속에서 어떤 불확실한 존재를 감지하는 것이다.

사람의 머리 모양이 베개 위에 남는 것처럼 이 초월적 존재의 흔적은 무아지경에 빠진 소녀의 행동으로 그대로 보인다. 소녀는 마치 거울처럼 여인의 미소와 몸짓을 모방한다. 베르나데트는 그곳에 모인 사람들을 위해 자신을 매개로 여인의 모습을 보여 주는 것이다.

모인 사람들 중에는 무엇이든 믿을 준비가 되어 있는 사람도 있고 비판적인 사람도 있지만, 대부분은 호기심으로 따라온 사람들이다. 사람들의 눈은 암벽 동굴에서 소녀에게로, 그리고 소녀에게서 암벽 동굴로 끊임없이 움직인다. 더 이상의 기다림은 없다. 예기치 못한 일이 이미 눈앞에서 벌어지고 있기 때문이다. 지금 벌어지는 일은 사람들에게 천상의 감정을 불러일으키는 게 아니라, 깊은 불안이며 알지 못하는 힘에 자신을 맡겨버리는 것 같은 생생한 감정이다. 특히 회의적인 사람들이 가장 큰 감정의 동요를 느낀다. 인간은 나면서부터 초자연적 존재를 필요로 한다. 그 본능을 감추려고 하면 할수록 더 큰 타격을 입게 되는 것이다.

갑자기 누군가 '은총이 가득하신' 하며 성모송을 외우기 시작했다. 마치 동굴의 여인과 균형을 맞추려는 듯 곧 모두가 합류해 하나의 목소리가 되었다.

베르나데트에게는 아무것도 들리지 않는 것 같다. 다른 소리가 그의 귀를 요란하게 채운다. 가브 강의 격렬한 물소리. 질주하는 말발굽 소리. 그리고 날카로운 목소리가 들린다. "도망쳐! 얼른 도망쳐!"

베르나데트가 겁에 질려 두 팔을 여인에게 뻗친다. 여인의 얼굴은 자신의 운명이 위험에 처한 듯, 아직도 치러야 할 싸움이 있고, 많은 적과 싸워야 하는 것처럼 처음으로 심각하다. 여인은 이마를 찌푸리고 강물을 주의 깊게 본다. 마치 자신의 강렬한 눈으로 강물을 진정시키려고 하는 것 같다.

그리고 여인은 성공했다. 시끄러운 소리가 없어졌다. 가브 강의 격류도 여인의 발아래서 잠잠해졌다.

갑자기 베르나데트가 일어선다. 원래의 모습으로 돌아왔다. 그녀는 어머니의 절망한 얼굴을 보고 목을 끌어안는다. 많은 사람이 함께 눈물을 흘린다.

주일날 카페 프랑세에서는 10시에 식전주가 시작된다. 오늘 공의 도주 의사가 조사결과를 원탁에서 발표한다는 소문이 퍼져서 손님들로 가득하다. 비탈-뒤투르 제국 검사와 자코메 서장은 초조해하며 계속 시계를 들여다본다. 라카데 시장으로부터 시장 집무실에서 11시에 비밀 회담을 열자는 요청을 받았기 때문이다. 최근 삼 일간 있었던 마사비엘 동굴의 일이 너무 규모가 커져서 당국에서는 그저 무관심하게 내버려둘 수는 없는 지경에 도달했다. 오늘은 약 이천 명의 군중이 마사비엘로 몰려가 두 강물 줄기 사이를 가득 메웠다. 이제는 뭔가 조치를 취할 때가 되었다. 당국자의 입장에서 이런 걷잡을 수 없는 사태는 전혀 예상치 못한 것으로 여간 골치 아픈 것이 아니다. 물론 '대중 질서 교란'을 중지시킬 수 있는 법적 조치의 방법은 많다. 그러나 사람들이 '성모 마리아의 발현'이라고 믿는 경우 이것을 어떤 범주의 대중 질서를 교란한 것으로 법을 적용해야 할 것인가? 비탈-뒤투르와 자코메는 매우 초조하다. 특히 검사장은 독감으로 열까지 있어서 침대에 누워 하루를 보내고 싶은 마음이 간절하다.

두 사람은 도주의 보고가 무엇이든 해결 방향을 알려 주기를 희망한다. 그래서 기다리는 것이다. 그들은 또 다른 과학 조사 결과도 이미 받았다. 클라랑스 교장이 어제 오후 마사비엘 동굴로 가서 지리학, 고고학적 조사를 한 것이다. 클라랑스는 동굴의 석회암이 마치 땀을 흘리듯 물방울이 맺힌 것에 매우 놀랐다.

그가 말했다. "특히 주목한 것은 암벽 구멍의 오른쪽 아래, 들장미 가까운 곳에 굵은 땀방울이 방울지어 흐릅니다."

야셍트 드 라피트가 이 비유에 대해 항의를 한다.

"왜 선생은 땀방울이라고 하나요? 눈물이라고 안 하시고……. 선생도 벌써 현실주의자들의 영향을 받은 건가요?"

"눈물이라고 부르는 게 더 좋으시면 눈물이라고 합시다. '돌이 말한다*…….' 정말 우리 시대에는 돌이 말할 이유뿐만 아니라 울 이유도 있으니까요."

"그게 뭐 그렇게 중요한가요?" 검사는 라피트와 클라랑스가 잘난척하며 서로 자신들의 의견을 주장할 때면 항상 기분이 나쁘다. "당신이 관찰한 게 그게 다인가요?"

클라랑스는 자신이 중대한 발견을 했다는 것이다. 그는 암벽 구멍이 아주 오래전 이교도의 종교 행사에 쓰였으며, 암벽 입구에 있는 흰 돌이 아마도 신에게 수확물을 바치기 위한 제단이었을 것이라고 생각한다. 그는 오래전부터 관련 연구를 해왔으며 에스펠뤼그의 산들이 신성한 장소였다고 생각한다. 사람들이 마사비엘에 대해 가지

---

* 라틴어 문구 Saxa Loquuntur. 역사 유적이나 골동품이 이전의 문화 등을 보여 준다는 뜻도 되고, 과거에 있었던 일이 현재에 어떻게든 영향을 주므로 항상 과거를 잊지 말아야 한다는 뜻으로도 쓰인다. 지그문트 프로이트가 즐겨 인용했다고 함.

는 두려움도 그것으로 설명이 된다는 것이다. 사람들은 그리스도교를 믿게 되었지만, 이교도의 숭배 장소에 대한 흐릿한 기억이 있어서 이런 장소들을 두려워한다는 것이 그의 생각이다. 오래전의 신들은 새로운 존재로 대체되기 때문에 오래전 이교도 신에 대한 두려움이 악마에 대한 두려움으로 변모했다. 이리하여 옛날부터 이교의 제사 장소를 찾아내어, 그 자리에 큰 성당을 건축하는 것이 교회의 일이 되었다는 것이다.

아셍트 드 라피트는 기뻐하며 말한다.

"선생의 이론은 제가 늘 말해왔던 것과 같아요. 비고르 지방이 그리스도교 시대 이전으로 거슬러 올라간다는 것 말입니다. 다이아나 여신이나 물의 요정은 모두 소녀예요. 기원전 100년의 목동 여자아이나 기원후 1858년의 목동 여자아이는 영적으로 그다지 큰 차이가 없을 테니까요."

"정말 아름다운 가설입니다만 현재 우리에게는 아무 도움이 되지 않는군요." 비탈-뒤투르 검사의 말이다. "지금 일어나는 일들이 앞으로 어떻게 전개될지 예측되시는지……."

"이 사태가 계속된다면……." 경찰서장이 자신의 주먹을 들여다보며 말한다. "군대의 힘을 빌릴 수밖에요. 국가 질서를 지키기 위해서는 이 정도 규모의 집회가 매일 열린다는 것을 간과할 수는 없습니다. 주지사에게서 불호령이 떨어질 것 같네요. 마씨 남작이 굉장히 엄격한 분이라……."

"이게 도대체 무슨 일인지……." 카페 주인의 말이다. "어제 《피레네 메모리얼》은 '루르드의 발현'에 대해 두 단락에 걸쳐 기사를 실었더군요. 《르 라브당》 최근호는 아예 특집호였고요. 사람들은 페라말 주임 신부의 지시로 페네 신부가 가명으로 투고했다고들 말하더군요."

비탈-뒤투르가 주변을 둘러보더니 나지막한 소리로 말한다.

"발현은 황제를 개인적으로 겨냥한 거예요."

"그게 어째서 황제를 겨냥한 거죠?" 누가 놀라서 묻는다. "외제니*는 독실한 신자 아닌가요?"

"저는 제국 검사로서 아마도 프랑스 국민에 대해 여러분보다는 더 잘 알 거요. 황제의 절대 통치는 법의 구속을 받지 않는 특별한 권한을 가진 경찰국에 근거한 것이죠. 프랑스 국민은 사실상 무정부주의에요. 정부를 골탕 먹일 기회가 있다면 수단 방법을 가리지 않죠. 사회주의, 공산주의, 이런 것은 벌써 시들시들합니다. 이번에는 신비주의를 원하는지도 모르죠. 때마침 도주 선생이 도착하셨군요. 모두 선생을 얼마나 기다렸는지……."

의사가 평소보다 차분하게 외투를 벗어 옷걸이에 걸고 테이블에 앉았다. 기분이 좋지 않아 보인다. 비탈-뒤투르가 곧바로 본론으로 들어간다.

"조사를 마치셨습니까?"

---

* 외제니 드 몽티조(Eugénie de Montijo). 스페인 귀족의 딸. 나폴레옹 3세와 결혼하여 프랑스의 황후가 되었다.

"가능한 만큼은 했습니다." 도주가 짧게 말한다.

"결과가 어떤가요?"

"그거 그렇습니다."

"임상학적 의미의 정신병자입니까?"

"검사장님이나 저보다 더 미친 것 같지는 않아 보였습니다만……."

"그 애가 거짓말하는 건가요?"

"그렇게 생각할 타당한 이유도 없습니다."

"그렇다면, 선생도 발현 이야기를 믿는 쪽인가요?"

"오, 세상에!" 뒤랑이 소리치며 두 팔을 번쩍 든다.

도주가 검사장을 돌아본다.

"저는 도주란 사람으로 《의학통신》에 기고도 하고, 의학계의 저명한 분들과 단체와 교류하는 사람입니다. 스스로 편견 없는 지식인이라고 자부합니다."

검사장은 참지 못하고 끼어든다.

"미친 것도 아니고 거짓말도 아니라면 실제로 발현이 있었다는 건가요?"

"객관적 실체가 없는 주관적 발현은 있을 수 있다고 생각합니다."

"객관적 실체 없는 주관적 발현을 보는 사람이 미친 사람 아닌가요?"

"그렇다면 미켈란젤로도 셰익스피어도 다 미친 사람이겠군요." 드라피트의 말이다.

도주는 주머니에서 메모지 세 장을 꺼낸다.

"오늘 아침 제가 본 것을 기록한 것입니다. 파리의 '부아쟁'에 보낼 글이죠. 논쟁 대신에 이걸 읽어드리면 어떻겠습니까?"

근시인 의사는 안경을 꺼내 쓰고 청중에 관심 없이 무덤덤한 어조로 나지막하게 읽는다.

"1858년 2월 21일 오전 7시 10분, 이미 많은 사람이 모여 있는 동굴에 도착. 제일 먼저 도착한 베르나데트 수비루 바로 옆에 자리 잡았다. 소녀의 뒤에는 온 가족이 촛불을 들고 꿇어앉았다. 소녀도 촛불을 들었다. 소녀는 끊임없이 동굴을 향해 예를 갖춰 절을 하는데, 아무것도 보이지 않는 허공에 대고 절하는 모습이 우습기도 하고 감동적이기도 하다. 손에 묵주를 쥐고 있는데 기도를 하는 것 같지는 않다. 조금 있다가 안색이 변한다. 내가 소문으로 들었던 바와 같다. 자신이 보고 있는 환영의 행동을 그대로 모방하고 있다."

이 대목에서 자코메 서장이 믿을 수 없다는 듯 헛기침을 했지만 도주는 전혀 동요 없이 무덤덤하게 계속해서 읽어 내려간다.

"사람들은 소녀가 보는 것을 그대로 보는 듯하다. 반복적으로 절하고, 답례하고, 상냥한 한숨과 대답이 반복될 뿐이지만 이 모든 행위가 가장 위대한 배우도 흉내 낼 수 없는 진실로 보인다. 조금씩 소녀의 안색이 변한다. 점점 대리석처럼 창백해지며 피부가 팽팽하게 수축해 관자놀이의 뼈가 드러날 지경이 되었다. 이와 비슷한 변화는 말기 폐결핵 환자를 제외하고는 본 적이 없다. 무아지경, 혹은 최면 상태로 보이는 단계로 들어간 것 같았다. 나는 소녀에게 몸을 기울여 맥을 짚어 보았다. 약간 빨라지긴 했지만, 분당 86으로 정상 범주였다. 그러므로 관자놀이의 창백함과 피부 수축은 혈액 순환의 문제가 아니다. 몽펠리에에서 경직증 환자들이 발작을 일으키는 것을 수차례 관찰했는데 신경과 맥박과 혈액 순환이 항상 관련이 있었다. 베르나데트 수비루의 경우는 신경계에도 영향이 미미하고, 심한 경우에 경직증을 일으키거나 히스테리를 일으키는 것처럼 보인다. 좀 더 자세히 살펴보기 위해 눈을 관찰해 보았다. 여기에서도 아무런 이상이 발견되지 않았다. 동공이 커지고 홍채가 수축되었으며 흰자위에 물기가 있고 빛난다. 이것은 누구라도 한 가지 물체를 온 힘을 다해 응시하면 그렇게 된다. 베르나데트의 무아지경 상태라는 것은 의식을 잃는 것이라기보다는 과도하게 정신을 집중시키는 것이다. 그녀는 손에 촛불을 켠 채 들고 있었는데 바람이 꽤 세게 불었다. 때때로 촛불이 꺼졌는데 그때마다 그것을 알아차리고, 시선은 계속 동굴 쪽으로 고정한 채 초만 뒤로 내밀어 사람들이 다시 촛불을 붙이도록 했다. 자기 주변에서 일어나는 일에 대해서 잘 알고 있다는 느낌을 받았다."

"저도 소녀가 주변에서 일어나는 일을 잘 인식하고 있다는 인상을 받았습니다." 뒤투르가 말하지만, 도주는 신경 쓰지 않고 계속해서 읽어 내려간다.

"나의 관찰이 다 끝나고 나서야 베르나데트가 일어서서 동굴을 향해 갔다. 그리고 소녀가 '네'라고 말하는 소리를 두 번 들었다. 소녀가 다시 우리 쪽으로 걸어왔을 때는 얼굴이 완전히 달라져 있었다. 얼굴에 고정돼 있던 기쁨의 표정이 사라지고 고통과 슬픔의 표정으로 바뀌었고, 굵은 눈물방울이 뺨 위로 흘러내렸다. 몇 분 후 환영이 사라진 듯했다. 베르나데트의 얼굴은 다시 홍조를 띠었고 직접 몸짓으로 환영이 사라졌음을 표현했다. 내가 '왜 울었니?' 하고 묻자 즉각적으로 '여인께서 나로부터 시선을 거두시고 모여든 사람들을 넘어 샬레섬과 마을 넘어 멀리 보시며, 죄인을 위해 기도하라고 슬프게 말씀하셨기 때문'이라고 대답했다. 나는 소녀의 정신적 능력을 시험해 볼 생각으로 'pécheur가 무슨 뜻인지 아니?'라고 물었고, 소녀는 즉시로 '예, 물론이죠. 악을 사랑하는 사람이지요'라고 대답했다. '악을 행하는 사람'이라고 하지 않고 '악을 사랑하는 사람'이라고 말한 것이 아주 정확해서 대답이 마음에 들었다. 그래서 나는 소녀에게 정신이상이라는 진단을 내릴 이유가 없다. 많은 사람이 발현의 현장에 함께하며 일종의 예식을 드렸다. 예식이 끝나자 사람들 속에서 우레 같은 갈채가 터져 나왔다. 그러나 베르나데트는 사방에서 자기에게 찬양하는 소리, 축복하는 소리를 퍼부어도 관심이 없는 것 같았다. 자신이 이 사람들에게 어떤 의미가 있는 사람인지에 대해서는 손톱만치도 생각하지 않는 것 같았다. 그저 사람들의 호기심에서 한시라도 빨리 벗어나고 싶다는 듯 가족들을 재촉해서 자리를 떠났다. 자, 이게 끝입니다."

도주는 빠르게 기록하느라 어수선한 글씨를 알아보지 못할 때가 있어 때때로 멈추고 들여다보며 마침내 다 읽었다. 말없이 종이를 다시 접어 주머니에 넣는다. 진보주의 카페 주인 뒤랑은 무슨 말을 해야 할지 몰라 침묵한다. 마침내 검사장이 입을 연다.

"제가 잘 이해했다면, 과학적 조사의 결과 거짓말이거나 정신병이거나 기적일 가능성은 배제한다는 거죠? 그러면 뭐가 남나요?"

"글쎄요, 뭐가 남을까요?"

도주가 생각에 잠겨 말한다.

제14장

비밀회의가 중단되다

라카데 시장은 부르 거리의 시장실 안에서 안절부절 맴돌고 있다. 아직도 긴 외투를 입고 있다. 삼색*의 견장을 달고 주재한 공식 행사를 방금 마치고 돌아온 길이다. 레지옹 도뇌르**의 8자 매듭 장식이 왼쪽 가슴에서 빛난다. 하지만 얼굴에는 수심이 가득하다. 회색빛 뻣뻣한 턱수염과 대조적으로 깔끔하게 면도한 뺨이 오늘은 평소보다 더 붉어 보인다. 비서 쿠레즈의 책상에 펼쳐진 서류 때문이다. 쿠레즈는 잔 아바디 무리 중 한 명인 붉은 머리 아네트의 아버지다. 아르줄레스에서 온 것으로, 부지사 뒤보가 직접 서명했다.

"루르드 시장은 귀하의 관할 구역 내 발생한 사태의 진상과 사태 진정을 위해 취해진 조치에 대해 보고서를 즉각 작성해 발송해 주시기 바랍니다."

"뭐, 성모 마리아를 구금이라도 시키라는 말인가?" 라카데는 소리

---

* 프랑스 국기의 적 · 백 · 청 삼색.

** Légion d'honneur. 나폴레옹이 제정한 훈장으로 프랑스에서 가장 명예로운 훈장.

를 지른다. "나는 그럴 권한이 없다고! 제국 검사는 기병대를 동원해서 할 수 있겠지! 국가가 할 일이 있고, 시에서 할 일이 있는 거지! 나는 시의 시장일 뿐이라고! 우리의 존경하는 부지사께서는 국가와 시의 차이를 모르시나 보군."

"하지만 가만히 지켜보기만 할 수도 없지 않겠습니까, 시장님?" 쿠레즈가 말한다.

"나도 잘 알고 있어요!" 라카데가 서랍에서 오려 모아둔 신문을 한 뭉치 꺼낸다. "지역 신문이 죄다 우리를 비난하는데 모를 리 있겠습니까? 파리 쪽 언론도 이제 곧 떠들어댈 테고요."

쿠레즈는 문 쪽을 쳐다보며 헛기침을 한다.

"시장님, 손님들이 기다리고 계십니다."

라카데는 허리를 펴고 꼿꼿이 선 뒤 주머니에서 작은 빗을 꺼내 제멋대로 뻗친 턱수염을 가다듬었다.

"들여보내 주세요. 비밀 회담입니다만 혹 증인이 필요할 수도 있으니 옆방에 계속 있어 주세요."

시장은 검사장과 경찰서장에게 손을 내민다.

"오늘 일요일인데 두 분을 이렇게 오시게 해서 죄송합니다." 라카데가 쩌렁쩌렁 울리는 소리로 말한다. 루르드의 시장으로서 더는 현 사태를 관망만 할 수는 없군요. 골치 아픈 사건입니다. 여기 부지사가 공문을 보내왔는데 무슨 큰 문제가 있는 것처럼 말하네요. 자유주의 언론들도 마찬가지고요. 시민들은 그 기사를 읽고 그대로 믿고 걷잡을 수 없이 퍼뜨리고 있습니다. 사람들의 눈에 우리가 아주 한심하게 비춰지겠죠. 솔직히 말하자면 이 영문 모를 상황보다는 석판 기술자나 벌목꾼들이 시위를 벌이는 편이 더 낫겠어요. 내 온 시간과 힘을 다 쏟아서 루르드를 현대화하기 위해 노력했는데 계획이 다 무너지고 있습니다. 이런 일이 일어난 후에 루르드 철도 연결을 승인해 줄지 모르겠네요. 어떻게 밀고 나간다고 칩시다. 그 뒤에 물 파이프 개설은 어떻게 될까요? 그건 단념할 수 있어요. 그럼 파리에서 오는 관광객들은? 과학자들의 도움으로 물(온천)을 찾는 건 어떻게 하죠? 다 글러 먹은 거죠, 예. 제정신이 박힌 사람이라면 카지노 하나만 보고 휴양시설도 없고, 중세기의 잔재만 가득한 동굴만 있는 이런 곳에 오려고 하겠습니까? 어린 바보인지 거짓말쟁이인지 그 아이의 단순한 소동으로 끝나는 일이 아니란 말입니다."

"우선 법적인 면을 검토하기를 제안하는 바입니다." 검사가 시장의 긴 신세타령을 중단시켰다.

"그건 응당 제국 검사님께서 하셔야 할 일이죠." 시장은 안락의자에 털썩 주저앉아 눈을 감고 팔짱을 낀다.

법률가들이 다 그렇듯이 비탈-뒤투르 검사도 자신의 훌륭한 논리를 조목조목 나열하며 설명하는 것을 즐기기 때문에 코감기와 고열을 잊어버리고 생기를 띤다.

"사건의 본질만 정리해 보면 이렇습니다. 열네 살 먹은 지능이 낮은 서민층 소녀가 초자연적 환영을 본다고 주장합니다. 이것은 형법에 따른다면 범죄가 아닙니다. 설사 이 아이가 성모 마리아, 아니 하느님의 어머니를 봤다고 주장해도 기껏해야 종교적 도리를 침해했다

뭐 그 정도겠죠. 심지어 제가 알기로는 수비루의 딸은 '귀부인', '젊은 귀부인', '아름다운 여인'이라고만 했어요. 독실한 신자들에게는 이 아이의 표현이 무례하게 느껴지겠지만 법적으로는 젊고 아름다운 여인이라는 것은 말 그대로 젊고 아름다운 여인을 뜻하기 때문에 죄가 성립되지 않습니다. 그래서 이 사건은 법적 제재의 대상이 되지 않습니다."

이번에는 자코메 경찰서장이 의견을 내놓는다.

"검사님께 아이를 사기나 미치광이로 체포할 수 있는 몇 가지 근거를 제시해 드리면 어떨까요?"

"하지만 서장님," 검사장이 서장의 말이 끝날 때까지 기다리지 않고 말을 꺼낸다. "그런 가능성도 다 고려해 봤습니다. 방금 15분 전에 두 가지 가능성 모두 없다는 공의 도주 선생의 보고를 함께 들으셨지 않습니까. 도주 선생의 보고 태도가 굉장히 불쾌하긴 했습니다만……."

시장은 매우 피곤해 보인다.

"여러분은 사건을 있는 그대로만 보시는 건가요? 누구의 환영을 봤든지 그 자체로는 국가나 시 정부와 아무 상관이 없어요. 물론 어떤 발현은 금지할 수 있다면 더 도움이 될 것 같긴 하지만. 그러나 절대적인 권력을 가진 정부도 그것을 막을 수단은 없습니다. 저는 법률가가 아니라 시민으로서 말하는 겁니다. 제 생각으로는 우리가 행동을 취해야 하는 대상은 발현이 아니라, 발현 때문에 일어나는 이해하기 어려운 집단행동이란 말이오."

"제 말을 중단시키지 않으셨다면." 뒤투르가 약간 짜증 내며 말한다. "바로 그 얘기를 하려던 참이었습니다만……. 아마도 그들의 집단행동에 대해서는 시장님보다 제가 더 심각하게 보았을 겁니다. 저는 이런 행동의 이면에 정부에 대항해 체제 전복을 시도하는 불순한 의도가 있다고 봅니다. 자, 그러면 이 많은 사람이 모여서 뭘 하는지 법적 관점에서 한 번 들여다봅시다. 우선 수비루의 집으로 아이를 데리러 가죠. 그러고는 다 함께 에스펠뤼그 산으로 갑니다. 동굴 앞에 무릎을 꿇고 촛불을 들고 묵주 기도를 드리죠. 아, 기도가 끝난 후 다 함께 박수를 친다고 합니다. 그러고는 해산합니다. 이걸 금지할 수 있을까요?"

"금지해야 한다니까요!" 라카데가 화가 나서 소리친다.

"하지만 친애하는 시장님, 적용할 만한 법적 조항을 찾으실 수 있겠습니까?"

"글쎄요. 어렵겠지요." 시장이 주저하며 말한다.

검사는 일부러 잠시 뜸을 들이다가 딱딱한 어투로 말한다.

"두 가지 조항이 있습니다. 첫 번째 것은 아마도 시장님께서 저보다 잘 아실 듯합니다만. 1837년 7월 18일 자 공공 행정 실무에 관한 칙령이 그것입니다."

"쿠레즈에게 즉시 그 칙령을 찾아 가져오라고 지시를……."

"그러실 필요 없습니다." 뒤투르가 말한다. "제가 잘 아니까요. 시장은 주민의 생활과 안전에 위험을 주는 경우, 해당 시가와 도로와 교량과 건물 등의 부지 혹은 기타 공공장소에 접근을 금지할 권한이 있다."

"이런! 검사님, 당신은 정말 훌륭한 법률가시군요! 이런 걸 전혀 몰랐다니! 접근을 차단하는 칙령이면 충분합니다. 산으로 올라가는 그 좁은 길은 아주 위험해 보이지 않나요? 당장 칼레에게 칙령을 발표하라고 해야겠습니다."

검사는 한참 기침을 한 후 말한다.

"현 상황에서는 그러시지 않는 게 좋겠습니다."

"방금 그 칙령을 제안해 주신 것 아니었나요? 제가 잘못 이해한 겁니까?"

비탈-뒤투르는 나폴레옹 3세의 초상화를 본다. 흐릿한 빛 속에 가슴에 두른 붉은 리본밖에 보이지 않는다.

"저는 정치 문제에 대해서는 하나의 원칙이 있습니다. 절대로 목적이 드러나지 않게 하라. 만약에 마사비엘 동굴에 접근하는 것을 금지한다면, 가톨릭 신자들은 우리가 성모 마리아를 두려워한다고 할 테고, 비신자들도 그렇게 말할 테죠. 웃음거리가 되는 겁니다. 그리고, 산길을 막는다고 해도 마사비엘에 갈 수 있는 길이 세 개가 더 있습니다. 위험하다고 우길 수도 없는 길들이죠. 그래서 다른 법적 방안이 더 낫다고 봅니다. 제가 무슨 말을 하는지 이해되십니까, 자코메 서장님?"

"글쎄요. 저는 한낱 경찰관이라……."

비탈-뒤투르가 인장 반지를 빼 그것으로 책상을 똑똑 두드린다.

"여러분, 프랑스 제국이 교황청과 화친조약을 맺었다는 사실을 아시지 않습니까? 어제 그 기록을 검토해 보느라 애를 좀 먹었습니다. 제9조에 관련 조항이 있습니다. 프랑스 교회는 황제 정부의 종교부의 허가 없이 새로운 종교의식 장소를 개설할 수 없다. 이해되십니까?"

"검사장님 말씀은 현 상황에 이 조항을 적용할 수 있다는 건가요?" 라카데 시장이 신중하게 질문한다.

"그렇기도 하고 아니기도 하지요. 교회 측에 달려 있습니다."

"검사님께서 철저하게 대비를 하셨네요." 자코메가 말한다.

"그랬기를 바랍니다만 페라말 신부가 녹록지 않아요." 검사의 말이다.

라카데 시장이 만족해하며 웃음을 터뜨린다.

"이 작은 바보 아이가 세상을 떠들썩하게 만드는군요. 화친조약은 황제와 교황이 친히 서명한 것입니다."

이때 쿠레즈가 문을 열고 고개를 들이민다.

"시장님, 약속 잡으신 게 또 있나요?"

"나한테 물어보는 건가요? 당신이 내 일정을 더 잘 알지 않습니까?"

"누가 오셔서 시장님께 드릴 말씀이 있다고 기어이 뵙겠다고 하셔서요."

"왜 그렇게 조심스럽게 말하시오? 난 비밀이 없는 사람인데……."

"페라말 신부님이 오셨습니다." 비서가 말한다.

라카데가 그의 지위와 나이와 체구가 허용하는 범위에서 최대한 빠른 걸음걸이로 접견실로 향한다. 라카데 시장이 가장 친절한 목소리로 페라말 신부와 대화하는 소리가 들린다.

47세의 마리-도미니크 페라말 신부는 키가 크고, 열정적인 여윈 얼굴에 주름이 가득하다. 털외투에 털모자를 착용한 모습이 루르드의 보좌 신부라기보다는 탐험가 같다. 프랑스 남부 지방의 성직자와 공무원은 종종 대립한다. 황제 정부가 정치적으로 불안정해서 기회가 되면 언제든 가톨릭을 억누르고 주도권을 잡으려고 하기 때문이다. 프랑스 남부 지방의 주민은 골수 가톨릭으로, 당시 이른바 '볼테르 지지자'*들이 관직을 차지함에 따라 널리 퍼진 허무주의**에 아직 접해 본 적이 없다.

루르드의 주임 신부 페라말은 볼테르 지지자 따위를 두려워하는 사람이 아니다. 대부분 젊은 공무원과 달리 실제로 볼테르의 저서를 읽은 사람이다. 두려움이나 공포는 페라말과 거리가 멀다. 심지어 그는 가끔 추운 날 지방 순회를 다녀오는 길에 자유주의자들의 소굴인 카페 뒤 프로그레에 들러 칼바도스를 마시기도 한다. 그러면 사자들이 다니엘에게 몰려들 듯 사람들이 신부에게 몰려들어 악수를 청한다. 페라말 신부는 굉장히 인내심이 강한 사람이다. 주장이 확고한 사람들은 이런 인내심을 보여 줄 수 있다. 즉 입장이 확고하지 못해 주저하는 사람들만 인내심이 부족한 것을 드러내는 것이다. 사자들은 페라말 신부의 화를 돋구지 않는다. 하지만 자신의 동료 중에 작

---

* 볼테르는 평생 종교의 광신을 비판하며 바로잡으려고 노력함.

** nihilism. 허무주의 또는 니힐리즘은 도덕, 지식, 의미와 같은 절대적 가치 및 권위가 존재하지 않는다고 보는 사상.

은 바람에도 흔들리는 사람들이 있다. 페라말 신부는 누군가 교구 운영이나 빈민구제 활동에 간섭하려는 경우에는 스스로 위험한 화약통이 되는 것을 불사한다. 상대방이 지위가 높은 사람이라도 개의치 않는다. 라피트를 비롯한 일부 부유층 사람들은 페라말 신부의 빈민구제 활동을 신랄하게 비판한다. 그들은 신부가 가난한 사람에게 더 큰 관심과 애정을 가지고 돌본다고 해서 부유한 사람들을 적대시하면 안 된다고 말한다. 더구나 페라말 신부는 훌륭한 학자 가문 출신이 아닌가. 신부는 부자들에게 자선금을 선행으로써 권유하는 것이 아니라 세금을 매기듯 부과한다. 익살스러운 표현을 즐겨 쓰는 포미앙 신부가 그를 일컬어 '선행의 방화범'이라고 말한 적도 있다.

페라말 신부가 털외투를 벗지 않겠다고 하자 라카데가 "감기들지 않도록 조심하셔야죠, 신부님" 하며 조심하라고 말한다.

"뒤투르 검사가 고생하는 걸 보세요."

주임 신부는 약간 쉰 듯하며 깊이 울리는 목소리를 가지고 있다. 루르드의 모든 여인네가 좋아하는 목소리다. 이 소리가 시장의 사무실을 채운다.

"바로 용건을 말씀드리겠습니다. 여러분이 지금 골머리를 앓고 계신 것을 압니다. 그래서 도와드리려고 이렇게 왔습니다. 만일 우리 신부들이나 제가 이른바 마사비엘의 발현이라고 떠들어 대는 것에 어떤 종교적 가치를 둔다고 생각하신다면 큰 오해입니다."

"그러면 신부님은 초자연 현상이 일어날 가능성을 부인하시는 건가요?" 비탈-뒤투르의 질문이다.

"잠깐만요, 검사장님. 저는 초자연 현상의 가능성을 부인한다고 말하지는 않았습니다. 그러나 천주께서 기적을 넘치도록 내려 주신다는 것은 믿기가 어렵습니다. 어떤 기적을 내려 주실 때는 영적으로 준비가 돼 있어야 하는데 전혀 준비가 안 되어 있는 상황이지요. 지금 일어나는 일에 기적이라는 말을 붙이지 말아 주셨으면 합니다. 마사비엘 이야기는 여인네가 벌인 심령이나 정령을 이용한 사기나 신비술 아니겠습니까? 교회는 이런 것을 혐오한다는 것을 말씀드립니다."

"흥미로운 이야기입니다." 라카데 시장이 만족해서 큰 소리로 말한다. "신부님, 수비루의 딸을 아십니까?"

"알지도 못하고 알고 싶지도 않습니다."

"신부님께서 소녀를 타이르면 좋지 않을까요?" 검사가 묻는다.

"그럴 생각이 전혀 없습니다. 검사님. 미성년 범죄자나 정신병 환자의 소행은 전적으로 행정 당국의 소관입니다."

"신부님께서 부디 당국을 도와주시리라고 믿습니다." 자코메가 넌지시 말한다.

"저는 이미 제 할 일을 했습니다. 제 관할 구역의 모든 성직자에게 동굴에 가는 것을 금지했고, 이 사건에 조금이라도 관심을 표시하지 못하게 했습니다. 그리고 주교님께도 보고했습니다. 그뿐 아니라 수녀님들, 특히 그 아이의 담임인 보주 수녀에게 어떻게 해서든, 필요하면 엄벌을 내려서라도 이 사태를 끝내라고 지시했어요. 제가 할 수 있는 것은 다 했습니다."

"이곳 주민들에게 신부님의 영향력은 실로 대단하죠. 신부님은 민중의 사도이십니다. 절대로 신부님의 말씀이 한마디도…….” 리가데가 아첨하듯 말한다.

“저는 이런 우스꽝스러운 장난에 조금이라도 끼어들고 싶은 생각이 없습니다.” 신부가 모자를 얹으며 말한다. “그럼 즐거운 일요일 보내시기 바랍니다, 여러분.”

“화친협약 제9조를 적용할 수 있겠소?”

페라말 신부를 계단까지 배웅하고 돌아온 시장이 검사장에게 묻는다.

“이것 참 뜻밖의 일이군요.” 검사장이 투덜거린다. “페라말 신부가 우리 편을 드니 출구가 막혀 버렸습니다. 신부와 공모하는 것보다 싸우는 게 훨씬 유리한데 말입니다. 이제는 우리가 모든 책임을 다 짊어지게 되었어요.”

“큰일입니다.” 라카데가 한숨을 쉬었다. “오늘 2,000명이었는데 내일은 3,000명이 될 것이고, 모레는 5,000명이 될 텐데 우리에게는 칼레와 순경 몇 명밖에 없으니…….”

“제 의견을 말해도 괜찮을까요?” 자코메가 입을 연다. “높으신 분들의 정치 전략에 대해서는 아는 게 전혀 없지만 저는 온종일 도둑, 강도, 부랑자, 주정꾼, 건달 등 모든 종류의 범법자를 상대하는 일을 합니다. 겁을 주고 다시는 같은 짓을 하지 못하게 하죠. 어린 수비루에게 겁을 주고 지금 하는 짓거리를 당장 그만두게 하는 것은 식은 죽 먹기입니다. 아이가 동굴에 갈 마음이 사라진다면 이 이야기는 내일이면 다 잊힐 겁니다. 그러니 제국 검사님, 그리고 시장님. 이 일을 제게 맡겨 주시죠.”

“옳은 말씀입니다. 자코메 서장님.” 뒤투르가 잠시 생각하더니 대답한다.

“그리고 첫 조치는 경찰이 취해야 하니 서장님이 담당하는 게 논리적입니다. 다만 저도 판단을 내려보고 싶으니 서장님보다 먼저 아이를 만나 보고 싶습니다. 그냥 가볍게 사무실에서 한 번 만나 보지요. 그렇게 좀 해주시겠습니까? 시장님, 그래도 될까요?”

라카데는 이미 마음이 다른 곳에 가 있다. 정오를 알리는 종이 울리고, 입이 바짝 탄다. 그 꼬마 때문에 말브와지를 마실 기회를 놓쳤다.

“최대한 빨리 행동해 주세요, 여러분.” 시장이 모자를 집으며 말한다. “루르드의 철도 개통 여부가 여러분에게 달렸습니다.”

제15장

선전포고

재봉사 앙투아네트 페레는 변덕스러운 밀레 부인이 금세 베르나데트에게 싫증이 나서 곧 친절을 거두게 되리라고 생각했다. 그녀는 자신과 같은 평민 출신 소녀가 자신의 영역으로 들어와 이득을 보는 것을 참을 수 없다. 더구나 자신의 판단 착오로 벌어진 일이다. 일이 이렇게 될 줄 알았더라면 연옥의 엘리즈를 구하자는 제안을 자신의 입으로 했을 리 없다. 밀레 부인은 작은 예지자 소녀에게 홀딱 반했고, 그 변덕스러운 애정이 언제 끝날지 도무지 알 수 없다. 그런데, 놀랍게도 뜻밖의 일이 일어났다. 밀레 부인이 베르나데트에게 절연을 선언한 것이 아니라, 베르나데트가 밀레 부인에게 말한 것이다. 그것도 어제 토요일 정오경, 자신도 함께 초대받은 점심 식사 직전에! 베르나데트는 이모 베르나르드와 잠깐 얘기를 나누더니 밀레 부인에게 공손하게 절을 하고 말했다.

"마님, 친절은 한없이 감사합니다만 저는 부모님께 돌아가는 것이 더 좋을 것 같습니다."

밀레 부인은 깜짝 놀라서 턱을 떨기 시작했다.

"아이고, 왜 그러니, 아가? 우리 집에 있는 게 싫으니?"

"아니에요, 아주 좋습니다." 베르나데트는 솔직히 말하면서 덧붙였다. "그러나 제 사정으로 인해 돌아가야만 합니다."

"우리 집이 예쁘지 않니?"

"너무 예뻐요, 마님."

이 광경을 지켜보는 재봉사의 눈꺼풀이 떨린다. 도무지 이해할 수가 없다. 그녀는 밀레 부인이 종종 자신에게 분노를 터뜨리듯 소녀에게 퍼부으리라고 생각했다. 하지만 또 예상외의 일이 일어났다. 밀레 부인이 굵은 눈물을 흘리며 부드럽게 말하는 것이다.

"너는 정말로 축복받은 아이로구나. 네 마음이 그렇다면 받아들여야지. 내일 아침에 동굴에서 보자꾸나."

"예, 마님. 내일 동굴에서 뵙겠습니다."

밀레 부인은 마치 떨어질 수 없다는 듯 소녀의 손을 잡았다.

"점심은 먹고 가지 그러니. 토끼 스튜를 준비했는데……."

"그래, 토끼 스튜인데." 미식가인 앙투아네트가 옆에서 끼어들었다.

"고맙습니다. 하지만 곧바로 집으로 가는 게 좋을 것 같아요. 이제 필립에게 인사하러 가도 될까요? 정말 여러모로 감사했습니다. 마님."

소녀가 떠나자 밀레 부인이 재봉사에게 딱딱하게 말한다.

"오늘은 혼자 있었으면 해요, 페레 양. 점심을 혼자 먹어도 될 것 같군요."

집에 오는 길에 큰이모 베르나르드가 베르나데트에게 말한다.

"나도 너를 데려가고 싶구나. 네가 내 대녀잖니. 뤼시유와 같은 방에 자면 되지. 하지만 너의 집으로 돌아가는 게 좋겠다. 사람들의 입은 무서운 거란다. 사람들이 너의 일거수일투족을 보고 있어. 그걸로 잘난 척하고 뻐기면 안 된다."

이 경고는 쓸모없는 것이다. 베르나데트가 잘난 척할 가능성은 없다. 무슨 일이 일어나는지 이해를 못 하기 때문이다. 그것보다도 토방 분위기가 전과 같지 않은 것이 괴롭다. 엄마는 반쯤 넋이 나간 듯 말없이 일만 하는데 간혹 베르나데트와 눈이 마주치면 눈물을 뚝뚝 흘린다. 아버지는 어색한 표정으로 역시 말이 없다. 아버지의 허세가 사라지고 대신 소심함만 남으니 숨이 막히는 것 같다. 이제 수비루는 대낮에 침대에 드는 걸 부끄러워한다. 동네 여인네들의 말에 따르면 어쩌면 딸이 선지자, 아니 그 이상일지도 모른다. 수비루로서는 도무지 이해할 수 없는 일이다. 어쨌든 종일 이 특별한 소녀를 보며 집에 있는 것보다는 바부 주점의 구석에 앉아 있는 게 훨씬 더 편안하다.

베르나데트와 가장 가까운 여동생 마리의 행동도 이상해졌다. 항상 파투아 사투리로 말했는데, 이제는 학교에서 배운 프랑스어로 말하려고 애쓴다. 장-마리와 쥐스탱은 자꾸만 몸을 숨기려 든다. 큰누나가 두려운 사람이 된 것이다. 토방은 종일 조용할 틈이 없이 방문객이 들락거린다. 지척의 이웃인 사주 내외와 부올츠 가족은 물론이고 우체국장인 카즈나브와 제과점 주인인 메종그로스, 조세핀 우루스, 제르멘 라발, 심지어 부유한 루이즈 보 부인도 때때로 환영을 본다는 하녀 로잘리를 데리고 왔다. 수전증이 있는 구두 수선공 바렝그는 베르나데트를 위해 특별히 만든 가죽 허리띠를 가져왔는데 성모의 얼굴로 가운데를 장식했다.

"네 여인으로 장식했단다."

"전혀 다른 걸요." 그 말에 바렝그는 몹시 언짢았다.

이런 형편에 수비루 가족은 사주 아저씨가 베르나데트에게 작은 다락방을 하나 내주어 매우 기뻤다. 그곳에서 베르나데트는 꿈같은 지난 사흘을 조용히 돌이켜 볼 수 있었다. 아직 앞으로 열이틀……. 소녀는 셈하며 되뇌었다.

오늘 일요일을 맞아 루이즈 수비루는 정육점 주인 고조가 거저 주다시피 싸게 준 양다리를 마늘로 양념해 정성스럽게 구웠다. 마침 이 환상적인 식사를 하기 위해 자리에 앉았을 때, 칼레 경관이 불길한 소식을 가지고 와 문을 열었다.

"꼬맹이가 나랑 좀 같이 가야겠는데요." 파이프를 입에서 빼지도 않은 채 우물거리며 말한다.

"이렇게 될 줄 알았어! 이렇게 안 좋게 끝날 거라고 알고 있었다고!" 프랑수아 수비루가 일전에 자신을 체포하러 왔던 칼레를 알아보고 화를 내며 말했다.

"걱정할 것 없습니다." 칼레가 웃으며 말한다. "체포 영장이 아니에요. 검사장님이 얘기 좀 나누고 싶다고 하셔서 데리러 온 것뿐입니다."

"식사만 마치게 해주세요, 칼레 씨." 어머니가 애원했다. 이 순간 루이즈에게는 딸에게 이 귀한 음식을 먹이는 일이 무엇보다도 중요했다.

"서두르지 않아도 됩니다." 경관이 말한다. "걱정하지 마시고 천천히 드시지요. 기다릴 수 있으니까요."

경관은 이제까지 숱한 경험을 했지만, 작은 아이가 전혀 동요하지 않고 침착하게 음식 접시를 끝까지 비우는 것에 놀란다.

심한 독감에 걸린 비탈-뒤투르는 뜨거운 수프 한 그릇밖에 먹지 못했다. 베르나데트가 왔다는 소리에 식사하다 말고 서재로 갔다. 서재는 빛이 많이 들지 않아 어둑하다. 벽난로 속에는 굵은 장작이 네 개나 들어 있어 불꽃이 춤을 추며 일렁인다. 베르나데트는 이렇게 큰 불꽃은 본 적이 없다.

뒤투르는 독감에 걸린 이후로 책상을 벽난로에 가까이 두었다. 그는 책상에 창을 등지고 앉은 채 경범죄를 저지른 소녀를 찬찬히 뜯어 본다. 그의 첫 느낌은 '모두 계획대로 되어 간다'라는 것이었다. 서민층의 아이, 이 지방의 수백 명의 다른 아이들과 같다. 그리고 소녀의 남루한 옷을 본다. 이 지방으로 발령받은 지 얼마 되지 않아 다른 이들이 어떤 옷을 입고 다니는지 잘 모른다. 마드라스 지방의 여인들이 입고 다니는 망토 같은 것인가 생각한다. 옷은 너무 낡아서 색도 남아 있지 않고 가장자리의 장식도 떨어져 나가고 없다. 둥근 얼굴에 그림자를 드리운 두건은 얼굴을 부드럽게 보이게 한다. 망토 안에는 발까지 닿는 긴 옷을 입었고 작은 나막신을 신었다. 만들다가 중단한 초벌 상태의 조각상 같다. 두건의 주름과 빛과 그림자 모든 것이 미완의 느낌인 것이다. 단지 소녀의 검은 눈만은 완벽한 광채를 가지고 있었다. 검사장은 소녀의 눈이 사랑에 빠진 여인의 눈이라는 것을 알아보았다. 법정에서 이런 부인네의 눈과 종종 마주쳤다. 영혼이 깨어 있는 반짝이는 눈, 가슴속에 보물을 가지고 지키려는 눈이다.

"내가 누군지 알겠니?" 뒤투르가 초조하게 소매를 만지작거리며 입을 연다.

"예." 베르나데트가 느리게 말한다. "칼레 경관님이 제국 검사님이라고 했어요."

"그러면 제국 검사가 뭘 하는 사람인지도 아니?"

베르나데트가 책상에 살짝 기대며 뒤투르를 찬찬히 본다.

"잘 모르겠어요."

"그래. 가르쳐 주마. 프랑스의 황제께서 부정한 일이 있거나, 거짓말이나 사기 행각을 벌이는 자가 있는지 살펴보고 벌을 주라고 나를 여기로 보내셨단다. 내가 누군지 이제 알겠니?"

"예. 자코메 서장님 같은 분입니다."

"자코메 서장보다 내가 훨씬 더 위란다. 나는 그의 상관이야. 자코메 서장이 범법자나 사기꾼을 잡아서 데려오면 내가 그 사람들을 법정으로 넘기고, 법정에선 감옥에 가두는 거야. 너는 오늘 자코메 서장에게 불려 가서 이것저것 질문에 대답해야 할 거다. 내가 너를 부른 이유는 네게 흥미가 가서 너를 돕고 싶기 때문이지. 네가 내게 사실대로 말하고, 네 대답이 논리적이라면 자코메 서장을 만나지 않게 해줄 수 있어. 내가 너를 위해 뭘 해줄 수 있는지 잘 생각해 보렴."

커다란 사랑을 지키려는 소녀의 눈이 검사장의 눈을 뚫어지게 쳐다본다. 검사장은 목소리를 낮추어 다시 말한다.

"시내에서는 너에 대해 말이 많더구나. 걱정되지 않니? 자, 네게 진지하게 물어볼게. 내일 마사비엘의 동굴로 갈 생각이니?"

"물론이에요. 아직 열두 번 더 가야 해요." 소녀는 망설임 없이 대답한다. "여인께서 원하셨고 그렇게 하겠다고 약속드렸어요."

"그래, 여인 이야기가 나오니 말인데," 뒤투르는 소녀가 좀 더 신중한 사람이기를 기대했던 것처럼 실망한 어조로 말한다. "너는 네가 바보 천치라는 걸 인정하니? 너는 반에서 꼴찌지? 우리는 다 알고 있지. 네 동급생들, 너보다 한참 어린 아이들도 읽기나 쓰기, 계산이나 교리, 전부 너보다 훨씬 잘하지?"

"맞아요, 검사장님. 저는 멍청해요."

"그러면 너는 학교 아이들이 너보다 영리하다는 것을 잘 아는구나. 잘 생각해 봐라, 얘야. 어른들은 어떻겠니? 그중에서도 공부를 많이 한 분들, 세상이 어떤 곳인지 잘 아는 분들, 가령 포미앙 신부라든지 나 같은 사람 말이다. 이런 사람들은 네가 봤다고 말하는 여인이 네가 상상한 것이고 우스꽝스러운 꿈이라는 걸 잘 알고 그걸 네게 말해 주는 거야."

베르나데트의 시선은 벽난로의 위에서 끊임없이 왔다 갔다 하는 벽시계의 추에 고정되어 있다.

"처음 그분을 뵈었을 때 저도 꿈이라고 생각했어요."

"그래. 그날은 너도 그렇게까지 멍청하진 않았구나. 그런데 지금은 너보다 훨씬 나이 많고 현명한 사람들의 말을 듣지 않는 거니?"

베르나데트가 마치 다 큰 여인네 같은 미소를 짓는다.

"한 번쯤은 실제처럼 생생한 꿈을 꿀 수 있지만 여섯 번이나 같은 꿈을 꿀 수는 없어요."

비탈-뒤투르는 귀를 기울인다. 소녀의 대답이 정곡을 찌른다. 환영을 보는 것은 꿈을 꾸는 것과는 다르다. 꿈 얘기가 썩 내키는 것은 아니지만 그래도 밀고 나가기로 했다.

"같은 꿈을 여러 번 꿀 수 있지."

"하지만 꿈이 아니에요……. 오늘 아침에도 그분을 보았어요. 살아 있는 사람을 보듯이 생생하게 보았습니다. 살아 있는 사람과 얘기 나누듯이 얘기도 나누었어요."

"이 이야기는 그만하지꾸나." 초자연적 이야기는 뒤투르에게는 미지의 세계라 더는 말하고 싶지 않았다. "네 얘기를 좀 더 해보렴. 너희 집에서는 어떻게들 사는지, 너희 부모님은 뭘 하시는지 그런 것 말이다."

베르나데트는 뒤투르의 오만함에 전혀 언짢아하지 않고 솔직하게 말한다.

"굉장히 안 좋았어요. 먹을 게 밀로크밖에 없었어요. 그런데 열흘 전부터 어머니가 일주일에 세 번씩 밀레 부인댁에서 일하게 되었고, 아버지도 카즈나브 우체국장님을 위해서 일하게 되셔서……."

검사는 소녀의 대답에 매우 만족했다.

"아하, 여인이 네게 실제로 도움을 주었구나. 밀레 부인과는 어떻게 얘기가 된 거지?"

베르나데트는 뒤투르를 한참 쳐다보고 대답한다.

"무슨 말씀인지 모르겠어요."

"이해했을 텐데. 법정에서는 아무것도 숨길 수 없다는 걸 기억하거라. 네가 밀레 부인댁에 머물고 있다는 걸 내가 모를 것 같니?"

"아니에요. 이제 그곳에 있지 않습니다. 목요일과 금요일 이틀 밤만 그곳에서 잤어요."

"며칠 잤는지는 중요치 않다. 너는 루르드에서 가장 부유하고 아름다운 집에 손님으로 있었잖니. 마사비엘의 여인이 아니면 너는 절대로 그곳에 초대받지 못했을 텐데 말이다."

베르나데트가 세차게 고개를 젓는 바람에 두건이 흘러내리고 검은 머리카락이 드러난다.

"밀레 부인이 저의 집으로 와서 절 데리고 갔어요. 어머니에게 저를 부인댁에 머물게 해달라고 청하셨죠. 부인을 기쁘게 해드리기 위해 받아들였을 뿐이에요. 제가 좋아서 간 게 아닙니다. 부인댁은 그다지 즐겁지 않았어요."

"그럼 그 하얀 비단옷은?" 검사가 날카롭게 묻는다.

"옷은 입고 다닌 적 없어요. 라타피 양의 옷장 안에 걸려 있어요."

검사가 안락의자를 뒤로 밀며 일어선다.

"조심해라, 베르나데트. 아까도 말했지만 우리는 다 안다. 사람들이 너희 집에 온갖 선물을 보낸 것도 알지. 만약에 법정에서 너의 그 여인 이야기가 모두 완벽하게 조작된 얘기라는 결론을 내리면 너는 다 잃게 될 게다. 하지만 나는 너를 돕고 싶구나. 자코메 서장의 심문도 피하게 해주고 싶다. 심문을 받고 나면 감옥에 가게 될 테니까. 내가 요구하는 건 아주 간단해. 그러면 네게 아무 일도 일어나지 않을 것이고, 네가 이제까지 한 말이 거짓말이라고 할 필요도 없다. 내게 약속 하나만 하면 된다. 내 말을 따르겠다고. 내가 법정을 대표하는 사람이니까."

"제가 할 수 있다면 검사장님의 말씀을 따르겠습니다." 베르나데트가 차분하게 말한다.

"그러면 다시는 동굴에 안 가겠다고 내 손을 잡고 약속하렴."

베르나데트는 마치 불에 닿기라도 한 것처럼 황급히 손을 뗀다.

"그 약속은 할 수 없어요, 검사님. 그분께 복종하는 것이 먼저입니다."

비탈-뒤투르는 화가 나 소리친다.

"너를 돕고자 내민 손을 뿌리치는구나! 잘 생각해 봐라, 얘야. 마지막 경고다."

베르나데트가 고개를 숙인다. 얼굴이 약간 붉어진다.

"아직 열이틀 더 동굴에 가야 해요." 소녀가 중얼거린다.

검사는 자신이 억제가 안 되는 것에 스스로 놀란다.

"알았다. 우리 얘기는 여기서 끝이다." 그는 소리를 질렀다. "안 됐지만 법정에 보낼 수밖에 없구나!"

혼자 남게 되자 비탈-뒤투르는 부끄러움을 느낀다. 그는 법정에서 쉽게 승리하는 데 익숙하다. 대부분 경우 그가 만난 사람들은 절망에 빠져 동정을 구걸하는 사람들이다. '당신에게 도움의 손길을 내밀겠다'라는 것이 마법의 언어다. 그러면 감동한 피고인이 눈물을 흘렸다. 그런데 이 어린 계집아이가 눈물 한 방울을 안 흘렸다. 이제까지 협박과 너그러움을 적당히 뒤섞어 설득을 시도해서 수백 번 성공을 거뒀는데 이 아이에게는 전혀 먹히지 않았다. 아이와의 대화 후 검사장은 뒷맛이 매우 쓰다. 가난한 소녀에게 기회를 이용한다고 비난했는데 오히려 기회를 이용하려 한 사람은 자신이라는 생각이 든다. 자신의 직업은 무엇인가. 끊임없이 바뀌는 정권에 따라 매번 달라지는 일종의 도박이다. 그런데 이 이상한 어린 소녀는 굳건하게 지키고 싶은 것이 있구나. 그게 설령 환영일지도 모르지만. 그 환영에 불과한 것이 소녀에게 확신을 준다. 내겐 그런 확신이 없다. 내가 지키고자 하는 것은 그때그때 달라질 뿐 무엇이든 상관없다. 오늘은 나폴레옹이고, 어제는 루이 필립이었고, 내일은 아마 부르봉이거나 뭔가를 주장하는 사람이겠지*……. 뒤투르가 놀라서 거울 앞에 섰다. 찌푸린 평범한 얼굴의 자신이 보인다. 코가 빨갛다. 혀를 길게 내밀어 본다. 자코메는 나보다 우둔하니까 저 아이를 더 잘 다루겠지. 스스로 위안 삼으며 약을 마시고 잠자리에 든다.

베르나데트는 국가권력과의 첫 싸움 후에 성당으로 숨어들었다. 성당의 구석진 어두운 곳에 몸을 웅크리고 있으면 집에 있을 때보다 마음이 더 편했다. 베르나데트는 자코메가 제일 무섭다. 아버지를 가차 없이 체포해 가는 모습을 봤기 때문이다. 하지만 자코메 서장은

---

* 현시대는 나폴레옹 3세의 제정시대. 이전은 루이 필립 1세의 입헌군주제. 이 당시 부르봉 왕가의 복위를 지지하는 사람이 많았다.

베르나데트가 어디 있는지 다 안다. 이미 나름대로 조사를 한 것이다. 미사가 끝난 후 신자들 무리에 섞여 밖으로 나갈 때 자코메가 다가와 어깨를 두드렸다.

"잠시 얘기 좀 나눌 수 있을까? 오래 걸리지는 않을 거다."

체포가 아니라 정중한 초대였지만 즉시 사람들이 두 사람을 둘러싸고 한바탕 소동이 벌어진다. 정작 베르나데트는 차분하게 옆에 있던 이모 뤼시유에게 부모에게 말을 전해 달라고 부탁한다. 하지만 주변 사람들이 서장에게 항의한다.

"어린애한테 심하게 굴지 마세요. 배고플 텐데 뭣 좀 먹게 내버려 두세요."

"말조심해야 한다, 베르나데트! 꼬투리를 잡으려는 것 같은데……."

서장의 집무실은 세낙의 건물 1층에 있다. 세낙은 라피트나 밀레, 라크랑프, 보 가문과 마찬가지로 루르드의 명문가다. 건물은 마르카달 광장 앞에 있으며, 2층에는 세금 징수인인 장-밥티스트 에스트라드가 노처녀 누이와 함께 살고 있다. 에스트라드는 자코메에게 베르나데트를 심문할 때 불러 달라고 부탁했다. 경제학과 문학의 애호가로서 신비술에는 전혀 관심이 없었지만 도주의 메모 내용과 세 번째 동굴 순례에 참가한 누이동생의 이야기를 듣고 흥미를 느꼈기 때문이다.

자코메가 소녀를 데리고 왔을 때 그는 벌써 검은 천을 씌운 방문객용 안락의자에 앉아 있었다. 방은 좁고 창이 하나뿐이며, 가구라고는 에스트라드가 앉아 있는 안락의자와 책상 한 개, 선반 두 개, 서류 상자 한 개, 그리고 타구*뿐이다.

베르나데트는 앉을 자리가 없다. 자코메가 연필을 깎고 백지를 한 장 꺼내고는 늘 하던 대로 형식적 질문을 한다.

"이름은?"

"제 이름 아시잖아요."

베르나데트는 자신의 대답에 스스로 놀란다. 이런 식의 대답이 어떤 반응을 불러일으키는지 이미 알고 있다.

"제 이름은 수비루 베르나데트입니다."

경찰서장이 연필을 내려놓더니 아버지 같은 어조로 말한다.

"베르나데트, 네게 지금 무슨 일이 일어난 건지 이해를 못 하는구나. 여기 이 연필 보이지? 네가 말하는 것을 모두 이 종이에 적을 거다. 진술서라고 부르는 것이지. 진술서를 써서 네 이름이 적힌 서류철에 끼워 넣을 거란다. 이런 사법 사건 서류철에 네 이름이 붙는다는 건 전혀 좋을 게 없지. 정직한 보통 사람은, 더구나 젊은 처녀는 이런 일이 없어. 게다가 네 진술서는 오늘 저녁 타르브에 계신 주지사 마씨 남작께 보낼 거야. 매우 강하고 엄격하신 분이지. 그분과는 아무것도 얽히지 않는 게 좋을 거다. 네가 내 말을 잘 알아들었으면 좋겠구나. 지금 나이가 몇 살이지?"

"열네 살입니다."

---

* 唾具. 침 뱉는 그릇.

자코메는 연필을 멈춘다.

"뭐라고? 나이를 잘못 말한 것 같은데."

"아니에요, 곧 열다섯 살이 됩니다."

"그런데 아직도 학교에 다니고 있다고?" 서장은 한숨을 쉰다. "네가 부모님 속을 많이 썩이는구나. 이제는 네 밥벌이를 해야 할 나이인데 말이지. 집에서는 뭘 하니?"

"별로 특별한 건 없어요. 설거지하고, 감자 껍질도 벗기고, 남동생들을 돌봐 주기도 해요."

자코메는 의자를 뒤로 젖히고 베르나데트를 쳐다본다.

"이제 마사비엘에서 뭘 봤는지 자세히 말해 보겠니?"

베르나데트는 농부 여자나 가난뱅이 여자들이 그날그날 일어난 일을 문턱에서 마주 이야기할 때 그러하듯 배 위에 두 손을 포갠다. 머리를 약간 왼쪽으로 갸우뚱 기울이고, 시선은 자기가 말하는 대로 사각사각 글을 쓰는 서장의 손을 향했다. 마사비엘에서 있었던 얘기를 자주 반복했기 때문에 이제는 기계처럼 술술 나온다.

"아주 황당한 이야기구나. 그 여인을 이전에 만나 본 적이 있었니?"

베르나데트가 눈을 크게 뜨고 서장을 쳐다본다.

"아니요, 없어요."

"참 이상한 사람이구나. 그렇게 아름다운 여인이, 레리스가 돼지 먹이는 곳에 산책하러 나갔을 리도 없고……. 대략 나이가 어느 정도 된 걸로 보이든?"

"열여섯 아니면, 열일곱 살이에요."

"아주 아름답다고?"

소녀는 가슴 위에 두 손을 모아 쥐고 말한다.

"이 세상에서 제일 아름다워요."

"보자……. 몇 주 전에 결혼한 드 라피트 양보다 더 아름답더냐?"

"비교도 안 돼요!" 베르나데트가 웃음을 터뜨린다.

"성당의 동상처럼 움직이지 않고 가만 계시던?"

"아니요!" 소녀의 목소리가 화가 난 듯하다. "아주 자연스럽게 제게 다가오셔서 말도 하시고 가끔은 웃기도 하세요."

자코메가 진술서 위에 별 모양을 그린다. 그리고 소녀를 쳐다보지 않은 채 말투를 바꿔서 말한다.

"사람들 말로는 그 여인이 네게 비밀을 말하기도 했다는데……."

베르나데트는 한참 침묵하다가 작은 소리로 말한다.

"예. 말씀하신 게 있는데 아무에게도 말하지 않겠다고 약속했어요."

"내게도 말할 수 없고, 검사님에게도 말할 수 없는 거니?"

"예. 서장님께도 못하고 검사장님께도 할 수 없어요."

"만일 보주 수녀나 포미앙 신부님은?"

"할 수 없어요."

"만일 로마의 교황님께서 직접 명령하시면?"

"그래도 안 돼요. 그런데 로마의 교황께서 명령하시진 않을 거예요."

서장은 웃음을 터뜨리며 에스트라드를 흘끗 본다. 그는 모자를 무릎 위에 얹고 손에 지팡이를 쥔 채 말없이 앉아 있다.

"고집이 센 아이구나. 한 가지 더 물어보자. 부모님은 지금 일어난

이 일들을 어떻게 생각하고 계시지?"

베르나데트는 한참 생각한다.

"부모님은 하나도 안 믿으시는 것 같아요."

"그것 보렴." 자코메가 자애로운 미소를 짓는다. "너의 부모님도 믿지 않는 것을 나보고 믿으라고? 그 여인이 진짜 사람이라면 다른 사람들도 다 봤을 것 아니냐. 그렇지 않다면 아무나 와서 간밤에 굴뚝 청소부가 굴뚝을 타고 내려와서 비밀을 알려 주었는데 그게 무엇인지는 말할 수 없다고 하면 바보 아니고서야 누가 그걸 믿겠니? 안 그러냐, 베르나데트?"

베르나데트는 서장의 재치 넘치는 말에도 전혀 반응이 없다. 서장은 이제 평소 심문할 때 방식대로 공격 태세를 취하기로 했다.

"자, 잘 들어라, 베르나데트. 네 진술서를 읽어 줄 테니 빠뜨린 게 있는지 알려 다오. 그러고 나면 주지사님께 보낼 거다. 준비됐니?"

베르나데트가 한마디도 놓치지 않으려고 서장의 책상으로 바짝 다가온다. 서장은 딱딱한 말투로 기록을 낭독하기 시작한다. 여인의 모습에 관한 기록을 읽기 시작했을 때,

"베르나데트 수비루의 말에 따르면 여인이 푸른 베일을 쓰고 흰 허리띠를 두르고……."

"흰 베일에 푸른 허리띠에요." 소녀가 반박한다.

"그럴 리가 없다." 자코메가 소리 지른다. "왜 거짓말을 하지? 네가 흰 허리띠라고 하지 않았니?"

"아니에요. 잘못 쓰신 거예요." 베르나데트가 차분히 말한다.

서장은 이러한 속임수로 여러 번 성공을 거두었으므로 계속 밀어붙인다.

"베르나데트 수비루는 여인이 대략 스무 살이 되어 보인다고 주장한다."

"저는 그렇게 말하지 않았어요. 여인이 열일곱가량 돼 보인다고 했어요."

"열일곱가량 돼 보인다고? 네가 그걸 어떻게 알지? 누가 그렇게 말하더냐?"

"누가 말해 준 건 아니에요. 제 생각에 그렇다는 거지요."

자코메가 베르나데트를 한번 힐끔 본다. 그다음 부분은 소녀가 말한 그대로였지만 곧 세 번째 덫을 내민다.

"베르나데트 수비루는 여인이 성당의 성모상과 흡사하다고 주장한다."

이번에는 소녀가 화가 나서 발을 구른다.

"저는 그런 바보 같은 소리를 한 적이 없어요. 거짓말이에요. 여인은 성당의 성모상과 아무 상관이 없습니다."

자코메가 벌떡 일어섰다. 소녀에 대한 고문을 한 단계 더 높일 작정이다.

"이제 할 만큼 했다." 서장이 윽박지른다. "나와 장난칠 생각이면 포기해. 내 책상 서랍에 진상이 모두 들어 있으니 조심해야 할 거다. 거짓말하면 큰일 난다. 전부 다 털어놔야 무사할 거다. 너와 함께 계략을 꾸민 사람들 이름을 모두 말해라! 사실 이미 다 알고 있지만 말이다."

베르나데트는 두어 걸음 뒤로 물러섰다. 얼굴이 창백해졌다. 이제까지 그녀에게 이렇게 심하게 고함을 지른 사람은 없었다. 소녀는 조금 놀라긴 했지만 차분하게 말했다.

"서장님이 무슨 말씀을 하시는지 모르겠어요."

자코메는 다시 거짓으로 화를 내며 말한다.

"모른다면 내 설명해 주지. 여러 사람이 너에게 발현 이야기를 불어넣어 주었잖니. 그게 누군지도 이미 다 알고 있다. 네가 제대로 외울 때까지 이야기를 들려 주느라 고생깨나 했겠구나. 그러니 네가 그토록 술술 이야기를 잘하겠지. 네 얘기를 듣고 내가 알아차리지 못할 줄 알았니?"

베르나데트는 다시 정신을 차렸다.

"잔 아바디에게 물어보세요. 처음부터 저와 함께 있었습니다."

"사실 네가 자백을 하든 감옥에 들어가든 나는 상관없다." 자코메가 베르나데트의 손을 잡고 창 앞으로 갔다.

"뭐가 보이니?"

"서장님 댁 앞에 사람들이 많이 서 있어요."

"저 많은 사람 중에 너를 도와줄 수 있는 사람은 아무도 없단다. 알겠니? 우리 집 앞에 순경 세 명이 지키고 서 있거든. 저기 보이지? 당글라, 벨아슈, 페이……. 내가 한마디만 하면 너를 잡아갈 거야. 그러니 잘 생각해 봐라. 검사님이 네가 마사비엘에 다시 가는 걸 금지하셨다. 너는 지금 여기 계신 에스트라드 씨 앞에서 검사님의 말에 따르겠다고 한마디만 하면 돼."

“저는 약속을 지켜야 해요.” 베르나데트가 중얼거린다.

이때 에스트라드가 처음으로 입을 연다.

“서장님이 너를 생각해서 하시는 말씀이잖니, 서장님 말씀대로 해라.”

베르나데트는 슬그머니 에스트라드를 보고는 이 일에 아무 상관이 없는 사람임을 깨닫고 대답하지 않는다. 에스트라드는 꾸지람을 받은 듯 부끄러운 느낌이다.

“순경들을 부를까?” 자코메가 묻는다.

보따리를 쥐고 있는 베르나데트의 손가락이 오므라든다.

“순경들이 저를 잡아간다면 어쩔 수 없지요.”

“그뿐이 아니지. 너희 아버지와 어머니도 다 잡아가게 할 거다. 네 동생들이 굶어 죽어도 할 수 없지. 네 아버지는 이전에도 이번 건보다는 작은 일이지만 체포된 적도 있었지.” 서장이 계속 밀어붙인다.

베르나데트가 고개를 푹 숙이는 바람에 표정이 보이지 않는다. 말없이 한참 시간이 흐른다. 자코메는 방금 더 높은 강도의 압박을 가했다. 베르나데트에게 어느 정도 시간이 필요하다. 그런데 이때 누군가 문을 두드린다. 한 번, 두 번.

“들어오세요.” 서장이 소리쳤다.

프랑수아 수비루가 자신 없는 모습으로 쭈뼛쭈뼛 손에는 모자를 빙빙 돌리며 문 앞에 서 있다. 그의 눈길에는 두려움과 분노가 담겨 있다. 용기를 내려고 술을 마신 듯한데 아직 충분하지 않다.

“이곳엔 뭐 하러 온 거요, 수비루 씨?” 서장이 묻는다.

수비루는 무거운 한숨을 쉬더니 베르나데트에게 손을 내민다.

"제 가엾은 딸을 데리러 왔습니다."

자코메가 차갑게 대꾸한다.

"수비루 씨, 잘 들어요. 이 어이없는 동굴 이야기는 중단해야 합니다. 더는 참을 수 없어요. 내일부터는 안 됩니다. 무슨 말인지 알겠어요?"

수비루가 두 주먹으로 자기 가슴을 친다. 너무 세게 쳐서 쿵쿵 울리는 소리가 들린다.

"하늘이 제 마음을 아십니다, 서장님. 제가 바라는 건 한 가지뿐이에요. 제발 이 일이 다 끝나는 겁니다. 루이즈나 나나 아주 죽을 맛이에요."

자코메가 서류를 간추린다.

"이 아이는 아직 미성년이에요. 아버지로서 책임을 져야 합니다. 학교를 제외하고는 아무 데도 못 가게 하세요. 말을 듣지 않으면 가둬 두세요. 그렇지 않으면 내가 당신들을 다 잡아 가둘 테니. 맹세컨대 말한 대로 할 겁니다. 오늘부터 당신들을 엄격하게 감시할 거예요. 이제 둘 다 나가시오. 다시는 안 보게 되기를 바랍니다."

두 부녀가 고개를 숙이고 세낙의 건물에서 나왔다. 베르나데트는 입술을 꼭 깨물었다. 여기서 울고 싶지는 않다. 방에 들어갈 때까지 참을 것이다. 광장에는 사람들이 빽빽하게 모여 있다. 사람들이 옆에서 속삭인다.

"약한 마음 먹지 마라, 베르나데트! 포기하지 마. 저 사람들은 네게 아무 짓도 못 할 거다."

하지만 베르나데트에게는 아버지가 끊임없이 탄식하는 소리만 들린다.

"네가 우리에게 무슨 짓을 하는지 모르겠니? 이게 웬 난리란 말이냐."

프티-포세 거리에는 가장 가까운 사람들만 남아 있다. 그중 앙투안 니콜로가 몽둥이를 들고 있다.

"그들이 널 가두면 내가 가서 너를 데리고 나오려고 했어."

베르나데트는 자기를 구하겠다는 이 사람에게 간신히 미소를 지을 수 있었다. 점점 더 숨이 가빠진다.

"자, 어떻게 생각하시나요?" 경찰서장이 세무서장에게 묻는다.

에스트라드는 두통이 있는 듯 이마를 문지른다.

"소녀가 거짓말을 하는 것 같지는 않았습니다." 마침내 짧게 대답한다.

자코메가 웃음을 터뜨린다.

"그래요. 저 아이가 우리를 이겼죠. 훨씬 더 능숙하고 닳아빠진 범죄자들 가운데에서도 저 아이만큼 단호하고 명쾌한 사람은 없었어요. 대답하는 것 잘 들어 보셨죠? 단 한 번도 함정에 빠지지 않았습니다. 마지막까지 한마디도 흐트러지지 않았어요. 수비루가 때맞춰 오지 않았다면 상황을 어떻게 수습해야 할지 몰라 꽤 당황했을 겁니다."

에스트라드가 어깨를 으쓱한다.

"하지만 도대체 왜 그런 이야기를 지어냈을까요?

"성공했을 때 어떤 결과가 따라오는지 보세요. 갖가지 선물을 받은 건 둘째 치고 마을 사람들에게 어떤 대접을 받는지. 우리는 인간 영혼의 참모습을 많이 봐왔습니다. 우리끼리 얘긴데 성인들이 저 깜찍한 소녀만큼 경찰을 능숙하게 다루리라고 생각하시나요?"

"하지만 서장님, 지금 하늘이니 성인이니 하는 것은 중요하지 않은 것 같습니다. 제 생각으로는, 저 아이가 무슨 자연현상을 본 건 아닌가 싶습니다만. 그 현상에 매혹당하고, 또 사람들을 매혹시키는……."

자코메 서장이 관대하게 웃는다.

"에스트라드, 당신은 세금을 걷는 사람이고 저는 경찰 아닙니까. 당신은 재정 분야를 잘 아는 사람이고, 저는 서민의 머릿속을 잘 아는 사람이죠. 이번 심리사기극 건은 이 늙은이 자코메에게 맡겨 주시면 됩니다."

제16장

여인과 경찰

마리-테레즈 보주 수녀는 학생들 앞에 섰다. 한때는 매우 아름다웠을 섬세한 얼굴이 평소보다 많이 지쳐 보인다. 눈이 푹 꺼지고 입술은 거칠다. 아이들까지도 선생의 안색이 좋지 않다는 것을 알아차렸다. 뜬눈으로 밤을 꼬박 새웠기 때문이다.

페라말 주임 신부가 포미앙 신부에게 어떤 임무를 주었는데 갑자기 생-페-드-비고르 지방에 가야 할 일이 생겨 수녀에게 넘긴 것이다. 이 임무는 결코 쉽지 않았다. 보주 수녀는 밤새 어려운 책들을 뒤적거려 보았으나 방법을 찾지 못했다. 주임 신부의 요구는 베르나데트를 급우들 앞에서 혼동하게 만들어서, 아직 첫영성체도 마치지 않은 어린 소녀가 성모 마리아와 직접 친밀한 관계를 맺었다고 주장하는 것은 절대 용납할 수 없는 교만이라는 점을 이해시키라는 것이다. 페라말 신부는 이 어린아이의 착각이 얼마나 우스꽝스럽고 어이없는지 강조하라고 당부했다. 이 일은 애초에 학교의 몇몇 아이에게서 시작되었으니, 그 아이들의 비웃음을 사서 묻혀 버리기를 바라는 것이다. 간혹 들려오는 특별한 이야기 중 앞뒤가 안 맞는 우스꽝스러운 이야기들은 금세 사라져 버리기 마련이다. 페라말 신부가 포미앙 신부에게 임무를 맡긴 것은 탁월한 선택이다. 어떤 상황에서도 웃게 만들 수 있는 사람이기 때문이다. 반면에 보주 수녀는 웃음이나 농담을 절제하는 엄격한 집안에서 자라 유머 감각이라고는 손톱만큼도 없는 사람이다. 그녀의 아버지는 왕정 시대의 장군이자 생-시르의 교관이었으나 황제의 집권과 동시에 퇴직했다. 어머니는 드 메스트르*조차 급진파로 보일 만큼 보수적인 정치학 교수의 딸이었다. 그래서 보주 수녀에게는 군인과 교수의 엄격함이 뼛속 깊이 박혀 있다. 하지만 시난밤, 맡은 임무를 준비하기 위해 은총과 자유와 형벌에 대한 책을 뒤적거리며 내용이 심오한 부분에서는 갈피를 못 잡고 헤맸다. 그래서 보주 수녀는 매우 피곤한 상태이며, 걱정스럽다. 그녀는 자신의 희생적인 삶에 대해 스스로 의문을 가진다는 것을 결코 입 밖에 내지 않을 것이다. 강하고 야심 찬 영혼은 마지막 결정을 내리고 나면 돌아보지 말아야 한다. 자신이 매일 실천하는 엄격함, 기도, 노동, 인간을 멀리하고 육신은 금욕하고, 그리고 정신을 더욱 겸손하게 단련하면 목표에 다다를 수 있을까?

선생은 가운데 베르나데트 수비루가 1주일 만에 등교해서 여섯째 줄 왼편 구석에 앉아 있는 것을 보았다. 다른 아이들은 평소와 같이 떠들썩한데 베르나데트만은 눈을 내리깔고 아무 말도 하지 않는다.

---

* Joseph Marie Comte de Maistre. 프랑스의 정치가, 철학자. 절대 군주 정치와 교황의 절대권을 주장하고, 민주주의를 부정했다.

전날인 일요일 경찰시장과 검사와 차례로 면담하더니 낙심한 모양이다. 수녀가 베르나데트를 부른다.

"수비루 베르나데트, 일어서서 앞으로 나오너라."

베르나데트가 웅성거리는 소리 속에 앞으로 나와 수녀님의 질문에 대답할 때 항상 서는 자리에 선다. 그러나 보주 수녀는 소녀의 얼굴을 보지 않고 학급 아이들 전체를 향해 말한다.

"얘들아. 오늘은 교과서에도 없고 교리문답에도 없는 것을 이야기할 거다. 로모니에 선생님이 그걸로 여러분에게 꾸지람하진 않을 거야. 하지만 매우 중요한 일이니 주의해야 한다. 너희들, 우리 인간은 모두 죄가 있다는 것을 알지? 내가 백번도 더 말했으니까. 어떤 사람은 죄를 더 많이 지었고, 어떤 사람은 덜 지었지. 만약 교회에서 하라는 대로 너희가 매일 저녁 마지막 기도 후에 스스로 반성해 본다면 어떻게 될까? 너희들은 부모님과 다른 사람들에게 거의 매시간 거짓말을 하고 있을 게다. 물건을 탐내는 죄도 있지. 미사 때 집중하지 않는 것, 기도문을 제대로 외우지 않는 것, 게으른 것, 겸손하지 않은 것, 나쁜 생각을 품는 것, 그 외에도 수백 가지 작은 죄를 매일 저지르며 살지. 지금도 카트린 멍고가 또 손톱을 물어뜯고 있구나. 잘 들어라, 얘들아! 천주께서는 우리들을 똑같이 만들지 않으셨다. 어떤 사람은 다른 사람보다 죄를 더 많이 짓는단다. 그리고 우리 마을에는 다른 사람보다 더 완벽에 가까운 몇몇 사람이 있지. 불행하게도 우리 중엔 그런 사람이 없는 것 같구나. 내 말을 알아들었니, 베르나데트?"

“예, 알아들었습니다. 수녀님.” 베르나데트가 무덤덤한 어조로 대답한다.

“혹 우리 중에 다른 사람보다 더 가치 있다고 생각하는 사람이 있니?”

베르나데트는 보주 수녀를 놀란 눈으로 쳐다본다. 소녀 역시 뜬눈으로 밤을 새워 매우 지쳐 보인다.

“아니요, 수녀님.”

“네가 이렇게 겸손하니 참 감사한 일이로구나, 베르나데트.” 수녀가 말하자 온 교실의 아이들이 웃는다.

“조용! 아직 얘기가 덜 끝났어. 수백 년 동안 천주께서 무한한 자비를 베푸셔서 죄가 없고, 거짓말도 안 하며, 남의 물건을 탐내지도 않으며, 게으르지도 않고, 아네트 쿠레즈 너처럼 머리가 나쁘지도 않은 분을 몇 분 보내 주셨다. 이런 예외적인 분들을 우리는 성인 이야기에서 많이 만나 뵈었지. 성인의 이름을 말해 볼 사람 있을까? 네가 해 보겠니, 베르나데트?”

베르나데트는 입을 열지 않는다. 잔 아바디가 손을 들어 신호를 보내고, 보주 수녀가 다정하게 그녀의 이름을 부른다.

“그래, 잔이 대답해 보렴.”

“성 요셉입니다.” 잔이 큰 소리로 대답한다.

“왜 요셉 성인을 생각했지? 어쨌든 계속 들어 보아라. 교회 역사 속에 나오는 많은 성인이 오신 시기 이후에도 특별히 선택받으신 분들이 이 세상에 오셨다. 우리가 모든 성인의 호칭기도*를 할 때 그분들의 이름을 부르지 않니. 그분들은 사막으로 가시고, 우리의 피레네 산 같은 거대한 산을 넘어가시며, 풀뿌리와 야생 꿀로 연명하시고 한 모금의 물로 목을 축이신다. 종종 오랫동안 아무것도 드시지 않고 금식을 하시지. 모든 기도를 다 드리느라 밤을 새우시며, 새로운 기도를 만들어 내기도 하신다. 어떤 분은 자기 자신을 채찍질하고, 거친 천으로 만든 옷을 입어 자신의 몸에 상처를 내시기도 한다. 왜 이런 행동을 하시는지 알겠니? 나쁜 생각이나 욕망과 싸워 이기기 위해서란다. 그런 생각이 거의 없으신 분들인데도. 하느님께 바친 생명을 시기해 끊임없이 유혹하려 드는 악마를 물리치려고 그러시는 거지. 이런 성인들의 행동을 보속이라고 한다. 이 말을 기억해 두어라! 큰 고통을 견뎌내고 악마의 유혹을 물리치고 나면 몇몇 분들은 우리 평범한 죄인들이 보지 못하는 것을 보게 되신단다. 예를 들어 우리를 둘러싸고 있는 투명한 천사들을 보시고, 또 현시를 보시기도 하시지. 주 예수께서 가시관을 쓰시고 손발에 상처가 있는 모습으로 나타나시든가, 성모 마리아께서 두 손을 마주 잡고 하늘을 올려다보는 모습이 보이기도 했었다. 무슨 말인지 알아들었니, 베르나데트?"

베르나데트는 깜짝 놀라 펄쩍 뛴다. 생각에 잠겨 전혀 듣지도 못했고, 이해하지도 못했다. 헛되게 자신을 기다리고 있을 여인 생각에

---

* Litany of the Saints. 모든 성인의 호칭기도는 그리스도교의 특수 기도다. 로마 가톨릭교회에서 삼위일체 하느님에게 호소하는 기도이자 성모 마리아와 천사들 그리고 사도들과 순교자 등 모든 성인에게 탄원하는 기도이다.

가슴이 찢어지는 것 같다. 소녀는 멍하게 말없이 수녀를 쳐다보고, 수녀는 고개를 젓는다.

"이것도 전혀 이해를 못하는구나."

아이들이 비웃으며 조롱한다. 보주 수녀가 베르나데트에게 다가와 큰 소리로 말한다.

"그런데 감히 네가 이 성인들과 견주려고 하다니……."

"아닙니다. 수녀님."

"그러면 네가 보았다는 그 환영은 사탕을 먹다가 갑자기 생긴 거니?"

"아닙니다. 수녀님."

이 대답이 있을 때 왁자지껄 웃음이 터졌다. 마사비엘에 같이 갔던 아이들, 심지어 마리마저도 웃음을 참을 수 없었다. 수녀는 아이들의 웃음이 가라앉자 다시 말했다.

"봐라, 베르나데트. 네 친구들도 다 너를 비웃는구나. 진지하게 공부나 일을 하지 않고 관심을 끌려고 허튼 이야기나 꾸며대다니. 지금까지 너를 바보인 줄로만 알았더니 바보가 아니라 더 나쁜 것이었구나. 네가 이렇게 예수님을 업신여길 줄은 몰랐다. 이제 네 자리로 돌아가거라. 사순절 기간에 이런 우스꽝스러운 일이나 벌이다니 부끄러운 줄을 알아라."

오후에 다시 학교에 가려 할 때, 베르나데트는 알 수 없는 슬픔에 잠겨 아이들과 마리를 피해서 혼자 갔다. 도중에 재봉사 페레를 만나 몇 발자국 함께 걷는데 페레가 새된 목소리로 쏘아붙인다.

"너는 참으로 배은망덕한 아이로구나. 동굴의 여인에게도 그렇고,

네게 온갖 호의를 베푸신 밀레 부인께도 무례하기 짝이 없다. 오늘 아침 밀레 부인과 나, 그리고 많은 사람이 마사비엘에서 얼마나 기다렸는지 아니? 밀레 부인은 네가 안 올 리 없다고 100프랑을 걸겠다고까지 하셨어."

"하지만 사람들이 못 가게 해서……." 소녀가 더듬거리며 말한다.

재봉사는 상황을 악화시키고 덧나게 하는 것을 즐기는 사람이라 계속 다그친다.

"뭐라고, 못 가게 한다고? 누가 너를 못 가게 한단 말이냐? 자코메의 협박에 넘어가지 마라. 너를 겁주려는 거지, 그 사람이 뭘 할 수 있겠니? 무슨 죄를 지은 게 있어야지. 만약에 너를 잡아 가두면 갇히면 되지. 약속했으면 지켜야 하지 않겠니?"

"네……. 하지만 부모님도 잡아 가두겠다고 했어요. 그러면 동생들이 굶어 죽을 수도 있고……."

"네 부모를 잡아 가둔다고 해도 약속을 어겨서는 안 되는 거지."

베르나데트는 재봉사를 벗어나기 위해 달리기 시작했다. 그리고 학교에 지각할까 걱정도 되었다. 병원 종각 시계가 2시를 알린다. 마을의 저지대를 건너가는 육교 하나만 더 건너면 된다. 그런데 보이지 않는 뭔가가 소녀를 막아선다. 마치 넘을 수 없을 만치 커다란 장대가 앞을 가로막은 것 같다. 소녀는 헐떡거리며 힘겹게 숨을 쉰다. 커다란 손이 어깨를 잡아 오던 길을 되돌아가라고 하는 것 같다. 소녀는 천천히 길을 되돌아 걷는다. 마르카달 광장에 거의 다다랐을 때 뒤에서 발소리가 들린다. 베르나데트를 감시하라는 명령을 받은 페이와 벨아슈 순경이다. 두 순경은 키가 크고 멋들어진 제복을 입었으며 삼각모를 쓰고 허리에 칼을 찼다.

"무슨 일이지?" 멋진 검정 턱수염을 기른 벨아슈가 묻는다.

"학교에 가라고 했을 텐데."

"학교에 가려고 했어요. 그런데 다리 위에 커다란 공기로 된 장대가 있어서 지나갈 수 없었어요……."

"그건 또 무슨 소리냐, 공기? 장대?" 다섯 딸의 아버지인 덩치 큰 페이가 소리를 꽥 지른다.

"헛소리하지 말아라."

"그렇다면 집으로 가야지, 귀여운 아가씨?" 좀 더 젊고 상냥하며, 소문난 바람둥이인 벨아슈가 묻는다.

"아니에요, 집에 안 가요." 베르나데트가 곰곰이 생각하며 말한다. "동굴에 가요."

"동굴에 간다고? 잠깐만 기다려라……. 페이, 당글라 반장을 데려와요!"

3분 후에 벌써 페이가 당글라를 데리고 왔다. 달려오며 급하게 칼을 차고 손에는 아직도 먹다 만 소시지를 들고 있다.

"공기로 된 장대라, 그게 네가 새로 찾아낸 것이로구나."

"제발 동굴에 가게 해주세요." 소녀가 간청한다.

"결과에 대해서는 네가 책임져야 한다." 당글라가 구레나룻을 쓰다듬으며 망설이다 마침내 말한다. "대신 우리 셋이 너와 함께 가야겠다."

혼자 남아 있기 싫었던 칼레도 뒤늦게 합류했다. 이렇게 네 명의 경찰을 대동하고 베르나데트는 마을을 온통 소란스럽게 만들며 동굴로 갔다. 피귀노가 제일 먼저 그들을 발견했다. 그녀는 베르나르드의 집으로 달려가 알렸고, 베르나르드는 곧바로 수비루의 토방에 가서 알렸다. 온 마을의 창문이 열리고, 호기심 많은 여인네들은 젖은 손을 앞치마에 닦고는 문밖으로 몰려나왔다. 바스 거리에 이르자 이미 80, 90명가량의 사람이 모여들어 베르나데트의 뒤를 따랐다. 베르나데트는 오늘은 제비처럼 가볍게 느껴지지 않고, 다리에 납덩이가 달린 듯 무겁다.

동굴에 도착하자마자 무릎을 꿇고 동굴을 향해 두 팔을 뻗는다. 하지만 암벽 구멍이 어둡고, 텅 비었다. 개울 위 장미 나무의 가지가 바람에 흔들린다. 가브 강은 무심하게 흐른다. 게다가 비까지 쏟아지기 시작한다. 암벽 동굴은 그저 비를 피할 피신처로밖에 보이지 않는다. 베르나데트는 절망감으로 외친다.

"오늘은 안 계셔요! 오늘은 여인이 보이지 않아요!"

베르나데트는 묵주를 꺼내어 동굴 쪽으로 내민다. 하지만 2월 22일의 음울한 안개만 끼어 있을 뿐 여전히 텅 비었고 어두컴컴하다. 베르나데트는 연인을 잃은 회한과 절망에 사로잡혔다. 땅의 권력자들이 약속을 지키는 것을 방해해 사랑하는 이를 잃은 것이다. 여인은 크게 실망해 동굴을 떠나 버렸다. 베르나데트는 소리 없는 기도로 여인에게 말한다.

"자코메 서장님이 저와 아버지, 어머니를 감옥에 가두겠다고 협박했어요. 모르셨지요……. 하지만 그래도 이렇게 왔습니다. 저를 떠나

시기 전에 잠깐만 더 기다려 주셨으면 좋았을 것을……."

갑자기 어떤 생각이 떠올라 베르나데트는 사람들을 향해 외친다.

"왜 여인을 볼 수 없는지 알겠어요. 경찰 때문에 숨은 것입니다."

사람들이 베르나데트의 설명을 듣고 크게 웃는다.

"베르나데트가 제정신이 아니라는 걸 알겠다. 하지만 어제 경찰에서는 대답을 아주 일관되게 잘했었지. 이젠 아무 말도 못 믿겠군. 가엾은 아이 같으니라고."

경찰들은 농담을 하기 시작한다.

"어이, 벨아슈. 자네가 악마를 닮아서 그런 거야!"

벨아슈는 산적 같은 턱수염을 쓰다듬는다. 그는 석판공이나 떠돌이들을 자주 만나고 비고르의 작은 카페에도 종종 들르기 때문에 재치있는 대답을 할 줄 안다.

"내가 악마를 닮긴 했지만 아주 가엾고 불쌍한 악마인데. 그러니 성모 마리아님이 도망가실 게 아니라 돈을 좀 주셔야 하는 건데……."

이 소문이 즉시 시내에 돌았다. 한 시간 뒤에 카페 주인 뒤랑이 손님들에게 이런 말을 물으며 인사한다.

"성모 마리아는 경찰들과는 절대 상종을 안 하신다는 것 아시나요?"

뒤투르와 자코메도 손님 중에 있었다. 동굴에 간 것은 정부 명령을 무시한 행위이긴 했지만, 상황이 이렇게 돌아가는 것이 싫지 않았다. 페라말 신부가 바란 대로 웃음거리가 된 것이다. 여인 스스로 장난을 그만두는 것보다 더 좋은 방법은 없을 것이다. 검시는 지코메에게 수비루의 가족을 계속 감시하되 베르나데트가 동굴에 가려고 하면 막지 말라는 지시를 내렸다. 한 번 큰 실망을 겪었으니 사람들도 이 코미디에 싫증을 느낄 거라 믿었다.

같은 시간, 베르나데트는 어머니와 이모 베르나르드, 뤼시유 그리고 다른 사람들과 함께 사비 방앗간에 있었다. 소녀가 갑자기 걷지를 못했기 때문이다. 사람들이 방앗간 여주인의 침대에 눕혀 놓았다. 소녀는 기진맥진해서 쉬고 있다. 눈을 감고 헐떡거리며 숨을 쉰다. 지금은 무아지경에 빠진 게 아니라 오히려 반대의 상태다. 얼굴은 잿빛이고 입술이 부어올랐다. 앙투안이 수건을 적셔 이마에 얹었다. 함께 동굴에 갔던 에스트라드 양이 옆의 창백한 얼굴의 여인에게 묻는다.

"이 아이를 아세요?"

"어찌 모를 수 있나요." 여인이 탄식한다. "제 딸인걸요. 벌써 열하루째 이러고 있네요. 어떤 사람들은 비웃고, 또 어떤 사람들은 놀리지요. 어떻게 된 영문인지도 모르겠고, 경찰은 우리를 감옥에 가두겠다고 하고……. 성모 마리아님, 우리에게 왜 이런 시련을 주시나요? 이 어린 것을 보세요. 몸도 안 좋습니다."

루이즈 수비루는 침착성을 잃고 침대에 엎어져 울기 시작한다.

"얘야, 무슨 말 좀 해보렴. 아가."

베르나데트는 절망해 말하지 않는다. 앙투안은 프랑수아 수비루를 데리러 우체국으로 달려갔다. 딸이 괴로워하는 것을 보고 유약한 수비루가 처음으로 충격을 받는다. 커다란 손으로 딸의 무릎을 쓰다듬으며 눈물을 흘린다.

"도대체 내 어린 딸에게 무슨 일이 생긴 건지……. 말을 잘 듣는 아이는 아니었지만……. 그래도 우리는 너를 많이 사랑한다……. 우리가 네 옆에 있을게. 얘야, 무슨 말이던 좀 해보렴."

베르나데트는 눈을 뜨지 않고 잠잠하다. 앙투안 니콜로가 공의 도주를 부르러 가겠다고 하자 비로소 가느다란 목소리로 말한다.

"나는 그분을 다시 보지 못하면 죽을 것 같아요……."

수비루는 베르나데트의 두 손을 쥐고 끌어당기며,

"다시 보게 될 거다. 약속하마. 아무도 너를 방해하지 못 하게 할 테니. 감옥에 갇히게 되더라도 할 수 없지. 그래도 너는 여인을 보게 될 거다."

집에 돌아오는 길에 수비루는 가여운 마음에 덜컥 약속해 버린 것을 벌써 후회하기 시작한다. 스멀스멀 올라오는 불안감을 떨치기 위해 토방으로 돌아가지 않고 바부 주점으로 발걸음을 돌린다.

제17장

에스트라드, 동굴에 다녀오다

비극적인 월요일이 지나고 이튿날 아침, 베르나데트는 여인과 감격적인 재회를 했다. 단 하루 못 본 것일 뿐인데 소녀에게는 영겁의 시간을 고통과 체념으로 보낸 것처럼 느껴졌다. 여인도 마치 자신의 피보호자를 다시 만나 매우 기쁜 듯했다. 언제나처럼 똑같은 옷을 입는데도 어느 때보다도 더 아름답고 사랑스러워 보였다. 얼굴에선 광채가 나고, 베일 아래 굽슬거리는 머리카락은 더욱 윤기가 있으며, 발의 황금 장미는 더욱 빛났다. 여인의 푸른 눈이 강하면서도 부드러워 베르나데트는 곧바로 무아지경에 빠졌고 그 상태가 꼬박 한 시간이나 지속되었다.

참석한 사람은 200여 명에 불과하다. 재봉사 페레와 밀레 부인을 비롯해 비교적 가까운 사람들로, 전날 순례를 빼먹었다든가 놀림거리가 되었다든가 하는 데 그다지 영향을 받지 않는 사람들이다. 당글라 순경도 공권력을 대표해 참석했다. 이 코미디가 완전한 실패로 끝났다고 보고하고 상관들의 칭찬을 듣기를 희망했다. 그런데 실망스럽게도 오늘은 대성공이다. 이전에 그랬던 것처럼 베르나데트가 무아지경으로 빠져들며 얼굴에서 빛이 나며, 암벽 동굴 앞에서 의식을 성공적으로 마쳤으며 꿇어앉은 여인들은 감동으로 전율했다.

이들은 성공하지 못했을 때 곧바로 조롱거리로 삼았지만, 여인의 존재를 느끼고 반응하는 베르나데트에게 매혹당했다. 당글라는 화가 난다. 특히 뒤투르 검사나 자코메 서장이 정치적 집회가 아닌 이상 절대 개입하지 말라고 명령을 내린 것이 몹시 원망스럽다. 눈앞에서 벌어지는 상황에 아무것도 할 수 없다는 무력감에 큰 실수를 저지른다.

"지금이 19세기인데, 이런 바보 같은 일이 일어나는 겁니까?" 당글라가 고함을 질렀다.

함께 황홀경에 빠졌던 사람들이 분개했다. 누군가 항의의 표시로 성모 마리아께 바치는 찬미의 노래를 시작하고, 곧이어 합창이 된다.

주께 바라옵나니 성모 마리아님
우리 소리에 귀를 기울이소서.
애원하나이다. 우리 어머니시여
당신 자식들을 구원하러 오시옵소서.
오오! 인자하신 어머니여 당신은
신앙의 이 소리를 축복하소서.

베르나데트는 주변에 어떤 일이 벌어지는지 전혀 느끼지 못한다. 경배를 올리고 무릎을 꿇고 일어서고 웃고 입을 반쯤 벌리고 경청하고 놀랐다가 잠잠했다가 다시 놀라며 끝없는 사랑의 대화를 하는 것 같다. 여인의 진정한 사랑이란 사랑하는 이를 알고자 하는 끝없는 바람이다. 호기심이 아니라, 자신을 스스로 버리고 사랑하는 이를 온전히 이해하고 받아들이고자 하는 바람이다. 베르나데트는 이미 여인의 행동 특징을 어느 정도 이해했다. 여인이 특히 말을 아끼며, 아주 정확한 이유 없이는 말하지 않는다는 것을 안다. 그리고 여인이 이곳에 온 이유는 자신의 마음에 불을 붙이러 온 것이 아니라 특별한 목표가 있다는 것을 안다. 그것이 무엇인지는 아직 모른다. 여인이 매일 암벽 동굴에 오시는 것은 결코 쉬운 일이 아니었으리라고 짐작할 뿐이다. 소녀는 사랑하는 자만이 가진 예리함으로 여인이 웃으며 인사하고, 손짓하고 미소를 짓지만 약간의 혐오감을 억누르고 계신다는 것도 알 수 있다. 자신도 같은 경험을 했기 때문이다. 여인과의 만남이 끝나고 현실로 돌아올 때마다 소녀는 세상이 생소하게 느껴져 놀란다. 아마도 여인은 자신이 동생 마리에 대해서 느낀 것보다 천배는 더 심한 구토를 느끼며 참고 계실 것이다. 그렇게 베르나데트는 여인의 성향을 자신의 방식으로 이해하는 것이다.

사람이 너무 가까이 다가가는 것을 좋아하지 않으시고, 중요한 순간에만 바위 끝까지 걸어 나오셔서 베르나데트 쪽으로 몸을 굽히신다. 허물없이 대하는 것을 싫어하신다. 여인은 자유롭고 어떤 속박도 받아들이지 않으시며 자유의지로 행동하신다. 그러므로 어제 여인이 오지 않으신 데 대해 베르나데트는 원망하지 않는다. 여인은 고귀한 분이므로 평범한 인간과 혼동해선 안 된다. 여인 앞에서 옳은 태도란 오직 무릎을 꿇는 것으로, 손에 촛불을 들고 있으면 더 좋다. 누군가 동굴 안을 왔다 갔다 한다든가, 등을 보이기라도 하면 얼굴의 광채가 흐려진다. 반면에 누군가 어려운 일을 해내면, 예를 들어 베르나데트가 이전에 했듯 무릎으로 암벽 동굴에 다가가거나 하면 여인의 얼굴은 기쁨으로 빛났다. 이것은 아마도 여인이 여러 번 반복해서 중얼거리신 '보속'이라는 말과 관련이 있을 것이다. 보주 수녀가 교리문답 시간에 이 말을 여러 번 했으나 전혀 이해되지 않았다. 하지만 순수하게 여인을 기쁘게 해드리고자 하는 열망이 소녀에게 영감을 준다. 보속이란 고통스럽고 불쾌한 것이며, 자신의 나태와 편안에 대한 이지를 극복하며 행하는 것이다. 무릎이 피투성이가 되는 것은 성공적으로 보속한 것이다. 이런 때 여인은 손바닥에서 보이지 않는 보속의 물을 떠서 바치는 것 같은 이상한 몸짓을 하신다. 여인을 행복하게 하고 소망을 이뤄드리고자 하는 끊임없는 노력으로 소녀는 여인을 더욱 깊이 관찰한다. 보속이란 말은 분명히 여인의 아름다운 얼굴에 간혹 나타나는 혐오감과도 관련이 있을 터였다. 얼마 전 여인이 베르나데트에게 명령을 내리셨다. '죄인을 위해 기도하라.' 그리고 들릴 듯 말 듯한 소리로 덧붙이시지 않으셨던가. '병든 세상을 위해서도……'라고. 이 말씀을 하실 때 여인은 끔찍한 것을 보는 듯 창백해지셨다. 죄는 악한 것이다. 베르나데트도 그것은 이미 알고 있다. 사랑하는 여인을 기쁘게 하기 위해 애쓰면서 소녀는 악한 것이 추한 것이며 여인의 혐오를 일으킨다는 것을 안다. 그리고 보속이라는 것이 그 혐오를 완화해 주고 어쩌면 혐오의 원인 자체를 약하게 한다.

오늘 여인은 여기 모인 사람들에게 보속을 전하도록 베르나데트에게 지시한다. 무아지경에 빠진 소녀는 눈에 눈물을 흘리며 세 번이나 '보속'이라고 말했다. 이것이 오늘 화요일에 일어난 첫 번째 사건이요, 두 번째는 한 남자가 불경하게 동굴의 여인에게 다가간 일이다. 이 일 때문에 베르나데트는 두려움과 분노로 가득 찼다. 그는 휘파람을 불며 기다란 막대를 가지고 동굴 주변을 돌며 바위를 쳤다. 베르나데트는 자신의 무아지경 상태에 상당히 익숙해져서 주변의 일을 인식하지 못하는 것처럼 보여도 속속들이 전부 인식하고 있었다. 남자는 바위벽을 두드리며 조사하면서 휘파람을 불며 동굴로 다가갔고 막대로 덤불을 툭툭 쳤다. 이 불경한 자가 여인의 발을 치자 여인의 발은 뒤로 물러섰고 베르나데트는 심장이 멎는 줄 알았다.

"저리 가세요!" 베르나데트가 있는 힘껏 소리를 질렀다.

"막대로 치셨잖아요! 몹시 괴로워하고 계셔요!"

앙투안과 다른 두 청년이 이 부랑자를 끌어냈다.

"한 번 더 이런 일이 발생하면," 당글라가 쩌렁쩌렁 소리를 질렀다.

"여기 있는 사람들을 모두 다 끌어낼 거요!"

개의치 않는다는 듯 군중은 즉시 새로운 성가를 합창한다.

오, 나의 황후여 성모 마리아님
내 마음을 당신께 진정 드리오니
나의 괴로움과 나의 즐거움을
영생을 위해 당신께 바치나이다.

세 번째로 일어난 일이 베르나데트에게는 가장 고통스러운 것이었다. 뒤투르나 자코메를 다시 만나는 것보다 훨씬 더 무서웠다. 처음으로 여인이 소녀에게 임무를 내린 것이다. 지금까지는 여인을 만나는 행복을 지속하는 것만 생각했으나 이제는 직접 행동해야만 한다. 낯선 사람에게서 공격당한 후 여인은 베르나데트에게 가까이 오라고 손짓한 후 엄중한 목소리로 말했다.

"신부들에게 가서 전하세요. 이곳에 예배당을 지으라고."

그러고는 아주 작은 목소리로 덧붙였다.

"사람들이 행렬을 지어 왔으면……."

세무서장 에스트라드의 누이동생은 동굴에 함께 가자고 서장을 졸랐다. 서장은 거부감이 없지는 않았지만 설득당했다. 지난 일요일 자코메 서장의 심문 때 베르나데트의 신념에 깊은 인상을 받았다. 그 아이의 확고한 신념에 찬 말들이 굉장히 설득력이 있어서 아직도 머릿속을 떠나지 않는다. 에스트라드는 자기 자신의 유약함이 한탄스럽다. 그래서 누이가 에스트라드를 설득하는 게 더욱 힘들었던 것이다. 에스트라드는 마음속으로 자코메나 뒤투르와 마찬가지로 베르나데트가 성공하지 않기를 바랐다.

에스트라드는 독실한 가톨릭 신자다. 성당에도 빠지지 않고 나가고, 가르침을 충실히 따른다. 성당은 그의 집안 대대로 정신적 지주이고, 자기 자신이 그 예외가 될 만한 배포가 없는 사람이다. 많은 사람이 그렇듯이 그에게도 가톨릭 신자로서 교회에 소속됨으로써 영생을 위한 충성심이 생겼다. 에스트라드는 타고난 보수주의자로 땅의 사람 중 가장 보수적인 권력에 충성했다. 그 밖에 에스트라드는 책을 많이 읽고 사색을 즐기는 사람이라 시대의 역사적 비판에 둔감하지 않은 사람이다. 하지만 동시에 진짜 신념과 진짜 의혹에 다가가지 않으려 한다. 자신의 안정적인 부르주아 가톨릭의 삶을 침해받고 싶지 않기 때문이다.

에스트라드는 한순간도 베르나데트의 여인이 객관적 실체로 존재한다고 믿지 않았다. 누이동생에게 말도 하지 않고 동굴을 떠나 돌아오는 지금도 마찬가지다. 그는 사람들에 휩쓸려 함께 시내로 들어가지 않도록 인적이 드문 개울 옆의 좁은 길을 택해 걷는다. 오늘 본 광경 때문에 온통 혼란스럽다. 그는 어린 시절을 생각한다. 그때 '신'은 성스러운 느낌으로 그를 압도했다. 그러나 좀 더 나이가 들면서 잊혀졌다. 어릴 때는 갑자기 다가오거나 멀어지기도 하면서 때로는 완전히 그를 사로잡기도 하고, 때로는 불태우기도 했다. 설명하기 힘든 신비스러운 힘이 영혼을 뒤흔들고 내세에 대한 강력한 믿음을 주어 주체할 수 없이 눈물을 흘렸다. 그러나 그에게 무슨 일이 일어났는가? 에스트라드는 눈이 뜨거워지며 눈물이 고이는 것을 느낀다.

어린 소녀가 무아지경에 빠지는 광경은 에스트라드의 굳어진 마음을 녹였다. 그는 소녀가 여러 번 성호를 긋는 것을 보았다. 만약에 천국이 있고, 거룩한 영혼들이 서로 인사를 한다면 아마 베르나데트가 만드는 성호로 인사할 것 같았다. 그는 이 아이의 눈길과 발걸음, 몸짓이나 존재하지 않는 존재와 교감하는 아이의 행동에 흐르는 이상한 힘을 이해할 수 없다. 베르나데트가 여인에게 질문하고, 여인의 말을 잘 이해하지 못해 다시 물어보고 긴장해 경청하더니, 마침내 알아들었다고 어린아이처럼 기쁨에 차서 땅에 입을 맞춘다. 이러한 행동이 교회에서의 성대한 전례와 달리 신을 매우 가깝게 느끼게 해준다.

에스트라드는 생각에 깊이 빠져서 방앗간 근처에서 누군가와 마주쳤을 때까지 알아차리지 못했다. 펠르린*을 입은 야생트 드 라피트가 홀로 산책 중이었다. 라카데나 뒤투르, 도주는 유행에 뒤처진 이 코트가 속물적이라고 여겼으나 여자들은 매우 우아하게 여겨 라피트가 이 옷을 입었을 때 마주치면 한숨을 쉬며 생각했다. '가없은 라피트. 사랑의 상처가 깊은 게 틀림없어!' 그의 슬픔이 영적인 번민에서 오는 것이라고 해도 여자들은 믿지 않았다.

"벌써 일어나셨나요, 친구?" 라피트가 묻는다.

"제가 묻고 싶은 질문입니다. 이 시간에 여기에서 당신을 보리라고는 전혀 예상치 못했습니다만."

"사람들이 잘못 알고 있군요. 저는 9시 전에는 절대 잠자리에 들지 않습니다."

"9시요? 밤 9시 말씀인가요?"

"아니, 아침 9시 말이지요. 밤에는 영감이 잘 떠올라서요. 제 영적인 힘을 높여 주거든요. 공부와 연구를 더 수월하게 할 수 있습니다. 예를 들면 지난밤 알렉상드랭 몇 편을 지었는데 제가 봐도 나쁘지 않

---

* 어깨에 덧댄 천이 있는 망토 모양의 겉옷.

이요. 하지만 밤을 새운 뒤 아침 5시와 7시 사이의 시간만큼 숭고한 시간은 없지요. 이 시간은 모든 것이 정화되고 투명해지는…….”

“저로서는 오늘 아침 이 시간에 선생과 같은 느낌이라고 말할 수 없군요.” 에스트라드의 답이다.

“지금 동굴에서 돌아오는 길이거든요.”

“이제는 모두 동굴에 가시는군요.” 라피트가 웃는다.

“제일 먼저 도주 선생이 가시더니 오늘은 에스트라드 서장님이 가시고, 내일은 아마도 클라랑스 씨일까요? 라카데 씨와 뒤랑 씨도 이미 참가하신 걸로 압니다.”

“믿으실지 모르겠지만 인상 깊은 장면을 봤습니다.”

“알지요, 알지요! 한 목동 소녀가 서기 1858년에 2000년 동안 기다린 님프를 만난 것 아닙니까.”

“선생이 만일 그 아이의 무아지경 상태를 직접 보셨다면 그런 농담을 하지 않으실 겁니다. 선생은 시인이잖소. 흥미가 가지 않으십니까?”

“잠깐만요, 에스트라드 씨” 라피트가 에스트라드의 소매를 잡으며 진지하게 말한다.

“제가 틀리지 않았다면, 요한복음에 이러한 구절이 있지요. ‘보지 않고도 믿는 자는 행복하다.’ 저는 그 구절을 문학에 이용할 겁니다. 눈으로 직접 봐야만 그것을 표현할 수 있다고 말하는 사람은 사기꾼이에요. 저는 뭔가를 표현하기 위해서 그걸 꼭 봐야 한다는 이론은 받아들이지 않겠습니다.”

"하지만 상상만으로는 채울 수 없는 경험이라는 게 있지 않습니까?" 에스트라드의 말이다.

라피트는 걸음을 멈추고 맑은 공기를 들이켠다. 몇 주 만에 맞이하는 화창한 아침이다. 잠시 침묵했다가 다시 독설을 퍼붓는다.

"그래서 여러분들이 종교의 환상에서 절대 벗어나지 못하는 거지요. 지금 이 시대에 신들은 사라져야 합니다. 우상 숭배에 굴복하지 않고 신들의 죽음을 견디기 위해 많은 힘이 필요합니다. 이런 시대가 굉장히 불길하다는 것을 역사를 보면 알 수 있지요. 다른 종교를 볼 것도 없이 오늘날의 가톨릭교회를 보세요. 어떻습니까? 그리스도교 정신을 싸구려로 만들었어요. 신을 대량으로 팔고 있죠. 어쩔 도리가 없어요. 우리 사상의 원천인 신화가 다 고갈돼 버렸거든요. 신이 더 잘 만들었더라면 좋았을 이 가엾은 세상을 구하려고 전지전능한 신이 원죄 없는 동정녀에게서 태어나셨다……. 그게 지혜의 여신 미네르바*가 쥬피터**의 이마에서 나왔다는 것보다 더 그럴듯한가요? 하지만 사람들은 자신들이 만들어 낸 신화에서도 곧 익숙해져 버립니다. 고대인은 우리가 동정녀를 부정하기 어려운 만큼 미네르바를 부정하기 어려웠죠. 흔들리는 땅 위에 신념의 잔해가 세워졌고 사람들은 그것을 지지하기 위해 온갖 받침대를 세웠습니다. 사람들은 이 흔들리는 받침대에 매달려 있죠. 저를 진보에 미친 사람이라고 생각하

---

* 그리스 신화에서의 이름은 아테네. 달의 여신이며 지혜의 여신이다.

** 그리스 신화에서의 이름은 제우스.

지 마세요. 저는 신화주의야말로 가장 아름답고 가장 인간다운 것이라서 어떤 시대든 신화 없이 지나간 적이 없다는 것을 아주 잘 압니다. 하지만 받침대 위에서 신화의 작은 끄트머리라도 보게 된다면 곧바로 현기증을 느끼지 않겠습니까? 아직까지 텅 빈 공간을 보고도 균형과 정신을 잃지 않을 만큼 강해지지 않았으니까요."

"맞아요, 라피트 선생. 제가 바로 오늘 아침 마사비엘에서 균형을 잃었죠. 왜 그런지는 모르겠어요. 종교와 관련된 뭔가를 봤는지는 모르겠어요. 이유가 뭐든 간에 베르나데트가 영혼의 세계로 이끌었다는 것만은 사실입니다. 오, 하느님, 감사합니다. 제가 아직은 완전히 주님을 잊지는 않았나 봅니다."

그들은 퐁비유에 다다랐다. 아래에서 가브 강물이 다리 기둥에서 철썩거렸다. 한참의 침묵 끝에 에스트라드가 부드러운 목소리로 묻는다.

"라피트 선생, 인간의 근본적인 길을 찾아볼 생각은 없으신가요?"

"뭘 찾아보라고요?" 야생트 드 라피트는 모자를 잡으며 대꾸한다.

"안녕히 가십시오, 친애하는 에스트라드 씨. 저는 침대를 찾아보러 갑니다. 제 유일한 조국은 잠과 완전한 '무(無)'의 상태니까요."

제18장

페라말 신부가 장미의 기적을 청하다

거의 봄 같은 날이다. 아직도 2, 3주 더 있어야 겨울이 끝날 것이다. 루르드 사제관의 정원은 굉장히 아름답다. 지금은 새 주인을 맞으려고 급히 수리 중인 주택 같은 인상을 준다. 잔디가 여기저기 패였고 화단의 붉은 흙이 파헤쳐졌으며, 금작화와 라일락 덤불은 잘 다듬어져 있다. 낙엽은 한편에 모아 두었고 깨끗한 자갈돌이 피라미드 모양으로 쌓여서 자갈길 위에 놓이기를 기다리고 있다. 페라말 신부의 자랑거리인 장미 나무는 짚단으로 덮여 있고, 여린 묘목은 포댓자루에 들어 있어서 아직 모양을 드러내지 않는다. 묘목은 포대 자루에 들어 있다. 페라말 신부는 잠자고 있는 생명을 느끼는 듯 오른손으로 짚단을 조심조심 어루만진다. 하지만 동시에 왼손은 편지를 불끈 쥐고 있다. 타르브의 주교 베르트랑 세베르 로랑스가 친필로 쓴 매우 중요한 편지로 그날 아침 우편물과 함께 배달되었다.

페라말 신부는 장미 나무를 모두 꼼꼼히 살펴본 후에야 비로소 편지를 뜯었다. 그것은 최근 루르드에서 일어난 사건의 보고서에 대한 답변이다. 페라말 신부의 예상대로 주교의 입장도 자신의 견해와 같았다. 현재로서는 교회가 소위 '마사비엘의 발현'이라고 하는 것에 입장을 정하거나 행동을 취할 필요가 없다는 것이다. 교회법에 따르면 '증명된 이단이나 해로운 미신 혹은 중대한 종교적 불안을 일으키는 경우'에는 교회의 개입이 필요하다. 그러나 베르나데트는 어떤 경우에도 해당하지 않는다. 열네 살의 소녀가 이름도 모르고 아무것도 알려진 바 없는 어떤 여인이 나타났다고 주장하는 것뿐이다. 루르드의 사제는 교구의 이익을 위한 행동을 취해야 할 것이다. 발현이라고 주장하는 것에 대해 교회는 철저히 무시할 것이다. 교구 내의 모든 신자는 절대로 동굴에 가서는 안 되며, 고해성사를 통해 질문을 받을 경우는 이렇게 대답해야 한다. '하느님의 뜻이 땅으로 전해지고 기적을 행하시는 것은 언제나 가능합니다. 그러나 마사비엘 동굴에서 일어난 일이 하느님의 뜻이라고 믿을 증거는 없습니다.'

타르브의 주교는 이 귀찮을 사건을 가볍게 보고 있지는 않다. 전례가 있었기 때문이다. 몇 년 전, 아비뇽의 로즈 타미지에라는 여자가 성모 마리아를 만났다고 주장하며 소란을 피웠다. 그 교구의 부주교는 이성보다는 상상력이 풍부한 사람이어서 성녀가 되고 싶었던 그 여자의 사기극에 휘말리고 말았다. 결과적으로 교회의 권위가 추락하고 무신론이 재발했으며, 프로방스 지방에서는 교회에 적대적인 정치 세력이 득세했다. 그러므로 루르드의 사제는 신중하게 이 문제를 다뤄야 할 것이다. 주교의 편지는 다음과 같이 끝을 맺는다. 성령이 빛을 주시어 시험을 이겨낼 수 있도록 함께 기도합시다.

페라말 신부는 편지를 접었다. 자신에 대한 칭찬의 말도 적혀 있었으나 기분이 그리 좋지는 않다. 높은 자리에 계신 양반들은 신중하기도 쉽고 여러 대책도 가지고 계시겠지. 참모 본부의 장군들 같은 사람이다. 실수로라도 총알이 닿지 않는 곳이다. 삶의 팍팍함 따위는 보고서로만 읽을 뿐이다. 우리처럼 시궁창에 온몸을 담근 보통 사람들과는 완전히 다르다.

페라말 신부는 경험이 풍부한 사람이며 감이 빠르다. 그는 마을의 부유한 여인네가 이 일의 배후에 있다고 생각한다. 아마도 밀레 부인이나 보 부인 같은 사람일 것이며 사건의 모든 전말을 알 것이다. 이런 여자들에게 교회는 초와 향이 잔뜩 있는 일종의 사교장으로 재미난 이야깃거리를 제공해 주는 곳이다. 이웃을 사랑하라는 계명에 관해서나, 피레네 지방 사람들의 물질적, 정신적 불행을 덜어 주어야 할 때는 그들은 돈주머니를 꼭 닫은 채, 성녀 안나 축일 때 이미 돈을 냈다던가 제대를 꾸미는 데 기부했다며 불평을 늘어놓는다. 그러면서 초자연적 힘이나 작은 기적에는 아낌없이 지원하려는 것이다. 사람들은 이미 밀레 부인과 베르나데트 사이의 이상한 관계를 신부에게 말해 주었다. 주교가 로즈 타미지에를 떠올리는 것도 이해된다.

페라말 신부는 겨울을 견뎌내지 못한 장미 묘목 위로 몸을 굽힌다. 속이 아직 초록색인지 보려고 주머니칼로 나뭇가지의 껍질을 들춰보는데 거리에서 사람들의 말소리가 들려온다. 소리가 점점 다가오면서 그는 그들이 베르나데트 수비루 무리이리라 추측한다. 갑자기 신부는 소녀에 대해 설명할 수 없는 불쾌감을 느끼고 주머니에서 전례서를 꺼낸다. 하느님의 일꾼은 쓸데없는 생각을 해선 안 되기 때문이다. 신부는 곧 자신의 행동을 후회하고 독서에 몰두한 척하며 정원을 가로지르는 아카시아 길을 걷기 시작한다.

항상 현명한 큰이모 베르나르드는 여인의 말을 이렇게 해석했다. '사제님께 가세요.' 즉 페라말 신부에게 가라는 것이다. 여인이 말하는 사제는 포미앙 신부나 페네스, 상페 신부일 리 없다. 그들은 보좌 신부일 뿐이기 때문이다. 여인의 간결한 표현 방식은 여인의 의도를 불분명하고 이해하기 어렵게 한다. 절대 사람의 이름을 거론하지 않으며 자신의 이름도 밝히지 않는다. 베르나데트에게 말을 걸 때도 공손하게 예의를 지키되, 손톱만큼의 친밀감 없이 이것저것 하라고 지시할 뿐이다. 혹시 파투아 사투리로 말하기가 어려워서 그런 것일까? 아니다. 여인이 비고르의 사투리를 외지인과 달리 아주 잘 구사하는 것을 보면, 파투아 사투리도 어렵지 않을 것이다. 어쩌면 이름을 불러 주면 오만해질까 봐 의도적으로 피할 수도 있다.

베르나데트는 내심 베르나르드 이모가 페라말 신부 대신 세 보좌 신부 중 한 명을 말했더라면 좋았겠다고 생각한다. 페라말 신부는 설교대에 섰을 때와 거리에서 몇 번 본 게 다일 뿐이지만 소녀에게는 너무 무서운 사람이다. 강론 중에 우렁우렁한 신부의 목소리가 점점 커질 때면 베르나데트는 온몸을 떨었다. 페라말 신부의 거대한 체구와 노한 얼굴, 빠른 걸음걸이, 맹렬함. 다른 사람들과는 사뭇 다른 신부의 거동 때문에 베르나데트는 어릴 때부터 존경심이 뒤섞인 공포감을 느꼈다. 신부가 가진 강렬한 분위기나 체구 때문에 소녀에게는 도깨비 같은 사람이었다.

그런데 여인의 전갈을 가지고 이 사람을 찾아가야 한다니……. 온몸의 힘이 빠진다. 달아나고 싶다. 하지만 베르나르드 이모는 농담이라고는 모르는 사람이다. 시작한 일은 끝까지 밀어붙인다. 베르나데트의 엄마, 루이즈 수비루보다 신앙심이 깊어서 여인의 명령이 잘 이행되는지 끝까지 지켜볼 것이다. 그녀가 인정사정없이 조카를 사제관의 문 안으로 밀어서 베르나데트는 문지방에 발부리를 부딪쳤다.

거기, 사제관으로 이르는 작은 길 저편에 거인이 전례서를 읽으며 성큼성큼 걸어간다. 베르나데트와는 등을 지고 있다. 제발 돌아서지 마세요, 제발……. 소녀는 생각한다. 소녀의 입이 바짝 마른다. 큰 위험에 다가서는 것처럼, 혹은 얼음 같은 개천을 건널 때처럼 겁먹은 걸음으로 주춤주춤 다가간다. 소녀는 자갈길에서 소리를 내지 않으려고 조심한다.

아, 이 나막신 때문에……. 맨발로 걸었다면 좋았을걸……. 아직 페라말 신부는 멀리 떨어져 있는데 갑자기 소녀가 걸음을 멈춘다. 가슴이 쿵쿵 뛴다.

갑자기 신부가 뒤를 돌아보았기 때문이다. 베르나데트가 예상한 대로 얼굴에는 천둥과 번개가 가득 차 있다. 이전에도 키가 컸는데 그사이에 더 커진 것 같다.

“여기엔 왜 왔니? 넌 누구냐?” 신부가 큰 목소리로 묻는다.

“저는 베르나데트 수비루입니다.”

“아, 이렇게 영광스러울 수가!” 페라말 신부가 조롱하듯 말한다.

"우리의 기적의 소녀로구나! 너는 항상 이렇게 수행원을 데리고 다니는 거니?"

베르나데트는 대답하지 않고 고개를 숙인다. 신부는 다시 호통친다.

"너의 무리 중 한 명이라도 여기 들어온다면 경찰을 부르겠다."

그러고는 휙 돌아서서 아이에게 따라오라는 말도 없이 성큼성큼 사제관으로 가 버린다. 베르나데트는 창백해진 얼굴로 떨면서 뒤를 따른다. 사제관의 응접실은 매우 넓고, 벽난로에 불이 활활 타고 있는데도 매우 춥다. 신부는 추위도 타지 않는 모양이다. 화가 나서 벌겋게 달아오른 얼굴로 작은 소녀 앞에 우뚝 선다.

"그래, 그렇게 아름다운 이야기를 꾸며낸 쪼그만 반항아가 너란 말이지?"

베르나데트가 대답이 없자 다시 소리친다.

"말해 봐라! 나한테 무슨 볼일이 있어서 왔을 것 아니냐?"

"여인이 말씀하시기를" 소녀가 말을 시작했다. 울음이 복받쳐 말하기가 힘들다. 신부가 곧바로 말을 가로막는다.

"뭐라고? 무슨 여인을 말하는 거냐?"

"마사비엘의 여인이……."

"모르는 사람이다."

"저를 만나러 오시는 아름다운 여인입니다."

"루르드 사람인가? 네가 아는 분이냐?"

"아니요. 루르드 사람은 아닙니다. 본 적 없는 분입니다."

"이름이 뭔지 물어봤니?"

"예, 벌써 여쭤 봤어요. 그런데 대답을 안 하셨어요……."

"그러면 말도 못하고 듣지도 못한다는 말이냐?"

"아니에요, 그렇지 않아요. 제게 말씀을 하십니다."

"그래, 네게 무슨 말을 하든?"

베르나데트는 얼른 기회를 잡았다.

"여인이 오늘 제게 말씀하시기를 '사제에게 가서 말하시오. 이곳에 예배당을 지으라고……."

베르나데트는 긴 숨을 내쉰다. 하느님, 감사합니다. 이제 되었다. 미침내 임무를 수행했다.

페라말 신부는 의자를 당겨 앉았다. 이글거리는 눈빛이 두려움에 덜덜 떠는 소녀를 잡아먹을 듯하다.

"사제? 그게 무슨 뜻이냐? 네 여인은 이교도인가 보구나. 식인종들도 사제가 있다. 우리 가톨릭에서는 신부라 부르고 각자 직명을 가지고 있지."

"하지만 여인께서 사제라고 말씀하셨어요."

베르나데트는 임무를 완수한 터라 마음이 약간 편안해졌다.

"그러면 사람을 잘못 찾아온 것 같구나." 신부가 고함친다.

"성당 지을 돈이 있니?"

"아니요. 전 돈이 없어요."

"그러면 여인에게 가서 전해라. 돈부터 마련하시라고. 알겠니?"

"예, 알겠습니다. 신부님, 그렇게 전해 드릴게요."

베르나데트가 진지하게 말한다. 페라말 신부는 아이의 천진난만함에 놀라 쳐다본다.

"농담이다." 그는 소리치며 벌떡 일어난다.

"네 여인에게 가서 말해라. 루르드의 주임 신부는 이름도 알려 주지 않는 알지도 못하는 여인의 지시를 받는 데 익숙하지 않다고. 그리고 여인이 맨발로 암벽을 올라가서 순진한 아이에게 심부름을 시키는 건 옳지 않다고 생각한다고도 전해라. 그리고 마지막으로 간절하게 부탁하는데 날 좀 제발 귀찮게 하지 말아다오. 다 알아들었니?"

"예, 예, 그대로 말씀드리겠습니다." 베르나데트는 열심히 고개를 끄덕인다. 소녀에는 여인만을 생각할 뿐, 여인과 세상과의 관계는 신경 쓰지 않는다. 공포와 흥분으로 기진맥진해 신부가 여인의 부탁을 거절했다는 사실조차 이해하지 못 한다. 신부는 하녀가 구석에 세워 둔 커다란 빗자루를 가리킨다.

"저 빗자루 보이니?" 신부가 다시 고함친다.

"만일 다시 와서 나를 또 귀찮게 하면 저 빗자루로 너를 쫓아낼 거다."

이 소리에 베르나데트는 울음을 터뜨리며 달려 나간다.

페라말 주임 신부에게 오늘은 정말 운 나쁜 날이다. 자세히 조사해 보니 제일 오래된 장미 여섯 그루가 얼었다. 어마어마한 손실이다. 여러 해를 공들여 간신히 그 연약했던 묘목에 꽃을 피우고 4월부터 11월까지 정원을 향기롭게 했는데! 그러나 주임 신부를 괴롭게 한 것은 다만 여섯 그루의 장미 나무뿐이 아니다. 얼어 죽은 장미 나무야 불에 태워 버리면 그만이지만 오늘 베르나데트 수비루에 대한 자신의 행동이 계속해서 괴롭힌다. 그 아이가 작은 사기꾼이거나 자신도 모르는 채 밀레 부인이나 다른 야심 찬 부인에게 이용당하는 도구라 하더라도, 그 아이를 식인종이나 꼭두각시극의 악마처럼 대해서는 안 되는 일이다. 소녀가 울면서 도망가는 모습을 떠올리며 신부는 아이를 다시 불러 세우고 성화라도 한 장 줄 걸 그랬다고 생각한다. 베르나데트는 가난한 사람 가운데에서도 가장 가난한 아이가 아니었던가. 아니다. 이런 사람들을 대할 때 약한 모습을 보이는 것은 최악이다. 그는 타락한 자들의 영혼을 속속들이 안다.

하지만 신부를 괴롭히는 것이 또 있다. 소녀가 방문한 뒤로 자신의 확신이 흔들리는 것을 느낀다. 여인이 신부의 머릿속으로 들어와 버린 것이다. 신부는 이전에 확인되어 지역 신문에 실렸던 수많은 성모 발현에 대해 생각한다. 이를테면 가스코뉴의 양치기 소녀인 앙글레즈 드 사가장이 있다. 성모께서 가레종 골짜기에서 여러 번 그 아이에게 나타나셨다. 그 아이가 베르나데트 수비루와 크게 다른 점이 있었던가? 또 생-세베랭의 캬트린 라부레는 어떻고? 도피네 주, 알프스의 작은 마을 라 살레트의 멜라니는? 교회는 라 살레트의 발현을 공식적으로 인정했다. 그 일이 있고 대략 21년 혹은 22년밖에 지나지 않았다. 로즈 타미지에만이 선례가 아니라 인정된 발현도 선례가 되지 않나. 주교는 극도로 신중을 기하라고 했다. 신부는 다음 날 첫 미사에 '마사비엘의 진실을 발견하게 해주십사' 하는 기도를 끼워 넣기로 마음먹었다. 그리고 그 작은 꼬마 마녀 때문에 마음이 어지러워진 것에 매우 언짢았다.

베르나데트는 신부 못지않게 괴로워했다. 울며 뛰쳐나가 베르나르드와 뤼시유 이모와 마주쳤을 때 비로소 여인의 두 번째 전달 내용이 떠올랐다. '이곳에 행렬을 지어 오면 좋겠다.'

집안의 권위자 베르나르드는 신부가 이미 소녀를 매몰차게 내친 이상 이 부분 역시 거절한 것이므로 굳이 전달할 필요가 없다는 생각이다. 그러나 베르나데트의 생각은 다르다. 여인은 말수가 적지만 원하시는 바가 매우 뚜렷하다. 그분이 행렬을 말씀하셨으니 즉시 전달하고, 내일 아침에 가벼운 마음으로 그분을 뵈어야 한다. 여인의 기분이 어떨지 미리 알 수는 없다. 만약 실망한다면 며칠간, 혹은 생각하기도 싫지만 앞으로 영영 못 보게 될지도 모른다.

문밖으로 쫓겨난 지 몇 시간이 채 안 되어 사제관으로 돌아가는 길은 마치 처형장으로 가는 것처럼 괴롭다. 거인은 더더욱 노하여 고함을 칠 것이고 약속대로 빗자루로 내쫓을 것이다. 빗자루로 두드려 팰지도 모른다. 하지만 그래도 가는 수밖에 도리가 없다. 베르나데트는 마음씨 좋은 뤼시유 이모에게 함께 정원으로 들어가서 적당한 거리에서 자신을 기다려 달라고 부탁했다. 그들은 해가 지기 시작하는 오후 4시에 가기로 결정했다. 그때쯤이면 페라말 신부도 피곤해서 좀 부드러워질지도 모른다고 생각한 것이다.

페라말 신부는 여전히 겨울을 넘기지 못한 장미 나무 앞에 서 있었다. 이번에는 베르나데트가 갑자기 앞에 나타나 놀랐다. 소녀는 제단에 바쳐지는 어린 양 같은 눈으로 신부를 올려보았다. 뤼시유는 문 안으로 단 몇 발짝만 들어온 채 멀찌감치 서 있다.

"넌 정말로 간도 크구나." 신부가 약간 쉰 목소리로 말한다.

"신부님, 다시 또 귀찮게 해드려 죄송합니다. 잊어버린 게 있어서요……."

신부는 장갑 낀 손에 정원 가위를 들고 있다. 소녀에게는 굉장히 위험해 보인다. 신부가 격노할까 두려워 소녀는 우물거리며 말한다.

"여인이 행렬을 지어 오면 좋겠다고 말씀하셨어요……."

"행렬?" 페라말 신부가 웃음을 터뜨린다.

"설상가상이로구나! 행렬? 행렬이 왜 더 필요할까? 네가 이미 아침마다 행렬로 가고 있는데? 너한테 큰 횃불을 하나 줄까? 네 행렬을 마음대로 지휘할 수 있도록 말이다. 우리 가엾은 성직자에게 뭘 원하니? 듣자 하니 너 스스로 주교에 교황이고 아침마다 성대한 미사를 거행해서 사람들이 울고 웃고 한다던데!"

페라말 신부는 생각과는 달리 또 화가 나서 소녀를 조롱한다.

"여인이 원하는 행렬이 내일도 아마 있겠지?"

"예. 그렇습니다."

베르나데트가 진지하게 대답하고 천천히 물러선다.

"정말 죄송합니다. 이제 다 말씀드렸어요."

"잠깐 기다려라." 신부가 부른다.

"내가 허락해야 갈 수 있는 거다. 내가 전하라고 한 말 아직 기억하고 있니?"

"예. 기억하고 있습니다."

"네가 전해야 할 말이 또 있다." 페라말 신부가 장미 나무를 힐끗 보면서 중얼거린다. "여인이 정말로 자기가 누군지 말을 안 해주더냐?"

"예. 말씀을 안 해주셨어요."

"만일 사람들이 말하는 그분이라면 장미에 대해서도 알아야 하지 않겠니?"

베르나데트는 신부의 말을 알아듣지 못하고 멍하니 보고 있다.

"동굴에는 야생 장미 나무가 있다고 하던데, 맞니?"

"예. 맞습니다." 베르나데트는 신부의 목소리가 화난 듯하지 않아 기쁘게 대답했다.

"여인이 항상 서시는 암벽 구멍 바로 밑에 커다란 야생 장미 나무가……."

"마침 잘되었구나." 페라말 신부가 흥미롭다는 듯 고개를 끄덕인다.

"잘 들어라. 여인에게 이 말도 전해라. '루르드의 주임 신부가 조그마한 기적을 청합니다. 지금 겨울이 끝나가는데, 야생 장미 나무에 꽃이 피게 해주소서. 루르드 주임 신부의 이깟 부탁쯤이야 그다지 어렵지 않으시지요?'라고……. 알아들었니?"

"예, 알아들었습니다."

"그러면 다시 말해 봐라. 내가 한 말을."

베르나데트는 가벼운 마음으로 페라말 신부의 말을 빠짐없이 되풀이한다.

제19장

기적 대신 분노

주임 신부가 여인에게 전한 말이 온 동네에 퍼졌다. 마리-도미니크 페라밀 신부가 시도사로서 번호를 보여 주었다. 자유사상가와 교회 반대파들은 이 요구를 흥미진진한 재담이라고 보고 웃는 동시에 혼란스러워한다. 교회가 발현이라는 일을 꾸며낸다거나 좋아한다고 말할 수 없게 되었기 때문이다. 한편 신자들은 매우 흥분했다. 만약에 그 여인이 성모 마리아라면 묵주와 장미의 여왕이기도 하다. 이런 작은 장미 기적을 행할 기회를 놓치실 것인가. 3월에 가까워지니 자연적으로 꽃필 날도 멀지 않았다. 이런 때 작은 기적을 보여 주셔서 신을 따르지 않는 자가 넘쳐나는 이 세상에서 따르는 자들의 입장을 좀 수월하게 해주셔도 좋지 않겠느냐 말이다. 그렇다. 루르드의 주임 신부는 영리한 사람이다. 그건 아무도 부정할 수 없다.

카페 주인 뒤랑은 눈을 찡끗하며 손님을 맞는다.

"곧 작은 기적이 일어난다고 내기라도 하시겠습니까? 보세요. 정오의 햇살이 따뜻하네요. 나흘만 있으면 3월이죠. 나머지는 뭐 몇몇 여인이 다 알아서 할 겁니다. 바위 구멍 밑에 큰 화로를 갖다 놓고, 나무 아래 뜨거운 물이 담긴 주전자를 몇 개 갖다 놓는다. 카즈나브가 겨울에 자기의 정원에서 하는 일들이죠. 그렇게 해서 성탄절에 아름다운 석죽화와 글라디올러스를 피우지 않습니까. 저는 얼마든지 걸겠습니다."

또 다른 기적, 즉 사람이 기적을 요청했다는 말이 피레네 지역 곳곳에 퍼졌다. 주임 신부와 베르나데트와의 대화가 빛과 같은 속도로 작은 마을까지도 빠르게 퍼졌다. 농부, 목동, 상인, 인부, 나무꾼, 채석공, 너나 할 것 없이 인류는 지구에 잠깐만 살고 갈 이방인이며 유배자라는 위험한 깨달음을 얻었다. 달구지의 소처럼 괴로움을 참아낼 필요가 전혀 없다. 길을 잃고 헤매는 조난자처럼 그들은 세상의 안개를 뚫고 하느님 나라의 깃발을 보고 싶은 것이다. 즉 그것은 일종의 신호다. 기적이 있을 것이라는 신호. 겨울에 장미가 필 것이라는 신호다.

이러한 기적에 대해 가장 걱정을 하지 않는 사람은 베르나데트다. 그 이튿날 동굴에 이르자마자 소녀는 서둘러 신부의 말을 전했다. 보통 때와 달리 이날은 무아지경에 빠질 수 없었다. 현실 세상이 여인과 소녀의 사이를 가로막은 것 같았다. 소녀는 신부의 말을 억양도 없이 쉬지 않고 빠르게 전했다. 신부의 말이 너무도 오만하고 얼토당토않게 느껴졌기 때문이다. 여인에게 감히 '루르드의 주임 신부가 당신은 돈부터 마련해야 할 것이라고 말했다.' '루르드의 신부가 자기를 좀 내버려두라…….' '루르드의 신부가 당신 발에 있는 장미 나무의 꽃을 피우라고…….' 여인에게 말할 수 있는 것인가. 여인은 말없이 이 무례한 소리를 듣는다. 이전에 종종 베르나데트가 잘못된 이야기를 할 때 보이던 난해한 표정을 한 번도 보이지 않는다. 크게 신경을 쓰지 않는 것인지 베르나데트가 후다닥 말하는 것에 때때로 미소를 지으시기도 한다. 장미 나무를 흘끗 보는 것은 페라말 신부의 요구를 알아들었다는 표시에 불과하다. 여인은 다른 데 마음이 빼앗긴 듯, 베르나데트에게 몸을 기울이지도 않는다. 수정같이 맑은 푸른 눈은 근심스레 먼 곳만을 바라본다. 그녀 자신이 환영이면서 또 다른 고통의 환영을 보는 듯, 입술에서 '보속'이라는 말이 끊임없이 흘러나온다. 베르나데트는 여인이 심한 구토증을 느끼는 것이라고 여기고 온 힘을 다해 그녀의 고통을 덜어 주려고 애쓴다. 쉴 새 없이 땅에 입을 맞추며 자갈밭을 기어 무릎과 손바닥에 피를 흘린다. 소녀는 주변에 모인 사람들에게 함께 보속하자고 하고 싶지만, 그것을 이해하는 사람은 극소수에 불과하다. 모두 여인의 고통을 덜어 주기 위해 무릎을 꿇기보다는 장미의 기적을 보고 싶어 할 뿐이다. 날이 화창함에도 여인이 몸을 떤다. 맨발 위의 황금 장미는 생기를 잃었다. 20분경이 흐른 후에 여인은 사라져 버렸다. 사람들이 이번에는 베르나데트의 얼굴이 변하지 않았다고 말한다.

사람들은 이번 목요일, 2월 25일에 장미 나무의 기적이 있으리라고 추측한다. 다시 말하면, 이날은 처음으로 여인이 베르나데트에게 나타나신 지 열하루 이후 세 번째 맞는 목요일이다. 열성적인 신자들이 잔뜩 들떠서 대담하게도 여인의 행보를 예측하려는 것은 이해할 만하다. 바츠게르 계곡의 농부 아낙네들뿐 아니라 밀레 부인, 베르나르드 이모, 크루아진 부올츠, 니콜로 아주머니, 그리고 사주 아주머니까지 모두 오늘이 아니면 그런 기적의 날이 결코 오지 않으리라고 확신한다.

한편으로는 시장과 제국 검사 사이에, 다른 한편으로는 제국 검사와 경찰서장 사이에, 신랄한 한판 신경전이 벌어졌다. 그들은 서로 이 한심한 사태의 책임을 전가하기에 급급하다. 파리의 신문들도 앞다투어 보도하기 시작했다. 뒤투르가 예견했던 대로 큰 신문들이 황제의 절대 체제를 공격하는데 이 이야기를 교묘하게 이용했다.

《투쟁일보(Journal des Débats)》는 이렇게 썼다.

"번개가 치면 그 주변이 환하게 보이듯이 루르드의 이 비극적 사건은 이 지역의 주민이 처한 물질적, 정신적 빈곤을 적나라하게 보여준다. 도대체 지난 10년간 이 지역을 현대화하기 위한 노력을 하기나 했을까? 전혀 하지 않았다. 게다가 의도적이다. 신부를 비롯한 성직자가 지역 주민의 교육을 대부분 맡고 있는 현 상황에서는 절대로 독재에 대항할 수 있는 자유사상을 키울 수 없다. 세상을 바꾸려는 높은 목표를 지닌 사람을 바른길로 인도하려면 종교의 속박을 없애는 것이 가장 훌륭한 방법이다. 제국의 종교와 교육 담당 룰랑 장관*은 이런 점을 깊이 생각해 봐야 할 것이다."

---

* 귀스타브 룰랑(Gustave Rouland, 1806~1878). 1856년부터 1863년까지 교육, 종교부 장관으로 재임.

룰랑 장관은 말 그대로 이 기사를 깊이 생각하고 보좌관을 불렀다. "이 엉터리 발현인지 뭔지를 빨리 해결하시오." 하지만 구체적 지시를 내리지 않는 실수를 범했다. 보좌관은 내무부와 법무부 장관 들랑글에게도 연락해 함께 책임져야 하지 않냐며 앓는 소리를 했다. 내무부는 타르브의 주지사인 마씨 남작에게 어마어마한 분량의 질문서를 보내기 시작했고, 들랑글 장관은 포*의 검찰총장 팔코네를 소환했다. 격노한 주지사 마씨 남작은 아르줄레스에 있는 부주지사 뒤보와 루르드의 경찰서장 자코메에게 지시를 내렸고, 검찰총장 팔코네는 제국 검사 뒤투르에게 사건 경위서를 제출하라고 요구했다. 이렇게 관료주의의 '야곱의 사다리'**에서는 질문서와 답변서가 오르내렸지만 필요한 결정을 내리지 못했으며, 이에 따라 조치를 취하지도 못했다. 이 문제의 해당 관청인 종교부의 고위 관리들이 강력한 결정을 내리지 못하니 아래로 내려갈수록 점점 더 느슨해진다. 발현에 대비한 법조항이 없어 애를 먹는다. 면피용으로 그들은 수비루 가족, 특히 베르나데트에 대한 감시를 강화하는 것으로 합의했다. 사생활에서도 그렇지만 공직 생활에서도 항상 모든 책임은 제일 약한 사람이 지게 되는 법이다. 그래서 이 사건은 다시 루르드의 경찰서장 자코메에게 떠넘겨졌다. 가엾은 자코메 서장은 여인의 고집 때문에 위기에 처했다. 만약 이 상황이 계속된다면 조만간 자리를 잃게 될 것이다. 시간

---

* Pau. 프랑스 남서부 누벨아키텐 지역에 있는 코뮌, 피레네 자틀랑티크 주의 주도.

** 야곱이 에서로부터 도망치던 중 꿈속에서 본 천국으로 향하는 사다리.

은 속질없이 흐르고 그는 좌불안식이다. 걷잡을 수 없이 화가 나다가 두려워진다. 뜨뜻미지근한 상관들에게 내가 얼마나 투지가 넘치는지 보여줘야지. 그것만이 살길일 것이다. 자코메는 이번 목요일 본때를 보여 주기로 마음을 먹는다. 루르드의 경찰력을 총동원했을 뿐 아니라, 헌병 7명과 칼레, 그리고 아르줄레스에도 지원을 요청해서 3명이 더 왔다. 이른 아침 6시의 마사비엘에 11명의 중무장한 경찰이 배치되어 여인과 베르나데트와 다른 신자들을 맞이한 것이다.

하지만 자코메는 사방에서 5,000명가량의 사람들이 장미의 기적을 보고자 몰려들 줄은 전혀 예상을 못 했다. 에스펠뤼그 산을 넘어오는 사람, 사이예 숲을 지나온 사람, 샬레 섬을 건너온 사람……, 사방에서 사람들이 밀려왔다. 자코메는 줄을 쳐서 베르나데트와 일행들, 공의 도주, 에스트라드 남매, 그리고 몇몇 알려진 사람들을 제외하고는 아무도 통과시키지 말라고 지시했다. 앙투안 니콜로는 마사비엘 동굴 참배에 빠짐없이 참가했는데도 자코메가 거칠게 제지하는 바람에 통과하지 못했다. 이에 앙투안은 당글라 순경 앞에 무릎을 꿇고 큰 소리로 성가를 부르기 시작했다. 모여든 사람 중 몇몇이 그를 따라 부른다. 자코메 서장은 오히려 여인에게 도움을 준 꼴이 되었다. 암벽 동굴이 마치 연극 무대처럼 보인다. 관중은 큰 반원형으로 무대를 에워쌌고 무대에 가까이 자리 잡은 사람들은 무릎을 꿇어 멀리 있는 사람들도 잘 볼 수 있게 배려했다. 경찰서장은 의도한 바와 달리 현장을 질서 정연하게 배치해 준 것이다.

베르나데트는 완전히 새로운 모습의 여인과 마주했다. 여인은 오늘 베르나데트를 기쁘게 해줄 생각이 전혀 없는 것 같다. 소녀는 군중들에게 여인의 존재를 알려 주는 무아지경의 상태에 빠지지 않는다. 여인의 표정은 평소와 달리 매우 엄숙하다. 더 정확하게 말하자면 이런 장엄한 표정은 처음이다. 우아한 얼굴에는 장엄하고 결연한 의지가 보인다. 이전의 만남에서 보여 주었던 기쁜 미소나 몸짓은 오늘은 거칠고 딱딱하다. 심지어 의복의 주름까지도 전보다 뻣뻣한 듯하고, 베일은 바람에 나부끼지 않으며, 이마 위 머리카락도 흔들리지 않는다.

베르나데트는 즉시 자신이 뭔가 더 노력해야 한다고 느꼈다. 여러 날 밤 그는 궁리해 보았다. 어떻게 하면 암벽 구멍에 더 가까이 다가갈 수 있을까? 구멍 앞에는 큰 돌덩어리가 몇 조각 있다. 그것을 받침대 삼아 위의 장미 넝쿨까지는 쉽게 올라갈 수 있을 것이다.

여인은 오늘의 첫 성호를 긋는다. 베르나데트도 여인을 따라 한다. 여인은 손가락으로 소녀를 부른다. 소녀는 그다지 힘들이지 않고 돌무더기를 밟고 올라간다. 얼굴이 장미 덩굴에 닿는다. 여인이 부르지 않았다면 이렇게 가까이 다가갈 엄두를 내지 못했을 것이다. 여인의 황금 장미가 빛나는 맨발이 소녀의 머리에서 불과 몇 센티미터 거리다. 자신의 육신을 버리고 귀의하고자 하는 열망과 한 단계 더 나아간 보속을 바치고자 하는 마음으로 베르나데트는 얼굴을 장미 덩굴에 묻고 입을 맞춘다. 뺨이 가시에 긁혀 핏방울이 흐른다.

수천 명의 군중에서 웅성거리는 소리가 들린다. 두건을 쓴 소녀가 우이하게 풀쩍 동굴 앞으로 뛰어올랐다는 것만으로도 사람들은 찬탄하며 소리 지른다. 장미 덩굴로 다가간 것은 곧 일어날 기적을 준비하는 것이리라. 몇몇 열렬한 신자는 소녀의 핏방울이 바로 붉은 장미의 봉우리가 피어난 것이라고 말하기 시작했다. 이것은 이날 최고의 순간이었으며, 나중에 페라말 신부는 이 순간을 가리켜 '괴상한 봉헌'이라고 했다.

그러나 여인은 이 즉흥적인 행동에 대해 특별하게 생각지 않는 것 같다. 여인에게는 다른 목적이 있다. 분명한 목소리로 한마디 한마디 띄어서 아주 중대한 명령을 어린애에게 할 때와 같이 완벽한 파투아 사투리로, 하지만 외국인 같은 억양으로 말한다.

"Annat héoué en a houn b'y–laoua!"

이 말씀의 뜻은 이렇다.

"샘으로 가서 샘물을 마시고 얼굴을 씻으세요!"

베르나데트는 여인의 얼굴에서 눈을 떼지 않은 채로 단 두 번의 뜀박질로 아래로 내려왔다. 샘? 이 근처에 샘이 있었나? 소녀는 혼란스럽다. 그리고 아마도 여인의 사투리가 정확하지 못하여 샘과 개울물을 혼동했으리라 생각한다. 베르나데트는 무릎을 꿇고 개울물을 향해 기어간다. 한참을 간 후 암벽 동굴 쪽을 돌아본다. 여인이 고개를 가로젓는다.

아하, 사비 개울이 아니라 가브 강물을 마시라는 뜻인가 보다. 소녀는 방향을 바꿔 강물을 향한다. 강물은 30보가량 떨어져 있다. 그런데 여인의 목소리가 소녀를 불러 세운다.

"가브 강이 아니에요."

여인의 엄중한 말과 어조 속에 가브 강이 여인이 지칭하는 장소가 아니라는 것이 확실히 드러난다. 격정적인 가브 강의 흐름이 오랜 세월 동안 흘러왔으며, 클라랑스 교장의 말에 따르면, 경배하라는 뜻의 '아베(Ave)'에 일치하는데도 이 강물은 부정적인 힘으로 가득 찬 듯하다. 여인은 다시 한번 '샘'이라는 말을 하더니 소녀에게 설명하려는 듯 덧붙인다.

"Annat minguia aquerto hierbo que troubéret aquiou!"(저기 있는 풀을 뜯어 먹으세요!)

베르나데트가 오랫동안 동굴 안을 둘러보더니, 제일 오른편 구석 한 곳을 보았는데 거기는 모래도 자갈도 없고 한 줌 풀과 덤불이 있고, 그사이로 괭이눈이라고 불리는 쐐기풀 종류의 식물이 바위 사이로 햇빛을 좇아 자라난 것이 보인다. 소녀는 우선 여인의 두 번째 명령을 이행하기 위해 풀을 뜯어 집어삼킨다. 이 행동이 어린 시절의 기억을 되살린다. 바르트레스에서 양치기를 할 무렵 부모가 찾아왔다. 이때에는 아직 아버지가 방앗간 주인이었는데, 그녀의 옆 풀밭에 앉아 등에 초록색 표시가 있는 양들이 풀을 뜯는 것을 보며 웃음기 없는 얼굴로 농담했다.

"저것 좀 봐라, 베르나데트. 몹쓸 풀이 양가죽에까지 자국을 남겼구나."

베르나데트는 농담을 이해 못 하고 모두 진담으로 받아들여서 양을 가엾게 여긴 나머지 울음을 터뜨린 것이다. 지금 쓴 풀을 삼키라는 여인의 명령을 듣자 그때의 생각이 난다. 하지만 더 어려운 임무가 아직 남아 있다. 여인의 첫 번째 명령이며 더 중요한 것이다.

"샘으로 가서 샘물을 마시고 얼굴을 씻으세요."

여인이 '샘'이라고 했다면 분명 샘이 있을 것이다. 만약 땅 위에 있지 않다면 땅 아래 있을 것이다. 소녀는 풀을 뜯어 먹은 장소를 자세히 살핀다. 그러고는 두더지처럼 두 손으로 땅을 파기 시작한다. 동굴 벽에는 도로 일꾼들의 삽이 가지런히 놓여 있는데도 베르나데트는 그것을 사용할 생각을 하지 않은 채, 열정적으로 땅을 판다. 단 한 순간도 여인의 이해할 수 없는 명령에 대해 의문을 갖지 않는다. 사랑에 빠진 여인들이 그렇듯이 그저 맹목적이고 무의식적인 사랑으로, 보답을 받겠다는 생각 없이 온전히 자신을 바칠 뿐이다.

우유 항아리가 들어갈 만큼 땅을 파자 젖은 흙이 나온다. 그녀는 쉬지 않고 파다가 잠시 숨을 돌린다. 맨손으로 땅을 파는 것이 쉽지 않다. 구덩이의 바닥에 얕은 물이 고인다. 고작해야 반 잔 정도의 양으로 간신히 입술을 축이고 이마와 관자놀이를 닦을 수 있을 정도의 양이다. 여인은 분명 상징적인 의미로 '마시고 씻으라'고 말했을 것이다. 그러나 단순한 베르나데트는 말 그대로 받아들인다. 여인의 말대로 하지 않는다면 그건 여인을 속이는 것이라고 생각한다.

베르나데트는 구멍을 더 깊이 판다. 지난번 홍수 때 들어와 땅에 스며든 것이 틀림없는 얕은 물이 흙과 뒤섞여 진창이 되어 버린다. 베르나데트는 어쩔 도리 없이 진흙을 한 줌 쥐고 얼굴에 문지르고, 한 줌 더 집어 입에 넣고 삼킨다. 구역질 나는 듯 얼굴을 찡그리고 여러 번 시도한 후 간신히 삼키지만, 아직 미숙한 위장이 곧바로 뒤틀린다. 결국 기적을 보기 위해 모여든 5,000여 명의 신자들 앞에서 토한다. 삼킨 진흙을 토하는 데 오랜 시간이 걸린다.

베르나데트의 어머니와 큰이모 베르나르드, 그리고 작은이모 뤼시유가 달려온다. 누군가 개울에서 물을 떠와 베르나데트의 얼굴과 손을 닦아 주고 옷에 묻은 진흙을 씻어 준다. 모두 수치스러워한다. 기진맥진한 채 어머니에게 안겨 쉬는 베르나데트만이 부끄러워할 기운조차 없다. 여인이 떠나는 것도 보지 못했다.

여인의 명령을 듣지 못한 사람들은 무엇을 보았는가. 그들은 베르나데트가 들장미 덩굴에 얼굴을 긁히며 입을 맞추는 것을 보았다. 그리고 기다리던 기적 대신, 이전에는 항상 미사를 집전하는 사제처럼 군중에 등을 보이고 섰다가 보이지 않는 여인의 말을 전할 때만 돌아서던 베르나데트가 땅으로 내려와 이번에는 군중을 향해 선 것을 보았다. 어느 쪽으로 가야 할지 모르는 듯 이쪽으로 향했다가 저쪽으로 향했다가 갈팡질팡하며 괴로운 눈으로 암벽 구멍을 본다. 평소의 수비루의 딸의 얼굴이다. 그러고 나서 그 광경을 본 것이다. 동굴로 기어가더니 풀을 뜯어 먹고 진흙으로 얼굴을 문지르고 이마와 관자놀이에도 묻히더니 마침내 진흙 한 줌을 삼키고 곧바로 토해 냈다.

사람들은 본 것이라고는 이것뿐이다. 그들이 본 광경은 정신병원에서나 간혹 볼 수 있는 미친 사람의 역겨운 행동이었다. 이것이 목요일의 기적이라니!

기적을 보려던 열망과 광기가 충족되지 않자 그대로 조롱과 보복의 폭소로 바뀌었다. 수천 명의 사람이 단조롭고 침울한 삶에 의미를 부여하고 믿음을 부여해 줄 사건을 보고자 하는 열망에 달려왔다. 그들의 희망이 물거품이 되었고, 장미의 기적은 일어나지 않았다. 베르나데트는 가엾은 정신병자에 불과한 어린아이구나. 동굴의 여인은 한낱 망상이었구나. 신부와 경찰 서장은 역시 믿을 만한 사람들이었구나!

"가엾은 정신병자! 이럴 줄은 몰랐다." 베르나데트를 가장 가까이서 따랐던 무리 중 누군가 말한다.

자코메는 기회가 왔다고 느꼈다. 지금이다! 불씨가 일기 전에 꺼야 한다! 장관도 아니고 주지사나 부지사도 아니고, 검찰총장이나 시장도 해내지 못한 것을 사다리의 가장 아래에 있는 자신이 해낼 것이다. 상관에게 칭찬받을 것이고, 프랑스의 진보주의자들에게도 극찬받을 것이며, 파리의 언론인들은 이런 제목의 기사를 앞다투어 실을 것이다. '일개 경위가 미신 종파의 뿌리를 뽑다.'

자코메는 무장한 병력에 둘러싸여 연단에 서듯 높은 곳에 올라서서 일장 연설을 늘어놓는다.

"친애하는 시민 여러분! 사기꾼이 여러분을 조롱하고 한바탕 소란 떠는 것을 직접 똑똑히 보셨지요? 우리가 이제 그 사기꾼들을 잡아들일 것입니다. 어린 수비루가 얼마나 가엾은 정신병자인지, 왜 잡아가둬야 하는지 이제 알아차리셨겠지요. 이번에도 성모 마리아가 여러분 앞에 나타나지 않았습니다. 성모님은 여러분이 시간과 돈을 쓸데없는 곳에 쓰기를 원치 않으신 게 분명합니다. 성모송을 열심히 외우는 것으로 충분히 여러분의 신심이 전달된다고 신부님들께서도 말씀하셨습니다. 또 성모님께서는 경찰관들이 더는 과중한 업무를 하지 않기를 원하십니다. 여기 배치된 경찰들을 보세요. 여러분이 고집부린 덕에 아르줄레스에서도 세 명이 지원을 나왔습니다. 당장 밤낮으로 해야 할 일이 산더미처럼 쌓였는데도 말이죠. 저희가 이렇게 과중한 업무에 항상 시달린다는 점을 알아주셔야 합니다. 추가로 발생하는 비용을 다른 데 쓴다면 여러분께도 이득이 되지 않겠습니까? 이성적으로 생각해 보세요. 이렇게 주중에 아무 때나 기적이 온다고요? 기다리지 마세요. 주일날에도 기적은 없어요. 하느님께서는 불규칙한 것을 좋아하지 않으십니다. 황제님은 국가의 무질서를 좋아하지 않으시고요. 여러분들이 모두 잘 이해하고 내일은 모두 평소와 같은 질서 있는 생활로 돌아가시길 바랍니다."

자코메 서장의 열정적이고, 적당히 유머를 섞은 연설이 끝난 후 사람들은 해산했다. 대부분은 기적을 보기 위해서라기보다는 재미 삼아 구경 온 사람들이지만 실망과 두려움을 동시에 느끼며 묵묵히 걷는다. 밀레 부인은 동굴과 개울 사이의 간이 의자에 앉았고, 옆에는 보 부인, 재봉사 페레, 에스트라드 양과 존경받는 의사의 조카딸 엘프리드 라크랑프가 섰다. 밀레 부인이 눈물을 흘리며 한탄한다.

"내 자식을 잃은 것 같아요."

"제 탓이 아니에요, 밀레 부인. 저는 항상 그 애를 조심하라고 말씀드렸어요!" 페레가 얼른 끼어든다.

"당신이 나를 여기에 끌어들이지 않았으면 좋았을걸." 라크랑프 부인은 하늘을 올려다보며 한숨을 쉰다. "제 신앙이 너무 약한가 봅니다." 오늘의 사건은 그녀에게 큰 충격을 주었다.

의사 도주와 에스트라드는 함께 말없이 시내로 걸어온다. 그들은 말이 없다. 사비 방앗간 부근에 이르러서야 에스트라드가 처음으로 입을 연다.

"참 이상하죠. 우리 같은 사람들도 결국 일반 대중들처럼 똑같이 행동하게 된다니……."

제20장

안개가 걷히다

이 비극이 일어난 후의 베르나데트의 행동은 또 한 번 사람들을 놀라게 했다. 지난 월요일 여인을 보지 못했을 때는 죽을 만치 괴로워했지만 충실한 추종자들을 멀리하진 않았다. 그런데 오늘 사람들에게 매우 실망스러운 광경을 보여 준 끔찍한 사태를 겪은 후, 소녀는 매우 차분하고 무관심하며, 오히려 더욱 당당하다.

사회에서 성공했는지 여부로 사람을 평가하는 사람들은 베르나데트를 이해할 수 없다. 그들의 눈에는 수비루 딸의 상상 이야기와 사람들의 오랜 바람이 상통하는 점이 있어 도시고 농촌이고 할 것 없이 관심을 한 몸에 받았다. 베르나데트는 주인공이고 정복자이며 왕이고 영웅이고 발명가고 예술가 같은 존재가 되어 성공하느냐 안 하느냐가 모두의 초미의 관심사가 되었다. 주인공이 되면 자신의 삶을 사는 것도 연기가 되어 버린다. 수천 명의 시선이 자신의 일거수일투족을 관찰한다면 어느 누가 본연의 모습을 그대로 간직할 수 있겠는가.

그런데 베르나데트는 자신을 잃지 않는다. 아무런 재능이 없지만, 그 순수성이 성공의 원동력이 되었다. 그녀가 사람들을 이해할 수 없는 것 못지않게 사람들도 그녀를 이해하지 못한다. 수천 명의 사람이 자신과 여인의 만남을 보러 오는 건지 도무지 알 수 없다. 아무도 오지 않는다면 정말 좋으련만. 신부님이나 검사, 경찰서장이 제발 좀 날 가만 내버려두면 좋겠다. 열광적으로 따라다니는 사람들도 귀찮기만 할 뿐이다. 중요한 것은 사랑이고, 그분이다. 베르나데트의 마음속으로는 여인이 실제로 존재하는 사람인지, 허구로 만들어 낸 사람인지 전혀 중요하지 않다. 그 점에 대해 사람들과 얘기를 나누는 것은 전혀 자신의 의지가 아니라 강요에 의해서일 뿐이다. 신부나 판사가 심문하면 할 수 없이 아는 사실대로 말할 수밖에 없지 않은가. 단지 평화롭게 살기 위해 여인을 부인할 수는 없는 것이다. 사람들은 자꾸만 성모 마리아를 들먹인다. 베르나데트에게는 그저 '여인'일 뿐이다. 이 말이 자신에게는 이미 큰 의미가 있다. 그녀는 여인의 명령이 사람들에게 성모 마리아를 연상하게 한다는 걸 안다. 만약 여인이 자신과 단둘이서만 대화를 나눈다면 아무 문제도 없을 텐데……. 하지만 무아지경에 빠지는 순간에 너무나 큰 행복감을 느끼기 때문에 베르나데트는 거기에 따르는 의무와 대가에 불평하지 않기로 했다. 비록 오늘 아침에 겪은 일은 매우 힘겹기는 했지만 중요하지 않다. 사람들이 뭐라고 얘기하든 간에 여인의 명령은 이행되어야 한다.

토방은 온종일 사람들로 북적거린다. 묵직한 감옥 문이 끊임없이 열렸다 닫힌다. 침대에 앉은 사람, 식탁에 앉은 사람, 심지어 바닥에 앉은 사람들도 있다. 그런데 오늘은 다른 날과 달리 축제 같은 분위기가 아니다. 이전에는 사람들이 '저런 아이를 두다니 정말 행복하겠어요.' '토방에 이런 천사가 날 줄 누가 알았겠어!' 오늘은 방문객들이 베르나데트가 무슨 괴물이라도 되고 거기에 대해 가족들이 책임을 져야 한다는 듯 비탄에 잠겨 불평과 비난을 늘어놓는다. 이모 베르나르드가 막냇동생 뤼시유를 데리고 급히 떠나간 것은 좋지 못한 징조다. 사주 아주머니가 고개를 젓는다.

"이런 일은 일어나선 안 되었는데. 절대로……."

피귀노가 루이즈를 한쪽 구석으로 잡아당긴다.

"라크랑프 부인이 뭐라고 말한 줄 아나? 사실 그 여자가 잘 알지. 비오 딸이 요양원에 있잖아. 아무튼 그 여자가 이렇게 말했어. '아식 몇 달은 이런 상태가 계속되다가 눈에 따끔따끔한 느낌이 오고, 몸이 조금씩 마비가 되기 시작할 거야. 그리고 마침내는 말을 못 하게 돼.' 큰 불행이지……. 자네도 그러니 타르브 요양원에 자리를 미리 좀 알아보게나. 마음을 단단히 먹어야지. 충격받지 않도록. 그래, 그래……. 나도 자네 마음 알아."

"오, 하느님." 루이즈는 목이 멘다.

재봉사 페레도 와서 사람들 앞에서 베르나데트를 나무란다.

"가엾은 밀레 부인이 오랫동안 없었던 편두통이 너무 심하다. 의사 선생님을 페뤼스 선생이랑 도주 선생 두 분이나 불렀어. 어떻게 그런 행동을 할 수 있니? 풀을 뽑아 먹지를 않나, 진흙을 삼키고 다 토하지 않나."

베르나데트는 담담하게 듣고 대답한다.

"하지만 그분께서 샘에 가서 물을 마시고 얼굴을 씻으라고 시키셨기 때문에 어쩔 수 없었어요. 구석을 가리키셨는데 거기에는 샘이 없었기든요. 그래서 그곳을 파니 물이 조금 나오길래 마신 거예요. 흙이 섞인 물이었지만 어쩔 수 없었어요."

재봉사가 독사에게 물리기라도 한 듯 펄쩍 뛴다.

"그래, 성모 마리아가 너를 짐승으로 만들려고 하신다는 거니? 여러분, 이 아이 말 좀 들어 보세요. 이 고집 센 아이가 성모 마리아께서 악마처럼 행동하셔서 풀을 먹고 진흙을 삼키라고 명했다고 하네요. 이런 신성모독은 신부님께 고해야 하지 않을까요?"

"아니오. 그렇게 말하지 않았습니다." 베르나데트가 전혀 동요하지 않은 차분한 목소리로 말한다.

"저는 그 여인이 누군지 몰라요."

"나는 네가 아주 교활한 사기꾼이라는 걸 알겠다." 페레가 악을 쓴다.

피귀노는 서글프게 루이즈를 쳐다본다.

"사기꾼이라고? 아이고, 가엾은 아이를……."

베르나데트는 다시 한번 단호하게 말한다.

"그리고 여인께서는 흙을 먹으라 하지 않았어요. 샘물을 마시라고 하셨어요."

사주 아저씨는 다른 이들을 생각해서 며칠 동안 피우지 않았던 파이프 담배에 불을 붙이며 쉰 목소리로 말한다.

"샘물? 거기에 샘이 없었으니 여인이 거짓말한 거지."

"그러네요. 여인이 거짓말을 했네요." 모두 이구동성으로 말한다.

베르나데트의 눈이 번쩍한다.

"여인은 거짓말 안 하셔요!"

구두수선공 바렝그는 동굴의 사태를 보고 화가 많이 나서 손뿐 아니라 머리까지 떤다.

"산에는 샘이 항상 위에서 솟지. 아래쪽에서 솟지 않고. 그건 아이들도 다 아는 일이야!"

그런데도 베르나데트의 대답을 들은 사람들은 처음 충격받았을 때 비해 아이의 행동이 그렇게까지 비이성적이지는 않다고 생각하게 되었다. 그리고 은연중에 여인을 인간으로 표현하고, 그 명령이 결코 쉽지 않더라도 반드시 따라야 하는 존재로 각인시킨 것이다. 사랑의 힘으로 베르나데트가 펼친 논리는 단순하기 짝이 없는 군중의 비판을 빠르게 잠재웠다. 그들은 자신도 모르는 사이에 여인은 실존하는 인물이며, 항상 옳고, 괴상한 일을 시키지는 않는다고 믿게 되는 것이다. 베르나데트는 존재하지도 않는 샘에 대해서는 거의 신경 쓰지도 않는 것 같다. 소녀의 얼굴은 보름 전보다 더 맑다. 가시덤불에 긁힌 뺨에는 옅은 붉은 기가 남아 있을 뿐이다.

루이즈 수비루는 울어서 퉁퉁 부은 눈으로 걱정스럽게 딸을 쳐다본다. 피귀노가 말한 대로 베르나데트가 몇 주 내로 마비가 오고 말을 못 하게 된다는 건 있을 수 없는 일이다. 피귀노는 정말 심술궂은 사람이구나! 이렇게 극도의 스트레스를 받으며, 루이즈 수비루는 자신의 딸에게 매일 나타나는 이가 성모 마리아라고 믿기 시작한다.

오늘 아침, 아직까지 말을 한마디도 안 한 사람은 프랑수아 수비루다. 지금 그가 하려는 일은, 다른 사람의 판단에만 기대는 이 우유부단한 남자가 하리라고는 전혀 상상도 할 수 없는 일이었다. 그는 토방에 모여 있던 사람들을 모두 내쫓았다! 정말이다! 물론 사방에 굽신거리며 타고난 허세를 부리기는 했다.

“저는 불운한 사람입니다. 그런데도 하느님께서 아직도 저를 시험에 들게 하십니다. 제 딸아이에게 무슨 일이 벌어지는지는 모르겠습니다. 정신이 나간 건지도 모르겠어요. 하지만 우리를 갖고 노는 건 아니라는 것, 이것 한 가지는 확실히 알겠습니다. 어떻게 해야 하나요? 어찌 되었든 계속 살아 나가야 할 것 아닙니까? 그런데 이렇게는 못 살겠습니다. 이 좁은 방에 지금 총 열 명이 있어서 공기가 부족하네요. 그러니 친애하는 친지와 이웃 여러분, 제가 여러분께 이 방에서 나가서 다시는 오지 마시라고 해도 원망하지 말아 주십시오.”

수비루의 말에 너무나 괴로움이 가득해서 방문객들은 화내지 않고 돌아갔지만, 페레와 피귀노만은 이집 저집으로 다니며 나쁜 소문을 퍼뜨렸다. 애꾸눈 루이 부리에트가 마지막으로 떠났다. 수비루는 자신과 함께 우체국에서 일하는 부리에트에게 카즈나브에게 자신이 아프다고 전해 달라고 부탁했다. 수비루는 오랜만에 온종일 누워 있을 작정이다. 겨울 햇볕이 토방의 짝짝이 창문으로 들어온다.

마리는 언니를 위로하고 싶어서 옆에 앉아 교리문답 책을 편다. 베르나데트와 마리는 아무 일도 없었던 것처럼 큰 소리로 책을 읽기 시작한다. 장-마리와 쥐스탱은 여인 덕에 흔치 않은 자유를 누리며 신나게 밖을 돌아다닌다.

종종 신의 섭리는 작은 것을 통해 나타난다. 이전에 석공으로 일한 부리에트는 오른쪽 눈이 완전히 안 보이는 것은 아니다. 만약 완전히 보이지 않았다면 눈에 덜 집착했을 것이다. 여하튼 오른쪽 눈에 약간의 시력이 남아 있다 보니 눈이 때때로 가렵거나 따가웠다. 오른쪽 눈의 진회색의 불투명한 막이 왼쪽 눈까지 방해하여 선명하게 보이지 않았다. 한쪽 눈의 장애가 그의 삶에서 제일 큰 관심사가 되었고, 다른 사람과 자기 자신에 대한 연민의 출발점이 되었다. '애꾸가 뭘 할 수 있겠어?'가 가장 즐겨 하는 말이다. 부리에트는 스스로도 아무런 야심이 없었다. 아직도 한창나이인데 힘든 일을 포기하고 때때로 심부름하는 것으로 먹고 살았다. 그것이 더 편했고, 자기 자신과 다른 사람들에게 좋은 핑곗거리가 되었다.

이런 사정이라 눈이 완쾌된다고 해도 딱히 이득이랄 게 없는데도, 부리에트는 수비루의 토방에서 나와 카즈나브에게 가는 도중 이상한 생각을 하게 되었다. 오른쪽 눈에 불편감만 없어도 정말 살 것 같다고 생각한 것이다. 그는 길을 빙 돌아 프티-포세 거리를 따라 내려가서 자신의 집 앞에 섰다. 문 앞에서 여섯 살 된 딸을 보고 말을 건다.

"아가, 마사비엘 동굴 알지? 베르나데트가 여인을 본다는 곳 말이다."

"아빠, 나도 거기 세 번이나 갔어." 어린 소녀가 토라진 목소리로 말한다.

"그렇구나. 얘야, 엄마에게 가서 커다란 가방 하나 달라고 해라. 동굴 끝까지 들어가서 오른쪽 귀퉁이의 젖은 흙을 한 덩이 퍼 오너라. 알아들었니? 동굴 깊이 들어가서 오른쪽 귀퉁이다. 그래서 우체국으로 갖다주렴."

30분 후 부리에트는 진흙이 담긴 수건을 가지고 카즈나브의 마구간 어두운 구석으로 들어갔다. 빈 축사 한편의 짚더미에 앉아 벽돌벽에 기대고는 수건을 눈에 대고 비빈다. 수건에서 물이 흐르기 시작한다. 효과는 한참 후에 나타나리라 생각하고 성 베드로 성당에서 2시를 알리는 종이 울릴 때까지 그곳에 머물렀다. 그때까지 손수건 속의 흙이 마르지 않았다.

마침내 마구간에서 나올 때 그는 빛이 너무 밝아서 자신도 모르게 뒷걸음질쳤다. 그는 멀쩡한 왼쪽 눈을 꼭 감았다. 오른쪽 눈의 진회색의 불투명한 막이 흰색의 안개 같은 것으로 변해서 번쩍하는 번개가 보인다. 반짝이는 구름들 사이로 부리에트는 마침내 사물의 윤곽을 보기 시작한다. 심장이 요동을 치며 흥분 상태에 빠져서 그는 마르카달 광장을 가로질러 도주의 병원으로 달려간다.

지금은 진찰 시간이라 대기실에는 사람들이 꽉 찼다. 부리에트는 주춤하지도 않고 곧바로 도주의 진찰실로 노크도 없이 불쑥 들어간다.

"왜 그러십니까, 부리에트 씨?" 도주가 화를 낸다. "바깥에서 차례를 기다리세요!"

"기다릴 수 없어요!" 부리에트가 허둥지둥한다. "갑자기 오른쪽 눈이 보여요! 동굴의 진흙을 발랐을 뿐이에요! 그런데 보인다고요! 기적이 일어났어요!"

"당신들 모두 기적 때문에 참 바쁘시군요." 의사가 중얼거린다. 그는 덧창을 닫아 어둡게 한 다음 반사경이 붙은 석유램프를 켜고 부리에트의 눈을 살펴본다.

“각막에 상처 네 개. 망막 일부 손상. 어쨌든 오른쪽 눈이 조금은 보이잖아요. 더 잘 보일 때도 있고, 잘 안 보일 때도 있고. 그렇죠?”

“예. 잘 보일 때도 있고 잘 안 보일 때도 있고…….” 부리에트가 의사의 말을 되풀이한다. 눈이 아픈 사람들이 대개 그렇듯이 그도 자신의 시력이 어떤지 자세히 알지 못한다.

“오늘은 좀 잘 보이는 거죠, 안 그래요?”

“훨씬 잘 보여요. 안개가 걷힌 것처럼 다 보여요!”

“안개가 걷힌 것 같다면 진짜로 보이게 된 건 아닙니다. 눈을 오랫동안 누르고 있어서 신경을 놀라게 한 거예요.”

도주는 램프의 빛을 벽으로 돌린다. 벽에 각각 크기가 다른 대문자가 인쇄된 시력검사표가 붙어 있다.

“오른쪽 눈으로 이걸 읽을 수 있습니까, 부리에트 씨?”

“아니요, 저는 읽을 수 없습니다. 선생님.”

“그럼 왼쪽 눈으로는요?”

“아니요, 읽을 수 없습니다.”

“아니, 그러면 두 눈 다 뜨고는 어때요?”

“두 눈 다 떠도 마찬가지예요. 저는 읽을 줄 모른다니까요.”

도주는 덧창을 다시 열어젖혔다.

“내일 좀 진정이 되면 다시 오세요.”

“이건 기적이에요!”

도주는 부리에트의 경우가 안과에 해당하는지 정신과에 해당하는지 궁금하다.

3부

샘

제21장

폭풍이 지나간 다음 날

루이즈 수비루는 딸의 편에 설 것을 결심했다. 여인 때문이 아니다. 지난 11일 이후로 베르나데트가 이전의 베르나데트가 아니다. 토방에서 삶이 나아졌다고는 하지만 감정 소모나 불안감과 걱정의 대가로는 턱없이 부족하다. 무엇보다도 루이즈를 괴롭히는 것은 세 번째 만남에서 여인이 했다고 하는 말이다. "나는 당신을 이 세상에서 행복하게 해주겠다고 약속하지 못하지만, 저세상에서는……."

루이즈가 신심이 부족해서 저세상의 행복을 중요하게 생각하지 않는 것은 아니다. 그녀의 삶의 원칙은 이렇다. '이 세상에서도 약간의 행복, 저세상에서도 약간의 행복, 너무 과하지도 않고 너무 부족하지도 않은, 균형 잡힌 삶.' 이 세상에서도 가능하다면 지나치게 불행하지는 않도록 최선을 다할 것이다. 그런데 가엾은 베르나데트는 이토록 불행을 겪어야 한다는 말인가. 원치도 않는 저세상의 고귀하고 선택받은 생활을 위해, 지금 이 세상에서 천식과 경찰의 괴롭힘과 조롱과 의심을 다 겪어 내야 한다는 것인가. 그것은 루이즈가 보기에 절대로 정당하지 않다. 오래전부터 수비루 부부의 목표는 정직하고 선량하게 사는 것이다. 굶어 죽기를 원하지도 않았지만 그렇다고 매일 꿩고기를 먹고 부르고뉴 포도주를 마시는 것을 원하지도 않는다. 그들 상상 속 최고의 행복은 볼리 방앗간 같은 작은 물방아를 소유하는 것에서 그친다.

베르나데트가 유명해진 후 허영이라는 새로운 감정이 루이즈에게 생겼다. 하늘이 내린 아이의 어머니라는 자부심이다. 베르나데트가 자신의 환영에 빠져 있는 동안 루이즈는 높고 낮은 사람들의 여론을 듣고, 박수갈채 소리가 얼마나 큰지 신경 썼다. 지난 목요일에 있었던 일은 그녀에게는 대참극이다. 거상의 어머니들이 대개 그렇듯 그녀는 가까운 사람들에게는 참을성이 없다. 이들이 사도의 역할을 하므로 끝없이 경탄하고 따라야 한다고 생각하기 때문이다. 특히 크로아진 부올츠를 원망하는 마음이 크다. 이 까탈스럽기 짝이 없는 여편네가 다 죽어 가는 아기를 어떻게 해야 할지도 몰라서 허구한 날 달려오는 주제에 베르나데트가 흙덩이를 삼킬 때 찡그리는 표정을 지었다. 반드시 되갚아 줄 것이다! 분명히 또 살려 달라고 쫓아올 테니. 그리고 뚱뚱보 밀레 부인은 뭐? 오랜만에 편두통? 친언니 베르나르드는 또 어떻고! 루이즈는 너무 화가 나서 수프를 먹다 말고 솥을 두르고는 언니의 집으로 달려가서 다짜고짜 소리를 지른다.

"어떻게 언니가 베르나데트한테 그럴 수 있어?"

"왜 그렇게 소리를 지르는 거니? 미쳤어?" 베르나르드가 놀라서 대꾸한다. 하지만 루이즈는 화가 가라앉지를 않는다.

"나는 절대 내 자식을 저버리지 않을 거예요! 내일은 따라오지 말아요! 나 혼자 베르나데드와 동굴에 갈 테니!"

베르나르드 카스테로가 웃음을 터뜨린다.

"무슨 소리야! 너는 엄마고, 나는 기껏해야 대모잖아! 네가 베개에 머리를 파묻고 있으면 누가 네 아이의 힘이 돼 주겠어? 당연히 너지!"

맞는 말이다. 루이즈는 베르나르드 앞에서 할 말을 잃는다. 카스테로는 빨랫방망이를 들고 루이즈 앞에 우뚝 서 있다.

"당연히 동굴에 같이 갈 거다. 이 바보야! 아직 아홉 번이나 남았어! 여인이 명하셨다며. 제발 멍청이들은 좀 집에서 나오지 않았으면 좋겠구나. 그럼 허튼소리는 안 할 텐데. 뭐, 이제 너는 신경 안 쓰겠지만……."

금요일에 카스테로의 작은 소원이 이루어졌다. 대부분 사람이 집에 남았다. 동굴에 따라온 100명가량의 사람 중에도 질투하는 사람, 부러워하는 사람, 모략하는 사람이 뒤섞여 전날보다 더 실망스러운 일이 생기기를 기대하며 기다린다. 페레와 피귀노 역시 유혹을 이기지 못하고 왔으며, 학생들 한 무리도 있다. 밀레 부인은 집에서 침대에 누워 있다. 가장 충실한 사람 중에는 니콜로 모자가 있다. 베르나데트는 온 사람이 얼마 되지 않아 기뻐한다. 수백 수천 명의 눈동자가 등 뒤에서 지켜보는 것보다 마음이 편안하다.

그녀는 암벽 구멍에 여인이 계시지 않지만, 그 앞에 무릎을 꿇고 묵주를 꺼냈다. 오늘은 지난 월요일과 마찬가지로 여인이 오시지 않을 것을 알고 있다. 그러나 지난번과는 달리 충격받지 않는다. 그동안 여인에 대해 좀 더 깊이 알게 된 것이다. 여인은 가야 할 다른 곳이 있다. 마음대로 어길 수 없는 규칙을 따르시며 항상 이곳에 오실 수는 없다. 여인이 자리에 안 계시지만 베르나데트는 더 이상 여인이 영영 떠나 버리지 않을까 두려운 마음이 없다. 그녀의 사랑은 확신을 얻은 것이다. 그녀는 여인이 단지 피곤하거나 두통이 있어서 못 오시는 게 아닌가 생각한다. 신분이 높은 부인네들은 모두 두통이 있는 것 같다. 그 점이 매우 의아하긴 하지만. 그녀는 여인이 마사비엘까지 오는 것이 쉬운 일은 아닐 것이라고 생각하며 작은 목소리로 묵주 기도를 올리고 일어서서 뒤따른 사람들에게 신뢰하는 미소를 지으며 말한다.

"여인이 오늘은 안 오셨습니다. 어제 많이 지치셨나 봐요."

때때로 베르나데트는 보이지 않는 여인을 더 인간적으로 보이게 하고 사람들로 하여금 더 가깝게 느끼게 하는 표현을 쓴다. 방금의 표현도 소녀가 차분한 짙은 갈색 눈빛으로 말하면 그의 정직함에 대한 일체의 의심이 사라진다. 가시덤불을 얼굴에 비비고, 흙을 삼키고, 토하고 하던 어제의 일이 갑자기 우스꽝스러운 일로 느껴지지 않는다. 이미 몇몇 여인네의 눈에 눈물이 맺힌다. 베르나데트의 말이 입에서 입으로 옮겨 간다. 사람들은 동굴 안 귀퉁이의 진흙에 대해 이미 잊었다.

부리에트의 눈에서 안개가 걷힌 것 같은 환한 느낌은 사라졌다. 하지만 이전의 불투명한 막 대신 밝은 구름 같은 것으로 바뀌었다. 그는 마사비엘 동굴의 진흙이 기적을 가져다주었다고 확신했다. 다시 도주 박사에게 가지는 않을 것이다. 그는 아마도 이런 믿음을 깨 버리고 기적을 믿지 않을 것이다. 부리에트는 진흙을 가져다 문지르는 치료를 계속하기로 결심했다. 몇몇 사람에게 시력을 되찾았다고 얘기했지만 대부분 비웃을 뿐이다. 오랜 친구 두세 명만이 믿는 것 같다. 채석공들은 결속력이 강하다. 그들은 다른 사람보다 더 착취당하고 몸도 빨리 상한다. 하지만 그들 중 누군가 큰돈을 벌게 되면 돈을 다 쓸 때까지 모두에게 술잔을 돌린다. 비고르의 채석공들은 딱히 신심이 높지는 않다. 하지만 한 사람에게 기적이 일어나면 조합원 전체가 기적을 인정한다. 그래서 부리에트의 옛 동료들은 그의 얘기를 듣고 기적을 만난 것을 매우 기뻐했다.

오후 3시경 루이 부리에트는 진흙을 뜨러 마사비엘로 갔다. 동굴 근처에서 마을 여자들 몇 명과 마주쳤다. 그들은 동굴 속 베르나데트가 손으로 허겁지겁 흙을 파낸 곳에서 시작되어 모래밭을 가로질러 사비 개울로 흘러 들어가는 가느다란 실개천을 보고 있었다. 여름 소낙비에 생기는 작은 웅덩이 크기지만 물 흐르는 속도로 보아 끊임없이 솟는 것 같다.

"이게 뭐죠?" 부리에트가 묻는다.

"묵주 기도를 드렸는데 갑자기 물이 흐르기 시작했어요. 아까는 아무것도 못 봤는데……." 한 부인이 대답한다.

"오, 세상에!" 부리에트는 휘익 휘파람을 분다. "이건 진짜 샘물로 보이는데요."

오멕스에서 온 농사짓는 늙은 여인이 눈을 반짝이며 소리친다.

"성모 마리아께서 베르나데트에게 '샘물을 마시고 얼굴을 씻으라'

고 하시더니 이게 그 샘물인가 보네요!"

"오, 하느님!" 부리에트가 소리친다. "정말로 우물물이 아니라 샘물이 맞습니다!"

그는 사비 방앗간의 앙투안 니콜로에게 이 소식을 전하러 달려간다. 자격 있는 방앗간 주인은 세 가지를 잘 알아야 한다. 밀, 말, 그리고 물이다. 필요할 때는 제방을 쌓아서 물길을 막기도 하고 배를 띄우기도 하고 물길을 끌어오기도 해야 한다. 니콜로가 전문가처럼 실개천을 내려다보며 손가락으로 샘이 시작되는 곳을 찾는다.

"베르나데트가 뭔가 말하면 항상 타당한 이유가 있었어요. 이것은 바위에서 솟아나오는 수맥입니다."

"그러면 정말로 성모님께서 기적을 보여 주셨구나!" 무리 중의 누군가 소리친다.

"샘의 수맥을 찾는 것은 결코 쉬운 일이 아니에요. 저는 수맥 전문가는 아닙니다. 샘의 수맥은 보통 여러 갈래로 나뉘어 있어서 그걸 하나로 합쳐야 하거든요. 찾다가 막아 버리기도 하고, 잃어버리기도 하지요. 그러니 당분간은 비밀로 하는 게 좋겠어요."

앙투안 니콜로와 부리에트는 여인네들에게 주의를 주고 함께 에스펠뤼그 산을 넘어 타르브 방향의 길로 간다. 채석공들이 길을 내기 위해 자갈을 깔고 있다. 부리에트의 옛 동료들이 성모님께 감사하는 뜻으로 그들을 돕기로 하고 작업 분량을 마친 후 마사비엘 동굴로 온다. 인부들 대부분은 바위에서 위태롭게 이어지는 가파른 길에 난간을 만들어 붙인다.

해가 지기 전에 앙투안 니콜로는 방앗간에 가서 횃불을 가져온다. 흔들리는 횃불의 불빛 아래에서 그는 공들여서 물길을 찾는 세밀한 작업을 한다. 그가 희망했던 것보다 더 성공적이다. 베르나데트가 손으로 파던 곳을 몇십 센티미터 더 파 내려가자 어린아이의 팔뚝만 한 물줄기가 솟는다. 순식간에 구멍에 물이 가득 찬다. 이제 사람들은 둥그런 모양의 담을 쌓기 시작한다. 성당의 성수대(聖水臺)만 한 크기다. 그들은 개울에 가서 평평한 돌을 골라 와서 공들여 쌓아 올리고 물이 나올 구멍에 파이프 하나를 꽂은 후 나머지 틈을 모두 메웠다. 이미 맑고 깨끗한 물이 가득 찼다. 모두 물을 실컷 마셨다. 아무런 잡맛이 없는 깨끗한 물이다. 조금 후에 부리에트와 니콜로는 방앗간으로 돌아가서 나무로 된 빗물받이 홈통을 가져와 물구멍의 파이프에 연결했다. 물구멍에서 나온 물은 홈통을 따라 졸졸 기쁘게 타 내려간다. 일을 다 끝마치고 나서야 앙투안은 기쁜 소식을 알리려 토방으로 향한다.

저녁에 라피트와 클라랑스는 샬레 섬을 산책한다. 2월도 끝자락이다. 공기 속에 봄기운이 실렸다. 보름달이 밝게 빛난다. 공원의 문을 나서며 그들은 마사비엘 방향에서 횃불이 어른거리는 것을 본다.

"그때가 오기 전에는 조용한 날이 없을 겁니다." 클라랑스가 말한다.

"그때가 언제를 말하는 겁니까?" 라피트가 묻는다.

그들은 동굴을 향해 걷는다. 라피트가 동굴에 가는 건 처음이다. 클라랑스는 전날의 소란을 직접 목격했다. 그들은 방금 마친 작업의 결과물을 만족스러운 표정으로 보는 일꾼들과 마주쳤다.

"지금 무슨 일이 벌어지는 건가요?" 교장이 묻는다.

"샘입니다." 부리에트가 마법사 같은 몸짓을 하며 대답한다. 앙투안 니콜로가 우물에 팔을 팔꿈치까지 집어넣는다.

"베르나데트가 말하던 샘물입니다. 정말 신기해요. 1분에 최소 100리터가 솟아나와요."

라피트가 클라랑스의 어깨를 잡는다.

"클라랑스 씨, 어떻습니까? 제가 3주 전에 뭐라고 했나요? 제가 오레아스*도 드리아데스**도 아닌 샘의 님프에 대해서 말하지 않았던가요?"

클라랑스는 다시 일꾼들에게 묻는다.

"누가 이 일들을 시킨 겁니까? 품삯은 누가 주고요?"

"그냥 그 여인을 위해서 몇 시간 추가로 일했을 뿐입니다, 교장님. 그분이 일을 하게 만드신 거죠. 언젠가는 품삯을 주시겠지요." 일꾼 한 명이 대답한다.

모두 왁자지껄 웃음을 터뜨리는 가운데 앙투안 니콜로가 말한다.

"정말 기적입니다. 모두 베르나데트의 덕택이에요. 어제는 모두가 심하게 비웃었지만……."

"진정하세요, 니콜로." 클라랑스가 앙투안의 말을 끊는다. "도대체 뭐가 기적이라는 건가요? 샘은 기적이 아니지요. 샘은 항상 거기, 바

---

* 그리스 신화의 산과 숲의 요정.

** 그리스 신화의 나무의 요정.

위 아래 있었어요. 베르나데트가 그것을 만들어 낸 게 아닙니다. 그저 찾아낸 것뿐이죠."

시인은 하늘을 향해 두 팔을 벌린다.

"저기 저 달은 어떻소, 여러분? 지구 주위를 끊임없이 도는 죽은 위성은 기적이 아니랍니까? 커다란 기적을 보지 못하니 작은 기적이 필요한 겁니다."

시인의 범신론*적인 주장이 모인 사람들의 기분을 몹시 상하게 했다. 머리가 희끗희끗한 일꾼 한 명이 고개를 절레절레 흔든다.

"무슨 말씀입니까, 선생님? 달이 기적이라고요? 어째서 그렇습니까? 달에 대해서는 누구나 다 알지 않습니까? 항상 그 자리에 있었던 것은 기적이 아닙니다."

라피트와 클라랑스는 다시 샬레를 향한다.

"현대의 시인은," 교육자가 말한다. "사람들에게 말하는 방법을 잊어버렸나 봅니다."

"그럴지도 모르겠습니다." 라피트의 대답이다. "제 말에 귀를 기울이게 만들 수도 없군요. 지금 도대체 무슨 일이 벌어졌는지는 오직 신만이 아시겠지요. 저는 이제 돌아가렵니다. 동굴의 여인과 곧 여행에서 돌아오는 친척들에게 이곳을 넘겨주고 떠날 테요."

---

* 세계 밖에 별개로 존재하는 인격신이 아닌 우주, 세계, 자연의 모든 것과 자연법칙을 신이라고 여기는 세계관.

제22장

묵주 교환. 여인은 나를 사랑하신다

마사비엘에서 샘이 솟은 것은 베르나데트의 승리일 뿐 아니라, 비고르 주민 전체의 왕세와 교회에 대한 승리다. 아침부터 밤까지 사람들이 성초와 횃불을 들고 행렬을 지어 마사비엘을 찾았다. 사람들이 행렬을 지어 오기를 원했던 여인의 염원이 이루어진 것이다. 모든 사람이 기적이라 얘기했지만, 신학자들은 샘이 솟은 것을 기적이라고 인정하지 않았다.

에스트라드나 클라랑스, 도주와 같이 세속적인 사람들마저도 샘이 솟은 것이 범상한 일은 아니라고 생각했다. 반면에 목요일에 베르나데트를 정신병자로 취급했던 사람들은 한층 더 과장되게 감격을 표시했다. 가장 적대적이고 베르나데트를 서슴없이 멸시했던 무리는 이제는 앞다투어 찬미하고 축복했다. 앙투아네트 페레는 매일 아침 6시에 베르나데트의 토방 앞으로 와서 길바닥에 무릎을 꿇는다. 이렇게 함으로써 밀레 부인의 호감을 사려는 것이다. 밀레 부인은 처음으로 베르나데트를 믿어 주었던 사람이라 자신이 기적이 나타나게 한 근원이라고 생각했다. 피귀노는 비굴할 정도의 겸손으로 루이즈에게 베르나데트로 하여금 자신의 묵주에 축복을 내리게 해달라고 부탁한다. 베르나데트는 화를 내며 거절했다. 처음으로 돌을 던진 잔 아바디는 베르나데트의 손에 입 맞추려고 하지만 성공하지 못했다. 피레네 주민들은 중세로 돌아간 것 같은 느낌이다. 마치 이곳의 화산 지반이 다시 한번 초자연적인 분출을 겪는 것 같다. 이곳은 프랑스에서도 제일 가난한 지역이다. 사람들은 오두막집에 살며 헛간에서 짐승과 같이 자기도 한다. 20수짜리 동전은 귀한 보배로 여겨지고, 남자들의 머릿속을 가득 채우는 것이다. 여자들의 생각은 밀로크와 베이컨, 새로 두건을 만들 수 있는 플라넬 사이를 맴돈다. 물질주의는 가난에서 파생된 것이다. 굶주림과 극도의 가난이 단순한 것들의 가치도 매우 크게 느껴지게 만든다.

베르나데트 수비루는 알 수 없는 힘의 도움으로 단순히 샘을 발견한 것에서 더 나아가 훨씬 더 큰 기적을 이뤄냈다. 그녀가 여인을 만날 때의 모습을 통해 의도한 바는 아니지만 가난한 사람들에게 천상의 고요함을 보여 준 것이다. 군중은 베르나데트를 통하여 사제의 복잡한 의식과 관례적 문구의 뒷면에는 손에 잡힐 듯 가까운 현실적인 뭔가가 있음을 느끼게 된 것이다. 내세를 한층 가깝게 느끼게 된 것이 큰 변화를 몰고 왔다. 극도의 가난함은 더 이상 죽을 때까지 끌고 다녀야 하는 화강암 더미처럼 느껴지지 않았다. 화강암에 구멍이 잔뜩 생기고 가벼워진 것이다. 돼지치기 레리스조차도 자신의 육신 안에 설명할 수도 없고 만질 수도 없는 뭔가 엄숙한 것이 있다고 느꼈다. 그는 이제 마사비엘에는 돼지를 몰고 가지 않으며 온종일 꽥꽥거리는 목소리로 산의 노래를 부른다. 매일 아침 여인이 나타나 땅 위의 것 외에도 다른 진실이 있다는 것을 보여 준다. 그래서 굶주린 개처럼 빵 한 조각을 위해 애써 일하는 것만이 중요하다고 생각지 않게 되었다. 일은 놀이가 되었다. 염소젖을 짜는 것도, 옷 세탁을 하는 것도 이전과 달라졌다. 사람들은 한 가지 생각으로 가득했다. 내일은? 내일은 동굴에서 무슨 일이 일어날까?

루르드는 이글거리는 화산의 분화구가 되었다. 이곳에서 시작된 진동이 온 프랑스 전체로 퍼졌다. 프랑스는 특권을 유지하기 위해 종교를 무기로 삼아 휘두른 권력층으로부터 자유를 되찾기 위해 혁명을 세 번이나 거쳤다. 프랑스는 다시는 혁명 이전으로는 돌아가지 않을 것이다. 클라랑스가 학생들에게 설명하듯, 우리는 아직도 인류 역사의 첫 장을 살고 있다. 세상은 아직도 완전히 정복되지 않았다. 새로운 기계가 연이어 발명되며 산업이 발달하고 사람들에게 번영과 행복을 가져다준다. 인간의 행복을 위해서는 세상을 정복하는 것보다 더 중요한 일은 없다. 비현실적 망상으로 이 과업을 가로막는다면 사회의 필수적인 진보를 가로막는 것이다. 그것이 파리의 주요 신문들을 탐독하는 카페 주인 뒤랑의 생각이며, 파리의 신문들이 주장하는 것이다. 그러나 파리의 신문은 달이 기적이라고 말하는 시인 라피트 씨의 철학에는 공감하지 않는다. 기적은 자연이 굉장히 단순하게 구성되었다는 사실을 믿기 싫은 사람들에게만 나타난다. 하늘은 수십억 개의 은하계로 가득 찬 공간이다. 그것이 자연이다. 스스로 빛을 내는 수많은 별들 사이에 소위 초자연이라는 것은 들어설 자리가 없다. 이 숱한 은하계 중에서도 가장 미미한 행성에 인간이라고 하는 원숭이와 비슷한 무리가 산다. 원숭이 무리의 수컷과 암컷이 이 세상을 지배하는 존재와 같은 모습으로 창조되었다는 생각은 원시적인 사고가 아닐 수 없다. 그들은 아직도 종족의 근본적 목표, 즉 허황된 망상을 없애는 데 이르지 못한 것이다. 지구가 우주의 중심이고 인류는 다른 생명체와는 다른 특별한 존재라는 오래전 노아의 대홍수 이전의 믿음을 버리고, 인간의 삶이라는 것이 물리적, 화학적, 생물학적 요소의 작용에 불과하다는 것을 깨달을 때, 그리하여 망상의 근본 원인인 무지와 어리석음을 뿌리 뽑을 때 그때서야 비로소 이 망상을 없애고 인류는 악마에 좌지우지되는 짐승이 아닌 인간이 될 수 있다. 루르드의 사태도 절대 과소평가 되어서는 안 된다. 가난과 편견과 무지를 면할 수 있는 길을 막기 때문이다. 《세기》나 《소공화국》은 성직자와의 충돌이 두렵기도 하고 신성모독의 비난을 받을까 봐 이런 의견을 공공연하게 기사에 싣지는 않았다. 《르 라브당》은 최근호에 '샘'에 대한 재치 가득한 기사를 실었다. 분명히 라카데 시장의 영향을 받았을 것이다. 루르드와 주변의 땅에는 천연 샘과 온천이 매우 풍부하기 때문에 굳이 여인이 샘을 솟게 해주지 않더라도 샘이 솟을 것이며 치유 효과도 있을 것이라는 내용이다.

그러나 프랑스에는 이런 호전적인 언론 이외의 다른 모습도 있다. 신심이 깊은 사람들과 성직자들, 쉽게 감동받는 사람들과 루르드의 이야기를 눈을 빛내며 듣는 사람들이다. 여인과 양치기 소녀라니, 그야말로 프랑스다운 이야기 아닌가! 게다가 언론인 중에도 베르나데트를 지지하고 옹호하는 사람들이 있었다. 전쟁은 시작되었다. 루르드의 발현은 전국적 규모의 사건이 되었다.

국가적 사건. 그렇다. 황제의 정부는 어떤 공격이든 대비를 했지만, 천상에서의 공격이라니. 사회주의자, 자코뱅당, 프리메이슨, 왕당파, 오를레앙파 할 것 없이 어떠한 정치적 목적의 기소라든가 부패 의혹 등으로 정부를 공격했다면 일상적인 방법으로 대항을 할 수 있었을 것이다. 그러나 각 부처의 장관들이 소집된 국무회의에서 두 번이나 루르드의 발현이 의사 일정에 올랐음에도 그중 몇 사람은 며칠 전에 라카네 시장이 한 것과 같은 농담을 한다. '싱모 마리아를 체포할 수는 없지 않습니까?'

그러는 동안 제국의 법무부는 종교부에 긴급 보고서 제출을 요구했다. 룰랑 장관은 매우 상세한 보고서를 보내며 결정을 내려 달라는 요구를 덧붙였다. 그러나 법무부는 최대한 마사비엘 발현과 관련 사태를 최대한 빨리 끝내라는 언급 외에 구체적 지침은 내리지 않았다. 오히려 절대로 주민들을 가혹하게 대하지 말 것이며, 그들의 감정을 잘 살펴야 한다고 지시했을 뿐이다. 룰랑 장관은 법무부 장관의 서한에서 '작은 나폴레옹'*의 애매모호한 화법을 그대로 보여 준다고 생각하며 쓴웃음을 지었다. 이제 언론은 떠들어댈 것이다. 황제는 이제 뒷전이다. 사다리의 위에서 아래까지, 즉 황제로부터 자코메 서장까

---

* 빅토르 위고가 1852년에 발표한 정치 평론의 제목. 나폴레옹 3세를 일컬음. 위고는 이 평론을 통해 나폴레옹 3세와 프랑스 제2제정을 신랄하게 비판해 추방되었다. 나폴레옹 3세의 재위 기간 대부분을 영국의 건지섬(Guernsey)에서 지냈다.

지 모두 똑같이 당황스럽다.

룰랑은 즉시 황제의 결정을 오트-피레네 주의 주지사인 마씨 남작에게 전달했다. 그는 아주 완벽한 남자로 항상 검은 양복과 광을 낸 구두를 신고, 목깃은 항상 빳빳하다. 손꼽히는 명문가 출신으로 교황청에서 수여하는 성 그레고리오 교황 기사 훈장*을 비롯해 받을 수 있는 훈장은 모두 받았다.

하지만 이것을 제외하면 딱히 특이점이 없는 사람이다. 프랑스 행정부 내에서 피레네 주의 주지사라는 자리는, 아무도 정확하게 이유를 알지는 못하지만, 파리가 위치한 라 센 주의 주지사가 되기 전 거쳐야 할 최종 관문으로 여겨진다. 이다. 즉 피레네 주지사에서 곧바로 제국의 고위 관리가 되는 지름길이 연결된 것이다. 남작은 자신의 출세에 뭐가 중요한지 잘 안다. 루르드의 사태를 자신의 상관과 황실에서 모두 만족할 수 있도록 해결하지 못한다면 파리 근무는커녕 자신의 경력도 여기서 끝나는 것이다.

마씨는 룰랑 장관의 전갈을 읽자마자 서둘러 마차에 올랐다. 주지사 집무실에서 주교관까지는 고작 몇 걸음밖에 안 되었지만, 주지사의 원칙은 평범한 일반 사람의 모습으로 다니지 않는 것이다. 그와 타르브 주교와의 관계는 팽팽하게 대립하는 사이는 아니지만 절대 우호적이라고는 할 수 없다. 베르트랑-세베르 로랑스 주교는 주지사

---

* 교황청에서 가톨릭교회에 공헌한 평신자의 업적을 치하하며 수여하는 훈장. 이 훈장을 받는 이들은 해당 훈장의 기사단의 일원이 된다.

의 방문 이유를 짐작하고 15분이나 기다리게 만든다. 주교는 샤를마뉴*의 혈통이 아니라 베아른의 노동자 아들이다. 주교의 반대파들은 그가 열다섯 살까지 읽지도 쓰지도 못했다고 수군거렸으나 주교는 개의치 않는다. 그는 그 이후로 에르 신학교와 대학교에서 신학에 뛰어난 성적을 거두었다.

마씨 남작은 주교가 15분이나 기다리게 해서 몹시 화가 난다. 마침내 키가 큰 주교가 농사꾼 차림새로 나타나자 남작은 절을 하고 반지에 입맞춤하려고 하지만 주교가 피한다.

"주교님. 도움을 청하고자 왔습니다. 루르드 사태가 폭동 수준으로 규모가 커졌습니다. 주교님만이 사태를 진정시킬 수 있습니다."

주교의 입꼬리는 날 때부터 아래로 쳐져서 항상 남을 비웃는 듯한 인상이다.

"주지사님께서 과장이 심하시군요." 주교는 연민의 한숨을 쉰다.

"주교님. 저는 주님의 명예와 신성을 지키기 위해 최선을 다하고 있습니다만 루르드의 어이없는 상황이 발목을 잡고 있습니다."

주교가 굵은 흰 눈썹을 찡그린다.

"루르드의 주임 신부는 성직자들에게 주지사님이 언급하신 어이없는 상황을 절대로 좌시하지 말라고 명했습니다."

"그것만으로는 충분치 않습니다, 주교님. 그 상황 자체를 중단하게

---

* 칼 대제 혹은 샤를마뉴 대제. 카롤루스 마그누스 혹은 샤를마뉴로 불리지만 프랑스식으로 샤를마뉴로 표기했음. 유럽의 아버지로 불린다. 이 시기에 서유럽의 가톨릭 세계가 부흥해 카롤링거 르네상스 시대라고 불린다. 아서왕과 원탁의 기사에서 아서왕의 모델이 된 인물.

해주십시오. 소위 발현이니 뭐니 하는 것이 신자에게나 비신자에게나 교회를 우스갯거리로 만들지 않도록 말입니다."

베르트랑-세베르 주교는 농사꾼 같은 거친 손으로 상아 지팡이를 짚은 채 안락의자에 깊숙이 앉는다.

"이 발현이라는 사태에 초자연적인 일이 일어난 것이 있다면 어떻게 해야 할까요?" 주교가 묻는다.

"초자연적인 일인지 아닌지 누가 규정할 수 있습니까?" 주지사는 목깃이 답답해 숨이 막힌다.

"오직 한 군데입니다. 교회에서 하지요." 주교가 웃으며 말한다.

주지사는 목깃을 약간 풀어 헐겁게 한다.

"주교님, 주교님도 이 사태의 초자연적 요소를 전혀 믿지 않으시고 저와 마찬가지로 이 사태를 끝내고 싶어 하시는 것으로 생각했는데 아닌 겁니까?"

"그럴는지도 모르지요, 남작님. 하지만 주교는 기적일 수도 있는 일의 반대편에 서기 어려운 사람이라는 것도 이해하셔야 합니다. 기적이란, 즉 초자연적인 일은 언제 어디서나, 즉 우리 교구에서도 나타날 수 있지요. 그러니 저는 신중한 태도로 사태를 바라볼 것입니다. 그러니 주지사님께서 평소와 같이 현명하게 단호한 태도를 보여 주시기를 기대하고 있습니다."

주교는 작별의 표시로 세속의 권력자에게 하얗게 센 머리를 가볍게 숙인다.

아무런 성과 없이 집무실로 돌아온 주지사는 즉시 긴급 회람을 부지사, 루르드의 시장과 경찰서장, 검사, 루르드 시장에게 보내라고 명령했다. 회람의 지시사항은, 수비루 가족을 한층 더 엄중하게 경계하되, 특히 금품 증여 등의 사항에 유의하라고 했다. 종교적 성물을 판매하는 것은 (예를 들어 돈이나 귀중품을 대가로 받고 묵주를 축복해 주는 것 등) 수비루 가족 전체를 체포할 수 있는 범죄가 성립한다는 것이다. 그리고 흥미로운 명령도 덧붙였다. 동굴에 파견되는 경찰은 정복 차림에 장갑도 착용할 것. 장갑은 세탁이 가능한 노란색 가죽 장갑인데 마씨 남작은 여인에게 정부가 진지하고 엄중하게 대처하겠다는 의지를 보여 주겠다는 생각이다. 하지만 구체적인 지시 없이 모호한 문장이다 보니 정부의 위협을 보여 줘야 할 명령이 오히려 여인에 대한 존경의 표시로 여겨진다.

3월이 되었다. 아직 나흘 더 가야 하는구나. 베르나데트는 생각한다. 그러면 여인과 약속한 보름을 채운다. 목요일이 지나면 여인이 더는 오지 않을 것이다. 정말로 안 오실까? 여인은 보름 뒤의 미래에 대해 언급한 적이 없지만, 베르나르드 이모는 공식적으로 그렇게 말한다.

베르나르드 이모는 의지가 확고한 사람이다. 그리고 의지가 확고한 사람들이 대개 그렇듯 비관론자다. 베르나데트는 질식할 것 같은 괴로움과 기약 없는 희망 사이에서 갈팡질팡한다. 자신이 죽을 때까지 여인을 만날 수는 없는 것일까? 마사비엘에서 여인을 매일 만나며 함께 늙어 가는 것은 이룰 수 없는 소원이란 말인가. 사람들은 금방 싫증이 나서 동굴에 오지 않게 될 것이다. 앞으로는 베르나데트도 다른 사람들처럼 종일 일해야 할 것이다. 밀레 부인의 집사 필립이 늙어 간다. 자신이 밀레 부인의 하녀가 될 수도 있을 것이다. 여인이 매일 아침 오실 수 있다면 어떤 일이든 할 수 있다. 심지어 세상에서 제일 싫은 세탁일도 상관없다. 베르나데트는 자신의 사랑하는 여인과 평생 아침마다 만나는 행복한 상상에 빠진다. 다음 목요일이면 만사가 끝난다는 생각은 어쩐지 부자연스럽게 느껴져서 생각 자체를 거부한다. 여인을 매일 만나는 극상의 행복이 없이 계속 살아갈 수 있을까? 이런 고통스러운 생각 때문에 베르나데트는 샘의 발견 같은 기적적인 일도 깊이 생각하지 않는다. 베르나데트는 남은 남들의 순간순간을 소중히 여길 것이다. 아침에 동굴에 가면 소녀는 여인에게 조용히 기도로 간청한다.

"부디 오늘은 오래 계셔 주셔요."

여인은 알아들었다는 표시로 웃지만, 소녀의 소원을 들어주지는 않는다. 머무는 시간은 45분, 길어야 60분을 넘기지 않는다. 여인은 베르나데트의 체력의 한계를 잘 알고 있음이 틀림없다. 소녀를 무아지경의 상태로 만드는 것도 기력이 많이 소모될 텐데 하물며 무아지경의 상태에 빠져들었다 깨어나는 소녀의 입장은 얼마나 힘들었을지를 생각하는 것이다.

동굴에서의 예식도 몇 가지가 더 늘었다. 먼저 풀을 뜯어 먹고 샘을 마시고 샘물로 씻게 한다. 그런데 이상한 것은 최근의 발현에서 소녀를 모방하고, 소녀의 말을 따라 하는 데 익숙해졌던 사람들이 풍부하게 솟아나는 샘물을 사용하는 것을 거부한다. 부리에트의 이야기도 루르드 구석구석으로 퍼졌지만 아무도 믿지 않는다. 부리에트는 항상 장님인 척했을 뿐 실제로 장님이었던 적이 없었다고 생각한다. 사실 부리에트의 눈이 회복된 것은 경계가 모호해서 확실하게 기적이라고 말하기는 어렵다. 그래서 사람들은 샘물이 솟아난 것이 장미를 요구한 페라말 주임 신부에 대한 답변이라고 여기게 되었다. 여인은 신부의 명령을 받고 움직이는 시종이 아니다. 자신이 하고 싶은 대로 할 수 있다. 2월에 장미꽃을 피우라고? 내게 그럴 힘이 있는지 보려고? 너희들에게 장미를 주지 않겠다. 그렇게 쉽게 척척 요구대로 해주진 않을 것이다. 대신 너희들 중 아무도 생각하지 못한 다른 것을 주겠다. 누가 윗사람인지 똑똑히 보아라. 샘은 적대적인 신부에 대한 여인의 승리로 보였다. 하지만 부리에트를 제외하고는 아무도 그 효험을 믿지 않는다. 부리에트는 며칠 전부터 사람들 앞에 나타나지 않고 몰래 숨어서 계속 샘물로 눈을 씻는다. 다른 병자와 샘물을 나누어 쓰면 효험이 약해질지도 모른다는 생각 때문이다.

매일 아침 수천 명이 와서 베르나데트가 여인의 명령에 따라 무아지경에 빠지고 여인의 명령으로 샘물로 얼굴을 어떻게 씻으며 손으로 물을 어떻게 떠 마시는지 본다. 그들은 이것을 매일 치르는 의식, 혹은 여인과 베르나데트가 교감하는 신비로운 순간으로 여길 뿐 여인이 현실적 목적을 가지고 샘을 솟게 한 것이라고는 생각하지 않았다. 여인이 베르나데트로 하여금 반복적으로 같은 행동을 시키는 것이 그들이 따라야 할 행동을 보여 주는 것이라는 생각을 아무도 하지 않는다.

여인을 볼 수 있고, 여인을 지극히 사랑하는 베르나데트도 간혹 여인의 의사 표현을 이해하기 힘들 때가 있으므로 여인을 세심하게 관찰한다. 여인은 다른 이들의 이름을 말하지 못하는 것과 마찬가지로 이것을 하라, 저것을 하라 지시하는 말도 하지 않는다. 여왕다운 정숙함으로 직접 지시를 내리지 않고 수수께끼같이 우회적으로 말하는 듯하다. 하지만 베르나데트는 여인만을 생각할 뿐 다른 세상에 대해서는 생각하지 않는다. 그래서 샘의 의미나 목적 따위에는 전혀 관심이 없으며, 그저 복종할 뿐 한점 의문이 없다.

하지만 베르나데트 역시 작은 음모를 꾸미고 있다. 여인을 시험하기 위해 악의 없는 덫을 놓은 것이다. 여인과 함께하는 것 중 가장 행복을 느끼는 것이 묵주 기도를 올리는 것이다. 베르나데트가 '은총이 가득하신'을 외우며 초라한 검은 묵주의 구슬을 하나 넘길 때 여인은 반짝이는 눈으로 소녀의 행동을 찬찬히 지켜보며 찬란한 묵주의 진주알을 넘긴다. 이것은 단순히 함께하는 기도를 뛰어넘어 가슴이 벅차오를 만큼 가까이 다가간 느낌이며, 사랑에 보답받는 느낌인 것이다. 마치 둘이 보이지 않는 막대의 양 끝을 각자 손으로 쥐고, 피의 온도와 동경하는 마음을 막대를 통해 서로 전달하는 것과 같다. 여인의 주도하에 베르나데트가 접하는 모든 것은 새롭고 신선한, 처음 겪는 느낌으로, 오래된 묵주마저도 새로운 의미를 갖는다.

지난밤에 재봉사 페레가 젊은 조수 하나를 데리고 토방에 왔다. 폴린 상스라는 이름의 여인인데 베르나데트보다 겨우 두 살 더 많다. 그녀는 얼굴을 붉히며 베르나데트에게 묵주를 맞바꾸기를 청했다. 여인과 함께 기도를 올린 묵주보다 더 영예로운 건 없을 것 같다는 것이다. 자신의 묵주는 어머니에게 물려받은 굵은 산호로 만든 것으로 소유한 것 중 가장 값비싼 것이라고 했다. 베르나데트는 단번에 거절했다. 그러나 곰곰이 생각하고 또 생각한 끝에 폴린에게 다음 날 아침 기도드릴 때 폴린의 묵주로 기도를 드릴 테니 대신 폴린도 와서 바로 옆에 앉아야 한다고 말했다.

아침이 왔다. 베르나데트는 평소와 마찬가지로 동굴 앞의 평평한 돌 위에서 여인에게 먼저 인사를 드리고, 물을 마시고 얼굴을 씻은 후, 주저하며 가방에서 폴린의 산호 묵주를 꺼낸다. 가슴이 걱정으로 가득해 방망이질을 친다. 자신이 여인에게 얼마만큼의 가치가 있는지 판가름 날 것이다. 이제까지 초라한 검은 묵주가 여인과 연결된 유일한 연결 통로였다. 잘 때는 늘 베개 밑에 넣고 잤다. 베르나데트는 여인을 시험해 보고자 하는 자신의 대담함에 스스로 두렵고 불안하다. 만약 여인이 아무것도 눈치를 못 챘다면 자신은 여인에게 아무 가치가 없는 사람인 것이고, 알아차린다면 나를 사랑하는 것이다.

하지만 사랑받는지 걱정하는 자의 소심함으로, 베르나데트는 여인을 극단적으로 시험할 수 없다. 그녀는 약간의 속임수를 써서 산호 묵주가 눈에 잘 띄게 흔든다. 여인은 주춤하며 자신의 묵주를 떨어뜨리고 얼굴빛이 흐려진다.

"너의 묵주가 아니구나."

베르나데트의 심장이 쿵쿵거린다.

"예. 제 것이 아닙니다. 폴린 상스가 아름다운 자기 묵주와 바꿔 달라고 했습니다. 아름다운 것을 더 좋아하시리라 생각했어요."

여인은 못마땅하게 여겨 한 걸음 뒤로 물러서며 묻는다.

"네 것은 어디 있느냐?"

베르나데트는 바로 뒤에 무릎 꿇고 앉은 폴린 상스에게 가서 자신의 검은 묵주를 낚아채고는 의기양양하게 머리 위로 흔든다. 사람들은 그것을 오해하고 열광적으로 흉내 낸다. 여인께서 우리의 묵주를 축복해 주시는구나!

하지만 많은 사람에게 거룩한 의식으로만 보이는 것이 베르나데트에게는 거룩한 현실이다. 온몸과 마음에 전율이 온다. 여인은 나를 사랑하신다.

제23장

금화와 따귀

비탈-뒤투르 제국 검사는 누런빛이 도는 대머리를 문지른다. 자코메의 제안에 혐오감을 느낀다. 경찰이나 부릴 만한 잔꾀를 부리는군! 자코메는 단순한 사람이지만 성격이 원만하고 정직한 사람이다. 지금까지 윗사람이 완전히 만족하도록 일을 처리했고, 사람들이 자신을 두려워하게 하거나 좋아하도록 하는 방법을 알고 있다. 그의 가정생활은 모범적이다. 자코메의 딸은 가난한 사람들의 천사로 여겨진다. 그녀는 온종일 털실로 속옷과 숄을 짜서 거리로 들고 나가 나누어준다. '시내에서 가장 가난한' 장-마리와 쥐스탱 수비루도 자코메 양의 자선의 혜택을 여러 번 입었다. 포미앙 신부는 자코메 양이 경찰에 지급된 양털로 속옷을 짠다고 주장한다. 따뜻하긴 하지만 화나는 일이다. 몸에 닿으면 따갑기만 할 뿐 그다지 따뜻하지도 않다. 사람들은 포미앙 신부가 그렇게 말하는 이유를 안다. 신부는 사람들을 즐겁게 해주기 위해서라면 사제로서의 너그러움도 기꺼이 포기할 것이다. 페라말 주임 신부 역시 의중의 말을 삼가하는 사람이 아니라서

"성직자가 보브나르그*처럼 행동할 수 있는 시대는 지나갔다"라며 수차례 포미앙 신부를 나무랐다.

뒤투르는 자코메를 편협하지만 정직한 사람이라고 본다. 그러나 그의 제안은 전혀 정직하지 못하다. 검사는 오래전부터 경찰이 범죄자와 비슷한 사고방식을 가졌다고 생각했다. 경찰과 범죄자는 어떤 면에서는 동지인 것이다. 형사의 앞잡이라는 것은 경찰과 범인 중간쯤에 위치하는데, 자코메의 제안은 자신이 앞잡이 역할을 하겠다는 것이다.

타르브의 주지사는 수비루가 여인의 발현을 이용하여 지방민의 고지식한 신앙심을 악용하는 증거를 찾아내기를 원한다. 형이상학적 부패의 증거라니, 지극히 드문 경우다. 찾아낼 수만 있다면 매우 효과적일 것이다. 사람들은 어느 순간에든 쉽게 저지를 수 있는 범죄, 즉 다른 사람의 어리석음을 악용하는 범죄를 가장 엄중하게 처벌하기 때문이다. 현대의 넘쳐나는 광고도 이 원칙을 이용한 것이다. 베르나데트가 여인의 발현을 봄으로써 수비루 내외가 상당한 이익을 얻었다는 사실을 증명할 수만 있다면 루르드와 프랑스는 순식간에 구제될 텐데! 뒤투르도 마씨 남작의 지시가 없어도 이 정도는 충분히

---

* Luc de Vauvenargues. 18세기 초의 프랑스 작가. 종종 '노블레스 오블리주'를 외쳤으나 실제 권력도 재산도 없었다. 건강 상태가 좋지 못한데도 9년간 직업군인 생활을 했으며 전쟁에도 참여했다. 전역 후 천연두에 걸려 외교 분야에서 일하겠다는 야심을 꺾었다. 문학가로서 성공적인 길을 걷기 시작했으나 1747년 서른한 살의 나이로 죽었다. 근본적으로 도덕주의자였으며, 몽테뉴의 글과는 달리 신중하고 간접적이며 애매모호한 어투로 자기 자신에 관한 글을 많이 썼다.

이해할 수 있다. 그럼에도 자코메의 혐오스러운 계획은 덥석 받아들이기가 힘들다. 다음 목요일이면 베르나데트와 동굴의 여인이 15일간의 참배를 마치고 국가를 상대로 최종 승리를 거두는 날이다. 그전에 둘에 대한 공격을 준비해서 가차 없이 실행해야 한다. 겨우 이틀밖에 남지 않았다.

뒤투르는 자코메에게 재량권을 주기 전에 마지막 시도를 해보고 싶다. 사람들의 말에 의하면 베르나데트가 모인 군중의 묵주를 축복해 주었다고 한다. 물론 평소처럼 유연하게 여인이 자신의 오래된 묵주를 사용하라고 해서 손을 높이 들었다는 등 그럴듯한 핑계를 댈 테지만 상관없다. 종교 관련 물건을 축복한 것은 성직자 측이 약간의 의지만 있었다면 종교법 위반 혐의로 공격할 수 있다. 여기에 더해서 밀레 부인이 마사비엘 동굴 안에 제대와 십자가와 성모상을 갖다 놓았고, 성초도 동굴 가득 켜 두었다고 한다. 그런데 화친조약은 종교부의 허가 없이 어떠한 미사 장소도 신설할 수 없다고 못 박았다.

검사는 주지사와 같은 행보를 보인다. 성직자를 찾아간 것이다. 페라말 신부는 뒤투르 검사에게 타르브의 주교가 주지사에 대해 느끼는 것과 똑같은 감정을 느낀다. 검사는 신부에게 사태가 이제는 걷잡을 수 없이 커져서 교회 측의 개입이 꼭 필요하다고 강조할 작정이다. 일개 평민이 묵주를 축복하고 제단을 세웠다는 사실은 세속의 질서뿐 아니라 종교의 질서까지 어지럽힌 범죄인 것이다.

페라말 신부는 독감에서 회복된 지 얼마 되지 않은 뒤투르를 얼음장 같은 사제관 응접실로 안내했다. 뒤투르는 발이 시리고, 독감이 재발할까 내심 걱정이다. 그런데 페라말 신부는 교양 없이 술 한 잔 내어 올 줄 모른다. 비탈-뒤투르의 표정이 점점 안 좋아진다. 그는 신부가 자신이나 라카데 시장 못지않게 수비루의 어린 딸 문제를 빨리 해결하고 싶어 한다는 것을 안다. 그러나 그와 동시에 이 거만한 주임 신부가 자신의 방문을 일종의 굴복으로 여기고 청을 전혀 들어주지 않을지도 모른다는 것도 안다. 다만 신부가 청을 들어주지 않을 이유에 대해서는 검사가 잘못 넘겨짚었다. 신부는 악동처럼 경찰과 도둑이 대치하는 상황에서는 도둑의 편을 드는 성향이 있다. 신부는 이제 베르나데트 이야기에 신물이 난다. (그런데도 그는 2월 26일의 아침 기도문에서 예언자의 말을 읽고 충격을 받았다. '성전 오른편에서 물이 솟구쳐 나오나니, 이 물에 닿는 이들은 모두 구원을 받으리라.') 사건은 너무나 커져서 사법부와 경찰이 찾아와 힘든 일을 떠넘기려 한다. 신부는 날카로운 눈으로 검사를 찬찬히 살펴본다. 검사는 차가운 타일 바닥에 발이 닿지 않게 무릎을 바짝 세워 앉았다.

"검사님," 페라말 신부가 말한다. "종교법 위반에 대해서 뭔가 상당한 착각을 하고 계신 것 같습니다. 작은 나무 테이블 위에 초와 성화를 올려놓았다면 그것은 작은 나무 테이블일 뿐이지 제대가 아닙니다. 제대를 세우려면 정확한 규칙을 따라야 합니다. 누구든 테이블에 초를 켜고 십자가와 꽃을 올려놓을 권리가 있습니다. 집에 두어도 되고 바깥에 두어도 되고요. 즉 당국에서 그것에 대해 진지한 조치를 취할 수 없다는 말씀입니다. 시청이나 검찰청에서 동굴 속 테이블을 압수할 수는 있겠지요. 하지만 그 과정에서 여러분을 도와드릴 수는 없습니다. 테이블이 밀레 부인 댁에 있다 해도 마찬가지고요."

이런 단호한 페라말 신부의 입장을 듣고 검사는 자코메 서장의 계획을 승인하는 것 외에 별다른 방법이 없다는 것을 깨닫는다.

화요일 11시경, 한 사람이 토방을 방문한다. 처음 보는 사람이다. 굵은 체크무늬의 외투 차림에 망토를 팔에 걸치고, 우산을 들고 회색 모자를 썼다. 여름에 코트레나 가바르니 같은 휴양지를 찾아오는 영국인 여행자들 중 한 명으로 보인다. 덩치가 큰 사람이라 루르드 사람들의 눈에 띄지 않을 수 없다. 마부 두트르루가 어제 타르브에서 태우고 왔는데 번쩍이는 보석 반지를 세 개나 낀 부유한 사람이 랑도 마차*나 호화로운 카로스 마차**를 이용하지 않고 이런 서민들의 합승 마차를 이용하는 것에 놀라 참지 못하고 질문을 던졌다. 여행객은 루르드가 순례지이므로 검소하게 서민의 탈 것을 이용해야 한다고 대답했다. 두트르루는 '순례지'라는 말에 휘파람을 휘익 불며 생각한다. '수비루는 걱정거리를 피하려면 베르나데트의 볼기짝 좀 때려 줘야 되겠는걸.'

보석 반지를 몇 개씩이나 낀 외지 사람이 토방을 들여다보니 루이

---

* Landau. 독일에서 발명된 사륜마차. 마주 보는 2인용 좌석과 높이 솟은 마부석이 있으며, 개폐식 후드가 있는 것이 일반 마차와 구분된다.

** 호화로운 사륜마차.

즈와 프랑수아 수비루만 있다. 프랑수아는 또 몸이 안 좋다고 엄살이다. 마리는 학교에 갔고 베르나데트는 골목을 쏘다니는 어린 남동생들을 찾으러 나갔다. 호기심 많은 여행자들이 수비루 가족을 방문하는 것은 처음이 아니다. 자기 얘기를 즐겨 하는 수비루의 이름이 프랑스의 모든 신문에 실렸으니 놀랄 일이 아니다. 여행객들은 '신통력'을 가진 소녀의 생가인 토방을 놀라움과 동정이 가득한 눈으로 훑어본다. 사람이 사는 장소가 아니라 세상에서 가장 끔찍한 가난의 증거를 미래 세대를 위해 보존하는 장소로서 토방을 본다. 그들은 종종 아이들 앞에서도 말조심하지 않고 토방의 비참함에 대해 평가하기 때문에 프랑수아 수비루를 화나게 했다. 그럴 때마다 그는 토방은 임시 거처이며, 라파카 개울에 있는 방앗간 중 하나에 자리 잡게 될 것이라는 허풍 가득한 얘기를 늘어놓는다. 때때로 방문객들이 수비루 부처의 손에 돈을 쥐여 줄 때가 있다. 그들은 사양하지 않고 받는다. 어쨌든 여유 있는 자들에게 그들의 비참함을 보여 주느라 시간을 낭비한 것은 사실이기 때문이다.

체크무늬 코트의 남자는 완고해 보이긴 하지만 다른 방문객보다 사교적이다. 그는 부자의 입장에서 멸시하듯 토방을 보지 않고, 정돈이 잘되었고 깨끗하다고 칭찬해 루이즈 수비루의 호감을 얻었다. 그는 아궁이에 걸린 솥 위로 몸을 구부려 안을 들여다보며 계속 탄성을 지른다. 수비루 내외는 이 호화로운 백만장자가 피레네 지방의 사투리를 제대로 구사하는 것에 놀라지도 않으며, 오히려 더 호감을 느낀다. 대화하는 도중에 방문객이 품에서 황금색 코냑이 든 여행용 술병을 꺼내 프랑수아 수비루에게 권한다. 수비루는 한 모금 한 모금 음미하며 마신다. 마침내 방문객이 방문 목적을 말한다.

"두 분께 청이 있습니다. 저는 비아리츠에서 왔어요. 황제 별궁 옆에 집이 있지요. 어린 딸 지네트가 댁의 따님 또래인데 올가을이면 열다섯 살이 됩니다. 정말 사랑스러운 아이인데 항상 울적하죠. 폐병도 있고요. 그 아이에게 한 가지 소원이 있습니다. 따님의 묵주를 가지고 싶어 하는데 값은 얼마든지 치르겠습니다."

"베르나데트는 절대로 묵주를 주지 않을 텐데요." 루이즈 수비루가 소리친다.

"그러면 제 딸의 묵주를 축복해 주세요. 제가 가져왔습니다."

프랑수아가 아쉬워하며 코냑 술잔을 멀리 밀어낸다.

"선생은 지위가 있으신 분이시군요. 선생께선 저보다 세상을 잘 아시겠지요. 저는 한 가지밖에 모릅니다. 아내와 저는 아주 평범한 사람이고, 저희 아이들도 똑같이 평범합니다. 베르나데트가 여인을 봤다고요? 그래서요? 사람들이 여인에 대해 이야기하지만, 여인이 누군지 아무도 모르지요. 그것을 제외하고는 베르나데트는 그저 평범한 아이일 뿐입니다. 성직자가 아니라서 묵주를 축복할 수도 없어요."

"아니에요. 남편이 하는 말을 믿지 마세요." 루이즈 수비루가 끼어들었다. "제 딸 베르나데트는 절대 평범한 아이가 아닙니다. 제가 그 아이를 임신했을 때부터 이상한 꿈을 꾸었어요. 제 언니인 베르나르드 카스테로도 그 사실을 잘 압니다. 바르트레스의 라궤스 부인도 제게 말했어요. "오, 친애하는 루이즈, 당신의 딸은 머리가 그다지 좋지는 않지만 사리 분별이 분명하더군요."

백만장자가 몇 개의 금화를 테이블 위에 던진다.

"이만 하면 따님의 축복 값으로 넉넉하겠습니까?"

루이즈와 프랑수아는 눈을 둥그렇게 뜨고 금화를 본다. 루이 금화,* 나폴레옹 금화,** 더컷 금화***……. 수비루는 금화를 본 적이 거의 없다. 20수짜리 동전 몇 개도 수비루에게는 굉장히 큰돈이다. 이 반짝이는 금화 몇 개만 있어도 가족 전체의 운을 대번에 바꿔 버릴 수 있다. 집다운 집도 구할 수 있고, 방앗간도 얻을 수 있다. 루이즈 수비루의 마음은 온통 혼란스럽다. 그녀는 무겁게 한숨을 쉰다.

"아니에요. 베르나데트는 절대로 묵주를 축복해 주지 않을 거예요."

"그러면 이렇게 하는 건 어떻습니까? 베르나데트가 지니고 다니는 물건 어떤 것에든 딸아이의 묵주가 닿게만 해주시면, 그것으로 충분할 것 같습니다. 그렇게만 해주셔도 루이 금화 두 개를 드리겠습니다."

루이즈는 프랑수아를 쳐다보고, 프랑수아는 루이즈를 쳐다본다. 갑자기 루이즈가 벌떡 일어서서 묵주를 받아 들고 베르나데트의 베

---

* 루이 13세가 1640년에 처음 도입한 금화. 혁명 이후에 같은 가치를 지닌 나폴레옹 금화로 바뀐다. 실제 가치는 재정 정책에 따라 변동되었으나 1726년경부터 가치가 안정되었다.

** 나폴레옹 1세 시대에 주조된 금화. 19세기 전반에 걸쳐 사용되었으며, 나중에는 프랑스의 금화 자체를 '나폴레옹'이라고 불렀다.

*** 13세기~19세기 사이 유럽에서 무역 거래에 사용된 금화.

개 밑에 넣는다.

"베르나데트는 묵주를 항상 베개 밑에 넣어요." 루이즈가 속삭이듯 말한다.

백만장자는 만족한 표정으로 축복받은 묵주를 주머니에 넣는다.

"정말 감사합니다, 수비루 부인. 딸아이가 무척 행복해할 것입니다. 여기 루이 금화 두 개를 드리지요. 오늘 시세로는 은화로 52프랑 40상팀이 될 것입니다. 수비루 씨, 간단하게 영수증 하나 써주시면 정말 감사하겠습니다. 매사는 분명해야 하거든요……."

"돈은 절대로 받지 마세요!" 막 문을 들어선 베르나데트가 소리친다. 손님의 마지막 말을 들은 것이다. "여인이 크게 노하실 거예요."

그런 다음에 용서를 구하듯 손님에게 인사하고, 어머니에게 말한다.

"동생들이 바로 올 거예요."

이제 수비루가 다시 '수비루다운' 행동을 한다. 그는 위엄을 가지고 일어서서 멸시하는 태도로 금화를 체크무늬 코트의 방문객 쪽으로 밀어내고, 베르나데트에게 짐짓 엄숙하게 말한다.

"나는 금화와 아무 상관이 없다. 네 엄마가 잠시 마음이 흔들렸을 뿐이지. 내가 우편국에서 벌어 오는 얼마 안 되는 돈으로 여러 식구가 먹고살아야 하니 그렇지. 선생의 호의는 감사하지만 받을 수는 없습니다."

"한 번 정했으면 그대로 행해야지요, 수비루 씨!" 방문객이 화가 나서 소리친다.

"제가 물건을 받았으니 여러분은 돈을 받으시지요."

"이곳은 물건을 파는 곳이 아닙니다." 아버지는 과장된 말투로 이야기한다.

"금화 두 개가 적으시면 다섯 개 드리지요." 백만장자가 부르짖는다. 거래가 중단되니 화가 난 모양이다. "저는 딸아이에게 묵주를 주고, 두 분은 따님에게 금화를 주셔야지요."

덩치 큰 방문객의 목을 보며 베르나데트는 구역질을 느낀다. 그의 목에는 빨갛고 작은 돌기 같은 것이 잔뜩 난 데다 상처투성이다. 백만장자는 곰곰이 생각하더니 목소리를 가라앉히고 말한다.

"어쨌거나 수비루 씨께서는 제가 원하던 걸 주셨습니다." 눈을 끔벅거리면서 중얼거린다. "제가 이렇게 행동하지 말았어야 하는 건데……."

백만장자의 말은 두 꼬마와 마리, 그리고 '백만장자'의 방문에 호기심을 느낀 이웃들이 오는 바람에 흐지부지되었다. 방해꾼이 많아지자 그는 결정을 내린다. 금화 전부를 혹은 적어도 일부를 토방에 남기고 가는 것이다. 그는 감사의 인사를 하며 수비루와 악수하고, 마치 아버지처럼 베르나데트의 볼을 두드리고 모자와 우산과 망토를 집어 들고는, 여행용 술병은 의도적으로 테이블 위에 놓아둔 채 떠난다. 문 옆에는 루이즈가 자질구레한 물건들을 얹어 두는 작은 의자가 놓여 있다. 마술사가 찰나의 순간에 물건을 나타나게도 하고 사라지게도 하는 것처럼 방문객은 재빨리 루이 금화 두 개를 의자 가장자리에 올려 두고 나간다.

일곱 살의 장-마리 외에는 아무도 이것을 눈치채지 못했다. 수비루의 집에서 현실감을 가진 사람은 이 아이뿐이다. 일전에 성당에서 성초가 녹아 생긴 밀랍 덩어리를 긁어와 증명한 바 있다. 장-마리가 도둑질을 하는 성품은 아니다. 다만 눈앞에 이런 기회가 나타난다면, 누구든 장-마리와 같은 행동을 했을 것이다. 금화의 가치가 얼마나 되는지도 모르지만, 만약 눈앞의 금화를 주머니에 넣는다면 그것은 자신을 위해서가 아니다. 여인의 발현 후 부모에게 이상한 자부심이 생겨서 그들의 생활이 오히려 악화되어 간다고 느낀다. 내일 주위에 아무도 없고 베르나데트가 보지 않을 때 어머니에게 줄 것이다. 잠시 후 백만장자가 다시 토방에 와서 연신 사과하며 두고 간 여행용 술병을 가지고 갔다. 그는 프랑수아 수비루에게 마지막으로 한 잔 더 마시라고 권했다. 재빨리 의자 위를 훑어보고 자신의 방문이 완전히 헛된 것을 아니라는 확신을 얻었다.

오후 2시경 베르나데트는 학교에 가는 도중 레오 라타르프라는 사람에게 체포되었다. 원래 채석장 일꾼인데 지금은 경관 보조로 일한다. 그는 베르나데트의 팔을 잡고 부드럽게 말한다.

"얘야, 나와 함께 감옥에 가야겠다."

베르나데트는 도도하게 그를 아래위로 훑어본다. 여인이 나를 사랑하시는데 사람들이 나를 어떻게 할 수 있겠는가.

"잘 잡으셔야 할걸요. 제가 달아날지도 모르니까요." 소녀가 웃으며 말한다.

같은 시간에 칼레가 수비루 부부를 체포해서 사람들 사이를 지나 법원으로 데려갔다. 그들을 끌고 오도록 계략을 꾸미며, 비탈-뒤투르는 지신이 진지하다는 것을 증명하고 싶다. 경찰서에서 나올 때처럼 그렇게 쉽게 빠져나갈 수는 없을 것이다. 하지만 하느님은 이 황당한 코미디의 주모자인 제국 검사에게 완벽한 멍청이 예심 판사 리브를 붙여 주셨다. 그의 집에서 루이즈 수비루가 세탁 일을 한다.

국가는 여인과 결판을 짓기 위해 부정직한 방법을 썼다. 그것이 위험에 처했을 때 수단 방법을 가리지 않고 해결하려고 드는 국가의 해결 방식이다. 산업 시대에 기적이라는 것은 분명히 국가에 대한 위험요소다. 현시대에서는 사회 질서가 유지되도록 형이상학적 요소들을 모두 종교에 묶어 두었다. 인간의 삶에는 세 가지 중대한 사건, 즉 탄생, 결혼, 죽음이 있는데, 거기에서 형이상학적 요소들이 장식적 역할을 하고 소멸하는 것이다. 마사비엘의 발현은 모든 현대국가가 멀리해야 할 초자연적 잔재의 부활이다. 뒤투르나 자코메가 나쁜 사람은 아니다. 그들은 충실하고 양심적인 공무원으로서 해야 할 일을 하는 것이다. 이사야 예언자가 주님께 말했다. '저의 길은 주님의 길과 다릅니다.' 국가는 이렇게 말할 것이다. '저의 도덕은 주님의 도덕과 다릅니다.' 개인이 범죄, 살인, 강도, 사기, 횡령, 중상모략 등의 범죄를 저지르면 국가는 감옥에 가두거나 교수대로 보낸다. 그런데 국가가 질서를 유지한다는 명목으로 똑같은 범죄를 양심의 거리낌 없이 저지른다. 그리고 자기 합리화를 위해 최고 사제의 말씀을 인용한다. '전체 민족을 위해 한 사람이 멸하는 것이 한 사람을 위해 전체 민족이 멸하는 것보다 낫다.'

국가기관에서는 다가오는 목요일에 수천 명이 동굴 앞에 모일 것이라고 예측한다. 비탈-뒤투르가 대표하는 국가 정의는 여인의 승리를 막아야만 한다. 베르나데트를 잡아 두지 않으면 목적을 이룰 수 없을 것이다. 시간이 얼마 남지 않았다. 아이를 잡아 가둘 수만 있다면 어떤 수단이든 좋다. 그러나 검사는 처음부터 매우 큰 실수를 저질렀다. 국가기관을 위해 일하는 사람들은 다른 이의 권리와 행동 범위를 침해하는 것을 두려워한다. 그래서 검사는 멍텅구리 고집쟁이 리브 판사에게 전권을 위임해 버린 것이다. 리브 판사는 베르나데트와 그의 부모의 유죄를 입증하려는 야심을 가지고 있다. 그러나 '범죄의 성립'이라는 것이 이 사태의 가장 약한 부분이고, 중요치 않은 부분이라는 것을 이해하지 못했다. 사실 베르나데트와 여인을 목요일이 오기 전부터 지난 후까지 얼마 동안만 꼼짝 못 하도록 가둬 두기만 하면 되는 것이다. 법률상으로 체포되면 24시간 안에 예심으로 넘겨야 한다는 규정이 있다. 리브가 조금이라도 영리한 사람이라면 베르나데트와 그 부모를 목요일 오후 1시까지 예심에 부치지 않고 시간을 끌었을 것이다. 그다음에는 요령껏 심문을 길게 끌면 된다. 그런데 그는 베르나데트 수비루를 즉시 출두시켰다.

"너로구나, 뻔뻔하고 염치없는 아이가!" 리브가 버럭 소리를 지른다. 소녀에게 겁을 주려는 것이다.

"예. 접니다, 판사님." 소녀는 무심하게 대답한다.

"이번에는 감옥에 들어가야 한다. 어느 성인이 오셔도 너를 꺼내주시지 못할 거야. 동굴에 가는 것도 이제 다 끝났다. 여인을 보려면 감옥 안에서 봐야 할 거다."

베르나데트가 엷은 미소를 띤다. 그리고 한마디 한마디 끊어 말한다.

“Que soi presto. Boutami é qué sia soulido e pui ciabado e quem descaperei…….” 뜻은 이렇다. “각오했습니다. 저를 감옥에 가두세요. 그리고 아주 단단하게 잠그셔야 합니다. 그렇지 않으면 제가 도망칠 테니까요.”

예심 판사는 소녀의 확신에 찬 모습에 매우 놀랐다. 그리고 참을 수 없이 무례하다고 생각한다.

“루이 금화를 어떻게 했지?”

베르나데트가 한 점 거리낌이 없는 눈으로 판사를 쳐다본다. 판사는 눈을 돌려야 했다.

“죄송하지만 루이 금화가 뭔가요?”

“낯선 손님에게서 받은 금화 말이다!”

“저희는 아무것도 받지 않았습니다. 저도 안 받았고, 부모님도 안 받으셨습니다.” 베르나데트가 담담하고 확고하게 말한다.

이제 심문을 중단해야 했다. 검사가 이 코미디를 연출한 것은 아니다. 베르나데트는 리브 판사를 당황하게 하는 데 성공했다.

“정말이지, 화를 낼 만하구나! 요망한 것.”

그는 종을 흔들고 집행관에게 수비루 부부를 ‘대질심문’을 위해 불러오게 했다. 또 한 가지의 중대한 실책이며, 절차상으로도 잘못되었다. 수비루 부부는 당당하다. 비록 실패한 전 물방앗간 주인이지만 타고난 품위가 판사를 동요케 한다. 그가 얻어 낸 답변은 수비루 부부의 무죄를 증명할 뿐이다.

리브 판사가 오늘의 가장 큰 실수를 저지른다. 검찰의 음모를 잊고 비밀 요원을 불러들인 것이다. 굵은 체크무늬 외투의 방문객이 가련한 표정을 짓고 들어선다. 아주 단순한 수비루 부부조차도 자신들이 어떤 추악한 함정에 빠졌는지 대번에 알아차린다. 리브마저 심하게 부끄러움을 느끼고 도망치고 싶다는 생각을 하며 내심 뒤투르를 저주한다.

"당신들 중 한 명이 루이 금화를 가졌음에 틀림이 없습니다. 당신들 세 명을 제외하면 누가 또 방에 있었습니까?"

"여동생 마리와 두 남동생이 있었습니다." 베르나네트가 조용히 대답한다.

"다들 불러오시오!" 판사가 명령한다.

장-마리가 즉시 자백하며 주머니에서 금화를 꺼낸다.

"의자 위에 있었어요. 가지고 있다가 엄마에게 주려고 했어요." 장-마리가 울면서 말한다.

이때 무슨 일이 일어났다. 여인을 보고 무아지경에 빠지던 소녀에게 일어나리라고 아무도 예상하지 못한 일이다. 베르나데트의 얼굴 전체가 붉어졌다. 큰이모 베르나르드 카스테로처럼 가차 없고 단호한 모습이다. 성큼성큼 어린 동생에게 걸어가서 따귀를 갈기는데 어찌나 세찬지 아이가 소리를 지르며 뒤로 물러선다. 소녀는 금화를 빼앗아 사형 선고를 내리듯 경찰의 앞잡이 방문객에게 던진다. 소녀의 행동이 너무나 신속하고, 당당하고 위압적이라 리브 판사도 마침내 결론을 지을 수밖에 없었다.

"모두 다 나가시오! 전부 다! 지옥으로나 가라고!"

법원 앞에 모여 있던 사람들이 열렬히 수비루 가족을 맞아 함께 토방으로 간다. 사리가 불분명한 국가 정의는 돌이킬 수 없는 손상을 입었다. 어둠이 내려앉은 뒤 검사의 집과 경찰서장의 집, 그리고 예심 판사의 집으로 누군가 돌을 던져서 유리창을 깼다.

4시 정각에 타르브행 마차가 마르카달 광장에서 출발한다. '백만장자'와 제빵업자 메종그로스가 유일한 승객이다. 루르드와 바르트레스 사이의 어딘가에서 두트르루가 말을 세운다. 앙투안 니콜로와 부리에트, 그리고 두 명의 덩치 큰 일꾼이 서 있다. 그들은 체크무늬 코트의 백만장자를 마차에서 끌어내 자갈 무더기 위에 내동댕이치고 마구 두들겨 팬다. 앙투안은 두꺼운 가죽 허리띠를 사용하고 다른 사람들은 몽둥이를 들었다. 앙투안이 첫 타격을 날리고 나머지가 뒤를 이었다. 내기 싸움 구경을 즐겨 보는 메종그로스와 느긋하게 파이프를 문 두트르루는 손뼉을 치며 싸움에 훈수를 둔다.

백만장자 영국인이 소리를 지른다.

"당신들이 상해죄를 저지르고 있다는 것을 경고합니다. 이건 살인이에요!"

"네가 법을 잘 안다는 건 우리가 잘 알지. 조용히 해! 정의가 뭔지 알려 줄 테니."

매질이 더 심해진다. 일꾼 중 한 명이 커다란 칼을 가져와 체크무늬 코트를 찢었다.

볼일이 끝나자 그들은 조각조각 난도질당한 코트를 입은 백만장자를 다시 마차에 태운다. 그는 아무 말도 하지 않는다. 앙투안과 일행들의 기분은 최고다. 뒤투르도 자코메도 그들을 뒤쫓지 못할 것이다.

제24장

부올츠의 아기

동굴의 샘물에 대해 항상 생각하는 사람이 루이 부리에트 말고도 또 한 사람이 있다. 루르드의 라카데 시장이다. 관련된 공무원들이 여인과 베르나데트를 멈추게 하지 못해 골치가 아픈 것과는 달리, 시장은 거시적이고 공정한, 순수하게 상업적인 견해를 가졌다. 정확한 이유를 알 수는 없지만, 시장은 공권력이 연달아 실패한 것이 시와 국가의 반대 세력인 여인의 승리를 의미하는데도 기분이 나쁘지 않다. 공권력의 약화가 적당한 시기에 자신의 입지를 강화해 주리라는 막연한 믿음이 있다. 라카데는 먼 미래를 생각한다. 라카데는 식욕이 강한 데 비해 소화불량이 있고 불면증도 있다. 잠들지 못하는 기나긴 밤에는 흥미로운 생각들에 몰입한다. 예를 들면, 황제가 비시(Vichy)* 에 휴양을 다닌 이후로, 왜 티브리에가 그곳의 광천수로 수십만 프랑을 버느냐는 것이다. 물이란 것은 어디서 솟든 간에 성분이 비슷할 것이다. 비시, 가바르니, 코트레……. 누가 그 차이를 알 수 있겠

* 프랑스 중부의 온천 휴양도시. 1940~1944년 독일과 평화 협정 후 나치 독일의 협력 정부가 있었음.

는가. 돈을 찔러주면 교수들이 적당한 감정서를 써줄 것이다. 라카데는 60년 동안 이 세계에서 살았으며, 속속들이 잘 안다. 그는 과학이라는 것이 기회가 되면 크게 돈벌이가 된다는 것도 잘 안다. 비시에서만 가능하고 루르드에서는 안 되리라는 법은 없지 않은가. 교수들에게 루르드의 물이 류머티즘, 위산과다, 통풍, 간염, 신장염, 심장병 등에 효과적인 이런저런 미네랄이 들어 있다고 감정서를 발행하게 할 것이다. 티브리에가 한 일을 라카데가 못 할 이유는 없지 않은가. 시장의 꿈은 점점 더 수위를 높여 간다. 그는 베르나데트의 사건이 사기의 목적에 쓸모가 없다고 생각하지 않는다. 유럽의 오래된 유명한 온천 휴양지들은 다들 고유의 신화를 가지고 있다. 라카데는 이미 머릿속에서 안내문 수십만 부를 만들어 뿌리는 상상을 한다. 우선 글재주가 있는 아셍트 드 라피트 같은 사람이 작은 소녀의 이야기를 감동적으로 써야 한다. 소녀는 무엇이든 마음대로 할 수 있는 마녀인데 목소리와 환영의 인도를 받아 바위를 쳐서 치유 능력이 있는 샘을 솟게 했다는 것이다. 과학적 분석이 이 샘의 발견을 뒷받침해 준다. 이리하여 망상가 민중들의 단순한 미신으로 시작된 것이 눈부신 발전의 찬양으로 마무리된다. 비시나 코트레, 가바르니도 이렇게 흥미로운 안내문을 만들지는 못했을 것이다. 능숙한 사업가로서 라카데는 자신의 계획을 비밀로 한다. 자원 개발에 역시 관심이 많은 정부가 분명히 알게 될 테지만 다행히도 에스펠뤼그 산과 타르브로 가는 길의 주변 지역은 사유지다. 라카데 못지않게 사업 수완이 좋은 라피트의 사유지가 샬레 섬의 가장자리까지 뻗었으며 정부 소유의 토지는 가브 강의 건너편에서 시작한다. 현재로선 리피트와 정부 외의 다른 경쟁자는 떠오르지 않지만, 천천히 기적 운운하는 소동이 가라앉기를 기다려야 한다. 절대 뒤투르나 자코메처럼 헛발질을 해서는 안 된다. 빠르면 일 년 내에 카즈나브 우체국장과 몇몇 사람의 이름을 빌려 '치유의 샘물 주식회사'를 설립해 주식을 발행할 수도 있다.

라카데는 비밀리에 자신의 보좌관 쿠레즈와 캅드빌을 동굴에 보내어 새로 발견된 샘물을 몇 병 가져오게 했다. 물맛은 매우 실망스러웠다. 사람들이 식수로 즐겨 찾는 톡 쏘는 탄산이 없는 것 같다. 교수들은 탄산이 없는 물이 더 좋은 것이라고 써야 할 것이다. 라카데는 탄산이 트림이 나오게 하고 가스가 차게 하는 점이 몸에 좋지 않은 것임이 틀림없다고 믿기로 했다. 반면에 샘의 수량이 하루에 12만 2,000리터나 되는 점은 매우 반가운 소식이다. 티브리에만큼 부유해질 수 있을 것이다.

툴루즈 대학의 피롤 교수는 명성이 자자한 광천 전문가다. 하지만 라카데는 바보가 아니다. 아직 상황이 무르익지 않았는데 정보를 흘리는 어리석은 짓은 하지 않을 것이다. 피롤이 최종 발표를 하기 전에 우선 상업적 가치가 얼마나 되는지 시험해야 한다. 그리고 이 분석은 절대로 이 지방의 약사 라베일르가 맡아선 안 된다. 라베일르는 시의원이며, 부유하고 아마도 라카데와 같은 생각을 할 것이다. 라카데는 타르브에서 멀지 않은 트리(Trie)의 약사 라투르와 친구다. 친구는 서로 도와야 한다. 친구가 감정서를 써주면 첫 번째 이득은 비용이 적게 든다는 것이고, 두 번째로는 별다른 구속을 받지 않을 수 있는 것이다. 그래서 라투르는 마사비엘 샘물 한 병과 화학적 성분과 약학적 가치를 조사해 달라는 부탁을 받게 되었다.

검사와 경찰서장은 사람들이 자기 집의 유리창을 깬 데 대해 화가 나 칩거하는 반면에, 시장은 하루에도 몇 번씩 루르드의 골목길을 산보한다. 그는 어느 때보다 더 당당하고 친절하다. 누가 인사를 하면 과거 혁명 시대의 유물인 부드러운 모자를 벗어 공중에 크게 원을 그리며 화답한다. 그는 시장으로서, 그리고 한 가정의 가장으로서 찬란하게 빛나는 미래를 본다. 하지만 실제 경쟁자가 국가도 라베일르도 아닌 여인이라는 점을 모르는 듯하다.

부올츠의 집에는 오랜 관습대로 때가 오면 아기에게 입힐 수의를 만들기 위해 이웃들이 모였다. 그때가 임박한 것 같다. 운명은 루이즈 수비루가 집에 없을 때를 골라서 찾아왔다. 평소보다 더 심한 발작을 일으켜서 가엾은 부올츠의 아기는 축 늘어졌다. 크루아진 부올츠는 루이즈 수비루의 치유력을 신뢰하고 따르지만, 지금처럼 위험한 순간에 집에 없어서 원망스럽다. 그녀는 루이즈가 하던 방법을 그대로 따라 해본다. 경련하는 작은 몸을 따뜻하게 감싸고 계속 앞뒤로 흔들어 보지만 아무 소용이 없다. 아기를 낳은 어머니지만 안타깝게도 치유할 줄을 모른다. 어떤 수를 써봐도 효과가 없다. 이제 아기는 생기 없이 짧은 숨을 쉬며 할딱거린다.

채석꾼으로 일하며 일주일에 한 번 정도 집에 들어오는 크루아진 부올츠의 남편이 아내의 옆에 서 있다. 남편은 본심은 이 비참한 상황이 끝나는 것이 오히려 잘되었다고 생각한다. 힘들게 일하고 집에 들어와서 겪어야 하는 이 괴로움에서 벗어나게 되는 것 아닌가. 그가 나쁜 사람은 아니다. 어쨌거나 눈앞에서 죽어 가는 건 자신의 아들이다. 하지만 두 살 먹은 아기가 무슨 대단한 의미를 가질 것인가. 그는 스물여덟 살이다. 아기가 죽더라도 얼마든지 또 아기를 낳을 수 있다. 여자들은 원래 그렇다. 암사자처럼 아기라는 짐 덩어리에 달라붙는 것이다. 남편은 부드럽게 크루아진의 등을 두드린다. 아내는 울먹이며 비탄에 찬 신음을 억누른다.

"도주 선생에게 다시 가 봐요. 아니면 페뤼스 선생한테 가 보든가. 둘 중 한 명은 오겠죠."

남편은 어깨를 으쓱한다.

"다시 가 보는 게 무슨 소용이야. 페뤼스는 왕진을 돌고 있고, 도주는 진료 중인데. 그리고 당신도 알잖아. 이제 늦었어. 아기가 헐떡거리고 있어. 이게 죽어 가는 소리라고 하던데……."

이웃인 정육점의 딸 프랑수아네트 고조가 큰 소리로 위로한다.

"가엾은 크루아진. 왜 한탄하나요? 기뻐하세요. 아기가 평생 불구자로 이렇게 사는 게 좋겠어요? 세례도 받았으니 죄가 없어요. 작은 천사가 되어 하늘에서 당신을 기다릴 거예요."

어머니는 머리를 아기의 침대에 기댄다. 프랑수아네트 고조나 제르멘 라발 같은 여인네들이 위로하는 말을 하긴 쉽겠지. 하지만 그녀가 하늘에 원하는 것은 아기가 불구라도 좋으니 살아 주는 것이다. 천국에서 자기를 기다리는 천사 따위는 없어도 된다. 크루아진은 엉뚱한 상상을 하기 시작한다. 베르나데트가 동굴의 샘물에 어떻게 얼굴을 씻었더라. 갑자기 벼락을 맞은 듯 깨닫는다. 물에 얼굴을 담그고 씻고 하는 것은 뚜렷한 목적 없는 성스러운 장난이 아니었다. 여인이 베르나데트를 통해 방법을 알려 주는 것이다!

크루아진 부올츠가 소리를 지르며 벌떡 일어선다. 단단히 마음을 먹고, 침대로 사용하는 바구니에서 아기를 꺼내 안고는 앞치마에 감싸고 서둘러 집을 나선다. 깨닫고 나자 마음이 너무 급해서 아기를 따뜻하게 덮을 틈도 없이 내처 달린다. 남편 장 부올츠와 이웃들은 크루아진이 아기 때문에 미친 게 틀림없다고 생각하며 쫓아 달린다. 그녀는 정말로 미친 사람처럼 날쌔게 뛰어 저만치 달아났다. 온 거리가 시끌벅적하다. 아무도 그녀를 잡지 못하고, 죽음을 피해 달리는 크루아진은 점점 더 빨라진다. 남편조차도 아내를 잡을 수 없다. 많은 사람이 그녀를 따라 동굴로 향한다.

물통 앞에서 크루아진은 바닥에 주저앉는다. 온몸이 땀에 젖고 숨을 헐떡거리며, 반쯤 죽은 사람 같다. 간신히 아기를 들어 올려 물통에 목까지 담근다.

“아이를 데려가시든지 아니면 다시 살려 주셔요, 성모님.” 크루아진이 중얼거린다. 옆에서 이웃 여자들이 하는 말에는 전혀 귀를 기울이지 않는다.

“이러다 아기 죽겠어! 물이 얼음장같이 차가운데.”

“살릴 수 없으면 죽여야죠. 더 이상 뭘 할 수 있겠어요.” 크루아진은 헐떡거리며 말한다.

사람들이 아기를 빼앗으려 했지만, 그녀가 이를 드러내며 사납게 소리 지른다. 가까이 가는 것조차 위험하다. 마침내 사람들은 포기하고 그녀가 하는 대로 내버려두었다. 죽은 듯이 조용하다. 아기가 옅은 숨을 헐떡거리는 소리밖에 들리지 않는다. 마침내는 숨소리마저 들리지 않는다.

갑자기 물 가까이 있던 여자들 중 한 명이 소리친다.

"오, 하느님! 아기가 소리를 냅니다!"

정말로 몇 초 동안 아기의 가느다란 울음소리가 들린다. 사람들은 서로 쳐다보며 얼굴이 창백해진다. 크루아진 부올츠는 (아기의 목욕이 적어도 15분은 걸렸다) 아기를 다시 앞치마로 감싸 안고 가슴에 끌어안는다. 사람들이 부올츠의 집으로 다시 왔을 때 그녀는 이미 문 위에 서서 이웃들이 들어오지 못하게 막아섰다.

"조용히 해주세요. 아기가 자요. 제 아기가 자요."

부올츠의 아기는 샘에 다녀온 후 아침까지 내내 잤다. 아침에 깨어서는 전에 없이 왕성한 식욕으로 우유를 두 잔 가득 마셨다. 그것을 보고 장 부올츠는 일하러 나갔다. 몇 분 후 크로아진은 바부 주점 앞 우물에 물을 길러 나갔다. 돌아오니 아기가 처음으로 바구니에 스스로 앉아 있다. 크루아진은 소리치고 싶었지만, 꾹 참는다. 아기가 까르르 웃는다. 크루아진의 가슴에서 행복에 겨운 신음 소리가 터져 나온다. 이것이 루르드의 첫 번째 치유, 첫 번째 기적이다.

한 시간이 지나자 벌써 수백 명의 사람이 좁은 프티-포세 거리를 가득 메웠다. 부올츠 아기의 침대 옆에는 의사 두 명이 서 있다. 도주가 라크랑프도 데리고 온 것이다. 한동안 부올츠의 아기를 돌봐 준 페뤼스는 연락이 닿지 않았다. 라크랑프는 루르드의 귀족 출신이며 부자이므로 정기적으로 환자를 보지 않는다. 도주는 자신의 진료 기록을 가져왔다. 아기를 꼼꼼하게 진찰하고는 자신의 진료 기록을 펼쳐 읽는다.

"쥐스탱-마리-아돌라-뒤콩트 부올츠, 1856년 2월생. 구루병* 혹은 꼽추의 소견. 1856년 3월 중증의 장염. 8월 25일 고열과 심한 경련, 근육 반사작용 있음. 다음 날 반사작용 없음. 체온 정상. 결핵성 뇌막염? 사지 말단의 점진적 마비. 사망이 경각에 있다. 한동안 쭉 관찰해 본 결과 뇌막염과 소아마비 소견이 강하다."

도주는 목소리를 낮춘다.

"제 기록이 상당히 정확하지 않습니까? 흥미로운 기록은 파리의 의사들 몇 명에게도 전달하고 있지요."

부올츠의 방 안에 모인 15명가량의 이웃들은 눈을 둥그렇게 뜨고 의사들 옆에 섰다. 하지만 의사들은 무지한 주민들은 전혀 쳐다보지도 않고 라틴어와 그리스어로 된 의학 전문용어를 사용하며 대화한다. 주민들은 마치 성당에서 미사를 볼 때처럼 경건한 마음으로 전혀 이해가 안 되는 소리에 귀 기울인다.

---

* 비타민 D나 칼슘, 인산 부족, 혹은 선천적 대사장애로 골격의 변화를 초래하는 병. 다리가 굽어 O자형 다리가 된다.

"삼 주 전에 마지막으로 진찰했는데 다리가 완전히 마비된 것은 변함이 없었습니다. 선생께서도 보셨겠지만 근육위축증*과 수축 증상이 있었습니다. 그런데 새로이 신경분포가 된 것 같습니다. 여기 촉진을 해보시면 새로 생긴 근육질이 만져집니다. 한 번 만져 보세요."

"선생의 진단이 맞다면," 라크랑프의 이야기다. "새로 신경분포가 되었다는 건데, 운동신경이 모두 망가졌는데 어떻게 신경이 새로 분포되었을까요? 그러면 근육위축증이라는 건 오진이었던 것입니까?"

"그렇지 않습니다. 제 진단이 여전히 옳다고 믿습니다."

라크랑프는 어깨를 으쓱한다.

"그렇다면 이건 의학적 수수께끼군요. 냉수욕을 했더니 없었던 신경이 생겼다……. 차가운 물이 그렇게 효과가 좋다고 생각하십니까? 도주 선생?"

도주는 피로하다는 듯 얼굴을 찌푸린다.

"저는 비만한 사람이 속이 편치 않다고 하면 종종 냉수욕을 권합니다. 너무 무료할 때, 혹은 과식을 했을 때 해서 생기는 병을 고행으로 고치는 것이죠."

"선생은 충격 요법이라든가 한기 충격에 의한 치유 효과 같은 것도 생각해 보셨습니까?"

"그것까지는 잘 모르겠습니다."

---

* 근육이 위축되는 질병. 영양실조, 신경계에 영향을 미치는 광범위한 부상이나 질병으로 발생할 수 있다.

“그렇다면 마사비엘 샘물에 신경을 치료해 주는 알 수 없는 강력한 성분이 들어 있다고 인정할 수밖에 없군요.”

도주 박사는 모자와 장갑을 집어 든다.

“어쨌거나 부올츠의 아기에 대한 보고를 샤르코와 부아쟁에 보낼 것입니다.”

“아니요, 아무것도 하지 마세요, 도주 선생.” 라크랑프가 놀라서 말린다. “그 작자들은 루르드의 의학 지식을 비웃으며 폭소를 터뜨릴 텐데 불쾌한 일이지 않습니까.”

“그야 ‘우리한테’ 불쾌한 거지요.” 도주가 차분하게 말한다. “왜냐면 저도 직접 보지 않으면 믿지를 못하니까요.”

제25장

베르나데트가 불장난을 한다

보름간의 마사비엘 동굴 참례를 끝내는 목요일이 다가온다. 마지막 대비를 하기 위해 특별히 부지사 뒤보에가 루르드로 오는 등 정부 측 사람들은 극도로 신경을 쓴다. 부올츠의 아기 사건으로 동굴 앞에 모이는 사람의 수도 두 배, 세 배 증가할 것이다. 규모가 큰 지역만 언급해 보자면, 생-페-드-비고르, 오겡, 라렝, 오본느, 바네르-드-비고르, 피에르피트, 네스탈라스, 뤼즈 등의 헌병대는 지역 주민 전체가 수요일 밤부터 주민 전체가 루르드로 이동한다고 발표했다.

현 상황에서는 질서 유지가 가장 중요한 문제가 되었다. 뒤보에 부지사의 주재로 시청에서 수차례 회의가 열렸다. 루르드의 수비대 사령관도 참석했다. 참석자들은 이 불길한 날 유사시에 대비해 군부대를 배치할 것을 결정했다. 마씨 남작이 부대에 내린 지시에 따르면 이날 부대원들은 전투복이 아닌 열병식 복장을 해야 한다. 여인은 프랑스 군대의 열병식을 참관하는 셈이 되었다.

제국 검사 뒤투르는 포(Pau)의 상관 팔코네로부터 공문을 받았다. 법무부 장관 들랑글의 서신과 함께 다수의 신문 기사 스크랩도 첨부했는데, 일부 파리 신문은 다음 발현 때 놀라운 일들이 일어나리라고 예측한다. 고대 로마의 사원에서 이시스의 사제가 속임수를 시도한 이후로 아무도 감히 시도하지 않은 대규모의 속임수가 있을 것이며, 전무후무한 한판 연극이 연출될 것이다. 아무것도 모르는 무지한 산동네 주민들은 어마어마한 기적이라고 믿게 될 것이다. 전기 장치에 섬광 장치와 램프를 연결하여 교묘하게 설치하면, 적어도 베르나데트를 지척에서 따라다니는 어리석은 무리들은 베르나데트의 여인의 모습이 실제로 보이는 것처럼 감쪽같이 속게 될 것이다. 만약에 이런 사기극을 벌이다 들통이 난다면 그야말로 만천하에 루르드 관리들의 무능함을 광고하게 되는 꼴이다. 들랑글 장관은 이런 내용의 신문 기사들을 읽고 걱정되어 기사와 명령문을 급히 보냈다. '기적을 만들어내기 위한 기술 장치가 있다면 늦지 않게 압수할 것'. 덧붙여서, 오래 전부터 계획된 음모가 있다며 자세히 적었다. 얼핏 보면 순진한 양치기 소녀의 감동적인 이야기 같지만, 자세히 들여다보면 기발한 광고라는 것이다. 베르나데트 수비루는 절대 시골의 아이가 아니라 영악한 도시 아이이며, (암스테르담 시보에 따르면) 사회의 최하층 계급 출신이다. 이 계급은 매우 천하고, 도덕적으로 타락했으며 범죄의 온상이다. 경찰서에서 심문을 받았을 때 이미 얼마나 교활하고 타산적이며 욕심이 많은 아이인지 입증되었다. 그녀의 본성을 알면 무엇 때문에 기적의 주인공으로 선택되었는지 알 수 있다. 미리 역할을 연습시키고 포 주변의 수도원에서 가르쳤다. 첫 발현이 있기 정확히 한 달 전 총연습도 했다는 것이다.

마씨 남작은 이 내용과 함께 새로운 명령을 내렸다. 법원과 경찰과 시청의 모든 직원은 마사비엘 동굴을 밤낮으로 엄중히 감시하라. 좋든 싫든 간에 지금부터 각 관청의 최고 대표자는 동굴 부근을 순회하면서 비밀 전기 장치와 램프를 찾아내 군중을 즐겁게 하라.

주변 지역 사람들의 행렬이 자정부터 시작되었다. 얼어붙을 듯 추운 날이다. 먼 곳에서 온 사람들은 벌판에서 장시간 야영을 해야 하므로 나무를 주워 큰 모닥불을 지핀다. 순식간에 가브 강 옆 스플룅켄 산을 둘러싼 넓은 골짜기가 큰 야영지로 변했다. 계속 모닥불의 개수가 늘어나 달도 없는 밤하늘을 환하게 비춘다. 퐁-비유에서 베타람, 샬레 섬의 들판과 리베르, 사이에 숲까지 환한 모닥불로 가득 찼다. 카스텔이나 벵센느의 비탈길에서 보면 골짜기 전체에 불이 붙은 것처럼 보일 것이다. 마사비엘 동굴만이 칠흑처럼 캄캄하다. 주지사의 명령으로 자코메 서장이 밀레 부인의 제대를 치웠을 뿐 아니라 성화와 밤낮으로 타고 있던 초까지 모두 압수했기 때문이다. 속임수에 쓰일 기계가 들어오지 못하도록 교대하며 불침번을 서는 경찰관들의 램프가 때때로 반짝거릴 뿐이다. 루르드의 행상도 몇 명 야영지에 자리를 잡았다. 그들은 소시지, 군밤, 아몬드 과자, 알사탕, 술, 포도주 등을 가져왔는데, 1년에 한 번 서는 큰 장날이나 여름 축제보다 더 상품이 다양하다. 신비스러운 분위기보다는 경건하고 즐거운 느낌이다. 베르나데트가 묘사한 여인의 단순하고 아무런 구속 없이 자유로운 모습 때문일 것이다. 경찰들이 깜박거리는 작은 램프로 마치 반역자를 대하듯 쉴 새 없이 감시했지만, 여인은 이미 오래전에 비고르 지역 주민들에게 친숙한 존재가 되었다. 사람들은 마사비엘의 아름다운 여인의 발현에 대해 이야기하는 것이 아니라 자연적으로 세상에서 가장 권위 있는 존재이며, 만나기 위한 존재가 아니라 친숙하고 잘 아는 존재로서 이야기한다. 작은 소녀 베르나데트 수비루가 오로지 위대한 시인만이 할 수 있었던 일을 해낸 것이다. 자신의 영의 눈으로 본 것을 마치 실제 일어나는 사실처럼 주민들에게 생생하게 전달해 주었다.

오늘, 대참사가 있었던 지난 목요일처럼 사람들은 기적을 갈구하며, 비범한 일이 일어나기를 기대한다. 어떤 이들은 오늘 마침내 여인께서 모든 사람 앞에 모습을 나타내기를 희망한다. 현세대는 크게 환호할 것이고, 다음 세대에게는 불멸의 징표가 남을 것이다. 또 어떤 이들은 마침내 여인의 마지막 날이 왔으므로 더 중요한 다른 것이 없다면 적어도 작별 선물로 들장미를 피워 주실지도 모른다고 생각한다. 무리를 지어 차례차례 가까이 다가온 이 시골 사람들이야말로 기적을 그대로 받아들이고 전달하는 사람들이다. 그들이 합체하여 한 사람으로 변신할 수 있다면 베르나데트처럼 자신의 눈으로 직접 여인을 볼 수 있을 것이다. 이제는 지난 목요일처럼 사람들이 쉽게 실망할 것 같지 않다. 그들의 신앙은 이미 오늘 일어나고 안 일어나고 하는 사실에 좌우되지 않을 것이다. 부올츠의 아기가 이미 충분한 기적이지 않은가. 복음의 시대가 다시 오는 듯하다.

첫 새벽 5시 정각에 자코메는 7,000명에서 8,000명까지 헤아렸다. 6시에는 1만 2,000명, 7시에는 2만 명을 넘어섰다. 넓은 들이 까맣다. 아니 알록달록하다. 피레네 골짜기의 마을 사람들도 내려왔고, 농부와 목동들, 그리고 검은 망토를 입고, 얼굴에 주름이 가득한 고령의 노인들은 떨리는 손에 쇠지팡이를 쥐고 왔다. 고대 로마의 들판의 처녀들과 조상이 같은 조용하고 진지한 프로방스의 어린 소녀들도 왔다. 그들 중 많은 이가 축복의 물을 길어가기 위해 머리에 항아리를 이고 왔다. 얼굴이 둥글고 목이 굵은 비고르의 농부 역시 로마 황제를 닮았다.* 반면에 베아른의 농부는 행동이 재빠르고 생기 넘치는 것이 갈리아인**의 특징을 보인다. 바스크 사람은 갈리아인이나 로마인보다 더 오래된 민족이고 더 이질적인 사람인데 가슴은 불룩하고, 뾰족한 턱을 치켜든 채 한 곳만을 뚫어지게 쳐다본다. 몇 시간 동안이나 같은 자리에 서 있다. 많은 스페인 사람들이 국경을 넘어왔다. 혼자 온 사람도 있고 무리를 지어 온 사람들도 있는데 갈색 망토를 온몸에 칭칭 감고 거만하게 섰다. 여자들은 붉은색, 흰색 코트를 입은 여자들, 바스크 사람들이 쓴 짙은 색 베레모, 베아른의 소녀들이 쓴 하늘색 베레모, 제복 차림의 경찰관들……. 위에서 내려다보면 영락없이 봄철에 꽃이 잔뜩 핀 들판의 모습이다.

경찰서장은 제일 좋은 제복을 입고 가죽 장갑을 꼈다. 경찰관들은 지원군과 함께 장갑을 끼고 열병식 복장을 차려입었다. 퐁-비유에는

---

* 피레네 지역은 스페인과 프랑스의 경계에 있다. 주변에는 안도라인, 카탈루냐인, 바스크인 등 다양한 민족이 살며, 각각 고유한 사투리를 쓴다.

** 지금의 프랑스와 북부 이탈리아에 자리 잡았던 민족. '갈리아'라는 지역 이름에서 이름을 따왔다.

중위가 제42부대 절반의 인원과 함께 대기 중이다. 어떤 면에서는 여인을 대상으로 문명 세상의 교두보를 지켜 내려는 것 같다. 그 밖에 진보주의자와 교육받은 자도 대표자를 보냈다. 뒤랑과 라피트에 이르기까지 카페 프랑세의 손님들은 거의 다 왔다. 집에 머무는 사람은 성직자들뿐이다.

일부는 말이나 마차를 차고 왔다. 마부는 동굴에 더 가까이 다가가려고 말을 가브 강에 들어가게 한다. 마차 몇 대는 사람들이 너무 많이 타서 무너져 버린다. 나무 위에도, 바위 위에도 사람들이 있지만, 암벽 동굴 앞을 뚜렷하게 볼 수 있는 사람은 얼마 되지 않는다. 하지만 그들의 눈을 통해 기적을 볼 마음의 준비가 되어 있다.

베르나데트가 나타나자 천둥 같은 박수 소리가 모여든 사람의 끝에서 끝으로 번진다. 마치 전쟁에서 이기고 당당히 귀환하는 황제를 맞이하는 것 같다. 루르드의 경찰이 당글라의 지휘하에 소녀를 감시하는데 뜻하지 않게 황제를 호위하는 명예 근위대 같은 모습이다. 경찰서장은 수치스럽게도 프랑스 전체를 바보로 만든 이 맹랑한 아이를 거짓 연극의 주 무대인 동굴로 안내하지 않을 수 없다. 하지만 이 아이는 정말로 멍청한 것인지 자신의 유명세를 즐기는 기색이 전혀 없다. 세상이 창조된 이래로 기껏해야 열네 살, 열다섯 살 된 소녀가 이렇게 영광스러운 날을 맞은 적이 있을까? "오, 지극히 복된 소녀여!", "오, 은총을 받은 자여." 사람들이 외치며 무릎을 꿇고, 소녀의 나막신과 손과 낡아빠진 외투를 만져 본다. 그러나 소녀의 눈에는 근심이 가득해 조금만 더 압박하면 당장이라도 울음을 터뜨릴 것만 같은 얼굴이다. 오, 근엄한 여인이시여, 왜 선택받은 아이에게 티끌만큼의 기쁨을 허락하지 않으시나이까?

베르나데트의 가슴에는 근심이 가득해서 다른 감정을 느낄 겨를이 없다. 오늘이 마지막 날일까? 사랑의 은총은 오늘로 끝이 나는 것인가? 그는 빈자리에 섰다. 경찰이 통과시켜 준 열다섯 명가량의 사람들과 함께 있다. 가족과 이웃 부인네들과 도주, 에스트라드, 클라랑스 등이다. 베르나데트가 꿇어앉는다. 여인이 오셨다. 무릎 꿇어! 사람들이 서로 속삭이며 2만 명의 군중이 일제히 무릎을 꿇는다. 경찰들도 주저하며 차례차례 무릎을 꿇는다. 서 있는 사람은 자코메 서장뿐인데, 혼자만 서 있는 이 상황이 굉장히 불편하다. 베르나데트는 인사하고, 웃고, 크게 성호를 긋는다. 자코메도 슬그머니 한쪽 무릎을 꿇는다. 사람들이 이것을 보고 웃는다.

오늘은 사람들이 기다리는 기적적인 일은 아무것도 일어나지 않았다. 여인도 베르나데트와 마찬가지로 구경꾼의 기대를 충족해 주고 즐겁게 해주는 배우 소질은 없는 것 같다. 여인은 파장이 큰 일을 피하신다. 베르나데트는 평소와 같이 풀을 먹고, 샘물로 얼굴을 씻고, 마시고, 묵주 기도를 드리고, 여인과 속삭인다. 30분 뒤에 군중의 기대는 채워지지 않은 채 모든 의식이 끝났다. 그래도 사람들이 시작할 때와 마찬가지로 요란하게 박수를 친다. 베르나데트는 일어선다. 행복감으로 얼굴이 환하다. 어머니, 여동생, 이모, 밀레 부인, 보 부인, 페레, 잔 아바디, 마들렌 이요 등 모두가 달려와서 질문을 쏟아붓는다.

"여인이 무슨 말씀을 하시더냐? 또 오신다더냐? 이것이 마지막이냐? 또 동굴에 와야 하느냐?"

베르나데트는 평소와 마찬가지로 기분 좋게 대답한다.

"예. 또 오신다고 하셨어요. 하지만 이제는 동굴에 안 와도 돼요."

"동굴에 더는 오지 않는다고?"

"예. 여인이 다시 오실 때 저도 동굴에 와야 합니다."

"그럼 언제 오신다더냐?"

"제게 알려 주실 것입니다."

베르나데트는 마치 여인이 어딘가 잠시 여행을 떠나며, 돌아오는 날짜를 편지로 알려 주기로 한 것처럼 말한다.

"그럼 네게는 어떻게 알려 주신다고 하시더냐?" 베르나르드 카스테로가 묻는다.

"그건 저도 모르겠어요, 이모."

베르나데트의 기쁨은 완벽했다. 여인이 자신도 휴가를 가지고, 베르나데트에게도 휴가를 준 것이다. 임무를 완수해 낸 후의 편안한 휴식이다. 지난 보름간의 막중한 임무를 베르나데트의 기력을 많이 소모했다. 쉬면서 힘을 다시 모아 보름의 참례에서 얻은 것을 잘 되새겨보라는 뜻일 것이다. 쉬는 건 참 좋구나. 베르나데트는 생각한다. 여인은 다른 곳에 일이 있으시다. 보름간 이곳에 오시느라 분명 피곤하실 것이다. 연인들도 때로 떨어져 있고 싶어 하지 않는가. 잠시 헤어져 있는 동안 숨을 고르고 다시 사랑할 채비를 갖추는 것이다.

마르카달 광장과 루르드의 좁은 골목 곳곳이 다시 2만 명의 인파로 가득 차 축제 분위기다. 식료품과 음료는 거의 바닥이 났다. 카즈나브는 타르브로 마차를 보내 포도주와 갖가지 상품을 가져와야 한다. 카페 주인 뒤랑은 카페 일을 도와줄 사람을 누구라도 한 명을 빨리 구해야 한다. 여관 앞에는 배고픈 사람, 목마른 사람이 줄지어 늘어섰다. 루르드의 상인들은 진보, 보수를 떠나서 마사비엘 여인이 좋아진다.

베르나데트는 가까운 사람들에 둘러싸여 돌아왔다. 그렇지 않았다면 비고르 농민들이 꽤 성가시게 했을 것이다. 모두가 차례로 베르나데트를 안고 싶어 해서 간신히 빠져나와 토방에 도착했다. 그 후에야 비로소 오늘 있었던 큰 사건이 드러났다. 베르나데트에게는 그다지 중요한 일이 아니다. 니콜로의 어머니가 묻는다.

"여인께서 아직도 이름을 말해 주시지 않더냐?"

베르나데트는 잠시 생각에 잠긴다.

"저는 큰 소리로 묻지도 않았어요. 하지만 제가 궁금해하는 것을 눈치채셨나 봐요. 얼굴이 약간 붉어지시더니 말씀을 해주셨는데 간신히 들었어요."

"그렇구나. 말씀하신 것을 잊어버리지는 않았니?"

"아니요, 외우려고 집에 오는 길에 계속 되풀이하면서 왔거든요. 뭐라고 하셨냐면……."

"뭐라고 하셨는데? 왜 망설이는 거니?"

"이렇게 말씀하셨어요. 'Quà soy l'Immaculada Councepciou'*라고."

---

* 라틴어 'Immaculata Conceptio'를 비고르의 사투리로 말한 것. 원죄 없는 잉태.

"뭐라고? 다시 한번 말해 보거라."

"Quà soy l'Immaculada Councepciou."

"l'Immaculada Councepciou……." 니콜로의 어머니가 눈을 빛내며 밖으로 나간다. 니콜로의 어머니는 다림질 중이던 제르멘 라발에게 이야기하고, 제르멘은 다림질을 팽개치고 친구 조세핀 우루에게 가서 말했다. 조세핀은 양탄자를 털다 말고 보 부인의 하녀 로잘리에게 가서 말했다. 로잘리도 가끔 환영을 본다고 하는데, 지금은 보 부인의 식당에서 잼을 떠먹고 있었다. 로잘리가 보 부인에게 이야기하고, 보 부인이 밀레 부인에게 이야기했다. 밀레 부인은 즉시 포미앙 신부에게 알려야겠다고 생각했고, 포미앙 신부는 즉시 페라말 신부에게 알리는 것이 자기의 의무라고 생각했다.

"내 아버지와 할아버지가 의사이자 자연과학자라네." 페라말 신부가 자신의 쾌적한 집무실에서 왔다 갔다 하며 말한다. 포미앙 신부는 벽난로 불 앞에서 몸을 녹이고 있다. 5시가 지나고 램프 불이 켜졌다.

"천주께 신앙의 은총을 주신 것에 감사해야 하듯이, 나의 조상들께서 물려주신 비판적 사고에 대해 감사드리고 있지. 비판적 사고는 절대 나쁜 것이 아니라는 걸 우리 모두 잘 알고 있지 않나, 포미앙 신부."

"어떤 결론을 내리셨는지요, 신부님?"

"아무 결론을 못 내렸다네. 그 소녀가 곧 이곳에 도착할 텐데 내가 신호를 줄 때까지 가지 말고 잠시 기다려 주겠나."

베르나데트는 아직도 주임 신부가 너무 무섭다. 안내를 받아 페라말 신부의 집무실에 들어와 얼음같이 차가운 손을 떨고 있다. 아래층의 접견실에 비하면 따뜻하고 덜 위협적으로 느껴지는 방이다. 하지만 두 신부를 보고 겁을 먹은 소녀의 심장이 쿵쿵 뛴다.

"얘야, 이리 가까이 오너라." 페라말 신부가 말한다. 베르나데트를 본 순간 알 수 없는 짜증이 치밀었지만, 신부는 친절히 대하려고 애쓴다.

"이리 와서 불 가까이에 앉거라. 먹을 것이나 마실 것을 좀 가져다 줄까?"

"아니요, 감사합니다. 신부님!"

"그러면 편히 앉아라. 너의 교리문답 선생님과 내가 몇 가지 물어볼 게 있는데 사실대로 대답해 줄 수 있겠니?"

"예. 신부님."

페라말 신부는 벽난로 옆에 꼿꼿하게 앉은 베르나데트 옆으로 나무 의자를 바싹 당겨 앉는다. 신부는 의사가 환자를 진찰하는 것처럼 소녀를 가까이에서 찬찬히 본다.

"여인이 오늘 너에게 뭐라고 하더냐?"

"Quà Soy l'Immaculada Councepciou." 소녀는 기억을 되살리려 애쓰며 대답한다. "'나는 원죄 없는 잉태다.' 그 말이 무슨 뜻인지 아느냐?"

"아니요, 모릅니다."

"원죄가 없다는 것은 무슨 뜻인지 알겠느냐?"

"예, 그건 알아요. 순결한 것……."

"그렇지. 그럼 잉태는?"

베르나데트는 고개를 숙인 채 대답이 없다.

"자, 그건 그만하자꾸나." 신부는 화제를 돌린다. "성모 마리아에 대해서 아는 대로 나에게 이야기할 수 있겠느냐? 여기 문답 선생님이 아마 많이 이야기해 주셨을 텐데."

"아, 예." 베르나데트가 머뭇머뭇하며 손가락을 만지작거린다. 그는 자신의 둔한 머리를 신뢰하지 못하는 열등생이다. "성모님은 아기 예수님을 세상에 낳아 주셨습니다. 베들레헴의 마구간의 짚 위에서 낳으셨는데, 왼편에는 소가 있었고, 오른편에는 마구간까지 타고 온 나귀가 있었어요. 그리고 목동들이 왔고, 삼왕도 왔습니다. 그 후에 성모님은 지극히 많은 고난을 받으셔서 가슴에 칼을 일곱 번이나 맞으셨습니다. 왜냐면 아드님이신 구세주께서 십자가에 못 박혀 죽으셨기 때문에……."

"그래. 정확하구나." 주임 신부는 고개를 끄떡인다. "교리문답 선생님이 그 이상은 이야기를 안 해주시더냐? 원죄 없는 잉태가 무엇인지는 아직 못 들었다는 건가?"

이때 포미앙 신부가 입을 열었다.

"신부님, 이것까지는 가르친 일이 없었던 것 같습니다. 기초반의 교재에는 들어가 있지 않습니다."

"그렇다면, 보주 수녀가 이야기해 주었을까?"

"그럴 리 없습니다." 포미앙 신부가 머리를 흔든다.

페라말 신부는 거의 혐오에 가까운 감정을 억누르며 소녀의 눈을 들여다본다. 신부는 오늘 클라랑스 교장이 한 말을 생각한다. 베르나데트와 대화할 때 그의 가장 큰 힘은 무심함이라고 했다. 신부는 허리를 더 낮게 구부린다.

"네가 어디선가 이 표현을 분명히 들었을 것이다. 잘 생각해 보렴. 누가 '원죄 없는 잉태'에 대해 얘기했는지. 아니면 그것을 알 만한 사람이 주변에 없다는 거냐?"

베르나데트는 신부의 명대로 눈을 감고 곰곰이 생각한다.

"비슷한 얘기를 들었을지 모르겠는데 지금은 전혀 모르겠습니다."

페라말 신부는 이제 일어서서 베르나데트의 뒤로 걸어간다.

"그러면 내가 얘기를 해주겠다. 원죄 없는 잉태가 무슨 뜻인지 말이다. 4년 전 12월 8일, 로마에 계시는 비오 교황 성하께서 만천하에 발표하시기를 성모 마리아께서는 천주의 특별하신 은총으로 예수 그리스도의 공로를 미리 입으사 모태에 잉태되신 순간부터 원죄의 모든 얼룩에서 벗어나셨다고 말이다. 무슨 말인지 알아듣겠니?"

베르나데트는 천천히 고개를 흔든다.

"어떻게 하면 알아들을 수 있을까요, 신부님?"

"그래. 네가 어떻게 하면 이해할 수 있을까? 이것은 세상 사람들이 쉽게 이해할 수 있는 것은 아니지. 학자들이 열심히 연구해야 할 일이다. 하지만 아마 너라도 이해할 수 있는 것이 하나 있다. 정말로 성모님께서 말씀하셨다면 스스로를 가리켜 이렇게 말씀하실 수밖에 없을 거다. '나는 원죄 없는 잉태의 열매다.' 그러나 '나는 원죄 없는 잉태다'라고는 할 수 없지. 탄생이라든가 잉태라든가 하는 것은 일어나는 사건을 말하는 것이다. 하지만 인간은 사건이 아니지 않니. 누가 자기를 가리켜 어머니의 출산이라고 하겠느냐?"

베르나데트가 묵묵히 페라말 신부를 본다. 페라말 신부는 쉰 목소리로 꾸짖듯이 말한다.

"네 여인은 큰 실수를 했구나. 그렇지?"

베르나데트가 눈썹을 찌푸린다.

"여인께서는……." 몇 분간 생각 끝에 입을 연다. "아무래도 이곳 사람이 아니시니까요. 때때로 표현하기 어려워하시는 것 같다고 느꼈어요."

이 말에 포미앙 신부는 더 이상 참지 못하고 웃음을 터뜨린다. 페라말 신부가 포미앙 신부에게 눈짓한다. 보좌 신부는 슬그머니 방을 나갔다. 베르나데트는 좀 더 친숙한 포미앙 신부가 가지 않았으면 싶었다. 이제 소녀는 페라말 신부와 단둘이다. 신부가 한숨을 길게 쉰다.

"지금은 굉장히 중요한 시기다. 생각해 봐라. 몇 주 후에 너는 처음으로 성체를 모시게 될 거다. 내게 그 책임이 있다. 네 영혼이 매우 걱정스럽구나. 너를 어떻게 하면 좋을까? 너는 아주 진지한 모습으로 나를 보고, 말을 할 때도 진지하구나. 그런데도 너를 믿지는 못하겠다. 오늘은 더더욱 못 믿겠다. 네가 내게 끔찍한 고통을 주는구나. 베르나데트, 여기가 고해소라고 생각하고, 너의 양심을 인도하는 자로서 네게 부탁하마. 제발 거짓말을 멈추고 자백해라. 네게 원죄 없는 잉태라는 말을 귓속말해 준 사람이 누구인지. 밀레 부인이냐, 보부인이냐, 아니면 세낙 부인이냐. 사람들 앞에서 중요한 사람이 되고 싶었느냐."

“하지만 자백할 게 없습니다.” 베르나데트가 슬프게 말한다. “사실이 아닙니다. 아무도 제게 귓속말한 적이 없어요.”

주임 신부는 소녀의 무심한 눈을 뚫어지게 쳐다본다.

“은퇴한 바르테스의 아데르 신부 말이다. 내 명을 안 따르고 너를 찾아갔다는데 잘 생각해 봐라. 네게 뭔가 알려 주지 않았는지.”

베르나데트가 참을성 있게 대답한다.

“아데르 신부님은 저하고 둘이서만 이야기한 적이 없어요. 그때 아버지, 어머니, 베르나르드 이모, 뤼시유 이모, 사주 아주머니도 같이 있었어요. 그리고 이런 일은 이야기하지 않았어요…….”

페라말 신부는 아무 말 없이 책상에 가서 앉더니 책을 뒤적이기 시작한다. 한참 후에 완전히 음색이 다른, 부드러운 목소리로 말한다.

“너는 네 생활을, 네 장래를 어떻게 생각하느냐?”

“이곳의 다른 아이들과 같은 장래지요.” 베르나데트가 아무런 꾸밈없이 활달하게 말한다.

페라말 신부는 책에서 눈을 떼지 않고 말한다.

“너는 다 큰 아이다. 거의 어른이 되었다고 할 수 있겠지. 모든 처녀가 첫영성체 후에는 그들에게 허락된 즐거움을 누린단다. 춤추러 가기도 하고, 젊은 남자들을 만나고, 즐거운 시간을 보내지. 그리고 하느님의 도움으로 좋은 남편을 만나게 될 것이다. 너는 방앗간 집 딸이니까, 방앗간 일꾼 남편을 얻게 되겠지. 그리고 아기를 낳을 것이다. 너의 어머니를 봐라. 기쁨보다는 걱정이 더 많다. 하지만 삶을 살아야 하는 거지. 하느님께서 정하신 것이다. 너도 춤추러 가고 싶지 않느냐? 너의 어머니같이 되고 싶지 않느냐? 한번 말해 보려무나!"

베르나데트는 얼굴이 붉어졌다. 그리고 쾌활하게 말했다.

"예, 신부님. 다른 사람들처럼 저도 춤추러 가고 싶어요. 그리고 남편도 얻고 싶고요……."

거인은 발소리를 내며 소녀에게 다가와서 두 주먹을 움켜쥐고 소녀의 어깨에 얹는다.

"그러면 잠에서 깨어나라! 그렇잖으면 그런 생활은 끝이다. 베르나데트, 너는 불상난을 하고 있구나!"

제26장

기적의 여파

목요일 이후 베르나데트는 동굴에 가지 않는다. 그러나 루르드의 부인네들은 계속해서 아침저녁으로 동굴에 간다. 자코메가 압수한 제대는 시청 창고에 갖다 두었는데 금요일에 다시 꽃장식과 초와 함께 마사비엘 동굴 앞에 놓여 있었다. 자코메가 다시 압수했지만, 또 동굴 앞에 가 있다. 이 장난이 되풀이되자, 마침내 뒤투르는 제대를 쪼개서 장작으로 만들게 했다. 밀레 부인은 자신의 재산을 시에서 마음대로 처분한 것에 대해 고소를 제기했다. 동시에 돈을 더 많이 들여서 처음의 것보다 더 화려한 제대를 갖다 놓았다. 뒤투르의 견해에 따르면, 라카데 시장은 동굴의 여인과의 싸움에서 물러터진 모습을 보였는데, 검사에게 충고하기를 작은 처벌을 여러 번 하는 것으로 만족하라고 충고했다. 밀레 부인이 끊임없이 분노를 느꼈는데 그 분노가 크든 작든 정치가에게는 가장 효과를 거두기 힘든 싸움이 된다는 것이다.

"싸움을 시작해야 한다면, 결정적인 싸움을 해야 합니다. 우리는 그런 싸움을 할 겁니다. 두고 보세요." 라카데의 말이다.

그래서 비탈-뒤투르는 라카데가 무슨 음모를 꾸미는 것인지 의심한다. 하지만 그 후로 매일 검사는 새로운 이상한 현상에 온통 집중해야만 했다. 마치 루르드의 여인의 발현으로 하늘이 착한 일을 많이 하니, 반대로 지옥에서도 뭔가 보여 주겠다는 의지가 생긴 모양이다. 여기저기서 문제가 발생했다. 비고르 지방에는 갑자기 자칭 예지자, 무아지경에 빠진 자, 정기적으로 발작하는 정신병자, 몽유병자가 들끓었다. 사람들이 이렇게 우후죽순 모방하는 것이 베르나데트의 여인 사건이 성공적으로 끝났기 때문만은 아니다. 예나 지금이나 정신병자는 악마적인 것과 관계가 깊다. 신성한 것에 대한 믿음은 이 세상이 하나의 의미를 가졌다는 것, 다시 말하면 영적 세계가 있다는 것을 근본적으로 믿는 인식인 것이다. 정신착란자는 이 의미를 전혀 이해하지 못하며 창조된 피조물의 상징적 의미도 모른다. 영혼 속에 이런 의미의 흔적이 전혀 남아 있지 않은 사람이라면 (이런 경우는 지극히 드물지만) 이런 사람은 정신착란자라고 이름 붙여 마땅하다. 우주의 신적 의미를 부정했던 시기는 항상 광적인 무리의 피비린내 나는 혈투로 파괴되었다. 그럼에도 그들 스스로는 자신들이 이성적이요, 계몽적이라고 생각한다.

최초의 이런 모방 현상은 베르나데트의 동급생 마들렌 이요에게서 나타났다. 그녀는 팔다리가 길고, 아름다운 소프라노 목소리를 가진 창백한 소녀로 잔 아바디 무리 중 한 명이다. 마들렌은 지극히 음악적이다. 신성은 한 사람을 온전히 에워싸고 우아함을 부여한다. 그러나 악마는 쉬운 방법을 찾아 사람의 재능에 달라붙는다. 그래서 재능있는 사람들은 병적 허영심을 갖게 되는 것이다. 마들렌 이요의 경우는 그녀의 천부의 기관, 즉 청각이 대상이 되었다. 어느 날 오후 그녀가 동굴에 꿇어앉아 묵주 기도를 올리는데, 갑자기 아주 작기는 하지만 분명 천사의 합창 소리에 둘러싸이는 느낌을 받았다. 이렇게 아름답고 섬세한 노랫소리는 결코 제대로 표현할 수 없을 것이다. 소리가 너무 아름다워 숨이 멎을 지경이다. 처음에는 아무런 생각 없이 그저 열광하며 들을 뿐이었으나 정신을 차리고 나자 광적인 교만이 그녀를 감쌌다. 내가 선택받았구나! 서서히, 그러나 거만하게, 그녀는 자신의 목소리를 천상의 음악에 혼합시켰다. 하지만 곧바로 이상한 불협화음이 섞여 든다. 마치 돼지의 꿀꿀거리는 소리, 공작과 까마귀 우는 소리에 나팔 소리가 뒤섞여서 양철판으로 만든 깔때기를 통해 들려오는 것처럼 귀에 거슬린다. 고요하던 음악이 시끄러운 무용곡으로 변하며 아프리카 오지의 음악처럼 규칙적인 타악기의 소음이 더해졌다. 최악인 것은 그녀가 곡조에 맞추어 다리를 떨기 시작한 것이다. 그녀는 소리를 지르며 도망쳐 경찰서로 갔다. 이런 현상은 자코메에게도 검사에게도 나쁘지 않았다. 자코메는 마들렌 이요의 환청에 대한 보고서를 작성하고 나중에 필요한 경우를 대비해 보존했다.

며칠 후에는 오넥스의 한 젊은 청년이 가브 강을 따라 걷다가 에스펠뤼그 산 위를 떠도는 큰 풍선 같은 불덩이를 보았는데 성호를 긋자, 불꽃이 산산조각으로 흩어졌다. 그 역시 경찰서로 달려가 보고했는데 비탈-뒤투르는 자코메가 제출한 보고서에서 불꽃에 관한 내용은 삭제했다. 구상번개* 같은 자연현상일 수 있다는 생각 때문이다. 반면에 여덟 살에서 열한 살까지의 몇몇 아이들이 한적한 정오 무렵 동굴에 성가정이 모여 있는 것을 보았다는 이야기는 삭제하지 않고 두었다. 자코메의 기록에 따르면 그들의 표현이 매우 특이했다. 성모 마리아가 금빛 나는 옷을 입었는데 카드놀이의 여왕 그림 같이 생겼고, 성 요셉은 등에 짐을 지고 손에는 은으로 된 갈퀴를 들었다고 한다. 성가정과 함께 식탁에 손님들도 앉아 있었는데 함께 밀로크를 먹고 있었으며, 성 베드로와 성 바오로도 그곳에 있었다고 한다. "그분들이 왜 거기에 있었냐는 거냐?"라는 질문에 그분들이 맞냐고 대납했다는 것이다.

또 다른 두 가지 사건은 더욱 걱정스럽다. 마사비엘 부근에서 작은 소녀가 엄마와 함께 가브 강을 보다가 너무나 무서운 환영을 보고 경련을 일으키며 주저앉았고 두 시간 동안 말을 하지 못했다. 간신히 말을 시작했을 때 처음 내뱉은 말은 '추하다'였다. '악마'라는 말을 내뱉은 것과 비슷하다.

에스트라드와 자코메가 거주하는 세낙의 건물에는 전형적인 빙의** 현상이 나타났다. 이곳에 한 전형적인 중산층 계급의 가족이 알렉스라는 이름의 열한 살 먹은 아들과 살았는데, 그들은 이 아이를

---

* 번개의 일종으로 흐린 날, 공 모양의 번개가 갑자기 나타나 느린 속도로 떠다니다가 사라지는 현상.

** 동아시아 샤머니즘에서 유래한 것으로, 주로 영혼이 바뀌거나 영혼이 다른 사람의 몸에 들어가는 현상.

매우 자랑스럽게 생각한다. 알렉스는 모범적인 아이로 학교 성적도 일등이며 모든 과목에서 뛰어날 뿐 아니라, 열의와 지식과 세심함, 청결성도 탁월하다. 그는 동급생들의 태도나 언어를 천박하게 여겨 그들을 피한다. 옷차림이나 행동거지가 엄숙한 것을 좋아하고, 장차 판사가 되겠다고 말한다. 이런 아이가 뚜렷한 이유도 없이 때때로 광포해져서 어머니를 공격하고 주머니칼로 상처를 입히는가 하면, 부엌에 숨어서 자신에게 애원하는 가족들에게 차마 듣기 힘든 욕설을 쉴 새 없이 내뱉는데 'Merde'*라는 말은 얌전하게 들릴 정도다. 알렉스의 부모는 그가 이런 욕을 어디에서든 절대로 들어 본 적이 없다고 말한다. 사람들은 마침내 소년을 잡아서 침대에 묶었다. 소년은 입에서 거품을 내뿜고, 눈은 증오와 광기로 흉포하게 빛나서 겁이 없는 사람들마저도 그 광경을 쳐다볼 수 없었다. 의사 페뤼스가 알렉스를 타르브의 정신병원에 입원하도록 지시하려는 참에 알렉스의 어머니가 마침 루르드에서 머물던 벨뤼즈 신부에게 달려갔다. 신부는 아이에게 구마 의식을 거행했고, 다행히 성공했다. 며칠이 지나자 알렉스는 원래의 모습으로 돌아가 학교에도 다시 나가기 시작했다. 부모가 매우 기뻐했음을 말할 필요가 없다.

그러는 동안에 베르나데트를 모방하는 자도 많았다. 자코메는 불만스러워서, 그리고 에스트라드는 흥미를 느껴서 그중 몇 사건은 직접 눈으로 목격했다. 흉내 내는 사람들의 인사, 웃음, 고갯짓, 팔놀림

* 프랑스 욕설. 심한 욕이지만 대중적이고 흔하게 쓰임.

등 외양을 면밀히 관찰했는데 마치 그들은 옳은 것과 틀린 것 사이의 간격이 얼마나 큰지 보여 주기 위해 존재하는 것 같았다. 그들이 여인을 보는 것처럼 행동할 때 주위 사람들에게는 암벽 구멍이 평소보다 더 비어 보였다. 하지만 그중 눈에 띄는 경우가 하나 있었다. 어느 날 아침 7시가 되기 전 베르나데트가 동굴에 간다는 소문이 빠르게 번졌다. 금세 많은 사람이 동굴을 향해 길을 나섰고, 실제로 동굴 앞에 촛불을 켜고 무릎을 꿇은 베르나데트의 모습을 발견했다. 깊이 눌러쓴 흰 두건이 얼굴에 그림자를 드리웠고, 긴 치마와 나막신 차림이다. 모여든 사람들을 등 뒤에 두고 소녀는 샘 앞에서 일어나 물을 마시고 풀을 먹고 양옆으로 고개 숙여 절한다. 중간중간 깊이 한숨을 쉬며 '보속! 보속!' 하며 중얼거린다. 베르나데트와 너무나 흡사해서 그곳에 모인 열댓 명의 사람 중 아무도 눈치채지 못했다. 단지 이전에 이미 본 것이어서인지 이상하게도 아무런 감동을 느낄 수 없었다. 10분가량이 지나자 소녀가 일어서서 두건을 뒤로 젖히고 곰보 자국이 있는 검게 그을린 얼굴을 드러내고 만족한 듯 찡그리며 웃었다. 소녀는 치맛단을 올려 잡고 어안이 벙벙해진 사람들 앞에서 춤을 추기 시작했다. 그러고는 사람들이 붙잡을 새도 없이 산양처럼 날쌔게 바위산을 올라가 사라져 버렸다. 어떤 사람은 라크랑프 부인이 도벽 때문에 최근 해고한 스페인 출신 시녀라고 하고, 또 어떤 사람은 며칠 전 루르드 지역에서 쫓겨난 집시 무리 중 한 명이라고도 했다. 소녀에 대해 정확하게 아는 사람은 없었다. 아무도 이 미지의 소녀를 자세히 아는 사람은 없다. 자코메는 주지사에게 '심각한 종교적 혼란'

에 대해 보고했다. 그러나 야셍트 드 라피트는 이 사건을 매우 흥미로워했다.

"성녀를 흉내 내는 집시 소녀에 대한 발레 구절을 지을 수도 있지요. 자코모 마이어베어*가 그것으로 '악마 로베르'** 같은 음악으로 만들 수 있을 테고요." 그는 말한다.

프랑수아 수비루의 몰락도 동굴의 여인이 모습을 보이지 않은 이래로 점점 늘어가는 혼란 상태와 관련이 있는 듯하다. 수비루는 2주도 넘게 바부의 주점에 가지 않았다. 그동안 그곳은 조롱을 일삼는 자들의 모임 장소이자 신의 존재를 부정하고 모독하는 자들의 은신처이며, 무신론자들의 설전장(舌戰場)이 되었다. 카페 프랑세에 비하자면 한층 격이 떨어지는 장소다. 수비루가 기적을 맹신하는 투사처럼 행동하진 않지만, 베르나데트의 아버지로서 초자연 현상에 관심이 많다. 그는 한편으로는 신중함과 또 한편으로는 자존심으로 담배 냄새와 브랜디 냄새가 뒤섞인 설전이 오고 가는 장소에 가고 싶지 않았다. 그곳에서 잘못 휘말리면 이성이든 딸에 대한 사랑이든 결국은 진창으로 끌려 들어가게 되기 때문이다. 더 중요한 이유는 수비루

---

* 독일의 오페라 작곡가로 프랑스 오페라에서 위대한 존재였으며, 그의 곡들이 19세기에 가장 많이 상영된 오페라였다고 알려졌다.

** 5막으로 구성된 자코모 메이에르비르의 오페라. 첫 공연부터 큰 성공을 거두어 파리 오페라단이 창설되는 데 영향을 끼쳤다. 로베르의 어머니 베르타는 노르망디 공작의 외동딸로 여러 사람의 구혼자를 거절하고 한 남자와 결혼했는데 바로 악마였다. 그녀가 낳은 아들이 로베르였는데 아버지를 닮아 이중적 성격을 가졌으며 마을에서 추방되고 방랑의 길을 떠난다.

가 술을 자제하겠다는 굳은 결심을 했다는 것이다. 벌써 며칠째 수비루는 굳은 의지력으로 자신의 맹세를 지키고 있다. 만약 누군가 수비루를 쓸모없는 주정뱅이라고 여긴다면 매우 부당한 일이다. 그는 품위를 매우 중요시해서 추문이 될 만한 행동을 스스로 삼가했다. 주변 사람 중 누구도 수비루가 곤드레만드레 된 모습은 한 번도 보지 못했을 것이다. 두세 잔의 브랜디는 잠에서 깰 때마다 불행을 느끼는 수비루가 하루를 버텨 나갈 힘을 얻기 위해 꼭 필요한 것이다. 그런데 베르나데트가 영광스러운 역사의 주체가 된 후로 불행의 크기가 줄기는커녕 오히려 커졌다.

수비루는 경박하며 쉽게 비관에 빠지는 사람이다. 한 달 전부터 토방에 쏟아진 명성이 그를 불안과 걱정으로 채웠을 뿐 아니라 딸에 대해 일종의 질투를 느끼게 했다. 가슴속 깊이 은밀하게, 초라한 수비루의 이름으로 딸이 얻은 영광을 원망하는 것이다. 솔직히 말하자면, 영광의 결과는 매우 마음에 들지만 모순되는 여러 감정을 느껴야 했다. 수비루는 말로는 자신이 '서민'이라고 하면서도 분노 섞인 자부심을 가진 완고한 사람이다. 그는 여자들은 이런 면에서는 다르며, 다른 사람들의 품위 없는 입방아에 오르내리는 것을 즐긴다고도 생각한다.

그가 내면의 균형을 유지하려면 이전보다 하루 석 잔은 더 마셔야 할 것이다. 그런데 맹세를 지키기 위해 한 잔도 마시지 않고 있다. 자기 자신과 싸우는 전쟁이다. 맹세의 목적은 모든 상황의 끝을 잘 마무리하는 것, 즉 더는 연결되는 것 없이 완전히 종결하기 위한 것이다. 또 한편으로 수비루는 기직을 행하는 아이의 아버지가 어떻게 행동해야 하는지를 알기 때문에 미사에도 빠지지 않는다. 오, 이런! 미사에 갈 때마다 여러 가게를 지나고 바부의 주점도 지나가는데, 그때마다 마음속에서 큰 갈등이 생긴다.

금주를 시작한 후 두 번째 맞는 일요일, 그는 미사를 보고 귀가하기 위해 프티-포세 거리에 접어들었는데, 바부의 주점 앞에서 비번인 칼레 경관, 당글라, 벨아슈와 마주쳤다. 그들 역시 동굴의 여인이 부여한 휴식을 즐기는 것이다. 그들은 수비루를 보자 입 밖에 내지는 않았어도 모두 같은 생각을 했다. 그들은 하급 직원이지만 교육 종교부의 룰랑 장관이나 마씨 남작, 뒤투르 검사, 자코메 서장 못지않게 깊숙이 관여된 사람들이다. 그들은 베르나데트의 아버지의 도덕적 약점을 드러내게 하는 게 자신들에게 절대 불리하지 않다는 것을 잘 안다.

"이게 누군가. 위대한 딸을 둔 양반! 왜 그리 오만한가!" 당글라가 말을 건다. "사복 입은 주교 같은 느낌이구만."

수비루는 실제로 카즈나브가 준 검은색 정장을 차려입었다. 그들과 말을 섞는 게 내키지 않아 공손하게 인사만 하고 지나가려는데 당글라가 단단히 붙잡는다.

"이거 봐, 수비루! 우리를 원망하는 건 아니지?"

프랑수아는 걸음을 멈추고 침울하게 앞을 본다.

"영국 사람 일은 누구든 당신들의 잘못이라고 할 거요."

"여보게들." 당글라가 다시 끼어든다. "곧 비가 쏟아질 것 같은데,

차라리 바부 집에 들어가서 얘기 나누면 좋겠군."

"나는 이만 집으로 갈 테요." 수비루가 말하자 당글라가 친근하게 그의 어깨를 감싼다.

"집에? 주일날 10시 반에 집에서 무얼 하려고? 경찰이 한잔 살 텐데 그냥 가면 안 되지!"

"오늘은 평소와 다른 것을 내주시오. 특별하고 좋은 것으로. 창고 깊숙이 숨겨 놓은 게 있을 것 아니오. 월급이 나오면 지불할 테니. 친구에게 후하게 대접할 셈이란 말이지."

바부는 신이 나서 뺨을 불룩하게 부풀리더니 손가락 끝에 입을 맞춘다.

"저장실에 아주 좋은 술 세 병을 잘 모셔 두었지요."

오래전부터 애주가들의 논리는 같다. 첫 잔이 둘째 잔보다 거절하기 쉽고, 둘째 잔이 셋째 잔보다 거절하기 쉬운 것이다. 첫 잔을 마실 때 수비루는 생각했다. 경찰의 심기를 거스를 수는 없지. 둘째 잔을 마실 때는 아무 생각 없이 그저 술 자체의 타는 듯한 맛을 즐겼다. 셋째 잔을 마실 때는 술을 계속 마시되 입을 닫겠다고 마음먹었다. 말을 적게 하면 불행한 일을 만들지는 않겠지. 마치 큰 놀음판이 열리기라도 한 듯 그들이 앉은 테이블 주변으로 할 일 없는 구경꾼들이 밀려든다. 당글라는 수비루를 침이 마르도록 칭찬한다.

"자네는 정말 처신을 잘하더군. 자네 이름이 온 신문에 다 실렸는데도 토방에 계속 살고 있지 않은가. 내가 간섭할 필요가 없긴 하지만. 하지만 자네는 원한다면 얼마든지 돈을 만들 수 있지 않나. 열성적으로 따라다니는 부자들이 돈을 마구 뿌려줄 테니 말이야. 아무도 자네를 원망하지도 않을 테고. 우리 경찰들이야 자네가 돈을 받지도 않았고, 이전과 똑같이 가난하다는 것을 잘 알지. 존경스럽네, 수비루."

"각자 할 수 있는 걸 할 뿐이지요." 수비루가 짧게 대답한다.

벨아슈는 장군, 장관, 주지사처럼 권력을 가진 사람들은 부패하기 마련이라고 생각한다. 그가 이빨 사이로 휘파람을 분다.

"높으신 양반들은 자네랑 달라. 그들에게는 아무것도 던져 줄 필요가 없지. 알아서 잘 챙기니까."

"그분들이 어떤지는 저도 모르지요." 수비루가 조심스레 말한다.

주변의 구경꾼 중 누군가 소리친다.

"하느님께서 작은 물방앗간이 자네에게 적당하다는 걸 아실 테지, 수비루! 라파카에 물방앗간 두 군데가 비어 있는데 올겨울이 지나면 물이 부족하지는 않을 걸세. 방앗간을 하나 시작해야지! 아무도 자네에게 뭐라고 안 할 거야. 방앗간이야말로 사람들에게 꼭 필요한 것이 아닌가!"

"나도 사실 방아꾼으로서 실력이 부족하지는 않지." 수비루가 말을 아낀다. 방앗간은 그에게는 여전히 마음 아픈 주제다.

이들의 신중한 대화가 오가는 중에 첫 술병이 동났다. 경찰관들은 다시 수비루에게 단숨에 들이키라고 부추긴다. 오랜만에 맛보는 황홀한 만족감에 수비루는 그만 멍해진다. 두 번째 술병도 거의 바닥이 드러날 무렵 당글라의 어떤 의도가 담긴 눈이 수비루의 눈을 똑바로 쳐다본다.

"자네는 참 커다란 수수께끼야, 친구. 자네에게는 은총을 받은 딸이 있지 않나. 지난번에는 최소 2만 명이 동굴 앞에 모였었지. 그런데 거기서 자네를 보는 일은 매우 드물었단 말이지. 그걸 어떻게 생각해야 할지 모르겠단 말일세. 자네는 그걸 어떻게 생각하는가?"

"저는 아무것도 모르는 사람입지요. 제가 무슨 생각을 하든 다른 사람에게 뭐가 달라지겠습니까?"

"뱀장어처럼 요리조리 빠져나가려 하지 말게, 수비루! 믿는 건가, 안 믿는 건가?"

술기운이 빠르게 퍼지며 수비루는 무거워진 혀를 더는 억제할 수 없다.

"나리들은 스스로 아주 영리하다고 생각하시나 봅니다." 그가 빈정거린다. "기차를 타시고, 다른 나라로 전보도 보내시니까 성모님이 우리에게 이제 안 오신다고 생각하시지요? 하지만 우리에게 오신다오. 우리의 믿는 영혼을 통해 오시지요. 기차가 마음에 들면 기차를 타고 오실 수도 있어요."

"시원하게 말 잘했다." 구경꾼들이 소리친다. "맞다! 성모 마리아가 기차를 타지 말라는 법은 없지. 페라말 신부가 타르브의 주교에게 알려야겠구만!"

수비루 가까이 있던 덩치 작은 칼레가 주먹으로 책상을 두드린다.

"기차 말고, 열기구 어떤가? 열기구를 타고 와야지. 기구를 타고 성가정이 다 함께 오는 거지."

이런 유치하기 짝이 없는 신성모독이 그곳에 모인 소시민들을 즐겁게 했다. 그렇다고 그들에게 신앙이 없는 것은 아니다. 사람들은 때때로 하늘을 이렇게 취급하며 '세속적인' 신앙인의 면모를 드러낸다. 사람들이 가득 들어찬 방이 웃음소리로 뒤흔들린다. 당글라가 수비루에게 꿍꿍이가 있는 질문을 던진다.

"성가정이 되니 기분이 어떻던가, 수비루?"

"예? 뭐, 뭐가 어, 어떻다니요? 무, 무슨 말씀입니까?" 술에 취한 수비루가 더듬거린다.

"자네도 이제 성가정의 한 사람 아닌가?"

"제, 제가 왜 성가정입니까?"

"음, 그게……. 조심하게. 성가정이란 말이지. 자네도 알지 않나. 성모 마리아와 그 아들과 용감한 성 요셉과……."

"성 요셉은," 누가 고함을 지른다. "영국 여왕의 부군인 알버트 공 같지 않습니까? 빅토리아 여왕의 남편 말입니다."

"외국의 원수에 대해서는 말을 조심하자고!" 칼레가 소리친다. "그렇지 않으면 우리가 나서게 될지도 모르네."

"알버트 공은 성 요셉이 할 수 없는 일을 많이 할 수 있다오." 무리 중 누군가가 말한다. 하지만 당글라는 자랑거리인 턱수염을 쓰다듬으며 참을성 있게 수비루를 계속 함정으로 유인한다. 그의 눈이 음산하게 빛난다.

"성모 마리아가 자네의 딸 베르나데트를 보러 오신다는 건 자네와도 친척 관계이기 때문이지. 당연하지. 그렇지 않나? 베르나데트와 가족

관계인 것 같다고 느끼지 않는가? 그걸 아니라고 할 수 있겠나?"

"그건 부인할 수 없지." 칼레가 되풀이한다. 그리고 엄한 목소리로 수비루를 꾸짖는다.

"인정하게! 자네가 성가정의 가족이라고!"

바로 이때 수비루는 술기운을 비극으로 만들어 버리는 결정적인 술잔을 비웠다. 그리고 천천히 일어서더니 혀 짧은 목소리로 더듬거리며 무기력한 목소리로 말한다.

"제가 성가정의 가족이라는 것을 고백합니다."

바부 주점이 박수갈채로 온통 떠들썩해진다. 칼레가 소리친다.

"성가족이면 이제 조용히 살아야겠군. 안 그런가?"

"조용히 해주시오!" 당글라가 고함을 치고 사람들이 조용해지기를 기다린다. 그러고는 붉은 얼굴을 수비루의 창백한 얼굴에 바짝 붙인다.

"이제 편하게 말해 줄 수 있겠나? 성가족이 되니 느낌이 어떤가?"

수비루는 초점 잃은 눈으로 주변을 둘러본다. 이마에서 굵은 땀방울이 흐른다. 그는 술을 이기지 못한다. 그동안 오래 금주한 데다 너무 빨리 마셨다. 입이 마비된 것 같은 느낌이다.

"서……, 성가족이 되면," 말을 더듬는다. "서, 성가족이 되면, 부, 불행이지요."

말을 마치고 풀썩 주저앉아 머리를 팔에 처박는다. 아무도 더는 웃지 않는다. 칼레를 비롯한 경찰관들은 모두 밖으로 나가, 맑은 정신을 되찾고 다시 거리에 나설 상태가 될 때까지 찬물에 머리를 담갔다. 30분 후 그들은 프랑수아 수비루를 집으로 데려갔다.

경찰관이 축 늘어진 수비루를 집으로 데려가는 광경을 본 사람들은 검사가 또다시 베르나데트의 아버지를 체포하게 했다는 소문이 돌았다. 당글라, 벨아슈, 칼레는 자신들이 한 일에 부끄러움을 느끼고, '음주소란죄'를 보고하지 않기로 했다. 그럼으로써 상관들을 만족시키고, 《르 라브당》에서 이런 제목의 멋들어진 기사를 볼 기회를 놓쳤다. '주정뱅이의 딸.'

제27장

'불이 너와 장난을 치는구나, 베르나데트'

여인이 마사비엘에 오지 않은 지 20일이 지났다. 그동안 어지럽고 혼란스러운 일들이 눈에 띄게 늘어났는데, 특히 동굴에 자주 가는 루르드의 아이들과 관계된 것이다. 이 아이들이 도대체 무슨 생각을 한 것인지는 알 수 없다. 어느 날 오후, 아홉 살에서 열두 살까지 아이들 한 무리가 줄지어 마사비엘 동굴에 가서 묵주 축복과 치유 기적을 흉내 내는 불경을 저질러, 기도하던 농민 아낙네들이 깜짝 놀라 자리를 떠나는 일이 생겼다. 페라말 신부는 격노했다. 그는 카페 프랑세에 출입하는 사람들 중 누군가 이런 일을 꾸민 것이며, 아마도 당국과도 협의했을 것이라고 거의 확신했다. 그러나 특정인을 지목할 수 없었으므로, 다음 날 학교로 가서 무리의 리더 격인 두 아이를 찾아 직접 벌을 주었다. 일요일 미사에서는 베르나데트를 거명하지는 않았지만 비열한 풍자만화가들에 맞서 베르나데트를 옹호했다. 신자들은 귀를 쫑긋 세우고 강론을 들었다. 교회가 베르나데트에 대해 태도를 바꾼 건가? 그렇지 않다. 페라말 신부는 여전히 베르나데트가 진지하다고 여기지 않았고 올바른 생각을 가지고 있다고도 믿지 않았다.

그러는 동안 비탈-뒤투르와 자코메는 기적을 흉내 낸 아이들을 최대한 이용했다. 매일 장문의 경찰보고서가 마씨 남작과 포의 검찰총장에게 전달되었다. 보고서에는 이번 학생들의 '장난'과 그동안 있었던 크고 작은 베르나데트 모방 사건뿐 아니라 모범생이었던 알렉스에게 갑자기 나타난 정신병과 벨뤼즈 신부가 이를 즉각적으로 치료한 것과 같은 불가사의한 일들도 기록되었으며, 동굴과 관련해 사람들이 기절했다던가 정신적 혼란을 겪었다거나 하는 사례들도 모두 빠짐없이 포함되었다. 단지 샘물을 사용해 갑자기 질병이 치유되었다거나 증상이 호전되었다고 믿는 사람들의 주장은 기록되지 않았다. 그들이 치유되었다는 주장은 대부분 확실한 근거가 없이 혼란스러운 진술뿐이기 때문에, 그것을 보고하지 않았다고 해서 경찰을 비난할 수는 없는 일이다.

룰랑 장관은 루르드의 보고가 썩 만족스러웠다. 그는 철저한 정부의 편으로 언론에 그럴싸한 기삿거리를 제공한다. 그의 목적은 사람들이 마사비엘의 발현에 대해 갖는 종교적, 정치적 관심을 퇴색하게 만들어 신문의 한 귀퉁이, 귀신 나오는 집이나 바다뱀, 미라의 저주처럼 잡다한 초자연 현상으로 밀려나게 만드는 것이다. 그의 협정서에는 새로운 메모가 포함되었다. 첫째는 베르나데트가 사기꾼이라는 것이고, 둘째는 조발성 치매 환자라는 것이며, 셋째는 그녀가 동굴의 여인을 본다고 말하는 것이 거짓은 아니라는 점이다. 세상에는 아주 오래전부터 이런 종류의 신경증 환자가 있었고, 이들은 항상 불가사의한 환영을 보곤 했다는 것이다. 항상 어디에서든 '신비스러운 현상'

은 일어났으며, 성가시지만 아무 의미가 없는 것이다. 그것은 유령일 뿐, 종교의 영역이 아니라 아직 깨어나지 못한 이성의 이전 단계이며, 꼬마 악마나 요정의 영역인 것이다. 교회는 이 어두운 영역에 대해서는 단호하게 반대한다. 그러므로 '동굴의 여인'은, 서투른 여인네들이 지나치게 생생하게 묘사해 아기들을 겁먹게 하는 귀신이나 도깨비와 다를 바 없다는 것이 정부 산하 온건 언론의 입장이다. 이들은 루이-나폴레옹 황제가 직접 구축한 정부와 교회 간의 관계를 절대로 훼손하고 싶지 않기 때문이다. 하지만 급진 좌파인 자코뱅당을 지지하는 언론은 이런 시각에 반대한다. 그들은 19세기에 이런 어두운 영역 따위가 있을 리 만무하다며 부정한다. 어두운 영역은 계몽주의에 반하는 것으로, 만약 현재의 개화된 프랑스에서 감히 사악한 영혼이 모습을 드러낸다면, 이를 완전히 뿌리 뽑아야 한다는 입장이다. 그리하여 보수적인 가톨릭계 언론마저도 이 싸움에 끼어들게 되었는데, 특히 영향력이 매우 큰 《위니베르(Univers)》*도 예외가 아니었다. 《위니베르》의 편집장인 루이 뵈이요는 루르드에 직접 가서 (루르드에 직접 간 사람은 룰랑 장관 외는 없다) 베르나데트에 관한 기사를 연재해서 마사비엘 동굴의 여인을 반동 부르주아들이 가득한 사교장에 출입시키려는 것이다. 그렇게 함으로써 애초에 사람들의 관심이 멀어지게 하려던 계획이 오히려 새로운 논란을 불러일으켜 프랑스 국민의 의식과 무의식에 '기적'이라는 것을 각인시켰다.

---

* 세상, 우주.

룰랑은 동료인 재무장관 풀드의 집으로 갔다. 그는 황제와 정부의 중간 역할을 한다. 전문 역사가인 룰랑이 말한다.

"나폴레옹 황제가 모든 권력을 가지고 있으니 그가 무슨 말을 해주어야 하지 않겠소."

이틀 후에 재무장관 풀드가 룰랑의 집을 방문했다.

"룰랑 장관도 아시지요? 황제가 미신을 얼마나 믿는지 말이요."

"폐하께서 동굴의 여인을 믿으신단 말씀이요?" 룰랑이 깜짝 놀라 물었다.

"그럴 리는 없죠. 황제가 믿는 여인들은 동굴의 여인만큼 비밀스럽지는 않으니까요. 동굴의 여인을 믿는 건 아니지만, 그 여인이 매우 성가신 존재일 수 있다고 생각하십니다. 그게 바로 미신이라는 것이죠."

"그래서 황제의 뜻은 무엇입니까?"

"시작한 사람들이 스스로 매듭을 지으라고 하시더군요."

"그렇다면," 룰랑이 조심스럽게 말한다. "우리가 동굴을 폐쇄해도 괜찮다는 뜻인가요?"

"나라면 한 번 더 생각하고 신중하게 접근할 겁니다." 풀드가 웃으며 말했다.

"황제는 지금 성직자들과 잘 지내겠다는 의지가 아주 크지요. 보나파르트 전 황제처럼 이탈리아의 구원자가 되고 싶어 하는 건 장관님도 잘 아실 테지요. 황제는 카부르*로부터 동맹을 제안하는 편지를 계

* 카밀로 벤소 카부르(1810~1861). 이탈리아의 정치가. 1859년 프랑스군의 원조를 얻어 오스트리

속해서 받았요. 만일 전쟁이 난다면 교회가 강력한 권력을 갖는 국가들은 아주 골칫거리가 될 것입니다. 친애하는 룰랑 장관님, 동굴 폐쇄를 원하신다면 먼저 타르브의 주교에게 가서 동의를 얻으시지요. 로랑스 주교는 굉장히 주관이 뚜렷한 분 같으니까요."

이 대화의 결과로 주지사 마씨 남작은 전혀 내키지 않지만, 타르브에 거주하는 주교를 다시 한번 방문하러 갔다. 시간을 확인하고 정확하게 도착했는데, 이번에도 15분 이상 기다려야 했다. 그래서 담화가 시작되었을 때 냉정한 태도를 유지하지 못했다.

"주교 각하, 빌어진 사태를 보셨으니 그동안의 현명하신 신중한 태도를 벗어나 저희가 가야 할 방향을 알려 주셨으면 합니다. 경찰이 제출한 보고서를 보면 머리카락이 곤두설 지경입니다. 거리의 아이들이 물을 축복하고, 묵주를 축복하고, 성모 마리아를 흉내 내다니요. 이대로 가다가는 루르드의 사태 때문에 프랑스 전체가 신교나 무교로 바뀌게 될 것입니다."

남작은 화가 나서 목소리를 높였다. 베르트랑-세베르 로랑스 주교는 조용하다.

"저도 그 사건을 들어 잘 알고 있습니다." 잠시 침묵한 후에 주교가 고개를 끄덕인다. "유감스러운 일입니다만 그것을 확대해석하지는 맙시다. 학생들 몇 명이 나쁜 장난을 친 것은 확실합니다. 하지만 보

아군을 무찌르고 이탈리아 중부와 북부를 점령. 1861년에 가리발디를 원조, 비토리오 에마누엘레 2세를 즉위시켜 이탈리아 왕국의 건설을 완성시켰다. 주세페 마치니와 함께 이탈리아 통일의 3걸이라고 불린다.

고에 의하면 즉석에서 엄중하게 벌을 받았다고 하더군요. 주지사님. 당신의 유능한 부하직원들이 이 문제에 관해 지나치게 열성적인 건 아닌지 우려가 됩니다."

주지사는 자주 있는 일은 아니지만, 자제력을 잃고 무례하게 말했다.

"제 직원들은 말입니다, 주교님." 그가 공격적으로 말한다. "사회의 질서를 되찾기 위해 노력할 뿐입니다. 반면에 주교님 휘하의 성직자들은 어떤가요? 모래에다 머리를 파묻고 모르는 척 숨기에 급급하군요."

주지사의 말투에 숨은 비아냥거림을 알아챘는지 주교의 입꼬리가 뒤틀렸다.

"성직자는 맡은 소임에 따라 행동할 뿐입니다. 사람들의 관심이 집중된 이번 사태에서 이렇게 행동하는 것이 결코 쉬운 일은 아니라는 것을 아셔야 합니다."

"성직자의 침묵은 질서와 평화에 위협이 됩니다. 루르드의 발현이 신학적 의미대로 초자연적 사건이라면 교회에서 인정해 주어야 하고, 그렇지 않다면 교회에서 반대의 입장을 내주어야 합니다. 어느 쪽이든 주교님께서 결정해 주셔야죠!"

주교는 우월한 자의 미소를 지었다.

"남작님이 말하는 '옳다' 또는 '그르다'의 문제에 대해서는 답변을 할 수 없습니다. 그리고 보아하니 남작님은 주교의 역할에 대해 오해가 조금 있으신 듯하군요. 초자연 현상이 진실한 것인지 거짓된 것인지 어찌 그리 쉽게 판단할 수 있단 말입니까? 남작님이 말씀하시는 진실과 거짓 사이에는 수많은 억측이 존재합니다. 그러니 최대한 세심하고 성실한 연구와 많은 시간이 필요하며, 특히 성령의 도우심이 있어야만 진리에 도달할 수 있을 것입니다."

"달리 말하자면, 이 사건은 끝이 없다는 말씀이신가요, 주교님?"

주교는 여윈 손을 보석으로 장식된 가슴의 십자가에 얹는다.

"주지사님은 경찰보고서에서 읽은 한탄스러운 무질서만 보시나 봅니다. 저는 다른 반가운 소식도 듣고 있습니다. 루르드와 다른 교구 전체에서 기뻐할 만한 일이 일어났어요. 적들이 화해의 손을 내밀고 사람들이 어느 때보다도 더 열성적으로 기도를 올립니다."

마씨 남작은 신경질적으로 검정 가죽 장갑을 손가락에 낀다.

"축복받지 않은 불법 장소에서 기도를 드리고 있지요!"

"기도는 어디서 하든 좋은 것입니다."

남작은 이제 숨겨진 카드를 꺼낼 순간이 왔다고 생각했다. 그는 조심조심 지갑에서 신문 조각을 꺼냈다.

"주교님, 가장 영향력 있는 신문의 견해를 보여 드릴까요? 《제국시대》가 이렇게 썼습니다. 즉 '미사 장소를 축성할 경우에는 강경증을 앓는 아이의 의사보다는 좀 더 합리적인 이유가 있어야 하며, 화장실로 사용하는 늪지대보다는 더 훌륭한 장소를 찾아야 할 것이다."

주교 베르트랑-세베르 로랑스는 이 인용문을 의도적으로 무시한다.

주교는 잠시 침묵한 후 작별 인사를 하며 말한다. "주지사님께서는 행정적인 면만 생각하셔야지요……. 저야 행정적인 면만 생각하지 않아도 되는 입장입니다만. 그래서 유감스럽게도 주지사님이 원하는 대답을 드릴 수 없군요."

베르나데트 수비루는 높은 사람들이 이렇게 은밀히 모여 자신에 대해 의논한다는 사실을 꿈에도 모른다. 안다고 해도 관심이 없을 것이다. 동굴의 여인에 대한 그녀의 사랑과 아무 상관이 없기 때문이다. 베르나데트는 여인이 동굴에 오지 않는 이 휴가 동안 자신과 가족들 사이에 벌어진 틈을 메우려고 열심이다. 온종일 토방에서 어린 동생들을 돌보고 전보다 더 열심히 어머니를 돕는다. 다만 학교는 이전보다도 더 자주 빠진다. 3월의 마지막 목요일 전날 밤, 베르나데트는 여인이 돌아오신다는 것을 알았다. 어떻게, 왜인지는 알 수 없다. 그녀는 행복과 초조함으로 들떠서 어머니, 큰이모 베르나르드와 막내 이모 뤼시유에게 그 사실을 알렸고 그날 밤은 전혀 잠을 이루지 못했다.

여인이 예고한 3월의 마지막 목요일 아침, 의사 도주가 11시 정각에 사제관에 나타났다. 주임 신부와 공의가 만나는 일은 매우 드문데다 항상 공적인 일로만 만날 뿐이다. 비록 만나는 기회가 드물긴 하지만 두 사람은 서로 동정하는 처지다. 왜냐면 둘 다 불행한 사람들과 괴로운 사람들을 도와주면서도 높은 사람들의 인정을 받지 못하기 때문이다.

주임 신부는 놀라면서도 매우 친절하게 의사를 맞이했다. 그는 손님을 위해 부르고뉴 포도주를 한 병 내왔다.

"이렇게 이야기를 나눌 기회는 별로 없지 않습니까, 도주 선생."

"사실 제가 오늘 이렇게 신부님을 뵙고자 한 이유는 이야기를 나누거나 술을 마시기 위한 것은 아닙니다." 의사가 자줏빛 술병을 햇빛에 비추어 보며 말한다.

"제가 어떤 식으로든 도주 선생께 도움을 드릴 수 있다면 기쁘겠습니다." 페라말 신부는 이렇게 말하면서 꿰뚫는 듯한 시선으로 의사의 여윈 얼굴을 본다.

"들어주시는 것만으로도 큰 도움이 되지요. 신부님……, 오늘 아침 일찍 마사비엘 동굴 근처에 갔습니다."

페라말 신부는 고개를 들었지만 아무 말이 없다. 도주가 잠시 주저한다.

"발현을 목격하러 간 것은 분명 처음이 아닙니다. 그런데 오늘 목격한 것은……, 이걸 어떻게 설명해야 할까요……. 아무튼 훨씬 이상했어요."

페라말 신부는 여전히 말없이 공의를 긴장해서 본다.

"이야기는 약간 이전으로 거슬러 올라가야 하겠습니다. 주임 신부님, 제가 6주 전에 베르나데트 수비루가 환영을 볼 때 옆에서 자세히 관찰한 것은 들어 아시겠지요. 그때 이미 경직증도 아니고, 정신병도 아니라는 확신에 도달했습니다."

"그러면 어떤 의학적 진단을 내리셨습니까?" 페라말 신부가 중간에 묻는다.

"이런 종류의 심리 상태는 아직 알려진 바가 별로 없습니다. 그저 소문들만 무성할 뿐이죠. 열심히 연구하려 해도 별다른 성과가 없군요. 하지만 여기저기에서 목격된 사례를 설명할 방법을 찾았습니다.

즉 환영을 보는 자들은 자신이 보는 이미지 그대로 스스로에게 최면을 건다는 것입니다."

"잠깐! 의사 선생, 그렇다면 베르나데트는 실제로 환영을 본다는 것입니까? 그 외의 다른 가능성은 다 배제한다는 말씀인가요?"

도주가 답한다. "베르나데트가 실제로 환영을 보는 것은 틀림없습니다. 하지만 제 생각으로는 그 아이가 보는 환영은 기적과는 전혀 관계가 없는 것이죠. 라피트 씨가 말하기를 굉장히 뛰어난 두뇌를 가진 이들이 환영을 보면 영적이고 예술적인 작품을 창조해 낼 수 있다고 했어요. 즉 미켈란젤로나 라신, 그리고 셰익스피어 같은 사람들이 그렇다고 합니다. 단지 이들은 자신이 환영을 본다는 사실조차도 거의 인식하지 못 한다는 겁니다. 하지만 미숙한 두뇌를 가진 이는 자신의 눈앞에 구체화된 형상을 본다고 합니다. 바로 마사비엘 동굴의 여인처럼 말이지요."

페라말 신부는 긴 파이프를 내려놓고 생각에 잠긴다.

"그렇다면 라피트 씨의 설명이 베르나데트의 경우에 부합한다고 생각하시는 건가요?"

"샘이 솟기 전까지는 그렇다고 생각했습니다."

"그렇다면, 샘이 솟은 이후로, 기적이라고 믿을 만한 이유를 발견하셨습니까?"

도주는 이 질문에 눈에 띄게 동요했다.

"저는 자연과학자입니다, 신부님. 저희는 기적을 믿는 편은 아닙니다. 샘은 샘일 뿐이지요. 지하에 있는 수맥이나 광맥을 비상하게 감지할 수 있는 초감각을 가진 사람들이 있다는 것은 과학자들도 인정합니다. 베르나데트는 아마도 이런 사람 중 한 명일 수 있다고 생각했습니다."

페라말 신부는 의사에게서 들은 말들을 되풀이한다.

"미숙한 두뇌, 천재적 두뇌, 초감각……. 이것으로 설명이 되는 겁니까?"

"그랬었지요. 신부님. 그…… 부올츠의 아기가 치유되기 전까지는 말입니다."

"그렇다면 아기의 병이 나은 것이 선생으로 하여금 자연과학보다는 기적을 믿게 했다는 말씀인가요?"

"꼭 그렇다고만은 할 수 없습니다……. 신부님." 도주가 주저한다. "동료인 라크랑프는 마사비엘 샘물에 알려지지 않은 효과적인 치료 성분이 있다는 생각이지요. 이런 가능성을 완전히 배제할 수는 없습니다."

"그야말로 엄청난 성공이었죠." 페라말 신부가 작은 소리로 느리게 말한다. "단 한 번 샘물 목욕으로 사지 마비 증세의 아기가 나았으니 말입니다."

의사가 동의의 뜻으로 고개를 끄덕인다.

"엄청난 성공이죠. 게다가 즉각 효과가 나타났습니다. 한편으로는 그동안 제가 알아차리지 못할 정도로 아주 느리게 낫고 있었던 것이 샘물에 목욕을 시킴으로써 촉진된 것일지도 모릅니다. 아이 엄마와 수많은 증인이 아기가 죽어간다고 말하고 있긴 합니다만……. 하지만 오늘 일어난 일에 대해서는 전혀 의심의 여지가 없습니다. 그야말로 어떤 반박의 여지도 없는 사실입니다. 제 눈으로 직접 목격을 했으니까요."

페라말 신부는 이전의 불꽃처럼 이글거리는 눈빛이 아닌, 조용한 눈빛으로 말없이 도주를 뚫어지게 쳐다본다. 도주의 이야기는 이러하다. 그는 여인과 오랜 이별 후 재회하는 베르나데트의 반응이 궁금해 동굴로 갔다. 실제로 베르나데트의 혼몽 상태는 이전보다 훨씬 더 깊고 길었다. 분명 여인과의 재회가 소녀를 완전히 압도한 것이다. 아이의 얼굴이 마치 아름다운 죽은 사람의 얼굴처럼 바뀌는 것도 이전보다 더 극적이었다. 모든 여인네가 감동하며 울었고, 심지어 그곳에 있던 남자 중에도 우는 이가 있었다. 베르나데트는 무릎을 꿇고 앉은 채 거의 움직임이 없다. 이전에 늘 치렀던 다른 의식, 인사와 속삭임과 묵주신공마저도 없었다. 도주는 처음으로 소녀가 거의 완전히 무의식 상태로 들어가는 것을 보았다. 이전에는 일종의 깊은 잠과 같은 상태에 빠졌어도 분명히 주변에서 일어나는 일에 대해 온전히 의식하고 있었다. 소녀는 평상시와 같이 왼손에 검은 묵주, 오른손에 촛불을 들고 있었는데, 초의 무게 때문인지 오른손이 기우뚱하며 왼손의 손가락에 촛불이 닿았다. 가족들이 초를 잡으려고 달려왔지만, 도주가 제지했다. 그의 말에 따르면 이때 그의 과학적 탐구심이 깨어난 것이다. 그는 팔을 벌려 사람들을 가로막고 시계를 꺼내며, 화상의 고통을 참아내는 바보는 없으리라 생각했다. 불꽃이 소녀의 여린 손가락 사이에서 약하게 흔들릴 뿐이지만, 그래도 끊임없이 피부를 건드리고 화상을 입힐 것이다. 누구나 불에 가까이 다가가면 놀라 뒷걸음질치지 않는가. 하지만 10분이 지나도록 소녀는 무감각한 표정으로 불꽃이 자신의 손가락 사이를 넘실거리게 내버려둘 뿐이다. 그런 다음에 소녀는 아무 일 없었던 듯 일어서서 암벽 구멍 가까이 간다. 아마도 여인이 불렀기 때문일 것이다. 소녀의 환각 상태가 완전히 끝났을 때 도주는 즉시 소녀의 손을 살펴보았다. 연기로 약간 거무스름하게 그을렸을 뿐 멀쩡하다. 아무 데도 화상의 흔적이 없다. 의사는 근처에 있던 부인의 촛불을 받아 소녀의 손에 가까이 가져가 보았다. 베르나데트가 즉시 소리를 지른다. "뭐 하시는 거예요? 왜 남의 손을 불에 데게 하셔요?"

도주는 차분한 목소리로 이야기를 마쳤다. "제 눈으로 직접 목격한 것입니다. 그러나 만약 신부님께서 말씀하시고 믿으라고 하셨다면 저는 아마도 진심으로 신부님을 비웃었을 겁니다."

페라말 주임 신부는 벌떡 일어섰다.

"그러면 선생의 설명은 무엇인가요?"

도주의 대답이다. "인도의 성인들과 보속자들의 책을 읽었는데 산채로 매장되기도 하고, 불 가운데로 걷고, 못 침대에 누워도 상처를 입지 않는다고 합니다. 사실 같기도 하고 거짓 같기도 하지만, 그것이 사실이라면 우리 의사들은 사람의 육신이 미지의 정신적, 영혼적 힘에 자극이 되면 물질적 법칙을 거스르는 상태에 이른다는 것을 인정해야겠지요."

"베르나데트는 인도의 보속자도 아니고, 단련된 수도자도 아니고,

아무것도 모르는 평범한 아이지 않습니까." 페라말 신부가 화를 내며 말한다. "그것이 무슨 설명이 됩니까?"

의사도 일어섰다. 그리고 초조한 빛을 보인다.

"항상 신부님은 제게만 설명을 요구하시는군요. 제가 여기 온 것은 신부님의 설명을 듣고 싶어서인데요. 저는 신부님의 설명을 듣고 싶습니다."

페라말 신부는 방 안을 이리저리 서성대며 아무 말이 없다. 가슴 깊숙한 곳까지 가득 채운 베르나데트에 대한 의문으로 답답하다. 이 답답함을 떨쳐낼 도리가 없다.

제28장

라카데의 반란

시장은 기뻐한다. 짙은 회색 턱수염이 자줏빛 뺨 밑에서 사업열에 들떠 쑥 불거진다. 시장의 집무실 책상 위에는 친구인 드리에의 약제사 라투르의 감정서가 있다. 우정 때문만은 아니다. 마사비엘 샘을 평가하는 감정서는 과학에도 도움이 되는 것이다. 아돌프 라카데는 화학에 대해서는 모르지만, 사람들을 솔깃하게 만들기 위해 자주 쓰이는 외래어는 약간 안다. 라투르의 명료한 분석표는 의학 권위자의 위대한 설명 같다. 첫 번째 조항에 벌써 염소와 칼슘과 마그네슘의 혼합물이라고 적혀 있다. 게다가 '다량'이라고 썼다. 염소도 좋고 칼슘도 좋고 마그네슘도 좋다. 모든 의사들이 염소와 칼슘과 마그네슘을 처방한다. 이런 으뜸가는 성분들이 하나의 물속에 같이 들어 있다니 얼마나 좋은가. '아직 첫 조항을 읽었을 뿐인데 말이지.' 라카데는 웃음을 감추지 못하며 행복한 상상에 빠져든다. 염소산염을 뒤이어 두 번째로 탄산에 대한 빽빽한 설명이 있다. 탄산이 염소 못지않게 좋다는 것은 하느님도 아신다. 특히 라투르의 감정서에서 보듯 소다와 결합하면 더욱 좋다. 늙은 대식가 라카데도 의술 분야의 화학은 조금 아는데, 열두 가지의 요리가 나오는 저녁 만찬 후에 탄산소다를 한 숟가락 먹으면 속이 편안해진다는 것이다. 루르드의 샘물이 탐식가들에게 무료로 위안을 주는구나. 시장은 세 번째 조항에 기재된 규산염에 대해서는 잘 모른다. 하지만 매우 안정적인 금속인 알루미늄과 함께 소개되는 규산염을 불신할 이유가 없지 않은가. 샘물 안에 빈혈증 아기들에게 처방하는 산화철과 인(燐)이 있다는 것 역시 너무나 좋은 것이다. 마지막 남은 것은 일곱 번째로 언급된 '유기질'이다. 이 유기질은 어떤 면에서는 신비스러운 비밀이 숨어 있는 것 같아 라카데에게는 특히 더 만족스러웠다. 이것은 놀랄 만치 철학적으로 들리며 과학이 아직도 해결하지 못한 그 무엇을 제공한다. 카페 프랑세에서 의사 라크랑프가 얼마 전에 말한 신경병 치료법이 들어 있을 수도 있다. 약제사 라투르는 희망적인 분석표에 부정적인 부분도 첨부해 놓았다. 즉 '우리는 이 수질의 전체 분석에서 유황은 전혀 검출되지 않았음을 증명한다'라고 기록한 것이다. 라카데는 손을 비빈다. 그는 기꺼이 유황을 포기했다. 그는 점점 더 만족해하며 라투르의 결론을 읽는다.

그는 기록했다. "이 샘물의 특징은 놀랄 만하다. 우리는 이 물의 특징으로 매우 맑고 깨끗하다는 것뿐 아니라 소화를 도와주고, 더 나아가 신진대사를 원활하게 해준다는 점을 주목해야 한다. 샘물의 가치를 규정짓는 화학 물질이 이상적으로 구성되어 있으며, 머지않아 의학계에서도 치유 효력에 관한 한 마사비엘의 샘물이 여러 지역의 약수 중에서도 으뜸이라는 것을 인정하리라고 믿는다."

라투르는 화려한 문장으로 라카데가 바라는 모든 듣기 좋은 말들을 썼다. 의학계에 대한 호소는 이미 그들에게 압박이 되었다. 권위자인 필롤도 라투르의 감정서에 자신의 의견을 덧붙이는 데 주저하지 않을 것이다. 과학자들의 세계에서는 늑대들이 서로 싸우지 않기 때문이다. 하지만 천천히 하자. 필롤은 마지막에 투입해 승리에 쐐기를 박아 줄 사람이다. 그의 분석표는 1년 후쯤 '루르드 샘물 주식회사'가 전 세계에 발송할 병의 라벨을 장식하게 될 것이다.

지금은 먼저 다른 싸움에서 이기는 데 집중해야 한다. 융통성 없는 마씨와 약삭빠른 뒤투르, 그리고 서툴기 짝이 없는 자코메 때문에 어이없이 져버린 싸움이다. 관료주의에 사로잡혀 옴짝달싹 못 하는 이 겁쟁이 관리들에 맞서 싸울 사람이 필요하다. 현실을 직시하고, 곧바로 행동하는 사람, 고르디우스의 매듭*을 잘라 버리는 사람을 내세워야 한다. 루르드에서 협상의 알렉산드로스 대왕이 나, 아돌프 라카데 말고 또 누가 있단 말인가.

위대한 미래를 건설하기 위해 동굴과 샘을 확보할 필요가 있다. 뒤투르와 자코메는 국가를 기적으로부터 방어하기 위해 부도덕한 방법으로 베르나데트와 그 가족을 박해했다. 그들은 빈곤과 단순함과 순진함에 부딪혀 참패하고 말았다. 라카데는 기적 자체를 공략해 말살시켰다. 시장은 라투르의 감정서를 손에 쥐고 쓰다듬으며 그것을 확

---

* 고르디우스의 매듭은 알렉산드로스 대왕이 칼로 잘랐다고 하는 전설 속의 매듭이다. '대담한 방법을 써야만 풀 수 있는 문제'라는 뜻의 속담으로 쓰이고 있다. 발상의 전환이 필요한 문제라는 의미로도 쓰인다.

신했다.

그러나 지금 가장 중요한 문제가 떠오른다. 어떻게 여인에게서 동굴을 빼앗을 것인가? 다시 말하면 미신, 설명할 수 없는 것에 대한 동경, 신화에 대한 인간들의 향수로부터 어떻게 빼앗을 수 있을 것인가? 국가도 포기했고, 교회도 포기했다. 둘 다 예상치 못한 2만 명의 '민중운동' 앞에서 뒷걸음질친 것이다. 국가도 교회도 다루기 힘든 민중 속에서 깨어나는 자유의지에 대한 열망을 두려워한다. 위험에 처한 두 기관이 움직이는 가장 큰 이유는 변덕스러운 민심을 두려워하기 때문이다. 하지만 라카데가 움직이는 이유는 이 시대의 가장 강력하고 진지한 정신, 즉 '돈' 때문이다.

시장은 부활절 휴가 동안 특별한 행동을 하지는 않았지만, 한가롭게 쉬지도 않았다. 서류 책상 위에 높다랗게 쌓여 누렇게 변색된 서류 뭉치 안에 모든 법률, 훈령, 칙령, 프랑스 정부의 규정들이 있다. 이것은 1789년* 이래, 루르드 정부가 관련 문서를 모아 놓은 것이다. 라카데는 휴가 동안 이 잡동사니들을 거의 다 읽었다. 프랑스 헌법상 지방단체의 자치와 자유 행위가 어느 정도 허락되었는지 사실 충분히 알지 못했다. 시장은 자기 관할 구역에서는 절대 권력이다. 임명직이 아니라 시민들에 의해 선출되었기 때문이다. 시민들이 나서기 전에는 아무도 그에게서 시장직을 박탈할 수 없다. 정부의 위임을 받은 대

* 프랑스 대혁명(1789년 5월 5일~1799년 11월 9일)이 일어났던 해. 프랑스혁명은 엄밀히 따지자면 1830년 7월 혁명과 1848년 2월 혁명도 포함되지만, 보편적으로는 1789년의 혁명만을 가리킨다.

리인이긴 하지만, 주지사의 부하는 아니다. 좁은 의미에서 보면, 자신의 관할 구역에서 일어나는 사건을 처리하는 것은 모두 그의 권한에 속한다. 몇 주 전 비탈-뒤투르가 매우 유용한 법 조항에 대해 알려 주었다. 그러나 뒤투르는 법을 지키는 자와 지키지 않는 자 사이에서 판단하는 순수한 법률가일 뿐이다. 이제 뒤투르의 제안을 실현할 순간이 다가왔다. 다만 완전히 다른 시각으로 실현할 테지만. 라카데는 사무실에 있던 두 명의 비서, 캅드빌과 쿠레즈를 불렀다.

"앉아서 받아 적으세요."

라카데는 받아쓸 말을 물러 주며 장군처럼 배를 쑥 내밀고 방 안을 서성인다.

"1789년 12월 13일, 1790년 8월 28일, 1791년 7월 22일, 그리고 1837년 7월 18일 자의 시 행정 일반에 관한 법률에 의하면……." 라카데는 해묵은 날짜를 혀 위에서 녹여 매끄럽게 말한다. 이런 역사적 날짜는 그것을 끄집어내어 말하는 사람의 명예를 높여 준다. 라카데는 주머니에서 빗을 꺼내어 머리를 빗으며 관청에서 쓰는 복잡한 형식을 따라 쓰게 한다.

"종교적 이해관계를 고려하여 마사비엘 동굴 앞에서 일어나는 유감스러운 상황은 종결되는 것이 마땅하다. 구두점(;)!"

비서들이 되풀이한다. 라카데가 마치 공격 명령을 내리듯 한다.

"공공 위생을 지켜야 하는 것은 시장의 의무이며; 지역 주민과 타지역 주민들이 상기(上記)의 동굴에서 샘물을 마시기 시작했다; 이 샘물은 매우 강력한 광천으로 과학적 분석을 거치고 난 후 의사의 처방이 있는 경우에만 사용을 허가할 수 있다; 그러므로, 샘물의 사용을 위해서는 행정부의 허가를 받아야 한다; 본 시장은 다음과 같이 명한다……." 비서들이 "…… 다음과 같이 명한다"라고 되풀이하는 말이 허공에서 울린다. 라카데는 걸음을 멈추고 자신의 거대한 몸을 잠시 구부렸다가 다시 받아쓰기를 시작한다. 비서들이 그를 따라가기가 어렵다.

"제1조, 상기 천수(위 샘물)의 취수를 금함. 제2조, 마사비엘 및 그 부근 시유지의 출입을 금함. 제3조, 출입을 차단하기 위해 마사비엘 동굴 앞에 울타리를 부설함. 제4조, 이상 규정 위반자는 의법 처단함. 제5조, 경찰서장, 보안관, 지방 감시원은 상기 규정 엄수를 감독함. 루르드 시민에게, 시청에서, 날짜, 시장……."

라카데는 이 전투 명령을 던지고 호흡을 가다듬는다. 캅드빌은 이 공고문을 매끄럽게 손봐야 한다. 쿠레즈는 카즈나브가 이미 대기시킨 특별 우편차로 타르브의 주지사에게 가야 한다. 지금은 정오, 쿠레즈는 늦어도 2시까지는 도착할 것이다. 라카데의 계산은 이렇다. 정부는 하등의 결정적 조치를 취하지 않았다. 우유부단하고 약해서인지, 혹은 복잡한 정치적 계산이 있어서인지는 알 수 없다. 정부의 이런 태도는 기적과 거리를 두면서도 포기하기를 주저하는 교회의 이중적 태도와 관련 있을 수 있다. 하지만 루르드의 시장인 나는 독립적인 권위자다. 마사비엘의 동굴을 폐쇄함으로써 나는 권한을 남용하지 않으면서 일종의 쿠데타를 감행하는 것이다. 나는 작은 남자가 아니니까. 그들을 모두 내 주머니에 쓸어 담을 것이다. 아무도 나를 끌어내릴 수 없다. 주지사와 종교부 장관은 내 조치에 대해 감사할 것이다. 남작은 내 제안에 '확인함. M.'이라고 서명하는 수밖에 별다른 도리가 없을 것이다. 보일락 말락 한 'M' 자로. 그는 루르드 시장의 독립적인 조치를 이해하고 휘하의 기관들로 하여금 시장의 조치가 이행될 수 있도록 보장해 줄 것이다. 그뿐이다. 만일 지사가 내 이름 아래에 서명한다면 모든 책임은 내가 아닌 그가 지게 된다. 그래서 시의회와 루르드 시민 앞에서 그 조그마한 M자를 보이며, 어쩔 수 없다는 듯 어깨를 으쓱할 것이다. 사람들이 나를 프랑스의 총리로 임명할지도 모른다.

라카데의 말이다. "쿠레즈, 만일 주지사로부터 별도의 다른 명령을 받지 않는다면 타르브에서 하룻밤 잘 쉬고 오세요. 5시까지 기다려보고, 만일 그때까지 당신이 돌아오지 않으면 행동을 개시할 생각입니다."

쿠레즈는 5시까지 돌아오지 않았다. 그는 틀림없이 타르브에서 즐거운 저녁 시간을 보낼 것이다. 루르드의 난봉꾼에게 타르브는 오락거리가 많은 대도시다. 희극을 상영하는 극장도 있다. 마씨 남작의 서명을 확보했다는 뜻이로군. 라카데는 행동을 개시했다. 검사와 경찰서장은 《르 라브당》의 인쇄소에 있는 공고문의 사본을 받았다. 쿠데타는 신속하게 진행되어야 하므로, 시장은 자코메에게 즉각 행동을 개시하도록 명령을 내렸다. 그래서 서장의 지휘하에 몇 명의 일꾼들이 동굴로 갔다. 아직 늦지 않은 시간이라 많은 사람이 일렁이는 횃불을 따라 모여들었다. 며칠 전 사람들이 여인의 암벽 구멍 아래에 나무로 된 작은 제단을 가져다 두었다. 여인이 말한 예배당을 지을 헌금을 모으기 위해서다. 자코메는 초, 봉헌물, 성화, 성화 앞에 바친 싱싱한 꽃과 시든 꽃이 올려진 제단을 잡았다. 꽃을 움켜쥐고 가브 강에 던지려 할 때 모여든 사람들 사이에서 성난 고함이 터진다. 자코메는 겁을 먹었다. 만일 자신이 물건을 가브 강에 던지면 사람들이 달려들어 자신을 가브 강에 던져 버릴 것 같다고 느낀다. 그는 생각을 바꾸어 제단과 봉헌물을 실은 수레 쪽으로 천천히 가서 짐 위에 꽃을 쌓았다. 일꾼들은 동굴 입구를 사람의 눈높이보다 높은 널빤지로 둘러싸 막았다. 주변에 온통 공고문이 덕지덕지 붙었다. 베르나데트는 개울 건너 언덕에서 여인과 암벽 구멍을 볼 수 없게 되었다.

하지만 요즘 베르나데트는 집에 머물며 동굴에 가지 않는다. 부활절 월요일 이후로 여인이 더는 부르시지 않기 때문이다. 이제는 자주 오시지도 않고 간격이 점점 더 길어진다. 베르나데트는 아무런 불평 없이 받아들인다. 여인이 다시 오리라는 것을 잘 알기 때문이다.

다음 날 아침, 쿠레즈가 일찍 돌아왔다. 남작의 이니셜인 조그마한 'M' 자가 명령 위에 박혀 있다. 정부를 상대로 한 쿠데타는 성공이다. 여인은 마침내 적수를 만났다. 이번에도 그녀가 별 탈 없이 넘어갈 수 있을 것인가. 한 시간 후에 루르드의 모든 벽에 공고문이 붙었다. 칼레의 북소리가 골목골목을 돌며 선동적으로 사람들을 불러 모은다. 그는 사람들 앞에서 공고문을 읽는 것을 좋아한다. 마치 연설가나 정치 지도자처럼 보이기 때문이다. 그는 수준 낮은 프랑스어와 엉터리 억양으로 시골뜨기 사람이 노래하듯 말하는 자신의 날카롭고 새된 목소리에 기꺼이 귀를 기울인다.

"……을 고려하여, 아래와 같이 명한다……."

이 특별한 밤, 카페 프랑세에서는 사람들이 모여 아셍트 드 라피트의 송별회를 열었다. 라피트의 가족들이 부활절 휴가를 보내기 위해 루르드로 돌아온 것이다. 샬레 섬의 성은 이제 꽉 찼다. 라피트는 파리, 마르티르 거리의 작고 초라한 다락방으로 돌아갈 것이다. 그는 파리가 그립다. 비록 우스꽝스러운 신문 기사를 써야 하고, 성공하지 못한 예술가가 겪는 실망과 굴욕을 이미 느꼈지만 말이다. 언젠가 자신에게 우정을 베풀었던 빅토르 위고는 이미 9년째 망명 생활을 하는 중이다. 테오필 고티에는 라피트처럼 타르브 출신인데 극장이나 카페에서 때때로 마주치면 그에게 인사를 한다. 그러나 누가 테오필 고티에에게, '라피트가 쓴 글을 읽어 본 적이 있습니까?'라고 물어본다면 아마도 틀림없이 이렇게 대답할 것이다. '라피트란 사람이 글을 썼어요?' 루르드에서 빛의 도시 파리를 그리워한 아셍트 드 라피트는 자신이 파리에 돌아가면 작고 어두운 도시 루르드를 그리워하게 되리라는 것을 잘 안다. 최근 몇 달 동안 시 몇 편을 쓰기도 했지만, 이곳에서 생각을 어느 정도 정리하는 데도 도움이 되었다. 그는 2월 11일 이후로 루르드를 뒤흔든 사건에 관심이 있었다고 절대로 사실대로 말하지 않을 테지만, 동굴에 직접 가서 베르나데트 수비루의 환각 상태를 한 번도 보지 않은 사람 중 한 명인 것은 사실이다. 세상에는 지적인 인간의 교만보다 더 큰 교만은 없다. 그는 배가 고프고 집이 없을지라도, 신이 자신을 삶의 한가운데 던지지 않고 특별한 자리에 앉혔다고 생각한다. 인생이라는 희극의 배우가 아니라, 멀리서 관찰하는 관객의 입장으로 우월감을 느끼는 것이다. 그것이 그가 초라한 인생을 견뎌낼 수 있는 원동력이며, 스스로를 신의 피조물이 아닌, 신이 청한 손님 같은 존재로 본다. 황제나 교황도 이토록 높은 지위를 갖지는 못했다. 그리고 이 존엄성이 대부분 경우 다른 사람들에게 알려지지 않은 채 숨겨져 있다는 사실이 더욱더 은밀한 기쁨을 주는 것이다. 그러므로 부자 라피트의 가난한 친척인 아셍트 드 라피트는 베르나데트와 여인과 세속 권력과의 사이에 벌어지는 이 사건을 측정 불가능한 냉철한 절대 지성의 높은 위치에서, 인생을 한낱 놀이 혹은 해학적 관점으로만 해석하는 것이다. 한마디로 말하면, 라피트는 자신을 어느 정도 신과 비슷한 존재로 생각하면서도, 그 신을 믿지 않는다는 것이다.

오늘 카페 프랑세에 단골들이 다 모였다. 에스트라드나 도주처럼 얼마 전부터 자주 오지 못했던 사람들까지 빠짐없이 참석했다.

"선생이 보고 싶을 것 같군요." 라피트와 매일 대화를 나눴던 클라랑스가 말한다. "요 몇 달은 정말 잔뜩 싸웠지 않습니까. 유례없는 비순응주의자인 선생의 끝없는 반론이 없으면 어떻게 살 수 있을지 모르겠습니다."

"여인에게서 구하시지요." 라피트가 농담을 한다. "여인 때문에 제가 도망가는 겁니다."

에스트라드가 농담을 진지하게 받아들이고 묻는다.

"왜요, 무슨 일인가요? 여인이 선생에게 무슨 나쁜 일은 하지 않은 걸로 아는데……. 적어도 선생에겐 말이죠."

"나쁜 일이 없다고요?" 문학가는 계속 장난을 친다. "제 입장에서는 여인이 독재적인 사람이라고 생각합니다만. 여인을 받아들이는 쪽이냐 아니냐 선택하라고 요구하지 않습니까."

에스트라드가 맞장구치며 라피트의 주장에 힘을 싣는다.

"맞아요. 여인은 결정을 내리라고 요구하죠."

"잘 들어 보세요." 문학가가 말한다. "이 요구가 바로 저의 인격적 자유에 대한 참을 수 없는 간섭이요 침해라고 생각합니다. 전 사실 가난한 사람이고, 특별히 내세울 만한 점도 없죠. 하지만 살아 있는 한 제 사치스러운 권리를 단념하지 않을 겁니다. 아무 편에도 들지 않을 권리죠. 각각의 고정 관념 사이를 자유롭게 떠돌며 사는 것이 좋습니다. 고정 관념이란 제게는 매우 고통스러운 것입니다. 저는 인간이 초자연적 존재를 보는 환상을 치료받아야 하는 가엾은 존재라고 생각하지 않으며, 어떻게든 종교와 연결 지으려고 하는 시도도 달갑지 않습니다. 그런데 여러분들께서는 혹시 독실한 인종이나 군중은 항상 자신만의 생각에 갇혀 곰팡내가 나고 환기가 안 되는 것 같다는 느낌을 못 받으셨나요?"

"저도 그런 느낌을 받았습니다." 클라랑스가 끼어든다. "오늘날의 시인들은 일반 대중과 의사소통이 안 된다는 점을 말이죠."

"그 일반 대중이란, 이상주의자 여러분들께서 관념적으로 가지고 계신 근거 없는 추상적인 생각에 불과한 것 아닙니까." 라피트의 반론이다. "루르드에 여인이 출현한 후로 저는 상당히 불편한 느낌입니다. 정말 바빌론의 죄에 대해 향수를 느낄 지경이에요.”

라카데와 비탈-뒤투르가 테이블에 앉는다. 라카데 시장은 오늘 개선장군 같은 의기양양한 모습으로 마르카달 광장을 두 번이나 돌았다. 카페 프랑세가 그를 박수갈채로 맞는다. 뒤랑과 다른 일행들이 환호한다. 라카데 시장은 야센트 드 라피트 쪽으로 몸을 돌린다.

“시인께서 우리를 남겨 두고 떠나시는군요. 우리 루르드 시에 대해서 혹 나쁜 평을 쓰시는 것 아닙니까?”

“예. 포기할 수 없는 특권이죠, 시장님.” 라피트의 대답이다.

“그것이 그다지 현명한 일인 것 같지는 않습니다.” 라카데가 뭔가 예언하는 듯 웃는다. “파리와 전 세계가 머지않아 깜짝 놀랄 만한 변화를 목격할 테니까요. 선생께서는 우리 작은 루르드에 어떤 행운이 오는지를 보게 될 것입니다. 많은 사람이 상상하는 것과는 아주 다른 것이지요. 라피트 선생, 이 변화를 시인으로서 멋들어진 말로 표현해 주실 수 있습니까?”

문 쪽에서 소란이 일며 사람들의 시선이 일제히 그쪽을 향한다. 당글라가 땀범벅이 되어 흥분한 상태로 루르드의 저명인사들이 앉아 있는 테이블로 달려온다.

“시장님과 여러분, 엄청난 소요가 있었습니다.” 당글라가 숨을 헐떡이며 말한다. “사람들이 동굴을 둘러싸고 울타리를 부수고 경고문을 다 찢었어요.”

라카데가 잠시 위엄을 지키며 침묵하다가 말한다.

“당글라, 업무보고를 하려거든 태도를 단정히 해야지……. 그래,

언제 무슨 일이 일어난 건가?"

"30분 전입니다. 해가 져서 캄캄해지기 시작했는데 사람들이 와서 동굴을 둘러쌌습니다. 저는 거기에 혼자 있었고요."

"이제 아시겠습니까? 시장님. 제가 왜 시장님의 놀라운 조치에 축하를 드리지 않았는지? 비탈-뒤투르가 만족해하며 웃는다.

"그렇다면," 라카데가 일어서며 말한다. 얼굴이 약간 창백해졌을 뿐 차분하다. "오늘 밤에 울타리를 다시 세우고, 보초를 두 군데 세우고 계속 지키도록."

"용기는 대가를 비싸게 치러야 하는 오락이죠." 검사가 비꼬듯 말한다.

몇 분 후 검사가 라피트와 작별하며 말한다.

"왜 선생은 이 재미있는 연극의 제5막이 끝나기 전에 떠나시는 거요?"

제29장

한 주교가 결과를 예측하다

로랑스 주교가 식탁에서 일어섰다. 페라말 주임 신부를 제외하면 초대받은 신부는 두 명밖에 없다. 한 명은 주교관의 참사원이고, 또 한 명은 그의 개인 비서인 젊은 신부다. 두 신부는 인사를 하고 즉시 물러갔다. 주교가 루르드의 주임 신부와 식후에 한 시간가량 둘이서만 얘기를 나누자고 했기 때문이다. 이것은 굉장한 특별 대우다. 타르브의 주교는 누군가를 특별하게 대하는 것을 좋아하지 않는다. 그는 사람들을 잘 안다. 대개 미천한 데서 올라온 사람이 그렇듯이, 지금은 영광에 찬 높은 자리에 있지만, 과거의 비참했던 시절을 앙금처럼 간직하고 있다. 그의 마음속에서는 '네 이웃을 사랑하라'는 계명과 애써 숨긴 남을 멸시하는 마음이 항상 싸우고 있다. 이 싸움의 결과는 겉으로는 부드럽지만, 얼음같이 차가운 태도와 그 뒤에 숨은 금강석처럼 단단한 이성의 흥미로운 조합이다. 그런데 이런 세베르 주교가 루르드의 주임 신부에 대해서는 약한 모습을 보인다. 남자들의 본성은 자신과 닮은 성질과 반대 성질이 적절하게 섞여 있는 사람을 보면 호감을 느끼는 것이다. 페라말 신부는 마흔이 가까운데도 아직도 자기 제어를 할 줄 모르는 사람이다. 거슬리는 일이 생기면 눈빛이 무례할 정도로 이글거린다. 말을 할 때 깊이 생각하지 않고 직설적이며, 아무도 두려워하지 않는다. 주교는 이런 무례한 전사 같은 성질이 마음에 들었다. 페라말 신부는 부르주아 계급 출신으로 자신을 둘러싼 노동 계급 출신의 신부들에게 주인처럼 행세한다. 그들이 자신의 출신 성분을 의식해 하위 성직자의 비굴한 굴종적 자세를 깨뜨릴 생각을 하지 못하기 때문이며, 특히 프랑스의 남부 지방에서는 더욱 심하다. 주교는 자신의 수하로 페라말 신부 같은 부르주아 계급 출신의 사람을 데리고 있는 것을 자랑스럽게 생각한다.

시종이 몇 개 객실의 문을 열었다. 주교는 상아 달린 지팡이를 짚고 방문객들과 함께 걷는다. 모든 방이 크고 아름답지만, 세월의 흔적으로 빛이 바랬고 매우 춥다. 사람이 머문 흔적도 보이지 않는다. 베르트랑 세베르 로랑스 주교가 자기 존재의 흔적을 남기지 않고 이곳에서 산 지 벌써 10년이 되었다. 전임자 두블르 주교로부터 물려받은 모습 그대로다. 두블르 주교는 이전 시대*의 사람인데 아름다운 물건을 좋아했고 수집하기도 했다. 반면에 로랑스 주교는 전혀 관심이 없고, 수집도 하지 않는다. 오히려 주교관에 있던 꽤 많은 양의 그림과 예술품을 팔게 해서 자선사업에 보탰다. 낮은 계급에서 올라온 사람들은 대부분 합리주의자다.

---

* 현재가 1858년이고 나폴레옹 3세의 제2제정 시기. 10년 전인 1848년에 주교관을 물려받았다면 두블르 주교는 표면적으로는 입헌군주제지만 실제로는 루이 필립 1세가 특권정치를 하던 시대의 사람이었을 것으로 추정된다.

마침내 산보가 끝났다. 페라말 신부에 대한 또 다른 특별 대우로, 로랑스 주교의 방에서 커피를 함께 마신다. 그가 머물며 일하고 잠자는 방이다. 그는 주교가 되기 전, 항상 자신의 방으로 아주 좁은 곳 외에는 생각해 본 적이 없었다. 주교가 되어서도 마찬가지로 많은 것을 소유하지 않는다. 그의 종교행사 담당 직원은 그가 원하는 대로 불필요한 지출을 없앴다. 그는 더 넓은 장소를 거처로 삼는 것도 거부했다. 누구도 주교의 방이 살기에 적합하거나 편리하다고 거짓으로도 말하지 못할 것이다. 이것은 중간 정도의 넓이에 철제 침대, 기도대, 십자가, 조잡한 성화, 싸구려 안락의자 하나, 식탁 겸 책상 하나와 의자 여러 개가 있을 뿐이다. 하지만 이 방이 수도사나 고행자의 것 같지는 않다. 주교가 평소에 칭송하는 편리한 물품들은 모두 갖추었기 때문이다. 단지 그는 자신이 주교라고 해서 이전의 살던 방식을 바꾸는 것을 경멸할 뿐이다. 그는 노동자의 아들로서 가난했고, 지금도 가난하다. 부족하게 사는 것도 일종의 습관이 될 수 있다. 하지만 사실에 충실하자면, 주교의 식사는 훌륭하다는 점을 언급해야 할 것이다. 훌륭한 정도가 아니라 아주 뛰어난 수준이며, 페라말 신부도 방문할 때마다 느낀 사실이다.

세 번째의 특별 대우는 시종이 페라말 신부에게 긴 파이프 담배를 가져온 것이다. 주교는 오래된 질 좋은 코담배를 꺼냈다. 코담배의 흔적은 그의 옷자락의 안쪽에도 남아 있다. 그들은 모두 벽난로 가까이에 다가앉았다. 봄이지만 아직 쌀쌀하다. 이 방에서 유일하게 온기를 풍기는 곳이다. 주교는 여름에도 춥다. 자신의 온화한 성품이 더

춥게 만드는지도 모른다.

"동굴 사건은……," 주교가 말문을 연다. "아까 식탁에서도 이야기했지만, 우리가 취한 태도가 옳았다는 것을 증명해 주었습니다. 주지사나 시장은 사람들이 매일 울타리를 부숴 버릴 줄은 전혀 생각을 못했을 테죠. 만약 울타리를 친 것이 교회였다면 세상 사람들이 얼마나 비난을 했을지……. 루르드의 주임 신부에게 고맙다는 인사를 해야겠습니다."

페라말 신부가 존경을 담아 대답한다. "주교 각하, 사실 오늘 뵙고자 청한 것은 현재 상황이 좋지 않은 것 같아 우리의 노선에 변화가 필요하다고 생각되었기 때문입니다."

주교는 쥐었던 담배를 코에 넣지 않고 담배통에 다시 털어 넣었다. 그의 움푹한 눈이 놀란 듯이 주임 신부 얼굴을 들여다본다. 그는 헛기침하면서 페라말 신부의 공격을 피한다.

"먼저 루르드 주임 신부에게 물어보고 싶은데, 베르나데트 수비루가 어떤 아이인가요?"

"베르나데트 수비루가 어떤 아이냐고요?" 주임 신부가 고개를 숙인 채 중얼거린다. 한참 동안 침묵하다가 다시 주교를 본다. "주교님, 솔직히 말씀드리면 베르나데트를 사기꾼으로 여겼습니다. 또 다른 로즈 타미지에*라고 생각했지요. 분명 베르나데트에게 그녀를 연상

---

* Rosette Tamisier. 프랑스 새농의 농부의 딸로 태어났으며 종종 무의식의 상태에서 몸이 공중 부양되기도 하고, 성모 마리아의 그림 앞에서 기도하다가 그림에서 피가 솟는 것을 여러 번 목격했다고 한다. 당시 가톨릭교회에서는 목격자가 많은 탓에 공중 부양된 것은 인정했으나, 그림에서

시키는 점이 있고, 지금도 그렇게 생각합니다. 저는 다른 사람을 능숙하게 속일 수 있을 뿐 아니라 나중에는 자기 자신도 실제로 그렇게 믿는 허황된 이야기꾼에 대해 너무 잘 압니다. 정말 가엾은 사람들이지요. 고백하자면, 최근까지도 베르나데트를 정신 나간 여자아이라고 생각했습니다. 지금도 그렇게 생각하긴 하지만 이전보다 확신이 없어졌습니다. 세 번째로는 주교님, 베르나데트 수비루는 실제로 영감을 받은 아이요, 기적을 행하는 아이입니다……."

"그건 사실적 근거가 없는 정보이지 않습니까."

주교가 투덜거린다. 법률적으로 판단에 의존하는 그의 정신은 페라말 신부의 역설적인 말을 온전하게 이해하지 못한다. 그는 모호한 표정으로 책상 위를 가리킨다.

"은퇴한 장군 보주라는 분으로부터 편지를 받았는데 그분은 교회의 입장에서 위험한 것에는 엄중하게 대처하라고 하시는군요. 이것은 몇 주 전부터 정부와 마씨 남작, 룰랑 장관, 그리고 제가 보기엔 황제가 부르는 노래와 곡조가 같지요. 오직 하나 다른 점은 이 늙은 장군은 진심으로 그렇게 생각한다는 점이죠. 딸이 느베르 학교의 수녀라고 합니다. 아십니까? 루르드에서 가르친다고 하니 주임 신부께서도 아시겠죠?"

"예, 압니다, 주교님. 두 번이나 베르나데트 수비루의 문제에 대해

피가 솟아나온 것은 인정하지 않았다. 당시 조사 보고서에 의하면 그림에서 솟아오른 피를 닦아내면 다시 솟아오르는 등 조작으로 볼 수 없었다고 하며, 실제 O형의 사람의 혈액이었다고 한다.

서 이야기를 나누었습니다. 그 아이를 매일 보니까…….”

“누구보다도 베르나데트 수비루를 잘 아는 여선생의 판단이 주임 신부보다 훨씬 더 편파적이군요.”

페라말 신부의 눈이 이글거린다.

“제가 보기에는 그 여선생이 베르나데트를 그다지 좋아하지 않는 것 같았습니다.”

주교는 페라말 신부의 침묵 뒤에 말을 계속한다. “제가 듣기로는, 보주 수녀는 그 수녀원의 자랑거리요, 모든 일에 우수해 차기 성녀 후보라고 믿는 사람도 있다더군요. 보주 수녀가 명문가 출신이니 몇 해 뒤에는 수녀들의 교관, 그 후에는 수녀원장이 될 수도 있겠죠. 그러한 덕망과 공적이 있는 수녀가 베르나데트 수비루 같은 아이를 믿지 않을 까닭이 있습니까?”

“보주 수녀는 최고의 품위와 천국에서 영광의 자리를 차지하겠지요. 그러나 누구라도 그녀와 이야기해 보면 특별하거나 선택받은 사람을 대한다는 느낌이 전혀 들지 않습니다. 더는 관심을 가지지 않게 되죠. 하지만 베르나데트 수비루는 다릅니다. 이 아이에게 무슨 특별한 점이 있는 건지 모르겠습니다. 그저 어리고 착한 보통의 소녀입니다. 얼굴은 두트르루, 고조, 가비조와 같은 주변의 흔한 얼굴이에요. 그런데 이런 볼품없는 계집아이가 프랑스 전체를 들었다 놨다 하니 이것 참 화나는 일이 아닙니까. 그러더니 갑자기 가장 무심한 어조로 밤새 잠 못 이루게 하는 대답을 합니다. 그 대답은 다시 주워 담을 수 없지요. 주교님도 아시겠지만 저는 신비주의에 절대로 흥분하거나 열을 내는 사람이 아니며, 현실적인 사람이죠. 베르나데트를 오랫동안 보지 않으면 의혹이 점점 커집니다. 그러나 그 아이를 부르면, 지난번에도 그랬지만, 제가 그 아이를 당황하게 만드는 것이 아니라, 그 아이가 저를 혼란스럽게 만듭니다. 왜냐면 성모 마리아에 대해 그 아이는 정말 놀라울 정도로 진지하고, 논리 정연해서 믿어지지 않을 정도입니다."

"주임 신부는 베르나데트 수비루의 찬미가를 부르시는군요." 주교가 고개를 흔들며 말한다.

"저는 인사를 받을 만한 아무 일도 못 했습니다, 주교님. 성직자들이 동굴에 출입하지 못하도록 했을 뿐입니다. 그것도 절대 쉬운 일은 아니죠. 작은 마을 출신의 사람들인 경우에는요. 하지만 그들에게 명쾌하게 설명해 줄 수 없었습니다. 저 자신이 혼란의 중심에 서 있으니까요. 제가 이렇게 나이가 들었는데도 주교님의 도움이 필요합니다. 샘물을 생각해 보십시오. 어린 부올츠는 또 어떤가요. 그리고 어제부터는 새로운 소문이 돌고 있습니다. 기적의 샘물이 어떤 농부의 눈먼 아이의 눈을 뜨게 해주었다는군요. 베르나데트 수비루와 별개로 기적이 일어나고 있습니다……."

"잠시만요, 페라말 신부님." 주교가 신부를 말을 끊는다. "이 지극히 위태로운 개념을 퍼뜨리는 것은 신부님의 소관도 제 소관도 아니라는 걸 잘 아실 겁니다. 오로지 로마의 교황청만이 이것이 진짜 기적인지 아니면 착시인지 말이지요."

"그렇습니다, 주교님." 주임 신부가 열렬하게 동의한다. "하지만 결정을 내리려면 필요한 자료를 가져야 할 것입니다. 루르드의 주임 신부로서 면목이 없지만, 주교님 앞에서 감히 이대로 계속 나갈 수는 없다고 말씀드립니다. 제 교구의 모든 이가 깊은 정신적 불안 상태에 있으며, 루르드는 그야말로 전쟁터가 되었습니다. 비유적 전쟁터뿐 아니라 실제로도 말이지요. 어제는 헌병들이 군중에게 칼까지 빼었습니다. 밀레 부인 무리는 흥분해서 사사건건 시비를 겁니다. 자유사상가들은 이 사태를 자신들에게 유리하게 이용하려고 혈안이 되어 있죠. 맑은 정신을 가진 차분한 사람들은 자신들이 처한 상황이 무엇인지 분간을 못 하고 있고요. 저 자신도 지금 제가 처한 상황을 모르겠습니다. 주교님, 그래서 감히 주교님께 간절히 부탁드립니다. 이 혼란을 없애주십시오! 조사단을 꾸려서 사람들을 안정시켜 주십시오."

주교는 지팡이를 짚고 일어서서 무거운 발걸음으로 책상에 다가가 서랍에서 서류뭉치를 꺼내어 테이블 위로 던진다.

"이것이 주교의 조사단입니다." 그는 말한다. "모두 다 준비되어 있지요."

"그러면 언제쯤 조사 시작을 명하실 예정입니까?" 페라말 신부가 흥분해서 묻는다.

"천주께서 허락하신다면 결코 시작하지 않을 것입니다." 베르트랑-세베르 주교가 날카롭게 말한다. 그는 잔뜩 찌푸린 표정으로 페라말 신부에게 앉으라고 손짓한다. 그러고는 창가로 다가가 정원에 핀 꽃들을 본다.

"기적이란 아주 두려운 것이죠. 신부님." 노인이 중얼거린다. "인정하든 하지 않든 사람들은 욕심으로 가득 차 있습니다. 그래서 기적에 목말라하는 것이죠. 신자 중 많은 이가 무작정 믿기보다는 확실성을 찾고 싶어 합니다. 기적이라는 것이 그들에게 확실성을 제공해 주는 것이죠. 하지만 천주께서는 아주 드물게만 기적을 보내 주십니다. 텅 빈 머리로 매일 증거를 본다면 우리의 신앙이 무슨 가치가 있겠습니까? 아니지요. 특별한 것은 정부와 교회 모두에게 독이 되는 것이죠. 천재라고 불리는 사람을 예로 들어 봅시다. 나폴레옹 보나파르트는 어떤가요? 자칭 천재인 이 사람이 세상에서는 어떤 존재였을까요? 피에 집착한 사람이죠, 신부님. 우리가 기억하는 많은 성인이 당시에는 단지 피가 없었을 뿐 집착한 사람들이었어요. 다른 사람들보다 우월하고자 하는 욕망, 그것은 그리스도의 단체를 이끄는 지도자로서 우리가 막아야 하는 것이죠. 교회는 거룩한 사람들의 단체입니다. 즉 각각의 조직이 거룩한 힘을 가진 것이죠. 만약 제가 주교의 자격으로 이 조사를 시작한다면, 그것은 공식적으로 초자연적인 일이라는 가능성이 막연하게나마 있다는 것을 인정하는 것이 됩니다. 자연적으로 도저히 설명할 수 없는 경우에만 이 조사를 시작할 수 있는 겁니다. 그런 신중함 없이 무작정 조사를 시작한다면 제 교구뿐 아니라 전 세계의 교회를 대혼란에 빠뜨리게 되는 것이죠. 두세 명의 불치병이 회복되었다는 사실이, 그것이 의학적으로 철저히 규명되지도 않았는데 무엇을 증명할 수 있다는 말입니까? 대단한 것을 입증할 수 없어요. 그리고 방금 베르나데트 수비루를 열렬히 칭송한 페라말 주임 신부님께서도 사기나 광기의 가능성을 완전히 배제하진 않으셨습니다. 비판 정신과 과학 정신이 이토록 발달한 우리의 시대가 주교에 대해서 어떤 판단을 내리겠습니까? 작은 여자아이에게 넘어가 늙은 여인네들이 샘에 대해 말하는 허황된 이야기를 믿는다면, 그 기적의 샘이 나중에 눈속임 기술로 드러난다면 교회가 입는 타격은 그야말로 헤아릴 길이 없을 겁니다."

마리-도미니크 페라말 신부는 동요한 표정으로 뭔가 말하고자 하지만 주교가 제지한다.

"하지만 마사비엘의 여인이 정말로 성모 마리아라고 로마의 결정이 내려진다면, 저 역시 여인께 다시 보속하고 용서를 구해야겠지요.

어쨌든 그때까지는 타르브의 주교로서 제 모든 권한을 사용해 싸울 것입니다."

제30장

이별 중의 이별

몇 주가 지났다. 기적에 대한 전쟁은 여전히 계속되었다. 뒤보에 부지사, 검사장, 특히 자코메 서장은 욕설을 입에 달고 산다. 작은 도시 루르드의 무료하던 관청 사무실이 요사이는 참모부로 변해 매일 마사비엘 동굴의 여인에 대한 새로운 지시가 내려진다. 여인은 아직 오지 않지만, 아침저녁으로 격앙된 민중을 보내서 싸우게 한다. 당글라와 부하들이 더는 감당할 수 없어서 느무르의 병영에서 경관 세 명을 더 불러와야 했다. 동굴 앞 보초를 두 시간마다 교대하고, 동굴은 몇 조각 송판 대신 제법 튼튼한 판자벽으로 세상과 분리되었다. 만일 여인이 암벽 동굴에 나타난다면 벽에 갇힌 죄수의 꼴이 되고 말 것이다. 은혜를 베푸는 천상의 여인을 경찰이 범죄자를 대하듯 감옥에 가두었다는 생각이 피레네의 민중을 극도로 분노하게 하는 것이다. 그들에게는 어떻게든, 심지어 폭력을 사용해서라도 여인을 해방시키는 것이 명예로운 일로 여기게 된 것이다. 군인들은 우스꽝스러운 이유로 몇 주 전부터 야간 근무를 하는 것이 불만스러웠다. 아주 엄격한 상관이면 야간의 보초가 이틀에 한 번은 자리를 비우거나, 잠을 자기도 하는 것을 알아차렸을 것이다. 어쨌든 그들은 오스트리아나 프로이센 군과 교전 중인 벌판에 있는 것은 아니지 않은가. 베츠게르 계곡의 농부들은 타고난 전략가들이었다. 그들은 갖가지 기발한 생각으로 국가 권력과 대치했다. 예를 들자면 이런 일이다. 새벽 3시경은 골짜기가 가장 어두워지는 순간이다. 달도 보이지 않고 다만 가브 강만이 정적 속에서 요란하게 흐른다. '이제는 아무 일도 안 일어나겠지.' 검은 수염의 벨아슈가 생각한다. 이 시간에는 그가 불침번을 지휘한다. 그는 이틀 전부터 새 애인을 만났는데 그녀가 그를 사이예 숲에서 기다리기로 했다. 여름이라서, 그녀가 이 시간에 만나자고 했다. 벨아슈는 여자를 속속들이 다 알아야 한다고 생각했다. 하지만 여자 꽁무니 쫓아다니기를 그토록 좋아하면서도 그의 머리는 이 여자가 성모 마리아에게 좋은 일을 하기 위해, 그리고 하늘의 보호를 받기 위해 위험을 무릅쓸 수도 있다는 의심을 추호도 하지 않는다.

"잠깐 다녀올 데가 있어." 벨아슈는 불침번을 서고 있는 경관 보조 레옹 라타르프에게 말한다. 라타르프는 부리에트의 동료인데 모든 이야기가 다 진저리난다. 단돈 30수에 잠을 희생하다니. 도대체 무슨 일이 일어나겠는가. 내일 가서 일을 그만둔다고 해야지. 그는 굳게 결심했다. '벨아슈 네가 어디로 사라진다면 나도 이 근처 아무 데나 풀밭에 누워 잘 테다.' 그는 생각한다.

베츠게르 계곡 소년들은 그동안 에스펠뤼그 산의 좁은 산길로 숨어들었다. 그들은 이미 몇 명을 심어 두었다. 길에 사람이 아무도 보이지 않자 그들은 동굴로 살금살금 걸어가서 동굴을 둘러싼 판자를 삼 부스러기와 땔감으로 뒤덮고 불을 붙였다. 벨아슈가 호되게 질책 받겠지만 무슨 상관인가? 다음 날 아침, 아침마다 동굴을 찾는 수천 명의 사람은 여인을 가로막았던 송판이 다 타버려 숱이 된 것을 보았다. 사람들은 불타고 남은 부스러기를 의기양양하게 집어 들고, 여인에게 바쳐진 희생의 상징으로 집으로 가져갔다. 하지만 파리 신문들은 민중이 정부에 맞서는 이 사태를 단순히 광신자의 짓이거나 미신적 행위라고 치부하는 실수를 저질렀다. 보초를 서는 헌병과 경찰들은 정부에 맞서는 사람들 가운데 자유사상가나 무신론자들이 가장 비타협적이고 완고하다는 것을 잘 안다. 국가가 전쟁을 치르는 것은 그들에게는 논리적으로 반가운 일이다. 그러나 사람들은 결코 논리적이지 않다. 그리고 무신론자들은 성모 마리아에 대해 반감이 있을 뿐만 아니라, 국가에 대해서는 더 큰 반감이 있다. 그들은 그들 자신에게 이익이 되어서가 아니라, 그저 정부를 곤란하게 할 수 있다면 기회를 놓치지 않는다. 베르나데트의 여인은 무질서와 불안을 자아내는 사람이요, 성직자들을 곤경에 빠뜨린 사람이다. 그리고 민중의 봉기는 그 이유가 무엇이든 간에 주지사에게든 주교에게든 골치 아픈 것이다. 여인의 옹호자들이 울타리를 네 번째로 파괴한 후에 예측하지 못한 일이 생겼다. 루르드의 일꾼들이 새로 울타리 판자를 만드는 것을 거부했던 것이다. 서장은 이웃 마을의 목수들을 불러왔다. 그들은 와서 이야기를 듣고는 돌아갔다. 품삯을 최고로 쳐준다고 해도 다시 오지 않았다. 여러 날 동안 정부와 관련자들은 동굴을 개방된 채로 둘 수밖에 없었다. 그리고는 헌병들이 직접 연장을 들고 이를 꽉 다문 채 울타리를 치고 못을 박았다.

제일 어려운 감시가 칼레에게 맡겨졌다. 그는 아무도 샘물을 먹지 못하도록 지키는 일에 배치되었다. 샘물은 사비 개울 쪽으로도 흘러 그곳에도 구덩이를 파고 샘터를 만들었다. 칼레가 등을 돌리기만 하면 누군가 몸을 구부리고 물을 떠 간다. 칼레는 쫓아가 벌금 고지서를 발행한다. 샘물 음용 금지를 위반하면 과태료가 5프랑이며, 현금으로 내야 한다. 납부하지 못하면 다음번 월급에서 제한다. 칼레는 어떤 날은 30장도 넘는 고지서를 발행하기도 한다. 리브와 뒤프레 판사는 이런 억지 트집보다 더한 방법도 고안해 냈다. 여러 사람이 한꺼번에 위반하는 경우에는 각각의 사람들에게 벌금을 받는 것이 아니라 무리 전체에 벌금을 매긴다. 그렇게 해서 시 당국의 부수입이 큰 폭으로 늘어나겠지만, 나는 이게 뭐 하는 짓인가……. 칼레는 화가 치민다.

어디에서나 항상 품위를 잃지 않고 정신적으로도 전혀 위축되지 않는 유일한 권력자는, 이 쿠데타의 주모자인 라카데 시장뿐이다. 그는 정부가 침착성을 잃은 것에 웃음을 참을 수 없다. 그들은 정당한 목적이 없기 때문이다. 하지만 자신에게는 있다. 머지않아 그는 깜짝 발표를 할 것이다. 이미 수질 분석 자료가 필롤의 손에 들어가 있다. 한 차원 높은 과학적 발표를 하고, 약제사 라투르의 판단을 재확인받는 데 그치지 않고 확대 해석된다면 아무도 예상치 못한 큰 승리가 될 것이다. 라카데는 이 승리를 추호도 의심치 않는다. 필롤의 감정서가 승리를 전하며 번갯불처럼 프랑스 사회를 강타할 것이고, 마사비엘 문제에 대한 명쾌한 답변을 제시할 수 있을 것이다. 그러고 나면 가장 유명한 의사들로 위원회가 꾸려질 것이고, 그 위원회는 환자들과 무지한 사람들의 머릿속에 화학 용어를 각인시킬 것이다. 염소, 탄산, 칼슘, 마그네슘, 인산…….

비밀 회합을 통해 라카데는 이미 우체국장 카즈나브, 카페 주인 뒤랑과 대담한 목표를 세웠다. 가브 강변에 공원을 만들고 그 안에 호텔만 세우는 게 아니라, 그리스 양식의 큰 기둥이 있는 카지노도 짓는 것이다. 그리고 마사비엘 동굴 속에는 루르드에서 가장 예쁜 아가씨들이 약수를 아름다운 컵에 담아 부유한 환자들에게 권한다. 그러는 동안 배경 음악으로 유쾌한 왈츠나 캉캉이 흘러나온다. 라카데는 벌써 머릿속에서 부유한 환자들이 몰려오는 것을 생생하게 본다. 그리고 자연스럽게 철도가 연결되어 긴 기적 소리가 잠든 피레네 골짜기를 깨울 것이다.

베르나데트는 집안일을 하고, 학교에 가고, 참고 기다린다. 부활절의 월요일에 그는 여인과 가장 깊은 교류가 있었다. 처음부터 그리고 그리던 순간이었다. 그날 이후로 원래의 생활로 돌아오기가 쉽지 않다. 그는 여인의 마지막 인사에 재회의 약속이 깃들어 있다는 것을 알았다. 그것이 베르나데트가 꿈꾸는 것이다. 사랑에 빠진 사람들이 그렇듯이 그는 먼 장래를 생각하지 않는다. 여인과의 교제가 살아 있는 한 계속되리라는 보장은 없다. 여인을 만나는 간격이 점점 멀어진다는 것은 자연스러운 일이라 생각한다. 왜냐면 여인은 넓은 세상에서 할 일이 많으시고, 베르나데트가 여인께 드릴 수 있는 것은 매우 적기 때문이다. 다음에 어디서 다시 상봉할지, 동굴일지 다른 곳일지, 이런 것은 조금도 걱정하지 않는다. 그는 이제 여인에 대해 상세히 알아서 경찰관이나 널빤지 몇 개로 여인을 방해하는 것을 조금도 두려워하지 않는다. 여인은 베르나데트를 부르실 것이다. 언제가 되었든 상관없다. 4월, 5월, 그리고 6월이 지나간다…….

여인으로 시작된 싸움에 베르나데트는 무관심하다. 싸움이 베르나데트에게 관련이 없다고는 말할 수 없다. 싸움은 베르나데트를 위해 일어난 것은 아니다. 베르나데트는 싸움을 이해하지 못한다. 그는 싸움을 잠자는 아기 보듯 한다. 중요한 것은 검사장과 판사와 경찰서장이 자신을 조용하게 내버려두는 것이다. 매일 그를 따르는 이들의 아우성이 그에게는 들리지 않는다. "복 받은 아이야……. 선택받은 아이야……. 성모님을 보는 아이야……. 기적을 일으키는 아이야." 이런 소리들을 조금도 믿을 수 없고 이해할 수도 없다. 사람들이 미친 건가? 왜 저러는 거지? 그녀 자신은 무엇을 기적이라고 부르는 건지 전혀 이해하지 못한다. 여인이 말씀하시기를 "샘물을 마시고 얼굴을 씻으세요." 베르나데트는 이 명령에 따랐을 뿐이다. 어디에 기적이 있다는 말인가? 여인께서는 땅속 어디에 샘이 흐르는지 잘 아신다. 그뿐이다. 이런 일에 대해서 베르나데트는 누구에게도 말을 하지 않는다. 어머니나 마리, 혹은 다른 누군가 이런 이야기를 하면 그는 침묵을 지킨다.

베르나데트 수비루의 생활은 편하지 않다. 사방에서 호기심 많은 사람이 얼토당토않은 질문을 들고 토방으로 온다. 베르나데트는 최대한 몸을 숨긴다. 그러나 베르나데트와 가깝다고 자신하는 이웃 사주 내외, 귀로, 부올츠, 라발, 피귀노, 이런 사람들이 모습을 드러내도록 자꾸만 강요한다. 그래서 베르나데트는 모르는 사람들에게 말을 걸고 대답해야 한다. 그가 낯선 사람들에게 이야기하거나 대답하는 모습은 참으로 실망스럽다. 소녀는 영혼이 깃들어 있을 리 만무한 단조로운 목소리로 마지못해 얘기하는데, 그것도 마치 자신과 아무 상관이 없는 옛날 옛적의 일을 이야기하듯이 한다. 그러나 그 무심함 속에는 긴장이 숨어 있다. 방문자들이 가족들에게 은밀하게 돈을 주려 하기 때문이다. 베르나데트는 이웃들의 손을 예의 주시하면서 어린 동생들이 약해져서 덥석 돈을 받지 않게 주의를 기울여 감시할 의무감을 느낀다. 그 점에서만은 무관심이 허용되지 않는 것이다. 그녀와 가족들 사이에는 점점 더 틈이 벌어지고 있다. 그녀의 아버지와 어머니, 남동생과 여동생 모두가 베르나데트 앞에서 묘한 두려움을 느낀다. 그들은 한 지붕 아래 함께 사는 베르나데트 앞에서 불편함을 감수하며, 금지된 하늘과의 관계를 이어가는 것이다. 프랑수아 수비루는 자신의 맹세를 지키지 않고 바부의 술집에 손님이 많지 않을 때 슬그머니 가서 귀퉁이에 앉아 말없이 술을 마신다. 살림살이는 이제 나아졌다. 카즈나브가 고용해 주었고 월급도 올려 주었다. 루이즈 수비루는 항상 기분이 좋지 않고 시비조로 말을 한다. 기적을 일으키는 딸의 유명세에도 익숙해졌다. 영광의 2월이 지나갔다. 지금은 남다른 것을 보는 딸을 가졌다는 것뿐이다. 가난한 사람은 살아갈 궁리부터 해야 한다. 때때로 베르나데트는 다정하게 어머니에게 다가간다. 잠을 못 이루던 2월 11일의 밤처럼 머리를 어머니 무릎에 눕히고 싶은 마음이 간절하다. 그러나 그 순간 루이즈 수비루의 마음은 갑자기 단단해져서 딸의 약해진 모습을 못 본 척한다. 그러고는 빨래하러 갈 때나 물을 길러 갈 때 슬픔의 감정에 빠져 눈물을 참지 못한다.

베르나데트에게 가장 힘든 곳은 학교다. 잔 아바디와 다른 소녀들은 베르나데트를 대하는 것이 몹시 부자연스럽다. 그들의 태도에는 존경과 빈정거림이 섞여 있다. 책상에서는 옆에 앉은 친구가 어색해하며 몸을 피한다. 말을 거는 일도 매우 드물다. 베르나데트는 쉬는 시간이면 늘 가지고 다니는 흰 보자기를 들고 혼자 돌아다닌다. 선생에게는 베르나데트가 아예 존재하지 않는 사람이 되었다. 이제는 교실 앞으로 불려 나와서 아이들 앞에 서는 일도 없다. 보주 수녀는 다른 성직자들에 비해서 천한 사람들의 이교도적 행동을 유난히 싫어해 이 비천한 계집아이가 성모님과 전혀 상관이 없는, 유행하는 옷을 잘 차려입은 요정의 환상에 속았다고 생각한다. 보주 장군의 따님은 이 미천한 계집아이의 환각 현상과 지역 사람들의 이교도적인 행동에 대해 가치를 부여하는 데 전적으로 반대한다. 수녀는 현재의 사태가 지금까지는 운 좋게도 억제되었었던, 파괴에 미친 저급한 혁명이며, 경건하고 진실한 신앙을 위협한다고 느낀다. 그래서 베르나데트에게 말을 해야 할 때, 매우 딱딱한 어조로 짧게 말한다.

"주임 신부님의 명령으로 너는 첫영성체를 하게 된다. 베르나데트 수비루!" 그러나 수녀의 말 속에는 이런 의미가 담겨 있다. '너는 은총과 동정을 받게 되겠지만, 네게는 그럴 자격이 없다.' 그러니 성체도 베르나데트의 입에는 매우 쓰게 느껴질 것이다.

프랑스 전역에서 학교는 7월 15일에 일제히 방학이 시작된다. 다음 날, 저녁의 그림자가 더 길어졌다. 베르나데트는 라피카 개울가의 작은 풀밭에 앉았다. 마사비엘과 마주 보는 곳이다. 동굴에 가지 않게 된 이후로 가장 좋아하는 장소다. 프로방스의 떡갈나무 그늘에 앉으면 사방이 조용하다. 미디 지방(프랑스 남부 지방)의 꼭대기, 피레네의 정상은 푸른 빛을 띤 흰색이며, 계곡의 갈라진 틈 사이로 하늘을 향해 솟았다. 지금, 베르나데트에게는 명상을 하고 깊은 감정을 끄집어낼 수 있는 충분한 시간이 있다. 그녀의 명상과 기억은 같은 질문의 주변을 계속 맴돈다. '언제……?' 루르드의 성 베드로 성당의 종소리가 7시 15분을 알린다. 이 고적한 소리가 사그라들기 전에 베르나데트는 자신의 끝없는 질문인 '언제?'에 대한 답변을 들었다. 답변은 '지금!'이다. 이 '지금'에는 특별한 울림이 깃들어 있다. 베르나데트는 어느 때보다도 강하게 자신이 하나의 감각도 없는 몸과 강렬하고 황홀한 일시적 감각의 두 부분으로 나뉘는 느낌이다. 강렬한 감각이 그녀를 일으키고 움직이게 한다. 그녀는 이모 뤼시유에게 알리고자 시내로 달려가며 생각한다. 오늘은 주변에 아무도 없으면 좋겠다. 여인과 단둘이 있고 싶다. 하지만 불행히도 자신이 달려가는 것을 눈치채고 그중 열성적인 몇 사람이 자신의 뒤를 따라오고, 또 몇 사람은 신속하게 소식을 전파하는 것을 막을 재간이 없었다. '베르나데트가 동굴로 가고 있다.'

왠지 모르지만, 베르나데트는 제일 가까운 숲길로 들지 않고 2월 11일에 마리와 잔 아바디와 함께 갔던 길을 택했다. 니콜로의 물방아 옆길로 사비 개울을 따라 걸어가다 샬레 섬과 리베르 들판을 지나는 것이다. 마사비엘 동굴 앞에는 칼레와 헌병 페이가 어슬렁거린다. 그들은 베르나데트와 무리를 보고 즉시 공격 자세를 취하지만 선뜻 행동에 나서지는 않는다. 하지만 베르나데트는 개울을 건널 생각이 전혀 없다. 그녀는 2월의 그날과 똑같은 자리에 무릎을 꿇고 앉는다. 그때 이후로 오랜 시간이 흘렀다. 베르나데트는 기도를 드릴 준비를 하며 사람들을 멀찌감치 물러나도록 했다. 사람들의 수가 점점 불어나며 어머니, 여동생, 이모, 니콜로 모자도 합류했다. 그들은 베르나데트에게서 멀찌감치 떨어져 커다란 반원을 그리며 앉았다. 많은 여인네가 촛불을 켰지만 가브 계곡 전체를 물들인 강렬한 석양의 햇빛 때문에 거의 눈에 띄지 않는다. 에스펠뤼그 산과 사이예 숲이 모두 불붙은 듯 환하며, 가브 강은 펄펄 끓는 용암의 강으로 변한다. 자줏빛 산꼭대기가 마치 세상의 끝 경계이며, 밀랍처럼 녹아내리는 것 같다.

입구가 중간까지 가려진 동굴의 내부가 석양의 햇빛으로 가득하다. 아니면 정말로 불타기라도 한 것일까? 무릎을 꿇고 앉은 베르나데트에게는 아치형 암벽 동굴의 윗부분밖에 보이지 않는다. (헌병들은 새로이 발현이 있을 경우에 멀리서도 보이지 않도록 필요한 조치를 했다.) 하지만 암벽 동굴의 아치 바로 아래 타는 듯한 금빛의 두꺼운 안개가 피어오른다. 어른거리는 흰 빛은 무엇인가. 신부의 면사포인가? 그렇다. 비록 베르나데트가 볼 수는 없지만, 틀림없이 여인이 암벽 구멍에 서 있는 것이다. 몇 개의 송판 때문에 여인의 일부가 가려져 보이지 않는 것을 보니 분명 꿈이 아닌 현실이다. 베르나데트는 도움을 청하는 것처럼 주변을 둘러본다. 여인을 온전히 보려면 어디로 가야 할 것인가.

주변을 둘러볼 때 그녀의 시선이 개울물이 가브 강과 합류하는 지점에 머문다. 주위를 다시 살피다가 같은 지점으로 돌아와서 눈을 깜박인다. 그럴 리 없는데……. 눈을 비빈다. 그러고는 죽은 사람처럼 얼굴이 창백해지며 얼굴의 피부가 팽팽해지고, 동공이 커진다.

"저기 계셔요!" 베르나데트가 소리친다. "저기에……."

멀찌감치 떨어져 뒤에 있던 여인네들이 목멘 소리로 되풀이한다.

"저기에 계신다……. 저기에 계신다……."

여인은 동굴 앞, 강변에 나와 섰다. 베르나데트는 칼레나 페이가 여인에게 다가갈까 봐 걱정되었지만, 그들은 여인을 알아차리지 못한다. 다행스럽게도 그들은 마을 여인들이 샘물을 몰래 마시지 못하게 하는 일에 신경 쓰고 있다. 여인은 처음으로, 그동안 사용하지 않았던 밀랍 같은 발을 땅에 내디딘다. 발 위의 장미가 반짝인다. 여인은 2월 11일에 보았던 그대로의 젊고 우아하고 순결한 모습이다. 그 위대했던 보름의 시간 동안, 베르나데트에게 매일 동굴에 오게 하셨던 데는 여인의 계획과 목적이 있었다. 주임 신부에게 가게 하셨고, 그 자리에 예배당과 행렬을 원하셨으며, 땅에 샘을 파라고 명하셨다. 하지만 오늘은 다르다. 아무런 목적이 없이 순수한 사랑을 주실 뿐이다. 하얀 베일이 이토록 생기있게 나부낀 날은 일찍이 없었다. 베일

밖으로 굽이치는 갈색 곱슬머리가 이토록 자유롭게 날린 날도 없었고, 여인의 눈은 더 투명하고 파랗게 빛났으며 흰옷과 푸른 허리띠도 어느 때보다도 더 아름다워 숨이 멎을 지경이었다. 석양의 빛이 사그라들며 하늘이 차츰 어두워졌다. 이제 여인의 웃음은 온화한 관용의 웃음이 아니라 마치 동무의 웃음처럼 친근한 것으로 바뀌었다.

베르나데트는 천천히 팔을 벌렸다가 다시 내린다. 그리고 눈을 여인에게 고정한 채 흰 주머니에서 묵주를 꺼낸다. 여인은 보일 듯 말 듯 고개를 젓는다. '하지만 앞으로도 묵주 기도를 수없이 할 것인데 오늘은 서로 볼 수 있는 시간이 왔으니, 그것만 하도록 해요.'

베르나데트는 '마음속으로' 뭔가 말하려 했다. 그러나 여인은 손가락을 입술에 갖다 댄다. '아무 말도 하지 마세요. 당신이 말하려는 것 중에 내가 모르는 건 없습니다. 그리고 나도 당신에게 해야 할 말은 없습니다.' 하지만 베르나데트는 가슴에서 터져 나오는 무서운 질문을 참을 수 없다.

"오늘이 마지막입니까? 여인이시여. 이것이 정말 마지막입니까?"

여인은 이 질문을 알아듣고도 아무 대답이 없고, 무언의 대답도 하지 않는다. 다만 여인의 웃음이 더욱 가볍고 경쾌하며 격려해 주는 듯하며, 더 친근하다. 그 웃음의 의미는 이렇다. '우리에게는 마지막이란 있을 수 없어요. 물론 오늘의 작별은 보통 때보다 더 길어질 테지만 나는 이 세상에 머물 것이고, 당신도 이 세상에 있으니까요.'

여인이 세 번째의 몸짓을 한다. 창백한 손가락을 몸에 대고 가슴에서 허리띠까지 천천히 움직인다. '나는 아직 여기에 있어요.' 베르나데트는 묻고 싶은 괴로운 질문을 포기하고, 깊이 명상에 잠긴다.

베르나데트는 의식이 없는 상태에서 여인을 본다. 여인의 모든 모습을 그대로 마음에 새겨 놓으려는 듯 집중한다. 아직도 몸 어딘가에 조금이나마 남아 있을 자신의 영혼에 여인의 모습을 담으려 한다. 지금부터 죽기 전까지 이 시간을 그리워할 순간을 대비하려는 것이다. 이것이 작별의 순간이라는 것을 알기 때문이다. 여인 또한 할 수 있는 것을 한다. 가능한 범위에서 끊임없이 가까이 다가오려 하는 것이다.

이미 해가 기울었다. 차츰차츰 밤이 온다. 무수한 별이 빛나는 7월의 하늘이 조금씩 조금씩 더 어두워진다. 꿇어앉은 아이의 등 뒤에서 차차 밝아지는 촛불 빛이 소녀 앞의 세상이 더 어두워 보이게 한다. 아직 여인이 떠나지 않았다. 진실로 다정한 마음으로, 햇빛이 사그라드는 시점에 작별하고자 이 시간을 택하신 것이다. 여인은 베르나데트를 버려둔 채 혼자 사라지지 않으려는 것이다. 이별이 조금이라도 덜 괴롭도록 여인은 허공에 섰다. 베르나데트는 더 이상 앞을 분간할 수 없었다. 아주 천천히 조금씩 여인은 떠나기 시작했다. 아주 천천히 그리고 소녀에게서 몸을 돌리지 않았다. 사람들이 이별할 때처럼, 여인이 손을 들어 베르나데트에게 흔드는 것 같다. 베르나데트 역시 손을 들었지만 흔들 힘이 없다. 그녀는 어둠 속을 뚫어지게 바라본다. 저기 강물 위쪽의 밝은 빛이 여인인가? 아니면 이미 사라지신 걸까? 별이 더 많아졌다. 마치 자신들의 여왕을 영접하기 위해 더 밝게 빛나는 것만 같다. 베르나데트가 하늘을 올려다봐야 하는 걸까? 그녀는 계속 마지막 흰 그림자가 사라진 어둠 속을 계속 응시한다.

베르나데트는 몇 분 더 꿇어앉아 있다가 비틀거리며 일어나서 뒤쪽 촛불을 들고 앉은 사람들에게 다가간다. 지친 그녀에게는 기나긴 길이다. 그녀는 걷고, 걷고 또 걸어서 촛불을 든 무리에게 간다. 그들도 그녀를 맞으러 다가오지만 닿지 못한다. 마침내 베르나데트가 사람들 앞에 도착해 가물가물하는 얼굴들을 본다. 어머니의 얼굴이 다가와 베르나데트에게 두건을 씌워 준다. 저녁이 되자 꽤 쌀쌀해졌기 때문이다. 이모 베르나르드의 엄격한 얼굴이 질문을 퍼붓기 시작한다. 앙트완의 선한 얼굴이 다가와 베르나데트의 눈을 들여다본다. 그녀는 모두의 얼굴을 잘 안다. 그리고 자신에게 질문하고, 여인에 대해 궁금해하는 사람들의 목소리를 모두 알아듣는다. 그녀는 여인의 몸짓을 그대로 흉내 내며 손가락을 입술에 갖다 댄다. 그러고는 갑자기 쓰러진다. 마치 다른 이가 부축하다가 손을 놓아 버린 것처럼 쓰러져 그대로 정신을 잃는다.

4부

은총의 그늘

제31장

마리-테레즈 보주 수녀가 마을을 떠나다

그들은 베르나데트가 기절한 것을 보고 이전에 늘 지켜봤던 탈혼 상태가 특별히 더 깊어졌으리라고 생각했다. 그래서 처음에는 아무도 걱정하지 않았다. 베르나데트가 어머니의 품에서 한참 쉬다가 마침내 눈을 떴을 때, 이전과 달리 혈색을 되찾지 못하고 호흡 곤란과 경련을 일으키는 것을 보고 어머니가 소리를 지른다. 호흡 곤란이 점점 악화해 심장 발작을 일으킬 것만 같다. 소녀의 얼굴이 완전히 핏기를 잃고 크게 뜬 눈은 허공을 응시하며 도움을 구한다. 발작은 15분가량 지속한 후 그쳤지만, 베르나데트는 기운 없이 땅 위에 늘어져 움직이지 않는다.

그리하여 두 번째이자 마지막으로 앙투안 니콜로가 베르나데트를 안고 조심조심 그들의 토방이 있는 프티-포세 거리까지 머나먼 길을 걸었다. 겁에 질린 여인들의 무리가 속삭이며 그 뒤를 따르고, 그중 몇 명은 여전히 불붙은 촛불을 들고 있다. 사실 그들은 무덤 얘기를 나누었다. 사주가 토방에서 곧 관이 나갈 거라고 하더니 그 말이 사실은 아닐까. 평소 사람들 앞에 나서지 않는 성격의 루이즈 수비루가 여느 때와는 다른 행동을 한다. 그녀는 소리를 지르며 여인에 대한 불경한 저주를 내뱉는다. 어째서 자신의 딸과 자기 자신, 자신의 불쌍한 가족이 신부와 주교가 인정하지도 않는 이상한 일에 휘말려 고통 받아야 하는지 말이다. 여인은 절대로 성모 마리아가 아니라 아마도 땅밑의 악마가 보낸 귀신일 것이다. 그래서 지각 있는 신부들이 그것을 알아채고 동굴에 가는 것을 금지했다. 이렇게 베르나데트의 불행을 외면하는데, 어떻게 그 여인이 자비심 있고 고귀한 이란 말인가. 이 아이가 이제 온전한 구실도 못 하게 되었는데 말이다. 아이의 천식을 고치기는커녕, 알아차리지도 못하는 사이에 서서히 아이의 목을 죄어온 것이다. 그녀는 계속해서 큰 소리로 넋두리하며 여인을 원망했고, 마침내 언니 베르나르드 카스테로가 화가 나서 소리 질렀다.

"그 멍청한 입 좀 다물지 못해!"

사람들은 즉시 도주를 불렀다. 그는 베르나데트를 느베르 수녀원 병원에 입원시키도록 조치했지만, 진찰한 후 부모부터 안심시킨다. 심각한 상태는 아니며, 어릴 때부터 앓아온 천식과 여인의 발현 때마다 지나치게 흥분 상태가 되어 신경과 심장이 탈진한 것이 원인이라고 했다.

탈진, 상황에 정확하게 들어맞는 말이다. 알 수 없는 존재와 만남이 그녀를 죽도록 피로하게 했다. 베르나데트는 병원 입원실에 누웠다. 처음 며칠 동안은 침대 주위에서 어른거리는 환영을 보았지만, 여인에 대한 꿈을 꾸지는 않는다. 여인에 대한 꿈을 꾸어서도 안 된다. 그 후로도 서너 번 천식 발작이 있었지만, 차츰 간격이 길어졌고 호흡 곤란 증세도 잦아들었다. 벽 위에서 춤추던 환영들도 사라졌다.

보이지 않는 것에 눌린 듯 꼼짝하기 힘들었던 팔다리도 이제 자유로워졌다. 베르나데트는 첫눈에는 약해 보이지만, 육신에는 젊고 강인한 힘이 비축되어 있다. 새로운 충만감으로 온몸에 힘이 돋기 시작한다. 어느 날 아침 (여인과 이별 중에서도 가장 힘든 이별을 한 그날 이후로 1주일 남짓 지났다) 그녀는 온몸에 기운이 넘치고 건강해진 것을 느낀다. 침대에서 풀쩍 내려와 당번 수녀에게 집에 가도 좋으냐고 묻자, 의사가 회진할 때까지 기다리라고 한다.

그러는 동안 도주는 베르나데트의 일에 관해 의논하기 위해 페라말 신부를 재차 방문했다. 아직 신체 발육 중인 약한 소녀에게, 특히 진행 중의 천식 환자에게 토방은 너무나 적절하지 못한 곳이다. 햇빛과 공기의 결핍은 조만간 그녀의 약한 신체에 폐질환을 일으킬 것이다. 시급한 대책이 요구된다. 페라말 신부와 도주는 곧 의견이 일치했다. 페라말 신부는 즉시 병원 원장을 방문해 자신과 의사의 이름으로 제안을 했다. 새로운 전갈이 있을 때까지 베르나데트 수비루를 당분간 병실에 머물게 해달라는 것이다. 이것은 건강상의 이유뿐 아니라, 또 다른 중요한 이유가 있다고 했다.

베르나데트에게 호감이 있던 원장 수녀는 무서운 주임 신부의 청을 받아들일 수 있어서 기뻤다. 페라말 신부는 퇴원을 기다리는 베르나데트를 불렀다. 소녀는 지난 2월에 신부를 만났을 때처럼 주눅이 들지는 않았지만, 왜 신부가 자신을 또 부르는지 의아했다. 그런데 그 페라말 신부가 이토록 변했을 줄이야. 검은 수단을 입은 덩치 큰 남자가 그날은 빗자루를 들고 자신을 쫓아내기까지 하지 않았던가.

페라말 신부는 자신의 커다란 체구에 소녀가 겁먹지 않도록 몸을 숙인다. 평소의 거친 목소리를 죽이고 최대한 친절하게 말한다. 오늘은 그의 친절 뒤에 일종의 불편함과 소심함까지도 느껴진다.

“얘야,” 그는 말한다. “너는 이제 완전히 회복되었고 얼마든지 집에 갈 수 있다. 그러나 도주 의사와 의논했는데, 네 건강을 생각해서 여기에 좀 더 머무르면 좋을 것 같구나. 원장 수녀도 친절하게도 양해해 주었단다. 네 생각은 어떠냐?”

베르나데트는 주임 신부를 무표정하게 쳐다보며 대답이 없다. 주임 신부는 소녀가 병원 생활을 좋아하지 않는 것이리라 생각한다.

“물론, 너는 환자들과 함께 있지는 않을 거란다. 그건 건강한 사람에게는 당연히 싫은 일이지. 원장 수녀가 네가 쓸 수 있는 방을 하나 주실 게다. 낮에는 온종일 네 맘대로 있으면 되고 밤에는 당직 수녀와 함께 자면 된다. 그 외에는 완전히 자유롭게 원하는 만큼 네 가족을 만나도 된단다. 다만 병원 규칙을 지키고, 식사 시간을 엄수해야 한다. 도주 선생과 나는 네가 여기서 질 좋은 식사를 하는 것을 굉장히 중요하게 생각하기 때문이다. 내 말을 잘 알아들었니?”

베르나데트는 고개를 끄덕이고는 여전히 말없이 신부를 본다.

“그뿐 아니다.” 페라말 신부가 계속 설득하려 한다. “외지 사람들이 너를 성가시게 하고, 호기심 많은 사람이 너를 괴롭힌다는 것을 잘 안다. 그런 일들이 없도록 해주고 싶구나. 이곳에 있으면 그런 점에서는 안심할 수 있을 것이다. 원장 수녀 말로는 네가 큰 정원이든 작은 정원이든 네 마음대로 있어도 된다는구나. 네 생각은 어떠냐. 베르나데트?"

"예. 정말로 좋아요, 신부님." 베르나데트가 말한다. 그리고 주임 신부를 보고 솔직하게 웃었다. 그 앞에서 겁먹지 않고 편하게 웃는 것은 처음 있는 일이다.

자유롭게 지낼 수 있는 피난처를 갖는다는 것은 베르나데트에게 매우 기쁜 일이다. 부모에 대한 애착이 크기는 하지만 최근 몇 주간 집에서 가족과 함께 지내는 것이 매우 부담스러웠기 때문이다. 사주의 작은 방에 머무는 대가로 그들의 끝없는 수다를 들어줘야만 한다. 이제는 토방에 가고 싶을 때는 가고, 벗어나고 싶으면 벗어날 수 있다. 게다가 지금, 베르나데트는 이전보다도 혼자 있고 싶은 욕망이 훨씬 커졌다. 혼자 있으면 언제나 사랑하는 이와 함께 있을 수 있다. 여인과의 이별은 베르나데트의 사랑을 단절시킨 것이 아니라 반대로 더 달콤하게 만들고, 더 갈망하도록 만들었다. 그때 느꼈던, 지금은 마음속에 간직된 사랑을 다시 불러일으키고, 하나하나 추억하며 되새기는 즐거움은 누구에게 설명할 수도 없고, 혼자서만 은밀하게 이해하는 것이다.

베르나데트는 일거리를 달라고 청해 병원 부엌일을 얻었다. 지금 그녀는 식사 후 설거지를 한다. 집에서는 설거지를 그다지 좋아하지 않았다. 하지만 다른 소녀들과 마찬가지로 집에서는 찡그리며 하는 일을 밖에서는 기꺼이 자청해서 한다. 수녀들 가운데에는 젊고 쾌활한 이들이 몇 명 있어서 부엌에서도 노래를 부르는데 베르나데트는 그런 분위기를 좋아한다. 집에서는 가족들이 베르나데트를 어떻게 대해야 할지 몰라 불편해하며 조심스럽게 대했다. 적어도 베르나데트의 느낌에는 그랬다.

베르나데트가 거처하는 작은 방은 바닥에 아무것도 깔려 있지 않고 좁고 흰 석회벽으로 둘러싸여 있지만, 정원으로 난 문이 있어서 바로 나갈 수 있다. 원한다면 30분이나 창문에 붙어 서서 아무 생각 없이 정원의 잘 자란 나무들을 바라볼 수도 있다. 때때로 그는 이렇게 생각에 가득 찼다고도 할 수 있고 아무 생각 없다고도 할 수 있는 한가로운 시간을 즐긴다. 다른 사람이 보기에는 이해할 수 없는 일이다. 머릿속에 아무 생각이 없는 사람들은 해야 할 일이 없으면 불안해하고, 한가해지는 시간은 잠으로 때운다. 어떤 간호사 수녀가 아무것도 하지 않는 이 아이를 보고 매우 화가 나서 프랑수아 수비루를 잘 아는 수위에게 말했다.

"저기에 또 앉아 있네요. 저 이상한 아이가 말이죠. 또 무슨 생각에 잔뜩 빠져서 꼼짝하지도 않고 멍청하게 창밖만 보고 있어요. 세 번이나 불러도 대답이 없어요……."

느베르 수녀원 병원의 수위는 프랑수아 수비루와 마찬가지로 바부 주점의 붙박이 단골인데, 수녀의 말 그대로 '의사들의 구역', 즉 루르드 의사 하인들이 모이는 자리에 가서 전했다. 그 자리에서는 의사 라크랑프의 하인이 입증된 진단가이며 예리한 눈으로 아무리 복잡한 증상이라도 간파하는데, 동석한 다른 이들은 아무도 감히 반대의 의견을 피력하지 못한다. 그가 베르나데트에 대한 수녀의 말을 듣고 라틴어로, 'Dementia paralytica progressiva sed non agitans(진행 마비성 치매 무기력증)'이라고 판단을 내리고는 "내가 벌써 몇 달 전부터 말했던 것 아닌가"라고 덧붙였다. 그러자 '의사 하인 협의회'의 회원들이, 의사들이 병과 죽음에 맞서 싸울 때의 결연한 태도로 일제히 고개를 끄덕이며 승인한다. 그가 난해한 라틴말로 사망 선고를 내리자마자, 마치 그의 주인 라크랑프가 선고를 내린 것처럼 온 루르드에 소문이 퍼졌다.

베르나데트의 방에는 작은 철제 침대와 긴 의자가 있다. 긴 의자는 당직 수녀를 위한 것이다. 느베르 수녀원과 병원이 같은 건물이 아니므로 밤마다 병원을 둘러볼 감독 수녀가 필요하다. 원장 수녀는 이 임무를 어느 정도 나이가 있고, 경험이 풍부한 수녀에게만 맡긴다. 당직 수녀는 밤사이 위급한 사태가 발생하면 의사와 신부를 불러야 할지, 아니면 곧 진정될지를 살펴야 한다. 당직 수녀는 일반 간호 수녀에게는 맡기지 않는 약국의 열쇠를 가지고 있다. 병원에 중환자가 없으므로 그리 어려운 일은 아니다. 그러므로 당직 수녀와 베르나데트는 밤사이에 잠을 설친 적은 거의 없다. 수녀들은 대체로 잠을 깊이 잔다. 당번 때는 밤 기도 의무가 면제되기 때문이다.

하지만 마리-테레즈 보주 수녀의 경우는 좀 다르다. 베르나데트는 보주 수녀와도 하룻밤을 지냈는데 밤새 거의 한숨도 자지 못했다. 폐를 끼치지 않으려고 꼼짝하지 않고 누워서 고른 숨소리를 내며, 베르나데트는 방을 가득 채운 7월의 달빛 속에서 실눈을 뜨고 보주 수녀를 관찰했다. 도저히 호기심을 참을 수 없었기 때문이다.

다른 수녀들은 어두운 데서 옷을 벗고 이불 안으로 들어가는데 보주 수녀는 무거운 옷을 결코 벗는 일이 없다. 유일하게 벗는 것은 수녀 모자뿐이다. 모자 아래로 짧게 깎은 머리가 드러난다. 짧고 뻣뻣한 금발 머리가 마치 소년의 것 같다. 구두는 벗을까? 베르나데트는 생각한다. 보주 수녀는 끈으로 묶는 커다란 단화를 신었다. 밤에 발이 얼마나 아플까? 그러나 수녀는 밤새 신발을 벗지 않으며, 이불 아래 들어가지 않고 항상 그 위에 눕는다. 그전에 수녀는 꿇어앉아서 한 시간 동안 꼬박 기도를 드린다. 일반적인 묵주신공이 아니며, 아마도 매우 감동적인 기도일 것이다. 기도를 드리는 동안 매우 고통스러운 한숨을 쉬는 것이 들리기 때문이다. 간혹 누군가와 말다툼하는 듯한 소리를 낼 때도 있다. 베르나데트는 보주 수녀를 훔쳐보는 시선을 절대로 다른 데로 돌리지 않는다. 그녀는 기도 중인 수녀의 등과 어깨가 한 번이라도 움직이지 않을까 살핀다. 등도 어깨도 전혀 움직이지 않는다.

베르나데트는 누워서, 수녀를 눈에 띄지 않게 온전히 관찰할 수 있는 자세를 취한다. 보주 수녀는 환한 달빛 속에서 맞잡은 손을 가슴에 얹고 긴 의자에 꼿꼿하게 누웠는데 마치 영구대(장례식 때 관을 올려놓는 곳)에 얹힌 고딕 석상 같다. 보주 수녀 역시 눈을 뜬 채 잠을 자지 않고 있었다. 그녀가 전혀 움직이지 않았지만, 수녀가 잠들지 못하고 있으며, 영혼이 고통받고 있다는 것을 느낄 수 있었다. 그러는 동안에도 여러 번 보주 수녀는 조심조심 소리 없이 일어나서 십자가 앞에 꿇어앉아 다시금 긴 기도를 드린다. 베르나데트는 보주 수녀가 나무뿌리와 야생 꿀과 물에 의지한 채 여러 날 굶기도 하는 황야의 수사 수녀들이 새로운 기도를 만들기 전까지 기존의 모든 기도를 다 했다는 이야기를 언급하며 괴롭히던 수업시간을 기억한다. 긴 윗옷 안에 녹슨 못이 박힌 허리띠를 찬 수사의 모습이 머리 나쁜 학생의 기억에 깊이 박혀 버린 것이다. 분명히 보주 수녀는 사막이나 헐벗은 산속의 수도자만큼이나 거룩한 사람이다. 아마도 지금 자신의 악한 생각과 욕망과 싸울 것이다. 물론 그런 것이 보주 수녀의 마음속에 있다는 것도 상상하기 어려운 일이다.

긴 의자 옆의 작은 테이블 위에는 아름답고 싱싱한 복숭아를 담은 쟁반이 있다. 지금은 복숭아 철이다. 그리고 비고르 지방의 복숭아는 그중에서도 단연 최고다. 창백한 달빛 아래에서도 복숭아는 붉고 맛있어 보인다. 베르나데트는 이 복숭아를 먹고 싶은 생각이 간절하다. 그러다 문득 보주 수녀가 복숭아를 자신의 욕망을 제어하는 싸움의 수단으로 옆에 가져다 둔 것이라는 생각이 떠오른다. 사막의 수사들도 그렇게 했다고 하는데, 이 가차 없는 수녀가 그것을 자진해 모방하는 것이로구나. 하지만 여인께서는 베르나데트에게 그토록 보속을 말씀하셨지만, 복숭아를 먹지 말라고 하시지는 않았다. 왜 복숭아를 먹지 말아야 하는가? 그토록 달콤한 것을 말이다. 게다가 요즘은 값도 싸서 1수로 여러 개를 살 수 있다. 그래서 어머니도 때때로 사 오신다. 베르나데트는 보주 수녀가 마침내 복숭아를 깨물기를 바란다. 그러나 수녀는 여전히 석상처럼 몸을 꼼짝하지 않고 긴 걸상에 누워 있었고, 마침내 달마저 사라졌다.

베르나데트는 누군가 자신을 한참 들여다보는 것을 느끼고 잠에서 깼다. 창문으로 햇빛이 가득 들어오고 있었다.

"너는 잠꾸러기로구나." 보주 수녀가 말한다.

소녀는 복숭아가 그대로 온전하게 쟁반 위에 놓여 있는 것을 힐끗 보았다.

"예. 바로 일어날게요, 수녀님." 베르나데트는 공손하게 대답하고 이불에서 발을 꺼내는데 속옷의 어깨끈이 여윈 어깨에서 미끄러졌다.

"넌 스스로 부끄럽지 않니?" 보주 수녀가 중얼거린다. "얼른 뭣 좀 입어라."

베르나데트가 서둘러 방을 나가려 하자, 여선생은 붙잡는다.

"잠깐 침대 위에 앉거라. 네게 할 말이 있으니."

소녀는 검은 눈으로 수녀를 올려다본다. 보주 수녀는 베르나데트가 자신에게 하고 싶은 말을 얼마나 억누르는지 상상도 못 할 것이다.

"너는 내년에 학교에 꼭 돌아가야 한다. 그땐 내가 거기에 없을 것이다. 내일 루르드를 떠나거든. 나는 느베르에 있는 수녀원으로 돌아간다. 부름을 받았단다."

"루르드를 떠나세요, 수녀님?" 베르나데트의 대답에는 만족이나 유감의 아무런 감정이 깃들어 있지 않다.

"그래, 베르나데트 수비루. 이곳을 떠난다. 그리고 떠나는 데 아무런 미련이 없구나. 보렴. 네가 얼마나 사람들을 현혹하는지. 어리석은 사람들뿐만 아니라 관리들도 너를 가두지 않는구나. 이제는 주임 신부님처럼 단호한 분들까지도 네 편으로 끌어들여서 네 마음대로 움직이는구나. 단 한 명, 나만 빼고 말이지. 나는 너를 믿지 않거든."

"결코 저를 믿으시기를 원한 적이 없어요, 수녀님."

베르나데트는 사실을 말하기를 원할 뿐 수녀의 기분을 상하게 할 생각은 조금도 없다.

"그렇겠지. 그것이 다른 사람들의 입을 다물게 하는 네 말버릇이다." 보주 수녀는 고개를 끄덕인다. "네가 온 프랑스를 불안 속으로 끌어넣었구나. 알겠니, 베르나데트? 이전에는 아름다운 여인과 관련된 이상한 환상을 봤다고 하는 소녀들이나, 샘물을 가지고 마술을 부리고, 어리석은 군중을 몰고 다니고 정부의 법률이나 교회에 거슬러 행동하는 사람들은 장작불로 태워 죽였단다, 베르나데트!"

베르나데트는 긴장해서 이맛살을 찌푸리며 아무 말이 없다. 보주 수녀가 허리를 펴고 일어선다.

"또 한 가지 말하고 싶은 것은, 아마 학교에서 내가 너를 나무라고 부당하게 대한다고 느꼈을지 모르겠구나. 그건 내 잘못이 크다. 학생들 가운데 너만큼 나를 걱정시킨 아이가 없었단다. 간밤에 너를 위해 끊임없이 기도했지. 앞으로도 매일 할 것이고. 천주께서 너의 영혼이 길을 잃지 않도록, 그리고 네가 천주를 끌어들이는 위험에서 네 영혼을 구해 주시도록 계속 기도할 것이다. 나쁜 데 가지 않게 하시도록. 그리고 동시에 네가 들어가는 무서운 위험에서 구하시도록……."

수녀는 이 말을 하고 복숭아 쟁반을 들어 올렸다. 한순간 그것을 베르나데트에게 주려는 것 같았다. 그러나 이내 마음을 바꾸고 복도에서 제일 먼저 만난 환자에게 주었다.

제32장

정신과 의사가 싸움에 끼어들다

마사비엘 동굴의 여인에게 참패당하고 괴로워하는 사람이 두 명이다. 한 명은 루르드의 대머리 검사 비탈-뒤투르이고, 또 한 명은 피레네의 주지사 마씨 남작이다.

대부분 인간에게 가장 깊은 내면적 충동은 교만일 것이다. 다시 말해 항상 남보다 우위에 서고자 하는 욕망이다. 사람들과 어울려 살다 보니 교만을 성욕보다 더 조심스레 감추지만, 내부적으로는 더욱더 교만해진다. 각계각층이 모두 나름의 교만을 가지고 있지만, 특히 정부 관료들의 교만만큼 강력한 것도 없다. 스스로의 눈에 관리는 단순히 국가 권력을 집행만 하는 사람이 아니다. 사무실의 책상 앞에 앉으면 자신이 국가 권력 자체인 줄 안다. 편지에 도장만 찍는 말단 직원일지라도 천사와 사람이 다른 것처럼 자신이 일반 평민과는 다르다고 생각한다. 판사나 경찰서장이나 세관원이나 그 외의 관료 폭군들은 사람의 운명을 신의 섭리보다 더 눈에 띄게 주무른다. 평범한 사람들이 굽신거리고 순종하며 이들을 섬긴다. 왜냐면 그들은 법률도 마치 밀랍처럼 자기들 입맛에 맞게 주물러 마음대로 사용하기 때문이다. 그렇게 함으로써 자신들이 섬기는 황제의 권력을 나누어 누리는 것이다. 관리는 자신이 학자나 의사나 기술자보다 실제로 작은 인간이며 일도 적게 하는 줄을 잘 알고 있으며, 심지어 대장장이나 열쇠공보다도 적게 일한다는 것을 안다. 만일 누군가 권력으로부터 흘러나오는 힘의 원천을 빼앗는다면, 그는 단지 빈 깡통처럼 소리만 요란할 뿐 아무 힘이 없는 허수아비에 불과할 것이다. 하지만 관리의 교만이 커지면 커질수록 더 잘 보호된다. 관리가 자기 자신을 탓하게 되면 그것은 권력의 섭리를 탓하는 것으로, 어떤 경우에도 용납할 수 없는 일이다.

사태가 이렇게 돌아가는 것은 용서할 수 없는 일이라고 마씨 남작은 생각한다. 마사비엘 여인 사건은 권력의 신성한 원칙을 탓하는 것으로 끝내서는 안 된다. 큰 신문들은 동굴 폐쇄로 약간 수그러들었다. 시대정신이 무지하다고 비웃는 이 환상 또는 기적 이야기는 마침내 잊히는가 보다. 하지만 남작의 자존심이 장기적인 체념을 내버려두지 않는다. 남작은 장관의 꾸지람을 들어야 했고, 주교관을 두 번이나 방문해 대기실에서 기다렸으나 접견을 거절당했다. 고통스럽고 괴로운 상황을 어떻게든 바로잡아 보고자 시도했던 모든 것이 허사였다.

마씨 남작은 어떤 말을 하거나 글을 쓰거나 간에 끝을 맺어야 직성이 풀리는 사람이다. 주어 다음에 반드시 술어가 와야 하고, 문장 끝에 반드시 마침표를 찍고 잉크까지 다 말라야 비로소 안심한다. 지금

이대로 양보하고 끝낸다면, 즉 새로운 투쟁을 이어 가지 않으면 아마도 앓아눕게 될 것이다. 그는 베르나데트 수비루를 한 번도 본 적이 없으나 원망하는 마음으로 가득하다. 그러나 그는 소녀 안에서 끝없는 알력의 근원을 찾아낼 것을 자신하고 있다. 베르나데트가 프랑스인들의 의식에서 사라지지 않는 한, 루르드와 그 주변에는 마음 편한 날이 없으리라고 생각한다. 그 작은 사기꾼 계집아이가 어리석은 사람들의 믿음을 이용해 어떤 이득을 취했는지 자백을 설득하려 시도한 모든 것이 그 아이의 책략과 경찰의 나약함 때문에 수포로 돌아갔다. 그러니 마씨 남작에게는 아직도 무기가 하나 남아 있다.

오늘은 정말로 더운 날이다. 여름 햇빛이 주지사의 사무실에 작열한다. 지사는 늘 입던 대로 긴 검은 윗옷을 입고, 턱까지 올라오는 장식용 칼라와 풀 먹여 빳빳한 소매 커프스를 달고 있다. 다른 직원들은 셔츠 소매를 걷고 일하면서도 땀을 흘리는데 남작은 땀 한 방울 안 흘린다. 마씨는 이미 몇 주 전에 받아 놓은 자료를 검토한다. 3월 말경에 베르나데트 수비루를 조사한 의사 위원회의 감정서다. 이 위원회는 루르드의 의사 발랑시와 라크랑프 두 명과 인근 지역의 다른 의사 한 명이 모여서 구성된 것이다. 비탈-뒤투르가 당시 루르드의 공의인 도주는 이 위원회에 참여시키지 말라고 강경하게 주장했다. 그가 베르나데트에 대해 이야기하는 것을 카페 프랑세에서 이미 수차례나 들었기 때문이다. 주지사는 이마를 찡그리며 감정서를 읽고 또 읽는다.

감정서는 이렇게 시작한다. “어린 베르나데트 수비루는 날 때부터 가지고 있던 천식까지 사라지고 완전히 건강하다. 두통도 없고 다른 신경 장애는 아무것도 없다. 식욕, 수면 등도 양호하며 병적 소질도 없다. 소녀는 모든 인상에 대해서 천성적으로 감수성이 지극히 예민하다. 이것이 아마 신경과민과 관계가 있는 듯하다. 신경과민은 주관적 느낌을 확대하는 경향이 있다. 중한 경우에는 환각을 보게 된다. 그러나 어린 수비루가 그렇다고 할 이유는 없다. 우리 서명자들은 다음과 같은 의견이다. 즉 소녀에게 소위 환각 상태가 사라지지 않는 것은 몽유병과 흡사한 정신적 고통인데 여기에 대해서는 지금까지 많이 연구되지 않았다. 그러나 환자에게 아무런 위험은 없는 증세다."

'한 듯하다.' '경향이 있다.' '그럴 수 있다.' '아마도' …… 마씨 남작은 짜증이 밀려와 콧방귀를 뀌며 이 조심스러운 감정서를 옆으로 밀쳐놓는다. 마침 이때 정신과 의사가 들어선다. 포(Pau)에서 격리 병원을 운영하는 정신과 의사를 부른 것이다. 국가는 개인의 반항을 끝내기 위해 때때로 정신과 의사를 이용한다. 특히 막대한 재산을 나쁘게 사용한다던가, 유언을 계속해서 바꾼다거나, 노인이 젊은 여자아이에게 빠진 경우도 마찬가지다. 이런 종류의 몰상식한 경우 국가나 가족은 정신과 의사를 불러 자신들에게 유리하게 이용하곤 한다. 국가가 초자연적인 문제 때문에 곤란을 겪는 지금, 정신과 의사의 도움을 얻지 못할 이유가 무엇이란 말인가.

의사는 붉은색 턱수염을 기른 매력적인 남자다. 그의 불타는 듯한 머리카락이 보기 좋게 머리를 감쌌다. 입의 왼쪽 가장자리가 근육 마비로 인해 약간 위로 올라가지만 않았어도 굉장한 미남이었을 것이다. 또 그의 회색 눈은 계속 좌우로 흔들렸는데 그것은 정신과 의사들이 어느 정도 환자의 영향을 받기 때문일 것이다.

주지사는 간단히 사건을 설명하고 국가의 입장을 납득시킨다. 붉은 머리가 간략한 설명만 듣고도 대번에 이해해서 남작은 매우 만족스럽다. 철학적 문제에 대해서는 크게 관심이 없는 듯한데, 세상을 논리적으로 설명하기 힘들게 하는 틈을 만드는 것들이 그를 매우 화나게 하는 듯하다. 그에게 베르나데트 수비루는 사기꾼이 아니면 미치광이일 뿐이다. 그런데 광인을 치료하는 것이 그의 직업이므로 그는 기꺼이 그녀가 광인이라고 주장한다. 또한 그는 무엇 때문에 이 어려운 시대에 하늘의 힘이 의학계의 승인 없이 환자를 치료하는 데 끼어드는지 이해할 수 없다고 말한다. 주지사는 1838년 6월 30일 자 법률을 제시한다. 이 법률에 따르면 검사는 정신병 혐의가 있는 시민에 대해 의사의 정신병 진단이 있거나 대중에게 상해를 입힐 위험이 있을 때는 구금할 권한을 갖는다. 정신과 의사가 웃는다.

"우리가 이 정도로 개입할 필요가 없습니다, 주지사님. 완전한 자유와 완전한 구속 사이에는 적당한 중간 길이 있습니다. 저는 난처한 경우에는 이 중간 길로 가지요. 저는 환자를 장기적으로 관찰하는 것을 추천합니다. 정신과 의사는 부러진 다리를 즉시 고쳐 내는 정형외과 의사가 아니니까요."

"그것 훌륭하군요, 교수님." 남작은 고개를 끄덕인다. "관찰이 필요하지요."

다음 날 아침, 정신과 의사가 루르드 병원에 나타났다. 그는 마치

골리앗을 잡아 가두기라도 하려는 양 덩치 큰 사람을 대동했다. 사람들이 즉각 그에게 베르나데트를 데려간다. 싸울 때는 늘 그렇지만, 베르나데트의 눈은 냉담하고, 깊이 생각하며 방어적이다. 붉은 머리의 의사는 믿음직하며 선량한 아저씨 같은 사람인 척한다. 그는 만족스러운 웃음을 머금고 비뚤어진 입술을 약간 내민 채 소녀의 등을 두드린다. 베르나데트는 붉은 털이 잔뜩 난 그의 손을 피해 뒷걸음질친다. 정신과 의사는 종잡을 수 없는 광범위한 대화로 소녀에게 애를 먹인다. 이런 대화 방식은 자코메가 반대 심문을 하던 것과 같은 목적이 있다. 베르나데트가 자신의 맹점을 실토하도록 여러 방식으로 유도하는 것이다. 하지만 그녀는 정신과 의사가 만족할 만한 실수를 범하지 않는다. 언제나 그런 것처럼 간결하고 정확한 대답만 할 뿐이다. 하루가 몇 시간인지, 한 주가 며칠인지, 7월에는 해가 언제 뜨고, 프랑스의 현 통치자는 누구인지, 5에 7을 곱하면 얼마인지도 안다. 하지만 17에 38을 곱하면 몇이 되는지는 바로 알 수 없다. 이때 정신과 의사의 얼굴을 보며 아주 진지하게 말한다.

"선생님은 이미 계산해 보셔서 알고 있겠지만요."

최근에 일어난 사실에 대한 질문을 받고는 시간순으로 논리 정연하게 설명할 수 있었다. 함께 참관한 두 젊은 간호 수녀가 킥킥 웃기 시작한다. 베르나데트의 옛날 재주가 다시 살아난 것이다. 그녀는 자신을 웃음거리로 만들고 싶은 사람을 도리어 웃음거리로 만들곤 했다.

정신과 의사는 어두운 방에 환자와 단둘이 있게 해달라고 요청했다. 원장 수녀는 요청을 들어주었지만, 영리하게도 주임 신부와 베르나데트의 부모에게도 이 사실을 전달하는 것을 잊지 않았다. 베르나데트는 긴장한 채 침대에 앉았고, 붉은 머리의 정신과 의사는 여름의 석양이 비스듬하게 들어오는 어둑어둑한 방에서 그림자처럼 움직인다. 그는 재단사처럼 주머니에 줄자와 윗옷의 안주머니에 많은 바늘을 가지고 다닌다. 이 당시는 인간의 머리와 두뇌의 해부학이 활발하게 연구되어 인간의 뇌에서 여러 지적 활동, 감각, 운동 등이 일어나는 각 중심점이 비교적 좁은 범위로 규정되었다. 인간은 어느 정도 이 중심점에 의지해 움직이는 꼭두각시 인형과 비슷하다고 한다. 즉 옛날 말로 한다면, 결국은 '영혼'을 표시하는 것이라 했다. 정신과 의사는 베르나데트의 머리를 측정하고 그 숫자를 수첩에 기록한다. 영락없는 재단사다. 그러고는 바늘로 몸의 곳곳을 찔러댄다.

"아야!" 베르나데트가 소리 지른다.

"감각이 아주 예민하구나." 의사가 만족해하며 말한다. 그것이 환자에게 좋은지 안 좋은지는 말해 주지 않는다.

"당연하죠. 누구든 아프다고 느낄걸요." 베르나데트가 있는 그대로 말한다.

의사는 이번엔 근육의 반사 능력과 특히 동공의 반응을 검사한다. 그는 소녀에게 눈을 감고 혹은 눈을 뜨고 앞뒤로 걸어 보라고 말한다.

"왜 그렇게 비틀비틀하는 거지?" 그가 묻는다.

"선생님이 저를 피곤하게 하셔서요."

다시 선량한 아저씨가 된 정신과 의사는 앉아서 이야기하자고 한다.

"네가 동굴에서 성모 마리아를 봤다고?"

"저는 그렇게 말한 적이 한 번도 없어요, 선생님."

"그러면 뭐라고 말했니?"

"동굴에서 여인을 보았다고요."

베르나데트는 과거였음을 강조하며 대답한다.

"하지만 여인이 누구인지는 말해야 할 것 아니냐." 의사가 주장한다.

"여인은 여인이지요."

"없는 여인을 보는 사람은 병자다, 얘야. 정상이 아니야."

베르나데트는 잠깐 쉬더니 또박또박 끊어 말한다.

"저는 여인을 보았습니다. 이제 더는 안 볼 거예요. 여인이 가버리셨거든요. 따라서 저를 병자라고 할 수 없습니다, 선생님."

의사는 소녀의 반박할 수 없는 논리에 잠시 당황했다.

"얘야, 네 몸에 몇 가지 좀 문제가 되는 부분이 있구나. 내가 약속하는데, 곧 나을 수 있단다. 너도 완전히 나아서 건강해지고, 네게 문제를 일으키는 것들을 없애고 싶지 않니? 아주 잠시만이라도 커다란 정원이 딸린 멋진 집에 가서 살면 어떨까? 너는 그곳에서 공주처럼 편안하게 지낼 수 있을 거다. 크림 거품을 잔뜩 얹은 따뜻한 코코아 좋아하니?"

"먹어 본 적이 없어요."

"그래, 마셔 봐야지. 네가 좋다면 첫날 아침 식사로 어떠니? 네가 지내기에 그곳보다 더 좋은 곳은 찾을 수 없을걸. 모두 무료란다. 네 부모님이 지불해야 하는 건 하나도 없어. 우리가 너를 돌봐 줄 것이고, 네 미래는 더욱 밝아질 거다."

"저는 크림 거품을 얹은 코코아를 마셔 보고 싶은 생각이 전혀 없어요." 베르나데트가 말한다. "저는 곧 열다섯 살이 됩니다. 여기에 있는 것이 더 좋아요."

의사는 웃으며 고개를 젓는다.

"얘야, 네가 스스로 원해서 나와 함께 가는 것이 제일 좋다. 모두 너를 위한 일이야. 그리고 너의 부모에게도 전혀 문제가 될 것이 없다. 네 부모에게는 우리가 잘 전달할 거야. 네가 아주 영리한 아이라는 것은 이미 알고 있단다. 3주일이나 4주일, 그 이상은 걸리지는 않을 거다. 그러면 너는 완전히 온전한 상태가 되어, 동굴의 여인도 더는 보지 않을 것이고, 오히려 더 훌륭한 사람이 될 것이다. 인생의 전쟁에 임할 준비를 완전하게 갖춘 사람이 되는 거지."

"저는 인생의 전쟁이 전혀 겁나지 않아요, 선생님." 나이에 비해 이미 많은 일을 한 자신의 작은 손을 들여다보며 소녀가 말한다. 그러고는 의사가 무슨 말을 이어서 해야 할지 생각을 마치기도 전에 방을 나가 그대로 집으로 가버렸다.

두 시간 뒤에 경신과 의사는 검사와 함께 토방에 나타났다. 그들은 토방 문 바로 앞에서 마리-도미니크 페라말 신부를 보고 깜짝 놀랐다. 신부가 거대한 몸으로 토방의 입구를 막아서서 비켜 주지 않았기 때문에 그들은 문간에 서서 이야기를 나눌 수밖에 없었다. 수비루 가족은 걱정에 가득 차서 입구에서 가장 멀리 떨어진 아궁이 옆에 몰려 있다. 붉은 수염의 의사가 난처해하며 고개를 꾸벅한다.

"혹시 루르드의 주임 신부님께 몇 마디 여쭤 봐도 되겠습니까?"

"그러시지요. 무슨 일입니까?"

"다른 장소로 옮겨서 이야기하는 게 더 좋지 않을까요?" 비탈-뒤투르가 잔기침을 하며 말한다.

"여러분이 이 장소를 정한 것이지 제가 정한 게 아닙니다만." 자리에서 꼼짝하지 않은 채 페라말 신부가 말한다. "수비루 가족이 참관하면 더욱 좋겠습니다. 검사님은 제가 아는 분이고, 다른 분은 모르겠군요. 아마도 주지사님의 요청으로 포에서 오신 정신과 의사이실 거라고 짐작합니다만."

"저는 신경치료와 정신과 교수입니다." 붉은 머리의 의사가 왼쪽 입꼬리가 올라간 입으로 침착하게 말한다.

"루르드에서 선생이 연구할 만한 것을 전혀 찾을 수 없을 것 같아 유감입니다." 신부가 애석하다는 듯 말한다.

"주임 신부님! 이 지방 보건부의 의뢰로 제가 온 것입니다. 3월 27일 의사 감정서에 환자의 확실한 비정상 증세가 있는데요. 주지사께서 이 감정서를 재조사해서 당분간 나의 관찰하에 두라는 지시가 있었습니다. 그것이 제 임무입니다만……."

페라말 신부의 체구가 점점 더 커지는 것 같다.

"나는 3월 말에 벌어진 무의미한 사태를 압니다. 그런데 이 아이를 직접 검진하지 않으셨습니까? 무슨 비정상 증세를 발견하셨는지요?"

"비정상 증세라는 것이 눈에 바로 들어오지 않는 것들이 있습니다." 정신과 의사가 더듬거리며 말한다.

페라말 신부의 거친 목소리가 토방 안을 가득 채운다.

"선생이 의사로서 한 서약을 기억하기를 바랍니다. 그리고 묻겠습니다. 베르나데트 수비루가 정신병자인가요? 광분한 상태입니까? 일반 사람들에게 위험이 되나요?"

"주임 신부님." 정신과 의사가 당황해하며 말한다. "광분이나 위험이 된다는 말은 하지 않았습니다. 누가 그런 말을 합니까?"

"그러면 무슨 권리로 주지사가 소녀의 자유를 박탈할 수 있습니까?"

"프랑스 법률에 규정된 권리지요." 비탈-뒤투르가 하난 목소리로 말한다.

주임 신부는 여러 번 심호흡한 뒤에 다시 말한다.

"프랑스 법률은 아주 고상하지요. 그래서 법률을 제멋대로 해석해서 이용할 수 없을 것입니다."

"그러나 주임 신부님." 붉은 수염이 친절하게 웃으며 말한다. "1838년 법률을 적용한다면, 주지사의 결정으로 당분간 소녀를 관찰하며 가능한 한 모든 현대 과학의 방법을 이용해서 치료한다면, 그것은 온전히 환자에게 이익이 되는 일입니다."

페라말 신부의 자제력은 이제 동이 났다. 그의 분노한 목소리가 쩌렁쩌렁 울린다.

"이제까지 들어 본 적이 없는, 부끄러움을 모르는 위선적인 소리요! 여러분께 한 말씀 하겠습니다. 나는 위선의 가면을 벗겨 버리고 프랑스 전체에 대고 소리 질러서 타르브 주지사의 귀에도 울리도록 만들 것이오! 이리 오너라, 베르나데트 수비루!"

본능적으로 베르나데트는 이미 조금 전에 주임 신부에게 가까이 와 있었다. 어린 시절에는 무섭기만 했던 사람이 이제는 강철 같은 팔로 단단하게 그를 감싸 안으며 보호해 준다.

"나는 이 아이를 압니다." 그는 소리 지른다. "그리고 검사님도 압니다. 우리 둘 다 아이를 데리고 소상하게 이야기를 나눈 일이 있지요. 베르나데트가 정신병자라고 주장하는 사람은 그 사람이 정신병자가 아니면 부랑자예요. 1838년 법률은 광분하는 자나 부랑자를 대상으로 하는 것입니다. 그런데도 적용할 생각입니까? 좋습니다! 분명히 말하는데, 데려가려면 나도 같이 데려가야 할 거요. 그러면 헌병을 부르러 가보시지요!"

"만일 헌병이 오면 어떻게 하실 건가요, 주임 신부님?" 비탈-뒤투르가 무례하게 묻는다.

"헌병이 오면," 페라말 신부가 웃음을 터뜨린다. "헌병이 오면 나를 상대해야 할 겁니다. 무장하고 오라고 하세요. 내 시신을 넘어야 할 테니."

검사와 정신과 의사는 어쩔 수 없이 토방에는 들어가 보지도 못한 채 떠났다. 비탈-뒤투르는 페라말 신부가 허튼소리를 하지 않는 사람인 것을 잘 안다. 신부의 태도가 이렇게 변하리라고는 전혀 예상을 못 했다. 베르나데트는 이전 시대라면 분명히 마녀로 불렸을 것이다. 타르브에 소식을 전하고 새로운 지시를 받아야 한다.

한 시간 후, 프티-포세 거리와 마르카달 광장이 만나는 모퉁이에 특별 우편마차가 서 있다. 시내는 이 시간에 죽은 듯이 고요하다. 루이즈와 베르나데트 수비루가 마차에 오른다. 페라말 신부는 이미 자리를 잡고 앉아 있다. 그들은 말없이 높은 산과 코트레를 향해 떠났다. 신부는 그들을 코트레의 신부가 소유한 작은 집으로 데려간다. 앞으로 그가 보호자가 되어 줄 것이다. 베르나데트는 행방불명되었다. 주지사의 경찰들도 찾아낼 수 없었다.

제33장

신의 손가락 : 주교가 여인에게 기회를 주다

이때 몽펠리에의 티보 주교는 휴양차 코트레에 머물렀는데 코트레의 사제관에서 베르나데트 수비루를 만났다. 티보 주교는 로랑스 주교와는 정반대의 인물이다. 그의 비단처럼 윤기 나는 흰 머리는 약간 긴 편이고, 보기 좋은 부드러운 입술과 매우 아름다운 푸른 눈, 그리고 누구든 쉽게 다가갈 수 있는 편안한 면모와 시인의 기질을 가졌다. 그래서 이곳에 휴양차 왔는데도 프랑스어와 라틴어로 신과 자연과 하늘과 성모, 그리고 우정을 찬미하는 꽤 그럴듯한 시를 짓는다. 티보 주교 역시 루르드의 발현에 대해 다른 사람들과 마찬가지로 신문을 읽어 알고 있으며, 그 역시 프랑스 성직자 전체와 같은 의견을 가지고 있다. 즉 당시의 지배적 관점으로 신비주의적이고 확실치 않은 사실에 대해서는 유보적 입장을 취하는 것이다. 그는 종교와 유령 사이의 거룩한 경계를 혼동하는 것보다 더 위험한 일은 없다고 생각한다. 그래서 그는 소녀에게 모든 사실을 상세히 이야기해 달라고 청했다. 그런데 놀라운 일이 일어났다. 이러한 청을 결코 거절하지 않는 베르나데트는 대개 무관심하고 기계적인 어투로 대답하는데, 청

취자가 눈을 반짝이면서 진지하게 듣자 이번에는 자신도 몰입해서 열정적으로 이야기하기 시작했다. 자신과 비슷한 영혼을 가지고 사랑과 기쁨과 열정을 느끼는 사람을 처음으로 만난 것 같았다. 벌써 첫마디부터 보통 때와 달랐다. 높이 뛰기도 하고 꿇어앉기도 하며 자신이 어떻게 했는지, 여인이 어떻게 행동했는지 연극을 하기 시작한다. 2월 11일의 일에 대해서 이야기하고, 물방아 개울과 동굴에 대해 이야기한다. 과거를 얼마나 실감 나게 재현했던지 베르나데트 자신도 알지 못하는 어떤 힘이 그녀를 여인에게로 이끌어 종국에는 이 방에 여인이 나타날지도 모른다. 소녀의 안색이 창백해진다. 루이즈 수비루는 베르나데트가 다시 탈혼 상태에 빠지지 않을지 걱정한다. 베르나데트가 여인을 흉내 내며 팔을 반쯤 벌리고 나지막하게 자신에게 아름다운 어조로 "당신이 지금부터 보름 동안 이곳으로 와주었으면……"이라고 말할 때 티보 주교가 갑자기 벌떡 일어서 방을 나갔다. 노인의 눈에는 눈물이 가득했다. 그는 가슴이 답답하다. 바깥으로 나와 정원의 나무에 기대어 계속해서 중얼거린다.

"이것은 시다. 이 얼마나 아름다운가!"

이틀 뒤, 티보 주교는 루르드로 떠났다. 카즈나브의 호텔에 숙소를 정하고, 페라말 신부에게 여인의 발현과 베르나데트의 탈혼에 대해 신뢰할 수 있는 증인을 몇 사람 보내 달라고 청했다. 페라말 신부는 공의 도주와 장 밥티스트 에스트라드를 추천했다. 에스트라드가 주교에게 설명한다.

"주교님, 저는 평생 위대한 여배우들을 많이 보아 왔습니다. 특히 라쉘 같은 여배우의 연기는 그야말로 일품이었죠. 하지만 그녀마저도 베르나데트에 비하면 괴로운 감정을 과장해 얼굴을 찡그린 석상처럼 보일 것입니다. 베르나데트는 도무지 말로 표현할 수 없는 지극한 행복을 보여 줍니다."

"그렇습니다. 그렇습니다!" 티보 주교가 탄성을 지른다.

페라말 신부가 기회를 놓치지 않고 간청한다.

"주교님, 부디 타르브 주교님께 한마디 해주시면 감사하겠습니다."

주교는 잊지 않았다. 의사들이 보름간 푹 쉬며 휴양해야 한다고 권했음에도 불구하고, 그는 자신의 교구에 들르지도 않고 곧바로 타르브로 떠나, 세 시간 동안 베르트랑 세베르 로랑스 주교와 이야기를 나눴다.

얼마 지나지 않아 페라말 신부가 전갈을 받고 급히 주교관으로 갔다. 이전의 식사와 침실 겸 집무실에 초대하는 등의 친절한 분위기는 사라졌다. 그는 주교 앞에 불려 갈 때까지 두 시간이나 대기실에서 기다려야 했다. 주교는 화를 내며 지팡이로 사무실 책상을 툭툭 친다.

"루르드의 신부는 프랑스의 모든 주교를 내 머리 위에 앉힐 작정인가요." 페라말 신부가 뭐라고 대답하기도 전에 주교가 인장이 찍힌 두루마리를 내민다. 교서 같기도 하고 주교 회람장 같기도 하다.

"Lege!" 주교가 라틴어로 명령한다. '읽어 보시오!'

이 훌륭한 문서를 보며 페라말 신부는 주교 책상 서랍에 들었던, 볼품없던 초안이 그동안에 이렇게 깔끔하게 정리된 것을 알았다. "주교의 조사위원회 설립입니까?" 그는 낮은 소리로 물었다.

"Sede et lege!" 주교가 명한다. '앉아서 읽으세요!' 오늘 그의 어투에는 차가운 온화함과 따뜻한 통명함이 섞여 있다. 페라말 신부는 순종하며 의자에 앉아 푸른색, 붉은색, 화려한 금색으로 장식된 글자로 쓰인 라틴어 제목을 읽는다. "타르브 주교령: 루르드 서쪽에 있는 동굴의 발현과 관련한 사건의 조사위원회 설립에 관하여."

그리고 이 어려운 구식 제목 "타르브의 주교 베르트랑 세베르 로랑스는 천주님의 인자하심과 로마 교황청의 은총으로, 형제 성직자와 우리 교구의 교우들에게 예수 그리스도의 이름으로 인사와 축복을 내리며……."

페라말 신부는 주교를 흘끗 보았지만, 주교는 그를 보지 않는다. 로마교황청의 인사와 축복이 작은 글씨로 여러 줄에 걸쳐 이어졌다. 페라말 신부는 노안이라 작은 글씨를 보는 데 애를 먹었다. 눈뿐 아니라, 정신도 긴장해야 한다. 이 교서의 명료한 단어 뒤에 깊이 감춰져 있지만, 주교의 조심스럽다 못해 고통스러운 경계심이 군데군데 엿보인다.

주교는 서문에서 동굴 사건에 대해 '왜'와 '어떻게'의 주장을 펼친다. 페라말 신부는 주교의 논거에 따라 주교가 자신의 충동이나 감정에 따른 것이 아니라 외부의 압력에 의한 것이며, 여기에는 반대자들의 증오와 미신을 믿는 자들의 광신이 영향을 미쳤다고 의도적으로 밝혔음을 이해했다. 페라말 신부는 교서의 매끄러운 표면 아래에 감춰진 유보적인 표현과 끊임없이 맞닥뜨린다. '우리는 진리에 입각한 진지한 조사가 선행되지 않는다면 아무것도 인정할 수 없다.' 그러므로 이른바 치유 현상에 관해 주관적 주장은 최대한 삼갈 것이며, 자연과학적 통찰로 판단할 것이다. 주교는 '사람을 설득하는 것보다 혼란스럽게 만드는 것이 더 쉽다'라고도 썼다. 그러나 페라말 신부는 줄과 줄 사이에서 더 많은 것을 읽을 수 있다. 또다시 길을 잃는다면 현재 어느 때보다도 격렬한 투쟁으로 진실을 방어하는 그리스도교에 새로운 타격을 줄 수도 있다. 현대 정신은, 신을 부인하지 않는 곳에서도 합리적 관점으로도, 그리고 감성적 관점으로도 일반 자연법칙에 어긋나는 예외를 받아들이지 않는다. 만약 영원을 추구하는 교회가 이런 예외를 인정한다면 의도치 않게 반신자의 입지를 강화하게 되고, 대혼란을 초래할 것이다. 그러므로 교회가 설립하는 조사위원회는 초자연적 작용에 찬동하기에 앞서 모든 종류의 자연적 설명을 적용해 보고 현대 비판 과학의 모든 수단을 동원해 연구해야 한다. 그래서 이 위원회에는 교리, 윤리신학과 신비신학의 교수들만 참가하는 것이 아니라 같은 수의 의학, 물리학, 화학, 지리학 교수도 참가한다.

페라말 신부는 한참 동안 읽었지만, 아직도 다 읽지 못했다. 작은 글자가 눈앞에 어른거린다. 주교가 참다 못해 신부의 손에서 교서를 빼앗는다.

"기적을 부인하는 자는 진정한 신자가 아니지요." 주교가 중얼거린다. "천주님이 세상을 원하는 대로 움직이는 힘이 없다고 말하는 자는 신자가 아닙니다. 그러나 이런 종류의 기적은 소란을 일으킵니다. 나는 기적을 원치 않아요. 비참한 소굴에서 태어난 가엾은 소녀, 주정꾼과 세탁부의 딸, 하늘의 자비는 무한하지만, 주여 용서하소서, 일개 인간에 불과한 나는 거부감을 느낍니다. 그런데 사람들이 자꾸 나를 이 사건에 끌어들이려 하는군요."

"아닙니다, 주교님. 저희가 끌어들이는 게 아닙니다." 페라말은 말한다. "이 이야기 자체가 저를 끌어들였듯 주교님을 끌어들이는 것입니다. 천주님께서는 제가 쉽게 신비주의나 여인들의 이야기를 믿지 않는다는 것을 아십니다. 하지만 주교님, 지금의 사태가 이렇게 돌아가는 것을 설명할 수 있는 사람이 과연 있을까요? 몰락한 집안의 딸, 맞습니다. 아무것도 모르는 아이, 종교의 가장 기본적인 교리도 거의 모르는 아이, 이제까지 한 번도 이런 꿈을 꾸지 않던 아이가 어떤 여인을 보았습니다. 처음에는 발현이라고 생각지 않고, 실제로 피와 살을 가진 사람인 줄 알았지요. 그래서 여동생과 학교 친구에게 이야기했습니다. 동생이 어머니에게 말하고, 친구가 다른 친구들에게 말했습니다. 이 아이들의 아무 의미 없는 수다 때문에 온 프랑스가 대혼란에 빠지지 않았습니까? 주교님의 동료이신 몽펠리에 주교께서는 가장 아름다운 시라고 하셨습니다만……."

"몽펠리에 주교는" 베르트랑 세베르 주교가 비웃는 듯 웃으며 말한다. "아주 쉽게 감동하는 분이지요."

"저는 쉽게 감동하는 사람이 아닙니다. 주교님." 페라말 신부가 설명한다. "그런데 알아차리지 못했던 아주 작은 것이 점점 커져서 저를 끊임없이 동요하게 합니다. 이제 주교님께서 우리에게 주의 뜻인지 아닌지 알려 주실 분들을 소집하셨으니 그분들이 말씀해 주시겠지요. 'Hic est digitus Dei!' 여기에 천주의 손길이 있다, 혹은 없다고 말입니다."

주교는 입을 실룩하더니 눈을 들어 신부를 본다.

"내가 불러 모은 이 조사위원회의 위원 중에 루르드의 주임 신부도 있습니다. 본인은 확신이 없는 것 같지만……."

신부는 몹시 당황한 표정이다. 임무를 사절하고 싶은 눈치다. 하지만 불가능하다.

"소집은 언제입니까, 주교님?" 그가 낮은 목소리로 묻는다.

"아직은 아닙니다. 아직은 아니에요." 주교는 언짢아하며 대답하고 손을 교서 위에 얹는다. 마치 아무에게도 교서를 보여 주고 싶지 않은 것 같다.

"하지만 발행할 준비가 되어 있던데요." 신부가 재차 묻는다.

주교가 퉁명스럽게 말한다.

"교서 발행은 더 기다릴 수 있습니다. 날짜가 적혀 있지 않으니까요. 그런데 동굴이 막혀 있는데 위원회의 자연과학자나 화학자, 지리학자가 어떻게 맡은 소임을 할 수 있을지 설명해 줄 수 있나요, 루르드의 신부님?"

"교서를 이행하기 위해서는 강제로 울타리를 철거하도록 명해야 할 것입니다." 페라말 신부가 별생각 없이 말하자, 주교는 노해서 한층 더 목소리를 높였다.

"저는 아무것도 강제할 생각이 없습니다. 세속의 권력에 대해서는 티끌만치도 관여하고 싶지 않아요! 동굴을 여는 명령은 황제가 내려야 합니다! 그런 후에 위원회가 소집되어야 해요! 그 반대로는 할 수 없어요!"

"황제께서 결정을 보류하고 계신 겁니까?"

"결정은 황제께서 내리시지요. 하지만 다른 사람들은 결말을 짓지 못하고 우왕좌왕하더군요."

주교는 잠시 침묵한 뒤 너무 작아서 속삭이는 듯한 목소리로 말한다.

"그래서 여인에게 마지막 기회를 주려고 합니다. 무슨 말인지 이해하시겠어요? 루르드의 신부님?"

"아니오, 모르겠습니다. 주교님."

"설명해 드리지요. 여인에게 황제를 이기든지, 아니면 승복하든지 할 기회를 주겠다는 말입니다. 여인이 이기면 위원회가 일을 시작할 것이요, 여인이 져서 동굴이 폐쇄된다면 여인은 성모님이 아니라는 얘기가 됩니다. 그러면 여인과 위원회는 흐지부지 사라지고 잊혀지겠지요."

이 말을 마친 후 주교는 교서의 조문을 읽기 시작한다. 페라말 신부는 조사위원회의 운영을 맡을 참사 신부들과 과학적 연구를 수행할 교수들의 이름을 듣는다. 그런 다음 주교는 페라말 신부에게 돌아가도 좋다고 허락했다. 하지만 신부가 문에 다다르자 주교가 다시 부른다.

"그런데 베르나데트는 어떻게 해야 할까요, 페라말 신부님."

"무슨 말씀인지요, 주교님?" 신부는 잠시 시간을 끌며 주교의 의중을 알고 싶었다.

"제가 무슨 뜻으로 물어보는지 명확하지 않습니까? 소녀의 앞날이 어떻게 되는지 물었습니다만. 루르드의 신부님이 그 아이를 지켜 주는 기사처럼 보여서 말입니다. 분명히 자신의 미래에 대해 그 아이에게 물어본 적이 있으시겠지요?"

페라말 신부는 아주 조심스럽고 신중하게 대답한다.

"베르나데트는 아주 단순한 아이입니다. 욕심이 전혀 없는 아이예요. 유일하게 원하는 것은 자신이 속한 초라한 사람들의 무리로 되돌아가는 것입니다. 같은 처지의 다른 여자들과 같은 삶을 살고 싶어 합니다."

"그런 소망을 가졌다는 것은 이해할 수 있지요." 주교가 웃으며 말한다.

"하지만 신학자로서 그 아이가 이런 일들을 겪고 나서 그런 아름다운 미래를 갖는 게 가능하다고 보는 건가요?"

"온 마음으로 그렇게 되기를 희망하지만 사실 가능하다고 보지는 않습니다." 페라말 신부는 여인이나 베르나데트에 대해서 말할 때면 원하는 만큼 단호하게 말하지 못한다. 주교는 상아 지팡이에 몸을 기대고 책상에서 일어나 신부 앞으로 와서 선다.

"위원회는 세 가지 결론 중 한 가지를 정할 수밖에 없어요. 첫째로, 이렇게 말할 것입니다. '수비루 너는 사기꾼이다. 그러니 감옥에 가야 한다.' 둘째로, '너는 미친 아이다. 정신병원에 가거라.' 셋째로는, '성모 마리아께서 너를 축복하셨다. 네 샘이 기적을 일으킨다. 우리는 너에 대한 자료를 로마의 전례 회의로 보내 절차를 밟을 것이다. 그러니……, 음……, 따라서…….”

페라말 신부는 대답하지 않기로 했다.

“따라서” 주교가 목소리를 높인다. “너는 제대의 영광을 받을 수 있는, 선택된 사람이다. 그러니 출가해야 한다. 우리는 성녀가 세속에서 돌아다니게 하지 않기 때문이다. 성녀가 젊은이들과 교류하고, 결혼하고 아이를 갖는다면 그것은 물론 아름다운 사건이겠으나…….”

주교는 갑자기 어조를 바꾸더니 부드럽고 신중한 낮은 목소리로 말한다.

“그러니 얘야, 교회가 너를 보호해 주겠다. 교회가 너를 가장 좋은 정원, 규칙이 엄격한 카르멜리트 수도원이나 샤르트루즈 수도원에 귀한 꽃으로 심을 것이다. 네가 그것을 원하든 원하지 않든…….”

“베르나데트는 분명히 원하지 않을 겁니다, 주교님.” 페라말 신부가 말했지만, 목소리가 너무 작아서 간신히 알아들을 수 있는 정도다. “베르나데트는 보통 아이입니다. 제가 알기로는 영적 생활에 전혀 재능이 없습니다. 그리고 아직 너무 어리지 않습니까. 이제 열다섯 살이 되었을 뿐입니다.”

“그때까지 충분히 나이를 먹게 될 것입니다.” 주교가 딱딱한 어투로 말한다. “조사위원회의 교서를 당장 발행하는 것도 아니고, 위원회가 아직 소집되지도 않았지요. 베르나데트가 일을 시작할 때까지 여러 해가 걸릴 거예요. 최대한 명백하게 진실을 규명하지 않으면 제가 만족하지 못할 것이기 때문입니다. 그때까지 페라말 신부의 보호를 받는 소녀는 세속의 삶을 살아도 좋지만 면밀하게 지켜봐야 할 것입니다. 그 아이의 미래를 생각한다면, 지켜보다가 적당한 때 물러나게 하세요. 조사위원회의 결과가 나오면 다 끝날 테지요. 그것이 베르나데트 수비루에게도, 또 교회에도 가장 현명한 방법일 것입니다."

제34장

한 건의 분석과 두 건의 모독죄

사람들의 분위기가 심상치 않다. 그들은 마사비엘 동굴의 여인을 따르던 무리와 관계가 없던 사람들이다. 이 지방의 노동자들에게 베르나데트가 잡혀가서 감옥이나 정신병원에 들어갔다는 소문이 돌고 있다. 붉은 수염의 정신과 의사가 방문한 사실은 루르드의 주민 모두가 다 알고 있다. 자코메가 그를 특별마차에 태워 헌병의 보호를 받으며 시외로 빠져나가야 했다. 앙트완 니콜로가 의사가 탄 우편마차가 바르트레스에 도착하기 전에 잡아 세우고 일전에 영국 부자에게 했던 것처럼 따끔하게 혼내 주고 '할 일'을 할 것이라고 공공연하게 말했기 때문이다.

붉은 수염의 정신과 의사가 방문한 이후로 베르나데트는 어디에서도 눈에 띄지 않았다. 앙트완 니콜로는 격렬한 정치 선동을 시작했다. 그는 라피트 제재소와 클라브리의 커다란 방앗간, 뒤프라의 마차 제작 공장, 수르투루의 벽돌 공장, 파궤스의 양조장뿐 아니라 채석장, 벌목장과 도로 공사 일꾼들을 대부분 아는데, 그들에게 일장 연설을 하는 것이다.

"우리가 프랑스의 자유 시민입니까, 아니면 노예입니까?"

"우리는 노예입니다!" 이 대답이 완전히 틀린 것은 아니다. 황제의 정부가 '일반 보안'의 법률에 따라 통제 불능의 절대적 권력을 갖고 있기 때문이다. 앙트완 니콜로는 베르나데트를 위한 선동에 사람들이 동조하도록 설득한다. 우리가 남부 지방에서 가톨릭 신자로 살아가지만 1789년, 1830년, 1848년*에 특권층에 대항하기 위해서 바리케이드를 세운 사람들과 같은 민족이다. 그들에게는 '천주'와 '성모 마리아'도 특권층에 속했다. 베르나데트 수비루는 프랑스 노동자, 그 중에서도 가장 가난한 노동자의 자식이다. 수개월 전부터 특권층이 경찰과 검사들을 동원해 예심 절차, 심리 검사 같은 방법으로 아이에게 폭력을 가하고 괴롭혔으며, 교회도 예외가 아니었다. 왜 이 아이가 이런 고통을 받아야 하는가? 성모 마리아가 귀족의 여인이 아닌, 노동자 계급의 무지한 소녀에게 발현하셨기 때문이고, 초라한 마사비엘 동굴의 샘물이 환자를 치료했기 때문이다. 이것이 자코메와 뒤투르와 마씨와 황제에게 어떤 영향을 미칠 수 있겠는가. 전혀 상관이 없다. 그들은 차라리 가난한 자들의 임금, 실업 문제와 사람들의 빈곤 문제를 해결하는 데 전념하는 것이 훨씬 나을 것이다. 하지만 황제에서 자코메까지 그들은 정부와 특권 계층의 이익을 보호하는 데만 관심을 기울일 뿐이다. 그런 그들이 아무런 해도 끼치지 않는 동

* 1789년 5월, 1830년 7월, 1848년 2월은 모두 혁명이 일어났던 시기지만, 특별히 1789년의 혁명을 다른 프랑스의 혁명과 비교하여 프랑스 대혁명이라고 부른다.

굴을 폐쇄하고, 이미 여러 환자를 낫게 해 효력이 입증된 샘물을 사용하지 못하게 한다. 왜일까? 샘물을 비싸게 팔아 자신들의 잔과 주머니를 가득 채우려는 것이다. 하지만 그중에서도 최악은 노동자의 무고한 딸을 끌고 가서 감옥이나 정신병원에 영원히 가둬 버리려 하는 것이다.

8월의 첫 목요일, 급기야 사태가 벌어졌다. 오후 4시경, 1,000명이 넘는 노동자가 연장을 내려놓고 빽빽하게 줄지어 마사비엘로 향했다. 자코메는 동원 가능한 헌병 열다섯 명을 신속히 소집해 동굴로 보냈다. 무장한 헌병들이 동굴을 가로막은 판자 앞에 열을 맞춰 섰다. 분노와 욕설로 가득한 충돌이 일어나다가 끝내 육탄전으로 번졌다. 헌병들이 자신들을 향해 달려드는 세 사람을 물러나게 하려고 무기를 꺼내자 돌멩이가 우박처럼 날아들었고, 벨아슈는 오른쪽 눈 아래를 꽤 심하게 다쳤다. 시장, 경찰서장, 검사와 법원 직원 절반가량이 사태 수습을 위해 달려왔다. 자코메가 사람들에게 말하려고 하지만 야유 소리만 들릴 뿐이다. 비탈-뒤투르 검사도 마찬가지다. 라카데 시장은 그나마 몇 마디 할 수 있었지만, 이내 니콜로가 중단시켰다.

"베르나데트는 어디에 있습니까?"

"베르나데트는 안전합니다." 라카데가 큰 소리로 말한다. "저는 확신합니다. 제가 언제 여러분의 편이 아니었던 적이 있습니까, 여러분! 여러분의 자유의지로 저를 뽑아 주신 것 아닙니까! 저를 믿어 주십시오! 저 또한 여러분을 신뢰할 것입니다. 니콜로, 자네가 이 소란을 끝내면 바로 베르나데트가 어디에 있는지 알려 주겠네."

앙트완 니콜로는 라카데 시장의 제안을 받아들였다.

자코메 서장의 보고서는 마씨 남작을 더욱더 우울하게 만들었다. 붉은 머리 정신과 의사의 개입이 실패한 이후로 이 사태가 가장 심각한 것이었다. 신문들은 앞다투어 '루르드 사건'을 과장해서 보도하며 짐짓 우려하는 척 위선적인 기사를 썼다. 프랑스 민족은 자유 이성을 가졌으며 맹목적으로 복종하지 않는다. 프로이센 사람이나 코사크 사람들*은 절대 통치를 할 수 있지만, 볼테르와 백과사전파**를 가진 위대한 민족에게는 불가능하다. 갈리아인***은 충분히, 어떤 미신적 사건이 일어났을 때 이것을 이용해 권력자에게 경고를 날릴 수 있는 사람들이다. 가엾은 베르나데트는 마사비엘 동굴에서 신비한 여인을 보았다. 다른 사람들은 같은 장소에서 불꽃으로 쓰인 글자를 보고, 자신들의 기본권을 제한하려는 사람에 대한 경고라고 말할지도 모른다. 이것이 《소공화국》의 기사 내용으로, 검열 후 압수되었지만, 그전에 이미 절반 정도가 독자들에게 배부되었다.

행정부처의 직원들에게는 다시 평소와 같은 질문과 대답으로 분주

---

* 동유럽 특히 우크라이나 동부와 러시아 남부에 분포해 산 민족. 유목민이며 용병을 제공함으로써 특권을 누렸다.

** 이전의 다른 백과사전들과 달리 1751년에 처음 출간된 프랑스의 『Encyclopédie, ou dictionnaire raisonné des sciences, des arts et des métiers』. '과학, 예술, 직업에 대한 백과사전 혹은 체계적 사전'은 여러 계몽주의자들이 공동 참여했으며 이들을 '백과사전파'라고 부른다. 그들은 '사람들의 사고방식을 바꾸고 특히 부르주아 계급의 사람들이 스스로 깨우치고 사물에 대해 이해할 수 있게 하도록' 1772년까지 계속해서 수정, 개정판을 출간했다.

*** 지금의 프랑스와 북부 이탈리아에 자리 잡았던 민족으로 켈트족의 한 부류.

해지기 시작했다. 황제는 여전히 결정을 내리지 못하고 있다. 그는 지금 아버지이자 남편이며, 비아리츠의 손님으로 해수욕을 즐기는 중이다. 재무장관 풀드가 이것저것 잔뜩 할 말을 갖고 나타나면 황제는 옷을 벗는다. 마씨 남작은 아무런 결말 없이 상황이 돌아가는 데 염증을 느낀다. 그는 마사비엘의 동굴이 자신의 자존심을 짓밟은 데 대해서 반드시 대가를 치르게 하겠다고 맹세했다. 그는 첫 낭패를 당하고 나서 문득 어떻게 복수할 수 있을지 깨달았다. 각각의 작은 '혁명 분자'들이 천 명, 만 명 모인다면, 정말로 루르드에 혁명이 일어날지도 모른다. 만약 혁명이 일어난다면, 그 이상 만족스러운 일이 없을 것이다. 곧바로 타르브 포병대의 대포로 이 지긋지긋한 동굴을 무너뜨릴 것이라고 그는 다짐했다.

루르드의 부지사와 시장과 경찰서장은 마씨 남작으로부터 매우 엄중한 명령을 받았다. '만약 소요가 또 일어나고 무장한 공권력에 다시금 적대 행위가 있을 경우 제국 헌병과 지원 병력은 행정 명령에 의거해 무기를 사용할 것.'

라카데 시장은 마씨 남작의 명령을 들었을 때 매우 놀랐다. 마사비엘의 전투라니. 많은 사상자가 나온다면 치유의 광천수를 마시러 루르드를 방문하거나, 타지에서 마차 편으로 주문할 많은 사람에게 그다지 좋은 인상을 주는 출발은 아니지 않은가. 어떻게 전쟁터 위에 노천카페와 음악실과 카지노를 짓고, 크로켓 놀이를 할 수 있는 잔디밭을 만들며, 가면무도회와 불꽃놀이를 할 수 있겠는가. 맙소사! 시장은 혼비백산하여 페라말 신부에게 달려갔다.

페라말 신부는 제대로 된 식사나 잠을 잘 시간마저 부족할 지경이다. 그는 제일 먼저 앙트완을 불렀다.

"이런 멍청한, 쓸모없는 자식!" 대뜸 호통친다. "도대체 정신이 있는 거냐! 무슨 짓을 벌이는 거지? 왜 사람들을 들쑤시고 다니는 거냐! 베르나데트의 샘을 피로 채울 작정인가? 그렇게 되면 베르나데트는 끝이다. 범죄자가 되어 세상에 발붙이기도 어려워져! 그리고 하늘이 내리신 축복이었을 이 샘은 영영 저주받고, 손가락질받을 테지. 네가 무슨 짓을 저지른 건지 이제 알겠느냐? 못난 것 같으니라고!"

앙트완은 얼굴이 창백해지며 고개를 숙인다.

"당장 나와 함께 가자!" 신부가 우레 같은 목소리로 말한다. "주모자들이 누군지 어서 앞장서!"

페라말 주임 신부가 항상 불행한 사람들이나 고통받는 사람들의 편에서 일해 왔던 것이 지금 결실을 보고 있다. 그는 농부와 노동자, 가난한 자들을 잘 알고 그들도 그를 잘 안다. 신부는 또한 그들을 어떻게 설득해야 하는지도 잘 안다. 그는 풀죽은 앙트완과 함께 라피트의 제재소, 클라브리, 수르투루, 파궤스의 일터를 누비며 쉰 목소리로 일꾼들의 이성에 호소한다.

"여러분들이 이번 목요일에 뭘 하려는지 압니다. 사방에서 만 명을 끌어모으고 싶은 것 아닙니까? 그리고 군대가 여러분께 발포할 것이고 많은 사상자가 발생할 것입니다. 무엇을 위해서 그런 일을 벌입니까? 동굴에 자유롭게 출입하는 것? 말도 안 되는 소리지요. 지금 여러분이 나설 때가 아닙니다. 원하는 결과를 얻기는커녕 상황만 악화시킬 뿐입니다.”

“우리는 베르나데트를 보고 싶을 뿐입니다.” 사람들의 대답이다.

페라말 신부는 여기에서 그치지 않고 사람들의 집으로, 오두막으로, 초가집으로 이곳저곳 누비며 부인네들에게 남편들이 미친 짓을 하지 않게 잘 단속하라고 설득한다.

“만약에 그 여인이 정말로 성모 마리아님이라면, 그분이 뭐라고 하시겠습니까? 얼마나 은혜를 모르는 짓입니까?” 그는 부르짖었다.

그의 강렬한 주장에 설득되어 부인네들은 모두 신부의 말을 따를 것을 다짐했다. 그러나 그들 또한 베르나데트를 보게 해달라고 요청했다.

예정된 시위 날짜 이틀 전인 화요일, 신부는 코트레에 머물던 루이즈 수비루와 베르나데트를 불러들였다. 수요일, 그는 마차를 세내어 베르나데트 모녀를 태우고 주변 곳곳을 돌아다녔다. 산속에서 한동안 휴식 기간을 가진 덕분에 한층 혈색이 좋아진 베르나데트가 그늘 없는 얼굴로 환하게 웃었고, 사람들은 마치 개선장군을 맞듯 환호했다.

라카데 시장은 방금 도착한 서신을 들고 어두운 표정으로 생각에 잠겼다. 마침내 때가 왔다. 위대한 필롤이 분석표를 보내 왔다. 이제 과학적 분석표의 보증으로, 세상에서 가장 강력한 치료 효과를 가진 약수가 프랑스와 전 세계의 고통받는 사람들에게 제공될 것이다. 시장은 밝게 빛나는 미래에 대해 한 치의 의심 없이 봉투를 뜯었다. 하지만 잠깐 훑어본 후 시장은 털썩 주저앉고 말았다.

탄산, 염산, 규산, 철, 마그네슘, 인산 등 약사 라투르가 말한 성분은 그대로다. 필롤은 수질과 광천 분야에서 인정하는 모든 성분에 몇 가지를 추가했다. 소량의 암모니아와 칼륨도 발견된 것이다. 칼륨이라니. 얼마나 듣기 좋은 이름인가. 과식한 자의 내장을 비워 주는 성분처럼 들린다. 그런데 결론적으로 치료 효능이 없다고 한다면, 이 모든 아름다운 이름이 무슨 소용이 있단 말인가. 필롤 교수는 정갈한 글씨의 화학 계산식 아래에 붉은 잉크로 이런 끔찍한 문장을 써 놓았다.

'샘물 표본을 상기(上記)와 같이 분석한 결과 루르드의 샘물은 평범한 음용수임이 명백하며, 그 성분은 석회질이 많은 산의 샘물의 특징과 일치한다. 샘물의 표본에는 적극적 치료 효과를 보이는 성분이 조금도 포함되지 않았으므로, 무익 무해한 음용수로 사용될 수 있다.'

무익 무해라……. 라카데는 언짢은 표정으로 중얼거리며 봉투 속에서 자신을 수신자로 한 또 다른 짧은 편지를 꺼낸다. '이 물로 특별한 효과를 봤다고 말하는 사람들에 대한 치료 효과는 적어도 현재의 과학 수준으로 분석해 추출한 성분으로는 설명할 길이 없습니다.'

"참으로 약삭빠른 사람이구나." 시장은 화가 나서 중얼거린다. 현재의 과학 수준으로 분석한 성분으로는 치료 효과를 설명할 수 없다고? 그러면 나중에는 가능하다는 말인가. 필롤 교수는 교활하게도 앞문으로 기적을 들어오게 하면서 한눈을 끔벅하며 뒷문은 과학을 위해 열어 두었다. 이 사람만은 믿었는데 이럴 줄이야. 그야말로 발전과 사업의 발목을 잡으며 뒤통수에 칼을 찔러 넣는 격이구나. 도대체 필롤이 원하는 게 무엇인가.

뒤투르 검사가 항상 '쿠이 보노(Cui Bono, 누구에게 득이 되는가?)'를 생각하듯, 라카데는 항상 '아드 쿠암 피넴(ad quam finem, 무슨 목적으로?)'을 생각한다. 입 밖에 내어 말하지는 않지만, 그는 사람들이 다른 사람을 위해서가 아닌, 자기 자신의 이익을 위해 행동한다는 사실을 잘 안다. 아마도 그는 필롤을 과소 평가했던 것이다. 요즘의 교수들은 바보가 아니다. 필롤 같은 최고 권위자는 자신의 분석표의 가치가 매우 높다는 것을 안다. 하지만 청구서를 발행해 현금으로 만들 수는 없는 가치다. 그의 말 한마디가 아무것도 없던 불모지를 온천 휴양지로 만들 수도 있고, 다시 불모지로 돌려놓을 수도 있다. 그가 루르드를 번영시키기 위해 순전히 선의로 도와주고 싶어 할 이유가 없지 않은가. 라카데는 주먹으로 자기 머리를 때린다. 이런 바보! 물정을 몰라도 너무 모르는구나. 툴루즈로 직접 가서 1,000프랑, 아니 2,000프랑 정도 손에 쥐여줘야 했다. 툴루즈에서 동화 같은 분석표가 날아올 것이라는 헛된 망상을 믿었다. 그래서 약사 라투르의 감정서를 《르 라브당》에 발표하게 했다. 심지어 그제는 무엇에 씐 것인지 시의회의 보건위원회 앞에서 잘난 척 떠들어대기까지 했다. 교활한 라베일르가 지켜보는데도 말이다. 나이 예순이 넘었는데도 멍청하게 욕심만 앞서서 일을 그르치는구나. 이제 어떻게 할 것인가. 이미 벌어진 일을 되돌릴 수는 없다. 필롤의 분석표를 무효로 만들 수도 없고, 일어나지 않은 일인 것처럼 행세할 수도 없으며, 불로 태워 없앨 수도 없다. 사람들에게 공개해야만 한다. 어쩌면 필롤 교수가 이미 《라 데페슈 드 툴루즈(La Dépêche de Toulouse)(툴루즈 통신문)》에 실었을지도 모른다. 와인병을 땄으니 이제는 마시는 수밖에 없다. 아이고 머리야. 지긋지긋한 두통이 또 시작이구나.

그의 두통은 소화불량에서 비롯된 것으로 이미 오래된 고질병이다. 손으로 관자놀이를 눌러 보지만 점점 심해질 뿐이다. 한참 동안 사무실 안을 돌아다니며 끙끙 앓는 소리를 내더니 갑자기 걸음을 멈추고 한쪽 구석을 뚫어지게 본다. '만약에 필롤이 내가 생각하는 것 이상으로 약삭빠른 사람이라면? 나보다 백배 더 영리하다면 한 가지만 생각했을까?' 라카데의 두통은 평소의 정도를 훌쩍 넘어섰다. 그의 머릿속에는 완전하지는 않지만 흥미로운 생각들이 꼬리에 꼬리를 물고 이어진다. 시장은 비서 쿠레즈를 불러 아무도 모르게 마사비엘 동굴의 샘물을 한 병 담아 오라고 지시했다. 30분 후 쿠레즈가 샘물을 담은 병을 시장의 책상에 올려놓았다. 라카데는 맑은 물을 다른 투명한 병에 따랐다. 이미 많은 사람을 치료했지만, 특별한 치료 성분이 없다고 판정이 난 샘물이 오후의 햇살 속에서 신비스러운 금빛을 띠고 반짝인다. 부리에트는 시력을 되찾았고, 사지마비 진단을 받았던 부올츠의 아기는 지금은 어디든 원하는 대로 신나게 뛰어다닌다. 라카데는 유리병 속의 일렁거리는 신비한 빛이 벽에 무지개 그림자를 만드는 것을 한참 동안 들여다본다. 오늘날의 과학 수준으로는 아무것도 찾아내지 못했다는 말이지……. 하지만 그것이 목적지에 갈 수 없다는 뜻은 아니다. 후퇴해야 한다는 뜻도 아니다. 앞으로 계속 나아가되 방향을 돌리라는 뜻이다. 여전히 사람들은 온천을 찾아올 것이다. 그들은 돈을 가지고 탄산이든 인산이든 기적이든 뭔가를 찾아 이곳으로 올 것이다. 기관차가 기적을 울리지 않았는가? 분명 무슨 일이든 일어날 것이다.

시장은 문으로 걸어가 쿠레즈나 캅드빌이 열쇠 돌리는 소리를 듣지 못하도록 조심스럽게 문을 잠그고 창문 커튼을 내린다. 지금 하려는 시험이 하느님께 부끄러운 모양이다. 방은 자줏빛 어둠에 싸였다. 유리병의 무지개 그림자는 사라졌다. 라카데는 자신의 두통 정도를 가늠해 본다. 아직도 두통이 매우 심하다. 기적의 샘물을 한 잔 가득 따라 방의 한구석으로 가져가서 끙끙거리며 꿇어앉았다. 체중 때문에 곧 무릎이 심하게 저려 온다. 시장은 성모송을 열 번 암송하고는 단숨에 물잔을 비웠다. 그러고는 지쳐서 긴 의자에 드러누워 효과가 나타나기를 기다리며, 이따금씩 자문해 본다. 두통이 좀 나아졌을까? 알 수 없다. 스스로도 잘 모르겠다. 그는 다시 시작하기로 결심하고 꿇어앉아 기도를 올리고 다시 한번 물 한 잔을 마셨다. 세 번째에는 분명히 두통이 사라졌다고 거의 확신했다. 아돌프 라카데 루르드 시장은 이전의 진보주의, 자코뱅파 라카데를 비웃으며, 가장 현명한 사람들이 찾을 수 있는 것을 스스로 알아냈다는 사실에 대해 스스로 감탄한다. 이제 두통이 정말로 사라졌다. 이것은 오로지 한 가지 사실을 보여 준다. 고통을 겪는 자는 신앙심도 가지고 있다는 것이다. 평범한 두통뿐 아니라 여러 고통을 겪는 자가 많듯이, 또한 많은 사람이 신앙심을 가지고 있다는 것이다. 그리고 신앙을 가진 자들, 자신들의 고통에 아랑곳하지 않는 자들 모두가 올 것이다. 물론 가장 상류층의 선택받은 사람들은 분명히 아닐 것이다. 시장은 지쳐서 금세 잠에 빠져들었다.

올해는 제국 검사 뒤투르의 인생에서 가장 험난한 해다. 첫 시작은 2월의 지독한 감기였다. 1주일을 꼬박 앓는 동안 코가 빨갛게 부어올라 사람들에게 당국의 권위자로서 신뢰감을 주는 모습은 아니었다. 그다음에 있었던 베르나데트의 심문에서는 첫 실패를 겪었다. 훌륭한 법률가는 직업과 인생을 철저하게 구별한다. 만약 피고의 운명과 판결의 정당성에 대한 의문이 당신의 성격에 영향을 미치면 어떻게 되겠는가. 법관은 법원을 떠나는 순간 업무에 관련된 짐을 모두 벗어버리는 기술을 익혀야 한다. 이것은 의사에게도 마찬가지로 해당되는 것으로, 환자가 죽을 때마다 눈물을 흘릴 수는 없다. 비탈-뒤투르는 이미 법정과 집무실을 나서는 순간 들은 모든 것을 잊어버리는 기술을 갖고 있다. 그런데 베르나데트 수비루의 심문은 여전히 잊을 수 없다. 반년이 지났는데도 여전히 그를 옥죄고 괴롭힌다. 자신이 심문한 것이 아니라, 심문당한 것 같은 느낌이다. 마치 초월한 듯 흔들리지 않는 베르나데트의 태도가 자신의 인생관까지 바꾸게 하는 듯하다. 뒤투르에게는 수치스러운 일이겠지만 그가 몇 주 전부터 깊이 혼란스러워한다는 것은 공공연한 비밀이다. 그의 고통, 베르나데트와 여인과 동굴과 샘, 기적과 관련된 것 등 잠들기 전까지 그를 괴롭히는 모든 것에 대한 증오는 어떤 철학적 사고 때문이 아니라, 이 혼란에 기인한 것이다. 그는 이 점에 대해서 카페 프랑세의 단골들, 에스트라드, 도주, 클라랑스, 그리고 아직 입장이 정해지지 않아서 혹은 신비주의 진영으로 거리낌 없이 넘어가는 세무징수관 같은 사람들과도 설전을 벌였다. 그리고 사실 같은 의견을 가졌다는 뒤랑 같은 몇 사람과 교제하는 것도 딱히 마음에 들지는 않는다. 프랑스 사법부의 이해할 수 없는 정책으로 독신 남자는 큰 마을에서만 근무할 수 있다. 뒤투르에게 레스토랑이나 카페는 고향 집, 가족, 영화관이 되어주기도 하고, 정신적 위안을 주는 역할을 하는 곳이다. 뒤투르는 가장 지적인 사람들과 함께 즐기던 무리들을 버렸다. 이제 그에게 남은 사람은 지루하기 짝이 없는 자코메와 똑같이 지루한 몇몇 사법관과 경비원뿐이다.

붉은 턱수염의 정신과 의사와 함께 서툴기 짝이 없고 용서받을 수도 없는 일을 공모한 이후, 아직도 그날의 실패를 떠올릴 때마다 뒤투르는 이를 악문다. 그가 갖은 노력을 했음에도 결국 그 이야기는 신문에도 실렸고, 뒤투르는 포의 검사장에게서 호된 질책을 당했다. 동굴 소요 사태에서 벨아슈가 부상을 당한 후 뒤투르는 포에 소환되었다. 나이 지긋한 상관 팔코네가 손을 꽉 틀어쥐며 그를 맞이했다.

"황제께서 법원에 불호령을 내리셨다네." 팔코네가 격노하며 말한다. "장관에게서 어마어마한 서신을 받았지. 이대로 가선 안 되지 않겠나. 내 근무지는 동굴이 아니라네. 자네 근무지가 그곳이지. 어떻게 좀 해보게나."

'어떻게 좀 해보게나! 어떻게 좀 해보게나!' 루르드로 돌아오는 역마차의 바퀴 소리가 팔코네의 말과 같은 박자로 덜커덩거린다. 하지만 뭘 어떻게 해야 할 것인가. 팔코네야 그런 말을 얼마든지 쉽게 할 수 있겠지. 뒤투르는 헌병과 경관들을 소집해 항상 동굴 주변에 모이는 사람들이 무슨 말을 주고받는지 잘 들어 보라는 명령을 내린다. 정부에 대해 불경한 언사를 하는 자, 혹은 반역에 관한 한 단 한마디라도 발설하는 자는 가차 없이 체포해야 한다.

이튿날 바로 칼레가 한 명을 체포해 의기양양하게 뒤투르 앞에 나타났다. 마침 그때 자코메도 와 있었다. 체포된 자는 시프린 게스타라는 루르드 상류층의 부인이며, 밀레 부인의 친구이기도 하다. 충직한 경관인 칼레는 대체로 상류층에 대해 적개심을 가지며, 그중에서도 게스타 부인에게는 더욱 그러했다.

그가 쉰 목소리로 말한다. "이분이 하시는 말씀이, 황제 폐하와 황후 폐하께서 친히 동굴에 오시지 않으면 이 사태가 해결되지 않을 것이라고 합니다."

"그 말이 사실입니까, 부인?" 뒤투르가 묻는다.

"정확히 그렇게 말했습니다, 검사님." 통통한 30대 여인 시프린 게스타가 침착한 얼굴로 고개를 끄덕인다. 전혀 흔들림 없는 여인의 당당함에 검사는 기분이 상한다.

"폐하께서 정부가 폐쇄한 동굴에 오실 거라고, 정말로 그렇게 생각하는 겁니까?"

"당연하지요. 황제 황후 폐하께서는 정부의 조치를 어이없다고 생각하고 계시니까요. 조만간 마사비엘 동굴에 순례하러 오실 거예요."

이 조롱하는 듯한 대답에 제국 검사 뒤투르는 그동안 많이 단련되었음에도 그만 이성을 잃어버렸다. 그는 격분해 고함을 질렀다.

"이것은 황제에 대한 모독입니다! 당신을 황제 모독죄로 기소하겠어요!"

"기소하고 싶으시다면 하세요." 게스타 부인은 놀리는 듯 말한다. "그런데 어떤 점에서 제가 황제를 모독했다는 거죠?"

"폐하의 지성을 당신들과 같은 수준으로 낮춰 보지 않았습니까!"

이성적인 사람이 이성을 잃으면 걷잡을 수 없다. 갇혀 있던 감정이 폭발해 버린 비탈-뒤투르는 실제로 이 우스꽝스러운 죄목으로 시프린 게스타 부인을 기소했고, 신속하게 치안판사 뒤프라에게 전달되었다. 뒤투르의 친구인 뒤프라 판사는 법정에 가득 찬 방청객의 야유와 조롱 섞인 웃음소리를 들으며, 게스타 부인에게 간신히 5프랑의 벌금을 선고하고 석방할 수밖에 없었다.

이 때문에 뒤투르의 분노는 더욱 활활 타올랐다. 루르드에서는 성공하지 못했지만 포의 팔코네 앞에서는 성공할 수 있을지도 모른다. 뒤투르는 게스타 부인을 석방한 판결에 항소를 제기했다. 소송은 포의 고등법원으로 넘겨졌다. 공판일, 카즈나브는 마차를 두 번 운행해야만 했다. 밝은색 여름 드레스를 입은 한 무리의 부인네들이 게스타 부인을 동행할 기회를 놓치려 하지 않았기 때문이다. 웃고 떠들며, 마치 나들이에 나선 것 같다. 그들은 그만큼의 즐거움을 얻었다. 포의 검사는 게스타 부인의 사면을 재확인했을 뿐 아니라, 벌금도 면제한 것이다. 팔코네 검사장은 증인들 앞에서 이렇게 말했다.

"가엾은 뒤투르 검사가 베르나데트 수비루보다 열 배는 더 정신과 검진이 필요한 듯합니다."

만신창이가 된 뒤투르는 사무실 안을 이리저리 걷는다. 스스로에게 입힌 상처를 회복할 길이 없다. 교회 신문뿐만 아니라 다른 모든 매체에서 그는 웃음거리가 되었다. 그의 직업도 이젠 나락으로 떨어질 것이다. 영원히 암울한 지방 도시에 머물게 될 것이라고 그는 생각한다. 거울 속 자신의 모습을 볼 때마다 그는 혐오감으로 얼굴을 찡그린다.

그러나 뒤투르의 조수 격인 칼레의 열의는 꺾이지 않았다. 그는 일주일 후 새로운 전리품을 가지고 왔다. 갈색 실크 치마 아래에 고래 뼈로 만든 페티코트를 받쳐 입고, 보라색 양산을 들었으며, 곱슬거리는 금발 머리에는 꽃장식 모자를 얹은 매우 인상적인 외양의 부인이다. 칼레는 압수한 증거품으로 커다란 병을 뒤투르의 책상 위에 놓는다.

"이 부인이 샘물을 떴습니다. 그리고 병을 내놓지 않으려고 했습니다." 칼레의 말이다.

"그리고 풀과 꽃을 뜯고, 가라고 해도 가지 않았습니다."

"성함이 어떻게 되십니까, 부인?" 뒤투르는 심드렁하게 심문을 시작했다.

"브뤼아 부인입니다." 부인은 이름이 알려지기를 원하지 않는 듯 당황하며 짧게 대답한다.

"브뤼아 부인이라고요?" 검사가 고개를 들어 쳐다보며 묻는다.

"브뤼아? 혹시 전 해양부 장관인 브뤼아 해군 사령관과 무슨 관계가 있습니까?"

"제 남편이에요." 부인이 대답한다. 비탈-뒤투르는 혼란스러워하며 일어서서 부인에게 의자를 권한다.

"여기에 좀 앉으시겠습니까, 부인?" 브뤼아 부인은 자리를 거절한다.

"저는 체포되어서 이 경찰관에게 끌려서 시가지를 가로질러 여기까지 왔어요. 다른 사람들보다 더 나은 대우를 받기는 싫군요. 제 죄목이 뭔지 알려 줄 수 있나요?"

비탈-뒤투르는 이제 완전히 얼이 빠진 표정이다.

"부인," 그는 손짓으로 칼레를 쫓아버리고 나직한 목소리로 말한다. "부인은 책임이 막중한 이름을 가지고 계십니다. 황제 폐하께서 남편분을 높이 치하하시지요. 루르드의 관리들은 몇 날 전부터 황제 정부를 대리해서 위험한 수수께끼와 전쟁을 치르고 있습니다. 폐하께서도 이 사실을 알고 계시고, 저희 역시 폐하의 의지를 받들어 싸우고 있지요. 일부 정치 성향이 다른 사람들이 서로 적대시하며, 정신력이 약한 소녀의 환각과 소위 치료되었다고 하는 자들의 풍문을 이용해 황제의 정부와 황제 폐하를 공격하려 합니다. 결과적으로 체제가 약해져 붕괴하는 것이 그들의 목표겠지요. 현 정부가 근거로 삼은 특별법에 대해 말씀드리고 싶습니다. 이 법률에 근거해 세워진 정부의 권위가 아주 조금이라도 훼손된다면, 정부는 곧바로 위험에 빠질 것입니다. 정부의 절대 권위를 위험과 실패로부터 보호하기 위해 마사비엘의 동굴을 폐쇄한 것입니다. 프랑스 제국 최상층에 속한 부인처럼 귀하신 분들이 온 국민에게 스스로 최상위 권위에 반대하며 무시하는 것을 보여 준다면, 이제 우리는 어떻게 해야 합니까, 부인?"

“저를 황제 모독죄로 기소하셔야지요.” 브뤼아 부인이 웃으며 말한다.

뒤투르는 부인의 공격을 그대로 받아들이며 맞받아치지도 못하고 한참 말이 없다.

“어쩔 수 없이 규칙대로 5프랑의 벌금을 부과하겠습니다. 소관 경위가 징수할 것입니다.”

“기꺼이 지불하겠습니다. 거기에 루르드 빈민을 위해 100프랑 더 내지요. 그런데 제 병은 돌려주세요.”

“병은 압수입니다.” 이 말에 부인이 웃는다.

“압수라고요? 높은 분의 명령으로 병에 물을 채운 건데요.”

뒤투르는 절대로 양보하지 않으리라 결심하고 병을 자기 앞으로 끌어당긴다.

“죄송하지만 높은 분이 누구신지 여쭤 봐도 되겠습니까, 부인?”

“외제니 황후 폐하입니다만.” 브뤼아 부인의 답이다. “제가 영광스럽게도 황태자의 가정 교사랍니다.”

얼굴이 창백해진 뒤투르가 부인에게 병을 내민다.

“여기 받으시지요.” 그리고 그는 아무런 사과의 말 없이 덧붙인다.

“이렇게 엉망진창으로 돌아가는 세상에서 의무를 다하는 사람이 어째서 저 하나뿐인지 이해할 수 없습니다.”

제35장

여인 대 황제 : 여인의 승리

황제가 머무는 방의 창문은 대서양을 향한다. 비아리츠의 여름 별장이 암벽 위에 지어졌기 때문에 방 안에서도 파도 소리가 요란하게 들린다. 9월이라 날씨가 매우 좋지만, 창문은 굳건히 닫혀 있다. 샹들리에와 두 개의 책상 위에 놓인 석유램프 주변에 담배 연기가 자욱하다. 황제는 자정과 새벽 1시 사이의 적막한 이 시간을 특히 좋아한다.

다른 애연가들과 마찬가지로 그는 매우 늦게 잠자리에 들고, 잠을 쉽게 이루지 못한다. 자정을 넘기면 비로소 머리가 맑아지고 업무에 집중이 잘된다. 이 시간은 현재의 유럽에서 가장 막강한 권력을 가진 지도자가 꿈을 꾸고, 계획을 세우는 시간이다. 이제 쉰 살이 된 황제의 평소 광채가 돌던 뺨이 오늘따라 누르스름하게 핏기가 없고 탄력 없이 늘어져 주름이 깊게 팼다. 검게 물들인 머리카락은 항상 왼쪽에서 오른쪽으로 가지런히 정리되어 있지만, 지금은 온통 헝클어졌다. 콧수염 끝이 길고 곧게 뻗어 있으며, 부드러운 감촉의 실크 잠옷에 실내화를 신었다. 이렇게 편안한 분위기지만, 유럽의 장래 운명을 깊이 생각하고, 결정하는 것은 힘든 일이다.

나폴레옹 3세는 밤마다 전투 명령을 내리면 그것을 받아 기록하는 보이지 않는 비서들이 각각의 책상에 앉아 있는 것처럼, 넓은 방 안에서 두 개의 책상 사이를 왔다 갔다 한다. 큰 책상 위에는 빨간색, 파란색, 초록색으로 알 수 없는 기호가 그려진 북부 이탈리아 지도가 걸려 있다. 전날 국방부 장관이 다섯 번 봉인해서 직접 비아리츠로 가져온 전투 계획도에 첨부되었다. 사람들은 이탈리아와의 사태가 이렇게 급박하게 돌아가는 것을 아직 모른다. 사보이 왕가*의 위대한 인물, 카부르 백작도 우선 불확실 속에 느리게 타는 불 위에서 서서히 달구어져야 할 것이다. 그러나 신문은 매일 바닷물에서 수영을 즐기는 황제의 현대적 감각과 자연에 대한 사랑으로 가득 차 있을 뿐이다.

작은 책상 위에는 문서와 편지가 잔뜩 쌓였고, 그 아래에 알제리, 적도 아프리카, 중미의 지도가 있다. 황제는 다채로운 꿈을 꾼다. 그의 삼촌 보나파르트의 세계는 유럽과 지중해에 한정되어 있었다. 그는 심지어 영국을 징벌하기 위해 영국 해협을 건너지도 못했다. 왕조를 건설한 보나파르트가 숭배를 받긴 하지만 나폴레옹 3세는 자신이 보나파르트보다 우월하다고 생각한다. 자신의 업적은 이기는 동시에 진 전쟁이 아니다. 자신의 목표는 화려한 정복이 아니라, 프랑스의 정신으로 멀리 콩고, 극동 그리고 가능하면 멕시코에 이르는 조화로운 문명 세계를 건설하는 것이다.

---

* 사보이아 왕가는 이탈리아와 스페인의 군주를 배출한 가문으로 사르데냐 왕국을 통치하였으며, 후일 이탈리아 왕국을 건설했다.

황제는 계속 북부 이탈리아 지도를 들여다본다. 오스트리아와의 전쟁은 불가피하다. 영리한 카부르 백작은 자신이 상황을 조종한다고 생각하지만, 실상은 자신이 조종당했다는 사실을 전혀 모른다. 카부르가 원하는 것은 사보이아 가문에 의한 이탈리아 통일이다. 하지만 황제는 다른 것을 원한다. 비토리오 에마누엘레라는 사람에게 새로이 막강한 권력을 부여할 생각은 전혀 없다. 그는 모험을 일삼던 젊은 시절, '카르보나리당'*과 '청년 이탈리아당'**에 전 이탈리아의 봉기와 통일을 실현하겠다고 엄숙하게 맹세했다. 그러나 이것은 무일푼이 떠돌이, 희망 없는 대통령의 공화주의에 대한 꿈이었다. 루이 나폴레옹은 누구에게도 사보이아 가문을 적절한 수준 이상으로 높임으로써 호엔촐레른 가문***에 나쁜 본보기가 될 맹세를 한 적이 없다. 그의 계획은 독창적이며 시의적절하다. 이탈리아는 통일될 것이다. 그러나 한 명의 군주가 아닌, 네 명의 군주를 두어 필요에 따라 서로 견제할 수 있게 하는 것이다. 국가 간 혹은 왕조 간의 폐쇄적 동맹 관계로 이동의 자유가 제한된다. 그는 가톨릭 국가의 주권자인 로마 교황에게 이 연맹의 상석을 제안할 것이다. 이것이 그의 대(對) 이탈리

---

* 1800년부터 1831년까지 이탈리아에서 활동한 비밀 혁명 조직들의 비공식 연결망. 이탈리아의 카르보나리는 프랑스, 그리스, 스페인, 포르투갈, 루마니아, 러시아, 브라질, 우루과이 등의 다른 나라의 혁명 단체에 영향을 미친 것으로 보인다.

** 청년 이탈리아당은 1831년, 주세페 마치니가 지도한 이탈리아의 독립과 통일을 목적으로 한 결사이다.

*** 호엔촐레른 가문은 브란덴부르크 선제후, 프로이센 왕, 독일 황제, 호엔촐레른 공국의 통치자와 루마니아의 왕을 배출한 가문이다.

아 정책이며 계산법이다. 하지만 동시에 모든 국가의 성직자에 대한 신성한 선물이며, 동시에 도처의 가톨릭 정당의 득세를 의미하기도 한다. 그러면 이번엔 자유당이 분노할 것이다. 그 점은 황제가 잘 알고 있다. 그들은 죽음과 반역을 부르짖을 것이다. 성직자와 자유당은 황제 권력에서 저울의 양쪽 추다. 이 저울의 수평을 최대한 유지하는 것이 과학의 영역이다. 교황에게 이런 큰 선물을 주려는 것은 종교적 신념 때문이 아니다. 황제 역시 여느 세상 사람과 마찬가지로 영혼과 사상이 자유로운 사람이다. 그러나 위대한 프랑스 제국의 첫 번째 조건은 독일인과 마찬가지로 이탈리아인도 진정한 민족국가를 건설하는 것이다. 이 점에 관해서는 모두를 격분시키지 않고 큰 소리로 이야기할 수 없다. 오히려 큰 타격을 입기 전에 자유주의자들이 아무것도 눈치채지 못하도록 모두 실행에 옮겨 버려야 한다. 급진파 신문들이 검열에도 불구하고 날이 갈수록 더 적대적으로 변해 가는 것이 과연 순수한 우연일까.

이런 연유로 루르드의 사건은 풀드나 룰랑, 들랑글 같은 무능한 인간들이 황제에게 말하듯 하찮은 일이 아니다. 여덟 달 동안이나 기적 이야기의 결론을 내리지 못하고 있지 않은가. 황제는 이 이야기에 뭔가 더 있다는 것을 느낀다. 여덟 달 동안이나 음울한 루르드가 세계 언론의 관심을 끌었다는 것은 믿기 어려운 일이다. 황제는 어느 쪽이든 결정을 내려야 하는 막바지에 몰려 있다. 아무것도 보지 않고, 듣지 않고, 죽은 사람처럼 꼼짝하지 않는 그의 전략은 날이 갈수록 점점 더 어려워지고 있다. 어제는 오트-피레네 주의 전 의원, 드 르세니에 씨가 방문했고, 오늘은 오슈의 살리니스 주교가 방문했다. 주교는 루르드에 대한 당국의 간섭을 신랄하게 비판했다. 프랑스 성직자들이 침묵을 지키며 신중하게 상황을 지켜보는 것을 고려하면, 그의 방문은 매우 이례적이다. 황제는 의원과 주교에게 직접적인 대답을 하지 않았다. 르세니에는 황제에게 진정서를 남겼다. '그게 어디 있지? 어디에 두었나? 제발 시종들은 내 책상을 정리해야겠다는 생각을 하지 말게나. 가장 잘 정리된 서고보다도 내 무질서한 책상에 더 질서가 있으니까!' 황제는 마침내 르세니에의 진정서를 찾았다.

"황제 폐하께서는," 그는 빠르게 읽어 내려갔다. "이미 여기에 천상의 힘이 분명하다고 믿는 수백수천의 증인이 있는데도 불구하고 발현 문제에 대해 직시하지 않고 계십니다. 동굴에서 샘물이 기적적으로 솟아나왔고, 지금은 경찰이 폐쇄했지만 샘물이 아무에게도 해를 입히지 않았다는 것은 의심할 여지가 없는 사실입니다. 툴루즈의 필롤 교수의 분석표도 전적으로 무해하다고 확인해 주었습니다. 덧붙여 수많은 환자가 이 샘물을 사용해 건강을 회복한 사실도 널리 알려졌습니다. 자유의지의 이름으로, 마사비엘 동굴에 가는 길을 열어 주십시오. 인류의 이름으로, 고통받는 자가 치유받을 수 있게 해주십시오. 자유 연구의 이름으로, 과학 발전의 길을 열어 주십시오."

황제는 진정서를 바구니에 던져 넣으며 큰 소리로 웃었다. 하하, 보수당 사람들이 자유의지와 인류와 자유 연구를 외치는구나. 급진파들이 필요하면 하느님을 찾는 것과 똑같다. 이 세상은 헛되고 기만적이다. 각자 자신과 당파가 주도권을 잡고 독식할 수 있도록 권력의 가느다란 끄트머리를 잡으려는 욕심뿐이다. 하늘이든 과학이든 그들에게는 모두 이 권력 끄트머리의 추상적인 연장일 뿐이다. 르세니에는 샘과 성모 마리아, 이웃 사람의 건강에 길거리의 먼지만큼도 관심이 없다. 그가 원하는 것은 성공이다. 지난번 선거에서 자유당에 패배했으니 복수를 원하는 것이다. 황제의 지위에 있는 것은 그야말로 훌륭하다. 권력을 잡기 위해 거짓말하거나, 아첨할 필요가 없다. 이미 그것을 갖고 있으니 말이다. 여러 면에서 황제란 신보다 낫다. 신은 이 저급한 세상에서 성직자들의 지원만 받을 뿐이다. 반면에 나는 성직자들과 자유당파, 그리고 반대파의 지지도 받을 수 있다. 성직자 여러분들, 원하는 것을 드리리다. 하지만 그 대가로 정치적으로는 쓴맛을 보게 될 것입니다. 자유당파 여러분은 몇 달 후 황제의 지원을 받고 기뻐하게 될 것입니다.

황제는 시계를 본다. 1시 반이다. 저녁 내내 마음이 편치 않았다. 잠자리에 들기 전 룰루의 상태가 어떤지 듣고 싶다. 그의 외동아들인 룰루가 이틀 전부터 몸이 좋지 않은데 아직 뚜렷한 원인을 모른다. 약간 열이 날 뿐이다. 하지만 고작 두 살 된 아기는 갑자기 위험한 상황이 올 수도 있기 때문에 마음을 놓을 수 없다. 루이 나폴레옹은 궁중이 아닌 중산층의 가정에서 자라 심신이 강하다. 그래서 룰루의 상태에 대해 염려하긴 하지만 황후 외제니처럼 유난을 떨지는 않는다. 그러나 왕조의 미래가 룰루의 건강에 달려 있음은 부인할 수 없는 사실이다.

황제는 초인종을 눌러 옷과 신발을 가져오게 했다. 그는 외제니 몽티조 앞에 선뜻 나설 만큼 젊지도 않고 자신감도 없다. 그녀는 황제에 비해 일반적인 귀족 가문의 출신이라 차림새를 잘 갖춰 입는 것을 매우 중요시한다. 황제는 사람들이 30분 전에 의사를 깨웠다는 말을 듣고 불안해하며 아기의 방에 들어갔다. 아내가 눈물범벅이 되어 룰루의 침대 옆에 기운 없이 앉아 있다. 아기는 뺨이 붉고, 자신에게 무슨 일이 일어나는지도 모르는 채 눈을 반짝이며 누워 있다. 브뤼아 부인이나 간호사가 이마에 얹은 수건을 바꿀 때만 찡그리거나 불평한다. 의사가 황제를 위로하는 듯 웃는다.

"걱정하실 필요 없으십니다, 폐하. 왕태자께는 이미 아시는 대로 열이 약간 있을 뿐입니다."

"그게 디프테리아균에 감염된 거예요.* 후두기관지염**이에요." 외제니가 울먹인다.

"그렇게 믿으실 이유가 전혀 없습니다." 의사가 반박한다. "황자의 목이 약간 빨갛게 부은 것뿐입니다. 매우 흔한 증세입니다."

"다른 의심되는 것은 없는가? 성홍열이라든가 아니면 홍역이라든가……."

"항상 그런 가능성을 완전히 배제할 수는 없습니다. 하지만 지금

---

* 디프테리아균의 감염증에 의한 급성 감염 질환. 법정 전염병 제1급. 주로 인후통과 열로 증상이 시작된다. 심한 경우 목에 흰색 판이 형성되어 크룹이 발생한다. 어린이에게 많이 전염되며 사망률이 10퍼센트에 이르는 중한 질병이다. 유행기는 겨울이며 1913년 백신이 나오면서 사망률이 크게 줄었다.

** 크룹, 후두기관기관지염. 상부 기도의 바이러스 감염에 의한 호흡기 질환이다. 개가 짖는 소리와 흡사한 기침, 호흡 곤란 등이 주요 증상이다.

단계에서 걱정할 필요는 전혀 없습니다. 편히 잠자리에 드셔도 될 듯합니다, 폐하."

"후두기관지염이라니까요." 외제니가 나지막하게 되풀이한다.

황제는 창백한 얼굴로 황후에게 다가간다.

"당신은 가서 좀 쉬어야 할 것 같구려." 그는 부드럽게 말하며 아이의 가슴에 손을 얹었다.

"룰루는 이제 조용히 잘 거지? 그렇지 않니, 룰루? 어머니가 좀 주무셔야겠지?"

그러나 룰루는 전혀 어머니와 떨어질 생각이 없다. 울음을 터뜨리며 다급하게 부르짖는다. "안 돼! 엄마, 자러 가지 마! 엄마는 나랑 있어야 돼!"

외제니가 눈물범벅의 얼굴로 황제를 본다.

"루이! 제발 제 청을 들어주세요! 브뤼아 부인이 루르드 샘물을 병에 담아 가져다주었어요. 룰루에게 한 잔 마시게 해주세요!"

"기어이 그래야 하겠소?" 황제가 고통스러운 표정으로 말한다.

"제발, 루이! 많은 사람이 이 물을 마시고 나았다고 했어요. 룰루랑 동갑인 두 살짜리 아이도 곧장 나았다고 해요."

"그건 정확하지가 않지 않소."

"신앙이 아주 조금이라도 있는 사람이라면 알아요, 루이."

황제는 당혹스러움을 간신히 숨길 수 있었다.

"다른 사람들이야 우스운 꼴이 돼도 상관없겠지만 우리는 그렇게 할 수 없어요. 그렇게 해서도 안 되고……."

"아기를 살릴 수 있다면 저는 기꺼이 우스개 놀림감이 되겠어요."

늙은 의사가 황제에게 넌지시 말한다.

"이 물은 완전히 무해합니다. 황후께서 그렇게 원하시니 황자에게 조금 마시게 해드리면 어떨까요?"

명망이 있는 의사의 제안에 황제는 한발 물러서는 수밖에 없었다.

"나는 다만……." 그는 주저하면서 말한다. "이야기가 널리 퍼지지는 않았으면 하고……."

그러자 외제니가 버럭한다.

"그런 품위 없는 말씀을 하시나니! 그건 서열하고 은혜를 보르는 태도가 아닌가요. 미리 그렇게 효과를 의심한다면 어떻게 도움이 될 수 있을까요? 그 반대가 되겠지요! 저는 아이가 회복된다면 하느님과 사람들 앞에서 루르드의 샘물과 성모 마리아께 감사드리겠다고 맹세하겠어요."

브뤼아 부인이 물잔을 가져오고, 황제는 어깨를 으쓱하며 방을 나갔다.

이틀이 지난 아침, 황후가 친히 황제의 침실에 와서 룰루의 열이 완전히 떨어졌다고 말했다.

"마사비엘의 샘물이 우리 아기를 구했어요, 루이."

"너무 성급한 판단이오, 황후. 룰루는 이전에도 자주 아프지 않았지만, 하느님 덕분에 항상 빨리 나았지요. 의사의 약에 대해서는 매우 불공평한 판단을 하는구려."

"당신은 무신론자군요, 루이."

"아주 어리석은 주권지만 무신론자가 되지요." 황제가 웃으며 말한다.

"당신은 무신론자보다도 더 나빠요. 하느님께서 주신 은혜에 감사할 줄 아는 겸손이 없어요. 어제까지만 해도 온종일 성홍열이 아닐까, 후두염이 아닐까 벌벌 떨던 사람이……."

황제는 결혼 생활 5년 동안 아침에 황후의 방문을 받은 것이 다섯 번이 채 안 된다. 머리에 뒤집어쓴 그물망과 콧수염을 고정한 끈을 그대로 보여서 매우 당황스럽다.

"그건 오해에요." 그는 초조하게 말한다. "나도 룰루의 생명을 구해 주신 데 대해 천주께 감사드려야 한다는 것은 잘 압니다. 하지만 그렇다고 해서 나의 이성적인 생각을 버리고 피레네의 물 한 잔이 룰루가 성홍열에 걸리지 않게 지켜 주었다고 인정해야 하는 것은 아니지 않소."

외제니 몽티조의 고전적 얼굴이 딱딱하게 굳으며 뾰족해진다.

"그럼 마사비엘의 물 덕분에 룰루의 열이 하루 만에 내렸다는 가능성은 전혀 없다고 생각하신다는 말씀인가요?"

"그것 또한 오해입니다." 황제는 눈을 반쯤 감고 참을성 있게 말한다. "자연적 설명 외에 초자연적 설명도 있을 수 있다는 가능성은 항상 열어 놓고 있어요. 하지만 자연적 설명과 약이 충분한 설명이 된다고 여겨질 때는 굳이 기적 운운할 필요를 못 느낀다는 것이오. 이런 것은 다른 선량한 일반 여인들에게 넘깁시다. 우리 아기가 이제 건강해졌으니 천주께서 도와주신 것을 잘 압니다. 그리고 자연과 의사도 동시에 도와주었다는 것도 잘 압니다. 루르드의 샘물도 똑같이 도움을 주었을 수도 있지요. 하지만 그건 아직 잘 모르겠구려."

"하지만 전 알아요, 루이." 황후가 공격적으로 말한다. "아무도 내가 감사드리는 것을 막지 못해요. 당신도!"

"내가 왜 당신을 막겠소." 황제가 달래듯 말한다.

"그럼 제 청을 들어주시겠다는 말이지요? 우리 둘 모두를 위해 맹세를 했어요. 만약에 루르드의 샘물이 우리를 도와준다면 당신이 동굴을 열게 하겠다고."

루이-나폴레옹은 더 이상 불평을 억누를 수 없다.

"맹세는 자기 자신이 지킬 것에 대해서만 해야지, 다른 사람에 대해 맹세하면 안 되는 거요." 그가 말한다. "특히 루르드는 지금 당장은 아주 중요한 정치적 문제로 복잡하게 얽혀 있단 말이지. 지금 자유당파와 척질 수는 없단 말이오."

"아내와 어머니로서 나의 논리가 지금의 정치보다 훨씬 더 중요해요!" 외제니의 얼굴이 새파래지며 고집과 자존심과 열의가 가득한 눈길을 황제에게 던진다.

황제는 한참을 침묵하다가 쉰 목소리로 말한다.

"우리 정부는 처음부터 이 사건에 대해서 부인하는 태도를 취해 왔소. 그런데 정부뿐만 아니라, 당신이 절대 무신론자라고 비난할 수 없는 성직자들도 그랬단 말이지. 우리는 모두 여론을 따를 수밖에 없어요, 오늘날 여론은 시대에 뒤처진 사람들의 케케묵은 신비주의에 반대한다오. 대중들의 여론이란 이런 방식으로 자신들이 새로운 사상을 위해 싸운다고 믿는 거지. 이 새로운 사상이라는 것이 나를 압박히고 있어요. 내가 길을 막으면 나를 쓰러뜨리고 말 거요. 잘 들으시오. 동굴을 개방하게 한다면, 내가 정부를 꾸짖는 셈이 되고, 즉 나 자신을 꾸짖는 셈이 돼요. 그런데 황후는 내게 그것을 강요한다는 말입니까? 당신은 내가 정치적으로 항상 택해 왔던 새로운 사상의 면전에서 공공연하게 후퇴하라는 말이오?"

외제니는 가까이 와서 남편의 두 손을 잡는다.

그녀가 매우 어두운 목소리로 말한다. "루이, 황제는 여론보다 더 큰 힘을 따라야 합니다. 당신도 느끼고 있잖아요. 그렇지 않다면 예언가 프로사르 부인에게 의견을 물어보지도 않았겠죠. 당신의 지위에 있으면 한숨을 한 번 쉬어도 다른 사람들이 그냥 넘기지 않고, 빠져나갈 길이란 없어요. 당신이 꿈을 꾸면, 당신은 역사를 만들어 내죠. 주권자는 하늘의 도움 없이는 할 수 없어요. 항상 본인의 입으로 그렇게 말했잖아요. 그런데 이번에는 당신이 하늘을 외면하려는 건가요? 올해는 당신이 통치한 이래 가장 위대한 한 해가 될 텐데요? 잘 생각해 보세요. 프랑스에 은총의 샘이 솟아 수많은 환자를 치료해 주고 있죠. 당신도 위험에 빠진 아들에게 이 샘물을 마시도록 해주지 않았나요."

"사실을 말하자면 샘물을 마시게 한 것은 내가 아니라……." 황제가 이를 악물며 말한다.

"그건 중요하지 않아요. 룰루는 열을 내릴 수 있었죠. 순결무구하고 은혜를 입은 어린 소녀를 통해 샘물을 솟게 한 하늘의 힘이 당신을 도와주는군요. 그런데 당신은 이 힘을 빼앗으려고요? 정말로 천주와 성모님을 정면으로 공격하는 것이 당신의 이른바 새로운 시대정신보다 덜 위험하다고 생각하세요? 그것도 감사의 맹세를 한 직후에 말입니다.”

“맹세한 건 당신이지 내가 아니라니까!” 황제는 절망적으로 외친다.

“그건 중요하지 않아요. 중요한 건 맹세했다는 사실이죠. 맹세했으니 지켜야 해요! 제가 아니라 당신을 위한 것입니다. 당신의 제국을 위해서요, 루이.”

황제는 아무 말 없이 외제니를 그녀의 방으로 데려다주었다.

이날은 황제에게는 지극히 불쾌한 날이었다. 이 아름다운 여인은 그를 불안하게 만드는 불가항력의 힘을 가지고 있다. 그녀는 날이 갈수록 점점 더 차가워져서 마침내는 얼음으로 변할 수도 있을 것이며, 나는 그녀를 피해 파리로 도망가고 싶어질지도 모른다. 그뿐인가. 요즘 삐걱거리는 것이 한두 가지가 아니다. 수영을 해도 즐겁지 않다. 일도 손에 잡히질 않는다. 그가 그토록 좋아하던, 창의력이 샘솟는 혼자만의 조용한 밤시간도 그다지 즐겁지 않다. 하지만 가장 곤란한 것은 황후가 황제의 가슴에 박아 놓은 뾰족한 가시다. 그녀가 옳다. 그녀는 자신의 맹세를 깨뜨려선 안 된다. 비록 내가 원해서 한 맹세는 아니지만, 맹세는 지켜야 한다. 루르드의 발현과 치유의 바탕이 되는 힘이 뭔지는 모르겠지만 세계의 역사를 움직이는 힘일지도 모른다. 이탈리아의 운명도 이 힘에 따라 달라질지도 모른다.

보통의 시민들은 자유주의자가 되는 것이 그다지 어려운 일이 아니다. 그들은 위험을 무릅쓸 필요가 없기 때문이다. 하지만 세상에서 가장 강력한 주권자로서, 자유당파와 손을 잡기 위해 세계 국가의 흥망성쇠를 좌지우지하는, 훨씬 더 큰 세력을 거슬러야 하는 걸까. 이러한 냉정한 생각을 하는 자체가 무분별한 짓이다. 황제는 두 개의 책상 사이를 왔다 갔다 하며 생각한다. 왜냐면 무조건적인 헌신을 요구하는 이 거대한 힘 앞에서 이 생각을 감출 수 있을지 알 수 없기 때문이다. 문서 작업을 하거나 물건을 파는 사람들은 미신을 쉽게 웃어넘길 수 있다. 그러나 세상을 다스리는 사람은 매일의 경험으로 세상일이 보이는 그대로가 아니라는 것, 그들의 뜻대로 되지 않는다는 것, 자신들은 더 큰 힘대로 움직이는 꼭두각시이며 때로는 희생을 치러야 하고 때로는 기도를 올려야 하며, 끊임없이 진정시키고 화해를 구해야 한다는 것을 잘 아는 것이다. 자객의 총알이 당신에게 명중하고 안 하고는 탄도학보다는 이 힘에 달렸다. 이 힘이 삼위일체인 신이든지 혹은 천체의 섭리인지는 중요하지 않다. 주권자만이 자신이 어느 정도 자연법칙을 벗어났는지, 즉 자신이 어느 정도 기적 속에 있는지 깨달을 수 있다. 그러므로 오래전부터 왕과 권력자들의 신앙은 미신이다.

아내와 냉전이 시작된 후 사흘째 밤, 결국 황제가 항복했다. 이제 항복의 절차만이 남아 있을 뿐이다. 이리저리 장단점을 따지며 오랫동안 생각한 끝에 황제는 다소 엉뚱한 방식을 택해 관료적 절차를 피하기로 했다. 수치심이 느껴져 장관에게 알리지 않았으며 풀드, 룰랑, 들랑글에게도 알리지 않았다. 황제는 타르브의 주지사에게만 전보를 보냈다.

"루르드 서쪽의 동굴을 즉시 민중에게 개방할 것. 나폴레옹."

전갈은 이것뿐이다. 전보는 우체국으로 떠났고, 황제는 복사본을 들고 황후에게 갔다. 외제니의 얼굴이 발그스레해졌다.

"저는 알고 있었어요, 루이." 그녀가 말한다. "당신은 스스로를 다스릴 수 있는 큰마음의 소유자라는 걸……."

"루르드의 여인이 당신을 최고의 동맹으로 두었다는 사실은 분명하군요, 황후." 그는 엄숙하게 대답했다.

제36장

현자들과 베르나데트

마씨 남작은 황제의 전보를 받아 들었다. 처음에는 당황했고, 그다음에는 잠시 자존심을 내세우며 즉시 사표를 내겠다고 결심했지만, 이내 냉정을 되찾고 평소의 통찰력으로 상황을 분석하기 시작했다.

우선 전보를 살펴본다. 문구는 군대의 명령처럼 간결하고 건조하다. 루이-나폴레옹의 평소의 방식과는 다르다. 일반적으로 그는 지시를 내릴 때 본론에 예의를 차리는 문구를 잔뜩 끼워 넣는 사람이다. 그런데 이 전문의 문구는 매우 간결하다. 만약 이 전문이 진짜라면, 황제가 마지못해 보낸 것임이 틀림없다. 아마도 루르드 발현의 가치를 나날이 더 높게 평가하는 듯한 외제니 황후와 황궁 내의 편협한 신앙심을 가진 부인네들, 그리고 몇몇 성직자의 계략일 것이다. 주교만이 변함없는 태도를 고수할 뿐, 나머지 성직자들은 언제부터인가 빙하가 녹아내리는 것처럼 흘러가고 있다. 치유라는 형태로 입증되었지만 설명할 수는 없는 기적은 이 시대의 공식적인 이신론(理

神論)[*]과 비공식적인 허무주의를 깨뜨림으로써 불신의 확실성과 믿음의 불확실성을 모두 뒤흔드는 것이다. 황제의 전보가 그 증거다. 중요한 질문은 여전히 남아 있다. 황제의 전보가 진짜인가. 그것이 확실하게 밝혀지지 않는다면, 진짜도 아니고 가짜도 아닌 것이라고 마씨 남작은 결론짓는다. 서명이 없는 황실 전보는 어떤 시종이라도 보낼 수 있다. 누군가 황제를 사칭하는 속임수를 쓰지 않도록 하려면 황제의 서명을 받는 것이 필수다. 황제의 행동이 여느 때와는 크게 다르므로 내가 망설이는 것은 지극히 정당한 행위다.

루르드 사건에서 주도권을 잡고 싶은 마씨 남작은 대담하게도 황제의 전보에 아무런 조치를 취하지 않고 기다렸다가 일주일이 지나서야 비로소 종교부 장관 룰랑에게 세부적 지시를 요청하는 공문을 보냈다. 룰랑과 동료들은 황제의 비겁함과 배신에 분노했다. 그야말로 작은 사람이구나! 프리메이슨에게도 우유부단한 모습으로 결정을 못 내리는 모습을 보여 주며 우리를 끌어들이더니. 우리가 그때 반대하지 않았더라면 벌써 오래전에 정치생명이 끝났을 텐데. 이제는 어느 정도 권력이 생겼다고 우리의 등에 칼을 꽂는구나. 황제를 휘두르는 스페인 여자[**]가 불행의 주범이다. 영리한 마씨 남작이 신중하고 용감한 판단을 내리지 않았더라면 정부는 그대로 속아 넘어가 온 세상

* 일반 성경을 비판적으로 연구하고 계시를 부정하거나 그 역할을 현저히 후퇴시켜 그리스도교의 신앙 내용을 오로지 이성적인 진리에 한정시킨 합리주의 신학의 종교관.

** 스페인 귀족 가문 출신인 외제니 황후를 가리킴.

사람들에게 웃음거리가 되고 사임해야 했을 것이다. 오트-피레네의 주지사 마씨는 장관으로부터 감사의 편지를 받았다.

좋아. 마씨는 생각한다. 시간을 벌면 훨씬 유리해진다. 타르브에서 눈에 띄지 않기 위해 그는 시찰 여행을 떠났고 루르드에도 며칠간 머물렀다. 그는 루르드의 시장 라카데에게 시월에 휴가를 떠날 생각이라고 말했다. 동굴 폐쇄의 명령은 라카데가 내렸으니 향후 무슨 일이 일어난다고 해도 자신을 원망해서는 안 될 것이며, 주지사가 부재중이면 시장으로서 동굴 개방을 명해야 한다고도 했다. 라카데는 혼비백산하며 거절했다. 이제까지 전개를 고려했을 때 동굴 개방은 자신의 권한을 넘어서는 일이다. 지금은 고위층이 개입해야 하는 상황이 되었다. 자신은 보잘것없는 일개 시장에 불과하다. 필롤 교수의 분석표를 받은 후 샘과 동굴에 대한 시장의 태도는 확연하게 달라졌다. '보았음'이라는 표시로 동굴 폐쇄를 종용한 자가 똑같은 '보았음'으로 표시된 명령으로 동굴 개방을 명해야 한다고도 했다. 마씨 남작은 자신의 뾰족한 구두 앞코만을 뚫어지게 쳐다보다가 소맷단을 당겨 바로잡고는 아무 말 없이 시장의 사무실을 나갔다. '저자는 이제 죽은 자나 마찬가지다.' 라카데가 중얼거렸다. 그는 권력이 다한 사람을 곧바로 알아내는 능력이 있는 사람이다.

지사는 뒤투르와 자코메를 한 명씩 차례로 카즈나브 호텔로 불렀다. 그는 고압적이고 비난하는 태도로 그들에게 이것저것 트집을 잡고 현재의 한심한 상태에 대한 책임을 그들에게 떠넘겼다. 물론 그는 이 두 사람이 전혀 이 사태에 대해 책임이 없으며, 오히려 지금까지 앞에 나서지 않으려고 피하기만 한 자신보다 적극적으로 끈질기게 싸웠다는 것을 잘 안다. 이 빌어먹을 사건에서, 정부 측에서 시도한 모든 것들이 결국에는 실패였음이 드러났다. 마씨 남작의 걱정거리는 날마다 차츰 커지고 자신의 실패가 너무 요란하지 않기를 바랄 뿐이라서 그는 전략을 바꿨다. 검사와 경찰 서장에게 샘물을 먹지 말라는 명령을 어기는 사람들을 더는 엄격하게 막지 말고, 벌금을 받지 말라는 지시를 내렸다. 울타리와 경고문은 이전처럼 그대로 두어야 한다. 국가가 내린 명령을 거둬들일 수는 없기 때문이다. 하지만 자치단체에 속한 보호의 경비 초소는 철수한다. 이렇게 함으로써 고위 당국의 입장에서 사태를 정리했다는 인식을 심어 준다는 것이다. 마씨 남작이 원하는 것은, 동굴을 찾아온 순례자들과 호기심 많은 자들이 차츰 금지된 강변으로 들어가게 될 것이며 순례를 오는 군중과 호기심을 가진 사람들은 차차 금지된 왼쪽 강변의 땅 안에 들어갈 것이고, 마침내는 동굴을 차지하는 것이다. 형식적으로는 전과 같은 금지령이 그대로 유지되지만, 실제적으로는 힘을 잃고 잊히게 되는 것이다. 그렇다 해도 자신의 서명이 이런 치욕 속에 남아 있으면 안 된다고 지사는 생각한다.

이런 생각은 마씨라는 사람에게서 충분히 나올 만한 것이다. 그런데 유감스럽게도 적이 마씨가 깔아 놓은 길로 들어오지를 않는다. 이번의 적은 마사비엘에 몰려드는 사람들이다. 그들은 더 이상 경찰이나 헌병이 보이지 않고, 명령을 어기는 사람이 보일 때마다 나서서 수첩에 이름을 적던 칼레가 그저 덤덤하게 쳐다보기만 하자 경계심을 늦추지 않고 모종의 함정이 숨어 있다는 의심을 품었다. 앙트완 니콜로는 동굴 앞에 모여드는 사람들에게 명령을 내렸다. "강 건너편에서 절대 동굴 쪽으로 넘어가지 마시오."

상황은 그렇게 돌아갔다. 동굴을 폐쇄한 이래로, 지사가 내놓은 해결책이 시민들의 불복종인 이 시기만큼 금지령이 엄격하게 지켜진 적이 없었다. 동굴 앞을 가로막는 울타리와 밧줄, 경고문은 가을 햇빛 아래 전혀 손상된 곳 없이 남아 있었다. 여인과 동굴에 대해서 전혀 관심이 없는, 단순하게 동굴 앞을 지나가는 사람들마저도 불만스럽게 말하곤 했다.

"동굴에서 살인 사건이라도 일어난 것처럼 이렇게 막아 놓고, 자유롭게 다닐 수 있는 사람들을 범죄자 취급한다는 것은 듣도 보도 못한 일이다."

한 번은 자코메와 함께 마르카달 광장을 지나는데, 자코메가 흰 두건을 쓴 소녀를 가리키며 말한다.

"저 아이가 베르나데트 수비루입니다."

"그래요." 남작은 조용히 대답했지만, 심장이 쿵쿵거린다. 그는 자신도 이해할 수 없는 자신의 감정을 부끄럽게 여긴다. 평소의 여유로움은 온데간데없어지고, 무슨 말을 해야 할지 모른다. 베르나데트는 다른 사람들을 대할 때와 똑같이, 깊이 들여다보는 눈빛으로 지사를 본다. 지사는 당황해 엉겁결에 소녀에게 손을 내밀어 악수를 청하고는 모자를 고쳐 쓰고 자리를 떠났다. 몇 발자국 걷다가 자코메에게 말한다.

"당신들이 소녀에 대해 말해 준 것이 틀렸군요. 무례하지도 않고, 평범하지도 않은 아이입니다."

"지사님께서는 이전의 소녀를 모르시니까요." 자코메가 변명한다. "저 아이는 여인이 나타난 뒤로 완전히 바뀌었습니다."

"아주 훌륭한 눈을 가졌더군요." 마씨 남작이 깊이 생각에 빠져 말한다.

지사가 루르드에서 보내는 휴가의 마지막 날, 풀드와 룰랑 장관은 비아리츠로 갔다. 황제와 장관들의 만남은 매우 고통스러운 것이었다. 황제는 자신이 약점을 잡혔다고 느꼈으며, 가장 강한 권력을 가진 사람이라도 자신의 약점을 찾아내는 사람을 용서할 만큼 강하지는 못하다는 것을 깨달았다. 루이-나폴레옹은 오트-피레네의 주지사가 즉시 자신의 명령을 실행할 것이라고 믿었고, 동굴이 개방되고 난 후에는 정부에서 굳이 반대하지는 않을 것이라고 여겼던 것이다. 그런데 감히 파렴치한 마씨 이 작자가 명령을 실행하지도 않았을뿐더러 정부에 보고하다니. 마치 철없는 아이의 실수인 것처럼 말이다. 황제의 안색은 하얗게 질렸고, 길다란 콧수염이 바르르 떨렸다. 게다가 이 멍청한 자들이 자유주의자들과 프리메이슨에 대한 얘기를 끄집어내는 것이 아닌가. 지금은 그들에게 대항해야 할 터인데. 황제는 그들에게 이렇게 소리치고 싶었다. '황제도 미신적일 수 있단 말이오! 황제는 밤이나 낮이나 불가사의한 힘을 상대해야 하기 때문입니다. 당신들은 단조로운 일상에 익숙해서 이런 힘들이 실재한다는 걸 짐작조차 못 하겠지요.' 그러나 다만 이렇게 말했을 뿐이다.

"당신들에게 명령을 무시한 태만에 대해 책임을 묻겠소."

다행히도 장관들은 비겁했고, 황제도 그다지 용감하지 않았기 때문에 그들은 양쪽에 접점이 있는 자를 희생양으로 내세우는 것으로 합의를 보았다. 바로 주지사인 마씨 남작이다. 지사는 다음 날 정부로부터 예기치 못한 신랄한 비난을 받았다. 황제의 명령은 즉각 실천되어야 한다는 것이다. 지사는 입이 바짝 말랐다. 그는 깨달았다. 아. 이제 나는 끝났구나. 라카데와 자코메에게 10월 7일 자로 급보가 전달되었다. 10월 8일 동이 트자마자 칼레는 루르드의 골목을 누비고 다니며 큰 소리로 외쳐댔다.

"마사비엘 동굴에 대한 규정은 오늘부로 취소되었음을 알려드립니다. 루르드의 시의회에서 아돌프 라카데 시장이 작성하고, 마씨 주지사가 확인했습니다."

그런데 루르드의 노동자들은 울타리를 세울 때와 마찬가지로 철거하는 것도 거부했다. 자코메는 할 수 없이 칼레와 다른 두 경관의 도움을 받아 직접 철거할 수밖에 없었다. 오랫동안 동굴에 접근하지 못한 수천 명의 사람이 경찰관들의 굴욕적인 모습을 지켜보았다. 그들은 강 건너편의 언덕에 서서 불길한 침묵을 지키며 서 있을 뿐이었다. 서장은 일전에 기어올랐던 그 바위에 똑같이 기어올랐다. 오늘도 그는 구할 수 있는 것은 최대한 구해 보려 목소리를 높여 연설을 시작했다.

"여러분, 보시는 바와 같이 우리는 정부가 설치한 이 울타리를 철거하고 있습니다. 저는 정부의 관리입니다. 우리 관리들은 군인과 마찬가지라서 질문하지 않고 복종할 뿐입니다. 잘 아시다시피 우리는 여러분을 반대해 싸운 것이 아니고, 여러분을 위해 싸운 것입니다. 이 샘물이 해로운 것인지 아닌지 판가름 나기 전에는 당연히 그 물을 마시지 않게 금지해야 하지 않습니까. 명성 높은 툴루즈 대학교의 감정서에 의하면 이제 전혀 걱정할 필요가 없다고 합니다. 정부는 추구하는 목적을 달성했습니다. 그러므로 지사님과 저는 동굴을 개방하고 여러분에게 아무 방해가 되지 않도록 결정했습니다."

이것은 분명히 가장 훌륭한 방식으로 시민의 안위를 걱정하는 정부 당국의 입장을 설명한, 칭찬할 만한 연설임을 인정하지 않을 수 없다. 그러나 이 연설은 늪에 돌멩이를 던진 것처럼 군중 속에서 전혀 동요를 일으키지 않았다. 몇몇 사람이 비웃듯 웃음을 터뜨렸을 뿐이다. 자코메는 집으로 돌아와서 식사를 차리는 아내와 딸에게 말했다.

"난 정말로 이 지긋지긋한 집을 떠나게 되어 만족스럽다니까. 알레(Alais)의 서장이 되는 건 승진이라고. 알레는 갸르(Gard) 주에서 님(Nimes) 다음으로 큰 도시고, 부청이 있는 도시거든. 관사를 제공해 준다고 하더군. 그곳에선 부지사 부인 다음으로는 서장 부인이 제일 높은 사람이야."

자코메는 이렇게 자신의 이동 사실을 가족에게 알렸다. 집에 돌아올 때 책상에 놓인 사령장을 본 것이다. 여러 가지 상황에도 불구하고 루르드를 떠나는 데 기쁨을 느낀다는 것은 거짓말이 아니다. 지난 몇 주간 신문은 갸르 주의 님과 알레 사이에서 일어난 범죄 집단의 범죄 행위로 가득 차 있었다. 이들은 기차 안에서 절도하는 것이 특징이다. 은혜로운 샘물이나 환각을 보는 소녀보다 훨씬 더 현대적이다. 경찰은 동굴의 여인보다는 차라리 철도 강도들에게 훨씬 더 힘 있는 존재가 될 수 있다.

11월 1일, 정부 기관지 《르 모니퇴르(Le Moniteur)》*가 마씨 남작이 그르노블의 지사로 발령된 것을 보도했다. 황제가 남작을 완전히 나락으로 떨어뜨리지는 않은 것이다. 그러나 그르노블이 주도인 이제르 주는 프랑스 행정부가 비밀리에 축출 대상을 권력의 변방으로 보내는 곳이다. 그르노블은 종착역이다. 그곳에서 파리로 입성하는 일은 없다. 남작의 꿈은 여기에서 끝난 것이다. 어쨌든 당장은 지사직을 유지하지 않았는가. 여인의 복수가 매우 관대하다.

가장 가혹한 타격을 받은 것은 제국 검사 비탈-뒤투르다. 사실상 그의 상황에서 바뀐 것은 없다. 그는 다른 곳으로 이동하지 않고 모두가 그를 원망하는 루르드에 남았다. 매일 매일 대머리 제국 검사는 마르카달 광장을 지나 법원까지, 그리고 법원에서 광장까지 왕복해야 한다. 하루에 두 번씩 카페 프랑세에 앉아 뒤랑이 들려주는 소식에 귀 기울이는 척하고, 법관들과 직원들, 속물적인 사람들의 시답잖은 대화에도 적당히 맞장구쳐야 한다. 하지만 때때로 에스트라드나 클라랑스 같은 배신자에게 쏘아붙여 줄 수 있으며, 이때 큰 만족감을 느낀다.

---

* 지도자라는 뜻.

11월 17일 11시에 루르드의 성 베드로 성당에서 갑자기 종이 울리기 시작했다. 그것은 이러한 의미다. 인자하신 로랑스 주교께서 큰 호의를 베풀어 여인이 나아가는 길에 장애물이 없도록 하겠다는 것이다. 그가 제출한 모든 조건이 충족되었다. 사람들의 예상과 달리 황제가 굴복한 것이다. 정부는 슬그머니 발을 빼버렸다. 주지사는 프랑스 변두리로 좌천되었고 동굴 앞의 울타리는 철거되었다. 정부가 그동안 갖은 애를 썼건만 주교는 더 이상 이 성스러운 사건의 조사를 연기할 구실을 찾을 수 없었다. 가장 주요한 반대자였던 주교는 드러내 놓고 패배를 인정하지는 않았지만 한 발 뒤로 물러났다. 어제만 하더라도 조사단 구성원과 짧은 만남의 와중에도 명확하게 의학적으로 설명할 수 없다고 해서 반드시 기적적 치유라고 규정지을 수는 없다고 누누이 강조하는 것을 잊지 않았다. 온전히 기적이라고 인정할 수 있으려면, 고유의 요소가 있어야 한다. 복음서에 나오는 '일어나서 걸어라!' 같은, 숨을 멈추게 하는 충격이 필요하다. 이런 것을 고려해 주교는 조사단이 인정하는 모든 경우에 대해 마지막까지 결정을 보류할 수 있는 여지를 남겨 놓았다.

그들은 조사단의 모임과 비슷한 종류의 모임이 있을 때를 대비해 절차를 정했다. 그들의 활동이 성공하려면 성령의 영감이 반드시 필요하며, 그들의 회합 역시 성령의 보호 아래 개최되어야 한다. 그러므로 그들은 성 베드로 성당에서 엄숙한 의식을 치른 후 업무를 시작할 것이다. 만약 먼 훗날, 조사단이 초자연적 사건이라고 결론을 내릴 경우, 업무를 종결하는 의식은 성 베드로 성당에서 성스럽고 웅장하게 열릴 것이다.

오늘은 주교가 조직한 조사단 위원들이 루르드 소교구 소박한 성당의 제대 주변에 모였다. 박학한 신자, 의사, 화학자, 지리학자들은 계단 바로 위에 자리 잡았다. 그들 뒤로 앞줄에 발현의 중요한 증인들이 앉았다. 밀레 부인과 친구들은 천상 영광의 기사들처럼 당당하다. 재단사 페레가 그들에게 상황에 걸맞은 품위 있는 옷을 만들어 주었다. 페레도 앞줄에 앉았고, 옆자리에는 밀레 부인의 시종인 늙은 필립이 앉아 있다. 베르나데트의 학교 친구들도 모두 왔다. 잔 아바디는 당시 혼몽 상태의 베르나데트에게 돌을 던졌지만, 그녀 덕택에 이 자리에 앉는 영광을 얻었다. 느베르의 수녀들도 왔지만 몇 달 전 본원으로 돌아간 마리-테레즈 보주 수녀는 오지 못했다. 토방의 여러 이웃의 모습도 보인다. 사주 아저씨 내외, 시력을 회복한 부리에트와 건강해진 아기를 자랑스럽게 팔에 안은 부올츠 부인이다. 피귀노 부인, 우루 부인, 라발 부인, 고조 부인 역시 왔다. 그들 한가운데 위풍당당하게 베르나르드 카스테로가 앉았고, 말수가 적고 헌신적인 뤼시유도 있다. 니콜로 모자는 멀찍이 뒷줄에 앉았다.

타르브 대성당의 신부이자 참사원*인 노가로 신부가 〈우리 영혼의 창조주님이 오셨다(Veni Creator Spiritus)〉를 노래하기 시작하자, 사람들이 놀라 수군거린다. 베르나데트는 어디 있지? 수비루 가족이 어

---

* 세속을 떠나서 기도와 신에게 봉헌하기로 서원한 수도사와 달리, 참사원은 겉모습과 의복은 수도사와 같지만 세속에서 교구 성당이나 교육, 병원 등의 임무를 맡아 수행한다.

디에 있지? 마침내 사람들은 가족에게 둘러싸여 낯선 사람들 사이에 있는 베르나데트를 발견했다. 그녀는 슬쩍 몸을 숨기려고 하는데 사람들이 앞으로 밀어낸다. 밀레 부인이 팔을 뻗치고, 사람들이 자리를 만든다. 마침내 베르나데트는 자신의 최고 후견자 옆에 앉았고, 밀레 부인은 반가움과 기쁨의 눈물을 쏟는다. 반면 베르나데트는 전혀 기뻐 보이지 않고 오히려 괴로움으로 가득한 것 같다. 이제까지 자코메나 뒤투르, 리브 판사는 베르나데트를 심문으로 괴롭혔다. 이번에는 신부들과 박사들이 그녀를 불렀다. 그래서 소녀는 두려운 것이다. 왜들 그러는 걸까? 베르나데트의 두려움이 근거가 없는 것이 아니다.

전례 예식이 끝난 뒤 주교의 조사단은 첫 전체 회의를 위해 사제관에 모였다. 스무 명가량의 성직자와 신자들이 커다란 테이블을 둘러싸고 반원형으로 앉았다. 벽 쪽에는 증인들이 앉을 긴 의자가 놓였다. 첫 증인은 베르나데트로, 증인이라기보다는 피고처럼 보였다. 그녀는 같은 이야기를 계속 반복해야만 했다. 평소의 무신경하고 기계적인 대답은 아니었지만 그렇다고 해서 티보 주교 앞에서 보여 주었던 열성적인 모습은 아니다. 무덤덤한 어투였지만 적극적이다. 법정에서 스스로를 변호하는 사람들은 이런 식으로 말한다. 그녀의 진술은 중간중간 마리, 잔 아바디, 앙투아네트 페레, 어머니, 이모 베르나르드, 니콜로 부인과 앙투안 같은 다른 증인이 나와서 그녀의 진술을 뒷받침하거나 바로잡느라 계속 중단되었다. 증인들의 기억은 중간중간에 빈 구멍이 종종 있었지만, 베르나데트의 기억은 아무리 작은 것이라도 놓치는 법이 없다. 베르나데트는 시간을 벗어나 인생의 굵직한 사건 속에서만 사는 것 같다. 여인의 시선과 고개를 끄덕임, 아주 미세한 움직임도 소녀의 기억에 깊이 새겨져 있었다. 환시 상태의 기억을 그대로 재현할 뿐 아니라 환시의 전후 상황도 모두 뚜렷하게 기억하고 있어서 조사단 위원들의 첫인상은 베르나데트의 뛰어난 기억력이었다.

베르나데트는 계속해서 놀라운 반응을 보였다. 예를 들어, 노가로 참사원이 도대체 여인이 말해 준 비밀이 무엇이냐고 질문하자 이렇게 대답했다.

"저만 알고 있으라고 말씀해 주신 거예요. 신부님께 말씀드리면 그건 더 이상 비밀이 아니잖아요."

누군가 풀과 잡초를 뜯어 먹은 것에 대해 반대하는 말을 했다.

"나는 여인이 네게 이렇게 불쾌한 일을 명령했다는 것이 이해가 가지 않는구나. 네게 짐승처럼 행동하게 시켰다니 네가 설명한 여인과는 다르지 않으냐."

"풀을 뜯어 먹으면 짐승이 되는 건가요?" 베르나데트는 덤덤한 어조로 이렇게 대답했다. 조사위원들은 서로 얼굴을 마주 보았다. 베르나데트의 대답을 무례하다고 해야 할지 판단이 서지 않기 때문이다. 소녀의 고요한 눈은 이런 의혹을 잠재우는 것이다. 그러나 증인석에 앉은 앙투아네트 페레는 만족스러워 킥킥대고 웃었다.

여인과 맞서 싸운 루르드의 권력가 가운데 유일하게 라카데만이 꺾이지 않았다. 유연하게 요리조리 빠져나가는 미식가 시장은 아주 어려운 상황에서도 이득을 볼 수 있는 능력을 갖추었다. 게다가 지금이 아주 어려운 상황인 것도 아니다. 마사비엘의 기적이 이 시대의 철학을 거스른다고 할 수 있지만, 현실적인 사람이라면 자연법칙의 가치를 증명하기 위해 스스로 희생하지는 않는다. 이 시대는 이해할 수 없는 일로 가득 차 있고, 세상은 비누 거품처럼 허망한 것이다. 루르드는 발전하는 작은 도시이며, 아돌프 라카데는 영리한 사람이다. 자신의 두통으로 샘물의 힘을 시험해 본 그 여름날 밤 이후 그의 눈을 가렸던 것이 떨어져 나갔다. 모든 사람은 영성으로 돌아올 수 있는 능력을 갖추었다. 라카데도 자신의 방식으로 제정신을 찾은 것이다.

그래서 시장은 갑자기 은총의 샘이 치유 효과가 있는 광천보다 질적으로 뒤처지지 않으며, 심지어 여러 측면에서 더 독창적이며 수익성이 있다고 확신했다. 라카데의 취향에는 순례자들의 성지보다 샘이 있는 번화한 도시가 훨씬 더 잘 맞다. 하지만 어떻게 할 도리가 없지 않은가? 박학한 클라랑스가 일전에 카페에 마주 앉아서 루르드는 고대 이교 시대에 이미 성지였는데 이런 도시가 결코 그 신비한 성격을 잃을 리 없다고 말한 것은 옳은 말이다. 라카데는 현재 상황을 그대로 받아들이기로 했다. 카지노와 공원과 노점, 크로켓 경기장은 포기할 것이다. 부자들과 행복한 사람들이 여름을 보내기 위해 찾는 휴양지의 이미지는 동굴의 기적과는 들어맞지 않는다. 음악회, 불꽃놀이, 꽃놀이, 가면무도회, 아름답게 치장한 예쁜 아가씨들도, 레이스 달린 바지를 입고 공놀이를 하는 아이들도 볼 수 없다. '그것참 아쉽게 됐군.' 유흥을 좋아하는 라카데가 혼잣말을 한다. 그의 눈앞에는 지상의 온갖 화려한 즐거움이 순례자들의 검은 물결에 사라지는 광경이 보인다. 치유의 샘은 거룩하고 성스러운 것이 되었다. 주식회사를 설립하겠다는 계획도, 그리고 전국 각지로 샘물을 판매하겠다는 계획도 끝났다. 성모 마리아가 눈먼 아이의 눈을 뜨게 해주는 상표의 그림도 잘못된 것이었다. 아마도 교회에서 항의했을 것이다. 많은 것이 손아귀에서 빠져나갔지만 대신 생기는 것도 있다. 언제 잡아야 하는지를 알고, 코앞에서 놓치지만 않는다면. 다행히도 아직 늦지 않았다. 아직 교회를 넘어설 수 있는 길이 있다. 교회는 아직 최종적인 '맞다'는 확인을 하지 않았다. 그러니 우리는 선구자가 되는 것이다.

늙은 필립은 시장이 갑자기 밀레 부인을 방문했을 때 적잖이 놀랐다. 라카데는 이 신앙심 충만한 노부인에게 자신의 경건한 계획을 설명했다. 다음 날 조사위원단이 처음으로 동굴을 방문하기 전에 동굴을 빨리 꽃으로 장식해서 주교의 조사위원들에게 사람들이 얼마나 기적을 신뢰하는지를 보여 주자는 것이다. '모든 성인 대축일'이 이제 막 끝난 참이라 카즈나브의 정원에는 국화꽃밖에 없겠지만 이 꽃은 크기도 하고 색깔이 다양해서 공간을 풍부하게 채울 수 있을 것이다. 조사단은 11시에 동굴로 간다. 그러니 시의 주관으로 한 시간 전에 루르드의 중요 인사들이 행렬을 지어 마사비엘로 가면 어떨까. 그러면 누가 참가하고, 누가 참가하지 않는지 알 수 있다. 이런 종류의 시위를 계획하는데 밀레 부인만큼 적임자는 없다. 이 부유한 과부는 과거의 반대자가 이렇게 정신적으로 고매해진 것에 대해 매우 기뻐하며 당장 준비를 시작했다.

다음 날 아침 정각 9시, 루르드의 주요 인사들이 시청 앞의 부르 거리에 모였다. 남자들은 신사복을 차려입었고, 여자들은 정숙한 베일을 머리에 썼다. 날씨는 드물게 화창했다. 보좌관으로 둘러싸인 아돌프 라카데가 시청 정문을 나서자 시의회 의원들이 따라나섰다. 그는 자줏빛 볼에 수염을 짧게 깎고 회색 콧수염이 앞으로 뾰족하게 솟았다. 배에는 삼색의 두건을 두르고, 왼손에 높은 모자를 들었으며, 오른손에는 촛불을 들었다.

"함께 성가를 부릅시다." 시장이 카즈나브에게 말하고 사람들에게 출발 신호를 한다. "'우리는 주를 원하오니'가 어떻습니까?"

행렬은 성가를 부르며 카페 프랑세 앞을 지나간다. 이 시대의 정신을 대변하는 카페 주인 뒤랑이 깜짝 놀라 멍한 모습으로 시장을 본다.

제37장

마지막 유혹

주임 신부가 동정 어린 어투로 주교에게 말했다. "베르나데트는 아직 너무 어립니다!" 그리고 주교는 이렇게 대답했다. "그 아이도 나이를 먹게 됩니다." 그리고 주교는 베르나데트와 여인에 대해 최종적 판단을 내리기 전에 시간을 두고 베르나데트가 충분한 나이가 될 수 있도록 기다렸다. 기적이 일어나는 것과 그것을 인정하기까지의 사이에 주교는 가장 두터운 '시간'이라는 벽을 세우고, 교황 베네딕토 14세의 방대한 저서 『성인의 시복과 시성』의 52장에 기술된 지침을 매우 엄격하게 따르고 있다. 시간은 세상에서 가장 독한 산(酸)이며, 왕수(王水)*다. 그 속에서는 가장 순수하고 밀도가 높은 금만이 버틸 수 있다. 무게가 덜 나가는 금속들은 다른 곳에서는 가치가 있다고 하더라도 왕수에서는 침식이 되고 마침내는 녹아 없어지고 만다. 사람들을 흥분시키는 것들 가운데 대부분은 다음 날이면 이미 꿈처

* 진한 염산과 질산을 3:1로 섞은 용액으로 다른 용액에는 녹지 않는 금이나 백금 등의 귀금속을 녹일 수 있어서 왕수라는 이름이 붙었다.

럼 느껴진다. 영광스러웠던 사건의 기억이나 우울한 기억도 새출발을 알리는 수탉의 첫 울음소리에 그만 사라져 버리고 만다.

루르드의 사건은 그동안 필요 이상으로 보도되었다. 주교는 이제 첫해가 끝나가니 차츰 흥분이 가라앉으리라 생각한다. 내년 연말쯤에는 마사비엘이라든가 발현, 치유 같은 이야기는 한때의 추억으로만 남을 것이다. 이런 생각으로 로랑스 주교는 조사단의 조사 기간을 4년으로 정했다. 조사단은 이 기간 안에 어떤 최종적 판단도 내려서는 안 되며 단지 조사, 연구, 그리고 자료 분류만 해야 한다. 시간이란 가장 지성적인 인간보다도 더 지성적이다. 긴 시간 관찰하면 기적적인 치유가 계속 일어나는지, 다시는 일어나지 않는지 알 수 있다. 루르드에서 프랑스 전역으로 퍼지는 민중운동이 지속될지, 아니면 일시적인 것에 지나지 않는지도 알 수 있다. 즉 주교는 이 오랜 기다림을 통해서 초자연적 사건의 진실성을 엄격하게 검증하겠다는 것이다.

치유에 관한 사례는 끝나기는커녕 계속 늘어나고 있다. 조사위원회의 의사들은 (그들은 '하늘의 치료'를 승인하는 것을 매우 꺼린다) 각각의 사례를 매우 엄밀하게 검토한다. 조사위원들이 작성한 보고서는 위원회에서 모두 취합해 주교에게 보고하며, 주교는 이것을 세 가지 항목으로 분류했다. 첫 번째는 정상적인 범주를 완전히 벗어나는 주목할 만한 사례로, 치료 과정을 전혀 이해하고 설명할 수 없는 것이다. 하지만 주교는 과학적으로 설명할 수 없다고 해서 반드시 기적인 것은 아니라고 판단한다. 두 번째는 논리적으로 설명할 수 없으며 조사위원단이 만장일치로 기적이라고 인정하는 사례다. 예를 들면, 엄청난 크기의 종기가 샘물을 장기간 사용함으로써 차츰 작아져서 완전히 없어진 경우라든가 마비가 온 부분이 며칠 만에 현저하게 나아진 경우다. 주교는 이런 현상에 매우 중요한 의미가 있다는 것을 부인하지는 않지만, 그 현상을 온전하게 기적이라고 믿지는 않는다. 샘물이 치유 효력이 있다는 자체만으로는 결정적 증거가 되지 않는다는 것이다. 언젠가는 과학이 더욱 발달해 샘물에서 지금까지 알려지지 않은 새로운 성분을 찾아내 규명할 수도 있다. 환자의 모든 기관과 장기에 골고루 능력을 발휘하는 샘물의 놀라운 능력도 주교를 만족시키지 못한다. 미래의 샘물에 함유된 새로운 기능이 발견될 수도 있기 때문이다. 주교는 시간이 흘러도 끝내 설명할 수 없는 것은 순간성의 요소뿐이라고 생각한다. 보지 못하던 눈이 보이기 시작하고, 죽은 신경이 위축된 근육을 움직이기 시작하면, 인간의 의혹은 한계에 달해서 마침내 체념하고 경의를 표한다.

주교가 가장 예기치 못한 것은 그가 첫 번째 갈래로 분류했던 몇 가지 사례 중 하나다. 즉각적으로 치유력을 발휘한 열다섯 사례가 있었는데, 이 사례들은 아무리 엄밀하게 따지고 들어도 결국은 인정할 수밖에 없었다. 그중 두 가지 사례는 시기적으로도 가장 빠르게 일어났다.

그중 하나는 타르타스에 사는 모로 가족의 맏딸 마리에 관한 것이다. 보르도에서 학교에 다니는 열여섯 살의 소녀 마리는 어느 날 무서운 눈병에 걸렸다. 보르도 대학교의 저명한 안과 의사 베르몽은 두 눈의 망막 분리로 실명이 불가피하다고 진단했다. 병의 진행이 빨라서 몇 주 만에 소녀의 아름답고 맑은 눈이 혈막으로 둘러싸였고, 아침에 일어날 때마다 혈막이 더 두꺼워져 있었다. 절망적 상황에 이르면 종종 그렇듯이 가족들은 함께 싸워 가며 잔인한 운명을 받아들이지 않았다. 사람들은 숱한 치료 방법을 제시하며 소녀를 괴롭혔다. 아무 효과를 보지 못하자 소녀의 가족들은 아이를 데리고 파리로 가서 안과 권위자에게 진찰을 받고자 했다. 출발 당일, 소녀의 아버지 모로는 신문을 펼쳤다. 리조 부인이라는 사람이 루르드의 샘물로 치료되었다는 기사를 읽자 갑자기 가엾은 마리의 출생 당시의 기억이 떠올랐다. 매우 힘겨운 난산으로, 의사와 산파는 아이가 죽었을 것이라고 했다. 괴로움에 휩싸인 모로는 아이가 무사히 태어난다면, 그리고 딸이라면 이름을 '마리'라고 짓겠다고 맹세했다. 마리 모로라는 이름은 짧은 데다 같은 자음이 반복되어서 듣기 좋지 않을 수도 있지만 말이다. 그들은 즉시 행선지를 바꿔 파리가 아닌 루르드로 갔다. 동굴은 얼마 전 사람들에게 다시 개방되었다. 그들은 샘물에 수건을 적셔 마리 모로의 보이지 않는 눈에 몇 분간 얹어 두었다. 수건을 떼자 소녀는 날카로운 소리를 질렀다. 주변에서 그 소리를 들은 이들은 모두 기억할 만한 소리였다. 빛을 가렸던 소녀의 혈막에 군데군데 틈이 생겨 소녀는 앞을 볼 수 있었다. 눈앞에 인쇄된 종이를 내밀자 소녀가 읽었다. 주교 조사단의 위원 한 명이 마지막 검사에서 소녀의 상태가 어땠는지 진찰 기록을 보기 위해 보르도로 가서 베르몽 박사를 만났다. 소녀의 이야기가 교수를 격노하게 하는 바람에 진찰 기록을 보게 되기까지는 상당한 시간이 걸렸다.

또 다른 사례도 이 못지않게 빠르고 즉각적이었다. 이 사례의 주인공 역시 보르도 지역의 열두 살 된 쥘르라는 소년으로 로제 라카사뉴라는 세관 직원의 아들이다. 라카사뉴는 모로와는 달리 전혀 종교적인 성향이 없고, 군인의 느낌을 주는 사람이다. 쥘르는 사람들이 흔히 무도병*이라고 부르는 매우 희귀한 병을 앓고 있다. 이 병에 걸리면 사지가 탈구되어 매우 고통스럽지만, 그것보다 식도에 종창이 생기고 부풀어 오른다는 것이다. 음식물을 섭취하기가 힘들어 영양소의 흡수가 안 된다. 가족 주치의인 노게스 박사와 자문 의사인 로케르 박사는 의학전문 서적에 기술되어 있거나 추천받은 모든 약을 먹여 보고 발라 보기도 했다. 그들 역시 다른 의사들처럼 자신들의 무력감을 인정하기 싫어해 실험적 치료를 계속 시도했다. 그러나 소년의 식도는 날이 갈수록 점점 더 좁아져 갔다. 마침내 뜨개바늘이 간신히 들어갈 만한 크기로 좁아지자 우유와 수프 정도만 몇 방울씩 고통을 감수하며 간신히 넘길 수 있었다. 쥘르 라카사뉴는 너무 말라서 그림자 같았다. 아무도 그 아이를 구할 수 없었고, 꼼짝없이 굶어 죽게 될 지경에 이르렀다. 쥘르의 어머니는 아이를 데리고 해변으로 갔다. 어쩌면 바닷바람이 아이를 구해 주지 않을까 생각했지만 헛된 희망이었다. 매일 가는 바닷가 모래사장 위에서 쥘르는 누렇게 변색된 신문지 조각을 발견했다. 그는 여윈 손으로 주워 마리 모로에 관한

---

* 신체의 한 부분에서 시작해서 갑작스럽게 다른 부위로 이동하는 비자발적 운동을 특징으로 한다. 질병이 진행됨에 따라 조절되지 않는 경련성 신체 움직임이 보다 명확해진다. 일반적으로 신체 능력과 함께 정신 능력도 약화되어 치매가 된다.

기사를 읽었다. 소년은 신문지 조각을 간직했지만, 자신이 원하는 것을 감히 말하지는 못했다. 아버지의 성격을 잘 아는지라 비웃음만 사게 될까 두려워한 것이다. 며칠 지난 후 아이의 죽음을 목전에 둔 상황에서 보르도로 돌아온 후에야 비로소 어머니에게 루르드와 마리 모로에 대해 읽은 것을 말했다. 라카사뉴 부인은 남편에게 그날 당장 루르드로 가자고 간청했다. 남편은 반대하지 않았다. 죽음이 임박한 시점에서는 믿음의 힘이 훨씬 더 강해지기 때문이다. 로제 라카사뉴는 아들을 팔에 안고 동굴로 왔다. 예전에 군 장교로 봉직하기도 했기니와 그는 굉장히 직선적인 사람이다. 기적이 있다면 확실히 눈에 보여야 기적이라고 생각한다. 그래서 그는 부드러운 비스킷을 한 봉지 가져왔다. 쥘르가 샘물 한 잔을 떠서 방울방울 고통스럽게 간신히 삼키고 나자 아버지가 비스킷을 하나 건네며 엄격한 목소리로 명령을 내렸다. "당장 먹어라!" 그런데 정말로 말도 안 되는 일이 일어났다. 쥘르가 비스킷을 먹은 것이다. 소년은 다른 사람들처럼 아무런 어려움 없이 비스킷을 씹고 삼켰다. 나무처럼 키가 크고 짧은 회색 머리의 라카사뉴는 그만 균형을 잃고 비틀거리며 뒷걸음질쳤다. 자신의 가슴을 주먹으로 치며 꺽꺽거리는 소리를 낸다. "쥘르가……, 쥘르가 먹다니! 쥘르가 먹다니!" 동굴 앞의 사람들이 눈물을 흘린다. 쥘르만은 조용히 생각하는 얼굴로 계속해서 먹는다. 그곳의 수많은 사람에게는 치유의 빛이 그의 뺨을 분홍빛으로 물들이는 것처럼 보였다.

마리 모로와 쥘르 라카사뉴는 주교가 첫 번째 부류, 즉 자연적 치료 과정이 아니라고 인정한 열다섯 사례 중 두 개에 불과하다. 그리고 항상 치유 전 의사의 마지막 증언이 기준이 된다. 이때 주교가 가장 신뢰하는 의사는 다른 신앙을 가졌거나, 신앙을 적대시하는 의사들이다.

초기의 매우 짧은 기간 동안 열다섯 명이 치유되었다. 좀 더 기간을 길게 보면, 수백 명의 사람이 설명할 수 없는 방식으로 천천히 건강을 회복했다. 수천, 수만의 사람들이 건강과 삶을 되찾으려고 루르드에 왔다. 발현했을 때 사람들이 기대하는 것이 아닌, 예상치 못했던 일만 행했던 동굴의 여인처럼 샘물도 매우 변덕스러웠다. 누구를 치료해 줄 것인지 강요할 수도 없고, 샘의 은총을 누가 입을지 예측할 수도 없다.

끊임없는 사건과 사람들의 행렬 속에서 베르나데트는 자신과는 아무 상관이 없는 일인 것처럼 산다. 실제로 관심도 없다. 샘을 솟게 한 것은 자신이 아니다. 사람들이 은총의 샘에 대해 베르나데트를 칭송하려고 하면, 그녀는 전혀 이해하지 못했다. 시간이 가면 갈수록 베르나데트에게 여인의 존재는 더욱 커져 간다. 그녀에게는 한 치의 혼란도 없다. 누군가 그녀에게 감사 인사를 하면, 마치 선물을 보낸 사람이 아니라 배달해 준 사람에게 감사하는 것처럼 우스꽝스럽게 느껴진다. 그럼에도 사람들은 끊임없이 감사와 찬사와 영광의 말을 건넨다. 그녀가 가는 길에 엎드리기도 하고, 무릎 꿇고 앉아 있기도 하며, 옷자락을 만지기도 한다. 특히 극적인 치유가 있었던 날은 더욱 그렇다. 이런 식으로 괴롭힐 때면 분노 때문에 그녀 내면의 단호하고 강한 성격이 깨어난다. 베르나데트의 뒤를 따르던 여자들 가운데 한 명이 흥분한 나머지 외쳤다. "오 베르나데트, 복된 자여! 성녀여!" 그러자 베르나데트가 이글거리는 눈으로 뒤돌아서며 쏘아붙였다. "맙소사! 그게 무슨 바보 같은 소리예요!"

베르나데트는 마치 시간을 벗어나 사는 것 같다. 아니 자기만의 시간 속에 사는 것 같다. 비록 페라말 신부와 주교가 자신의 장래에 대해 모종의 대화를 나누었지만, 그 사실을 전혀 모르는 베르나데트에게는 지금은 그저 기다리는 것 외에 다른 것은 생각할 수도 없는 지루한 시간이다. 마치 여인을 만날 때의 환각 상태에서 깨어날 때 잠깐씩 찾아오던 구역질과 이질감이 뒤섞인 그때처럼 공허감을 느끼는 시간이다. 그런데 지금의 공허감은 그때와 달리 지속적이다. 여인이 이 세상에서는 다시는 자신과 만나지 않게 되리라고 확신하기 때문이다. 시간은 천천히 흐르지만 빠르게 지나가 버렸다. 모든 사람이 시간 속에서 바삐 움직인다. 하지만 베르나데트는 자신은 여인을 향해 멈춰 있고, 시간이 자신의 주위를 돌고 있다고 느낀다. 그녀는 하루하루 나이를 먹고 있지만, 전혀 그것을 느끼지 못한다. 아름다운 여인과의 상봉이 그녀의 외양에도 영향을 끼쳤다. 곧 열다섯 살이 되는 병약한 소녀 베르나데트는 매우 아름답다. 그녀의 얼굴에서 프랑수아 수비루나 루이즈 수비루의 평범하고 세속적인 모습은 볼 수 없다. 이전에 없었던 신비스럽고 섬세한 모습이 소녀의 얼굴에서 빛난다. 둥그렇던 얼굴은 계란형으로 바뀌었고, 광채가 나는 이마 아래 여전히 무심한 빛을 띤 눈이 더 커졌다. 항상 입던 농부의 옷은 그녀의 고귀한 모습과 어울리지 않지만, 그녀는 어머니나 여동생과 다르게 보이는 것을 원치 않는다.

그녀는 가족과 함께 집에 있거나 항상 그녀를 위한 방이 준비된 병원에 있다. 이것은 주교가 그녀를 항상 감독하도록 지시했기 때문이기도 하고, 호기심 많은 사람들의 부주의함이 도를 지나칠 때가 있기 때문이기도 하다. 물론 그들 중, 특히 명성과 지위가 있는 사람들이 무작정 병원으로 온들 피할 도리가 없다.

"아파서 병석에 누운 사람들은 참 좋겠어요." 어느 날 베르나데트가 한숨을 내쉬며 말한다. 툴루즈에서 한 잘난 체하는 신부가 부인들을 여럿 이끌고 와서는 사람들 앞에서 잘난 체하려고 했다. 베르나데트는 성직자라고 해서 특별히 더 경외심을 갖지 않는다. 그들에게서 얼마나 시달림을 받았던가. 게다가 최근에는 주교가 설립한 조사단의 위원들이 몹시 성가시게 굴었다. 그녀는 아무것도 속이는 것도 없고 가식을 떨지도 않는다. 그녀가 입을 열 때는 분명히 하고 싶은 말이 있어서다. 그녀는 정직해서 때때로 무례를 범하기도 한다.

"너를 믿어도 되는지 알고 싶구나, 베르나데트." 툴루즈의 신부가 말했다.

"저를 믿지 않으셔도 상관없습니다, 신부님." 베르나데트가 진지하게 대답한다.

신부의 언성이 높아진다.

"네 말이 거짓이라면 우리가 너 때문에 여기까지 먼 거리를 헛걸음 한 셈이 된다."

베르나데트가 놀라서 신부를 쳐다보고 다시 말한다.

"하지만 신부님, 저 때문에 여행하시는 건 제가 싫은데요."

또 한 번은 인근 학교의 교장이 비아냥거리며 말했다.

"여인이 네게 프랑스어 표준말을 가르쳐 주었다면 좋았을 텐데."

"그것이 바로 선생님과 그분의 차이점이지요." 베르나데트가 잠깐 생각한 후 대답했다. "여인은 파투아 사투리로 말씀하시려고 애쓰셨습니다. 그분께는 그게 더 어려웠을 텐데 말이지요. 단지 제가 더 쉽게 알아들을 수 있다는 이유로 말입니다."

수비루 가족은 여전히 토방에 살지만 사주 아저씨가 방 하나를 더 내주었다. 조사위원회가 설립된 후 4년째 되었을 때 마리가 결혼했다. 그녀의 남편은 생-페-드-비고르 근방의 농부다. 인생은 이런 것이다. 항상 베르나데트의 시골 취향을 멸시하더니 자신이 농부와 결혼하고야 만 것이다. 베르나데트 역시 결혼식에 참석해 다른 사람들과 함께 기뻐했지만, 마치 멀리서 와서 결혼식을 본 후 다시 돌아가는 친척 같은 느낌이다. 베르나데트와 마리 자매가 마침내 잠시 단둘이 있게 되자 마리가 갑자기 울음을 터뜨리며 언니를 꼭 끌어안았다.

"이제 헤어져야만 하다니! 우리는 항상 같이 있었는데. 난 이제 가야만 해."

잔 아바디도 보르도에서 하녀로 일하게 되어 루르드를 떠났다. 라피트가 님프라고 부르던 카트린 멍고는 타르브에 머무르며 더욱 아름다운 님프가 되었다. 마사비엘 동굴의 기적을 처음부터 함께했던 학급 친구들은 이렇게 뿔뿔이 흩어졌다. 늙은 필립이 세상을 떠나자 베르나데트는 밀레 부인의 집에서 하녀로 일하고 싶다는 희망을 내비쳤다. 페라말 신부는 크게 놀랐다.

"무슨 소리냐! 네가 있어야 할 곳은 그곳이 아니다, 베르나데트!"

"하지만 저는 이제 나이도 많고, 아직도 부모님을 돕지 못하고 있어요. 그 일은 제가 잘할 수 있습니다."

"여인께서 너를 하녀로 만들기 위해 뽑으셨다고 생각하느냐?" 페라말 신부가 고개를 절레절레 흔들며 말한다. 베르나데트가 페라말 신부를 한참 동안 바라본다. 그 시선 속에 보일 듯 말 듯한 미소가 섞여 있다.

"여인께서 저를 하녀로 써주신다면 정말 행복할 텐데요……."

"벌써 여인과 그 일을 의논한 것은 아니냐?" 주임 신부가 묻는다.

베르나데트가 슬픈 표정으로 앞을 본다. "여인은 저를 써주시지 않을 거예요. 제가 너무 서툴러서……."

조사단의 임기 마지막 해가 끝나기 전 마리-도미니크 페라말 신부가 타르브에 불려 가 아무것도 없는 황량한 주교의 집무실 겸 침실에서 장시간의 담화를 나누었다. 사순절이 시작되기 직전이었다. 그는 돌아오자마자 베르나데트를 사제관으로 불렀다. 정원의 아카시아와 플라타너스 나뭇가지에 눈이 소복이 쌓였다. 추위가 다시 찾아와 뼛속까지 시린 날이다. 피레네와 더 멀게는 피크-뒤-미디*와 비뉴말** 에서 불어오는 얼음의 숨결이다. 토방은 혹독하게 춥다. 페라말 신부의 집무실은 따뜻하다. 전나무 장작이 탁탁 튀며 활활 타오른다. 베르나데트가 꽁꽁 얼어서 문으로 들어온다. 겨울인데도 여름 옷차림에 하얀 두건을 하나 더 썼을 뿐이다. 그것도 오래전부터 쓰던 것이라 매우 낡았다.

"이제 어엿한 숙녀가 되었구나, 베르나데트." 신부가 맞이하며 말한다. "이제는 아무도 너를 아이라고 부르지는 못하겠구나. 하지만 늙고 무뚝뚝한 신부에게는 허락해 주려무나."

그는 베르나데트를 위해 안락의자를 벽난로 가까이 밀어 주고 노간주 열매로 빚은 술을 작은 잔 두 개에 채운다. 그리고 소녀의 맞은편에 앉는다.

"들어봐라, 애야. 주교의 조사위원회의 일이 거의 끝났다는 것은 아마 너도 들어 알겠지. 새해 첫날이 지나면 주교님께서 모든 것을 관장하시게 될 것이다. 이 조사단이 그동안 무슨 일을 했는지는 혹시 알고 있었느냐?"

"예, 신부님. 그분들은 치유되신 분들을 조사하고 질문하셨습니다." 베르나데트가 어린 학생처럼 대답한다.

"그렇지. 그분들은 그 일도 하셨지. 하지만 그 일이 다가 아니란다."

---

* 비고르의 산.

** 프랑스와 스페인에 걸친 산.

"위원회 분들은 굉장히 어려움을 겪으셨지요." 베르나데트가 즉답을 피하며 말한다. "자꾸 새로운 치유자가 나오니까요."

페라말 신부는 담뱃대에서 재를 긁어낸다.

"그래. 이제 너는 어떻게 하면 좋을까? 너의 장래에 관한 것도 위원회의 업무에 속한다는 생각을 혹시 해봤느냐."

"그분들의 질문에 다 대답했는데요." 소녀가 급히 대답한다. "이제 저를 또 불러낼 일은 없으면 좋겠습니다만."

"얘야, 모르는 척하지 말아라. 너는 보통 여자들보다 굉장히 영리한 편이지 않니. 여인께서 모든 아이 가운데 너를 선택하시고 샘을 찾도록 인도하셨다. 그 샘은 축복받은 샘이고, 기적의 물이라 매일매일 환자를 치료하지. 여인께서 네게 많은 것을 말씀해 주시고 이름까지 알려 주셨으며, 너는 조사위원회에 진실을 맹세하고 여인의 말씀을 되풀이했다. 그러니 너는 역사의 중심에 서 있는 것이다. 이제까지 너와 같은 사례는 없었다. 너는 이런 일이 세상에서 흔하게 일어나는 일이고 그저 간단하게 '저는 제가 할 일을 다 했으니 이제 제 인생을 살겠습니다'라고 말하면 되겠지 하고 생각한 건 아니겠지?"

"하지만 정말로 제가 할 일은 다 한 걸요." 베르나데트가 말하지만, 입술의 핏기가 사라졌다.

주임 신부는 손가락으로 하늘을 가리킨다.

"너는 활시위를 떠난 화살과 마찬가지다, 베르나데트. 이제 아무도 너의 길을 바꿀 수 없어. 잘 들어라. 위원회가 너에 대해서, 그래 너 말이다, 아주 엄청난 결론을 내렸다. 네가 천주께서 천상에 오를 자로 선택하신 존재이며, 샘을 솟게 하고, 이 말 많은 기적을 일으킨 사람일 수 있다는구나. 무슨 말인지 알아들었느냐? 주교님이 보고서에 서명한 뒤 로마의 교황 성하와 추기경들께 보내시면, 교회의 가장 높고 현명한 이들이 앞으로 몇 년 동안, 아니 수십 년 동안 쭉 너를 지켜볼 것이다. 그러고 나서……."

쉰 살밖에 안 된 페라말 신부가 잠시 말을 멈췄다. 그의 주름진 얼굴이 회색 머리카락 아래에서 붉어졌다.

"얘야, 이런 말을 하는 게 쉽지 않구나." 신부가 쉰 목소리로 말을 이어간다. "천주께서 내게 이런 말을 하도록 명하실 줄은 꿈에도 생각을 못 했다. 하지만 지금 내 앞에 앉은 베르나데트 수비루, 프랑수아 수비루의 딸, 내가 빗자루로 쫓아내려고 했던 소녀가, 성모님, 예수님, 혀가 굳어져 말이 잘 안 나오는구나. 하지만 이 평범하기 짝이 없는 소녀가, 교리문답 수업에서는 꼴찌인 아이가, 어떻게 말해야 할까. 우리가 죽은 뒤 한참 뒤에도 너는 우리와는 달리 잊혀지지 않고, 반대로……."

베르나데트는 비로소 신부의 말을 이해하고 펄쩍 뛰어 일어나며 얼굴이 석고처럼 창백해졌다.

"하지만 그럴 리 없어요! 그럴 리 없어요!" 소녀가 외친다. "저는 원치 않아요!"

"가엾은 아가, 네 마음을 잘 안다. 이건 받아들이기 쉬운 일이 아니지." 신부가 고개를 끄덕이며 말한다.

베르나데트는 의자에 털썩 주저앉으며 가쁜 숨을 몰아쉰다. 눈물을 흘리며 계속 중얼거린다.

"저는……, 저는…… 원치 않아요!"

"안다, 알아. 하지만 어찌할 도리가 없구나." 신부가 말한다.

그는 뒷짐을 지고 방 안을 이리저리 거닌다. 방 안에는 정적이 흐르고 간혹 장작이 탁탁 튀는 소리와 소녀가 울며 어린아이처럼 딸꾹질하는 소리가 들릴 뿐이다. 마침내 페라말 신부가 베르나데트 앞에 선다.

"병원과 학교의 수녀들이 매우 친절하지 않더냐?" 신부가 묻는다.

"예, 매우 친절하셔요." 소녀가 떠듬떠듬 말한다.

"너도 그런 수녀가 되는 상상을 해보려무나."

"아니요! 세상에! 제게는 감히 꿈도 꿀 수 없는 일이에요. 저를 밀레 부인 댁 하녀로 보내 주실 수는 없는 건가요?" 베르나데트는 매우 놀라서 눈물을 흘리며 말한다.

페라말 신부는 소녀의 머리에 부드럽게 손을 얹는다.

"네 마음을 안다, 얘야. 세속의 생활은 세속의 생활인 게지. 하지만 세 가지 성스러운 서약에 대해서는 누구도 강요해서는 안 되는 거란다. 열렬하고 진실한 영혼으로 자신을 천주님께 바치고자 열망할 때만 맹세할 수 있는 것이다. 정말 큰 결심이 필요한 것이지. 세 번째 서약은 절대 복종의 서약이다. 그것이 네게 가장 어려운 것일 게다. 너는 분명히 여인에게는 순종했었지. 하지만 여인을 제외하고는 항상 변덕스럽고 네 생각대로 행동하지 않았느냐. 주교님 말씀이 옳다. '복되신 동정녀께서 말씀을 전하신 작은 수비루를 천방지축으로 돌아다니게 놔둬서야 되겠습니까?'라고 말씀하셨거든. 교황 성하와 추기경들께서는 성모님의 발현과 기적에 대해서 의논하시는데, 베르나데트는 계속해서 다른 여자들과 똑같이 평범한 삶을 살아간다는 말이냐. 아니지. 아니지. '베르나데트는 우리가 지켜 주어야 할 소중한 꽃이다.' 주교님의 말씀을 이해하겠느냐?"

베르나데트는 생각에 잠겨서 아무 말이 없다.

"벌써 오래전에 내가 네게 말하지 않았느냐. '베르나데트, 네가 불장난을 하는구나'라고. 하지만 네가 불장난을 했다 해도 그건 네 잘못이 아니냐. 네 어인이 하늘로부터 내려온 불이었으니. 그분께서 너를 다른 사람들의 위로 끌어올리셨다. 네가 죽은 후에도 네 이름은 오래오래 남을 것이다. 그러니 네게 의무가 있다고 생각하지 않느냐. 너는 정말로 학교 수업을 빼먹듯이 쉽게 네 운명을 버리고 늙은 과부의 하녀가 되고 싶다는 말이냐. 얘야. 하늘은 너를 선택하셨다. 네게는 더 이상 선택권이 없구나. 너도 마음을 다해 하늘을 선택할 수밖에 도리가 없단다. 그렇지 않느냐. 어디 네 생각을 한번 들어 보자꾸나."

한참 침묵하던 베르나데트가 마침내 한숨을 쉬며 말한다.

"예. 신부님 말이 맞습니다."

페라말 신부의 말투가 바뀌며 장난스럽게 말한다.

"머지않아 느베르의 포르카드 주교가 오실 예정이다. 그분은 굉장히 친절하신 분이지. 우리 주교님처럼 무서운 분이 아니란다. 네게 이런저런 것을 물어보실 테니 너는 네가 생각하는 그대로 진실하게 대답해야 한다. 네가 어릴 때부터 잘 아는 느베르 수녀원의 본원이 그분의 관할이다. 그곳의 규칙은 아름답고 숭고하며, 수녀들은 지하실의 꽃이 아니라 실제 삶 속의 꽃들이지. 너는 그것이 남의 집에 살며 그들의 빨래를 해주는 것보다 낫다고 생각하지 않느냐?"

진정이 된 베르나데트는 다시 방 안을 왔다 갔다 하기 시작한 신부에게서 눈을 떼지 않는다.

신부가 갑자기 말한다. "또 한 가지, 너는 내게 도움을 청하느니 차라리 네 혀를 깨물고 싶겠지만, 너희 가족의 곤궁한 형편이 얼마나 네 마음에 짐이 되는지 잘 안다. 네 부모는 열심히 일하지만, 운이 따르지 않는 데다 문제를 해결하는 방법을 잘 모르지. 그래서, 베르나데트, 내 손을 잡거라. 내 약속하마. 네가 루르드를 떠나기 전에 네 가족들이 라파카 개울 위쪽의 물방앗간에 자리 잡게 해주마. 그리고 상황이 제대로 돌아가도록 내가 직접 돌봐 주겠다고 약속하마."

페라말 신부가 소녀에게 굳건한 손을 내민다. 신부의 커다란 손이 베르나데트의 손을 감싼다. 베르나데트가 갑자기 머리를 숙이고 신부의 손에 입을 맞춘다.

"자, 이제 할 말을 다 했구나." 페라말 신부가 큰 소리로 말한다. 하지만 소녀가 작별하고 가려고 하자 눈썹을 찡그리며 소녀를 잡는다.

"아니, 아직 할 말이 남았구나, 베르나데트."

신부가 낮게 말한다. 조금 전에도 말 꺼내기가 어려워 얼굴이 붉어졌다. 그런데 지금은 그보다 더 어렵다. 그는 매우 천천히 공들여 석유램프에 불을 붙였다.

"내 말을 잘 듣거라, 베르나데트." 신부가 잔기침하며 말한다. "나는 너를 믿는다. 정말로 나는 너를 믿는다. 네게 설득되었으니. 그런데 딱 한 가지 의구심이 풀리지 않은 것이 있구나. 'L'immaculada Concepciou'라는 말 말이다. 이 말 외에 네 여인께서 말씀하신 다른 것은 생명 그 자체처럼 꾸며낼 수 없는 것이다. 그런데 이 두 마디 말은 너무나 끼워 맞춘 듯 정확하고 매끄러워서 마치 네가 본 천주가 아니라 어느 냉담한 신학자가 말한 것 같단 말이지. 네 온 힘을 다해서 기억과 양심을 더듬어 보아라. 혹시라도 네가 여인을 만나 혼이 나간 상태에서 어디선가 들은 말이 아니냐. 이것은 정말 중대한 문제다, 베르나데드. 루르드의 신부이사 조사위원회의 일원으로서 이런 말을 네게 하면 안 되겠지. 하지만 네 앞에서 이 말을 한 사람을 기억해 낼 수 있다면, 네가 혼미한 와중에 그 말을 들었고, 무의식중에 여인이 그 말을 한 것이라고 생각했다는 것을 인정할 수 있다면 많은 것이 바뀔 수 있다. 만약 그렇다면 너는 위원회 앞에서 그 부분의 증언을 취소해야만 한다. 여인의 본질은 더 이상 지금처럼 분명하지 않을 것이고 보고서도 수정해야겠지. 무슨 말인지 알아듣겠느냐. 너는 영리하니 내 말을 이해했겠지. 이런 말을 하는 것은 주임 신부의 일이 아니다. 하지만 그 점에 관해서 네가 증언을 취소한다면 어쩌면 아주 작은 쥐구멍 하나가 생겨서 네가 그곳에서 보통의 생활을 할 수 있게 될지도 모른다……. 조금 생각해 보겠느냐?"

장작이 탁탁 튀며 소리를 내고 석유램프의 빛이 일렁인다. 문틈으로 찬바람이 스며든다. 베르나데트는 램프의 불꽃이 길게 일렁이며 유리에 그을음을 남기는 것을 보는 것만큼 재미있는 일은 없다는 듯 가만히 램프를 쳐다본다.

"생각할 시간은 필요 없어요. 신부님. 저는 거짓말하지 않았습니다."

페라말 신부는 램프의 불꽃을 작게 줄였다.

"그럼 도대체 누가 거짓말을 한 거지?

베르나데트가 신부를 보고 미소를 짓는다.

"그리고 작은 쥐구멍으로 들어가지 않을 거예요."

제38장

흰 장미

반대파 중 가장 불신이 심했던 타르브의 주교는 이제 받아들여야만 했다. 그는 미시비엘 씨의 치유 사례에서 드러난 다섯 가지의 모순점과 조사위원회 소속의 과학자들의 보고서 앞에 마침내 고개를 숙였다.

첫 번째 모순은 불명확한 치료법인데도 결과가 매우 뚜렷했다는 점이다. 두 번째는 서로 다른 질병인데도 같은 치료 방법으로 나았다는 점. 세 번째는 질병에 대한 과학적 처방이 장기간을 요하는 것이었으나 실제 치료 기간이 매우 짧았다는 점. 네 번째는 다른 방법이 오랜 기간, 때로는 몇 년 동안이나 효과를 보지 못했으나 이 방법은 즉각적으로 효과를 봤다는 점, 다섯 번째는 검토한 질병의 만성적 특성에도 불구하고 즉각적으로 치료되었다는 모순이다. 이러한 모순은 사실에 입각한 문서를 고의적으로 무시하고, 환자와 의사를 기적을 믿는 부정직한 선동가로 간주하려는 사람들이 아니고는 부정할 수 없는 것이다. 그러나 베르트랑 세베르 로랑스 주교에게는 이 다섯 가지 모순점이 루르드의 발현과 치유의 초자연적 성격을 인정하는 사목 서한을 작성하는 견고한 토대가 되었다. 동시에 주교는 자신의 생각을 '하느님의 교회를 다스리는 일을 위임받은 지상의 그리스도 대리자'의 판단에 맡겼으며, 이 사목 서한에 명시적으로 언급된 그의 의견은 매우 예리한 통찰력으로 가득하다.

이런 결정적 상황이 있었지만, 페라말 신부는 베르나데트를 위한 시간을 어느 정도 벌 수 있었다. 그는 의사에게 열아홉 살의 베르나데트를 진찰하도록 했다. 의사는 베르나데트가 만성 천식을 앓고 있을 뿐 아니라 전반적으로 신체가 우려할 만한 수준으로 허약하다는 진단을 내렸다. 그런데 사람들의 베르나데트에 대한 관심을 잠시나마 돌릴 수 있는 놀라운 사건이 발생했다. 주교가 사목 서한에 교구의 신자들에게 호소하는 말을 덧붙였는데, 사람들의 도움을 받아 여인이 말씀하신 예배당의 건축을 완성하자는 것이다. 에스펠뤼그 산의 험준함을 비춰볼 때 막대한 비용이 들 수밖에 없으므로 예배당을 건축하는 것은 신자들의 원조 없이는 불가능한 것이었다. 그런데 또 다른 기적이 일어났다. 몇 주 만에 세계 각처로부터 200만 프랑이 타르브로 몰려들었다. 이 돈은 특히 가난한 사람들이 기꺼이 기부한 것이다. 그들이 사용하는 동전으로는 엄청나게 많은 액수로, 자그마치 4,000만 수나 된다. 프랑수아 수비루가 2월 11일, 동굴 앞에서 병원의 쓰레기를 태우고 카즈나브에게서 받은 일당이 25수였고, 그 25수가 그를 구해 주었다. 주교는 자신의 한계를 잘 알기 때문에 페라말 신부에게 건축을 총괄하는 임무를 맡겼다. 페라말 신부로서는 일생일대의 중대한 순간이 온 것이다. 그는 라카데 시장과 동굴이 있는 산과 그 부근 시유지의 가격을 논의했다. 시장은 신앙심이 깊은 사람이라 무리한 가격을 요구하지는 못한다. 그는 더 이상 불확실한 미래를 꿈꾸며 방황할 필요가 없어졌다. 루르드의 축복받은 땅에 현대식 여관과 호텔이 이미 여섯 군데나 들어섰는데, 이의 설립과 운영에도 관여하고 있으며, 평생의 염원이었던 타르브와 루르드 간의 철도도 부설 중이다. 자신의 목표를 뚜렷하게 알고 인생의 풍파 속에서도 목표를 향해 길을 잃지 않고 헤쳐 나가는 자는 절대 실패하지 않는 법이다. 라카데에게 성공은 기적이 아니다. 기적의 뒤를 이어 일어났을 뿐이다.

사제관에는 건축가들이 몰려든다. 신부는 그들을 그다지 친절하게 대하지 않는다. 건축가 중 한 명이 동굴 산 위에 세울 작은 예배당의 평면도를 가져왔다. 마치 케이크 위에 올려놓은 설탕에 절인 과일 같은 모습이다. 신부는 보자마자 갈기갈기 찢어 버렸다. 사람의 예술적 취향은 그들의 체격과 밀접한 관련이 있다. 공기를 잔뜩 불어 넣을 수 있는 넓은 가슴을 가진 사람은 멀리까지 퍼지는, 성량이 풍부한 노래를 좋아하기 마련이다. 페라말 신부 같은 거인은 웅장한 건축물을 좋아한다. 마사비엘 동굴 산의 성당은 교회와 국가에 맞서서 '2 더하기 2는 4'라는 전능함을 이겨 낸 증거가 될 것이다. 신부의 성당 건축안은 순조롭게 진행되었다. 가브 강의 물길을 바꾸어 물레방아로 흘러드는 물이 일부 채워졌다. 동굴 앞까지 이어지도록 넓은 산책로도 연장했다. 일꾼들과 정원사들이 마사비엘의 산을 꽃이 만개한 화단으로 변모시켰다. 이 화단은 마치 팔을 뻗고 있는 것처럼 능선으로 이어진다.

베르나데트 역시 끊임없이 예술가들의 방문을 받았다. 타르브의 귀족 가문 라쿠르의 두 딸이 특별 기부를 했다. 그들은 재능 있는 조각가에게 성모상의 조각을 맡기기 위해 여성들로 구성된 위원회를 설립했으며, 밀레 부인이 회장을 맡았다. 성모상은 암벽 동굴에 놓이게 될 것이다. 조각가의 이름은 파비크로 리옹 출신이다. 그는 벨벳 베레모 차림에 손에 스케치북을 들고 베르나데트의 방에 왔다. 그는 눈을 가늘게 뜨고 왼손 엄지손가락으로 허공에 그림을 그리는 시늉을 하며 '여인을 보는 소녀'에게 동굴에 발현한 여인이 어떤 자세였는지, 가능하다면 아주 상세하게 얼굴과 손, 발, 옷, 베일과 허리띠까지 손, 발, 옷, 면사포, 허리띠의 아주 작은 주름까지 여러 가지를 설명해 달라고 요청했다. 베르나데트는 기억나는 대로 자세하게 얘기하지만, 수백 번 반복해야만 했다. 목탄이 거친 종이 표면 위에서 쓱쓱 소리를 낸다. 그리다 만 종잇장들이 바닥에 수북하게 쌓인다.

"여인이 대략 이런 모습이었나요?" 열의에 찬 예술가가 묻는다.

"아니에요. 이런 모습이 아니었어요."

"하지만 들은 그대로 그렸단 말입니다. 어디가 잘못되었습니까?"

"어디가 잘못되었는지는 모르겠어요, 선생님……."

며칠 뒤 조각가는 장차 제작할 조각상의 모형을 제작했다. 그는 고대 조각상을 참고해 여인의 허리띠는 연한 푸른색으로, 발 위의 장미는 황금빛으로 칠한 것을 뿌듯해했다. 밀레, 보, 세낙, 게스타 부인을 비롯한 여러 사람이 감탄했다. '이렇게 우아하고 감수성이 예민한 데다 실력까지 갖추었다니 정말 사람을 잘 뽑았구나!' 부인들은 특히나 그가 스케치하면서 옷의 주름 하나, 발톱 하나 놓치지 않은 데 탄복했다. 그 아이가 여인을 다시 보면 얼마나 행복해할까. 그런데 정작 베르나데트는 행복은커녕 매우 당황스러워하는 얼굴이다.

“네 여인과 닮지 않았니, 얘야?” 밀레 부인이 조각가의 작품에 흥분해 물었다.

“아니요. 닮지 않았어요.” 베르나데트는 거짓말을 할 수 없어 솔직하게 대답했다. 파비크의 눈빛은 불안감에 흔들린다. 자신의 작품의 가치를 정면에서 부정당한 예술가의 불안과 두려움은 가히 상상하기도 힘든 것이다. 그는 자신을 비판하는 소녀에게 한마디라도 구원의 말을 듣고자 안간힘을 쓴다.

“제 임무는 여인과 닮은 조각상을 만드는 것이 아닙니다. 비교 대상이 없는데 애초에 닮은 것을 만들 수 없지 않습니까. 제 임무는 천상의 아름다움을 최대한 비슷하게 표현하는 것입니다.” 그의 간절한 눈빛이 베르나데트의 눈과 마주쳤다.

“제 조각상의 여인도 매우 아름답지 않나요?”

“오! 맞아요. 매우 아름다워요.” 베르나데트는 조각가를 최대한 배려해 대답했다. 그녀는 자신이 아무것도 아닌 존재이며 토방에 사는 가난한 존재로서 무엇을 옳다 그르다 판단할 수 없는 사람이라는 것을 안다.

조각가는 이마의 땀을 닦고 안도의 숨을 내쉬고, 용기를 얻어 대담하게 말했다.

“그렇다면 당신의 여인과 내 여인 사이에 어떤 차이가 있는지 말해 준다면 정말 고맙겠습니다."

베르나데트는 희미하게 미소를 띠고 조각상을 찬찬히 관찰한다.

그녀가 낮은 목소리로 말한다. "제 여인은, 좀 더 자연스럽고 이렇게 피곤해 보이지 않아요. 그리고 늘 기도하는 것도 아니고요."

그녀는 서툴지만 예리한 말로 많은 의미를 전달했다. '여기에 수백 군데의 성당마다 있는 성모상이 또 하나 있구나. 하지만 나의 여인은 오직 한 분뿐이며, 아무도 그분이 어떤 모습인지 모른다. 그러니 그 분은 나만의 여인이다.' 그것은 사실이다. 조각가 파비크도, 밀레 부인이나 다른 사람들도 했던 이야기를 되풀이할 뿐이지만 그들은 그것으로 만족한다. 믿음과 의혹, 보고 듣는 것마저도 그들의 고정 관념을 따른다. 하지만 베르나데트는 여인의 모습을 직접 보았고, 그들의 상상과는 전혀 다른 것이다.

바위 위에 성당이 완성되기 전부터 비고르의 주민들은 4년 전부터 그들이 방문한 동굴을 축복해 줄 것을 요청했다. 오랫동안 여인을 괴롭혔던 주교는 이제 자신의 지위에 걸맞은 보속을 하기로 마음먹었다. 이제까지 한 번도 해본 적이 없는 웅장하고 묵직한 것이 될 것이다. 주교는 수십만 순례자의 행렬을 이끌 생각이며, 베르나데트에게도 영광의 날이 될 것이다. 그들은 피레네 지방에 꽃이 피기 시작하는 4월 4일로 날짜를 잡았다. 라카데 시장은 루르드 시 전체를 작은 깃발로 장식했다. 전날 밤, 집집마다 사람들이 초를 켰고, 베르트랑 세베르 로랑스 주교가 루르드에 왔다. 모든 참사 신부와 평신부들이 그의 뒤를 따랐다. 500명의 신부가 다음 날 그를 보좌할 것이며, 어느 때보다도 우렁찬 '떼데움'* 소리가 울려 퍼질 것이다. 수비대가 대령의 지휘하에 행진할 것이고, 가르멜 수도회**의 수사와 수녀, 그리스도교 학교의 형제들, 성심회의 수녀들, 느베르 수녀원의 수녀들, 성 요셉 수녀원의 수녀들을 비롯한 여러 단체의 사람들이 주교를 에워싸고 따를 것이다. 주교는 예복을 갖춰 입고 영대***를 두르고, 머리에 주교관(主教冠)을 쓰고 오른손에 금 홀장(笏杖)을 짚고 걸을 것이다.

이날 아침 베르나데트도 일어나고 싶었지만 일어날 수 없었다. 마치 다리가 죽은 사람의 것처럼 무거웠다. 몇 번을 시도한 끝에 그녀는 기진맥진해 쓰러졌다. 더는 숨을 쉴 수 없다. 그 어느 때보다도 심각한 천식 발작이다. 게다가 열도 너무 높다. 도주는 사람들에게 소녀가 병 때문에 행렬에 참가할 수 없다고 말할 수밖에 없었다. 온 마을의 종이 울리기 시작한다. 수십만 명의 사람들이 거리와 가브 계곡

---

* '사은 찬미가'로도 불리는 '떼데움'(Te Deum)이라는 용어는 찬미가 첫 번째 줄, "찬미하나이다 우리 천주여, 주님이신 당신을 찬미하나이다."(Te Deum laudamus, te Dominum confitemur.)의 첫 두 단어에서 유래한다. '떼데움'은 381년 밀라노의 성 암브로시우스(Ambrosius, 339~397)가 즉흥으로 노래했다는 이야기가 일반적이나, 요즘에는 레메시아나(Remesiana)의 주교 니체타스(Nicetas, +414)의 작품으로 간주하기도 한다.

** 가르멜은 지중해 연안 갈릴래아 지방에 있는 해발 546미터인 산의 이름으로, '비옥한 땅, 포도밭'이라는 뜻이다. 교회와 사회가 분열로 혼탁했던 12세기 때는 은수 생활과 성지순례로 자신의 죄를 씻으려는 사람들이 많았다. 상당수의 사람이 성지순례를 소원했고 고독과 청빈, 무욕의 삶을 살려고 애썼다. 많은 사람이 당시 성지순례와 탈환을 위해 십자군 원정에 참여했고 십자군들은 팔레스타인까지 이르렀는데 이때 일부 사람들은 가르멜 산에 남아 은수자 생활을 시작했다. 그러나 유럽을 휩쓴 페스트 때문에 당시 거의 모든 수도회가 겪었던 바와 같이 가르멜 수도회도 기강이 크게 흔들렸다. 특별한 상황이 아니라면 자유롭게 고기를 먹을 수 있게 되었고 수도회 주변 지역으로 자유롭게 출입할 수도 있게 되었다. 이때 데레사 성녀가 완전한 기도와 고행의 개혁수도회를 창설하고 가르멜 수녀원을 완전한 가난이라는 본래의 엄격함으로 개혁했다.

*** 영대 또는 스톨라. 겉옷 위에 목 뒤로 걸쳐서 몸 양쪽으로 늘어뜨리는 장식 천.

에 가득 들어찼다. 사람들은 작은 소녀 수비루에게 전례 없는 성대한 축하를 해주고 싶어 했다. 베르나데트는 문밖 수많은 사람의 웅성거리는 소리를 듣지만, 전혀 신경 쓰지 않는다. 그저 숨을 쉬는 데 집중할 뿐이다. 정확하게 정오에 식이 끝났다. 베르나데트도 이때 발작을 멈췄다. 여인이 예언한 대로 지상의 행복을 방해할 만큼의 시간 동안만 발작이 지속되었다.

느베르의 포르카드 주교가 베르나데트에게 이것저것 묻고, 소녀는 모든 질문에 대답했으며, 마침내 세속을 떠나 어린 시절부터 알고 지내던 느베르의 수녀원에서 수녀가 되는 것이 필요한 일일 뿐 아니라 매우 행복한 일이라고 대답했다. 주교는 소녀의 결심에 매우 만족했으며 앞으로의 일을 준비해 주겠다고 말했다. 주교가 매우 신속하게 일을 진행했으므로 베르나데트는 곧 부름을 받았다. 루르드의 두 수녀가 베르나데트를 느베르 수녀원까지 데려가는 임무를 맡았다.

수비루 가족은 이미 일 년 전부터 라파카 상류의 물방앗간을 운영하고 있다. 수익은 나쁘지 않은 편이다. 근래에 외지인들이 몰려드는 루르드에서 작은 방앗간을 운영하는 것은 꽤 짭짤한 사업이다. 6개월에 한군데 꼴로 새로운 호텔이 문을 연다. 레스토랑에도 손님들로 북적인다. 뚱보 메종그로스 입장에서는 많은 경쟁 제과점들이 생겼다. 프랑수아 수비루가 메종그로스의 제과점에 가면 이전과는 다른 대접을 받는다. 메종그로스가 그를 제과점 안쪽의 방으로 데려가서 오래된 품질 좋은 와인을 권하는 것이다. 우편국장이자 호텔 주인인 카즈나브는 이제 프랑수아 수비루의 직장 상사가 아니며, 동등한 위치의 협력자이자 단골 고객이다. 이제 수비루가 카즈나브를 '대장님'이라고 부르는 일은 매우 드물다. 때때로 바부 주점에 가도 아무도 그를 비웃지 않는다. 헌병인 당글라와 벨아슈, 칼레 경위는 베르나데트의 아버지가 들어서면 벌떡 일어서서 차려 자세로 공손하게 인사한다. 수비루는 프티-포세 거리의 이웃들보다 조금 더 중요한 사람이 되었다. 토방은 비어 있다. 사주 아저씨는 그 방에 다른 사람을 더는 들이지 않았지만, 오늘 비가 쏟아지는 여름날을 맞아 옛 이웃들이 버려진 토방 안으로 몰려들었다. 베르나데트가 수녀가 되기 위해 떠나는 것을 배웅하려는 것이다. 그녀의 친구들, 반대자들, 지지자들, 한때 그녀를 부정했던 사람들, 이제는 그녀를 따르게 된 모든 이들이 그녀에게 작별 인사를 하고자 몰려왔다. 토방에서 송별회를 하자는 기막힌 생각은 앙투아네트 페레에게서 나왔다. 병자를 실은 기차가 또 하나 도착했다. 평일이라 모두 해야 할 일이 잔뜩 있는 데다 라파카 물방앗간은 꽤 멀다. 베르나데트는 지난 몇 주간 가족과 함께 그곳에서 지냈다. 가족들이 베르나데트를 설득해 토방에서 사주나 다른 이웃들을 맞이하게 했다.

두텁고 습한 벽, 크기가 서로 다른 두 개의 창과 창살이 있는 토방은 비어 있다. 황량한 방이 마치 방금 시신을 들어낸 초상집 같다. 수비루 가족은 엄숙하게 열을 지어 섰다. 프랑수아와 루이즈 수비루의 옆에는 이제는 훌쩍 커버린 장-마리와 쥐스탱이 섰다. 열세 살이 된 장-마리와 열두 살이 된 쥐스탱의 옷에 방앗간의 뽀얀 밀가루 먼지가 앉았다. 아버지를 도와 방앗간의 조수로 일하기 때문이다. 일반적이지 않은 송별회다. 사람들은 베르나데트의 앞을 지나며 그녀에게 손을 내밀고, 그녀의 손에 입 맞추려 한다. 많은 이가 눈물을 글썽거린다. 부올츠도 아이를 데리고 왔다. 아이는 이제 여덟 살이 되었으며 다리가 휘었지만, 매우 건강하다.

"얘야, 이 천사를 다시 한번 보렴." 부올츠가 울먹이며 아이에게 말한다. "넌 이 순간을 평생 기억하게 될 거다. 네가 백 살이 되어도."

어린 소년은 두려움과 호기심이 섞인 눈으로 고개를 까딱하며 인사하고 어머니에게 달라붙는다. 작별을 위해 모여든 사람들의 열이 매우 길다. 그들이 베르나데트의 앞을 지나갈 때 그녀가 고요하고 다정한 눈길로 말한다. "안녕히 계세요, 부리에트 씨. 안녕히 계세요, 피귀노 아주머니. 안녕히 계세요, 라발 부인, 바랭그 씨……."

앙투아네트 페레는 슬픔으로 몸을 떤다.

"얘야, 내가 제일 먼저 너를 믿었다는 것을 꼭 기억해 주겠니."

밀레 부인은 뚱뚱한 몸으로 그녀를 꼭 껴안는다.

"나를 위해 기도해 주렴. 혼자 남은 불행한 과부를 위해서."

가문의 권위자인 베르나르드는 수녀원 생활에서 유념해야 할 몇 가지 사항을 간략하게 말해 주었다. 조용한 막내 이모 뤼시유는 베르나데트의 손에 금 십자가를 쥐여 주며 조용히 말한다.

"얘야, 네가 얼마나 부러운지 모르겠구나."

라카데 시장도 설탕에 절인 과일 상자를 들고 왔다.

"루르드의 축복받은 아이의 여행길을 위한 작은 선물이다."

베르나데트는 작별 인사를 하러 온 사람들 사이에 앙투안 니콜로가 없어서 약간 놀랐다.

마침내 송별회가 끝나고 모두 떠났다. 가족들이 병원까지 배웅했다. 그녀를 두 수녀와 함께 타르브까지 태워 줄 마차가 이미 그곳에서 기다리고 있다. 가족들과의 이별도 짧게 끝났다. 아버지로서 위엄과 알 수 없는 괴로움 사이에서 갈팡질팡하는 프랑수아 수비루는 중요한 상황에서 늘 그렇듯 품위와 우울함을 동시에 보여 준다. 그는 입술 가장자리를 파르르 떨면서도 딸에게 몇 가지 충고를 해야 한다고 여겼다.

"수도원에서도 행동을 바르게 해야 한다. 그리고 항상 네 부모처럼 정직해야 한다."

몇 년 전 앞니가 빠져 버린 루이즈 수비루는 부쩍 늙고 괴로워 보인다. 그녀는 자식을 멀리 떠나보내는 어머니들이 흔히 그렇듯 갖가지 중요하지 않은 일들로 바쁜 척하며 슬픔을 감춘다. 그녀는 활기찬 몸짓으로 딸의 짐을 다시 꾸리고 작별 선물로 준비한 비단 스카프를 꺼낸다. 베르나데트는 새 검은 외출복을 입었다.

"얘야, 이 스카프를 쓰거라." 루이즈의 부탁이다. "사람들이 내 딸이 얼마나 예쁜지 봤으면 좋겠구나."

베르나데트는 어머니의 말을 따라 스카프를 두른다. 루이즈의 얼굴이 갑자기 창백해진다.

"우리는 이제 다시는 못 만나겠구나, 베르나데트……."

"어머니," 소녀가 웃으려고 애쓰며 말한다. "왜 우리가 다시 만날 수 없다고 하시는 거예요?"

"네가 그토록 멀리 떠나지 않니." 루이즈가 참았던 눈물을 쏟는다.

베르나데트가 짐짓 쾌활한 목소리로 말한다.

"면회도 가능하다고 했어요. 기차를 타면 느베르가 그렇게 먼 것도 아니에요. 이제 아버지가 돈도 넉넉하게 벌고 계시니 모두 다 함께 즐겁게 여행 오시면 되지요."

마차가 출발하고 가족들이 더는 보이지 않게 되었을 때, 비로소 이별의 슬픔과 가족에 대한 연민이 그녀를 가득 채웠다. 동행한 수녀들은 베르나데트가 마차 구석에 잔뜩 긴장해서 웅크리고 있는 것을 보았다. 그들은 소녀에게 마지막으로 즐거움을 주기로 계획해 두었기 때문에 마사비엘의 동굴로 향했다. 하지만 소녀는 이전처럼 열광하며 무릎을 꿇지 않았고 단지 성호만을 그을 뿐이다. 무덤 앞에 선 사람처럼 진지한 표정이다. 수천, 수만 명에게 은총의 장소인 그곳이 베르나데트에게는 사랑의 무덤이다. 그녀가 잃은 것을 다른 사람들이 누리고 있다. 이제 그녀에게는 여인이 보이지 않는다. 암벽 구멍, 여인이 서 있던 자리에는 파비크가 조각한 수백만 개 중 하나에 지나지 않는 평범한 성모상이 있을 뿐이다. 무덤이 무덤 안에 누운 사람과 닮지 않았듯 파비크의 성모상도 베르나데트의 여인과 전혀 닮지 않았다. 여인과 이별한 후, 그 텅 빈 구멍을 보는 것이 얼마나 괴로웠던가. 그러나 그 텅 빈 쓸쓸한 공간은 한때 그곳에 실재했던 것, 항상 보고 싶었던 것을 떠오르게 한다. 지금은 카라레의 대리석으로 만든 이상한 성모상이 푸른 허리띠를 두르고 낯설게 서서 소녀가 예전에 보았던 진실한 것, 살아 있는 것을 쫓아 버린 것이다. 베르나데트는 괴로워하며 몸을 돌려 자리를 떴다. 수녀들은 당황하며 이해할 수 없는 소녀의 행동을 신앙심이 부족하고 부도덕하다고 여긴다.

그들의 여행길은 루르드 외곽에서 또다시 중단되었다. 앙투안 니콜로가 갑자기 마차 옆에 나타나 주저하며 흰 장미 꽃다발을 내밀었다.

"주님의 신부이며, 장미의 여왕이신 성모님의 총애받는 따님에게 이 장미를 바칩니다." 이렇게 말하며 힘들게 외운 문장을 실수 없이 해낸 것에 자랑스러워한다.

"오! 앙투안, 장미꽃이 너무 아름다워요. 긴 여정에 시들어 버리면 어떡하죠." 베르나데트가 놀라서 말했다. 옆에 있던 수녀가 꽃다발을 받아 들었다.

"오늘 다른 사람들과 같이 가고 싶지 않았어요, 베르나데트." 앙투안이 머뭇머뭇 말한다. "할 말이 있어서……."

"무슨 말인가요, 앙투안?"

"내가 말하고 싶은 건…… 말하기 매우 어렵지만……."

한참 침묵이 흐른다. 두 수녀는 꼿꼿하게 앉아 있다. 베르나데트는 긴장한 채 앙투안 니콜로를 본다. 그는 초조하여 콧수염을 쓰다듬고, 이마에는 굵은 땀방울이 솟았다. 그리고 마침내 입을 열었다.

"내가 말하고 싶은 건, 내 어머니가 이미 나이가 많으시다는 거예요. 우리는 서로 익숙하고 깊이 이해하지요. 그리고 나도 이미 서른 넷입니다. 나는 결혼하지 않기로 결심했어요. 왜냐하면, 어머니와 며느리는 대개는 사이가 안 좋잖아요. 그래서 말하고 싶은 건, 난 쭉 독신으로 지내겠다고……. 지금 하고 싶은 말은 편안한 여행길이 되었으면 한다는 겁니다. 앞날에 행운이 깃들기를."

베르나데트는 꽃다발에서 장미 한 송이를 빼서 앙투안에게 주었다.

"안녕히, 앙투안."

제39장

수련 지도 수녀

성 힐데가르트 수녀원의 원장 조세핀 앵베르 수녀가 계단을 올라 접견실로 들어간다. 그곳에서 베르나데트가 이미 한 시간 전부터 기다렸다. 원장 수녀의 모습에서 그녀가 조금 전까지 자신의 방에서 열성적으로 기도를 올렸다는 사실을 알 수 있다. 그녀가 이토록 간절하게 기도를 올린 까닭은, 기적을 행하는 아이, 천상 세계를 보는 소녀가 오늘 이곳에 수련 수녀로 들어왔기 때문이다. 원장 수녀가 접견실로 들어가자 베르나데트가 벌떡 일어섰다. 수녀는 누가 자기를 기다리는지 몰랐던 것처럼 소녀를 흘끗 본다.

"그래, 네가 루르드에서 온 수련 수녀로구나."

원장의 말투가 엄격해서 베르나데트는 또 심문당할까 싶어 조바심이 났다.

"예, 원장 수녀님."

"그래, 이름이 뭐지?"

내 이름이 뭔지 잘 알면서. 다른 사람들처럼 알면서도 물어보는구나. 그래도 무심하게 보이면 안 된다.

"베르나데트 수비루입니다, 원장 수녀님."

"나이는 몇 살이 되었느냐?"

"벌써 스무 살이 넘었습니다, 원장 수녀님."

"넌 무엇을 할 줄 아니?"

"그다지 잘하는 게 없어요, 원장 수녀님." 그녀 특유의, 너무 진지해서 무례해 보이기도 한 말투다. 원장 수녀는 고개를 들어 베르나데트의 차분하고 검은 눈을 들여다본다.

"얘야," 그녀가 입을 열었다. "이곳에서 너를 어떻게 해야 할까."

베르나데트는 자신이 대답해야 할 질문이 아니라고 생각하고 침묵을 지킨다. 대화를 이어 가기 위해 원장 수녀가 다시 입을 열어야만 했다.

"바깥세상에서는 어떤 직업을 가지고 싶었니?"

"하녀 일은 잘할 수 있을 것 같다고 생각했습니다, 원장 수녀님."

이 대답 역시 원장 수녀에게는 명쾌한 해답이 되지 못했다. 이 아이를 어찌해야 할 것인가. 쉰 살가량 되어 보이는 원장 수녀의 입가 주름이 깊어졌다. 날카로운 어조의 질문이 이어졌다.

"누가 이 수녀원을 추천해 주었지?"

"느베르의 주교 각하인 듯합니다."

"포르카드 주교님 말이구나." 원장 수녀는 희미한 미소를 띠며 방금 문에 들어선 키가 크고 여윈 수녀를 돌아본다.

"방금 들었나요? 포르카드 주교라니. 착해 빠진 영감이 아직도 마음이 어린애 같아서……. 이런 추천은 다 그 사람이 하더군요. 이 아이는 루르드에서 온 수련 수녀인데, 얘야, 네 이름이 뭐라고 했지?"

"베르나데트 수비루입니다. 원장 수녀님."

"그래, 이분이 지도 수녀님이란다. 앞으로 이분께 의지하면 된다."

"저희는 이전부터 잘 아는 사이입니다." 마리-테레즈 보주 수녀가 전혀 놀란 기색 없이 말했다. 이전에 루르드의 교사였으며 그리스도의 여전사인 보주 수녀의 아름다웠던 얼굴이 포미앙 신부의 표현에 따르면, 근래 들어 말처럼 길쭉하게 변했다. 얇은 입술 사이로 잇몸이 너무 많이 드러난다. 작고 움푹 들어간 눈에서는 자신을 극복한 자에게서 보이는 고요함이 보이지 않고, 어지럽게 소용돌이치는 눈빛이 보일 뿐이다. 베르나데트는 시험을 치를 때 종종 그랬듯 보주 수녀를 보았다. 앵베르 원장 수녀가 보주 수녀에게 물었다.

"수련 수녀 앙젤린이 환속하고 싶다고 했는데 어떻게 진행되고 있나요?"

"앙젤린은 어제 집으로 떠났습니다. 그래서 주방을 담당하는 자리가 비어 있습니다, 원장님."

"잘되었네요. 그렇다면 이 아이가 내일부터 그 일을 하도록 하세요."

그리고 신중하고 온화한 자세로 베르나데트를 향했다.

"얘야, 내일 너무 피곤하지 않다면, 또 네가 그 일을 감당할 수 있다면, 그 일을 맡아 다오. 주방 도구들을 씻고 감자나 채소의 껍질을 벗기거나 마루를 닦고 복도와 계단을 청소하고 허드렛일을 하는 것이지. 이것은 절대로 명령이 아니라 제안일 뿐이다. 이 일이 체력적으로나 심리적으로 힘들다고 느낀다면 말해 주렴."

"아닙니다, 원장 수녀님. 절대로 그렇지 않습니다. 부엌일을 하는 것 저는 좋습니다."

소녀는 이 대답으로 겸손의 시험에서 훌륭하게 합격했다는 사실을 모른다. 다만 베르나데트가 겸손한지 알아보기 위한 원장 수녀의 시험은 그동안 많은 사람이 그랬듯 완전한 오해일 뿐이다. 그녀는 보주 수녀처럼 장군의 딸도 아니고, 앵베르 원장 수녀처럼 지주의 딸도 아니다. 주방일이나 바닥과 계단 청소는 어머니가 늘 하던 일로 그녀에게는 굴욕도 아니며 자신을 낮추는 일도 아니며 그저 자연스럽고 익숙한 일일 뿐이다. 수녀들은 베르나데트가 영광에 취하고 허영으로 가득 찬 아이일 것이라고 생각했다. 마사비엘에서 큰 성공을 거뒀으니 누구라도 그렇게 생각했을 것이다. 하지만 베르나데트는 정말로 가장 비천한 일을 맡는 것에 기뻐했다. 그녀는 안심이 된 듯 환하게 웃고, 원장 수녀는 만족해서 고개를 끄덕였다.

"그래. 이제 지도 수녀를 따라 식당으로 가서 루르드의 수녀들과 함께 저녁 식사를 들도록 해라."

"죄송합니다, 원장 수녀님. 더 생각해 봐야 할 것이 있습니다." 마리-테레즈 보주 수녀가 말했다. "이 수련 수녀는 세속에서 큰 관심을 받았습니다. 끊임없이 신문에도 오르내리고, 주교님의 교서에도 명예롭게 이름을 올렸습니다. 이곳에서는 세속의 유명세가 아무 가치도 없습니다. 그것이 아무리 어렵게 얻은 것이라 해도 말입니다. 우리는 세상이 우리에게 의미하는 모든 것, 그리고 우리가 세상에 의미하는 모든 것을 버려야 합니다. 그리고 베르나데트라는 이름은 작고 유치한 이름입니다."

"옳은 말입니다." 원장 수녀가 고개를 끄덕인다. "수련에 들어가기 전에 다른 이름을 택해야 할 것입니다. 지금 바로 하는 게 낫겠어요. 수녀원에서 사용할 이름을 생각해 보았니, 얘야?"

베르나데트는 아직 생각해 본 적이 없었다.

"네 대모의 이름은 무엇이지?"

"제 대모는 이모인 베르나르드 카스테로입니다. 원장 수녀님."

"그렇다면 너를 마리-베르나르드라고 부르면 좋겠구나." 원장 수녀가 흡족해하며 정했다.

베르나데트는 첫 희생으로써, 자신을 사랑하던 세속의 사람들이 부르던 이름을 기꺼이 버렸다.

다음 날 점심시간, 식당에 마흔 명가량의 수녀가 모였다. 그중에 수련 수녀가 아홉 명인데 이미 복장도 갖춰 입었다. 베르나데트는 그들이 앉은 식탁의 말석에 앉았다. 책 읽는 수녀가 이날의 교화 책을 독경대에서 폈을 때 원장 수녀가 손짓을 보내자 보주 수녀가 말했다.

"여러분도 아시다시피 어제 새로운 수련 수녀가 왔습니다. 이름은 베르나데트 수비루로 루르드에서 왔습니다. 가까운 시일 내에 수련 수녀의 복장을 갖출 것이며 마리-베르나르드라는 이름을 사용하게 되었습니다. 여러분 중에는 분명 수비루 양과 관련된 발현이나 신비로운 현상에 대해 들어 본 분이 있으시겠지요. 세간의 관심을 끌었으니까요. 타르브 주교님의 교서에서도 언급이 되었습니다. 이리 가까이 와서 간략하게 경험한 일을 얘기해 주세요."

베르나데트는 쭈뼛쭈뼛 독경대에 서서 주변의 얼굴을 둘러본다. 젊은 수녀와 늙은 수녀들의 얼굴이 모두 이상할 정도로 아무런 욕심이 없어 보이며, 평화스러우며 무관심하고, 분주한 아침을 보낸 후라 조금 피곤해 보이기도 한다. 어떤 이는 이 신입 수련 수녀를 어린아이 같은 호기심으로 보고, 또 어떤 이는 아무런 표정이 없으며, 또 어떤 이는 따뜻하게 환영하는 눈으로 본다. 그토록 자신의 이야기를 수없이 했는데도 베르나데트는 이런 냉담한 친절 앞에서는 어찌할 바를 몰라 일곱 살 먹은 아이처럼 서툴게 더듬거린다.

"한번은 부모님이 동생 마리와 저, 그리고 잔 아바디라는 친구를 나무하러 보냈습니다. 그리고, 마리와 잔은 저를 샬레 섬에 혼자 남겨 두었는데 마사비엘 동굴의 바로 맞은편이었습니다. 갑자기 위쪽 암벽 구멍에 아주 아름다운 옷을 입은 여인이 나타났습니다. 나중에 마리와 잔에게 얘기하고, 어머니께도 얘기했습니다. 그러자 어머니가 저를 그곳에 가지 못하게 하셨어요. 하지만 그래도 저는 다시 갔고, 여인도 오셨지요. 그리고, 세 번째 그분을 뵈었을 때 그분이 보름간 동굴 앞으로 오라고 말씀하셨습니다. 그래서 저는 보름 동안 매일 그곳에 갔고, 여인께서도 단 두 번, 월요일과 금요일을 제외하고 매일 오셨습니다. 그리고 세 번째 목요일 여인께서 샘에서 얼굴을 씻고 물을 마시라고 명하셨습니다. 그런데 여인이 말씀하신 곳에 샘은 없었어요. 두 번째 날이 되어서야 비로소 제가 판 작은 구멍에서 물이 솟았습니다. 그리고 보름이 지난 후 여인은 떠나셨고 다시는 뵙지 못했습니다."

이것이 베르나데트의 서투른, 수많은 '그리고'를 반복한 이야기다. 아무도 움직이지 않는다.

"고맙습니다. 마리-베르나르드 수련 수녀." 보주 수녀가 말했다. "여러 신부님과 수녀님들, 그리고 마리-베르나르드 수련 수녀도, 방금 한 이야기가 지금 이 순간부터는 더 이상 언급되지 말아야 한다는 점을 이해해 주리라 믿습니다. 다시 그곳으로 돌아가기를 원하지 않으실 테고, 우리도 이 이야기를 다시 해달라고 두 번 다시 요청하지 않을 것입니다. 이제 식사를 빠르게 마칩시다."

베르나데드가 식탁에 돌아와 앉자 옆사리의 수련 수녀가 묻는다.

"그게 다인가요? 또 다른 얘기는 없어요?"

소녀가 고개를 끄덕이며 확답한다.

"네. 없어요. 다른 건 없습니다."

수련 수녀의 복장을 갖춰 입어야 하는 날의 전날 밤은 7월 28일이었다. 베르나데트는 수녀원의 예배당에서 기도를 마친 후 마리-테레즈 보주 수녀의 방으로 불려 갔다. 보주 수녀의 방은 다른 수녀들의 방보다 검소하고 꾸밈이 없으며 나무 침대와 텅 빈 벽에 걸린 십자가뿐이다. 그녀는 오직 원장의 허락이 있는 경우에만 이 침대에서 잠을 청한다.

"들어오세요, 마리-베르나르드 수련 수녀." 보주 수녀가 말한다. "당신은 내일부터 험난한 길에 들어서게 될 것입니다. 세속을 떠나 영원한 생명으로 이끄는 길이지요. 사실 수련 기간은 그 길로 이어지는 작은 오솔길일 뿐이지만, 어떤 사람들에게는 가장 어려운 길이기도 합니다. 주님을 섬기는 맹세를 한 뒤에는 세속의 유혹이 더 크게 느껴지기도 하지요. 우리 사이에 분명히 할 것이 있어서 불렀습니다. 수련 수녀의 감독자라는 나의 직무가 무엇인지 알고 있나요?”

베르나데트가 아무 말 없이 조용히 보주 수녀를 바라본다.

“마리-베르나르드, 원장 수녀님께서 내리신 나의 직무란 당신의 영혼의 틀을 만드는 대장간이 되라는 것입니다. 미성년 아이의 육신과 영혼을 인생의 위협으로부터 지키고 튼튼하게 만들어 주는 어머니처럼 말이지요. 그러니 앞으로 당신이 겪을 일은 당신의 영혼을 단련시키고, 돌에서 쇠를 뽑아내기 위한 것일 뿐이에요. 알아들었나요?”

“예, 잘 알겠습니다.”

“나는 지금부터 당신의 영혼을 이끄는 안내자입니다. 이 때문에 다른 사람들이 발현에 대해 얘기하는 것을 싫어한다는 것을 알면서도 사람들 앞에서 얘기하게 한 것입니다. 나는 오랫동안 당신이 말하는 것을 믿지 않았고, 꾸며낸 거짓말이라고 생각했지요. 그러나 여러 가지 기적 같은 일들이 일어난 연유로 높으신 분들이 당신에게 유리한 쪽으로 결정을 내리셨고, 그분들의 결정을 따를 것입니다. 그래야만 하니까요. 왜냐하면 나는 한낱 수녀에 불과하니까요. 따라서 나는 당신이 하늘이 선택한 자이며, 알 수 없는 은총이 당신에게 내린 것이라고 믿습니다, 마리-베르나르드. 내 이야기를 듣지 않고 있군요. 내 말을 이해할 수 없나요?”

“아, 아니요. 이해했습니다, 수녀님.”

"나랑 같은 생각이길 바랍니다. 당신이 이 수녀원에 오게 돼서 내 업무가 훨씬 더 어려워졌어요. 보통은 젊은 사람들을 진지하고 유능한 수녀로 키워 내면 되었죠. 그들의 장래는 그들에게 달렸습니다. 하지만 마리-베르나르드, 당신의 경우는 달라요. 하늘에서 선택한 사람이라면 나의 책임은 당신뿐만 아니라 하늘에까지 미치는 것이죠. 당신은 열네 살 때, 마치 놀고 있는 아이가 햇살을 받듯 알 수 없는 은총을 입었어요. 하지만 은총의 신비는 거기에 있습니다. 하늘에서 정하실 뿐 우리가 은총을 입을 가치가 있어서 내리는 게 아니지요. 무슨 말인지 이해되나요? 피곤하면 이 침대에 앉으세요."

"아닙니다, 피곤하지 않습니다, 수녀님."

보주 수녀가 깊은 한숨을 내쉬고는 말을 계속한다.

"이제 당신에게 새로운 장이 열립니다. 은총을 입었으니 스스로 힘으로 어느 정도는 은혜를 갚아야 할 것입니다. 아마 그 이유로 수녀가 되고 싶은 것이겠지요. 우리 불멸의 영혼은 내세에서 삶을 이어가고 있으며, 우리의 영혼에 속하는 것을 얻을 것이고, 영혼이 부족하면 얻지 못할 것입니다. 당신은 선택을 받았으니 하늘에서 우리와는 다른 대접을 받겠지요. 만일 하늘에서 갑자기 내가 선생으로서 오랫동안 알고 관찰했던 옛날의 게으르고 산만하며 무심한 아이, 종교의 진리에 대해 조금의 관심도 없고 읽기와 쓰기도 매우 부족하며 굼벵이처럼 느려 터진 베르나데트의 모습이 갑자기 나타난다면 부끄러운 일이 될 것입니다. 겉으로는 겸손해 보여도 악의와 자만으로 가득한 아이, 항상 잘난 척, 심지어 오만함으로 가득 찬 대답을 했던 아이였죠. 이진의 베르나데트는 온 세상을 제 발아래로 봤어요. 이것이 당신을 지켜본 몇 년 동안 갖게 된 제 판단입니다. 하지만 이렇게 오랜 시간이 지났으니 당신은 내게 이렇게 말할 권리가 있습니다. 보주 수녀님, 저에 대한 당신의 판단은 잘못된 것입니다. 저는 당신이 생각하는 그런 사람이 아닙니다. 제게는 당신이 말하는 그런 점이 전혀 없습니다."

"제게는 수많은 결점이 있습니다, 수녀님." 베르나데트가 말한다.

그러나 수녀는 또 다른 질문을 한다.

"이곳의 의사인 생-시르 선생님께 진찰받았나요?"

"예. 어제 선생님께서 오셨을 때 진찰받았습니다."

"뭐라고 하시던가요?"

"제가 완벽하게 건강하다고 하셨습니다."

"정말 그런 식으로 말씀하셨나요?"

"예. 천식만 제외하고요. 하지만 천식은 아주 오래전부터 있었던 거예요."

수련 감독 수녀가 잇몸을 드러내며 희미하게 웃는다.

"당신 말의 첫 번째 모순점이 여기 있군요, 마리-베르나르드. 생-시르 선생님이 완벽하게 건강하다고 하셨다고 말하지 않았나요?"

"그건 중요하지 않아요." 베르나데트가 웃는다. "저는 아무 데도 아프지 않습니다."

"당신의 작은 거짓말이 기쁘군요. 우리의 고통과 실수도 구원의 수단이 될 수 있다는 것을 당신도 짐작한다는 증거로 보입니다. 우리의 고통과 병도 우리의 원죄에서 비롯된 것이지요. 무슨 말인지 이해가 되나요?"

"그건 잘……. 무슨 말씀이신지 모르겠어요……."

"언젠가는 이해하게 될 것입니다, 마리-베르나르드. 지금 분명히 해야 할 것은, 당신의 능력을 벗어나는 임무를 거부하는 것은 당신의 권리일 뿐 아니라 의무이기도 하다는 점이에요."

"저는 부엌일을 아주 좋아해요, 수녀님. 익숙한 일입니다."

마리-테레즈 보주 수녀는 허리를 펴고 일어선다.

"가장 중요한 것은, 마리-베르나르드," 그녀가 작은 목소리로 말한다. "우리들의 세 번째 서약인, 복종의 의미를 이해해야 한다는 것입니다. 세속에서의 복종이나, 군대의 복종과도 전혀 다른 것이지요. 내가 군인의 딸이라 잘 압니다. 우리들의 복종이란, 맹목적인 것도 아니고, 속박에 순응하는 죽은 복종이 아니라 자유의지의 복종이며 통찰력 있으며 살아 있는 것입니다. 우리는 항상 이 셋째 서약을 수행함으로써 궁극적 목표에 도달할 수 있으며, 영원한 삶을 위한 준비를 하는 것임을 알고 있습니다. 친애하는 마리-베르나르드, 당신과 나는 이제부터 하나입니다. 우리는 함께 같은 목표를 향해 나아가야 합니다. 내 진심으로 부탁합니다. 내가 당신을 그저 엄격하게 괴롭히기만 하는 고집불통 선생이라 생각하지 마세요."

"자유의지. 중요한 것은 그것입니다. 이 자유의지가 없다면 모든 희생은 헛된 것이지요. 수도원은 감옥이 아닙니다. 이곳에는 아무런 속박이 없어요. 당신이 서약하기 전에는 언제든지 자유롭게 떠날 수 있습니다. 당신의 전임자 앙젤린도 아무런 어려움 없이 떠났습니다. 문이 활짝 열려 있어요. 이곳은 고통의 집이 아니고, 세상의 모든 기쁨을 뛰어넘는 내면의 기쁨이 있는 장소입니다. 하지만 당신이 수행하거나 포기할 모든 일에서 당신의 희생이 가져올 은혜를 항상 생각하세요. 자, 내 얘기는 끝났습니다, 마리-베르나르드. 이제 물러가서 쉬세요."

"안녕히 주무십시오, 수녀님."

베르나데트가 문손잡이를 잡는 순간 보주 수녀가 말을 덧붙인다.

"빨리 잠드는 것을 익혀야 할 겁니다. 수도원에 있는 사람들에게는 깊은 잠을 자는 것이 가장 필요한 기술이지요."

이 말을 마치고 수련 수녀들의 감독자, 보주 수녀는 자신의 딱딱한 침대와 거친 이불을 흘끗 본다. 왠지 모르지만, 베르나데트는 보주 수녀가 건드리지 않았던 달빛 아래 탐스러운 복숭아를 생각했다.

제40장

아직 나의 시간이 오지 않았다

베르나데트는 수도원 생활에서 가장 요긴한 기술이라는 잘 자는 방법을 모른다. 그녀는 짚으로 만든 침대 위에 누워 매일 밤을 뜬눈으로 보냈다. 그녀가 잠을 못 이루는 이유는 침대가 딱딱해서가 아니다. 토방에서 마리와 함께 썼던 침대가 훨씬 더 나빴다. 낮에 하는 일이 고되어서도 아니다. 일은 기도나 묵상, 수련 등으로 자주 중단되었다. 이런 일들은 많은 힘을 빼앗고 신경을 예민하게 만든다. 베르나데트를 잠들지 못하게 하는 것은 그녀 내면의 불꽃이다. 마리-테레즈 보주 수련장은 거대한 망치를 가지고 정신의 칼날을 고르고 매끄럽게 단련시킨다. 그녀가 따르는 고귀한 목표는 수련 수녀들의 영혼을 단련해 그들을 정화하고, 영원한 생명으로 인도하는 것이다. 하지만 실상은 이 어린 영혼들은 얼마간의 시간이 지나면 장군의 딸 보주 수녀의 훌륭한 영적 지도에도 불구하고 잘 훈련된 군대처럼 되어 버리는 것이다. 이들이 진리, 기쁨, 영원이 있는 곳으로 가기 위해서는 열을 지어 행진하며, 그 대열 속에서 집단으로 느끼고 받아들이는 습관을 먼저 버려야 할 것이다. 이는 인류를 교육할 때 항상 걸림돌이 되는 문제다. 제한이 없는 자유란 무도덕의 정글을 만들어 낼 뿐이며, 제복은 생명이 없는 사막을 만들어 낼 뿐이다. 야생트 드 라피트가 언젠가 카페 프랑세에서 에스트라드에게 분개하며 했던, 세상은 단지 몇 명의 은총 받은 사람을 위한 것이라는 말이 전적으로 틀린 말은 아니었다. 그들만이 무도덕의 정글과 불모지의 사막을 벗어날 수 있다.

아무리 베르나데트가 강한 의지를 지녔다고 하더라도 보주 수녀가 다른 수련 수녀들처럼 빠르게 그녀를 단련할 수는 없다.

"마리-베르나르드, 당신은 마치 들판을 산책하는 것처럼 느리군요. 지금은 쉬는 시간이 아니라 일하는 시간입니다."

"마리-베르나르드, 눈길을 잘 두어야 한다고 말하지 않았나요? 눈을 그렇게 크게 떠서도 안 되고, 아래쪽을 향하라고 하지 않았습니까?"

"제발 마을의 수다쟁이들처럼 호기심 가득한 눈으로 나를 쳐다보지 마세요."

"마리-베르나르드, 또 그렇게 딴생각을 하고 있군요. 그렇게 공상을 하는 것이 죄가 된다는 것을 아직도 이해 못 한 건가요? 우리가 이 자리에 있는 이유는 마음껏 공상하기 위해서가 아니라 한마음으로 집중하기 위해서입니다."

"마리-베르나르드, 제발! 말투가 왜 그리 거칠고 천박한가요? 아직도 파투아 사투리가 심하군요. 왜 그렇게 목소리가 큰가요? 침묵의 맹세를 한 샤르트뢰즈의 명상하는 수녀들 사이에 있었다면 어쩔 뻔

했나요? 우리는 작은 목소리로 대답해야 합니다. 당신은 동료 수련 수녀들에 비해 한참 뒤처지는군요, 마리-베르나르드……."

그건 사실이다. 베르나데트는 동료 수련 수녀들보다 뒤떨어진다. 그들은 이미 작은 수녀의 발걸음으로 복도를 걷는다. 그들은 베르나데트의 감탄한 듯한 커다란 눈으로 세상을 보지 않고, 보주 수녀 앞에서 눈길을 아래로 둔다. 그들은 공상하지 않으며 작은 목소리로 대답한다. 그들은 군인들이 단 몇 주 만에 강인함을 갖추게 되는 것처럼, 보주 수녀가 요구한 조용하고 자신을 드러내지 않는 모습을 갖추게 된다. 그들은 모두 쉽게 받아들이지만, 스스로 그 점을 인식하지도 못한다. 그러나 자신은 그런 줄도 모른다. 단지 하늘이 선택한 베르나데트만이 이 성스러운 절제의 규율을 익히기가 어렵다.

베르나데트는 여전히 밤마다 잠을 이루지 못한다. 그녀는 처음으로 여인에게 항의했다. 다시 한번 발현해 달라고 요청한 것이 아니다. 하지만 왜 꿈에서조차도 모습을 볼 수 없는 것인가. 완전히 사라져 버린 사람이나 물건의 꿈을 숱하게 꾸는데도 그녀의 인생에서 가장 생생한 모습, 유일하고 영원한 사랑의 모습만은 꿈마저 허락되지 않은 것이다. 만약 여인이 꿈에 나타나 '이곳을 떠나 바르트레스로 돌아가서 라퀘스 부인 댁의 목동으로 일하세요'라고 말한다면 당장 복종해 나이랑 상관없이 목동 일을 할 것이다. 그러나 여인은 꿈에도 보이지 않으신다. 베르나데트는 자신이 쓸모를 다하고 버려진 녹슨 연장이라 느낀다. 또 다른 괴로움도 점점 커지고 있다. 그녀의 어머니에 대한 것이다. 어머니와 이별할 때 느꼈던 가슴이 찢어지는 듯한 슬픔이다. 어머니는 약한 사람도 아니고 마음을 쉽게 내보이며 부드럽게 대해주는 사람도 아니다. 그들 사이에는 못다 한 말이 많고 못 해본 것이 많다. 베르나데트는 비참했던 토방 생활과 솥 안의 멀건 죽, 어머니가 이집 저집 다니며 세탁 일을 하던 날들, 그리고 아버지가 한낮에 침대에서 코를 골던 것을 생각하고 또 생각한다. 지금 어머니의 생활은 그때보다는 훨씬 나아졌지만, 그래도 베르나데트는 자신이 어머니의 곁에 있지 않고 이곳에서 자신만의 영혼을 위해 일하고 있음에 죄책감을 느낀다. 그래서 눈물로 지새다 어느새 4시 30분의 기상 종소리를 듣게 되는 것이다.

그들은 활기차게 기상한 후 수련 수녀와 수녀들 모두가 함께 아침 기도를 위해 줄을 지어 예배당으로 간다. 그런 후에 원장인 앵베르 수녀 혹은 다른 나이 든 수녀의 지도로 예수님의 일생이나 수녀원의 규율, 맹세나 완벽을 위한 노력 등의 주제를 뽑아 짧은 묵상을 한다. 그리고 신부가 와서 제대에 올라 미사를 집전하고 영성체를 한다. 그런 후 모두 다 함께 성모 마리아를 찬양하기 위해 기도를 한다. 베르나데트는 특히 이 기도를 좋아한다. 미사가 끝나면 아침 식사를 하고, 하루의 일과가 시작된다. 베르나데트는 자신에게 맡겨진 일을 좋아한다. 어머니가 하던 일과 같은 일이다. 물을 길어오고, 감자 껍질을 벗기고 채소를 씻는다. 감자와 채소는 매우 신선해서 아직도 축축한 흙냄새가 난다. 바르트레스에 있을 때, 얼굴을 풀에 갖다 대면 땅에서 이런 냄새가 났다. 점심 식사 후에도 미사가 있다. 그 후에는 보주 수녀가 수련 수녀들을 모아 진지한 담화 시간을 가지는데, 모두 함께하기도 하고 개별로 하기도 한다. 이 담화는 고해성사의 비밀에 해당하지 않는 모든 도덕 문제에 대한 것이다.

"마리-베르나르드, 우리가 수행해야 하는 개별적 영혼 구제란 당신도 알다시피 우리의 장점과 단점을 대상으로 한 것입니다. 지난번에는 당신의 어떤 단점에 대해서 얘기했던가요?"

"지난번에 말씀하신 저의 단점은, 제가 저 자신을 특별하다고 여기는 점이라고 하셨습니다."

"누가 당신을 자신이 특별한 사람이라고 생각하게 만들었을까요?"

베르나데트는 학교에서처럼 고개를 숙이고 내답한나.

"저는 항상 여인께서 제게 나타나신 점에 대해 오만해집니다, 수녀님."

"타르브 주교님의 결정이 내려졌으니 성모 마리아님이라고 부르면 됩니다, 마리-베르나르드. 당신의 자만심과는 어떻게 싸우나요? 당신을 둘러싼 사람들의 소리가 얼마나 헛된 것인지 깨달았나요?"

베르나데트는 눈을 반짝이며 수녀를 올려다본다.

"그건 한 번도 걱정해 본 적이 없어요, 수녀님."

"그건 옳은 대답이 아닙니다. 마리-베르나르드." 보주 수녀가 무한한 인내심이 있다는 듯 온화한 어조로 말한다. "우리는 이미 여러 차례 이런 무례한 대답에 대해서 이야기했지요. 다른 대답을 들을 수 있다면 참 기쁘겠습니다만."

한참이 지나서야 베르나데트는 고개를 숙였다.

"박수갈채가 헛되다는 것을 깨달았습니다, 수녀님."

"당신의 교만을 없애기 위해서 어떤 희생을 했나요?"

베르나데트는 잠시 생각한 뒤 작은 목소리로 대답했다.

"며칠 전부터 나탈리 수련 수녀를 멀리했습니다."

"훌륭합니다, 마리-베르나르드 수녀." 보주 수녀가 고개를 끄덕인다. "내가 나탈리 수녀를 높이 평가하긴 하지만, 당신은 앞으로도 더 그녀와 거리를 두는 것이 좋겠습니다. 당신이 세속적인 욕망 때문에 이 소녀에게 끌림을 느낄까 걱정되는 것입니다. 그녀는 매우 예쁘고 활달한 젊은 아가씨니까요. 끌림을 느끼는 것은 이해할 수 있습니다. 그것을 용서하며, 비난하지 않겠습니다. 나탈리 수련 수녀는 매우 유순한 성격이라 당신의 지배욕을 만족시켰을 테고 항상 당신이 옳다고 말해 주었겠지요. 고백하세요, 마리-베르나르드. 당신은 항상 사람들에게 맞서지 않았나요?"

"그렇습니다, 수녀님. 저는 항상 사람들에게 맞섰습니다."

"그러니 수련 수녀 중에 성격이 까다롭고 유순하지 않은 사람들과 관계를 맺는 것이 좋겠습니다. 어떤가요? 그게 더 낫지 않겠어요?"

"예, 그게 더 좋겠습니다."

"이제 당신의 미덕에 대해 말해 봅시다." 수련장 수녀가 대화의 방향을 바꾸려 말을 꺼낸다.

"당신의 미덕 중에 더 발전시키고 싶은 것이 무엇인가요?"

베르나데트는 당황해 얼굴을 붉히더니 표정이 밝아진다.

"죄송합니다, 수녀님. 제가 그림에 소질이 있다고 말해도 거짓은 아닌 것 같습니다. 얼마 전에 나탈리를 스케치했는데 모두 잘했다고 해요…….”

마리–테레즈 보주 수녀가 손뼉을 친다.

“그만하세요, 마리–베르나르드. 당신은 여전히 말을 알아듣지 못하는군요. 당신의 그림 소질은 재능이지 미덕이 아니지 않습니까. 재능이란 태어나면서부터 가지고 있는 하늘의 선물입니다. 그러니 쉽게 발전시킬 수 있지요. 미덕은 자연적 재능이 아니라서 발전시키기도 극히 어렵습니다. 미덕이란 비명 한 번 지르지 않으며 고통을 견딜 수 있는 힘입니다. 혹은 속세의 욕망을 끊어내는 힘이지요. 그림에 대한 것은 더 말할 필요가 없습니다. 당신도 같은 생각인가요?”

“예, 수녀님. 그림에 대해서는 더 말할 필요가 없습니다.”

“우리 수녀원은 예술학교가 아닙니다.” 보주 수녀는 희미한 웃음을 지으며 말한다. “우리는 병자를 간호하고 아이를 교육하는 책임을 지고 있습니다. 당신과는 항상 이런 식의 대화를 하게 되는 군요, 마리–베르나르드. 당신의 천성은 당신을 특별하거나 뛰어난 데만 이끌리게 하나 봅니다. 다음 금요일에는 당신이 개발하고자 하는 미덕을 말해 준다면 좋겠군요.”

하지만 이런 교육적 담화가 베르나데트에게 가장 힘든 시간은 아니다. 더 어렵고 고통스러운 시간은 오후 1시에서 2시까지 수련 수녀들의 휴식 시간이다. 성 힐데가르트 수녀원의 크고 아름다운 정원에는 사람들이 걸어 다닐 수 있는 커다란 잔디밭이 있다. 젊은 수련 수녀들이 휴식 시간을 보내는 곳이다.

장교의 딸인 보주 수녀는 실외 활동을 매우 중요하게 생각한다. 이련 점에서는 시대를 앞서 나갔다고 볼 수 있다. 그녀는 적절한 활동이 기도와 수양, 일, 묵상과 끊임없는 자기 성찰을 위해 꼭 필요하다고 생각했다. 그러나 그 활동 또한 자신의 의지와 이성에 도움을 주어야 하고, 무의식적으로 도덕적, 육체적 쾌락을 위한 활동이어서는 안 된다는 것이다. 수련 수녀들은 온종일 일정한 속도로 걸어야 하고, 두 손은 맞잡아야 하며, 시선은 아래쪽을 향하여 낮은 목소리로 말해야 한다. 1시에서 2시 사이의 휴식 시간, 수련 수녀들은 수련장인 마리-테레즈 보주 수녀의 규칙에 따라 즐거운 시간을 가져야만 한다. 그들이 잔디 운동장에 도착하면 보주 수녀는 자신의 군대를 단련하기 위해 박차를 가한다.

"자, 이제는 즐거운 시간을 보내세요. 가벼운 마음으로."

이 말을 신호로 큰 공을 던지거나 라켓으로 깃털 공을 날려 보낸다. 알록달록한 원판을 서로에게 던지거나 줄넘기를 하거나 다른 놀이를 한다. 보통은 아이들이 놀이 시간에 하는 것이다. 보주 수녀는 휴식 시간 동안 젊은 수련 수녀들이 무슨 장난을 치든 허용되는 어린아이가 되길 원한다. 그러나 주님의 신부가 되겠다고 맹세한 아이들이 과도한 행동을 보이면 주님이 언짢아하지 않도록 적당한 선에서 제동을 건다.

베르나데트는 지나친 장난을 친 적은 없어도 마리와 잔 아바디, 마들렌 이요나 다른 가난한 아이들과 즐겁게 놀며 자랐다. 하지만 이미 스무 살이 넘은 그녀는 보주 수녀가 휴식 시간에 요구하는 어린아이 같은 모습은 정말이지 싫은 것이다. 왜 우리에게 거짓으로 행동하게 하는가? 그것이 그들의 마음을 그토록 즐겁게 하는 것일까? 수련 수녀들은 잔디 운동장에서 긴 치마를 입은 채 반은 강제로, 반은 자발적으로 풀쩍 뛰며 논다. 베르나데트에게는 고통스러운 광경이다.

"마리-베르나르드," 보주 수녀가 묻는다. "왜 그렇게 고개를 숙이고 있나요? 평소에는 그리도 높이 들고 다니더니. 지금은 휴식 시간입니다. 당신도 다른 사람들과 마찬가지로 즐거운 시간을 보내세요."

베르나데트는 즐거워 보이기 위해 갖은 애를 써보아도 소용이 없다.

늦가을의 흐리고 추운 날이다. 미사가 끝났고 휴식 시간이 다가온다. 수녀원에 우편물이 도착할 시간이다. 마리-테레즈 보주 수녀가 베르나데트를 부른다. 표정이 엄숙하면서도 동시에 자애롭다. 그녀는 뼈가 앙상한 긴 손으로 베르나데트의 머리를 감싼다.

"친애하는 마리-베르나르드. 오늘 큰 희생을 하게 되었군요. 나도 겪어 보아서 압니다. 속세를 벗어나려는 모든 노력도 깨뜨릴 수 없는 천생의 인연이 있지요. 나 또한 아버지를 몹시 흠모해……."

베르나데트의 눈이 보통 때보다 훨씬 커졌다.

"아버지가……, 우리 아버지에게 무슨 일이 있어요?"

"아닙니다. 당신의 아버지께는 아무 일도 없어요. 마리-베르나르드, 마음을 단단히 먹어야 합니다. 당신의 어머니께서 선종하셨습니다. 교회의 성사도 다 받으시고 고통 없이, 원죄 없으신 잉태 대축일*

* 동정 마리아의 원죄 없으신 잉태 대축일, 12월 8일.

에 돌아가셨어요. 당신에게는 큰 위안이 되겠군요. 이 얼마나 신비로운 일인지!"

"어머니가……," 베르나데트가 말을 더듬는다. "어머니……."

그녀는 갑자기 힘이 빠져 비틀거렸고 보주 수녀가 그녀를 품에 꼭 안았다.

"잠시 이 침대 위에 누우세요."

베르나데트는 앉아서 등을 벽에 기댄다. 잠시 침묵이 흐른다. 소녀의 얼굴에 핏기가 돌아왔을 때 보주 수녀가 말한다.

"앞으로 며칠 동안은 할 수 없는 일이나 혹은 하고 싶지 않은 일들은 하지 않아도 좋습니다. 어머니를 애도하기 위해 혼자 있고 싶다면 예배당에 가거나 정원이나 다른 원하는 장소에 가도 좋아요. 하지만 혼자 있는 것을 추천하지는 않습니다."

수녀의 회색빛 뺨에는 깊은 주름이 잡혔는데, 이것은 그녀가 점점 흥분한다는 표시다.

"마리-베르나르드, 당신의 한계를 뛰어넘을 기회입니다. 당신의 어머니가 돌아가셨어요. 하지만 죽음이란 존재하지 않습니다. 당신은 어머니를 다시 보게 될 것입니다. 예수님께선 자신의 죽음으로써 모든 인간의 죽음을 극복하셨습니다. 이 진실을 믿으세요. 당신이 방금 겪은 상실을 하늘에 희생으로써 바치세요. 이제 운동하러 갑시다. 당신의 확고한 신앙으로써 당신의 눈물을 고귀한 즐거움으로 승화시키세요. 물론 내 권고일 뿐입니다. 운동장에 가고 싶지 않나요?"

한동안 말이 없다가 마침내 베르나데트가 대답했다.

"예, 수녀님. 운동장으로 가겠습니다."

수련 수녀들이 두 명씩 짝을 지어 잔디 운동장에 도착하자 보주 수녀가 입을 열었다.

"우리의 친애하는 마리-베르나르드 자매가 어머니가 별세하셔서 크게 고통을 겪고 있습니다. 이 세상에서 사랑하는 딸의 마음으로써 이보다 더 큰 슬픔은 없을 테지요. 하지만 마리-베르나르드는 이 고통을 희생으로 바치려 합니다. 활기로써 그녀를 도와주기를 바랍니다."

보주 수녀는 베르나데트의 손에 라켓을 쥐어 준다.

"함께 공놀이를 할까요?" 그러고는 단 한 번도 참여하지 않았고 앞으로 다시 하지 않을 놀이에 스스로 참여했다.

베르나데트는 깃털이 달린 공을 높이 던져 올리고, 원판을 던지고, 달리기도 하고 줄넘기도 한다. 줄넘기를 너무 빨리 뛰며 기계적으로 고집스럽게 해서 마침내 보주 수녀가 그녀에게 소리친다.

"그만하세요, 마리 베르나르드. 그만하면 충분합니다! 매우 더워 보이는군요."

모두 돌아가기 위해 모였다. 차가운 바람이 나무에 붙은 마지막 나뭇잎들을 날려 버린다. 이제는 바깥 활동을 더는 할 수 없으리라고 수련 수녀들은 생각한다. 베르나데트와 친구 나탈리가 마지막 줄에 서 있다.

문을 지나 어두운 복도에 들어설 때 베르나데트가 갑자기 고꾸라지더니 바닥에 주저앉아 격렬한 기침을 하며 온몸을 떨었다. 나탈리는 베르나데트 곁에 무릎을 꿇고 앉더니 비명을 질렀다.

"도와주세요!!! 마리-베르나르드가!!! 입에서 피가 나와요!!!"

새벽 1시다. 느베르의 텅 빈 어두운 거리를 한 남자가 바람을 거슬러 걷고 있다. 뚱뚱한 몸에 망토를 두르고, 챙 넓은 모자를 두 손으로 꼭 쥐고 있다. 모자에 달린 자주색 술은 고위 성직자의 표식이다. 느베르의 포르카드 주교가 성 힐데가르트 수녀원을 향해 가고 있다. 아직도 한참을 더 가야 하는데, 너무 늦게 도착하지 않을까 걱정하며 그는 발걸음을 서두른다. 사람들이 곤히 자는 그를 깨웠다. 루르드의 기적을 만들어 낸 아이의 죽음이 임박해 주교가 필요한 것이다. 우리는 역사를 통해 하늘이 선택한 자가 죽는 순간에는 때로 기적이 일어나기도 한다는 것을 안다. 그래서 권위 있는 고위 성직자가 임석해 친히 최후 고백과 유언을 들어야 한다. 게다가 세상사는 복잡하고 인간의 마음은 심연처럼 알 수 없기 때문에, 이 어린 소녀가 죽음과 영원한 심판의 문턱 앞에 이르러 어떤 고백을 할지, 그래서 주교 위원회가 어떤 결정을 취소해야 할지도 모르는 일이다. 수녀원의 입구에서 조세핀 앵베르 원장 수녀가 이미 주교를 기다리고 있다. 늙고 뚱뚱한 주교는 헐떡이며 이마의 땀을 닦는다.

"병자의 상태가 어떠한가요?"

평소에는 매우 차분한 원장 수녀가 안절부절못한다. 손에 든 등불이 흔들리며 그녀의 사려 깊은 얼굴에 일렁이고 광대뼈의 그늘을 만든다.

"의사 생-시르 선생이 이젠 희망이 없다고 합니다, 주교님. 도대체

이게 무슨 일인지……. 오, 주여.”

“어떤 조치를 취하셨습니까?” 주교가 눈썹을 찡그린다.

“한 시간 전에 노자성체를 모시게 했으나 계속 토하는지라 불가했습니다. 그래서 마지막 의식을 치르게 했습니다. 주교님.”

“병자가 의식이 있습니까?”

“매우 쇠약하지만 의식은 온전합니다.”

수녀원 구조를 잘 아는 주교가 접견실로 들어가고 원장 수녀가 그의 뒤를 따른다. 주교는 망토를 벗고 가쁜 숨을 고른다.

“그런데 어떻게 이런 일이 일어난 겁니까? 평소에 관리하셨을 것 아닙니까?”

원장 수녀가 두 손을 마주 잡고 대답한다.

“주교님께서 동의해 주신 대로 저희는 그 아이에게 부엌일을 시켰습니다. 생-시르 선생의 말을 따라 처음부터 힘든 일들은 피했습니다. 그리고 그 아이가 부엌일에 매우 만족해했어요…….”

주교가 미심쩍은 눈으로 원장 수녀를 본다.

“종교적, 정신적 교육을 위한 것이라기엔 좀 과하지 않았나요?” 주교가 솔직하게 묻는다.

원장 수녀가 딱딱하게 대답한다.

“보주 수녀에게 지시해서 저 아이를 특별하게 보호하게 했습니다.”

“내가 몇 군데서 들은 바로는, 이곳 수련 수녀들의 휴식 시간이 좀 특이하다고 하던데…….”

원장 수녀의 입술의 핏기가 사라졌다. 그녀가 고개를 숙이고 대답한다.

"수련장인 보주 수녀의 의견이, 야외 활동이 젊은이들의 일시적 무기력증에 대처하는 가장 좋은 방책이라고 했습니다. 생-시르 선생도 마리-베르나르드를 이런 활동에서 제외하지 말라고 하셨고……."

포르카드 주교는 한숨을 푹 내쉰다.

"이 일을 어찌하면 좋을까. 어찌해야 좋을지 모르겠습니다. 지난 여름에 베르나데트 수비루를 맡았는데……. 아직 해가 바뀌지도 않았는데……. 세상 사람들이 이 아이를 지켜보고 있단 말이오. 갑자기 이렇게 이 아이가 죽는다면 어찌해야 하는지……. 사람들이 뭐라고 할 것이며, 기사는 또 어떻게 날지……. 잔뜩 의심할 테고요. 타르브의 동료 로랑스 주교는 정말 훌륭한 사람인 데다 고집도 센데 뭐라고 해야 할지……."

포르카드 주교는 말을 채 끝맺지 못한 채 죽어 가는 환자의 방에 안내를 청한다. 환자를 수용하는 방은 꽤 크다. 사람들이 베르나데트를 침대에 높이 눕혀 두었다. 그녀는 미동도 없이 누워 있다. 한 차례 심한 출혈과 끊임없이 구토한 후라 얼굴이 마치 죽은 사람처럼 창백하다. 그러나 그녀의 눈은 빛나고 특유의 무심한 듯한, 먼 곳을 보는 듯한 표정이다. 호흡이 짧고 거친 것이 이미 임종의 순간인 것 같다. 생-시르 선생이 맥박을 짚고 있다. 페브르 신부는 임종 기도를 하고 있고, 몇몇 수녀가 무릎을 꿇고 신부를 따라 함께 기도를 올린다. 보주 수녀가 꼿꼿하게 서서 두 손을 마주 잡고 서 있다. 그녀의 얼굴은 이상하리만치 푸르스름하다. 그녀의 움푹 꺼진 눈은 베르나데트만을 보며, 온몸이 긴장 상태로 뻣뻣하다. 포르카드 주교가 침대로 다가가 조심스럽게 병자의 손을 잡는다.

"얘야, 내 말 알아들을 수 있겠니?" 베르나데트가 희미하게 고개를 끄덕인다.

"네 주교에게 말하고 싶은 것이 있느냐?" 베르나데트가 천천히 고개를 젓는다.

"말할 수 있겠니?" 베르나데트가 다시 고개를 젓는다.

포르카드 주교는 무릎을 꿇고 기도를 드린다. 그리고 슬픈 표정으로 일어나 원장 수녀에게 머물 방을 청한다. 그가 엥베르 수녀를 따라 나가려 할 때 뒤에서 발소리가 들린다. 보주 수녀다.

보주 수녀가 떨리는 목소리로 말한다. "주교님, 성모님께서 저희를 나무라지 않으실까요? 서약도 하지 않고 하늘로 간다면……."

"그렇게 생각하나요?" 주교가 차갑게 말한다. 보주 수녀의 모습이 그에게 불쾌감을 준다.

"그래, 죽어 가는 사람이 서약해야 한다고 생각합니까?"

"예, 진심으로 그렇게 생각합니다, 주교님." 보주 수녀는 매우 흥분해서 다급하게 말한다.

포르카드 주교는 매우 영리한 사람으로 타르브의 주교를 생각하면 큰 불안을 느낀다. 베르나데트는 아직 간신히 숨이 붙어 있다. 그들이 논의했던 대로 그녀를 더 높은 자리에 올려놓는다면 이 재난의 의미가 조금이나마 축소될 수도 있지 않을까. 그가 큰 소리로 말한다.

"임종자의 서원을 받는 것은 주교의 권한이지요. 그리고 처음 있는 일도 아닙니다."

사람들이 다시 마리-베르나르드의 침대 곁으로 왔다. 병자의 상태는 그대로다. 포르카드 주교가 허리를 굽혀 병자에게 다가가 다정하게 말한다.

"얘야, 정신을 차려 보렴. 네게 신비하게도 모습을 보여 주신 분께서 네가 가난, 정결, 순종의 세 가지 서약을 하면 매우 만족해하실 것이다. 너는 그저 내 말에 고개를 끄덕이기만 하면 된다. 내 말을 알아들었니? 그리고 동의하느냐?"

베르나데트의 눈에 생기가 돌며 고개를 끄덕인다.

그리하여 주교는 이 특별한 서약 의식을 작은 목소리로 조심스럽게 거행했다. 병실에는 땅바닥에 얼굴을 대고 엎드린 수녀들로 가득 찼고, 보주 수녀가 제일 앞줄에 있다. 의사가 기진맥진한 병자에게 물을 몇 방울 마시게 한다. 베르나데트는 몇 시간 만에 처음으로 토하지 않고 받아마신다. 주교가 그녀에게 미소를 짓는다.

"서원을 축하한다, 마리-베르나르드."

사람들이 주교를 위해 침대 옆에 의자를 갖다 놓았다. 주교가 의사 선생을 본다. 아직 얼마나 더 살 수 있겠소? 무언의 질문이다. 의사는 어깨를 으쓱할 뿐이다. 죽은 듯한 침묵이 15분이나 흘렀다.

주교의 눈은 뚫어질 듯이 소녀의 얼굴만을 본다. 베르나데트는 숨을 쉴 때마다 몸을 들썩인다. 주교는 임종이 임박했다고 생각한다. 그는 용기를 내 한 가지 시도를 더 해본다.

"얘야, 혹시 마음속에 더 말하고 싶은 것이 있느냐. 내가 너를 자유롭게 해주기 위해 여기 있단다. 이제 우리 둘만 이 방에 남을 게다."

주교가 이 말을 하자마자 뜻밖의 일이 일어났다. 베르나데트가 여러 번 깊이 숨을 쉬었다. 사람들은 이것이 최후의 숨일 것이라고 생각했다. 페브르 신부의 임종 기도의 소리가 더 높아졌다. 그러나 이것은 최후의 숨이 아닌, 천식 발작 후의 최초의 숨이었다. 한동안 깊이 숨을 쉬던 베르나데트가 작지만 또렷한 목소리로 말했다.

"어머니가 돌아가셨어요……. 하지만 저는 아직 죽지 않아요."

그리고 언제나와 마찬가지로 그녀는 진실을 말했다. 엿새 뒤에 회복되어 병상에서 일어날 수 있었던 것이다. 생 시르 선생은 그녀의 폐에서 이전과 같은 의심스러운 소리가 없어졌다는 것을 발견했다.

제5부

고통의 미덕

제41장

마법의 손

성 힐데가르트 수녀원의 예배당의 옆에 널따란 방이 있다. 이곳은 성체와 예술품 보관소다. 벽에는 연기에 그을린 그림들이 걸려 있는데, 오랜 세월 동안 수녀원에서 수집한 것으로 보관할 다른 장소를 찾지 못한 것이다. '느베르의 여인들'은 상당히 오래된 수도원으로 장 밥티스트 드 라베느가 창립한 지 200년이 넘었다. 여러 차례 혁명을 겪으며 재건되었으나 과거의 귀중한 유물들은 비교적 잘 보존되었다. 그림들 가운데 가장 큰 것은 지난 세기의 성가정 그림으로 서툴고 평범한 그림이다. 성모와 아기가 짚단 위에 있으며 소와 나귀와 목동들, 모두 베르나데트가 좋아하고, 잘 아는 것들이다. 눈에 띄는 것은 성 요셉이 전통적인 그림과 달리 수염이 없고, 베레모 같은 것을 쓰고 있다는 점이다. 진열장 안에는 장신구, 제대를 덮는 천과 사제의 예복이 진열되어 있고, 몇 가지 금과 은으로 된 제구가 유리 상자 안에 보관되어 있다. 또 다른 특별한 상자에는 매년 성탄절에 사용되는 밝은 색상의 말구유 모형이 잔뜩 쌓여 있다.

이곳은 베르나데트의 구역이다. 각혈을 하고 일 년이 지난 후 그녀는 느베르의 주교 앞에서 다시 한번 서원했다. 그런 위기가 있었지만, 그녀는 수련기를 면제받지 못했다. 그러나 그 이후 주교의 명령으로 그녀는 병자 간호 업무에서 제외되었다. 또한 주교의 요구로 앵베르 수녀는 마리-베르나르드 수녀에게 이 수녀원에서 가장 강도가 낮고 덜 힘든 일을 맡겨야 했다. 그것은 제의실을 관리하는 일로 아침에 면병(성체의 빵)을 채우는 일이다. 소피아 수녀가 너무 나이가 들어 더는 이 일을 할 수 없게 되었기 때문이다. 중풍으로 반신불수가 되었고 말도 어눌하게 되었다. 소피아 수녀는 속세에서는 결코 만날 수 없는 어린아이 같은 순수한 영혼을 가진 사람이다. 그녀의 입술은 이제 다른 사람들이 알아들을 수 없는 말만 읊조릴 뿐이지만, 그녀의 눈은 위로와 쾌활함을 가득 담고 있어서 베르나데트는 자신이 일하는 동안 소피아 수녀가 바라보는 것이 좋았다.

그러나 이 일은 다음과 같은 결과를 초래했다. 사람들은 베르나데트가 수련장인 보주 수녀 때문에 그림에 대한 재능을 미덕으로 발전시키지 못했다고 생각한다. 하지만 제의실 일을 보기 시작하면서 비슷한 일에 자신의 재능을 사용하게 된 것이다. 제대의 보와 제의와 다른 교회 장식품까지 수 놓는 일을 하게 되었지만, 마리-테레즈 보주 수녀의 눈에도 예술적 허영을 위한 것은 아니었다. 오히려 고요하고 평화로운 일로써 하느님에게도 만족스럽고 허약한 수녀에게도 적합한 일인 것이다. 수련 기간에 갑자기 그림과 제의용 소품들을 만드는 데 흥미를 느낀 베르나데트는 그것을 실현시킬 가장 적합한 일을 찾았다. 그녀는 항상 그렇다. 겉으로는 종종 무심하고 주의가 산만하며 둔한 것처럼 보이지만, 어떤 비밀스러운 힘이 그녀를 떠밀면 그녀의 의지는 확고한 목표를 향해 돌진하며 어떠한 장애물도 그녀를 막을 수 없다. 자코메, 뒤투르, 마씨, 페라말, 주교, 황제 그리고 냉담한 보주 수녀마저 그녀를 막을 수 없었다.

베르나데트는 성스러운 천 위에 마법처럼 생명을 불어넣을 수 있는 권리를 얻어, 그녀가 생각하는 아름다운 모양과 색깔을 마법의 손으로 아름답게 수놓았다. 자수에 필요한 재료뿐만 아니라 자수의 도안을 그릴 종이와 색연필까지 모두 수녀원에서 제공해 주었다. 수에 필요한 재료를 모두 수녀원에서 줄 뿐만 아니라 도화지와 색연필까지 주었다. 그녀의 자수는 너무나 독창적이고 아름다워서, 몇몇 미적 감각이 있는 성직자들을 놀라게 하고, 걱정하는 앵베르 원장 수녀를 안심시키고, 보주 수녀의 냉담함을 누그러뜨리기도 했다. 그 후로 사람들이 때때로 마리-베르나르드 수녀의 새로운 자수 작품을 보러 왔지만 앵베르 원장 수녀는 베르나데트가 없을 때만 허락했다. 사실 수녀원의 지도자들은 이 젊은 수녀가 그 일을 하게 된 동기와 비범한 데 이끌리는 것을 구분하지 못한다. 그러나 베르나데트는 자신의 꿈을 수놓은 것이 어떤 결과를 가져오는지는 전혀 모른다.

그녀는 자신의 작품에 몰두했다. 다른 모든 일에서 제외되었을 뿐 아니라, 주교의 엄명으로 수녀원의 규칙에 따른 어려운 의무도 면제받았기 때문에 시간도 충분했다. 그녀는 한 번도 그림 교육을 받아본 적이 없지만, 반원형의 종이를 바닥에 펼쳐 놓고 그 앞에 무릎을 꿇고 앉는다. 처음에는 도안이나 모양을 따라 그렸으나 이내 작은 손으로 한 번도 보지 못한 신비스러운 모양의 꽃을 그려내기 시작했다. 그것은 전례가 없는 그녀의 신앙의 화려한 상징이다. 자줏빛 영광의 하늘에 새들과 천사들이 날고, 양이 유니콘의 뿔처럼 이마에 십자가를 달고 있다. 그녀는 내재된 초자연의 힘을 가지고 숱한 얼굴과 형상에서 여인의 모습을 보는 듯하다. 그녀는 이런 그림들이 자기 손끝에서 어떻게 나오는지, 무엇이 나오게 될지 알 수 없다. 몇 개의 스케치가 끝나면 베르나데트는 그것을 소피아 수녀의 무릎 위에 놓는다. 말을 못 하는 늙은 수녀는 어떤 것이 좋은지, 어떤 것이 미흡한지 완벽하게 구분하다. 비교를 하고 고개를 끄덕임으로써 좋은 스케치를 선택하는 것이다. 베르나데트는 자수틀을 앞에 세우고 일을 시작한다. 마치 페넬로페*의 일처럼 끝이 없는 고된 일이지만 그녀는 전혀 지루함을 느끼지 않는다. 그녀에게는 이것이 자기 일생의 모든 순간을 비워 내기 위해 한 점 한 점 수놓는 것 같다.

베르나데트의 일은 공통의 기도, 식사, 미사, 묵주신공, 성로신공,** 그러고는 취침 시간에만 중단된다. 수녀들의 휴식 시간에는 원할 때만 간다. 때때로 자유 시간에 나탈리 수녀가 제의실에 오기도 한다. 그녀도 작품이 진전되어 가는 것을 보는 모습을 좋아하며, 자신의 의견을 제시하기도 한다. 한 번은 그녀가 물었다.

---

* 트로이 전쟁의 영웅 오디세우스가 원정 가고 없는 사이에 구혼자들의 청을 물리치기 위해 오디세우스의 아내 페넬로페가 낮에 짠 베를 밤에 풀고, 날이 새면 끝없이 같은 행동(베 짜기)을 반복했던 것을 비유한다.

** 십자가의 길.

"수녀님은 성모님을 직접 뵙지 않았나요? 왜 제대 보에 그 모습을 수놓지 않나요?"

"아니요, 수녀님. 무슨 말씀이세요? 여인을 스케치할 수도 없고 그리거나 수놓을 수도 없어요." 마리-베르나르드 수녀의 대답이다.

"아마도 이젠 정확하게 기억할 수 없는 거죠?" 나탈리 수녀가 놀라며 말한다.

"저는 또렷하게 기억해요. 아주 또렷하게." 베르나데트가 창밖을 보며 웃으며 말한다. 그러고는 대화를 중단한다.

느베르는 우울한 분위기의 오래된 작은 도시다. 3월인데도 오후 4시 무렵이면 이미 제의실은 어두컴컴하다. 그래서 베르나데트는 3시가 되면 창가에 바짝 붙는다. 오후의 햇빛을 허비하고 싶지 않기 때문이다. 많은 수녀들이 자기 성찰을 하는 매우 조용한 시간이다. 근래에 수련 수녀들의 휴식 시간은 한 시간 미뤄졌다. 때때로 베르나데트는 젊은 수련 수녀들이 둘씩 짝을 지어 복도를 지나가는 소리를 듣는다. 훈계하는 수련장의 목소리가 들리기도 하고, 가까이 예배당에서 음악을 맡은 수녀가 오르간을 연습하는 소리가 들려오기도 한다.

누군가 방문을 두드린다. 문지기 수녀가 마리-베르나르드 수녀에게 방문객이 왔다고 말한다. 원장 수녀가 방문객을 제의실로 안내하라고 지시했으니 곧 도착할 것이라고 한다. 베르나데트는 놀라서 고개를 들었다. 방문이라고? 이제껏 나를 방문하는 사람은 없었는데. 누구지? 베르나데트는 앵베르 원장 수녀가 호기심 많은 방문객을 물리쳐 주는 것을 감사히 받아들이고 있다. 우연히 다른 수녀들을 통해 때때로 한 명, 혹은 여러 명의 방문객이 신기한 동물 구경을 하듯 베르나데트를 만나게 해달라고 요청했다는 사실을 알게 되었다. 그녀는 외부인이 수녀원을 방문할 때, 자신의 방에 머물 수 있도록 미리 원장 수녀에게 허락을 받았다. 오늘의 방문객은 무슨 목적의 방문인 것일까?

베르나데트가 일어선다. 한참 동안 자수를 놓은 후라 눈이 피로하여 문 옆에 선 방문객을 알아보지 못하고 얼핏 키가 큰 남자의 실루엣만 보았을 뿐이다. 남자도 선뜻 다가오지 않은 채 멈춰 서 있다.

"찬미 예수 그리스도님." 방문객이 예를 갖춰 낮은 목소리로 인사한다.

"영원히, 아멘. 제게 용건이 있으신가요?"

손님은 바스크식 베레모를 손으로 돌린다.

"저는 그저 수녀님이 평안하신지 보러 왔습니다."

방문객이 성큼성큼 다가와 허리를 굽혀 인사했다. 베르나데트의 심장이 멎는 듯했다. 몇 년 동안 보지 못한 아버지다. 그녀는 두 팔을 벌리고 천천히 아버지에게 다가가 속삭인다.

"아버지! 어떻게……. 아버지 맞죠?"

"기차를 타고 왔지요, 마리-베르나르드."

베르나데트는 입술을 깨물며 웃으려고 애쓴다.

"아버지, 왜 '수녀님'이나 '마리-베르나르드'라고 부르세요? 저는 아버지께는 항상 베르나데트일 뿐이에요."

그녀는 아버지를 안고 얼굴을 아버지의 얼굴에 갖다 댔다. 하지만 방아꾼 프랑수아 수비루는 좀처럼 경직된 자세를 풀지 않는다. 딸이 루르드의 기적을 만들어 내고, 수녀가 된 뒤로 아버지로서 당혹감은 상상 이상이었다. 때때로 자신이 이 축복받은 아이를 어릿광대나 집시들에게 보내려고 했던 것을 떠올리면 식은땀이 흐르기도 한다. 그는 공경하는 마음으로 딸을 끌어안는다.

"아버지가 날 보러 와주셔서 얼마나 기쁜지." 베르나데트가 흥분을 가라앉히고 말한다.

"벌써 몇 년 전에 신청했는데……. 그런데 그때는 허락 해주지 않았단다, 베르나데트. 그리고 네 어머니가 죽은 뒤에는 내가 제정신이 아니었지. 움직일 수도 없었어……."

베르나데트는 눈을 감고 낮은 목소리로 말한다.

"어머니……. 어머니는 어떻게 돌아가신 거예요?"

쉰 살을 넘긴 방아꾼 수비루의 머리가 희끗희끗하다. 세월이 흐르고, 이런저런 일들을 겪으며 그에게도 경건함이 배었다. 한때의 굶주림과 비참함, 술기운도 그가 엄숙한 품위를 갖추는 것을 막지는 못했다. 그가 성호를 긋는다.

"네 어머니는 아주 편안하게 죽었다, 베르나데트. 짧게 며칠 앓았지. 자신이 아프다는 사실도 깨닫지 못했어. 임종자의 수호성인이신 요셉 성인이 도우신 게다. 요셉 성인이시여, 우리 모두에게 이런 편안한 죽음을 주소서. 너만이 어머니에게 커다란 기쁨이었지. 항상 네 초상화를 가슴에 품고 다녔어. 요즘엔 사방에 네 초상화가 얼마나 많은지. 마지막 순간까지 네 이름을 불렀단다."

"엄마는 너를 다시는 못 보리라는 것을 알았던 모양이다……. 나는 전혀 몰랐는데……." 베르나데트는 죽은 자를 위한 기도를 낮게 중얼거린다.

"네 어머니의 모습으로 이런 걸 몇 개 만들었다." 수비루가 자랑스럽게 말했다. "꽤 비싸게 주었단다. 네게 주려고 하나 가져왔어."

프랑수아는 금빛 메달이 달린 목걸이를 준다. 가엾은 루이즈의 모습이 장터의 서투른 화가 솜씨로 그려져 있다.

"이걸 네가 받아도 되는 건지 모르겠구나." 그는 딸의 '청빈서원'이 생각나 멈칫하며 묻는다.

"원장 수녀님이 허락해 주실 거예요." 베르나데트는 작은 초상화를 보고 어린아이처럼 기뻐하며 아버지에게 의자를 당겨 준다.

"다들 어떻게 지내는지 이야기해 주세요, 아버지."

수비루는 처음의 어색함이 풀린 것에 만족스러워하며 이야기를 시작하기 위해 헛기침을 한다.

"음. 우리는 불평할 게 없단다, 얘야. 일이 제대로 돌아가고 있거든. 난 항상 훌륭한 방아꾼이었으니까, 너도 알잖니. 그때 실패했던 건 몇 년간 지독하게 가물었기 때문이지. 힘들었던 게 나뿐만이 아니었지. 지금은 동네 방앗간들을 다 합쳐도 우리 것과 견줄 수 없을 거다. 작년 가을부터는 루르드에 들어선 호텔만도 열다섯 개가 넘는다. 열다섯 개! 라카데 시장은 병상이 수백 개가 되는 커다란 시립 병원도 세웠어. 사람들은 그 병원을 '세트-둘뢰르'*라고 부르지. 그 큰 병원에 물품을 공급하는 게 바로 라파카 방앗간이란 말이다. 네 동생 장-마리와 쥐스탱이 꽤 훌륭한 방아꾼으로 자랐다. 이제는 어리석은 장난질이나 치고 다니지는 못하지. 큰누나에게 안부 전해 달라고 하더구나. 네 여동생 마리는 아들 하나, 딸 둘을 두었다. 내일 다른 사람들과 같이 너를 보러 올 게다. 감사하게도 이제 아이들과 손주들을 위해 저축해 놓은 것도 있다. 내가 죽은 후를 생각해서……."

베르나데트는 마치 귀가 안 들리는 사람처럼 주의를 기울여 듣는다.

"아, 아버지." 그녀가 비로소 말한다. "가족들이 모두 다 잘 지낸다니 마음이 놓입니다."

프랑수아 수비루는 갑자기 눈이 축축해진다.

"나는, 베르나데트, 여전히 마음이 아주 무겁다. 너를 그 토방에서 살게 했던 비참한 날들이 한밤중에도 종종 생각나는구나. 지금이라면 너를 더 행복하게 살게 해줄 수 있을 텐데……."

"저는 그때 전혀 불행하다고 생각하지 않았어요. 그리고 지금은 아무것도 부족한 것이 없어요."

"정말 부족한 게 없니?" 수비루가 어두운 목소리로 묻는다. "네 얼굴이 너무 창백해 보이는구나."

"그건 이 흰 베일 때문이에요. 이곳 사람들 모두가 창백해 보이지요. 저는 아주 건강해요. 이제 천식도 나았어요."

---

* 일곱 개의 고통.

그리고 화제를 바꾸려는 듯 열기를 띠고 묻는다.

"기차가 언제 도착했어요, 아버지?"

"한 시간 전이다. 다른 사람들은 내일 올 게다."

"세상에! 시장하시고 목도 마르실 텐데." 베르나데트가 갑자기 깨닫고 놀라며 벌떡 일어난다. 말릴 새도 없이 뛰어나가 원장실의 문을 두드린다.

"원장 수녀님, 아버지가 기차로 오셨는데 종일 아무것도 못 드셨어요. 허락해 주신다면 먹을 것을 좀……." 헐떡이며 말한다.

"물론이지, 얘야. 관리인 수녀에게 커피와 과자하고 술도 내달라고 말해라."

베르나데트는 직접 쟁반을 들고 와 책상 위에 아버지를 위해 음식을 차린다. 어머니가 했던 것처럼 아버지를 위해 음식을 차리는 일이 행복해 볼이 발갛게 달아오른다. 그녀는 행복한 눈으로 아버지를 본다. 아버지는 배가 고프면서도 성화와 제의에 둘러싸여 식사하는 것이 어쩐지 불편하기도 하다. 딸은 아버지에게 술도 한 잔 가득 따라 준다. 수비루는 거절하는 시늉을 하지만, 물론 진심이 담긴 거절은 아니다.

"요즘은 때때로 포도주만 한 잔씩 마실 뿐이지. 브랜디는 안 마신다. 일하는 데 지장이 있으니까." 그는 스스로 대견하다는 듯 말한다.

베르나데트가 웃으며 말한다. "하지만 아버지, 오늘은 일을 안 하실 거잖아요."

그녀는 속으로 어머니가 벽장에 두고 잠가 두었던 싸구려 독주를 생각한다.

"그렇게 생각하니?" 수비루가 마음이 약해져서 묻는다. "하긴 여기까지 오는 건 꽤나 먼 길이었지."

"저도 아버지와 같이 마실 거예요." 베르나데트가 아버지를 거들기 위해 말한다. "저도 이젠 끄떡없어요."

그러고는 얼굴을 찡그리지도 않고 한 잔을 마신다. 수비루는 이것은 맛이 조금 다르다고 생각하며 연거푸 석 잔을 마신 뒤, 딸이 머무는 이 성스러운 공간에서도 편안함을 느끼게 되었다. 그들은 이제 많은 말을 하지 않는다. 사실 더는 할 말도 없었다. 베르나데트가 촛불을 몇 개 켰다. 성가정의 그림이 촛불 아래 밝게 빛나고, 젊은 수녀는 그 아래에 앉아 있다. 임종자들의 수호성인 성 요셉이 그림 속에서 도드라져 보이고 성모 마리아는 아이에게 웃고 있다. 수비루는 생각한다. 어떤 면에서는 우리 가족도 저런 모습이었지…….

당글라가 그들의 가정을 성가정에 비유하며 모욕했던 것은 이미 오래전에 잊었다.

제42장

몰려오는 방문객

다음 날, 성 힐데가르트 수녀원을 방문한 사람들은 여러 부류가 섞여 있었지만, 루르드에서 가장 유명한 아이 베르나데트를 위해 루르드 시가 뽑은 대표단이라고도 할 수 있다. 라카데 시장은 비서 쿠레즈를, 그리고 페라말 신부는 포미앙 신부를 대신 보내 마리-베르나르드 수녀를 직접 만나 확인하게 했다. 바깥세상에서는 베르나데트의 소식을 전혀 알 수 없기 때문이다. 동굴의 기적을 만든 소녀에 대해 신문조차도 일절 침묵을 지켰고, 자칫 그녀의 목숨을 앗아갈 뻔했던 병에 대해서도 정확하지 않은 소문들이 들려올 뿐이었다. 포미앙 신부는 이 루르드 사절단의 길고도 복잡한 여행의 안내자다. 일행에는 시장의 대리인인 쿠레즈, 베르나데트의 아버지, 여동생, 생-페-드-비고르의 농부의 아내, 큰이모 베르나르드 카스테로, 예언자인 뤼시유 이모, 그리고 매우 대조적인 두 사람, 장님이었다가 눈을 뜬 루이 부리에트와 루르드 최대 의상실의 주인인 앙투아네트 페레가 있다. 이 두 사람은 한 명은 밀레 부인 대신으로, 또 한 명은 앙투안 니콜로 대신으로, 마리-베르나르드의 소식을 그들에게 전해야 한다.

밀레 부인은 이제 늙고 병든 데다 기차를 미신적으로 매우 두려워해서, 베르나데트가 몹시 보고 싶어도 오지 못하고 심부름꾼을 보낸 것이다. 앙투안 역시 여행할 수 없어 대신 루이 부리에트를 보냈다. 그들은 오는 길에 있는 여러 장소를 방문하기 위해 기차를 수차례 갈아탔다. 아버지 수비루만이 마지막으로 기차를 갈아탄 뒤에 다른 곳을 방문하지 않고 서둘러서 딸을 보러 온 것이다.

베르나데트는 밤새 잠을 이루지 못했다. 아버지를 만나고 감정적으로 크게 흔들렸기 때문이다. 간신히 억제하며 마음을 돌린 그녀의 상상력이 다시 혼란스러워졌다. 과거의 상상 속 이미지들이 다시 밀려온다. 방문 일정을 알린 방문객에 대해서는 기쁨보다 걱정이 앞선다.

앵베르 원장 수녀와 마리-테레즈 보주 수녀는 루르드의 대표단을 환대할 기회를 놓치지 않았다. 원장 수녀의 명에 따라 손님들에게 시원한 음료수가 제공되었다. 베르나데트는 이런 환대에 매우 감동받았다. 그들은 두 개의 접견실 중 큰 방에서 만났다. 조금은 어두컴컴하고 빨간 벨벳 의자 여러 개와 커다란 소파, 항상 김이 피어오르는 무쇠솥과 회색 십자가, 푸른색 성모상이 있는 방이다. 방문객들은 원형으로 의자에 뻣뻣하게 앉아 마치 처음 만나는 것처럼 격식을 차려 서로 인사를 나눈다. 포미앙 신부는 예전의 쾌활한 성격이 사라진 것 같다. 그가 조심스럽게 말을 시작한다.

"나는 당신에게 안부를 전해 달라는 주임 신부님의 청을 받아 이렇게 왔습니다, 수녀님. 페라말 주임 신부님은 엄청나게 많은 일을 하고 계시지만 매우 건강하십니다. 당신이 루르드를 떠난 뒤로 그분의 일이 얼마나 더 많아졌는지 아마 상상도 못 할 겁니다. 어떤 날은 수천 명의 순례자를 비롯해 기차 전체가 온 세상의 환자들로 가득 차서 도착하기도 하니까요. 이럴 때는 주임 신부님이 무슨 일을 먼저 해야 하는지 갈피를 못 잡고 우왕좌왕하기도 하시지요. 수녀님의 말씀을 전해 드리면 매우 기뻐하실 겁니다, 마리-베르나르드 수녀님. 옛 신부님께 어떤 말씀을 전할까요?"

베르나데트가 한참 침묵하다가 입을 연다.

"신부님, 페라말 주임 신부님께서 저를 기억해 주시다니 매우 기쁩니다."

원장 수녀는 이 대답을 마음에 들어 하며 고개를 끄덕인다. 나무랄 데 없는 대답이다. 그녀는 베르나데트가 진지하게 대답했다고는 생각하지 않는다.

라카데 시장의 비서 쿠레즈도 시장의 안부를 전한다.

"우리가 얼마나 당신을 자랑스럽게 여기는지 모르실 겁니다, 수녀님. 시에서 앙드레 사쥬의 토방을 사들였답니다. 그곳을 과거의 모습 그대로 보존할 계획입니다."

"그 집은 헐어 버려야 해요." 베르나데트가 깜짝 놀란 목소리로 말한다. "마당도 굉장히 더러운데……."

"그건 불가합니다, 수녀님." 쿠레즈가 부드럽게 웃는다. "이젠 역사적인 장소가 되었습니다. 앞으로 기념 현판도 달게 될 거예요."

베르나데트는 보주 수녀를 흘끔 쳐다본다. '맙소사, 수련장 수녀님이 어떻게 생각하실까. 하지만 내 잘못은 아니다.' 화제를 돌리기 위해 그녀가 묻는다.

"따님 아네트는 어떻게 지내고 있나요? 선생님."

"아네트는 수녀님의 다른 동급생들과 마찬가지로 결혼했습니다. 카트린 멍고도 결혼했지요. 그런데 그 아이의 소식은 별로 들리지 않는군요."

대화가 차츰 따분해지자 방문객 중 가장 수줍어하던 루이 부리에트가 마침내 용기를 내 앙투안의 소식을 전한다. 방아꾼 앙투안은 잘 지내고 있으며, 함께 사는 어머니도 아직 건강하다. 앙투안은 루르드에 가장 잘 정착한 사람 중 하나로 마사비엘 행렬에서 항상 깃발을 들고 앞장서는 사람이다. 그는 발현의 최초 남자 증인으로서 이런 명예를 마땅히 누릴 만하다. 베르나데트는 부리에트 아저씨의 무거운 표현에 가볍게 웃을 뿐 앙투안에게 답례의 안부를 전하지 않았다. 그러나 서툴기 짝이 없는 대리자 부리에트는 앙투안의 감정을 조금이라도 자세히 전달하고자 반은 파투아 사투리, 반은 프랑스어로 프티-포세 거리 출신의 베르나데트에 대한 찬양과 그녀가 세상에 무엇을 해주었는지에 대해 목소리를 높이기 시작했다.

"루르드가 얼마나 달라졌는지 못 보셔서 정말 유감입니다, 수녀님. 보시면 정말 놀라실 텐데요. 커다란 상점이 여러 개 생겼는데 성모님의 그림이나 초도 살 수 있고, 샘물을 담을 잔, 다양한 크기의 묵주뿐 아니라 당신의 그림도 살 수 있어요. 작은 것은 2수*면 살 수 있지요."

---

* sou. 프랑스 화폐 단위. 5상팀에 해당. 1프랑은 100상팀.

"저는 그만큼의 가치가 없는데요." 베르나데트가 짧게 말한다.

부리에트는 자신이 바보 같은 말을 한 것인지 조심스러워했지만 앙투안의 대리인으로서 실수를 만회하려고 애쓴다.

"물론 더 비싼 것도 있습니다, 수녀님. 250프랑짜리가 있는데……."

베르나데트는 앞의 바닥 마루판을 물끄러미 본다. 왜 이 가엾은 사람은 입을 다물지 않을까. 하지만 채석공 루이 부리에트는 앙투안 니콜로와 달라서 아무것도 눈치채지 못한다. 그는 열기에 들떠서 계속해서 쓸데없는 소리들을 떠벌인다.

"그것뿐인가요. 글을 읽을 수 있다면 수녀님에 대한 책도 살 수 있어요. 책에 다 써 있지요. 무슨 일이 일어났는지 말입니다."

베르나데트는 경련하듯이 손가락을 뒤튼다. 괴로운 순간에 나오는 습관이다. 아무도 부리에트를 멈출 수 없다. 그는 자신이 앙투안 니콜로를 대신해서 그가 경애하는 베르나데트를 즐겁게 해주었다고 생각한다.

"그리고 파노라마 벽을 건설할 예정인데 벽 전체에 이 모든 것을 기록할 것입니다. 그것을 '베르나데트 수비루 파노라마'라고 부른다고 합니다."

이 말을 끝으로 앵베르 수녀는 몸을 일으켰다.

"마리-베르나르드 수녀, 내 생각에는 손님들에게 우리의 아름다운 예배당을 보여 드리면 좋을 것 같구나. 손님 중에 네 아름다운 자수를 보고 싶어 하는 분이 있으면 당연히 몇 점 보여 드리고. 여러분,

마리–베르나르드 수녀는 자수 솜씨가 탁월하답니다. 가족분들과도 더 이야기를 나누고 싶을 테니, 원한다면 여동생과 이모님들을 네 방에서 만나도 된다."

베르나데트는 단조로운 목소리로 일요일 방문객을 안내할 때처럼 수녀원을 안내한다. 그녀의 자수 솜씨에 대해서는 루르드에도 이미 소문이 퍼졌으므로 특히 재봉 일을 하는 앙투아네트 페레는 보고 싶어 안달이 났다. 페레가 한참을 간청하는 바람에 베르나데트는 마지못해 느릿느릿 몇 점을 제의실의 탁자 위에 올려놓는다.

"세상에!!!" 앙투아네트 페레가 놀랍기도 하고 혼란스럽기도 해 묻는다. "이런 것은 이전부터 하고 있던 건가요, 수녀님? 도안을 보고 그린 건가요?"

"아닙니다, 페레 양" 베르나데트가 무표정하게 대답한다.

"이 그림들은 도안이 없습니다."

"그러면 이 신기한 새와 꽃, 동물들이 모두 수녀님의 머리에서 나왔다는 것인가요?"

"예. 제 머리에서 나왔습니다."

"당신의 작은 머리에 뭐가 들어 있는지는 예전부터 잘 알았지요." 페레가 고개를 저으며 말한다. (그녀는 루르드의 기적을 일으킨 아이를 실제로 발견한 사람이 자신이라고 사방에 떠벌리고 다닌다.)

"저는 반대로 이 작은 머리에 뭐가 들었는지 전혀 모르겠습니다." 보주 수녀가 제의실 문간에 나타나 장난치듯 말한다.

"정말 훌륭한 작품이에요!" 재봉사가 감탄한다. "굉장합니다! 하나도 어렵지 않게 수월하게 하는 것처럼 보입니다, 수녀님. 당신은 하는 일마다 다 성공하는군요."

"아니에요. 굉장히 힘들었습니다, 페레 양." 베르나데트가 변명한다.

하지만 시장의 비서 쿠레즈는 시장의 직속 부하답게 고개를 끄덕이며 말한다.

"루르드의 성물 상점에 몇 점 갖다 놓으면 부르는 게 값일 텐데요."

"아닙니다." 베르나데트가 단호하게 말한다. "이 물건들은 이 수녀원에서 사용하려고 만든 것입니다." 그러고는 서둘러 작품을 다시 정리한다.

얼마 후, 그녀는 이모들과 여동생 마리를 자신의 방으로 불렀다. 체구가 당당한 베르나르드 카스테로를 포함, 네 명이 들어서니 비좁아서 움직이기가 힘들 정도다.

"여기가 네가 머무는 방이구나." 이모 베르나르드가 묻는다.

"예. 여기가 제가 기도하고 묵상하고 잠자는 곳입니다."

"네 얼굴을 보니 먹는 것보다 기도를 더 많이 하는 것 같구나." 집안의 권위자 베르나르드 카스테로의 말이다. 그녀는 다른 사람들과 달리 베르나데트에 대한 이전의 우위를 포기하지 않았다.

"이곳 수녀원에서 아주 잘 먹고 있어요." 베르나데트가 안심을 시키려 한다. "그리고 나오는 음식들이 다 맛있어요."

하지만 카스테로는 조카의 말을 믿지 않고, 고개를 저으며 말한다.

"좀 더 신경 써서 잘 먹어야 한다. 원장 수녀에게 따로 부탁을 드려야겠다. 내가 너의 대모로서도 그럴 권리가 있고, 죽은 네 어머니 대신이기도 하지. 얘야, 너 자신을 잘 돌봐야 한다. 카스테로 집안사람들은 바위처럼 튼튼하다. 네 어머니는 불행하게도 그렇지 못했지만……. 네 아버지 집안에 대해서는 좋은 점이라고는 떠오르는 게 없구나."

베르나데트는 마리를 살짝 자기 쪽으로 잡아당긴다. 마리는 이전보다 몸이 불었고 수줍어하며 말없이 한쪽 귀퉁이에 서 있었다.

"너는 왜 한마디도 하지 않니, 마리."

"딱히 할 말이 있어야지. 나는 그저 평범한 농부의 아내라……."

"아버지 말씀이 네가 행복하게 잘살고 있고, 아이들도 있다고 하시더라."

"행복?" 마리가 웃는다. "그저 먹고살 만한 것이 있고, 농사가 잘되고, 가족들 다 건강하고 불행한 사람이 없으면 그걸 행복하다고 말하는 거지. 아이가 셋 있고, 넷째가 배 속에 있어."

"몸이 무거운데 날 보려고 여기까지 왔구나."

"농부의 아내는 다들 만삭 때까지 일해. 나도 그래왔고. 게다가 여기까지 오면서 얼마나 즐거웠는데. 언니를 다시 보는 것만으로도 너무 좋아. 그리고 나 보통 때는 이렇게 뚱뚱하지 않아. 언니도 알잖아."

"이대로도 예쁘다." 싸구려 옷에 노동에 단련된 거칠고 붉은 손을 가진 여인이었던 베르나데트의 손은 더 이상 노동자의 손이 아닌, 하얗고 여윈 손이다. 하지만 이 아이는 함께 침대를 썼던, 몸이 따뜻했던 여동생 마리다. 동굴의 발현 후에는 얼마나 그 몸에 닿는 것이 싫었던가. 마리가 갑자기 부끄러운 줄 모르고 언니의 손을 잡아다 자신의 배에 갖다 댄다.

"한번 만져 봐, 언니." 그녀는 웃는다. "움직이는 게 느껴져?"

베르나데트는 옷을 통해 여동생의 따뜻한 체온을 느낀다. 손에 태아의 경쾌한 맥박이 느껴지며 이상하게도 속이 울렁거려 재빨리 손을 뗀다.

방문객들은 다음 날 아침에 떠날 예정이다. 원장 수녀는 베르나데트에게 기차역까지 함께 가서 배웅하라고 말했다. 다른 수녀 한 명도 함께 가기로 했다. 그들은 역의 플랫폼에서 한참을 기다리며 수다를 떨고, 마침내 괴로운 이별을 나누었다. 그들은 마치 잠시만 떨어져 있을 사람들처럼 행동했다.

"또 보자꾸나, 베르나데트. 곧 다시 오겠다. 혹시 루르드로 올 수는 없는 거냐? 그곳에도 수녀님이 많이 계신단다."

"루르드로 갈 수도 있겠지요. 이곳에서든 루르드에서든 곧 다시 보게 될 거예요. 아버지, 마리……."

하지만 베르나데트는 이것이 마지막이 되리란 것을 잘 안다. 머리가 빙빙 돈다. 근래 몇 년 동안 이렇게 많은 사람 사이에서, 이렇게 넓은 바깥 공간에 있어 본 적이 없다. 현기증이 나서 간신히 서 있을 뿐이다. 기차가 역에 들어서기 전, 포미앙 신부가 그녀를 가만히 한쪽으로 부른다.

"페라말 주임 신부님이 수녀님께만 전달하라고 하신 말씀이 한 가지 더 있습니다. 신부님께서 작은 성모화를 하나 보내셨어요. 학생들에게 나눠 주던 성모화 말입니다. 만에 하나 신부님이 필요한 때가 오면 이 성모화를 보내기만 하면 된다고 하셨습니다."

베르나데트는 별생각 없이 성모화를 받아서 품에 넣었다.

수녀들은 통행량이 많은 거리에 가는 것을 좋아하지 않는다. 아는 체 인사하는 사람도 있고, 적대시하는 눈으로 보는 사람들도 있으며 어떤 사람들은 미신 때문에 수녀복의 단추를 떼어 가기도 한다. 빠른 걸음으로 수녀원으로 돌아오며 베르나데트는 생각한다. '나도 모르는 사이에 세속을 벗어났구나. 저들과 같은 점이 하나도 없다. 진심으로 수련장님께 감사를 느낀다. 오늘 너무 진이 빠지고 피곤하구나.'

돌아오니 모두 식당에서 식사하려는 참이다. 수녀원에 도착했던 이튿날처럼 보주 수녀가 짧은 연설을 한다.

"우리의 자매 마리-베르나르드 수녀가 바깥세상 사람들의 방문을 받았습니다. 몇 년 만에 가까운 친척과 지인들을 만났지요. 이 만남이 당신의 영혼에 어떤 영향을 미쳤는지 듣는 것이 우리 모두에게 큰 도움이 되리라고 생각합니다. 당신의 경험에 대해 얘기해 준다면 참으로 기쁘겠습니다, 마리-베르나르드."

"수련장님." 베르나데트가 자리에 앉은 채 조용히 대답한다. "돌멩이에게 무슨 유익한 이야기가 나올 리 없지 않습니까."

제43장

징조

제의실의 늙은 소피 수녀가 죽었다. 그녀는 조용히, 웃는 얼굴로 죽음을 맞이했다. 성 요셉의 은총을 받은 것이다. 그녀는 늘 수녀원에 머물고 싶다고 말했기 때문에 병실로 옮겨지지 않았다. 마지막 날이 다가오자 늙은 수녀는 베르나데트 외 다른 사람은 곁에 두기 싫어했다. 소피 수녀는 수녀원에서 가장 사랑과 존경을 많이 받은 사람이었기 때문에 그녀의 마리-베르나르드에 대한 사랑은 많은 이들의 시기와 질투를 불러일으켰다. 루르드에서 온 젊은 수녀의 행동 방식은 앵베르 원장 수녀나 수련장 보주 수녀의 운영 방침에 늘 걸림돌이 되었다. 그들의 방침이란 베네딕토회 수녀들의 신앙심에 왕성한 활동을 접목한 신앙의 틀에 맞춰 개개인의 인격은 축소한다는 것이다. 사람들은 마사비엘의 선택받은 소녀에 대해 예상하고 기대하는 바가 있다. 아이처럼 단순하고 수동적이며 특이한 점이 없어야 한다. 하지만 그런 아이라면 여인을 위한 투쟁을 절대 하지 못했을 것이다. 그들이 원하는 것은, 하늘에서 선택한 베르나데트의 천성이 개인의 특성이 거의 없는 수도사에 부합하는 것이다. 베르나데트는 진심으로,

자신이 그렇게 될 수만 있다면 무엇이든 할 것이다. 하지만 다른 곳에서도 그랬듯이 이곳 수녀원 안에서도 거의 입을 열지 않고 사는 데도, 사람들을 믿는 자와 의심하는 자로 분열시켰고 경애하는 자와 멀리하는 자로 나누었다. 베르나데트를 열렬하게 지지하는 무리도 생겼는데, 대표적인 사람이 나탈리 수녀다. 그녀는 매우 훌륭한 수녀로 성장해 앵베르 원장 수녀는 그녀를 보주 수녀 다음으로 자신을 보좌할 수녀로 삼을 생각을 하고 있다. 죽어 가는 소피 수녀는 베르나데트를 특히 너무 사랑해서, 그녀가 옆에 있으면 다른 사람들은 모두 방에서 나가라는 몸짓을 했다.

수녀원의 죽음은 세속의 죽음과는 완전히 다르다. 세속의 죽음은 고층 빌딩을 짓다가 사고가 나는 것과 마찬가지다. 건설 노동자 중 한 명이 높은 발판에서 떨어진다. 동료들은 몇 초간 두려움에 떨며 내일은 내가 죽을 수도 있다는 생각을 잠시 한다. 반면에 수녀원의 죽음은 영혼의 고행이 끝남을 의미하는, 즉 집이 완성된 날을 기념하는 일종의 축제 같은 것이어서 수녀원의 모든 수행자들이 모인다. 그들은 열성적으로 지치지도 않고 집이 완공되는 이날을 위해 열심히 일했으며, 비로소 안도의 한숨을 쉬며 이 집이 영원히 건재하기를 염원하는 것이다. 수녀원의 죽음은 이런 감정에 비유할 수 있다. 수녀들은 기꺼이 병자의 침대를 둘러싸고 열렬히 기도 드리며, 병자가 마지막 호흡을 하는 것을 돕고, 산파가 되어 다른 세상에 다시 태어나게 해주는 것이라 믿는다. 소피 수녀는 그들보다 나이도 훨씬 많고 경험이 풍부하며 얼마 전 서원 50주년을 맞이했다. 이런 죽음에는 격려와 위로의 은총이 가득하기 마련이다.

소피 수녀의 죽음의 은총은 베르나데트에게 내렸다. 그녀가 죽음을 실제로 본 것은 처음이었기 때문에 매우 편안하고 수월한 죽음이라 해도 그녀의 영혼은 깊이 흔들렸다. 죽음을 실제로 목도하는 순간에 젊음도 끝나는 것이다. 베르나데트는 계속해서 웃으려고 애쓰는 소피 수녀의 죽어 가는 시선에서 눈을 뗄 수 없었다. 그녀의 웃음이 베르나데트의 영혼을 가득 채웠다. 베르나데트는 소피 수녀가 여인에 대해 말했음을 알았다. '절대로 약해지지 말아라, 마리-베르나르드.' 소피 수녀의 웃음은 그렇게 말하고 있었다. '여인은 뭘 해야 하는지 잘 알고 계신다. 그분은 왜 당신께서 네게 나타났는지, 그리고 다른 사람에게는 전혀 보이지 않았는지 잘 알고 계신다. 그리고 네가 왜 지금처럼 살아야 하는지도 잘 알고 계신다. 이렇게 되어야만 했던 거다. 다른 길은 안 되었던 거야. 내가 지금 있는 자리에 도달하면 누가 되었든 즐겁고 마음이 가볍고 행복할 것이다. 얘야, 너는 나보다 더 행복할 거다, 여인께서 네가 살았을 때와 죽었을 때 모두 돌봐 주시기 때문이지.'

소피 수녀의 장례식이 끝난 후 베르나데트는 다시 자수를 시작하려고 했으나 불가능했다. 손이 굳어지고, 눈은 더 이상 수실의 미묘한 색상 차이를 구분하지 못했기 때문이다. 마치 여인이 그녀에게 '이제 이 놀이는 그만두어라'라고 말하는 것 같았다. 그녀는 놀이를 그만두었다.

이듬해 앵베르 원장 수녀와 페브르 신부는 마리-베르나르드에게

서 어떤 변화가 일어났음을 느꼈다. 그녀는 아무에게도 속을 터놓지 않았다. 그녀에게 일어난 변화는, 그녀가 영적 생활을 하는 데 있어서 학생들이 숙제하듯 의무감에 하는 것이 아니고 스스로 목적을 향한 길이라는 것을 인식하고 행한다는 것이다. 주교의 명에 따라 그녀가 여전히 온갖 종류의 특권을 누렸지만, 그녀는 이전과는 다른 열의로 모든 종류의 활동에 참여한다. 성 힐데가르트 수녀원의 수녀들은 명상만 하는 게 아니라 병원이나 학교에서 일한다. 그래서 저녁 기도는 의무도 아니고, 관례도 아니다. 몇몇 나이가 많아 낮의 일과를 면제받은 수녀들만이 새벽 3시에 일어나 예배당에서 기도를 올린다. 마리-베르나르드가 그들과 함께 새벽 기도를 간간이 올리다가 점점 더 자주 참여하자 그녀의 건강을 염려한 원장 수녀가 그녀의 새벽 기도를 금지시켰다. 그러니 베르나데트는 사방에서 자신을 위협하는 것에서 스스로 지키기 위해 애써야 한다.

수녀원에서는 단 한 가지 신문, 《위니베르》를 단 한 부만 받아 본다. 유명한 루이 뵈이오가 발행했으며, 일전에 베르나데트와 루르드의 기적에 대해 비판적인 기사를 몇 차례 쓴 적이 있다. 신문을 읽는 사람은 원장 수녀와 수련장 수녀뿐이다. 다른 수녀들은 일상의 일들에 큰 관심이 없는 데다 휴식 시간에는 너무 피곤해서 신문을 읽지 못한다. 그런데 수녀들이 《위니베르》를 돌려 읽는 날들이 있다. 굵직한 제목이 붙는 날이다. '선전포고, 프로이센의 도발, 베를린에서' 그 다음으로는 큰 승리를 거둔 전투들, 그 뒤로 적에게 점령된 도시들의 이름이 보인다. 그리고 마침내 황제의 체포 소식과 프로이센이 파리를 점령했음을 알게 된다.

이 재난이 일어난 직후 성 힐데가르트 수녀원의 본원은 빠르게 비워졌다. 간호 수녀 중 가장 유능한 이들은 파리를 비롯한 다른 도시들의 군사 병원으로 파견되었다. 전투가 매우 치열한 데다 여기저기에서 전염병이 번지기 시작해서 정부는 끝없이 간호 수녀를 추가로 요구했다. 이제는 교사 교육밖에 받지 않은 수녀들까지도 소집에 응할 수밖에 없게 되었다. 성 힐데가르트 수녀원의 본원과 200여 개에 달하는 느베르의 분원에 남아 있던 몇 안 되는 수녀들이 반창고를 붙이고 붕대를 감는다. 베르나데트도 마찬가지다. 그녀는 점점 더 초조해져서 앵베르 원장에게 수련 수녀를 마친 후에 간호 업무를 배웠으므로 주님의 사랑으로 자신을 병원으로 보내 달라고 애원했다. 원장 수녀는 다음 기회에 주교님께 청해 보겠다고 약속하며 그녀를 달랬다. 포르카드 주교는 타르브의 주교가 맡긴 이 소중한 아이를 어떤 것이든 위험한 것에 가까이하지 않게 할 생각이다. 하지만 복잡한 사정이 생겼다. 대주교 자리가 하나 공석이 되어 포르카드 주교가 그 자리로 가게 된 것이다. 그래서 이번에는 느베르의 주교 자리가 며칠 동안 공석이 되었는데, 그동안 업무 수행을 위해 대리로 있던 보좌 신부가 마리-베르나르드의 청을 받아들였다. 파리에서 720킬로나 떨어진 이곳까지도 부상자들이 실려 왔기 때문에 느베르 병원도 환자들로 가득 찼다. 병원에 근무하던 간호 수녀의 대부분이 북부나 서부로 파견되었기 때문에 전문, 비전문 가릴 것 없이 인력이 절대적으로 부족한 긴급 상황이다. 그래서 베르나데트 수비루도 느베르 병원에 간호 수녀로 배치되었다. 보주 수녀도 떠나게 되어 성 힐데가르트 수녀원은 텅 비었다. 보주 수녀는 교사인데도 간호직을 자원해 베르나데트와 마찬가지로 느베르 병원으로 가게 되었다.

간호 수녀로 일하며 베르나데트는 또 다른 면모를 보여 주었다. 베르나르드 이모는 항상 카스테로 집안의 사람들은 대부분 의사와 같다고 말했다. 그들은 환자들을 잘 돌본다. 그녀의 어머니 루이즈 수비루도 부올츠의 아기나 프티-포세 거리의 다른 이웃 아기를 돌볼 때도 그랬다. 베르나데트도 카스테로 집안의 사람인 것을 여실히 보여 준다. 사람들은 여인이 세상의 병자들을 치료하기 위해 모습을 보이셨을 때 베르나데트를 선택한 것이 매우 잘한 일이라고 생각하곤 했다.

병원의 환자들은 아무도 마리-베르나르드 수녀가 루르드의 베르나데트인 줄 모른다. 단지 선한 인상에 눈이 유난히 클 뿐 다른 간호 수녀들과 똑같은 한 사람으로 볼 뿐이다. 그런데 점점 더 많은 부상자와 환자들이 그녀를 찾는다. 그녀의 담당 구역이 아닌 곳에서도 마찬가지다. 온종일 여기저기서 마리-베르나르드 수녀를 부르는 소리가 들려온다. 그녀의 손길이 닿으면 환자들은 마음이 진정되며, 그녀의 조용한 눈길은 위안이 되는 것이다. 수녀원에서는 억눌렀던 카스테로 집안사람 특유의 결단력이 이곳에서는 큰 도움이 되었다. 병원에는 포나 타르브 혹은 피레네 일대 부대의 병사들이 많이 와 있다. 베르나데트는 그들에게 그 지방의 사투리로 말한다. 그녀에게 표준 프랑스어보다 더 익숙한 말이다. 그녀가 너무 자연스럽게 말하고, 응답이 빠르며 농부들의 방식으로 농담을 구사하며 재미있게 말하기 때문에 그녀가 가는 곳마다 편안한 웃음이 터진다. 까다로운 환자의 붕대를 감아야 할 때는 사람들은 마리-베르나르드 수녀를 찾는다. 아주 고된 일도 있다. 하지만 마리-베르나르드의 힘은 차츰 더 커가는 것 같다. 그녀는 어느 때보다도 활기차며, 혈색도 매우 건강해 보인다. 병원을 담당하는 의사와 신부들이 입을 모아 그녀를 칭찬하므로 마침내 신임인 르롱주 주교의 귀까지도 들어갔다.

보주 수녀 또한 최선을 다해 일한다. 항상 자신의 한계치를 넘어 밤잠을 줄여 가며 일한다. 쉬는 시간도 없다. 의사의 지시가 잘 이행되는지, 환자가 시간에 맞춰 제대로 준비된 음식을 받고 있는지 등을 살핀다. 그녀는 주방에서 혹은 세탁실에서 많은 시간을 보내며, 꼼꼼하게 물건을 배분하고 계산하고 또 계산한다. 그러고는 천천히 각 병실을 돌며 움푹 꺼진 눈으로 환자의 병상을 하나하나 빈틈없이 살핀다. 하지만 아무도 그녀를 원하는 이는 없다. 베르나데트보다 훨씬 더 효율적으로 일하는 데도 그렇다. 그녀 또한 부상자와 병자들에게 위로의 말을 하고, 그들을 위해 편지를 대신 써주고, 가난한 이들에게는 앞으로 살길을 알아봐 주겠다는 약속도 한다. 그런데도 문간에 그녀가 나타나면 환자들은 마치 장교가 검열하러 온 것처럼 두려움마저 느끼는 것이다. 어느 날 저녁 마리-베르나르드 수녀와 마리-테레즈 보주 수녀가 단둘이 간호사실에 있었다.

"당신을 안 지도 아주 오래되었죠, 마리-베르나르드." 베르나데트의 스승이었던 보주 수녀가 입을 열었다. "진심으로 당신에 대한 존경심이 날이 갈수록 커집니다. 어떻게 사람들을 그토록 매혹시키고

까다로운 사람들도 단번에 고분고분하게 만드나요? 예전에 루르드에서는 내가 당신의 선생이었는데, 이제는 학생이 되어 우리 가엾은 영혼들을 움직일 수 있는 기술을 배우고 싶군요. 당신은 어떻게 그렇게 할 수 있는 거죠?"

베르나데트가 깜짝 놀라 대답한다. "수녀님, 제가 하는 게 뭐가 있나요? 저는 아무것도 하는 게 없는데요……."

"그렇지요. 바로 그것이군요." 보주 수녀는 천천히 고개를 끄덕인다. "바로 그것이에요. 아무것도 안 한다는 것……."

황제와 황후가 영국으로 망명을 떠났다는 말이 떠돈다. 신문에 '감베타'라는 새로운 이름이 커다란 활자로 보도되기 시작한다. 새로운 전투가 벌어지고 새로운 부상자들이 도착한다. 그러나 상황이 급박하게 돌아가는 데 비해 부러진 뼈는 빨리 붙지 않고, 터진 내장과 상처는 쉽게 낫지 않는다. 수녀원이 다시 수녀들로 붐비게 되고, 마리-베르나르드와 마리-테레즈 보주 수녀가 돌아오기까지는 꼬박 일 년이 걸렸다. 두 수녀는 함께 마지막으로 병원을 떠나게 되었는데 보주 수녀가 보니 베르나데트가 왼쪽 다리를 끌면서 걷는 것 같았다. 그녀는 내면에서 들끓는 시기심 때문에 항상 괴롭다. '하하. 저 아이는 자신이 얼마나 피로한지, 환자들 옆에서 오랫동안 일해서 얼마나 지쳤는지 내게 보여 주고 싶은 것이로구나.'

그 후 며칠 밤 동안 보주 수녀는 같은 꿈을 연달아 꾸었다. 꿈속에서 그녀는 마사비엘의 동굴 앞에 있다. 그런데 그녀가 이전에 알던 동굴이 아니라 땅속 나락으로, 그 앞에 수많은 촛불이 켜져 있지만,

지옥으로 가는 입구다. 끝이 보이지 않는 바닥에는 교만 때문에 지옥으로 떨어진 사악한 짐승이 숨어서 기다린다. 동굴 앞에는 가브 강이 아니라 르와르 강보다도 더 물줄기가 큰 회색빛 급류가 흐른다. 안개가 걷히고 강 건너로 더러운 붕대를 감고 지팡이를 짚고 목발을 한 사람들과 의족을 한 사람들 수백 명이 서 있다. 모두가 동굴을 탐욕스러운 눈으로 본다. 베르나데트의 모습도 보인다. 그녀는 아직도 어린아이고 다른 아이들과 함께 숫자를 세고, 손뼉을 치며 달음박질 놀이를 한다. 때때로 너무나 큰 소리를 내며 웃어서 보주 수녀마저 부끄러워 꿈속에서 얼굴을 붉힐 정도다. 보주 수녀는 베르나데트가 온 세상 사람들을 다 놀렸다고 생각한다.

이 꿈이 계속해서 며칠 밤을 연달아 보주 수녀를 괴롭혀서 그녀는 매우 고통스럽다. 이 꿈은 마사비엘의 발현 후 14년이 지난 지금, 자신의 의혹이 정당함을 알려 주기 위한 계시인지 혼란스럽다. 그녀는 밤새도록 응답을 갈구하며 기도한다. 마리-베르나르드가 자신이 의심하는 그런 존재가 아니기를 기도하고, 더 중요한 존재가 되기 위해 거짓으로 다리를 저는 것이 아니기를 기도한다. 만약 그렇다면 자신의 교사 정신이 분노로 가득하게 될 것이다. 어느 저녁, 보주 수녀는 마리-베르나르드 수녀의 방으로 찾아갔다. 그녀는 병을 앓고 난 사람처럼 안색이 창백하다.

"날 좀 도와주세요, 마리-베르나르드 수녀." 보주 수녀가 간청한다. 그녀는 베르나데트가 전혀 상상도 못 할 극심한 괴로움에 시달린다.

"오, 수녀님. 물론 도와드려야지요. 제가 무엇을 하면 될까요?"

"당신만이 날 도와줄 수 있어요. 왜냐면 당신에 관한 것이라서……."

"저에 관한 일이요?" 베르나데트가 놀라서 묻는다. "제가 혹시 실수한 게 있나요, 수녀님?"

"내가 알 수만 있다면!" 보주 수녀가 소리친다. "내게 이런 말을 할 권리가 없다는 걸 알아요. 당신의 고해 신부도 아니고 원장도 아니지요. 그분들도 권리가 없기는 마찬가지지만. 하지만 제발 도와주세요. 그게 불확실해서 내가 죽을 지경이에요."

"뭐가 불확실하다는 건가요, 수녀님? 무슨 말씀인가요?"

마리-테레즈 보주 수녀는 혼자 서 있기가 힘든지 벽에 기대며 탄식한다.

"베르나데트 수비루, 날 도와주세요. 나는 당신을 믿지 못하겠어요."

"제가 요즘 뭔가 진실을 거스른 적이 있었나요, 수녀님?" 베르나데트가 당황하며 자신의 기억을 더듬어 본다.

"당신은 진실이 아닌 말을 하지 않죠, 수녀님. 하지만 당신 인생 최대의 진실 혹은 최대의 거짓말이 나를 이렇게 괴롭게 하는군요."

"무슨 말씀인지 모르겠어요, 수녀님." 베르나데트가 눈을 아래로 내리깔며 말한다.

"나는 당신에게 약속했죠, 마리-베르나르드 수녀. 그래서 처음 왔을 때 발현 얘기를 한 이후로는 다시는 얘기를 꺼내지 않았어요. 오늘 이런 태도로 약속을 깨는 것은 규칙 위반인 것을 알아요. 그리고 교회 조사단과 주교님, 더 나아가 로마 교황청의 결정에 반해서 의심을 가지는 것도 용서받을 수 없는 죄인 것을 압니다. 그러나 주께서 버림받은 내 마음을 보고 계시니 나로서는 어쩔 수 없습니다. 그래서 당신에게 왔습니다. 제발 나를 좀 도와주세요."

베르나데트가 천천히 눈을 든다.

"어떤 것을 못 믿겠다고 하시는 건가요, 수녀님?"

"좋은 질문입니다, 마리-베르나르드! 당신이 여러 번 발현을 보았다는 것을 믿습니다. 하지만 그분이 파투아 사투리로 말하고, 이름까지 정확하게 알려 주었다니 그건 믿을 수 없어요. 몇 년 동안 당신을 위해 생각하고 기도했습니다. 당신의 천성이 어린아이처럼 사랑스럽고 명랑하다는 것은 알겠어요. 이런 천성은, 뭐라고 하면 좋을까요, 인위적이고 부자연스러운 것입니다. 당신의 공상이 무한하다는 것을 자수의 밑그림을 보고 알았습니다. 어쩌면 당신의 자유분방한 이 공상이 진짜 발현을 부풀린 게 아닌지, 당신은 더 이상 무엇이 현실이고 무엇이 공상인지 구분할 수 없었을 수도 있습니다. 아마도 그때 2월, 당신 주변의 여인들과 소녀들의 수다가 당신의 공상을 더 부풀렸겠지요. 그래서 그들에게서 듣고 머리에 새겨진 게 눈에 보이고 귀에 들린다고 생각하게 된 것입니다. 당신은 세상 누구보다도 다른 사람의 마음을 얻는 데 뛰어나지요. 그 역시 하늘이 내린 재능이지만 매우 위험한 재능이죠. 이렇게 여러 가지가 얽혀서 상황이 흘러간 것입니다. 당신은 어렸고, 지금도 어려요. 당신은 현실과 상상을 명확하게 구분할 수 없었죠. 당신이 이야기한 것은 당신에게 점점 더 현실이 되어 버렸어요. 한 번 그 비탈길에 들어서면 더는 돌이킬 수 없는 법이죠. 다른 사람의 마음을 얻는 그 재주로 당신은 조사위원회 위원들의 마음도 얻었습니다. 그전에 몽펠리에의 주교님의 눈물을 흘리게 했던 것처럼 말이죠. 이것이 당신의 진실 아닌가요, 마리-베르나르드 수녀?"

"아니요, 그렇지 않습니다. 수녀님." 베르나데트가 조용히 말한다.

"제발. 내가 그걸 믿을 수만 있다면 이 끔찍한 고통에서 벗어날 수 있을 거예요. 나는, 신을 부정하는 사람을 제외하고는 아마도 유일하게 의혹을 품은 사람이겠지요. 당신에게 이런 식으로 얘기하는 것만으로도 정말 부끄러운 일이지만, 제발 무슨 징표라도 보여 주세요."

"샘이 병자를 치료해 준 것이 징표가 되지 않을까요?" 베르나데트가 한참 침묵한 후에 말한다.

"큰 증거가 되지요. 증거가 될 수 있는 것 중에서 가장 큰 증거입니다. 그러나 다른 증거를 보고 싶어요. 당신에 대한 증거를 보고 싶은 것입니다. 마리-베르나르드 수녀. 들어 보세요. 나는 당신에게 내 수련 수녀 시절을 얘기하고 싶습니다. 그 당시에 우리 수녀원에는 레몽드라는 늙은 수녀가 있었어요. 최근에 선종하신 소피 수녀와 닮았죠. 다만 그분은 기운이 있을 때는 소피 수녀보다 훨씬 일을 더 많이 하셨어요. 님*의 불치병에 걸린 노인들이 머무는 호스피스 양로원에서 근무하셨으니까요. 당신도 알겠지만, 세상에서 가장 불쾌한 업무지요. 레몽드 수녀는 기도나 묵상이나 우리 모두를 뛰어넘는 분이셨습

* Nimes. 프랑스 남부 갸르 주의 주도.

니다. 그런 데다 고요하면서도 아이와 같이 즐거운 분이셨어요. 세상 사람들 아무도 그분에 대해 몰랐지요. 그분은 환영을 본다고 하지 않았어요. 신문에도 나오지 않았고, 주교님이 그분에 대해 말하거나 편지를 쓰지 않았죠. 우리 중 아무도 그분이 돌아가실 때까지 가장 고귀한 은총을 받으셨음을 몰랐지요. 그분의 손바닥에 오상*이 박혀 있었다는 걸……."

베르나데트는 고개를 젓는다.

"수녀님을 도와드릴 수 없을 것 같아 두렵습니다." 그리고 그녀는 침대 모서리에 앉아 미동도 하지 않는다. 보주 수녀 또한 베르나데트를 뚫어지게 쳐다볼 뿐 움직이지 않는다. 잠시 시간이 흐르고 베르나데트가 갑자기 좋은 생각이 떠올랐다는 듯이 고개를 번쩍 들더니 웃으며 말한다.

"제게도 비슷한 징표가 있다면 수녀님께 도움이 될까요?" 베르나데트가 중얼거리며 천천히 치마를 걷어 올려 왼쪽 다리를 드러낸다. 그녀의 왼쪽 무릎에 커다란 종기가 끔찍하게 부풀어 올라 거의 어린 아이의 머리통만 하다. 보주 수녀는 이것을 보고 몸이 휘청하며 비틀비틀 문을 향해 걸어갔다 다시 돌아온다. 그녀는 말을 하려고 입을 열었지만, 목소리가 되어 나오지 않아 벙어리가 된 채 베르나데트의 발치에 주저앉았다. 모든 맥락이 한꺼번에 눈 앞에 펼쳐지며 갑자기 모든 것을 이해하게 된 것이다.

---

* 五傷. 예수가 십자가에 못 박혀 죽을 때에 양손, 양발, 옆구리에 입은 다섯 군데의 상처.

제44장

샘이 있는 것은 나를 위해서가 아닙니다

마리-테레즈 보주 수녀는 베르나데트가 보여 준 끔찍한 징표를 보고 그녀의 이야기를 모두 이해하게 되었다.

마사비엘의 여인은 죄 없는 아이를 선택해 당신의 도구로 삼으셨고, 그 아이에게 첫 임무로써 반복적으로 보속을 해야 한다고 말씀하셨다. 그러나 그 아이는 단순하고 어린아이 같아서 온 세상의 죄인들에게 보내는 여인의 경고를 온전히 이해할 수 없었던 것이다. 보속! 보속! 보속! …… 끝없는 보속! 세상은 추하고 병들었다. 죄지은 자들을 위해 기도하세요. 병든 세상을 위해 기도하세요. 보속과 죄의 사이는 밝은 빛으로 연결되어 있고 죄와 질병의 사이는 어둠으로 연결되어 있다. 보속을 행하라고 호소한 것은 여인의 진짜 계획을 실행하기 위한 준비 단계다. 특이한 상황 속에서 (흙을 삼키고 다시 토한 행동)이 순진무구하고 아무것도 모르는 아이는 땅에서 샘을 솟게 했다. 그 샘의 효력이 차츰 알려지며 세상을 들끓게 했고, 그 불가사의한 치유 능력을 믿는 자와 믿지 않는 자로 나누었다.

이 아이의 임무는 샘을 찾아 솟게 하는 것으로 끝나고, 여인이 그 아이를 자유롭게 놓아준 것으로 보인다. 교회 당국은 불쾌해하며 4년간 면밀하게 조사한 후 비로소 이것을 초자연적 현상이라고 인정했다. 하지만 여인과 세상 사람들 사이의 전달자 역할을 한 베르나데트는 어떻게 해야 할 것인가? 타르브의 주교는 상황을 벌써 오래전에 이해하고 천주의 창조물인 이 기적의 아이를 교회의 품 안에서 보호해야 한다고 믿었다. 그래서 자신의 입은 은총과 천주의 선택에 걸맞은 사람으로 꽃피울 수 있도록 프랑스에서 가장 뛰어난 주님의 정원 중 한 곳에 그녀를 보낸 것이다. 그리고 이곳의 정원사 중 보주 장군의 딸 미리 대레즈 보주가 어린 영혼을 돌보고 키우는 임무를 맡았다. 그녀는 교회가 수천 년간 쌓은 사람과 사람의 가능성에 대한 지식으로써 얻은 틀에 맞추어 베르나데트를 키워야 했다. 열에 아홉의 경우, 갖가지 다른 성격의 사람들이 교회의 틀에 맞게 변모한다. 하지만 겉으로는 교회의 틀에 완벽하게 들어맞는 보주 수녀는 속으로는 끊임없는 보속과 수양에도 불구하고 더 강한 의지력을 가진 사람이 되고자 하는 열망을 채우지 못해 고통받는 것이다. 그녀의 가문, 혈통, 교육, 지성, 재능 같은 것들이 깊이 숨겨진 교만과 유혹의 원천이다. 그녀 인격의 꺾이지 않는 힘이 베르나데트처럼 완벽하게 자신을 넘어서는 데 이르지 못하게 하는 근본적 원인이다. 베르나데트 역시 다이아몬드처럼 강한 아이다. 하지만 그것은 단순한 계산 문제가 아니다. 어디까지가 유혹이고 어디서부터가 반발인지 모호하다. 아무도 심지어 고해 신부도 모르고 보주 수녀도 모른다. 단지 베르나데트와 계속해서 부딪치며 살아야 한다는 것만을 알 뿐이다. 루르드에서도 그랬다. 그 후에는 모든 사람이 베르나데트와 부딪쳤다. 세속의 정부뿐 아니라 페라말 주임 신부, 그리고 베르트랑 세베르 주교도 그랬다. 조사위원회에서 판결을 내릴 때까지 그들은 보주 수녀처럼 그녀에 대해 불신했다. 그러나 불행스럽게도 보주 수녀만이 베르나데트에 대한 의심을 거두지 못한 것이다. 의혹을 떨쳐 버리고자 끝없는 기도를 드렸지만, 그녀의 기도는 이뤄지지 않았다. 마리-베르나르드의 한마디가 그녀를 다시 도덕적 시험에 들게 한다. 모든 것이 확인되었는데도 그녀의 마음속 깊은 곳에서는 저토록 저속하고 피상적이며 고집스러운 아이가 다른 사람들을 제치고 선택되었다는 사실을 받아들일 수 없다. 자신의 감정의 알 수 없는 암흑 속에서 끔찍한 질문이 떠오른다. 왜 내가 아니라 그 아이란 말인가? 더 끔찍한 질문도 있다. 평생을 자신의 의지로 항상 긴장하며 살아가야 하는 내 인생이 과연 좋은 길인가. 아무런 어려움 없이 가벼운 걸음으로 편안하게 갈 수 있는 길도 있지 않은가.

여러 해 동안 보주 수녀는 마리-베르나르드 수녀에 대한 내적 갈등을 모든 사람들, 심지어 자기 자신에게마저 숨길 수 있었다. 그런데 마사비엘의 지옥의 심연의 꿈이 반복되면서 자신의 갈등을 가리고 있던 안개가 걷혀 버렸다. 그녀의 자제력이 약해져 그 가엾은 아이에게 은총의 징표를 요구한 것이다. 베르나데트는 징표를 보여 주었고, 보주 수녀는 베르나데트에게 있었던 일을 모두 이해할 수 있었다. 그녀는 커다란 상처를 가지고 있었다. 그것은 죽을병의 증거다. 이 병으로, 성모 마리아의 인도를 받아 치유의 샘을 솟게 한 그 아이는 세상 병자들의 대표자가 될 것이다. 천주께서는 그 아이를 통해 행하신 모든 기적에 이어 두 번째 은총, 즉 수난의 은총, 그리스도를 본받는 은총을 허락하셨구나. 보주 수녀는 현기증이 일어 바닥에 주저앉아 마른 얼굴을 뼈가 앙상한 손으로 쓰다듬는다. 생각한다고 해서 베르나데트에게 닥친 엄청난 공포를 이해할 수는 없다. 참회와 신비에 대한 경외심으로 보주 수녀는 땅에 엎드린다. 그러나 이렇게 하늘의 선택을 받은 아이는 아무 일도 없었다는 듯 다시 무릎을 감추고 웃음을 짓는다.

보주 수녀는 진실을 깨달은 가운데 정확한 진단을 내렸다. 베르나데트의 무릎에 있는 종기는 일시적인 감염으로 인한 것이 아니라 죽음의 징후다. 골결핵*은 가장 길고 고통스러운 치명적인 병이다. 질병이 진행되는 동안 긴 휴지기가 있는데, 이것은 이 질병이 얼마나 절망적인지를 보여 줄 뿐이다. 병이 깊어지면 합병증으로 신경 조직까지 손상된다. 루르드 소녀의 고난**은 7일이 아니라 7년이 넘었다. 7년이면 2,545일이다.

베르나데트는 인생을 살며 그동안 일어난 모든 일에 그랬듯이 이 무서운 병에 몸을 맡겼다. 그녀는 이렇게 여인의 소망을 실현시켰다. 쓰디쓴 풀을 씹었을 때도 그랬고, 진흙을 삼켰을 때나, 두 번이나 페

---

* 결핵균이 뼈와 관절에 들어가 염증을 일으킨 상태. 청장년층에서 많이 발생한다.

** 예수님의 '성주간'은 예수님께서 나귀 새끼를 타고 예루살렘에 입성하신 날로부터 십자가에 못 박혀 운명하시기까지의 한 주간을 뜻한다.

라말 신부의 사자 굴에 들어갔을 때도 그랬다. 오랜 심문을 견뎠고, 정신병 검사를 받았고, 호기심에 가득 찬 사람들의 얼토당토않은 질문들에 답했으며, 사람들의 욕설, 괴롭힘, 모욕을 당해도 꿋꿋하게 버텨 냈다. 지금도 그녀는 보주 수녀가 발견한 비밀에 대해서 생각하지 않고 자연스럽게 자신의 병을 받아들인다. 그는 나탈리 수녀에게 이렇게 말한 적이 있다.

"내게 이런 병을 내리신 것은, 나를 달리 써먹을 데가 없어서……."

웃으며 이런 말을 하지만 겸손함으로 이런 말을 한 것이 아니다. 이 대답은 베르나데트가 수녀원에 도착한 첫날 앵베르 수녀에게 한 말과 크게 다르지 않다. "별로 할 줄 아는 게 없습니다, 원장 수녀님." 이 대답 역시 겸손함 때문이 아니라 더 희귀한 미덕, 하늘의 은총도 세상의 박수도 방해할 수 없는 가장 단단하고 차분한 자기 인식으로 인한 것이었다. 오랜 병 중에도 베르나데트는 어떤 순간에도 초인적인 사람 흉내를 내지도 않았고 고통을 잘 참는 사람 행세를 하지도 않았다. 고통이 심할 때는 불평하고 소리 지르며 진통제를 요청했다. 보주 수녀라면, 만약 그녀가 환자라면 (하지만 그런 일은 결코 일어나지 않는다) 가장 고통스러운 순간에도 앓는 소리 한 번 하지 않을 것이다. 다만 중세의 여왕처럼 온몸이 뻣뻣해지고 얼굴이 창백해져서 고통에 대해서는 아무 말도 하지 않고 희생할 것이다. 그러나 베르나데트는 다르다. 그녀는 희생이 불가피한 것이라고는 생각하지 않으며 자신의 행동에 대해 어떤 보상을 원하지도 않는다. 그녀가 무릎의 종기를 오랫동안 숨겨 온 것은 자신에게 맡겨진 일을 못 하게 될까 봐

그런 것이다. 하지만 이제는 숨길 필요가 없어졌다. 그런데도 그녀가 앓는 소리를 그토록 참는 이유는 병실에 가는 게 싫어서다. 그녀는 죽은 소피 수녀처럼 수녀원에 남아 있기를 원한다.

그녀의 병은 거대한 산처럼 앞을 가로막는다. 대낮의 빛에 닿기 위해서 그녀는 가냘픈 손으로 이 산을 파내어 길을 내야 한다. 파내고 또 파내고 수백 날을 파면서도 용기를 잃지 않으며, 지치지도 않고 쾌활하다. 그녀는 쉬지 않고 전념한다. 모든 것이 특별한 기술을 요하는 어려운 일이 되었다. 눕는 것, 앉는 것, 침대에서 움직이는 것, 숨 쉬는 것, 잠드는 것, 깨는 것. 그녀는 자수를 놓을 때와 마찬가지로 자신만의 독특한 방식으로 병을 대했다. 단 한 번도 병이 끝났으면 하고 바란 적이 없다. 수녀들은 마리-베르나르드가 순교와 다름없는 삶을 그토록 소중히 여기는 데 매우 놀랐다. 다리나 어깨뼈의 골결핵은 때때로 수술을 요한다. 이럴 때는 베르나데트를 병원으로 옮겨야 한다. 수녀원에 다시 돌아올 수 있게 되면 그녀는 약해진 몸으로도 굉장히 기쁜 날이라고 우스갯소리를 하며 웃었다.

병이 진행되는 가운데 다른 사람들의 마음을 움직이는 그녀의 힘이 그전보다 더 강하게 나타난다. 이제야 느베르 수녀들은 자신들에게 맡겨진 아이가 얼마나 소중한지 느낀다. 마리-베르나르드의 방은 특별한 일이 일어나지 않아도 수녀원의 중심이 되었다. 이전과 마찬가지로 루르드의 소녀는 평범한 것이나 눈에 보이는 그대로의 말만 할 뿐 교훈적인 말이나 신비스러운 말은 하지 않는다. 그러나 그녀의 가장 단순한 대답 속에 숨은 깊은 의미가 나중에서야 이해될 때도 있었다. 나탈리 수녀나 앵베르 원장 수녀는 이를 뒤늦게서야 깨닫고 눈물을 짓곤 했다.

베르나데트에 대한 태도가 바뀐 사람들 가운데 단연코 보주 수녀가 으뜸일 것이다. 그녀의 이런 변화도 자기 수양의 결과다. 베르나데트에게 완전히 함락된 후, 자신의 팽팽하게 긴장된 의지의 삶이 실패하는 것을 본 후, 그녀는 단순하게 살기로 했는데 이것은 그녀에게 낯선 경험이다. 보주 수녀는 베르나데트를 밤낮으로 돌봤다. 그런데 모든 일을 혼자서만 하려고 한다. 그래서 보주 수녀와 제2 보좌 수녀인 나탈리 수녀 사이의 언쟁을 원장 수녀가 나서서 중재해야 할 때가 종종 있었다. 나탈리 수녀 또한 사랑하는 마리-베르나르드의 곁을 떠나지 않으려 하기 때문이다. 참으로 인생은 예측할 수 없다. 이전의 스승이 평소의 태도로 시중을 들어주고자 하는데, 베르나데트는 전혀 행복하게 느껴지지 않고 오히려 불편해하고 부적절하다고 생각해 부끄러움을 느낀다. 그러므로 모든 변화와 희생에도 불구하고 이전의 지배자가 모양만 바꿨을 뿐 또 다른 지배를 할 뿐이다.

그녀의 병은 차츰 더 깊어져서 이듬해부터 베르나데트는 다리를 아예 쓰지 못하게 되었다. 그러나 기도와 식사 시간에 참여하기를 희망했으므로 그녀를 예배당과 식당에 옮겨 주어야만 하는데, 이때도 보주 수녀와 나탈리 수녀 사이에 다툼이 일어났다. 이번에는 앵베르 원장이 쉽게 결정을 내릴 수 있었다. 나탈리 수녀는 허약하고, 보주 수녀는 덩치가 크고, 베르나데트처럼 가벼운 사람은 한 번에 세 명을 옮길 수 있을 만큼 힘이 세다. 그래서 보주 수녀가 여러 번 그녀를 안고 조심스럽게 계단을 오르내렸지만, 베르나데트는 항상 눈에 불안감이 가득하다.

수녀들은 이런 이야기를 자주 하지만 각자 서로 다른 이유로 감히 공공연하게 하지는 못한다. 베르나데트는 몇 주 전부터 눈에 띄게 나아졌고 몸무게도 늘었다. 어느 날 식사를 마치고 조세핀 앵베르 원장 수녀가 베르나데트를 보며 말했다.

"마리-베르나르드 수녀도 우리와 같은 생각을 하리라고 생각하는데……. 하지만 이렇게 고통이 심하니 긴 여행을 생각하긴 힘들었겠죠."

"무슨 말씀인지 모르겠습니다. 원장 수녀님." 베르나데트가 조심스럽게 대답한다.

앵베르 원장 수녀는 옅게 웃는다.

"수녀가 세상에 가져온 선물을 직접 써보고 싶지 않나요?"

"무슨 말씀이신가요, 원장 수녀님? 저는 너무 둔해서 잘 모르겠습니다."

"지금은 조금 나아진 것 같으니 루르드에 다녀오는 건 어떤가 하는 말이지요."

"아, 아니에요, 원장 수녀님. 그건 안 될 말입니다." 베르나데트가 매우 놀라며 말한다.

"왜 안 된다는 건가요, 마리-베르나르드?"

"샘은 저를 위한 것이 아니에요, 원장 수녀님."

식탁에 앉은 수녀들이 한참 침묵한다. 마침내 나탈리 수녀가 입을 연다.

“무슨 말인지 모르겠어요. 왜 샘이 당신한테는 효과가 없다는 말인가요, 수녀님?

“아니요, 샘은 저를 위한 것이 아닙니다.” 베르나데트가 강경하게 말한다.

“그걸 어떻게 아나요, 마리-베르나르드 수녀?” 마리-테레즈 보주 수녀가 베르나데트를 보며 묻는다.

“그냥 알아요.”

“여인께서 말씀하셨나요?” 보주 수녀가 또 묻는다.

“그분은 이제 제게 말씀을 안 하십니다.”

“그러면 그런 느낌을 주신 건가요?”

“아니요. 그분께서는 더 이상 관여치 않으십니다.

그러고는 다른 이야기로 넘어가기 전에 다시 한번 덧붙인다.

“저는 압니다.”

제45장
악마가 베르나데트를 괴롭히다

지난 2년 동안 베르나데트의 몸은 매우 여위어서 빈 껍데기처럼 보인다. 그러나 병은 잠시 진행을 멈춘 듯하다. 병 자체가 지쳐서 쉬고 있는 것 같다. 밤에 고통에 시달리는 빈도가 확연히 줄었다. 반면에 이상한 정신적 증상이 나타나곤 했다. 건강할 때는 양심의 가책이나 극도의 죄책감을 느끼는 일이 없었고, 단순하면서 자신감으로 가득한 점이 다른 이들의 마음을 끄는 점 중 하나였다. 그러나 지금은 갑자기 자신의 양심을 자책하며 괴로워한다. 아무 일도 일어나지 않는 환자의 무미건조한 일상에서 과거 루르드에서 일어났던 일들이 더 중요하게 느껴지면서 회한이 더 날카롭게 가슴을 후벼 파는 모양이다. 점점 더 현재와 과거가 뒤섞이며 합쳐져 하나로 느껴지는 듯했다. 예를 들면, 한번은 나탈리 수녀가 베르나데트의 침대에 다가갔을 때, 그녀가 온통 눈물범벅이 되어 있었던 적이 있다.

"세상에! 마리-베르나르드, 무슨 일이에요?"

"내가, 내가! 내가 너무 나빴어요!"

"무슨 말이에요? 당신이 대체 누구한테 나쁘게 대했다는 거예요?"

"정말이에요, 나탈리 수녀! 내가 엄미한데 얼마나 못되게 굴있는지. 조금 전에……."

"하지만 당신 어머니가 돌아가신 지 10년이 넘었어요, 마리-베르나르드……."

" …… 엄마가 양파 수프를 끓여서 한 그릇 가득 주었어요. 그런데 내가 왜 그랬는지, 괜히 기분이 나빠서 불평했어요. '제발 날 좀 내버려둬요! 양파 수프 안 먹을 거라니까! 그 냄새도 질색이라구요!' 내가 정말로 그렇게 말했어요!"

"하지만 그건 벌써 오래전이에요. 최소 16년도 더 지난 일이잖아요." 나탈리 수녀는 혼란스러워서 고개를 젓는다.

"아니에요! 아니에요! 절대 오래전 일이 아니에요! 지금 있었던 일이에요." 베르나데트가 울먹이며 말한다. "불쌍한 엄마! 얼마나 힘들게 사셨는지……. 그런데 나까지 그렇게 못되게 굴었으니……."

또 어떤 날에는 보주 수녀를 뚫어지게 바라보며 말한다.

"수녀님은 전혀 모르셨죠? 제가 교리문답 책에서 두 장을 찢었어요."

"어떤 교리문답 책을 말하는 건가요, 마리-베르나르드?"

"학교의 제 교리문답 책이지요."

"제 교리문답 책 말입니다, 학교에서……."

"그걸 아직도 기억하는 건가요?"

"아직도 기억하냐고요? 그 책이 저기 제 다른 물건들 옆에 있으니까요. 제가 너무 화가 나서 책을 찢었어요. 잔 아바디 때문에 너무 화가 나서요. 그 아이가 너무 이야기를 꾸며대서."

베르나데트의 어머니 옆에 늙은 소피 수녀가 앉아 있다. 그녀에 대한 기억이 죄책감 때문에 어두워진다.

"소피 수녀님은 내 옆에 그토록 오래 앉아 있었는데." 베르나데트는 나탈리에게 몇 차례나 이 말을 했다. "그런데 나는 그림 그리고 자수만 놓았어요. 그분은 말도 못 하고, 자기 생각을 표현하지도 못하고, 뭔가 말하고 싶어서 입술만 달싹거리셨죠. 그런데 나는 신경도 안 쓰고 생각만 했죠. '무슨 말인지 이해 못 하겠어요.' 그리고 그분을 돕지 않았어요, 나탈리. 내가 그분을 돕지 않았다구요! 오, 성모님, 내가 얼마나 나쁜 사람인지."

그날 온종일, 작은 핏방울이 떨어지듯 숱한 작은 죄들을 떠올리며 뉘우치는 일이 반복되었다. 다른 사람이 베르나데트처럼 이런 사소한 일로 괴로워한다면 아마도 진지하게 받아들이지도 않을 것이며, 위선적이라고 할 것이다. 그러나 베르나데트는 너무나 진실하게 뉘우치며 회한으로 몸부림쳐서 나탈리 수녀를 비롯한 여러 사람도 함께 눈물바다가 되곤 했다. 과거를 또렷하게 기억하는 데 비해 현재는 차츰 더 희미해졌다. 베르나데트가 남동생들로부터 아버지 프랑수아 수비루의 사망을 알리는 전보를 받았을 때, 그녀는 조용히 성호를 그을 뿐 아무 말도 하지 않았다.

베르나데트에게 또 다른 이상한 일도 일어나서 성 힐데가르트 수녀원의 사람들이 몹시 놀랐다. 인간의 영혼은 빛을 갈망하면서도 밤과 악에 뿌리를 둔다. 베르나데트의 영혼 역시 다른 사람들과 다를 바 없다. 하늘의 것을 보도록 허락받기 한참 전인 어린 시절부터 그녀는 여러 가지 모양과 얼굴을 상상의 테두리에 넣고 공상하는 버릇이 있었다. 토방 벽의 축축한 얼룩, 바르트레스의 구름, 부드러운 바람에 흔들리는 나뭇잎, 가브 강과 개천가의 하얀 조약돌, 아궁이의 날름거리는 불꽃, 이 모든 것이 소녀의 가슴에서 흘러나오는 형상의 틀이 되었다. 대부분 형상은 사랑스럽고 아름다운 것이 아니라 완전히 반대의 것으로, 베르나데트의 아름다움에 대한 동경을 고려하면 전혀 이해할 수 없다. 벽의 얼룩은 염소 오르피드이고, 바람에 흔들리는 나뭇잎은 코볼드*이며, 개울가의 자갈돌은 익사자의 해골이다. 이 모든 형상은 어린 소녀가 마음속에 품었던 삶의 고뇌를 표현하는 매개체가 되었다. 아주 어릴 때부터 이 고뇌를 악마의 존재와 동일시하는 습관이 든 것이다.

그런데 그녀의 생명의 물결이 마지막 좁은 골짜기에 접어든 지금, 그 고뇌의 소용돌이가 점점 더 커지고 끔찍하게 변하고 있다. 하늘의 은총을 입은 영혼이 극심한 고통 속에서 세상을 떠나기 전 가슴속에 숨은 모든 무서운 형상들을 뱉어 내는지도 모른다. 어둠이 깔리자 어느 때보다도 생생하게 방의 흰 석회벽과 병원의 벽, 창밖으로 보이는 나무, 모든 것이 살아 움직이기 시작한다.

마사비엘의 동굴 역시 시에서 구입해 정비하기 전까지는 쓰레기가 잔뜩 쌓인 끔찍한 곳이 아니었던가. 가브 강의 분노와 고통에 가득

* 독일 이야기 속에 등장하는 땅속의 보물을 지키는 요정.

찬 굉음은 악마들이 뛰쳐나오며 내는 소리가 아니었을까. 동굴에 여인이 나타났을 때조차도 악마가 울부짖으며 일어서려 하는 것을 여인이 직접 엄한 시선으로 잠재운 것일지도 모른다. 악마는 항상 가까이 있고 고통스러워하는 영혼에 이끌린다.

베르나데트는 악마에게 시달림을 당하고 있지만, 악마는 가엾게도 유혹할 수단이 없다. 아무리 세상의 영화를 보여 주어도 그녀가 이해하지 못하기 때문이다. 달콤한 복숭아도 보주 수녀에게는 승산이 있을지 몰라도, 그녀에게는 통하지 않는다. 마리-베르나르드 수녀는 병든 몸이 더 이상 고통받지 않기를 원하는 것 외에는 바라는 게 없다. 그래서 그녀에게 나타나는 악마는 피레네의 깊은 산골짜기, 피크 뒤 미디[*]나 혹은 비뉴말[**]의 빙하 밑에나 있을 법한 가장 원시적인 형태의 악마로, 세련된 유혹이 아니라 목을 조르고 신체적 고통을 가하는 일차적 공포로 그녀를 시험하려 든다. 모두에게서 사랑받는 베르나데트는 정신적으로 가장 높은 단계에까지 올랐는데도 비고르의 주민들에게 수백 년 전부터 전해 내려오는 뿔과 꼬리 달린 악마에게 시달리는 것이다. 악마는 그녀의 병상 옆에서 가브 강처럼 윙윙거리며 '도망가!' 혹은 '썩 물러가라!'라며 고함을 지른다. 그는 검은 암퇘지들과 함께 그녀의 가슴 위에서 가쁜 호흡에 맞춰 꿀꿀거리며 춤을 춘다. 악마는 동물 같기도 하고 인간 같기도 한 구역질 나는 모습이다.

---

* 피레네 산맥에 있는 산 중 하나. 고도는 해발 2,877미터.

** Vignemal. 피레네 산맥에서 가장 높은 산. 해발 3,298미터.

어떤 때는 누런 두개골에 두 개의 휘어진 염소 뿔이 솟아나온 제국 검사 비탈-뒤투르를 닮았다. 이상한 것은, 악마가 자코메 서장이나 리브 예심판사나 붉은 수염의 정신과 교수 등 그녀를 괴롭힌 많은 사람 중에서 직접적인 괴롭힘이 가장 적었던 뒤투르를 택했다는 것이다.

"잘 생각해 보고 말해." 악마 뒤투르가 말한다. 지독한 코감기에 걸려 온통 붉어진 코가 얼굴 한가운데서 반짝거린다. 베르나데트가 한숨을 내쉰다. 악마 뒤투르는 매우 상냥하다.

"내가 마지막으로 내미는 손을 뿌리치지 말기를 바란다."

"사탄아, 썩 물러가라." 베르나데트가 배운 대로 소리를 지르며 아픈 손을 들어 십자가로 얼굴과 가슴을 덮는다. 이런 고함 소리가 때때로 한밤중에 고요한 수녀원을 뒤흔든다. 그러면 기도로써 그녀를 돕기 위해 수녀들이 한 사람씩 병실로 온다.

"수녀님……." 고통스러워 이를 딱딱 마주치며 베르나데트가 중얼거린다. "오늘도 이렇게 나를 내버려두지 않고 괴롭히네요……."

보주 수녀는 용감한 전사다. 베르나데트는 덜덜 떨며 보주 수녀의 위압감 있는 기도 소리 뒤에 숨는다.

올해의 주님 공현 대축일* 후에 수녀원의 의사 생-시르 선생은 조세핀 앵베르 원장 수녀에게 베르나데트의 죽음을 맞을 준비를 해야 할 것 같다고 보고했다. 원장은 즉시 느베르의 르롱주 주교에게 전달

---

* 주님 공현 대축일은 세 명의 동방 박사에 의해 아기 예수가 메시아로 드러나게 된 사건을 기념하는 날이다. 날짜는 1월 6일이나, 나라에 따라서는 1월 2일부터 8일 사이의 주일로 하기도 한다.

했고, 르롱주 주교는 타르브의 주교에게 서신으로 알렸다. 타르브의 주교는 이제 베르트랑-세베르 로랑스가 아니라 피슈노 주교다. 로랑스 주교가 전 세계의 주교 중에서 선택되어 바티칸 공의회의 부름을 받았을 때, 그는 이미 80세의 고령으로 중병에 걸린 상태였으므로 사람들은 그의 여행길을 말리려고 했다. 하지만 여인의 삶을 힘들게 만들었던 주교는 이렇게 말했다. "로마에서 죽는 것이 여행의 목적이라 해도 그다지 나쁠 것 없지 않습니까. 그렇다면 기차에서 서른 시간을 버텨야지요." 로랑스 주교는 목적을 이뤘다. 후임자인 피슈노 주교는 타르브의 저명한 신학사 신부 두 명을 보내 느베르의 저명한 신학자 두 명과 만나 일종의 위원회를 구성하게 했다. 그들의 목표는 주요 증인이 아직 의식이 있을 때 마지막으로 마사비엘의 발현에 대해 조사하는 것이다. 누구의 부주의한 언행 때문인지는 알 수 없지만, 베르나데트가 양심의 가책과 악마의 공격에 시달린다는 소문이 수녀원의 벽을 넘어 세상으로 퍼졌다. 한 신문사가 루르드의 기적을 일으킨 소녀가 양심의 가책에 시달리는 것은 동굴의 발현과 샘의 기적을 꾸며댄 것에 대해 두려움을 느낀다는 명백한 증거라고 보도했다.

어느 매섭게 추운 날 조세핀 앵베르 원장 수녀가 베르나데트의 병상에 다가와 말했다.

"마리-베르나르드 수녀, 느베르와 타르브의 주교님들이 한 번 더 당신의 입으로 성모님께서 너를 위해 무엇을 하셨는지, 그리고 네게 무엇을 하게 했는지 듣고 싶어 하시는군요. 그래서 오늘 오후 네 분의 신학자를 보내셔서 당신을 세상에 알리게 된 발현에 대해 증언을 얻고자 하십니다. 수녀원 본원의 총 원장 수녀님과 우리 수도회의 회원들도 당신을 만나기 위해 올 것입니다."

만약 베르나데트의 얼굴에 피가 한 방울이라도 남아 있었다면 더 창백해졌을 것이다. 그러나 그녀는 단지 눈을 감고 가쁜 숨을 쉴 뿐이다. 원장 수녀는 그녀를 안심시키고 싶어 한다.

"이것을 복종의 의무로 여기고 받아들이세요, 마리-베르나르드. 당신을 너무 피로하게 만들지는 않도록 내가 옆에서 지켜볼 테니. 약속합니다."

그들의 엄숙한 대화는 스무 개 남짓한 안락의자를 반원형으로 배열한 커다랗고 차가운 방에서 진행되었다. 고령으로 허리가 굽은 총원장 수녀와 수도회 수녀 여덟 명, 느베르의 총대리, 주교가 파견한 네 명의 신학자들과 몇 명의 신부가 서서 기다린다. 마리 베르나르드 수녀가 들것에 실려 앵베르 원장 수녀와 보주 수녀의 뒤를 따라 방에 들어온다. 수녀원의 수녀들은 조용히 뒤편으로 섰다. 파견된 신학자 중 나이가 제일 많은 이가 베르나데트를 향해 부드럽게 몸을 굽혔다.

"당신을 지치게 하지 않겠습니다. 1858년에 진행했던 조사위원회의 기록을 다시 읽어 드리지요. 정확히 20년 전 당신의 진술이 모두 기록되어 있습니다. 당신께 부탁드리는 것은 그 진술이 맞는지 확인해 주시는 것입니다. 가능할 것 같은가요?"

베르나데트는 근심이 가득한 커다란 눈으로 주위를 둘러보며 간신히 고개를 끄덕인다. 또 심문을 한다고? 단조롭게 기록을 읽는 소리가 마치 멀리에서 들리는 것 같다. 열네 살짜리 아이가 나무하러 갔다가 아름다운 여인을 만난 이야기다. 낭독은 오래 계속되고 얼음장 같은 추위로 환자의 사지가 뻣뻣해진다. 그녀의 희미한 숨결이 입 주위에서 안개처럼 뿌옇다. 베르나데트는 낭독을 들으려고 갖은 애를 쓰고 있다. 낭독이 잠시 중단되고 신학자가 부드러운 목소리로 묻는다.

"마리-베르나르드 수녀님, 지금까지 들은 것이 모두 사실이라고 다시 한번 확인해 주실 수 있겠습니까?"

베르나데트가 애원하는 눈길로 허공을 본다. 그러고는 가냘픈 아이의 목소리로 말한다.

"예, 예, 그분을 봤어요."

다시 낭독이 시작된다. 시간이 멈춘 것 같다. 때때로 늙은 신부의 조심스러운 목소리가 다시 묻는다.

"마리 베르나르드 수녀님, 지금까지 내가 읽은 것은 그대로 진실이라 인정하십니까?"

애원하는 듯한 시선을 멀리 보내고 베르나데트는 또다시 같은 대답이다.

"그분을 봤어요. 예, 저는 그분을 봤어요."

한 시간가량 후에 사람들은 그녀를 다시 방으로 데려갔고, 나탈리 수녀와 둘이 남게 되자 그녀의 팽팽한 긴장이 마침내 누그러졌다. 베르나데트는 격렬하게 울기 시작했다. 실낱같이 남아 있는 그녀의 생명이 울음으로 꺼질 것 같은 기세다.

"주님!" 그녀는 다시 말을 할 수 있게 되자 소리쳤다. "그들은 다시 오겠죠. 오고 또 오고, 내일도 오고 모레도 와서 제가 죽을 때까지 심문하겠지요."

나탈리 수녀가 그의 앞에 꿇어 손을 이마에 얹는다.

"당신은 엄숙하게 진실을 증언했잖아요. 이제 아무도 당신을 괴롭히지 않을 거예요."

"당신보다 내가 더 잘 알아요." 베르나데트는 탄식한다. "내가 살아 있는 동안에는 내내 나를 괴롭힐 거예요. 묻고 또 묻고. 그들은 이곳에서 나가자마자 내가 한 말들을 잊어버리고 다시 들으려고 해요."

시간이 지나면서 차츰 울음을 멈춘다.

"그들은 나를 안 믿어요. 그건 이해해요. 내가 받기에는 너무 큰 은총이었으니까요……."

이렇게 한바탕 쏟아 낸 후에 베르나데트는 잠이 든 것처럼 보인다. 나탈리 수녀는 조용히 옆에 머문다. 갑자기 병자가 고개를 번쩍 든다.

"수녀님, 내 흰 보따리 좀 주세요."

나탈리 수녀는 서랍에서 베르나데트가 학생일 때 가지고 다녔던 흰색 보따리를 꺼내 건넨다. 이전에는 읽기 책과 교리문답 책, 뜨다가 만 양말 한 짝, 빵 조각, 각설탕 한 조각과 다리가 부러진 작은 당나귀 조각이 들어 있었다. 나탈리 수녀가 보따리 안에 든 것을 침대 위에 펼쳐 보니 읽기 책과 다리가 부러진 당나귀는 여전히 거기 있었다. 베르나데트는 만족한 한숨을 내쉬었다. 부자들의 보물은 계속 바뀌지만, 가난한 자의 보물은 오랫동안 변함이 없다. 베르나데트는 페라말 신부가 보낸 작은 성모 상본을 가리킨다.

"나탈리 수녀, 이것을 봉투에 넣어서 주소를 써주세요. '존경하는 루르드의 마리-도미니크 페라말 주임 신부님께.'"

"이 그림 말고 다른 것은 안 넣고요?" 나탈리 수녀가 놀라서 묻는다.

"그 그림이면 충분해요."

나탈리 수녀가 나가려고 하자 그녀가 다시 부른다.

"이렇게 덧붙여 주세요, 나탈리 수녀. '존경하는 신부님, 베르나데트 수비루는 당신을 생각합니다.'"

한 시간 뒤에 마리-베르나르드 수녀는 약하게 발작을 일으켜서 병원으로 옮겨졌다. 그리고 수녀원으로 다시는 돌아오지 못했다.

제46장

육신의 지옥

페라말 주임 신부가 마침내 느베르로 향하던 날, 낯선 사람이 루르드로 왔다. 21년 전의 봄날 이후 처음으로 루르드를 방문하는 문학가 아셍트 드 라피트다. 그의 방문은 두 개의 명백한 이유와 한 개의 숨은 이유 때문이다. 조카 중 한 명이 그를 만나기 위해 파리로 왔는데 루르드 근처의 자신의 집에서 부활절 휴가 동안 머물다 가라고 간곡하게 청했기 때문이다. 라피트 가문이 샬레 섬의 저택을 소유하지 않은 지는 이미 오래되었다. 교회 측에서 샬레 섬을 통째로 구입해 타르브의 교구에 편입시켰으며 가브 강의 급류를 정리해 새로이 건축을 시작했다. 라피트 가문의 사람들은 이곳에 몰려드는 순례자와 환자의 행렬을 피해 근교의 다른 곳에 아름다운 저택을 지었다.

아셍트 드 라피트는 그 뒤로 21년이 지났는데도 여전히 가난하며, 이름을 알리지도 못했다. 옛 알렉상드랭을 새로이 부흥시켜 낭만주의 정신을 견고하게 만들고 싶었던 젊은 시절의 열망은 오래전에 잊었다. 이제는 알렉상드랭이나 고전주의나 낭만주의에 대해 생각하는 사람은 아무도 없다. 문학은 인류의 발전을 사실적으로 묘사하려 한다. 사람들은 기관차의 기관사, 항해사, 방직 기술자, 석탄 광부의 생활을 자세히 표현하고, 작고 눈에 잘 띄지 않는 것, 소도시 중산층 여성들의 성적 · 심리적 욕구나 상점 점원의 혼란스러운 감정을 묘사한다. 라피트에게는 불쾌한 일이지만 고귀한 프랑스어가 이제는 시장판이나 상점, 변두리의 작은 카페의 가장 일상적인 속어에서 표현을 수집하려고 한다. 이런 사소한 것들이 진보와 과학이라는 단조롭고 낡은 형이상학에 묻혀 버린다. 이런 시대에 '타르브의 건설' 같은 수준의 작품이 높이 평가받기는커녕 완성되지도 못했다는 것은 놀라운 일이 아니다.

그의 루르드 방문의 첫 번째 이유는 이미 오래전에 사라진 빅토르 위고의 찬사와 어쩌다가 한 번씩 신문 기사 몇 줄을 써서 먹고사는 그의 입장에서는 잠깐이나마 근심 걱정에서 벗어날 수 있는 근사한 초대를 거절할 이유가 없었기 때문이다. 두 번째 이유로는, 얼마 전 루르드의 오랜 지인 중 한 명인 장-밥티스트 에스트라드를 만났다. 그는 승진해 보르도의 세무서장이 되었는데, 매년 루르드에서 부활절 휴가를 보낸다고 했다. 그가 오래전 카페 프랑세의 친구였던 라피트에게 완전히 바뀐 기적의 도시 루르드를 안내해 주겠다고 끈질기게 설득하는 바람에 라피트는 결국 방문 약속을 해버린 것이다.

세 번째의 비밀 이유는 자기 자신도 정확하게 알지 못하는 것이다. 그는 자신이 병에 걸렸다고 느낀다. 아니 자신이 '죽을병'에 걸렸다고 확신한다. 후두의 감염증인데 이미 여러 번에 걸쳐 재발했다. 혹시 암이 아닌지 의사에게 묻자 의사도 그 가능성을 배제하지 않았다.

그는 천성이 비관적인 사람이라 의사가 제시한 가능성을 확실한 사실로 받아들이고, 스스로 죽음을 앞두었다고 생각한다. 그래서 어떤 치료도 소용이 없으며, 과학적 치료 방법도 루르드의 기적의 샘물보다 나을 게 없다고 믿는다. 그의 오만함이 이것도 저것도 다 배척해 버리는 것이다. 여전히 루르드는 치유의 장소로 알려져 있다. 샘물의 치유 능력을 주장하는 것은 가톨릭 신문만이 아니다. 에스트라드처럼 사리 분별이 올바른 사람도 즉시 치유가 된 경우를 숱하게 보았다며 샘의 효과를 극찬한다. 라피트는 에스트라드와 대화를 나눈 이후로 막연한 불안감이 생겼지만, 왜 그런지는 자신도 알지 못한다. 루르드로 오며 그는 생각했다. '나는 예전에 잠시 머물렀던 피레네 지방에서 한동안 지낼 것이다. 그냥 기억을 되살리고, 변화를 보는 것뿐이다. 그것뿐이야.'

야셍트 드 라피트는 59세다. 이전에 그를 알던 사람들이 그를 다시 보면 그가 실제 나이보다 훨씬 더 늙어 보인다고 생각한다. 하지만 그들은 또한 야셍트의 잘생긴 얼굴과 흰머리, 움푹 들어간 관자놀이, 창백하고 아래로 처진 뺨이 이전보다 더 인상적이며, 얼굴에서 그의 재능이 느껴진다고 생각한다. 옛 친구 중 많은 이가 이미 죽었다. 그 중에는 항상 열띤 논쟁을 벌였던 클라랑스 교장, 위풍당당하며 시인을 항상 겸손하고 유쾌하게 대했던 라카데 시장이 있다. 라카데는 루르드를 휴양지로 개발한다는 자신의 무모했던 꿈이 대부분 초과 달성되었음을 보고 죽었다.

라피트는 에스트라드와 의사 도주와 함께 그로트 대로*를 걷는다. 이 거리는 몇 년 전에 새로 놓였으며, 퐁 미셸**을 건너 동굴까지 갈 수 있다. 눈부신 여름날이다. 라피트는 이전의 암벽이 어떻게 바뀌었는지 탄복하며 둘러본다. 경건한 이름의 호텔들이 빽빽하게 들어섰는데 장소의 성격에 걸맞은 수도원처럼 단순하면서 품위 있고 고요한 모습이 아니라, 마녀의 집회에서나 볼 듯한 과도한 회반죽과 서툰 건축가의 신통찮은 결과물들이 뒤범벅되어 우스꽝스럽기만 하다. 방문객들은 기적의 도시 루르드가 아니라 싸구려 온천 마을이나 어느 항구의 유흥가에 와 있다고 착각할지도 모른다. 사방이 온천 도시의 도박장과 극장이나 경마장 같은 오락 시설이다. 라피트는 질겁하며 주변을 둘러싼 집마다 아래층에 아치형으로 성물을 쌓아 놓은 것을 본다. 무질서한 성물 가게들을 보며 라피트는 숨이 막힌다. 리옹의 조각가 파비크는 수년 전에 카라라***의 대리석으로 만든 성모상을 마가린으로 바꾸어 큰 성공을 거뒀다. 베르나데트가 혐오감을 느꼈던 이 형편없는 걸작의 석고 모형은 이제는 수천 개가 판매되었는데, 지나치게 눈에 띄는 푸른 허리띠가 특징이다. 그 주변으로 베르나데트를 소재로 한 각종 기념품이 산더미처럼 쌓여 있다. 흰 두건을 쓰고 꿇어앉아 기도를 드리는 모습이 석판화, 그림, 이불, 솥, 자수, 문

---

* Boulevard de la Grotte. 동굴의 거리라는 뜻.

** Pont Michel. 미셸 다리.

*** 이탈리아 토스카나 주 마사카라라도에 있는 지역. 백색, 청회색 대리석 채석장으로 유명하다.

진, 식탁 용품 등으로 만들어졌다. 야셍트 드 라피트가 화가 나서 소리친다.

"20년 전 이곳에 아름다운 이야기가 꽃피었는데……. 순진무구한 한 아이가 성모님을 만나고 생생하고 독특하게 자신의 경험을 이야기했었죠. 그런데 이 시대와 비열한 인간들이 아름다운 이야기를 더러운 수준으로 만들어 버렸군요. 심지어 교회가 이것을 묵인해 주고요."

"보기 싫은 광경임에는 틀림없습니다." 에스트라드가 말한다. "하지만 교회가 묵인해 주는 것이 생각보다 현명한 선택일 수도 있어요. 영혼이 강한 사람들은 교회에 등을 돌리고, 감정이 메마른 귀족들이나 시골의 단순한 사람들만 남았으니까요. 교회는 이 사람들의 취향을 존중하는 거죠. 이들은 다른 것은 이해하지 못하니까요. 아니면 대중이 질겁하는 현대 예술가에게 성화를 그리게 해야 한다고 생각하십니까?"

"저는 당신과 정반대의 생각입니다. 에스트라드 씨." 문학가의 반박이다. "사람들이 교회를 아직 중요하게 생각할 때는 최고 수준의 예술이 교회와 가까웠지요. 이 세상에서 인간의 것은 최고 수준의 예술보다 더 성스럽지는 않으니까요. 그러니 아름다운 것을 부정하는 교회는 제 눈에는 거룩해 보이지 않습니다. 아니면 원시인과 취향이 같으시거나, 그 취향을 훼손하고 싶지 않으시거나."

"선생의 말씀을 반대로 하면 어떨까요?" 에스트라드가 웃으며 말한다. "예술이 아직 가치가 있었을 때는 교회가 그편에 있었다고…….”

옆에 서 있던 의사 도주가 다리 건너편의 커다란 건물을 가리키며 말한다.

“자, 이제 세상에서 제일 중요한 것을 보게 될 것입니다.” 그는 말한다.

시인은 늙은 의사 도주의 안내로 ‘일곱 가지 고통’ 병원의 앞뜰을 가로질러 걷는다. 그곳에 작은 수레 같은 것이 줄지어 있는데, 병자들은 이것을 타고 안내인의 인솔로 동굴이나 샘물 목욕장, 성당 등으로 가게 된다. 라피드 일행이 중앙 현관을 지나 넓은 방으로 들어가니 식사하는 방문객을 위해 기다란 탁자들이 줄지어 놓였다. 이곳은 매우 질서정연하다. 환자들이 자기 자신의 이익을 위해 일상의 규칙을 완벽하게 지켜야 한다고 여기는 듯하다. 간호 수녀들이 줄지어 좁은 간격으로 놓인 탁자 사이를 분주하게 다니며 접시에 수프를 채우고 붉은 포도주를 따른다. 그곳에서 식사하는 병자들은 전혀 쇠약하거나 낙담한 듯 보이지 않고 호기심과 설렘이 뒤섞인 들뜬 상태로 대화를 나누며 웃고, 매일의 기적들에 대해 앞다투어 이야기한다. 루르드에서는 매일 기적이 일어나기 때문이다.

“이 사람들은 고통이 없는 사람들입니다.” 도주가 작은 목소리로 라피트에게 말한다. “우린 어떤 면에서 이 어마어마한 집에서 1급에 속하는 무리 사이에 있어요. 이들은 불구자와 맹인들입니다.”

그들은 목발이나 지팡이를 짚고 절뚝거리며 와서, 그들의 불구가 된 다리를 의자 등받이에 기대었다. 눈이 보이지 않는 자들은 창백한 얼굴을 찡그리며 허공을 보며 웃는다. 라피트는 가슴이 답답하지만 꾹 참는다.

"이 불행한 사람 중 몇 명이나 치료가 되나요?" 의사에게 묻는다.

"지난 십수 년간 많은 사람이 치료되었지요. 하지만 명백하게 초자연적인 치유는 아주 드물어요. 그 사례들은 검증위원회에서 특별히 검토한 후 인정을 받았습니다. 그것으로도 아시겠지만, 우리 의사들이 여전히 회의적이라는 건 분명하게 말씀드리죠. 물론 병자들이 위안을 얻고 신체의 증상이 개선되기도 합니다. 저 사람들을 좀 보세요. 갑자기 저 수많은 사람 중 한 명이 기적적으로 시력을 되찾거나 다리를 쓸 수 있게 된다면, 다른 사람들도 모두 기대에 차서 상상할 수 없을 만큼 큰 희망으로 가득 찹니다. '올해에는 아직 기적이 안 일어났다고? 그러면 내년에는 일어나겠지…….' 무슨 말인지 이해가 되나요?"

도주가 문 하나를 연다.

"이곳은 고통은 없으나 움직이지 못하는 병자들입니다."

새로운 병실이 세 개다. 좁은 간격으로 줄지어 놓인 침대에 병자들이 조용히 흰 이불 아래 누웠고, 여기저기에 정형외과용 기구가 있다. 몇몇 침대 옆에는 남편이나 아내, 어머니 혹은 다른 가족이 앉아 있다. 침대 아래에는 가난한 사람들의 싸구려 여행 가방이 놓였다. 이곳에는 방금 지나온 식당과는 달리 무거운 침묵이 흐른다. 누워 있는 사람들은 '마지막 희망'이라는 이름의 역까지 먼 기차 여행으로 지친 기색이 역력하다.

어떤 사람들은 창백한 얼굴로 먼 곳을 응시하고, 또 어떤 사람들은 깊은 잠에 빠졌다.

야셍트 드 라피트는 온 힘을 끌어모아야 했다. 병원 안으로 들어섰기 때문이다. 감수성 강한 시인은 평생을 병자나 추한 것을 보기를 꺼렸다. 낭만주의 작가로서 삶의 어두운 면을 묘사하는 것을 좋아했지만 실제로는 피한 것이다. 그는 이곳에서 보는 광경이 실제로 존재하는 줄은 전혀 몰랐다. 그는 자주 눈을 감아야 했다. 하지만 귀를 닫을 수 없어 나직한 한숨 소리나 날카로운 고함 소리, 목에서 가래가 끓는 소리 등이 그를 괴롭혔다. 이곳은 '내과 환사'가 있는 곳으로, 폐가 손상된 환자들은 입술에 묻은 피 섞인 거품을 닦아 줘야 하고, 암으로 내장이 상한 환자들에게선 변이 새어 나온다. 라피트는 빨리 이 자리를 벗어나고 싶지만 도주가 가차 없이 그를 별도로 분리된 방으로 데려간다. 환자용 의자에 열두 살가량의 소년이 앉았는데 그 아이의 눈을 라피트는 결코 잊을 수 없을 것이다. 소년의 말라빠진 다리가 엉덩이에서 발바닥까지가 연어의 붉은빛에서 옻나무처럼 진한 붉은빛까지 갖가지 붉은빛으로 온통 얼룩덜룩한데, 벌어진 상처에서 피와 고름이 배어 나온다. 피고름에 흠뻑 젖은 천 조각들이 바닥에 떨어져 있다. 소년의 옆에 할머니가 앉았는데, 환자의 다리에서 나는 썩은 내를 견디며 여기까지 데리고 온 것이다.

"얘야, 좀 어떠니?" 도주가 쾌활하게 묻는다.

"성모님께서 도와주러 오셨습니다." 소년이 숨을 헐떡이며 말한다. "상처가 나은 곳도 있어요. 여기 좀 보세요, 선생님."

"그렇구나! 성모님께서 내일도, 모레도, 매일 매일 일주일 내내 다 나을 때까지 도와주실 거다."

"예, 선생님! 믿습니다!" 소년의 죽어 가는 병약한 눈이 한없이 다정하다. 라피트는 서둘러서 방을 나와 이번에는 중환자실로 들어간다. 마지막 문턱에서 무너진 사람들이다. 대부분 환자가 이미 병자성사를 받았다. 신부들이 그들의 침대 옆에 서 있다. 라피트는 자신의 목구멍 속에 자리 잡은 죽음을 생생하게 느끼며 공포에 사로잡혀 목을 더듬어 본다. 한 시간 전에는 침을 넘길 수 있었는데 지금은 굵은 매듭이 목을 조이는 것 같다. 주변에 가득한 죽음의 기운을 빨아들여 자신의 죽음의 기운 역시 커져 가는 듯하다. 방문객으로 왔지만 자신도 이 기나긴 죽음의 행렬에 있어야 할 사람이라는 것을 안다. 숨이 막힌다. 마음이 약해져서 함께 온 일행에게 우스꽝스럽게 보이지 않을까 겁이 난다.

그들은 계속해서 루푸스*에 걸린 여자들이 있는 방으로 들어간다. 여자들은 무표정한 얼굴로 미동도 없이 침대 위에 앉아 있고, 얼굴은 두꺼운 검은 천으로 가렸다. 서로의 얼굴을 보는 것이 괴롭기 때문이다. 도주가 그중 한 명에게 얼굴을 가린 천을 벗으라고 했다. 그녀가 얼굴을 드러내자마자 라피트와 에스트라드는 즉시 눈길을 돌렸다. 그녀의 얼굴은 송장의 얼굴이다. 훈제한 돼지고기 같은 칙칙한 붉은색 얼굴에 눈은 핏빛 구멍 속에 있는 듯하고 코와 입술이 떨어져 나

---

* 결핵균에 의해 피부에 생기는 낭창.

가고 없다. 그대로 드러난 콧구멍에는 솜 조각이 들어 있다. 환자는 방금 커피를 마셨는데 커피가 다른 구멍으로 들어가지 않는지 주의하며 마셔야 한다. 도주는 검붉은색의 송장 얼굴과 보통 사람과 말하듯 아무렇지도 않게 대화를 주고받는다.

"작년에 당신보다 훨씬 더 심한 환자가 왔었어요. 그 환자는 샘물로써 증상이 호전되었습니다. 많이 나았죠. 무슨 말인지 아시겠어요? 당신도 참고 기다리겠다고, 그리고 어리석은 행동은 하지 않겠다고 약속하셔야 합니다."

그녀는 열심히 고개를 끄덕인다.

방에서 나올 때 도주가 속삭인다.

"저 부인이 어제 자살을 시도했어요."

"정말로 그런 얼굴이 나았습니까? 나을 수는 있어요?" 라피트가 서슴없이 묻는다.

"정말 나았습니다." 도주의 말이다. "사무실에 사진이 있어요. 직접 확인하실 수 있습니다. 최근에 완치된 루푸스 환자는 자신에게 갑자기 코와 입술이 다시 생긴 것도 알아차리지 못했죠."

별도로 분리된 방에 작은 체구의 한 부인이 한쪽 구석에서 벽을 향해 꼼짝하지 않고 섰다. 도주의 말에 의하면 하루 종일 그 자세로 서 있다고 한다. 마치 벌주려 구석에 세워 두어서 기분이 상한 말썽꾸러기 아이 같다.

"당신을 보러 의사가 왔습니다, 부인." 도주가 말을 건네자 천천히 여인이 돌아선다. 그녀의 얼굴은 좀 전에 본 훈제 돼지고기 색의 송장 같은 얼굴보다도 더 참혹하다. 두 개의 입술이 붙어 있는 말린 담뱃잎 색깔의 덩어리인데, 이 입술이 입술 같지 않고 나무에 돋아난 돌기처럼 사방에 작은 돌기가 솟은 보라색의 커다란 조각이다. 사람의 얼굴이라고는 도무지 생각할 수 없는 해파리 같은 얼굴이 열을 띠고 말하기 시작한다. 두꺼운 문 뒤에서 웅얼거리는 소리처럼 들린다. 그런데도 도주는 알아듣고 고개를 끄덕이며 친절하게 말한다.

"예. 원하시는 대로 해드리겠습니다. 아무도 못 보게 혼자 계실 수 있도록 자정 이후에 수영장으로 데려다 드리지요.

야셍트 드 라피트는 주먹으로 목을 누르며 천천히 계단을 내려간다. 더는 생각할 수 없다. 끔찍한 의문이 들어 온통 혼란스럽다. 둔감하며 냉담한 자연의 여신은, 무관심으로 자신의 창조물을 무력하게 만드는 것으로도 모자라 이런 질병을 가진 사람들을 산 채로 고문한다는 말인가. 그녀에게는 브라질의 나비의 날개의 다채로운 색깔과 루푸스 환자의 살점이 뜯겨 나간 얼굴의 종기의 색깔은 같은 것이란 말인가. 그녀는 불행한 피조물인 인간에게 방향판이 되어 주는 아름다움과 추한 것의 구분을 무력하게 만들어 버린다. 그녀는 공포에 사로잡힌 얼굴과 고문당하는 생물을 통해 비뚤어진 기쁨을 얻는 아스테카의 우이칠로포츠틀리*처럼 지상의 야만적인 신인가. 아니면 히브리 성경과 그리스도 교회의 성경에 나오는 신으로서 원죄와 구원 사이의 이해할 수

---

* 멕시코 아스테카의 주요 신들 중 하나. 가장 열광적으로 숭배받았던 전쟁의 신이자 태양신이며 인신공양의 신, 아스테카의 수도(현재의 멕시코시티)의 수호신. 공격적이며 인신공양을 즐겼다고 한다.

없는 논법으로 이 부조리한 질병을 허용하는 것인가.

병원을 나와 다시 거리로 들어서자 의사가 라피트에게 말한다.

"지옥이 얼마나 가까이 있는지 보셨습니까?"

"예. 그렇습니다." 에스트라드가 대답한다. "루르드는 지옥과 천국이 교차하는 지리적 장소입니다."

그들은 계속해서 길을 걷는다. 의사가 라피트의 팔을 잡는다.

"선생은 사람들이 생각하는 이상으로 세상을 가득 채운 고통의 극히 일부분만 보셨습니다. 고통받는 자들은 끊임없이 순례 행렬을 이뤄 이곳으로 몰려들고 있지요. 내일은 환자를 실은 열차가 다섯 칸이나 더 온다고 하는군요. 루르드에는 단순히 병을 고치러 오는 사람만 있는 것도 아니고, 가톨릭 신자뿐 아니라 개신교도나 유대인도 옵니다. 모두 희망을 포기한 사람들이죠. 이것이 마지막 시도인 사람들입니다……."

"병을 고친다기보다는 마음가짐이 달라지고 희망을 품게 되는 사람들이 더 많지요."

에스트라드의 말이다.

도주가 서서 걸음을 멈추고 주변을 둘러본다.

"지금의 이런 광경은 생각도 못 했었죠." 그가 웃으며 말한다. "20년 전 뒤랑의 카페에 앉아서 문학이나 과학에 대해서 토론할 때 말입니다. 루르드가 마술처럼 갑자기 이렇게 유명해지리라고 누가 상상이나 했겠습니까. 프티-포세 거리의 한 가난한 아이가 마사비엘의 동굴에서 아름다운 여인을 보고, 그로 인해 갖가지 어려움을 겪고……. 만약 여기에 기적이 있다면, 그중에 가장 큰 기적은 베르나데트 수비루죠. 어떻게 생각하십니까, 문학가 라피트 씨?"

야셍트 드 라피트는 언어의 재능을 타고났으나 아무 말이 없다.

제47장

루르드의 빛

3시가 되자 간병인들이 돛을 높이 올린 범선 같은 기세로 병자를 대운 수레를 밀고 미사비엘의 바위 위에 지은 성당 앞 랑퐁 광장으로 몰려든다. 작은 수레가 수백 대로 대부분 차양이 달렸다. 이들은 곧 있을 발표회를 위해 반원형으로 모인 청중 가운데 제일 앞줄을 차지한다. 모인 사람 가운데 한 명이 오랫동안 루푸스를 앓아 온 얼굴을 덮은 딱지가 갑자기 회반죽이 벗겨지듯 떨어져 나가고 건강한 새살이 드러나 기적의 주인공이 될 수 있다고 생각하면 신기한 광경이 아닐 수 없다.

이 발표회는 놀이도 아니고 풍문도 아니며 전해 듣는 이야기도 아닌, 보이는 그대로의 사실이다. 그러므로, 이곳에서 듣는 것은 모두 믿을 수 있는 것이다. 그런데도 모든 것이 너무나 놀라운 광경이라서 사람의 이성이 마비되어 자신이 본 광경으로 다른 사람을 설득할 수도 없고, 심지어 눈으로 직접 목격한 사람마저도 자신의 기억에 의문을 품는다.

움직이지 못하는 사람들과 통증이 심한 사람들이 탄 수레들 바로 뒤에는 걸을 수 있는 장애인들, 다리 저는 사람이나 시각장애인들이 있다. 그들 뒤로는 만 명의 순례자와 관객들이 이곳에서만 볼 수 있는 광경을 기다리며 섰다. 어떤 사람은 열망으로 가득하고, 또 어떤 사람은 호기심으로 가득하다. 도주, 라피트, 에스트라드도 군중 가운데 섰다. 의사는 문학가가 이 순간을 흥분된 군중 속에서 보내기를 바란다. 의사가 위치를 잘 잡아서 무대가 아주 잘 보인다.

"오늘은 특별한 날입니다." 에스트라드의 말이다. "라피트 선생이 운이 좋으시네요. 타르브의 피슈노 주교가 친히 성체 행렬을 하시기 위해 오셨습니다."

"평상시는 페라말 주임 신부가 하시는 건가요?" 라피트가 묻는다.

의사가 놀라서 그를 본다.

"페라말 신부는 완전히 밀려났는데 아직 모르고 계셨군요. 그분은 연세가 드셨음에도 다혈질이라 자신에게 잘 대해 주는 일반 성직자도 참아 내지를 못하니, 그분을 계속 보호해 주시던 로랑스 주교도 결국 포기하셨죠. 지금은 동굴 성당의 신부들, 특히 이전의 성당 전속 신부였던 상페 신부가 실세입니다. 페라말 신부가 매우 신뢰했던 분이죠."

라피트는 성직자의 인사 소식에는 큰 관심이 없어 보인다. 대신 루르드의 성체 행렬의 의미에 대해서 묻는다.

"주교가 병자 한 사람 한 사람에게 성체 강복을 해주시지요." 에스트라드의 설명이다. "대부분의 치유는 이 강복 후에 일어났습니다."

"샘물에 간 후가 아니라 성체 강복 후에 일어났다고요?"

"두 가지 경우에 다 일어납니다. 하지만 치유 중에서, 가장 기적 같다고 여겨지는 것은 저런 법석을 떨지 않고 조용히 일어나는 것들이죠. 며칠 전, 한 젊은 부인의 무릎 만성 경화 관절염이 갑자기 나았습니다. 그녀는 공원의 벤치에 앉아 아무 생각 없이 가브 강을 보았다고 합니다. 이전에 기도한 적도 없고 샘물을 마시지도 않았는데 말이죠. 그저 깜짝 선물처럼, 아무 기대를 하지 않은 사람에게 기적이 일어난 거예요."

오후의 그림자가 길어지기 시작하며, 군중이 점점 더 늘어나고 사람들의 긴장감도 점점 더 팽팽해진다. 옛 발현의 증인인 도주와 에스트라드는 모두가 장미의 기적을 기다리던 그 목요일, 마사비엘에서 사람들이 흥분했던 것만큼 이들도 똑같은 흥분 상태라고 한다. 사람들은 초조하게 자리를 이리저리 옮긴다. 이 신성한 공원의 끄트머리에 있는 브르타뉴 십자가에서부터 동굴 성당의 층계에 이르기까지 함성이 인다. 함성은 작은 수레에 웅크린 중환자들의 죽음의 정적에 부딪혀 사라진다. 세상의 그 어느 것도 기다림과 운명에 지쳐 힘없이 머리를 어깨나 가슴으로 떨군 이들의 침묵보다 무거울 수 없다.

라피트는 그들을 에워싼 사람들을 본다. 그들은 우리가 아는 프랑스 남부 지방에서 흔히 보는 사람들과는 다른 모습들이다. 싸구려 검은 옷을 입고 거친 손에 뜨개 장갑을 낀 노파들, 수염이 텁수룩한 채 외출복을 입고 생각에 잠긴 듯한 눈으로 먼 곳을 보는 농부들. 이러한 사람들도 많지만, 옷을 잘 차려입고 사람들 속에 섞여 있는 사람도 놀랍도록 많다. 라피트의 바로 옆에 선 중년의 남자는 학자로 보인다. 덥수룩한 눈썹과 콧수염, 검은 줄이 달린 금테 코안경을 꼈다. 그는 틀림없이 얼마 전까지도 모든 질문에 정직하게 '이그노라비무스'[*]라고 대답했을 것이다. 야셍트 드 라피트도 그랬다. 라피트는 물질주의 무신론이 가장 나쁜 것이지만 그것 또한 일종의 종교라고 봤다. 덥수룩한 콧수염의 신사가 초조하게 발을 바꾸어 선다. 코안경을 벗어서 닦고 다시 끼는 것이 벌써 열 번이 넘었다. 가슴이 답답한 듯 길게 한숨을 쉬고 얼굴의 땀을 닦는다. 그는 두려워하는 것인지 열망하는 것인지 스스로도 잘 모르는 것을 기다리는 것 같다. 야셍트 드 라피트도 같은 심정이다.

종이 울린다. 여인의 바람대로 주교가 행렬을 이끌고 동굴의 성광[**] 앞으로 나아가는 행진이 시작되었다는 뜻이다. 사람들이 움직이기 시작한다. 모든 사람이 환자들이 나란히 선 곳으로 다가왔다. 몇 분 후에 사람들이 숨죽여 외친다. "저기 오신다!" 수천 명의 사람이 일시에 조용해지며 숨소리 하나 들리지 않는다. 깃발을 든 사람들 앞으로 자그마한 남자가 성모기를 들고 제일 먼저 난간 위로 오른다.

"다리가 휜 저 남자아이 보이시지요?" 도주가 작은 소리로 말한다. "깃발을 든 사람들 중에 제일 앞에 있는 아이 말입니다. 니콜로보다도 앞에 서 있죠. 저 아이가 기적의 첫 치유자입니다. 아직도 우리는 저 아이를 아기 부올츠라고 부르지요. 이미 스물다섯 살인데도 말입

* 라틴어로 '우리는 모를 것이다'라는 뜻.

** 성체 현시와 강복, 성체 행렬 등 성체를 보여 주는 데 쓰이는 제구.

니다. 당시에 떠들썩했던 일이라 선생도 분명 기억하시겠죠? 공장 노동자의 아내가 죽어 가는 아기를 데려가 샘물에 넣지 않았습니까?"

그러나 아셍트 드 라피트는 기억해 내지 못한다.

화려한 비단 영대를 걸친 주교가 보인다. 수많은 복사들의 흰옷 사이에서 그의 자줏빛 옷이 햇빛을 받아 빛난다. 그는 커다란 양산 아래서 빛나는 성광을 두 손으로 받쳐 들고 반원형으로 줄지어 늘어선 병자들의 수레로 다가온다. 종소리가 잦아들자 작은 미사 종소리만 작게 들릴 뿐이다. 주교가 반원형의 오른쪽 끄트머리로 가서 첫 번째로 서 있는 병자에게 십자 성호를 긋자 에스트라드와 노수들 비롯해 모두 무릎을 꿇는다. 라피트는 옆의 신사를 본다. 신사 역시 잠시 망설이다가 한쪽 무릎을 꿇는다. 라피트는 어릴 때부터 무릎을 꿇은 적이 없다. 다른 사람들과 똑같이 행동하는 것을 싫어하기 때문이다. 신이 함께하는 공식 장소에서 그는 무릎을 꿇기도, 안 꿇기도 부끄럽다. 그래서 깊이 고개를 숙인 자세를 유지할 뿐이다. 주교는 병자들을 한 명 한 명 축복하며 지나간다. 아직 갈 길이 멀다. 갑자기 수천 명 가운데 어디에선가 날카로운 소리가 들린다.

주여, 저들을 보게 하여 주소서!

주여, 저들을 걷게 하여 주소서!

이 마법 같은 주문에 주변의 모든 사람이 함께 입을 모은다. 그들의 함성이 하늘까지 닿았다가 다시 땅으로 내려온다. 발명하고 계산히는 사람들이 가득한 유럽이 아닌, 대중이 바법의 힘으로 충만한 감정의 파도를 일으킬 힘을 아직 가지고 있었던 고대의 어느 지방에 있는 것 같다. 그 힘으로 고대인들은 하늘의 절대 권력을 이 땅으로 내려오게 할 수 있었다. 라피트는 자신도 이 힘의 소용돌이에 휩쓸렸다고 생각한다. 그는 콧수염의 신사가 갑자기 가슴을 치며 이 특별하고 원시적인 기도에 합류하는 것을 보고도 전혀 놀라지 않았다.

주여, 우리를 보게 하여 주소서!
주여, 우리를 걷게 하여 주소서!

주교는 천천히 반원형의 병자들을 모두 축복해 주고 나서 엄숙하게 층계를 오른다. 그는 조화로운 동작으로 황금 성광을 머리 위로 들어 올리고 그곳에 모인 군중에게 성호를 긋는다. 끝없이 넓은 공간에 작은 종소리가 쨍그랑 울린다. 특별한 일이 없이 강복이 끝났다.

주교와 성직자들은 성당 안으로 사라지고, 하나로 묶어 주던 마법이 떨어져 나간 군중은 단결력을 잃고 뿔뿔이 흩어졌다. 안내인들이 병자를 실은 수레의 뒤로 모여든다. 그들은 경사로가 빌 때까지 기다렸다가 병자들을 각각 다른 병원으로 데려간다.

"이제 우리도 갈까요." 도주가 말한다.

라피트가 망설인다. 무슨 일이 일어난 걸까? 그렇다. 뭔가 일어났다. 처음에는 사람들이 혼란스러워했다. 하지만 곧 저쪽, 줄지어 선 수레 너머로 사람들이 날카롭게 외치는 소리가 들린다. 많은 사람이 손을 뻗어 한 곳을 가리킨다. 사람들이 회오리처럼 몰려든다. 라피트와 두 일행도 함께 휩쓸린다. 도주가 힘차게 앞장서며 일행을 이끈다. 그들은 병자를 태운 수레 앞까지 밀려든다. 이런 사태에 익숙한 안내인들이 서로 손을 잡고 방어선을 만든다. 하지만 층계와 수레의 방어선 사이 넓은 공터에 한 부인이 보인다.

살과 지방으로 이루어진 거대한 덩어리처럼 보이는 부인이다. 그녀가 진흙 웅덩이를 건너갈 때처럼 치마를 약간 쳐들었다. 그녀의 다리는 거대하게 부풀어 오른 원통형이라서 그 아래의 발은 나무의 그루터기처럼 보인다. 그런데 이 가없은 그루터기 위에 놓인 여자의 거대한 둥근 탑 같은 몸체가, 걷는 것에만 집중하며 천천히 일정한 속도에 맞춰 앞으로 나간다. 부인이 머리를 뒤로 젖혀서 초라한 꽃장식 모자가 목뒤에 걸렸다. 부인은 치마를 다시 내리고 저울처럼 두 팔을 벌려 몸의 균형을 잡는다. 단단한 땅 위가 아니라 마치 줄타기하는 것 같다. 경험 많은 안내인 한 명이 필요한 경우에 그녀를 잡아 주려고 조심스럽게 따라간다. 그녀는 마치 장소와 시간을 떠나 보이지 않는 커다란 구 안에 있는 것처럼 걷고 또 걷는다. 군중은 숨죽인 채 그녀를 응시한다. 라피트는 누군가 속삭이는 소리를 듣는다.

"내가 저 부인을 잘 알아요. 한 발짝도 못 걸은 지 10년도 넘었어요."

'그녀가 언제 넘어질 것인가.' 라피트는 생각한다. 그러나 부인은 넘어지지 않고 두꺼운 다리로 혼자만의 박자에 맞춰 춤추는 것 같은 걸음을 계속해 마침내 성당 안으로 사라진다. 그제야 죽은 듯한 정적이 깨진다. 체구가 작은 한 남자가 눈물범벅이 되어 고음으로 '마니피캇'*을 노래하기 시작한다. "Magnificat anima mea Dominum"**

"Et exultavit spiritus meus." 군중 속에 섞여 있던 신부들이 함께 노래한다. 그곳에 있던 사람들 전체가 찬미의 노래를 시작한다. "권세 있는 자를 자리에서 내치시고 미천한 이를 끌어올리시며, 자식인 이스라엘을 가엾게 여기셨도다. 자비를 베풀어 아브라함과 그의 후손에게 영원한 자비를 베푸셨다."

라피트는 몸속에서 오장육부가 흐물거리는 느낌이다. 자신의 목소리가 제대로 나오는지 들어 보기 위해 의사에게 묻는다.

"진짜 치유였나요?"

도주가 애매한 몸짓을 한다.

"확실한 판단을 내리는데 어떤 땐 며칠이 걸리기도 합니다. 몇 주가 걸릴 때도 있어요. 우선은 이 질병에 대한 다양한 의학적 소견을 모아야 하니까요."

의사가 에스트라드와 라피트에게 검증위원회의 사무실로 같이 가자고 청했다. 라피트는 사무실 안을 흘끗 본다. 검증위원회 사무실이라기보다는 커다란 범선의 함장실을 연상하게 하는 곳이다. 하지만 안으로 들어서며 그는 비참한 생각이 들어 뒷걸음친다. 혼자 있고 싶다.

---

* magnificat. 예수를 잉태한 마리아가 부르는 찬미의 노래. 마리아가 구세주 하느님을 찬양하고, 이스라엘에 베푸신 하느님의 업적을 회상하며, 아브라함에게 예언한 하느님의 계획이 자신을 통해 이루어졌음을 감사하는 내용으로 나뉘어 있다.

** 내 영혼이 주님을 찬송하고.

제48장

나는 사랑하지 않았다

해 질 무렵의 동굴. 피레네의 하늘은 아직도 환하고 형형색색으로 눈부신데, 땅 위는 어두워지기 시작한다. 암벽 구멍 아래의 철제 기둥은 종려나무 모양으로 제작한 커다란 촛대로 반짝이는 수천 개의 불빛이 동굴 속의 마지막 햇빛을 가려 버린다. 암벽의 긴 타원 모양의 구멍에 놓인 여인의 조각상은 촛불의 일렁이는 그림자에 둘러싸였다. 들장미 덤불이 벌써 파릇하게 새싹이 돋아 20년 전과 같은 모습이다. 암벽 구멍에서 물이 한 방울씩 떨어져 그 아래 어두운 색 바위가 물기로 반짝인다. 동굴 입구의 다른 쪽에 튀어나온 바위는 누런 빛을 띠었는데 거대한 해골 모습이다. 누구든 라피트처럼 가브 강에서 동굴 쪽으로 천천히 다가간다면 구멍이 숭숭 뚫린 커튼이나 카펫, 혹은 일종의 고딕 양식의 조각품으로 덮인 돌 뼈를 보았다고 생각할 것이다. 그러나 그것은 치유된 병자들이 걸어놓은 목발과 지팡이, 부목 등의 정형외과용 보장구들이다. 예전에 라피트가 산책했던 황량한 동굴의 모습과는 완전히 딴판이다. 동굴 자체에는 아무도 손을 대지 않았다. 다만 좌우의 좁은 입구로만 동굴 내부로 들어갈 수 있도록 쇠 울타리를 친 것뿐이다. 울타리의 앞으로 꿇어앉아 기도하는 사람들을 위한 기도대가 뻗어 있는데, 여기에서 사람들은 미사 중 영성체를 하기도 하고, 은총을 받고자 온 사람들이 발현의 바위에 좀 더 가까이 있을 수 있는 곳이기도 하다. 그 뒤로는 가운데의 넓은 통로의 좌우로 스무 개가량의 긴 의자가 있어서 수백 명의 신자에게 자리를 제공한다. 황혼이 내리는 지금도 의자에는 사람들이 빽빽하게 앉아 있다. 동굴 왼편에 있는 높은 설교대에 젊은 신부가 서서 부드러운 목소리로 신자송을 암송하고 있다. 라피트는 다가감에 따라 프랑스말 기도문이 점점 더 뚜렷하게 들린다.

"천주의 성모님," (지극히 거룩하신 동정녀)

신부가 말을 멈출 때마다 신자들의 중얼거리는 소리가 커진다.

"지극히 깨끗하신 어머니," (순결하신 어머니)

"흠 없으신 어머니," (사랑스러운 어머니)

"경탄하올 어머니," (착한 의견의 어머니)

"우리를 위하여 빌어 주소서."

참으로 아름다운 말이다. 라피트는 생각한다. 그리고 얼마나 위안을 주는 리듬인가. 젊은 신부의 절제된 목소리와 사람들의 응답하는 소리가 석양빛과 어우러져 몸을 나른하게 하며 재워 주는 자장가가 된다. 무릎 꿇은 사람들 가운데 많은 이가 두 팔을 활짝 벌리고 기도하며, 자신의 몸으로써 십자가의 형상과 고통을 모방한다. 그 자세로 15분 동안을 불평 없이 견디며 베르나데트를 통해 전달받은 여인의 '보속' 명령을 따르는 것이다.

아셍트 드 라피트는 맨 끝줄의 긴 의자에서 약간의 거리를 두고 섰다. 쑥스러움 때문에 더는 다가갈 수 없다. 초대받지도 않은 친한 사람들의 모임에 우연히 참석한 것 같은 어색한 느낌이다. 마지막으로 이런 종류의 성소에 들어가 본 지 십수 년이 지났다. 심지어 그 이유도 예술품을 감상하기 위해서였을 뿐이다. 나는 저 사람들과 다르다. 그는 생각한다. 나는 저들처럼 단순한 신앙을 갖고 있지 않다. 나의 머리는 아직 형성되지 못한 온갖 잡생각으로 가득하다. 나의 이성은 인류의 선두에 서 있지만 낯선 세상에 부딪혀 넘어지고 마는구나. 나는 우리가 곤충이나 개구리보다 신경 줄기가 좀 더 많고, 궤변을 늘어놓을 수 있다는 것 외에는 다를 바가 없다는 사실을 안다. 우리에게 진리란, 벼룩과 적분법의 거리보다 10억 배 더 멀리 떨어진 것이다. 현재의 우리의 사고방식은 의도적으로 비판적이며, 이전의 종교적 사고방식과 비교해 훨씬 뛰어난 것이라 인식된다. 하지만 이것 또한 한 가지 형태의 사고방식에 불과하다는 것을 잊어서는 안 된다. 나는 이제 과거의 사고방식이 미래의 사고방식이 될 수 있고, 그것이 지금 우리의 모든 비판을 우스꽝스럽게 여길 수도 있다고 생각한다. 나는 종종 사람들이 작은 결과에도 만족하기를 바랐지만, 욕심에 가득 찬 나의 가슴은 작은 결과에 만족하지 못한다. 나는 모든 신이 결국은 우리 자신의 외양을 반영한다는 것, 펠리컨이 어떤 신을 믿는다면, 그 신 또한 분명히 펠리컨의 모습이라는 것을 잘 안다. 그렇다고 해서 신성을 부정하는 것은 아니며, 이미지와 언어가 없다면 존재할 수 없는 인간의 정신이라는 것이 얼마나 폭이 좁은지에 대한 증명일 뿐이다. 내가 다른 이에 비해 하느님에 대한 지식이 없다는 생각은 전혀 해본 적이 없다. 어쨌거나 나는 하느님을 가깝게 여기기 때문이다. 나는 하늘에 천국이 있다고 믿는 당신들과는 생각이 다르다. 하지만 어리석게도 기계의 발달과 더 나은 법으로 지상에 천국을 건설할 수 있다고 믿는 사람들과는 더욱더 생각이 다르다. 이런 상황이라면, 나는 차라리 하늘에 천국이 있다고 믿는 사람들의 무리에 가까울 것이다.

라피트는 동굴 쪽으로 조금 다가간다.

"지극히 지혜로우신 동정녀, (동경하올 동정녀), 든든한 힘이신 동정녀, (인자하신 동정녀), 충직하신 동정녀, (정의의 거울이여)."

이곳에 클라랑스가 옆에 있었다면, 나는 분명히 그를 화나게 만들었을 것이다.

'저 아름다운 기도를 들어 보세요, 교장 선생. 신앙심 깊은 에페소* 사람들이 아르테미스 여신에게 드리던 기도와 다르지 않습니다. 그 점은 어떻게 생각하십니까?'

'나는 역사학자입니다, 친애하는 아셍트 선생. 그러므로 나는 역사를 과대평가하지 않습니다. 역사란 시간의 흐름, 시간의 가브 강 속

---

* 예수가 숨을 거두기 직전 가장 사랑했던 제자 사도 요한에게 '이분이 네 어머니시다'라고 하여 요한이 성모 마리아를 모시고 살았던 곳으로 알려져 있다. 다만 성모 마리아가 승천 직전에 살았다고 알려진 곳은 이곳을 포함 총 세 군데. 안나 카타리나 에메리크 수녀가 쓴 책에 의하면 꿈속에서 성모 마리아를 만나 생전에 살았던 곳을 묘사했는데 이곳에 '동정녀의 문간'이라고 불리는 건물과 모습이 일치했다고 한다. 세계 7대 불가사의로 꼽혔던 아르테미스(로마 이름으로는 다이아나)의 신전도 여기에 있었으나 지금은 파괴되어 기둥만이 남아 있다.

에서 흐르는 영원이 굴절되어 비치는 모습에 지나지 않습니다. 시대에 따라서 흐름에 따라 다르게 비치는 것이지요. 아폴로, 그리스도, 아르테미스, 성모 마리아, 모두 같은 하나의 실체가 이름과 맥락이 달라졌을 뿐이에요. 선생도 지금 이 순간, 누구보다도 더 생생하게 이 실체를 느끼고 계시지 않습니까.'

'정말로 그렇게 생각하시나요? 저는 비판적인 영혼을 가졌으나 구식인 사람이죠. 시인들은 항상 구식입니다. 하지만 아마도 앞으로도 같은 생각을 가진 사람들만이 이곳을 찾겠지요.'

'야셍브 선생, 그 점은 안심하셔도 될 것입니다. 세상 사람들에게 보이지 않는 여인의 모습을 보게 해줄 베르나데트 같은 이들이 언제 어느 때건 다시 나타날 테니까요.'

라피트는 또 몇 걸음 동굴로 다가가 마지막 줄의 의자 바로 맞은편에 섰다.

"우리 즐거움의 샘이여, (신비로운 그릇이여), 존경하올 그릇이여, (지극한 사랑의 그릇이여)."

'클라랑스 선생. 더는 선생에게 감추지 않겠습니다. 암에 걸렸어요. 감정이라고는 없는 의사가 단도직입적으로 말하더군요. 하지만 의사는 필요 없어요. 암은 후두에서 처음 시작되었습니다. 곧 위와 간과 내장에 퍼지겠지요. 그걸 '전이'라고 부릅니다. 저도 암에 대해 좀 알게 되었어요. 남은 날이 정해졌어요, 선생. 얼마 남지 않았단 말입니다. 제가 아직도 외양이 단정하다는 말은 하지 마세요. 1년 혹은 6개월 안에 오늘 '일곱 가지 고통' 병원에서 맞닥뜨린 저 비참한 살덩어리 중 하나가 될 수도 있어요. 저는 절대로 뛰어난 사람이 아닙니다. 오히려 벌벌 떠는 겁쟁이죠. 그렇습니다. 살날이 얼마 남지 않았고, 밤마다 고통스럽습니다. 가장 끔찍한 것은 죽음에 대한 두려움이 아닙니다. 죽음은 받아들일 수 있어요. 편안하게 기다릴 수 있습니다. 그런데 괴로운 밤에는, 클라랑스 선생, 저는 더 끔찍한 것을 알게 되었어요. 당신은 저를 비웃으시겠지요? 당신은 신자니까요. 나이를 먹으며 더 영리해지고 깨달았습니다. 저 자신, 야셍트 드 라피트가, 무명의 기자, 아무에게도 중요하지 않은 저란 사람이 이 세상에서 가장 큰 죄인이라는 것을 깨닫게 되었어요. 제가 바이런 경*처럼 겉멋으로 이런 말을 한다고 생각하시면 안 됩니다. 저는 지금 제 영혼을 더럽힌 수천 가지의 혐오스러운 쾌락과 나약함의 죄를 말하는 것이 아닙니다. 우리의 근본적인 가장 큰 죄, 나의 머리부터 발끝까지 뒤덮고 있는 가장 중요한 죄, 제 지성의 밑바탕 바로 옆에 있는 가장 어리석고도 우스꽝스럽고 모순적인 죄, 교만에 대해 말하는 것입니다. 그것은 이미 열 살 때부터 나를 사로잡았습니다. 교만 때문에 저는 아무에게도 신세를 지고 싶지 않았어요. 심지어 제 어머니께도 말입니다. 교만 때문에 혼자만의 힘으로 중요한 사람이 되고 싶었고, 저 자신 외에 아무에게도 의존하고 싶지 않았습니다. 핏줄과 국가와 언어의 영향과 피와 세포의 교환으로 태아가 자라나 하나의 인간이 된다는 생각은 견디기 힘든 것이었죠. 거의 광기에 가까운 독립심으로 저

---

* Lord Byron. 영국의 철학자이자 작가, 시인. 키츠, 셸리와 함께 낭만주의 문학을 선도했다.

는 어느 곳에도 속하지 않는 유일한 인간이 되겠다고 맹세했습니다. 저를 교육하고 영향을 미치고 이끈 것은 아무것도 없다고 철석같이 믿었죠. 저는 저 자신이 만들어 낸 것이라고 말입니다. 그런데 지금까지 믿음을 뒤엎고 허영에 가득한 빈 영혼이라는 생각이 듭니다. 제가 신을 인정하지 않았던 것은 제가 신이 아니라는 생각을 견딜 수 없었기 때문입니다. 저는 '분석'이라는 왕좌 위에서 세상을 지배했습니다. 그러나 지금 저는 등 뒤에서 저 자신의 모습을 처음으로, 남의 모습을 보듯 보는 것 같습니다. 제 죄는 말입니다, 클라랑스 선생, 루시퍼*의 죄입니다. 제가 몸에 암을 가진 더러운 자이고, 아무것도 아닌 존재에 불과하지만 말입니다. 최근 몇 년간 괴로운 밤에는 우리의 죄가 신을 괴롭히는 것 못지않게 우리 자신을 괴롭힌다는 것을 알게 되었습니다. 교만이 저 자신을 망가뜨렸다는 것은 분명합니다.'

기도 중이던 사람들 몇 명이 긴 의자 줄의 중앙 통로에 선 라피트를 놀란 눈으로 본다.

"영혼의 장미여, (다윗의 탑이여), 상아탑이여, (황금의 집이여), 계약의 궤여, (하늘의 문이여), 샛별이여."

'제가 어디까지 말했죠? 아, 상아탑. 저 역시 탑입니다. 하지만 폐허만 남아 쥐와 바퀴벌레가 들끓는 탑이지요. 황금의 집. 제 집도 집이지요. 집을 빌렸는데 온통 더럽혔습니다. 이제는 집을 비워 줄 날이 얼마 남지 않았다고 하는군요. 정리할 시간조차 없어요. 샛별이

---

* 악마이자 타락 천사.

여! 저는 평생 뭘 한 걸까요? 힘든 일도 많았지만 그래도 좋은 인생이었죠. 병원에서 본 그 아이, 죄 없는 그 남자아이처럼 사족이 썩어 들어가는 벌은 받지 않았으니까요. 그리고 루푸스로 얼굴의 살점이 떨어져 나가지도 않았고 아무에게도 해를 끼치지 않은 그 가엾은 부인들보다 몇백 배 혜택받은 삶을 살았죠. 흉측한 얼굴을 보이기가 두려워 방구석에 숨어 본 적도 없습니다. 그 부인이 아니라 저야말로 구석에 숨어야 할 사람입니다. 실제로는 제 모습이 메두사처럼 더 추악하니까요. 저는 소중한 시간을 무가치한 육체의 쾌락과 혼돈으로 낭비했습니다. 이것이 교만 다음으로, 진흙탕에 뒹구는 하마처럼 제 안에서 뒹구는 두 번째 죄악입니다. 제 운 좋은 인생의 수백만 초가 지나가 버렸는데 제게 남은 게 무엇일까요? 함께 했던 여자들은 제 안에서 케케묵은 환영으로 남아 있을 뿐입니다. 그 무엇보다도 아름다운 것을 좋아하고, 사색하는 것을 좋아했지만, 날개를 달아 줄 만큼 충분히 누리지도 못했지요. 제게 남은 것은 그저 회한과 쓰라림뿐입니다, 샛별이여.'

"병자의 치유, (죄인의 피난처), 근심하는 이의 위안, (신자의 구원)"

'저는 아직도 그리스도 신자인가요? 잘 모르겠습니다. 제가 아는 것은 내 정신의 눈부신 표현들이 개구리 울음과 귀뚜라미 소리보다 나을 게 없다는 것이죠. 제게 진실한 것은 고독뿐입니다. 제 교만으로 다른 사람을 모두 잃었지요. 새로운 종양이 다시 생겨도 부모님께는 아무 말도 하지 않을 것이고, 치료를 받지도 않을 것입니다. 그저 파리로 돌아가 죽음의 구멍 속에 웅크리고 숨을 거예요. 곁에는 아무도 없겠지요. 죄인의 피난처, 근심하는 이의 위안! 그러나 한탄하지 않겠습니다. 세상이 저를 버린 것이 아니기 때문입니다. 제가 세상을 버린 것이죠.'

하느님의 어린양. 기도문이 끝났다. 신부와 군중이 함께 '은총이 가득하신 마리아님'을 암송하기 시작한다. 어둠이 짙어지며 촛불이 더욱 밝게 빛난다. 여인의 조각상은 암벽 구멍에서 흰 얼룩처럼 보일 뿐이다. 팔을 벌리고 기도하는 사람들은 어렴풋한 십자가의 그림자처럼 보인다.

"완벽하게 논리적이다." 라피드가 한숨을 쉬며 낮은 목소리로 말한다. 그의 끝도 없는 생각은 고백으로 끝을 맺었다. 내가 신으로부터 버림받은 것은 완벽하게 논리적인 결과다. 나는 사랑하지 않았기 때문이다. 아무도, 아무것도, 나 자신마저도.

그는 자신도 모르는 사이에 동굴 앞에 이르렀다. 울타리에 고개를 기댈 수 있다. 그의 공허한 시선은 바위 속 구멍을 응시한다. 하지만 그가 공허한 시선으로 들여다보면 볼수록 그는 몇 시간 전부터 자신을 괴롭히던 육체적 고통을 의식하게 된다. 그는 힘겹게 호흡하며 밀려오는 피로감 때문에 중요한 것이 무엇인지 잊어버린다.

젊은 신부의 부드러운 목소리가 규칙적으로 단조롭게 들려온다. 군중의 중얼거리며 응답하는 기도 소리 역시 단조롭고 규칙적이다. 이 끝없는 자장가의 노랫말은 거의 알아들을 수 없다.

"우리를 위하여 빌어 주소서……. 이제와 우리 죽을 때에."

박자에 맞춘 중얼거림 소리가 자비로운 속삭임이 된다. 등을 기대고 쉴 수 있는 부드러운 등받이 같다. 동시에 그를 중심에 두는 강력한 힘에 둘러싸여 있는 느낌이다. 사람들의 기도 소리가 야셍트 드라피트를 둘러싼다. 그는 이상하게도 웃음이 나온다. 교만하고 사랑이 없다고? 그렇다. 하지만 정말로 나는 버려진 걸까? 다른 사람보다 더? 제기하는 질문이 너무 방대하고 답을 찾기 어려우므로 그저 이 사람들처럼 겸손한 태도를 취하는 것만으로도 충분하지 않을까? 그들과 나의 차이가 무엇이란 말인가. 좀 더 말재주가 있어서 무지함을 완전히 감출 수 있다는 것? 나는 그들보다 더 피상적이고 덜 진지하다. 나를 일으켜 세울 수 있는 가난한 사람들이 있었다는 것을 믿지 않았기 때문에 나는 이렇게 나락으로 떨어진 것이 아닐까. 우주의 어머니의 힘이여. 샛별이여. 보호의 손길이 다가온다. 기도가 수많은 부드러운 손으로 어루만져 주는 것 같다. 항상 군중을 본능과 이익만을 좇는 사람들이라 멸시했던 그는 자신의 뒤에서 기도를 올리는 사람들이 자신을 끝없이 도와주는, 사랑으로 가득한 하나의 영적 존재라고 느낀다. 문학가 라피트는 수치심이 차츰 사라지는 것을 느끼며 무릎을 꿇고 어린 시절의 말, 어머니가 가르쳐 준 말, 천사의 인사말을 동굴의 여인에게 속삭인다. 그의 의식 속으로 새로운 생각이 들어오는 것이 아니다. 다만 그가 항상 가지고 있던 공허감, 자신이 항상 자랑스럽게 생각했던 비판적 영혼의 공허감이 마치 안개가 걷히는 것처럼 사라지며 확신으로 가득 찬다. 그것은 영혼의 기능이 아니라 그의 영혼 그 자체가 그대로 드러난 것이다. 처음 경험하는 평화로움으로 그는 밤이 될 때까지 그대로 휴식을 취한다. 기도하던 사람들이 일어서서 집으로 돌아가고 남은 것은 환하게 빛나는 촛불뿐이다. 그 역시 일어서려고 하는데 자신도 모르는 사이에 이런 말을 한다.

"베르나데트 수비루, 나를 위해 기도해 주시오."

이때, 베르나데트 수비루는 아직 살아 있었다. 며칠 전부터 그녀는 극심한 고통에 시달렸다. 사람들이 그녀의 병실에 등불을 켰다. 베르나데트는 벽에 걸린 십자가를 뚫어지게 쳐다보았다. 그 순간 여인의 반대자들 가운데 가장 교만했던 자가 무릎을 꿇었다는 것을 그녀는 전혀 알지 못했다.

제49장

나는 사랑한다

마리-도미니크 페라말 신부는 이제 예순여덟이 되었지만, 여전히 거인이다. 그의 눈은 이전처럼 이글거리지 않지만 넓적하고 약간 부은 듯한 그의 얼굴에서 여전히 강한 인상을 준다. 모든 적 중에서 그에게 가장 적대적이었던 것은 바로 자신의 성격이었다. 17년 전 자신의 보호자였던 베르트랑 세베르 로랑스 주교가 고유서를 내려 루르드를 새로운 가톨릭의 중심지로 격상시켰을 때 페라말 신부는 당연히 자신이 새로운 루르드의 지도자가 되리라고 생각했다. 그래서 건축가들과 언쟁을 하고 그들의 설계도를 퇴짜 놓고 대성당과 지하 소성당, 대성당의 아래에 나중에 세울 장미 성당까지 직접 설계했다. 그의 독선적 태도가 많은 사람들의 반감을 사서, 이들은 주교에게 달려갔다. 포르카드 주교의 말에 따르면 그의 후임으로 온 느베르의 주교는 단호한 태도의 존경할 만한 노인으로 이런 소동을 일으킨 장본인을 절대 용서할 사람이 아니다. 사태가 커짐에 따라 페라말 신부는 과대망상증 환자로 낙인찍혔고, 상응하는 징계를 줘야 했는데, 주교는 가차 없이 매우 엄중한 벌을 내렸다. 신부가 자랑스럽게 생각하는 루르드 성당의 기념비적 설계도가 일부는 폐기되고, 일부는 가난한 자들의 취향에 맞추어 수정되었다. 페라말 신부와의 승부에서 책략가들이 승리를 거두고, 사제와 수녀, 신자들의 예술적 취향이 자유롭게 반영되었다. 마리-도미니크 페라말 신부는 학자와 의사 집안의 3대손으로서 지식과 창의력이 풍부한 사람이다. 루르드에 새로 지어지는 성당이 수백 년 전부터 건설되어 온 종교적 건축물 중 그 규모나 중요성으로 모든 다른 건물을 압도하는 것을 꿈꿔 왔지만, 지어진 성당을 보며 그의 꿈은 산산이 부서진다. 교회 건설과 종교 예술이 예술적 감각이라고는 전혀 없는 사람들에게 맡겨진 것이다.

야심 찬 페라말 신부는 루르드를 제2의 로마로 만들고 싶었다. 해마다 루르드에 오는 순례자의 수를 생각해 본다면 이곳은 가히 제2의 로마라고 할 수 있다. 그리고 이곳에서 절대적인 존재인 페라말 신부는 교황과 같은 존재가 되었을 것이다.

첫해에만 수백만 명의 병자와 순례자가 이곳을 다녀갔으므로 수많은 성직자가 루르드로 와야 했다. 단지 수도회만이 성직자를 파견할 수 있으므로 그들이 병원과 성소의 관리를 맡았다. 조금씩 조금씩 페라말 신부는 루르드에 대한 영향력이 줄어드는 나이 든 성직자 무리로 밀려나게 되었다.

마사비엘 동굴이 열리기 전에는 그는 이곳의 절대 군주였다. 사람들은 그에게 땅에 머리가 닿도록 절을 하며 많은 헌금을 바쳤다. 그런데 지금은 퇴위한 군주가 된 느낌이다. 사람들이 그에게 인사할 때는 그에게만 할 뿐이다. 가장 씁쓸한 것은 이 커다란 실패를 겪게 된 것이 음험한 책략가, 자신이 따뜻하게 품어 키운 뱀 때문이라는 점이다. 그는 전부는 아니더라도 자신의 탓이 크다고 확신한다. 상페 신부는 수도회의 신부로서 오랫동안 페라말 신부를 보좌했고, 그는 다른 두 보좌 신부, 즉 독설가 포미앙 신부와 선량한 페네스 신부보다 항상 상페 신부를 더 아꼈다. 상페 신부는 겉보기에는 페네스 신부보다도 더 소심하고 선량해 보인다. 하지만 주임 신부의 온갖 일들을 도맡아 하고 굽실거리며 서열 3위의 보좌 신부 상페는 놀라운 정력과 책략으로 다른 사람들이 눈치 못 채는 사이에 조금씩 조금씩 권력을 자기의 것으로 만들었다. 그래서 지금은 그가 동굴의 관리자이며, 루르드 교회의 가장 큰 권력자가 된 것이다.

페라말 신부는 낡은 여행 가방을 들고 느베르 역을 나오면서 상페 신부가 베르나데트를 비웃으며 한 말을 생각한다. 그는 포미앙 신부나 페네스 신부 혹은 다른 어떤 신부들보다도 오랫동안 조롱했다. "신부님, 이 대단한 성녀가 환시에서 깨어나면 뭘 하는지 아십니까? 머리를 긁으며 이를 잡기 시작합니다." 페라말 신부는 자신의 노년이 이렇게 불명예스러운 것이 벌을 받는 것이라고 생각한다. 1863년의 대림절 당시 베르나데트와 나눈 마지막 대화에서 자신이 예수님의 부활을 믿지 못했던 토마스처럼 행동하지 않았는가. 그런데도 알 수 없는 신의 섭리로 나보다도 더 그 아이를 믿지 않았던 상페가 권좌에 앉았구나.

페라말 신부는 가방을 들고 느베르 거리를 걸으며 들뜬 상태다. 빗자루로 쫓아 버리려 했던 소녀를 만나는 순간이 가까워지며 가슴이 조여드는 느낌이다. 베르나데트 수비루는 그의 인생에서 가장 은혜가 충만한 사건이었다. 자신은 현대의 위대한 기적이 태어나는 순간 아무 자격도 없이 옆에 있었던 눈멀고 어리석은 사람이었다. 여인이 성당을 짓고 행렬 지어 오라고 요구한 사람은 바로 자신이었다. 그런데 그 보답으로 얼토당토않은 요구를 했다. 성당을 건립할 돈을 내야 하고 들장미를 피우라고 요구했다. 그러니 자신의 설계도를 취소하고, 행렬을 다른 사람에게 맡기는 것이 그야말로 당연한 결과다. 하지만 상페 신부는? 왜 상페 신부는 참아 주신단 말인가. 그 녀석은 정말로 교묘하게 살 빠져나가고 있구나. 한 번도 빈틈을 보인 적이 없다. 페라말은 이미 여러 차례 베르나데트를 만나러 갈 뻔했다. 그러나 베르나데트는 자신을 그다지 보고 싶어 하지 않을 것 같다는 생각으로 간신히 참고는 했다. 그리고 이런 생각 때문에 몇 해 전 성모님의 그림을 한 장 보내는 데 그친 것이다. 베르나데트가 아프다는 소식은 꽤 오래전에 들었다. 하지만 자세한 소식은 느베르에서조차 들을 수 없었다. 그런데 '존경하는 주임 신부님. 저는 당신을 생각합니다. 베르나데트'라는 베르나데트의 이상한 편지가 마음에 걸려서 즉시 이 먼 여행을 결심했지만, 이미 차표를 산 후에 몇 가지 잡다한 일들이 생겨 부득이하게 날짜를 미룰 수밖에 없었다. 이 귀찮은 일들을 처리하면서도 온종일 마음이 계속 불안하고 찜찜하며 죄책감까지 들어, 베르나데트 수비루가 이전의 보호자였던 자신을 곁으로 부른 것이라는 생각에서 벗어날 수 없다. 마침내 모든 일을 마치고 나자 곧바로 성주간이 시작되었다. 주임 신부가 1년 중 가장 중요한 행사 중

하나인 성주간을 앞두고 교우들을 돌보지 않는다는 것은 특이한 일이다. 그러나 페라말 신부는 그렇게 했다. "내가 없다고 무슨 일이 일어나겠습니까?" 그는 자기 직무를 대리할 신부에게 말했다. "나는 늙고 병든 사람에 불과할 뿐입니다. 내가 살아 있는 것은 잊힌 사람이기 때문이라오. 주께서 다른 일 때문에 바쁘셔서 한눈을 감아 주신 거지요."

원장 조세핀 앵베르 수녀는 루르드의 주임 신부를 예의를 갖춰 매우 친절하게 맞이한다. 주임 신부가 입은 수단의 자주색 목깃은 퇴위한 군주임을 나타내지만, 페라말 신부는 이곳에서 여전히 지극한 존경을 받으며 주교에 버금가는 대우를 받는다. 원장 수녀 역시 같은 환대로 그를 대하지만, 페라말 신부는 마리-베르나르드가 아직도 살아 있기는 한지 알 수 없다. 의사들의 말에 따르면 그녀의 가엾은 몸은 병으로 이미 망가진 지 오래다. 아마도 이 가엾은 소녀가 아직 목숨을 부지하는 것은 그녀의 강건하고 고집 센 영혼이 목숨을 간신히 붙잡고 있기 때문일 것이다. 성모 마리아의 은총을 입은 이 아이가 성주간까지는 견뎌 낼 수 있게 하늘에서 정했을지도 모른다. 의사인 생-시르는 이미 3일 전에 그녀의 죽음이 몇 시간밖에 남지 않았다고 말했지만, 어제부터 그녀는 아무 고통도 느끼지 않고 평온하다. 르롱주 주교는 자신의 허가가 명시되어 있는 경우를 제외하고는 아무도 병자의 근처에 가지 못하게 하라는 명령을 내렸다. 앵베르 원장 수녀는 루르드의 존경받는 주임 신부라 할지라도 이 명령에서 예외가 될 수 없음을 유감스럽게 받아들였다. 그녀는 신부에게 편안하게 쉬면서 긴 여행 후의 피로를 풀도록 제안하며 음식을 권유했다.

페라말 신부는 주교에게 허가를 받아야 한다는 사실에 화가 났지만, 가까스로 마음을 가라앉히고 평소와 같은 쉰 목소리로 말했다.

"베르나데트 수비루는 내 교구의 아이입니다. 주님의 섭리로 내가 몇 년 동안이나 보호해 왔습니다."

"저희도 당연히 잘 알고 있습니다, 신부님." 원장 수녀가 웃으며 고개를 끄덕인다. "주교님의 지시 때문에 마리-베르나르드 수녀에 관한 일에 관여하지 못할 뿐 세세하게 다 알고 있답니다."

오후 일찍이 보주 수녀와 나탈리 수녀가 루르드의 주임 신부를 병원으로 안내하기 위해 왔다. 페라말 신부의 가슴이 두근거리기 시작한다.

"나를 알아볼까요?" 그가 묻는다.

"전에 없이 정신이 맑고 의식이 또렷합니다." 나탈리 수녀는 흐르는 눈물을 감추려 하지도 않는다.

널따란 병실에 커다란 창문이 둘, 침대가 세 개 놓였는데 각각 커튼이 달려 침대를 완벽하게 가릴 수 있다. 두 개는 비었고, 베르나데트는 오른편 구석에 놓인 세 번째 침대에 누워 있다. 맞은편 벽의 좁은 서랍장 위에 파비크의 것이 아닌 성모상이 있고, 그 위로 십자가가 보인다. 안락의자 한 개와 작은 나무 의자 몇 개를 제외하고는 아무것도 없다. 페라말 신부는 무거운 걸음으로 오른쪽 구석의 침대로 다가간다. 정적을 깨는 자신의 발소리가 귀에 거슬린다. 그의 눈에는 베르나데트가 여전히 35세의 수녀가 아닌 석고처럼 하얀 얼굴의 자그고 여린 소녀다. 매우 좁은 코의 양 날개가 가쁘게 벌렁거린다. 소녀의 입에 옅게 혈색이 돈다. 높은 이마는 습포로 절반 정도 덮였다. 커다랗고 검은 눈은 상냥하면서 동시에 무심하다. 베르나데트의 눈이구나. 곧 일흔이 되는 페라말 신부가 당황하며 얼굴이 붉어진다. 그는 헛기침을 하고 마침내 말한다.

"이제야 왔습니다."

누군가 그에게 작은 나무 의자를 권한다. 덩치가 큰 페라말 신부는 매우 조심스럽게 앉았다. 자신의 몸무게 때문에 의자가 부러지지 않을까 걱정이다. 소녀는 이불 위에 놓였던 누렇게 변색한 상아 같은 자그마한 두 손을 들어 손님을 맞으려고 하지만 움직이지 못한다. 신부는 자신의 거대한 손으로 아주 조심스럽게 베르나데트의 작은 손을 쥐고 그 위에 입을 맞춘다. 2분 정도가 지난 후에야 베르나데트가 작지만 또렷한 목소리로 말한다.

"주임 신부님, 저는 신부님께 거짓말하지 않았어요."

페라말 신부는 울음이 북받치는 것을 참는다.

"천주께서 아시지요. 수녀님은 거짓말하지 않았습니다." 그가 속삭였다. "내가 부족한 인간이었습니다."

소녀의 얼굴에 여전히 불안감이 비친다.

"사람들이 끝도 없이 묻고 또 묻고……."

소녀는 잠시 멈췄다가 가쁜 숨을 쉬며 다시 말한다.

"저는 그분을 봤습니다. 맞아요. 저는 그분을 봤습니다."

주임 신부는 어떻게, 그리고 왜 갑자기 소녀에게 이전처럼 '너'라는 말이 나오는지 알 수 없다. 마치 둘 사이에 20년이 흐르지 않은 것처럼, 앞에 누운 이가 수녀 마리-베르나르드가 아니라, 작은 베르나데트 수비루인 것 같다. 샘처럼 맑은 아이, 그러나 아무도 그녀를 이해하지 못했다. 페라말 신부는 무겁고 피로한 머리를 병자에게 가까이 가져간다.

"그래. 네가 보았지, 아가." 그가 말한다. "이제 곧 다시 그분을 보게 될 것이다."

소녀의 커다란 눈에 어두운 그림자가 스친다. 그림자는 추억을 끄집어낸다. 주임 신부가 벽난로 옆 책상에 앉아 있다. 나도 거기 있었어. 몹시 추운 날이라서 하얀 두건을 썼어. 밀레 부인 댁에 하녀로 들어가고 싶다고 말했더니 신부님이 여인께서 더 좋은 일을 주시지 않겠냐고 물으셨었지.

베르나데트가 한숨을 내쉰다.

"주임 신부님. 여인께서 저를 하녀로 써주실지 모르겠어요."

마침내 주임 신부는 가볍고 경쾌한 말투를 되찾는 데 성공했다.

"한 가지 확실한 것은, 아가, 그것은 그분께서 네게 해주실 일 중에 가장 작은 것이란다."

소녀의 눈에는 장난 혹은 비웃음 같기도 한 빛이 잠깐 떠올랐다가 사라졌다. 모든 사람이 지금은 이렇게 다정하고 친절하구나. 그들은 정말로 그렇게 생각하는 것일까, 아니면 나를 동정해서 하는 말일까.

"아니요, 저는 모르겠어요. 전혀 모르겠어요." 소녀가 언제나처럼 같은 맑은 목소리로 고집스럽게 말한다. "저는 아픈 것 말고는 할 줄 아는 게 아무것도 없어요……. 저는 충분히 고통받지 않은 것 같아요."

페라말 신부는 이제 더는 울음을 참아낼 수 없다.

"너는 그만하면 천국에 가고도 남을 만큼 고통받았다. 내 말을 믿어도 된다."

소녀의 움직이지 않는 얼굴에 보일락말락 웃음이 스친다. 그러더니 갑자기 그녀의 맑은 목소리는 프랑스어를 하지 않고 어린 시절에 썼던 거친 파투아 사투리를 쓴다.

"주임 신부님," 프티-포세 거리 출신의 작은 수비루가 말한다. "저는 병자들을 잘 알아요. 우리는 모두 조금씩 과장을 하지요. 고통이 그렇게까지 심하지는 않아요……."

그러고는 헐떡이며 호흡하려 애쓴다.

"저는 고통보다는 즐거움이 더 많았어요. 그때……. 그때는……."

너무 말을 많이 했다. 석고 같은 하얀 얼굴이 고통으로 일그러지며 눈이 커진다. 뒤쪽에 서 있던 생-시르가 손짓한다. 페라말 신부는 힘겹게 의자에서 일어난다. 그의 사제용 신발이 삐그덕 소리를 낸다.

오늘은 4월 16일, 수요일, 화창하고 기분 좋은 날이다. 내일은 성목요일로 성대한 미사가 있다. 해마다 이맘때면 성 힐데가르트의 수녀들은 아주 바쁘다. 정오 무렵, 원장의 보좌인 나탈리 수녀가 일을 마치고 돌아오는 길에 수녀원 입구에서 갑자기 뭔가 자신의 걸음을 멈추게 하는 느낌을 받는다. 더는 걸음이 나아가지 않는다. 혹시 마리-베르나르드에게 무슨 일이 생긴 것일까? 나탈리는 수녀원 부속 건물인 병원으로 달려갔다. 간호 수녀들이 베르나데트를 팔걸이의자에 앉혀 놓았다. 침대에서 숨을 못 쉬기 때문이다. 이제 그녀는 의자에 비스듬하게 걸터앉아 두려움으로 눈을 크게 뜨고 문을 들어서는 나탈리 수녀를 부른다.

"수녀님…… 두려워요……. 두려워요…… 수녀님."

나탈리 수녀가 마리-베르나르드의 앞에 무릎을 꿇고 그녀의 손을 잡는다.

"왜요, 뭐가 두려우세요, 베르나르드 수녀?"

병자의 가슴이 고통스럽게 오르락내리락한다. 그녀는 더듬더듬 중얼거린다.

"은총을 그렇게 많이 받았는데……, 내게 그럴 자격이 있을까요……?"

"우리의 친절하신 주님을 생각하세요, 수녀님." 나탈리 수녀가 울음을 억지로 참으며 말한다. 하지만 베르나데트는 계속해서 그 한 가지, 자신의 평생의 은총에 대해서만 생각한다. 자신이 그만한 은총을 받을 자격이 없다고 생각하는 것이다.

"나는 두려워요." 그녀는 자꾸만 외친다. "두려워요……, 두려워요…… 수녀님."

나탈리 수녀는 그녀를 달래려고 하지만 방법이 없다. 마침내 그녀는 베르나데트의 머리에 손을 얹는다.

"다시 고통이 시작되었군요." 나탈리 수녀가 중얼거린다.

"자격이 없어요……. 자격이 없어요……." 베르나데트가 헐떡거리며 말한다.

나탈리 수녀가 베르나데트에게로 머리를 기울인다.

"우리 모두 당신을 도울게요, 마리-베르나르드 수녀. 우리가 온 마음으로 기도를 올릴게요."

"나탈리 수녀, 제발 그렇게 해주세요. 꼭 해주세요." 베르나데트가 어린아이처럼 애원한다.

나탈리 수녀는 앵베르 원장 수녀에게 마리-베르나르드 수녀의 상태가 매우 좋지 않으므로 생-시르와 페브르 신부를 즉시 불러야 한다고 전달했다. 베르나데트는 그 후로도 몇 분을 더 고통에 시달렸다. 그런데 갑자기 깊은 호흡이 가능해지더니 조용한 목소리로 마치 시간을 묻는 사람처럼 차분한 목소리로 말한다.

"오늘이 무슨 요일인가요?"

"성주간의 수요일입니다." 나탈리가 대답한다.

"내일이 목요일인가요?" 베르나데트가 놀라며 묻는다.

"예. 내일은 목요일입니다. 성목요일이지요."

"성목요일!" 베르나데트가 다시 되풀이한다. 이제 목적지가 얼마 남지 않았다는 기쁨이 그녀의 커다란 눈에서 빛나기 시작한다. 나탈리 수녀가 이 행복을 알 리 없다. 그녀는 어린 수비루가 나무를 하러 가서 사비 개울가에 앉아 한쪽 양말을 손에 쥐고 꿈인지 현실인지를 구분하려고 눈을 비빈 날이 2월 11일 목요일이었으며, 동굴에 나타난 여인이 샘물에 가서 마시고 씻으라고 지시를 내린 날도 목요일이었다. 여인이 이름을 밝힌 날 또한 목요일이었다. 목요일은 여인의 날이다. 목요일은 하늘이 내리는 선물의 날이다. 그리고 내일은 목요일이다.

“이제는 두렵지 않아요, 수녀님. 이제부터는 조용히 있을 거예요.” 베르나데트가 앞으로는 착한 아이가 되겠다고 다짐하는 아이처럼 말한다.

그리고 그녀는 의자 옆으로 떨어졌다. 사람들이 그녀를 침대 위로 옮겼다. 모두 그녀가 죽은 것으로 생각했다. 호흡이 다시 돌아오긴 했지만 짧고 불규칙하다. 병실에 사람들이 들어차기 시작한다. 의사와 전속 신부가 각자 할 일을 한다. 앵베르 원장 수녀와 보주 수녀, 그리고 다른 수녀들이 꿇어앉는다. 마리-테레즈 보주 수녀의 얼굴도 마치 죽은 사람의 얼굴 같다. 문 바로 옆에는 고요한 죽음의 풍경에 어울리지 않는 거구의 페라말 신부가 두 손을 마주 잡고 서 있다.

베르나데트가 다시 눈을 떴다. 그녀는 이제 모든 것을 이해했다. 며칠 전부터 전혀 볼 수 없었던 놀라운 힘으로 갑자기 여인이 가르쳐 준 대로 찬란한 십자성호를 얼굴 위로 크게 그었다. 방 안에 있던 사람들이 임종 기도를 시작한다. 페브르 신부는 솔로몬의 찬가를 부른다. 이와 함께 소녀의 영혼이 영원한 서약의 주인을 맞이한다.

“나는 잠들지만 내 영혼은 깨어납니다. 친구의 목소리가 들립니다. 친구가 문을 두드립니다. 문을 열어 주세요, 나의 누이, 나의 사랑, 나의 비둘기! 내 머리가 이슬로 덮여, 머리카락은 밤의 물방울로 젖었습니다."

베르나데트의 눈은 이상하게 빛나며 허공을 뚫어지게 본다. 사람들은 그녀가 벽에 걸린 십자가를 본다고 생각하고 십자가를 내려 그녀의 가슴 위에 얹어 준다. 그녀는 열정적으로 십자가를 가슴에 누른다. 그러나 여전히 그녀의 시선은 먼 곳을 향한다. 갑자기 온몸을 떤다. 몸에 새로운 힘이 솟는 듯하다. 가슴으로부터 떨리는 목소리가 터져 나와 오랫동안 울린다.

"사랑합니다. 사랑합니다!"

이 깊고 떨리는 '사랑합니다'가 종소리처럼 방 안을 떠돈다. 그 소리가 몹시 커서 기도가 중지되고, 모두가 입을 닫았다. 침대 옆의 마리-테레즈 보주 수녀만이 십자가처럼 팔을 벌리고 병자에게 더 가까이하고자 얼굴을 수그렸다. 그녀의 얼굴은 고통으로 온통 일그러졌다. 이제까지 그녀의 우는 얼굴을 본 사람은 거의 없었다. 그녀는 지금 여인이 방 안에 있다고 믿는다. 성스럽고 한없이 친절하신 그분이 사랑하는 아이를 거두어 데려가려고 직접 오셨구나. 죽음의 고독함으로 가득한 방 안에서 함께 마주 보며, 기다리던 이는 돌아온 이에게 외친다. '사랑합니다! 당신을 사랑합니다!' 믿지 못해 괴로웠던 보주 수녀는 이제 자신이 발현의 증인이 되는 은총을 입었다고 생각한다. 은총을 입지 못하여 부인하고, 고집 세고, 질투에 가득 찼던 나를 보세요. 보주 수녀의 가슴에서 울음 섞인 외침이 터져 나온다. 그녀는 쉰 목소리로 '은총이 가득하신'을 외우기 시작한다. 베르나데트는 자신의 옛 스승을 복종의 눈빛으로 멍하니 바라볼 뿐이다. 그녀는 사람들이 그녀가 기도를 따라하길 원하는 것을 안다. 그러나 그녀는 남은 기력을 사랑을 외치며 다 써버리고 말았다. 베르나데트의 입술은 부지런히 움직인다. 성모송의 남은 부분에서, 그녀는 간신히 중얼거리는 데 성공했다.

"이제와 우리 죽을 때에……."

그것이 마지막이었다.

대체로 죽음은 갑작스럽게 사람 얼굴의 빛을 꺼버린다. 베르나데트 수비루의 얼굴은 반대로 죽음과 동시에 얼굴의 빛이 켜졌다. 마지막 호흡을 하는 그 순간, 그녀의 얼굴은 동굴 앞에서 여인을 보던 때의 얼굴로 돌아왔다. 마치 그녀가 보는 모든 물건과 형상을 통해 항상 여인과 연결되었던 것처럼 순식간에 그때의 얼굴이 된 것이다. 이런 얼굴 앞에서 모든 사람은 앙투안 니콜로가 표현했던 그대로의 감정을 느끼게 된다. '범접할 수 없는 얼굴이다.'

"사랑합니다." 마리-도미니크 페라말 신부의 귀에 더는 사랑의 고백이 들려오지 않는다. 그는 여전히 꼼짝하지 않고 문 옆에 꿇어앉았다. 누군가 창문을 열었다. 수녀들은 그림자처럼 침대 옆에 꿇어앉아 조용히 기도를 중얼거린다. 몇몇 수녀가 그림자처럼 조용히 시신에 수녀복을 입히고 모자를 씌우고, 굵은 초를 가져와 촛대에 꽂고 불을 붙인다. 페라말 신부는 그저 미동 없이 고요하게 기도를 읊을 뿐이다. 사람들은 존경하는 마음으로 그를 내버려두었다. 그는 때때로 고개를 돌려 창밖을 본다. 봄이 완연해 허공에 날리는 먼지가 햇살을 받아 은빛으로 반짝인다. 마당의 과실나무에 꽃이 피었고 하늘에 구름이 지나간다. 페리말에게 삶이란 것이 한없이 가볍게 느껴진다. 자신의 육중한 몸뚱어리도 그저 덧없게 여겨질 뿐이다. 베르나데트의 죽음이 가져다준 영혼이 정화된 느낌을 서서히 깨닫는다. 모든 것이 변했다. 아직도 따끔거리는 고통과 괴로움이 자신을 옭아맬 수 있을 것인가. 낮의 햇빛은 은빛이고, 촛불은 금빛이다. 햇빛과 촛불이 발현 당시의 황홀경에 빠진 모습 그대로 죽음을 맞은 베르나데트의 얼굴을 부드럽게 감싼다. 페라말 신부는 이 얼굴에서 시선을 뗄 수 없다. 자기 입에서 절로 나오는 소리를 들으며 스스로 놀란다.

"너의 삶이 시작되는구나, 베르나데트."

이 말은 단지 그것만을 의미하는 것이 아니다. 이제 너는 천국에 있다, 베르나데트. 너는 이제 지상의 천국에 있다. 네 두 눈은 우리의 눈보다 더 많은 것을 보았다. 네 심장은 우리의 단단해진 가슴이 절대 담아 볼 수도 없는 큰 사랑을 품었다. 그래서 너는 매일, 매 시간, 마사비엘의 샘뿐 아니라 저 밖의 꽃이 활짝 핀 나무 하나하나에 깃들어 살아 움직이는구나. 네 생명이 시작되었다, 베르나데트.

페라말 신부는 놀라우리만치 가볍게 육중한 몸을 일으키고 베르나데트를 마지막으로 보며 작별 인사를 한 후 성호를 긋고 방을 나선다.

제50장

50번째 성모송

이 엄숙한 날을 맞아 베르나데트 남매의 아이, 손자, 조카들을 비롯한 수비루의 일가들이 모두 모였나. 그러나 가상 관심을 끈 사람은 베르나데트의 혈육들이 아닌, 기적의 첫 수혜자 부올츠의 아들이다.

부올츠의 아들, 더 정확하게는 쥐스탱-아돌라-뒤콩트 부올츠는 77세가 되었다. 체구가 자그마하고 스스로 만족해하는 듯한 눈빛과 영리해 보이는 입에 검은 콧수염을 길렀다. 나이가 꽤 많음에도 아직도 포에서 체력이 많이 소모되는 원예 농업에 종사하는 그는 로마까지의 2등석 기차표와 숙박비를 제공받았다. 루르드 기적의 첫 번째 수혜자로서 교황 비오 11세가 베르나데트를 성녀 명부에 올리는 이 위대한 날을 함께 축하하도록 초대된 것이다. 지상의 대리자로부터 천국의 주민 명부에 올려지는 것, 그리스도교에서는 이보다 더 성대한 의식은 없다. 사람들은 부올츠에게 75년 전, 베르나데트 수비루가 그의 이웃이고 서로 왕래했을 때, 그녀가 그를 자주 안아 주었다고 말한다. 물론 부올츠로서는 기억할 리 없다. 그러나 시간이 가면서 그의 상상력에 다른 사람들의 이야기가 덧붙여져 기억이 되살아났다. 그래서 그는 자신의 수명을 연장해 준 베르나데트의 목소리, 행동, 몸짓 등을 세세하게 묘사하기를 즐겨 한다.

"아마 다들 알고 계시겠지만, 내가 아기였을 때는 종종 발작을 일으키고, 다리가 불구였지요." 그는 이렇게 말하곤 했다. "그럴 때 베르나데트와 그분의 어머니가 나를 안고 흔들어서 새로 깨어나게 하셨다고 합니다. 그분이 느베르 수녀원에 가기 위해 작별하기 전까지는 늘 보았어요. 그때 내가 여덟인가 아홉이었습니다. 수비루 가족은 우리 가족과 가장 가까운 이웃이었지요. 그건 부모님에게 들어서 압니다. 그리고 70여 년이 지난 지금, 그분과 가까이 지낸 사람 중에 살아 있는 사람은 나 하나뿐입니다. 당시에는 그분도 어린아이였죠. 지금도 나는 방금 헤어진 사람처럼 그분의 얼굴을 기억합니다. 수비루의 친척들도 그분에 대해 나만큼 기억하지는 못할 겁니다. 나처럼 직접적이고 개인적인 경험을 하진 않았으니까요. 그들은 책이나 그림이나 다른 사람들의 이야기를 전해 들었을 뿐이죠."

40개국에서 5만 명의 사람들이 베르나데트의 시성식에 참석하기 위해 로마로 왔는데, 그중 가장 규모가 큰 것은 프랑스의 성직자와 신자들이다. 특히 비고르 지방에서 1만 5,000여 명이 왔다. 이런 상황에서 2월 은총의 날 이전에 베르나데트를 직접 자신의 눈으로 본 유일한 사람이자 샘물의 치유 효력이 즉각적으로, 그리고 의심의 여지 없이 작용한 기적의 수혜자인 부올츠에게 관심이 쏠리는 것은 전혀 이상할 것이 없는 일이다. 수백 명의 사람이 부올츠에게 몰려들어 악수를 청하고 그를 고위 성직자들과 신자들에게 소개했다. 샤를르루 프랑스 대사가 그에게 말을 걸고 관람석에 자리를 마련해 주었다. 부올츠는 로마의 성 베드로 성당의 귀빈들 한가운데 앉아 눈을 끔벅거린다.

이 해는 성년*으로 이 세기의 33번째 해이고, 이날은 12월 8일, 원죄 없이 잉태되신 동정 마리아 대축일이다. 시각은 아침 9시, 부올츠의 옆에는 로마에서 온 친절하고 해박한 신사가 앉았다. 그가 부올츠에게 계속해서 설명해 준다.

"시성식 때만 성 베드로 성당의 큰 창문에 붉은 천을 덮습니다. 종가의 작은 창문에도 햇빛이 들지 않도록 빈틈없이 덮지요. 시성식 날을 제외하고는 이런 일이 없어요. 저는 반은 로마 사람인데도 시성식에는 한 번밖에 못 와봤어요. 반사경을 제외하고도 600개의 촛대와 1만 2,000개의 등불이 있지요. 등불 한 개가 적어도 촛불 100개의 밝기와 맞먹습니다. 즉 촛불 120만 개로 이곳을 밝혔다고 생각할 수 있지요."

이렇게 계산한 뒤 신사는 의기양양하게 부올츠를 바라보고, 부올츠는 고개를 끄덕거린다. 하지만 신사는 여전히 계산이 맞는지 속으로 확인해 본다.

"이 어마어마한 인파를 좀 보세요. 성 베드로 성당은 8만 명을 수용할 수 있습니다. 그런데 오늘 모인 사람이 10만 명은 되는 것 같군요.

---

* 聖年. 특별한 대사를 베푸는 해. 1470년부터 25년마다 성탄절에 교황이 성 베드로 대성당의 문을 열고 특별한 대사를 베푼다.

거기에다가 중앙 통로는 교황님의 행차를 위해 비워 놓아야 합니다. 교황청 추기경들이 모두 그 뒤를 따르겠지요. 유명한 분들만 말씀드리자면, 가스파리 추기경, 그라니토 디 벨몬테, 파첼리, 마르케티 등입니다. 하지만 대주교와 주교는 이름을 다 댈 수조차 없습니다. 전부 합하면 108명이나 되니까요. 어떻습니까, 굉장한 광경이 아닌가요?"

"굉장한 광경이 아닌가요." 부올츠가 신사의 말을 그대로 반복한다.

"그런데 은총을 입은 당신의 개인적 느낌은 다르겠지요. 어릴 때 수비루 가족과 친밀한 관계였지 않습니까. 그분들의 가난과 불행을 직접 목격하셨죠. 그때를 아직 기억하시지요? 어릴 때의 기억은 쉽게 잊어버리지 못하지 않습니까."

"그때는 정말 비참한 삶이었지요." 부올츠가 한숨을 쉬며 말한다.

"하지만 지금의 이 영광스러운 광경을 보세요." 옆자리의 신사가 흥분하며 말한다. "이 세상에서 그 무엇과도 비할 수 없는 영광이지요, 그분이 선종하신 지 54년이 지났는데도 말입니다. 독재자, 대통령, 절대 군주도 가질 수 없는 영광이 아닙니까. 사람들은 그들을 높은 자리에 올렸다가 끝없는 나락으로 떨어뜨리지요. 그러면 그들에게는 무엇이 남습니까? 낡은 역사책에 이름이 남는 건가요? 나폴레옹 3세를 보세요. 권력자가 권력을 잃고 다른 사람을 해칠 수 없게 되면 하찮고 우스꽝스러운 존재가 되어 버리죠. 권력가의 죽음은 추락입니다. 위대한 사람들은 그보다는 낫고요. 하지만 세속적으로 말하자면, 천국으로 이끄는 가시밭길만 한 것은 없지요."

부올츠는 이 말에 대답하지 않은 채 고개만 까딱한다.

은나팔이 울린다. 붉은 옷을 입은 이들이 교황의 가마를 어깨에 지고 중앙 통로를 지나간다. 그 주위로 수비대, 친위대, 시종, 수행 고위 성직자, 검은 벨벳 예복의 추기경회 변호사들, 긴 장식 지팡이를 짚은 사도최고재판소*의 성직자들과 사면권을 가진 성직자들, 수훈국 성직자들이 옹위하고 줄지어 늘어섰다.

친절한 신사는 늙은 원예사 부올츠에게 하나하나 짚으며 세세하게 설명해 준다. 부올츠는 눈을 억지로 크게 뜨고 신사의 설명대로 구분하고 기억해 보려 애를 쓴다.

교황의 옥좌는 제단 위 반월 모양의 안쪽, 베르니니**의 그림 〈영광〉 아래에 있다. 양옆으로 16명의 추기경이 앉았고, 아래쪽으로는 교황청의 성직자들이 앉았다. 부올츠는 신사를 통해 지금부터 매우 느리게 진행될 모든 거룩한 절차의 이름뿐 아니라 의미까지 깨우친다. 검은 옷을 입은 사람이 교황의 옥좌로 다가가 무릎을 꿇고 라틴어로 무언가를 읊는다. 추기경회 소속 변호사로 최종적으로 베르나데트 수비루의 시성 수속을 맡은 사람으로서 그녀의 대리자다. 이 시성 절차는 수많은 찬반양론을 낳으며 이미 수십 년에 걸쳐 진행되었으며, 시간이 갈수록 이 논쟁은 베르나데트의 기적이 진실인가 아닌가로 나뉘게 되었다. 여기 모인 추기경회 소속 변호사 중에도 시성

* 가톨릭교회의 최고 사법 기관. 교회의 사법 행정을 감독.

** 지안 로렌조 베르니니. 이탈리아의 화가, 조각가, 건축가.

수속 절차에서 반대하는 편 혹은 의심하는 편의 대리를 맡았던 사람이 있다. 그는 때로는 '악마의 대변인'이라고도 불렸다. 악마의 대변인도 옛날 제국 검사 비탈-뒤투르와 마찬가지로 베르나데트를 상대하기가 쉽지 않았다. 그녀는 시신이 되어서도 이전과 마찬가지로 고집스럽게, 모든 반대를 단호하게 물리쳤다.

그런데 그녀의 시신에도 이상한 일이 있었다. 그녀가 죽고 나흘 후, 사람들이 그녀의 시신을 성 요셉 성당의 예배당으로 옮겼는데 오랫동안 몸을 망가뜨려 온 병인데도 불구하고 전혀 부패의 흔적이나 냄새가 없었다. 오히려 사람들은 베르나데트의 손톱의 뿌리 부분이 어린 생명의 징후인 연한 장미색인 것에 매우 놀랐다. 39년이 지난 뒤, 시성 법정은 느베르에 조사단을 파견해 베르나데트의 무덤을 조사하게 했다. 위원회가 참관한 가운데 무덤을 파고 시신을 꺼냈는데 그 자리에는 공의를 비롯한 많은 의사가 참석했다. 베르나데트의 아이 같은 시신이 드러났는데 부패하지도 않았고, 거의 변함이 없었다. 얼굴과 손과 팔이 하얗고 피부가 부드러웠다. 숨을 쉬는 것처럼 입을 약간 벌렸는데 반짝이는 하얀 이빨도 보인다. 눈꺼풀이 약간 움푹해진 두 눈을 덮고, 여전히 황홀한 꿈을 꾸는 듯한 표정이다. 몸이 여전히 단단하고 다른 신체는 저항력이 있어서 조사에 참석했던 느베르의 수녀들이 큰 어려움 없이 번쩍 들어서 시신에 손상을 입히지 않고 다른 관으로 옮겼는데, 마치 금방 운명한 시신 같았다. 이것을 목격한 조사단의 조서는 엄청난 반응을 이끌었다. 언론에서는, 썩지 않는 시신 이야기는 순전히 속임수라고 주장했다. 죽은 뒤 몇 시간 후에 방부처리한 한낱 미라에 불과한 것을 기적의 시신이라는 둥, 은총을 입은 선택받은 인간이라고 믿게 하려는 수작이라고 몰아붙였다. 시성 소송에서 베르나데트의 반대편 대리인인 악마의 변호사는 재빨리 이 주장을 받아들였다. 그의 요청대로 조사단의 시신 검증이 있은지 17년 후 두 번째 조사단을 조직해 다시 한번 무덤을 파고 시신을 조사했다. 마찬가지로 그들의 의심이 정당했다는 증거가 조금도 발견되지 않았다. 이것이 1925년에 있었던 일이다. 그 후로 베르나데트의 반대자들은 더 이상 반대 의견을 표명하지 않았고, 시성이 결정되었다.

그 후로 다시 8년이 더 지난 지금, 이곳 성 베드로 대성당에서 모든 수속을 끝까지 성공적으로 이끈 베르나데트의 대리인이 교황 앞에 무릎을 꿇고 루르드의 소녀의 이름을 성인 명부에 올려 줄 것을 공손히 청하는 것이다. 교황이 직접 답하지 않고, 아래편에 앉아서 교황을 향해 옆모습을 보이고 선 교황의 대변인 바치 추기경이 대신 대답하는데, 그의 말에 의하면 교황께서는 베르나데트의 시성을 매우 간절히 바라지만 엄숙한 결론을 내리기 전에 다시 한번 신성한 빛을 청해야 한다.

사람들이 모두 꿇어앉아 함께 성인호칭 기도를 노래한다. 다음에 교황이 "베니 크레아토르 스피리투스(임하소서 성령이여)"를 선창하니 성직자들과 시스티나 성당 소속 합창대의 노래가 드넓은 대성당에서 장엄하게 울려 퍼진다. 성가가 끝나자 베르나데트의 변호사가 청을 되풀이한다. 바치 추기경이 일어서서 교황 앞에 엎드리고 양팔을 들어 올리며 말한다.

“당신의 후계자 속에 살고 있는 베드로는 일어서서 말씀하시오.”

그리고 군중 쪽을 향해 돌아서서 큰 소리로 외친다.

“너희들은 공손히 베드로의 그르침 없는 선언을 듣거라!”

사람들이 교황 앞에 마이크를 세워두었다. 주변의 확성기를 통해 비오 11세의 엄숙한 목소리가 크게 성 베드로 성당의 구석구석에 울린다.

“우리는 복된 마리 베르나르드 수비루를 성녀로 인정하고 선포하노라. 동정녀의 이름으로 매년 4월 16일을 그분이 천국에 태어난 날로써 기리고 축하할 것을 명한다!”

절차대로 교황이 말을 마치자마자 수천 명이 ‘테데움’*을 부르기 시작하고, 은나팔이 울리며, 성 베드로의 큰 종도 울린다. 로마의 300여 성당의 종과 세상의 무수한 교회의 종이 프티-포세 거리의 작은 소녀 베르나데트 수비루의 영원한 영광을 알리기 위해 동시에 울린다. 11시가 되었다. 교황이 미사를 시작한다. 이날이 얼마나 가톨릭교회 전체에 뜻깊은 날인지 알리기 위해 라틴어와 그리스어로 미사를 드린다. 복음이 끝나고 강론이 시작된다. 교황의 따뜻하고 남성적인 목소리가 다시 확성기에서 울려 나온다. “성인들은 천문학자의 망원경과 같다고 말할 수 있습니다. 이 망원경을 통해서 우리는 맨눈으로는 볼 수 없는 별들을 볼 수 있지요. 성인들을 통해서 일상에서 우리

---

* Te Deum. ‘우리는 당신을 주님으로 찬미하고 받들겠노라’라는 라틴어로 시작하는 오래된 성가.

의 눈으로는 볼 수 없는 진리를 명백하게 볼 수 있습니다." 교황은 베르나데트의 순수함과 단순함, 두려움을 모르는 투쟁의 정신으로 의심하는 자, 조롱하는 자, 반대하는 자들을 대상으로 자신의 진정성을 지키기 위해 싸운 것을 찬양한다. "루르드의 기적이라는 축복뿐만 아니라, 성녀의 전 생애에서 무궁무진한 가르침을 볼 수 있습니다." 교황은 베르나데트가 들었던 악마의 목소리도 언급한다. "세상은 악마로 가득 차 있고 상당수 인간이 악마의 영향을 받고 있습니다. 이교도들의 광기 어린 소리는 사람들을 참혹한 광증으로 몰아넣고 있습니다. 이런 어려운 싸움 속에서도 결정적 승리를 얻기 위해 루르드가 굳건하게 서 있을 뿐 아니라, 베르나데트 수비루가 자신의 약속대로 죽은 후에도 열심히 행동하는 것입니다."

부올츠의 머리는 온갖 말과 음악과 색깔과 빛 속에서 혼미하다. 친절한 신사는 그에게 교황의 강론을 통역해 주었다. 하지만 아직도 미사가 끝나지 않았다. 이제 베르드 추기경이 처음으로 성녀 베르나데트에게 기도를 올린다. 이때의 시각이 정오쯤 되었을 것이다. 부올츠는 1시가 넘어서야 사람들의 소용돌이에 휩쓸려 성 베드로 성당을 나갈 수 있었다.

광장은 사람들로 인산인해다. 부올츠는 인파 속에서 일행을 잃어버리고, 아무 저항 없이 사람들에 떠밀려 측면 도로로 들어섰다. 12월이지만 구름 한 점 없는 하늘에서 햇살이 비친다. 부올츠는 지쳤을 뿐 아니라 배가 고프고 목도 마르다. 그는 작은 식당으로 들어섰다. 날씨가 좋아 테이블이 바깥에 놓였다. 그는 파스타 한 접시를 다 먹고

캄파냐[*]산 포도주를 마셨다.

식사를 마치고 배가 부르자 부올츠는 매우 기분이 좋았다. 그는 거리를 오고 가는 사람들을 만족한 눈으로 보았다.

정말이다. 부올츠는 생각한다. '옆자리에 앉았던 남자의 말이 맞았다. 정말 내 인생은 대단하구나! 베르나데트 수비루가 나를 안아 주었지. 내가 그 기적의 일부분이다. 그때 그 비참한 토방이 어떠했는지 나는 아직도 정확하게 기억한다. 이제 베르나데트는 천국에서 높은 사람이 되었고, 교황과 추기경들이 그의 이름을 부르며 기도를 올린다. 어쨌거나 나도 토방에서 일부분이었으니 어쩌면 곧 천국의 일부분이 될지도 모른다. 마지막 순간에 엄청난 죄를 짓지만 않는다면…….'

부올츠는 크고 높다란 로마의 하늘을 올려다본다. 그는 로마의 하늘 위에 교회의 모든 성인이 한데 모여 높은 자리에 앉아 있다고 믿는다. '베르나데트 수비루가 지금 햇빛 속에 앉아 나를 볼지도 모른다. 이 붐비는 거리에 혼자 앉아 있는, 정신이 맑고 몸도 건강한 77세의 노인이 된 나를.' 부올츠는 베르나데트 수비루를 접하고 싶었다. 익숙한 방식으로 그의 손가락은 주머니 속에서 묵주를 찾는다. 거리가 아니라 성당에서 기도를 올려야 할까? 하지만 로마는 도시 자체가 거대한 성당이 아닌가. 부올츠는 묵주신공이 즐거운 것 혹은 고통스

---

* 캄파냐 주는 이탈리아 남부 지중해에 면한 곳으로 이탈리아에서 세 번째로 인구가 많은 곳. 주도는 나폴리.

러운 것이 아니라, 인간의 생각을 승리와 영광과 천국으로 돌리는 영광스러운 것이라 느꼈다. 그의 입술은 묵주 하나하나에 '은총'을 속삭이며, 피로감을 이겨 냈다. 웃음 띤 작은 눈으로 거리의 사람들의 물결을 쫓는다. 자동차가 지나간다. 아이스크림 장사가 작은 종을 울린다. 골목길에는 오렌지와 회향,* 양파 등을 파는 노점 상인들의 길게 외치는 소리가 들려온다. 모든 성인이 모여 새로이 시성된 성인들을 축하하는 로마의 하늘을 전투 비행기 한 대가 요란한 소리를 내며 날아간다.

40번째의 '은총'을 읊고 나서 부올츠의 웃는 작은 눈이 점점 무겁게 깜박거린다. 마침내 50번째 '은총'을 마치고 나서 부올츠는 잠이 든다. 하지만 잠든 그의 가슴은 행복감으로 가득하다.

* 미나리과에 속하는 다년생 식물.

소설 속 인물

베르나데트의 가족과 친척

프랑수아 수비루 : 베르나데트의 아버지
루이즈 수비루 : 베르나데트의 어머니
마리 : 여동생
장-마리, 쥐스탱 : 남동생
베르나르드 카스테로 : 큰이모, 대모
뤼시유 카스테로 : 막내 이모

이웃

앙드레 사주 : 채석공
마담 사주 : 앙드레 사주의 아내
장 부올츠
크루아진 부올츠
라 피귀노 혹은 비둘기댁
우루 부인
제르멘 라발 부인
고조 부인
루이 부리에트 : 도로 보수 인부
바렝그 : 구두 수선공
바부 영감 : 바부 선술집의 주인
밀레 부인 : 부유한 미망인
보 부인 : 상류층 부인
엘프리드 라크랑프
앙투아네트 페레 : 재단사
앙투안 니콜로 : 방아꾼
니콜로의 어머니

루르드의 인물

마리-도미니크 페라말 : 루르드의 주임 신부
포미앙 신부, 페네스 신부, 상페 신부 : 보좌 신부
아돌프 라카데 : 시장
쿠레즈, 캅드빌 : 시청 공무원
비탈-뒤투르 : 제국 검사
자코메 : 경찰 서장
리브 : 예심판사
뒤프라 : 치안 판사
당글라 : 헌병 반장
벨아슈, 페이 : 헌병
칼레 : 경찰
아셍트 드 라피트 : 시인, 문학가
의사 도주 : 루르드 시청 소속 공의

의사 라크랑프
에스트라드 : 세무 징수인
클라랑스 : 교장
뒤랑 : 카페 주인
카즈나브 : 우체국장
두트르루 : 역마차의 마부
메종그로스 : 빵집 주인
잔 아바디, 카트린 망고, 아네트 쿠레즈, 마들렌 이요, 앙투아네트 가잘라스 : 베르나데트의 급우들

국가

나폴레옹 3세
황후 외제니
브뤼아 부인
룰랑 : 종교부 장관
풀드 : 재무부 장관
들랑글 : 법무부 장관
마씨 남작 : 오트-피레네 주의 주지사
뒤보에 : 부지사
팔코네 : 검찰총장

가톨릭 교회

교황 비오 11세
베르트랑-세베르 로랑스 : 타르브의 주교
포르카드 : 느베르 주교
티보 : 몽펠리에 주교

느베르 수녀원

조세핀 앵베르 : 수녀원장
마리-테레즈 보주 수녀
소피 수녀
나탈리 수녀

옮긴이

이효상

1906년 대구 출생의 교육자, 시인, 정치인으로 아호는 한솔이다. 도쿄제국대학교 독문과를 졸업하고 경북대학교 문리대 교수, 문리대학장 등을 역임했다. 이후 벨기에 루뱅대학교에 유학하던 중 요양원에서 베르나데트의 이야기에 감화하여 이 책을 초역했다. 국회의원, 국회의장 등을 지냈으며, 1981년에 작고했다.

이선화

한국외국어대학교 불어과, 동 대학 통번역대학원 한불과를 졸업했다. 『고대 그리스의 의사소통』『인간을 위한 우주』『곤충과 더불어 살기』『히믈러의 요리사』『언어의 7번째 기능』『나는 일그러진 사랑과 이별하기로 했다』『엄마가 틀렸어』『왕, 전사, 마법사, 연인』 등을 번역했고 『나의 페르시아어 수업』을 공역했다.